● 纪念鲁迅西北大学讲学 100 周年

● 西北大学"双一流"建设项目资助

Sponsored by First-class Universities and Academic
Programs of Northwest University

西北大学

鲁迅研究论集

姜彩燕　主编

西北大学出版社

·西安·

图书在版编目（CIP）数据

西北大学鲁迅研究论集 / 姜彩燕主编. -- 西安 ：
西北大学出版社，2024.8. -- ISBN 978-7-5604-5459-7

Ⅰ．I210.97-53

中国国家版本馆 CIP 数据核字第2024C1H263 号

西北大学鲁迅研究论集

XIBEI DAXUE LUXUN YANJIU LUNJI

姜彩燕　主编

出版发行　西北大学出版社

（西北大学校内　邮编：710069　电话：029-88302621 88303593）

http://nwupress.nwu.edu.cn　　E-mail: xdpress@nwu.edu.cn

经　销	全国新华书店	
印　刷	陕西龙山海天艺术印务有限公司	
开　本	787 毫米×1092 毫米　1/16	
印　张	26.5	

版　次	2024 年 8 月第 1 版
印　次	2024 年 8 月第 1 次印刷
字　数	548 千字

书　号	ISBN 978-7-5604-5459-7
定　价	128.00 元

如有印装质量问题，请拨打电话 029-88302966 予以调换。

◎ 1924 年 7 月 20 日陕西教育厅、国立西北大学合办暑期学校开学式合影，二排右起第 11 人为鲁迅

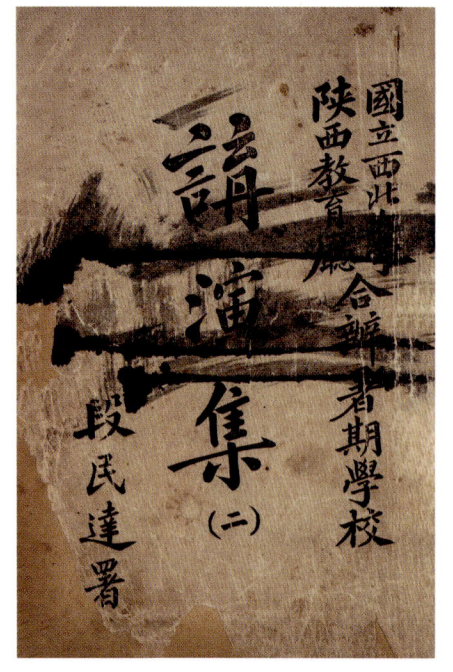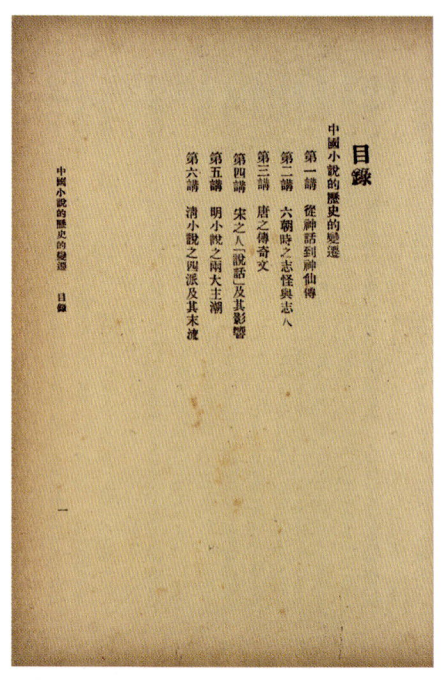

◎ 1925 年国立西北大学出版部出版的《国立西北大学、陕西教育厅合办暑期学校讲演集》（二）中所收鲁迅的讲演稿

◎ 西北大学鲁迅研究室部分教师合影

后排：左一王西平，左二郑耀善

前排：左一孟昭燕，左二蒋树铭，左三单演义，左四周健

◉ 西北大学鲁迅研究资料室

◉ 西北大学鲁迅纪念室

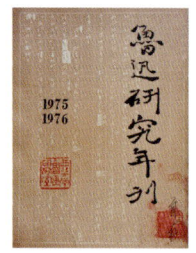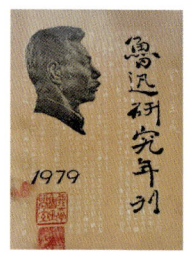
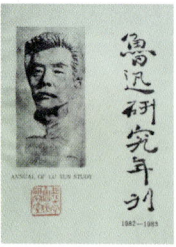

◉ 西北大学鲁迅研究室编辑的《鲁迅研究年刊》

◉《鲁迅研究年刊》编辑部合影

前排右起：张华、蒋树铭、阎愈新、郭琦、张岂之、单演义、杜文虎

后排右起：武德运、张中良、李鲁歌、刘建军、苏冰、董丁诚、李成芳、周健

◎ 西北大学教师出版的部分鲁迅研究著作

◎ 1981年西安地区纪念鲁迅诞辰一百周年学术讨论会合影

◉ 2015 年纪念"鲁迅在西安"暨鲁迅学术研讨会合影

◉ 西北大学校园内的鲁迅雕像

◎ 西北大学邓益民教授水墨人物画《文化的盛宴·鲁迅在西安讲学》

◉ 西北大学邓益民教授水墨人物画《鲁迅过华清池·想杨贵妃当年》

传承薪火，赓续文脉

——读《西北大学鲁迅研究论集》

陈漱渝

  姜彩燕教授编了一部《西北大学鲁迅研究论集》，收录了 40 篇跟该校有历史渊源的论文。她通过微信告诉我，这部书的特点是每位作者都只收一篇文章，按年龄大小排序。我觉得这种编法很新鲜，便随手点了个赞。我只晓得这年头批评他人容易摊上事，不料表扬人居然也摊上了事。姜教授随即又给我发来一条短信，命我"给这部论文集写一篇序言，长短皆可，怎么写皆可"。姜教授的鼓励和信任使我难于说"不"，但我眼下又的确没有对所收论文逐一点评的学力与精力，只能随意说点真诚而直白的话。

  我觉得编排以作者的年龄为序是一种争议最少的做法。中国人饭局多，在包间入席时免不了相互谦让。但把年长者往主座一推，其他人就不再推来推去了。尽管孔子讲过"老而不死是为贼"这种话，但他针对的仅仅是无德的老人，儒家思想的本质是讲孝悌的，所以"长幼有序"就成了一种传统美德。首先在这部论文集中亮相的是鲁迅的挚友许寿裳，我曾称他为"改变鲁迅命运的人"，所以能用他的文章"起凤头"，是西北大学的光荣，只能为这部论文集增光添彩，而不会引发任何争议。

  每位作者限收一文的做法也很好，因为编者的意图是要厘清西北大学鲁迅研究的这条文脉，而不是让这些研究者打学术擂台，搞"梁山泊英雄排座次"。历史发展的规律证明，"长江后浪推前浪"。当下的默默无闻者，日后未必不是名气如雷贯耳的大师。当下学者名流发表论文的概率都高，乃至未搁笔时都能出版全集。多为新人新作提供一点园地，是培养造就人才的一种有效举措，更何况心思细密的编者还提供了一份"西北大学鲁迅研究论著索引"，谁的成就都不会被忽视或埋没。

  如果从报道周氏兄弟在东京从事翻译活动的消息算起，鲁迅研究已有一个多世纪的历史，逐渐形成了鲁迅学的科学体系。在营造这座学术大厦的宏伟工程中，顶层建筑固然辉煌，奠基的砂石同样重要。建筑物中的材质各有不同，但一砖一石都不可少。从这部论文集可以看到，西北大学文学院已经形成了一支老中青相结合的鲁迅研究队伍。其中青年学者虽然还在而立之年或不惑之年，但文章都虎虎生风，代表着西北大学学术的希望和未来，正如西大校歌所唱："人文渊薮，科技殿堂，滋兰树蕙满庭芳。"

这部书的封面上赫然印着一行字："纪念鲁迅西北大学讲学100周年"。在西北大学，鲁迅留下了《中国小说的历史的变迁》这种普及与提高相结合的不朽经典，从那时起，陕西就逐渐成为中国鲁迅研究的重镇。陕西人有一种弘扬鲁迅精神的自觉意识，顽强而执着。记得1957年我刚上南开大学的时候，单演义先生就出版了《鲁迅讲学在西安》一书。我清楚地记得，当年这本书并没有赢得一片喝彩声，而是出现了一篇批判文章，认为这本书搞的是"繁琐考证"。这让不到17岁的我首次知道了学术有风险，出书须谨慎。然而，时隔66年，在不少高头讲章的宏论被人淡忘之后，凡研究鲁迅生平的人，谁会忽视单先生这本书呢？近些年来，虽然姜彩燕、王荣等学者的研究对单先生有所超越，但单先生毕竟是筚路蓝缕之人。单先生并没有因为受到批评而气馁。在新时期，他不顾年迈体弱，为推动鲁迅研究而奔波。他为陕西人民出版社策划鲁迅研究方面的选题，促成了"鲁迅研究丛书"的出版，产生了全国性的影响。阎愈新先生也是顽强执着之人。他在十分艰难的条件下创办了《鲁迅研究年刊》，也产生了一定的国际影响。每当捧读厚重的年刊，我眼前总会浮现出他憨厚的面容、高挺的鼻梁、炯炯的目光，耳边还会响起他那浓厚的乡音。无论是单先生，还是阎先生，他们都是鲁迅精神的传人。这部论文集的所有作者，也都是在传承鲁迅精神的火炬。

据我所知，中国鲁迅研究会是1979年底成立的，此后，全国不少省市和地区也纷纷成立鲁迅研究会的分会。在我印象中，比较活跃的有陕西、广东、山东、江苏、浙江、新疆、东北等地。但相对而言，近些年来有些沉寂。在艰难中毅然决然前行的院校中，西北大学显得非常突出。该校几乎凭一己之力，就恢复、扩建了鲁迅纪念室，以重现鲁迅赴西安讲学的历史情境，全方位展示了西北大学的历史传统。这部论文集的出版，就是西北大学鲁迅研究硕果的又一次展示，也是对整个鲁迅研究事业的一种推动。怀着欣喜的心情，我奉上这些浅薄的文字，聊表一位鲁研界老兵的敬仰之情。

2023年7月19日于北京

目录 /

鲁迅与民族性研究

许寿裳①

鲁迅对于我们民族有伟大的爱，所以对于我们民族，由历史上，社会上各方面研究得极深。他在青年留学时期，就已经致力于民族性的检讨过去和追求将来这种艰巨的工作了，从此抉发病根毫无顾忌，所呼吁异常迫切，要皆出于至诚，即使遭了一部分讳疾忌医者的反感也在所不计。正惟其爱民族越加深至，故其观察越加精密，而暴露症结也越加详尽，毫不留情。他的舍弃医学，改习文艺，不做成一位诊治肉体诸病的医师，却做成了一位针砭民族性的国手。他的创作和翻译约共六百万字，便是他针砭民族性所开的方剂。

他常常劝人多看历史，尤其看野史杂记，有云：

> 我们从古以来，就有埋头苦干的人，有拼命硬干的人，有为民请命的人，有舍身求法的人，……虽是等于为帝王将相作家谱的所谓"正史"，也往往掩不住他们的光耀，这就是中国的脊梁。（《且介亭杂文·中国人失掉自信力了吗》）

他又云：

> 历史上都写着中国的灵魂，指示着将来的命运，只因为涂饰太厚，废

① 许寿裳（1883—1948），字季茀，号上遂，浙江绍兴人。近现代著名学者、传记作家。毕业于日本东京高等师范学校，先后执教于北京大学、北京高等师范学校、北京女子高等师范学校、中山大学等。1934 年任北平大学女子文理学院院长，历史系主任、教授，创办《新苗》院刊。抗战爆发后，他随校西迁，于 1937 年 10 月 9 日抵西安，被聘为新成立的西安临时大学历史系主任、教授。1938 年又随校迁往陕南城固，任国立西北联合大学文理学院历史系教授、法商学院院长（1938 年 9 月至 11 月），兼任文理学院国文系讲师、校建筑设备委员会主席等。1939 年离开西北大学，后在国立中山大学师范学院、华西协和大学文学院任教。1946 年辞去考试院考选委员会专门委员职务，于 6 月 25 日赴台任省立编译馆馆长。1947 年 6 月出任台湾大学文学院国文系主任。1948 年 2 月在台北寓所惨遭杀害。著有《章炳麟传》《鲁迅年谱》《亡友鲁迅印象记》《我所认识的鲁迅》《俞樾传》等。

话太多，所以很不容易察出底细来。正如通过密叶投射在莓苔上面的月光，只看见点点的碎影。但如看野史和杂记，可更容易了然了，……（《华盖集·忽然想到（四）》）

他又劝人要正视社会的各方面，勿害怕，勿遮盖，有云：

中国人的不敢正视各方面，用瞒和骗，造出奇妙的逃路来，而自以为正路。在这路上，就证明着国民性的怯弱，懒惰，而又巧滑。一天一天的满足着，即一天一天的堕落着，但却又觉得日见其光荣。（《坟·论睁了眼看》）

他又指示民族性研究的多方面，旧中国特产的毛病实在不少，因之可以研究的方面也实在不少。例如评论日本安冈秀夫《从小说看来的支那民族性》一书，结束有云：

中国人总不肯研究自己。从小说来看民族性，也就是一个好题目。此外，则道士思想（不是道教，是方士）与历史上大事件的关系，在现今社会上的势力；孔教徒怎样使"圣道"变得和自己的无所不为相宜；战国游士说动人主的所谓"利""害"是怎样的，和现今的政客有无不同；中国从古到今有多少文字狱；历来"流言"的制造散布法和效验等等……可以研究的新方面实在多。（《华盖集续编·马上支日记（七月四日）》）

他更坚决主张民族性必须改造，否则招牌虽换，货色照旧，口号虽新，骨子不改，革命必无成功之一日。真革命家只有前进，义无反顾的，有云：

说到中国的改革，第一着自然是扫荡废物，以造成一个使新生命得能诞生的机运。五四运动，本也是这机运的开端罢，可惜来摧折它的很不少。那事后的批评，本国人大抵不冷不热地，或者胡乱地说一通，外国人当初倒颇以为有意义，然而也有攻击的，据云是不顾及国民性和历史，所以无价值。这和中国多数的胡说大致相同，因为他们自身都不是改革者。岂不是改革么？历史是过去的陈迹，国民性可改造于将来，在改革者的眼里，已往和目前的东西是全等于无物的。（《出了象牙之塔·后记》）

以上是说国民性之必须经过改造。鲁迅在创作里面，暴露社会的黑暗，鞭策旧中国病态的国民性，实在很多。例如有名的《阿 Q 正传》是一篇讽刺小说。鲁迅提炼了中国民族传统中的病态方面，创造出这个阿 Q 典型。阿 Q 的劣性，仿佛就代表国民性的若干面，俱足以使人反省。鲁迅对于阿 Q 的劣性如"精神胜利法"等等，固然寄以憎恶，然而对于另外那些阿 Q 如赵太爷之流，更加满怀敌意，毫不宽恕。

他利用了阿Q以诅咒旧社会，利用了阿Q以衬托士大夫中的阿Q，而回头看一向被赵太爷之流残害榨取，以至赤贫如洗，无复人形的阿Q本身，反而起了同情。但是为整个民族的前途着想，要荡涤旧污，创造出"中国历史上未曾有过的第三样时代"（从前只有两样时代：一、想做奴隶而不得的时代，二、暂时做稳了奴隶的时代。——见《坟·灯下漫笔》），阿Q的劣性必须首先铲除净尽，所以非彻底革命不可。

此外，鲁迅描写我们民族性的伟大，可以代表我们民族文化的结晶，在《故事新编》中，便有好几篇，如《铸剑》，取材于古小说《列异传》：

> 干将莫邪为楚王作剑，三年而成。剑有雄雌，天下名器也，乃以雌剑献君，藏其雄者。谓其妻曰："吾藏剑在南山之阴，北山之阳；松生石上，剑在其中矣。君若觉杀我。尔生男，以告之。"及至君觉，杀干将。妻后生男，名赤鼻，告之。赤鼻斫南山之松，不得剑；忽于屋柱中得之。楚王梦一人，眉广三寸，辞欲报仇。购求甚急，乃逃朱兴山中。遇客，欲为之报；乃刎首，将以奉楚王。客令镬煮之，头三日三夜跳不烂。王往观之，客以雄剑倚拟王，王头堕镬中；客又自刎。三头悉烂，不可分别，分葬之，名曰三王冢。《御览》三百四十三（《古小说钩沉》）

从这短短的几行文字，鲁迅演出了一大篇虎掷龙拿，有声有色，最富于复仇战斗精神的小说，使人们读了，看到英姿活跃，恍如亲接其人。

又如《理水》《非攻》，鲁迅在描写大禹、墨子伟大的精神的时候，不知不觉地有他自己的面影和性格反映于其中。……鲁迅生平真真是一个埋头苦干，拼命硬干的人，不愧为中国的脊梁！

一九四五年十月十九日

（原刊于《民主星期刊》第6期，1945年11月3日。本文选自许寿裳《挚友的怀念：许寿裳忆鲁迅》，马会芹编，河北教育出版社2000年版）

鲁迅先生与西安

郑伯奇①

　　一九二四年暑假期中，鲁迅先生曾应了"西北大学"的邀请，来到西安，作过短时期的讲学。

　　据鲁迅先生的日记，他于七月七日离北京，八月十二日回到北京，这个短期旅行共花去了三十七天的工夫。当时的铁路只通到陕州。来的时候，他由陕州坐船到潼关，然后由潼关坐汽车到西安。回去的时候，他由西安上船直达陕州。来回在黄河和渭河的水路上共走了十天。后来他在文章里面说"道中喝了不少的黄河水"，大概就是指的这事。

　　他于七月十四日到西安，八月三日他离开了西安，综计在西安，他不过住了二十天。

　　他的讲学是七月二十一日开始的，七月二十九日午前，他讲完了最后一课。中间除过二十七日"星期休息"以外，共讲课八日。每天讲课大都早晚各一小时，其中有四天只午前讲一小时。所以实际讲演时间共十二小时。讲课的内容，据听过讲演的人说，是中国小说史。

　　在西安的这短期寓居中，除了讲课以外，鲁迅先生还游览了大小雁塔，看了易俗社的戏，买了一些古董——大都是土俑弩机之类带有考古性的东西。

　　这二十天的客居中，西安给鲁迅先生留了些什么印象呢？我读鲁迅先生的著作不多，而手头又别的资料，我不敢妄加判断。只在鲁迅先生的杂文《说胡须》里

---

　　①　郑伯奇（1895—1979），原名郑隆谨，字伯奇，笔名东山、郑君平、虚舟、何大白、方钧、席耐芳等，陕西西安人。中国电影剧作家、文艺理论家。1925 年毕业于日本京都大学文学部，继入研究院深造。1926 年回国，任中山大学教授，兼黄埔军校政治教官。1943 年冬回西安，次年任陕西省立师范专科学校文科主任、教授。1949 年 7 月陕西省立师范专科学校并入西北大学，遂任西北大学教授。长期从事文学创作、文学编辑活动，发表了大量文学作品，并积极参与创造社等文学团体的创建活动，为新文学事业作出了重大贡献。著有《抗争》（小说剧本集）、《打火机》（短篇小说集）、《轨道》（戏剧集）、《宽城子大将》（中篇小说）、《两栖集》（文学与电影评论集）等，译有《电影脚本论》《电影导演论》等。

面，我看见了下面短短的几段文字：

今年夏天游了一回长安，一个多月之后，胡里胡涂的回来了。知道的朋友便问我："你以为那边怎样？"我这才栗然地回想长安，记得看见很多的白杨，很大的石榴树，道中喝了不少的黄河水。然而这些又有什么可谈呢？我于是说："没有什么怎样。"他于是废然而去了，我仍旧废然而住，自愧无以对"不耻下问"的朋友们。

（中略）

我一面剪（指胡须——引用者注），一面却忽而记起长安，记起我的青年时代，发出连绵不断的感慨来。长安的事，已经不很记得清楚了，大约确乎是游历孔庙的时候，其中有一间房子，挂着许多印画，有李二曲像，有历代帝王像，其中有一张是宋太祖或是什么宗，我也记不清楚了，总之是穿一件长袍，而胡子向上翘起的。于是一位名士就毅然决然地说："这都是日本人假造的，你看这胡子就是日本式的胡子。"

（中略）

我剪下自己的胡子的左尖端毕，想，陕西人费心劳力，备饭化钱，用汽车载，用船装，用骡车拉，用自动车装，请到长安去讲演，大约万料不到我是一个虽对于决无杀身之祸的小事情，也不肯直抒自己的意见，只会"嗡，嗡，对啦"的罢。他们简直是受了骗了。

（下略）

上面所引用的文章是一九二四年十月三十日写的，距他离开西安还不到三个月，而在鲁迅先生是"已经不很记得清楚了"，可见西安给他留下的印象是不会深刻的。至于后面的一段感想也许正透露了他在西安作客时期的真实心情。当时西安乃至陕西的政治社会等各方面的情况是令人非常不愉快的，乃至十分恶劣的。据我武断的推测，"受了骗了"的也许正是鲁迅先生自己罢。而鲁迅先生反而说"他们（指陕西人——引用者注）简直是受了骗了"，这表现了他的负责精神，同时也表示了他对人民——在这里具体地是陕西人，尤其直接地是西安人——的热爱。这是值得西安人民乃至陕西人民深受感动的。鲁迅先生曾到过西安，在当时"西北大学"（现在西安高中所在地）住了二十天，讲演了他的小说史，就西安来说，乃至西北来说，这都是文化教育历史上的一件大事。这说明了鲁迅先生曾经自己将他的学术和思想直接传播到西安乃至西北来。这是值得西安乃至西北人民觉得荣幸的事。难道这还不值得西安人民乃至西北人民来热烈纪念吗？

因此我建议西北文教当局，陕西省及西安市的文教负责同志和西安市及陕西省的广大人民，在鲁迅先生七十诞辰和逝世十五周年纪念的今天，就在鲁迅先生曾经讲学和寓居的地方，修建一种纪念馆或其他纪念物，以此来倡导学习鲁迅、研究鲁迅的思想艺术，并表示我们对于这伟大的文艺导师热烈纪念的心情。

一九五一年十月十八日于西安

（原刊《群众日报》1951 年 10 月 19 日）

鲁迅先生与翻译

曹靖华①

鲁迅先生的文化活动是多方面的。他不但在创作、搜集、编纂、校勘、研究及版画介绍等方面，建树了显赫的勋绩，在翻译方面，也以忠诚热心的工作者及翻译理论的战士的风范，屹立于中国的译坛。

鲁迅先生说："路是从没有路的地方踏出来的。"在中国的译坛上，鲁迅先生是一位斩荆棘、开道路的巨人。

先生的翻译，主要以日文为根据，有时参照德文本。

先生从一九〇三年译美国培伦的《月界旅行》起，直至一九三六年译俄国果戈理的《死魂灵》第二部第三章止，在这三十三年之中，除未印行者不计外，总计译了二十七种之多，包括美、日、旧俄、新俄、荷兰、西班牙等国。共约三百万字。从译品的性质上说，包括戏曲、小说、童话、散文、文艺理论、文艺批评、自然科学等。而旧俄和新俄的著作，几占全部译品三分之二。这原因是：

> 俄国的文学，从尼古拉斯二世时候以来，就是"为人生"的，无论它的主意是在探究，或在解决，或者堕入神秘，沦于颓唐，而其主流还是一个：为人生。

① 曹靖华（1897—1987），原名曹联亚，笔名亚丹，化名汝珍，河南卢氏人。中国现代文学翻译家、散文家、教育家。1920 年在上海外国语学社学俄文，加入了社会主义青年团。后被派往莫斯科东方大学学习，1922 年回国。1924 年加入文学研究会。1927 年 4 月重赴苏联。1933 年回国，先后任中国大学、民国大学、国立北平大学女子文理学院、东北大学、中法大学等校教授，并从事文学翻译工作。七七事变以后，随东北大学西迁，来到西安，任西安临时大学文理学院国文系副教授。后又随校迁至陕南城固，任西北联大法商学院商学系教授。1938 年底，因"宣传马列主义"，与彭迪先、韩幽桐、沈志远、王守礼等教师被解聘。1939 年至重庆任中苏文化协会常务理事、《中苏文化》月刊常务编委等。1948 年任国立清华大学教授。1949 年任北京大学俄罗斯语言文学系教授、主任，后任人民文学出版社副总编辑等职务。译有《铁流》《三姊妹》《保卫察里津》等，主编有《俄国文学史》，著有《花》《飞花集》《春城飞花》等。

又在《我怎么做起小说来》中说：

> 注重的倒是在绍介，在翻译，而尤其注重于短篇，特别是被压迫的民族中的作者的作品。因为那时正盛行着排满论，有些青年，都引那叫喊和反抗的作者为同调的。所以"小说作法"之类，我一部都没有看过，看短篇小说却不少，小半是自己也爱看，大半则因了搜寻绍介的材料。也看文学史和批评，这是因为想知道作者的为人和思想，以便决定应否绍介给中国。……
>
> 因为所求的作品是叫喊和反抗，势必至于倾向了东欧，因此所看的俄国，波兰以及巴尔干诸小国作家的东西就特别多。

更在《祝中俄文字之交》中说：

> 十五年前，被西欧的所谓文明国人看作半开化的俄国，那文学，在世界文坛上，是胜利的；十五年以来，被帝国主义看作恶魔的苏联，那文学，在世界文坛上，是胜利的。这里的所谓"胜利"，是说：以它的内容和技术的杰出，而得到广大的读者，并且给与了读者许多有益的东西。
> ……
> 那时就知道了俄国文学是我们的导师和朋友。因为从那里面，看见了被压迫者的善良的灵魂，的酸辛，的挣扎；还和四十年代的作品一同烧起希望，和六十年代的作品一同感到悲哀。

在介绍工作中，鲁迅先生所以注重被压迫民族的作品，尤其是俄国的作品，就因为这些作品是为人生的，是叫喊和反抗的，是被压迫者的辛酸、挣扎、呻吟、穷困的反映。这种"为人生"的思想，不但是他的文艺介绍工作的基因，而且是他全部文艺活动的出发点。在《域外小说集》的序中说：

> 我们在日本留学的时候，有一种茫漠的希望：以为文艺是可以转移性情，改造社会的。因为这意见，便自然而然的想到介绍外国新文学这一件事。

鲁迅先生原来是学医的，后来弃了医学，从事文艺活动，这根本原因，就是在医治国民的精神，就是在以文艺作为"转移性情，改造社会"的工具。

远在一九〇七年，他给《河南》杂志写的《摩罗诗力说》中就说："吾人所待，则有介绍新文化之士人。"从那时起，他不是袖手地期待，而是把自己所期待的事业，坚毅地担负起来，勤奋而切实地介绍着"新文化"，以哺育中国的读者群，培植中国新文艺的土壤。这工作始终不懈地一直继续到他临终的时候。尤其是在他的晚年，真是"饥不暇食"地介绍人类优秀的文学，好像高尔基晚年培育苏联文化青年干部似的，热心地、诚恳地、忙迫地培育千千万万的中国青年，卫护中国新文化的发展！中国的新文学，在伟大的中国新文学的奠基人的栽培下，就这样的成长壮大起来。同时，苏联文学"在御用文人的明枪暗箭之中，大踏步跨到读者大众的怀里去，给——知道了变革，战斗，建设的辛苦和成功"。

先生一贯的精神是刻苦，认真，忠实。不但对自己的译著如此，就是给别人看稿也是如此。这诚如先生自己所说：

> 我在过去的近十年中，费去的力气实在也并不少，即使校对别人的译著，也真是一个字一个字的看下去，决不肯随便放过，敷衍作者和读者的，并且毫不怀着有所利用的意思。虽说做这些事，原因在于"有闲"，但我那时却每日必须将八小时为生活而出卖，用在译作和校对上的，全是此外的工夫，常常整天没有休息。……
>
> ……在我自己的，是我确曾认真译著，并不如攻击我的人们所说的取巧，的投机。

这的确是事实，先生一生给别人编校稿件的工作中，不知付出了多少心血！这并非如当时的"革命批评家"们所攻击的"闲暇，闲暇，第三个闲暇"所作的"取巧""投机"的工作。景宋女士在《鲁迅全集》的《死灵魂》①的"附记"中说：

> 我从《死灵魂》想起他艰苦的工作：全桌面铺满了书本，专诚而又认真的，沉湛于中的，一心致志的在翻译。有时因了原本字汇的丰美，在中国的方块字里面，找不出适当的句子来，其窘迫于产生的情况，真不下于科学者的发明。
>
> 当《死灵魂》第二部第三章翻译完了时，正是一九三六年的五月十五日。其时先生熬住了身体的虚弱，一直支撑着做工。等到翻译得以告一段落了的晚上，他抱着做下了一件如心的事之后似的，轻松的叹一口气说：休息一下罢！不过觉得人不大好。我就劝告他早些医治，后来竟病倒了。那译稿一直压置着。到了病有些转机之后，他仍不忘记那一份未完的工作，总想动笔。我是晓得这翻译的艰苦，是不宜于病体的，再三的劝告。到十月间，先生自以为他的身体可以担当得起了，毅然把压置着的稿子清理出来，这就是发表于十月十六日的《译文》新二卷二期上的。而书的出来，先生已不及亲自披览了。

先生在一九〇三年作的《自题小像》诗中有云"我以我血荐轩辕"，而先生终于

---

① 现通译为《死魂灵》。

在中国文化面前，献出了全部的生命。言行相顾，至死不渝，不但刻苦、认真而已！景宋女士说："手来锄植，血来灌溉，无不是全力以赴之的。"这实在是不错的。

黄源在《鲁迅先生与〈译文〉》中说：

> 先生自己对于翻译，却一字一句，绝不苟且，甚至每一个出典，必详查细考而注明。如先生病前译就而刊登于本刊上期的《死灵魂》第三章中，有一句"近乎刚刚出浴的眉提希的威奴斯的位置"，先生知道眉提希的威奴斯（Venus de medici）为克莱阿美纳斯（Cleomenes）所雕刻，但他没有见过这雕刻的图像，不知出浴者的姿势，于是东翻西查，却遍查不得，又买了日本新出的《美术百科全书》来查，依然没有，之后，化了更多的力气，终于查出注明。①

这种慎重、认真的态度，是鲁迅先生治学处世的基本态度，也是我们极好的模范，是每个从事译作及治学的人所应该取法的。本着这种态度从事译作的，在中国我是没有见到第二个人的。他不肯草率，所以他看翻译不是如同那些大刀阔斧、"削鼻剜眼"的"顺"译家那么容易。在《"题未定"草》（一）中说：

> 我向来总以为翻译比创作容易，因为至少是无须构想。但到真的一译，就会遇着难关。譬如一个名词或动词，写不出，创作时候可以回避，翻译上却不成，也还得想，一直弄到头昏眼花，好像在脑子里面摸一个急于要开箱子的钥匙，却没有。严又陵说，"一名之立，旬月踌蹰"，是他的经验之谈，的的确确的。②

关于先生这样一贯的刻苦负责的翻译态度，秋白也说：

> 你的译文，的确是非常忠实的，"决不欺骗读者"这一句话，决不是广告！这也可见得一个诚挚，热心，为着光明而斗争的人，不能够不是刻苦而负责的。③

因为要忠于原文，对原文要绝对信实，就是重译，"也得竭力保存它的锋头"，所以他就不得不采取了直译的方法。先生远在一九〇九年出的《域外小说集》第一册中就说："收录至审慎，迻译亦期弗失文情。"这种主张直译而保存原文神味的态度，贯彻了先生一生的介绍工作。在《出了象牙之塔》的后记中说：

---

① 《译文》1936 年新 2 卷 3 期。
② 《鲁迅全集》第 6 卷，第 277 页。
③ 《鲁迅全集》第 4 卷，第 295 页。

文句仍然是直译，和我历来所取的方法一样；也竭力想保存原书的口吻，大抵连语句的前后次序也不甚颠倒。

在《"题未定"草》（二）中也说：

还是翻译《死魂灵》的事情。躲在书房里，是只有这类事情的。动笔之前，就得先解决一个问题：竭力使它归化，还是尽量保存洋气呢？日本的译者上田进君，是主张用前一法的。他以为讽刺作品的翻译，第一当求其易懂，愈易懂，效力也愈广大。所以他的译文，有时就化一句为数句，很近于解释。我的意见却两样的。只求易懂，不如创作，或者改作，将事改为中国事，人也化为中国人。如果还是翻译，那么，首先的目的，就在博览外国的作品，不但移情，也要益智，至少是知道何地何时，有这等事，和旅行外国，是很相像的；它必须有异国情调，就是所谓洋气。其实世界上也不会有完全归化的译文，倘有，就是貌合神离，从严辨别起来，它算不得翻译。凡是翻译，必须兼顾着两面，一当然力求其易解，一则保存着原作者的丰姿，但这保存，却又常常和易懂相矛盾：看不惯了。不过它原是洋鬼子，当然谁也看不惯，为比较的顺眼起见，只能改换他的衣裳，却不该削低他的鼻子，剜掉他的眼睛。我是不主张削鼻剜眼的，所以有些地方，仍然宁可译得不顺口。

他这种不主张"削鼻剜眼"的翻译，就是他的始终主张信实，主张直译的地方。因为这样才可以"保存原书的口吻"，"保存原作者的丰姿"。

先生不但要借这种直译的方法输入新的内容，而且要输入新的表现法，使中国大众的语言精密丰富起来。这在中国语言的发展上，是有巨大作用的。这是先生从事译作的基本任务之一，也是他所以采取直译方法的主要原因，而同时也是他时时替中国大众文化发展打算的苦心。先生在答秋白论翻译的信中说：

我们的译书，还不能这样简单，首先要决定译给大众中的怎样的读者。将这些大众，粗粗的分起来：甲，有很受了教育的；乙，有略能识字的；丙，有识字无几的。而其中的丙，则在"读者"的范围之外，启发他们是图画，演讲，戏剧，电影的任务，在这里可以不论。但就是甲乙两种，也不能用同样的书籍，应该各有供给阅读的相当的书。供给乙的，还不能用翻译，至少是改作，最好还是创作，而这创作又必须并不只在配合读者的胃口，讨好了，读的多就够。至于供给甲类的读者的译本，无论什么，我是至今主张"宁信而不顺"的。自然，这所谓"不顺"，决不是说"跪下"

要译作"跪在膝之上","天河"要译作"牛奶路"的意思，乃是说，不妨不像吃茶淘饭一样几口可以咽完，却必须费牙来嚼一嚼。这里就来了一个问题：为什么不完全中国化，给读者省些力气呢？这样费解，怎样还可以称为翻译呢？我的答案是：这也是译本。这样的译本，不但在输入新的内容，也在输入新的表现法。①

中国语言（文字）的穷乏，的确是不可讳言的事实，甚至日常的用品，都是无名氏的。诚如秋白所说，中国的语言简直没有完全脱离所谓"姿势语"的程度，普通的日常谈话，几乎还离不开"手势戏"。一切表现细腻的分别和复杂的关系的形容词，前置词等等，都几乎没有。同时，封建余孽，还紧紧束缚着中国人的活的语言，这些僵尸还在支配着活人，在这种情形下，创造新的语言，新的字眼，新的句法……来表现现在中国社会已经有的新的关系，新的现象，新的事物，新的观念，这是现在中国每个文化人的重大任务。所以"翻译——除了能够介绍原本的内容给中国读者之外——还有一个很重要的作用：就是帮助我们创造出新的中国的现代言语"②。

这也就是鲁迅先生所说的：

> ……中国的文或话，法子实在太不精密了，作文的秘诀，是在避去熟字，删掉虚字，就是好文章，讲话的时候，也时时要辞不达意，这就是话不够用，所以教员讲书，也必须借助于粉笔。这语法的不精密，就在证明思路的不精密，换一句话，就是脑筋有些糊涂。倘若永远用着糊涂话，即使读的时候滔滔而下，但归根结蒂，所得的还是一个糊涂的影子。要医这病，我以为只好陆续吃一点苦，装进异样的句法去，古的，外省外府的，外国的，后来便可以据为己有。③

又说：

> ……我还以为即使为乙类读者而译的书，也应该时常加些新的字眼，新的语法在里面，但自然不宜太多，以偶尔遇见，而想一想，或问一问就能懂得为度。必须这样，群众的言语才能够丰富起来。④

先生站到语言发展的规律上，不但要借翻译"输入新的内容"，而且要借它"输

---

① 《鲁迅全集》第 4 卷，第 307—308 页。
② 《鲁迅全集》第 4 卷，第 296 页。
③ 《鲁迅全集》第 4 卷，第 308 页。
④ 《鲁迅全集》第 4 卷，第 308—309 页。

入新的表现法"，要借它来"丰富大众的语言"，要借它的帮助，创造出新的中国的现代语言。因此，他对于翻译就不能够不要求绝对的正确；因此，他再三主张直译，对于"错译专家"攻击为"不顺"的时候，他主张容忍"多少的不顺"。在答秋白论翻译的信中说：

> ……说到翻译文艺，倘以甲类读者为对象，我是也主张直译的。我自己的译法，是譬如"山背后太阳落下去了"，虽然不顺，也决不改作"日落山阴"，因为原意以山为主，改了就变成太阳为主了。虽然创作，我以为作者也得加以这样的区别。一面尽量的输入，一面尽量的消化，吸收，可用的传下去了，渣滓就听他剩落在过去里。所以现在容忍"多少的不顺"，倒并不能算"防守"，其实也还是一种的"进攻"。在现在民众口头上的话，那不错，都是"顺"的，但为民众口头上的话搜集来的话胚，其实也还是要顺的，因此我也是主张容忍"不顺"的一个。
>
> 但这情形也当然不是永远的，其中的一部分，将从"不顺"而成为"顺"，有一部分，则因为到底"不顺"而被淘汰，被踢开。①

鲁迅先生的这种信实的翻译以及他对于翻译的主张，在当时曾经引起了不少反对。那些要求"读的时候究竟还落个爽快"的"其软如棉"的绅士，斥先生的翻译为"死译"，想来"淘汰"，"踢开"它，于是高呼"死译之风，断不可长"，主张"误译胜于死译"的"名论"；"错译专家""赵教授"之流诋为"不顺"，主张："与其信而不顺，不如顺而不信"，主张"宁可错些"的"愚民政策"。他们想把鲁迅先生的翻译"一脚踢开"，但可惜都没有那么"较大的腿劲"。终如先生所说：

> 凭空的攻击，似乎也只能一时收些效验，而最坏的是他们自己又忽而影子似的淡去，消去了。②

事实上，这些主张"宁顺而不信"和"误译胜于死译"的教授绅士，对于鲁迅先生翻译的进攻，是对无产阶级文学进攻的另一种手法。这一点，秋白说得最明白：

> 他显然是暗示的反对普罗文学……！他这是反对普罗文学，暗指着普罗文学的一些理论著作的翻译和创作的翻译。③

这些御用的名流绅士的狐狸尾巴，原来是如此的！无情地揭露这些狐狸尾巴，忠

---

① 《鲁迅全集》第4卷，第309页。
② 《鲁迅全集》第4卷，第144页。
③ 《鲁迅全集》第4卷，第298页。

诚地捍卫中国进步文化的发展，这是中国伟大的战斗的艺术家鲁迅先生一生最光辉的战绩。在翻译上，先生对这种以"胡译""乱译"为"顺译"的漆黑一团的现象，是尽力剥落，掊击的。他在《几条"顺"的翻译》《风马牛》《再来一条"顺"的翻译》等篇里，揭示了那些"顺"的翻译其实是不折不扣的"胡译""乱译"之后，说：

> 以上不过随手引来的几个例子……但即此几个例子，我们就已经可以决定，译得"信而不顺"的至多不过看不懂，想一想也许能懂。译得"顺而不信"的却令人迷误，怎样想也不会懂，如果好像已经懂得，那么你正是入了迷途了。①

在翻译上，先生不但勤恳忠实地从事创作，不但严正地删刈文坛上的莠草，清除文坛上的污垢，而且时时在诱掖着新的译者，渴望着好的翻译的出现。他不是同名流绅士们一样，对于翻译恶意地放了冷箭之后，只是"等着，等着，等着……"而已。他是：

> 我要求中国有许多好的翻译家，倘不能，就支持着"硬译"。理由还在中国有许多读者层，有着并不全是骗人的东西，也许总有人会多少吸收一点，比一张空盘较为有益。而且我自己是向来感谢着翻译的。②

在《"硬译"与"文学的阶级性"》一文中，先生讲到藏原惟人从俄文直接译过许多文艺理论和小说，于他个人极有裨益之后，就接着说：

> 我希望中国也有一两个这样的诚实的俄文翻译者，陆续译出好书来，不仅自骂一声"混蛋"就算尽了革命文学家的责任。③

在上边所引的《关于翻译》一文里，鲁迅先生又说：

> 今年是"国货年"，除"美麦"外，有些洋气的都要被打倒了。……翻译也倒了运，得到一个笼统的头衔是"硬译"和"乱译"。但据我所见，这些"批评家"中，一面要求着"好的翻译"者，却一个也没有的。④

在《俄罗斯的童话》小引中也说：

> 我很不满于自己这回的重译，只因别无译本，所以姑且在空地里称雄。

---

① 《鲁迅全集》第4卷，第272页。
② 《鲁迅全集》第4卷，第423页。
③ 《鲁迅全集》第4卷，第172页。
④ 《鲁迅全集》第4卷，第422页。

倘有人从原文译起来，一定会好得远远，那时我就欣然消灭。

这并非客气话，是真心希望着的。

在《"硬译"与"文学的阶级性"》中又说：

自然，世间总会有较好的翻译者，能够译成既不曲，也不"硬"或"死"的文章的，那时我的译本当然就被淘汰，我就只要来填这从"未有"到"较好"的空间罢了。①

在中国文坛上，先生不但作着删节的工作，不但要求，希望和卫护着好的翻译，不但诱掖着进步的青年文艺工作者，而且在绅士、教授以及"革命批评家"们猖狂向翻译围攻的时候，他却看翻译与创作并重，认翻译是催进和鼓励创作的：

创作对于自己人，的确要比翻译切身，易解，然而一不小心，也容易发生"硬作"，"乱作"的毛病，而这毛病，却比翻译要坏得多。我们的文化落后，无可讳言，创作力当然也不及洋鬼子，作品的比较的薄弱，是势所必至的，而且又不能不时时取法于外国。所以翻译和创作，应该一同提倡，决不可压抑了一面，使创作成为一时的骄子，反因容纵而脆弱起来。……②

注重翻译，以作借镜，其实也就是催进和鼓励着创作。③

在《现今的新文学的概观》一文中也说：

多看些别国的理论和作品之后，再来估量中国的新文艺，便可以清楚得多了。更好是绍介到中国来；翻译并不比随便的创作容易，然而于新文学的发展却更有功，于大家更有益。④

在落后的中国，在贫瘠的中国的文艺园地上，要想得到肥美硕大的文艺果实，首先对于培植文艺土壤的工作，得下一番切实的功夫。先生的翻译工作以及对于翻译的卫护，正是对中国的文艺园地，作了肥田的工作。这种工作是在当时极艰苦的条件下进行的。他不怕正面的迫害，也不顾御用文人的暗箭，坚毅而忠勇地肩起中华民族新文学——新文化的伟大奠基人的工作！

---

① 《鲁迅全集》第 4 卷，第 171 页。
② 《鲁迅全集》第 4 卷，第 422 页。
③ 《鲁迅全集》第 4 卷，第 423 页。
④ 《鲁迅全集》第 4 卷，第 110 页。

关于译外国人名问题，先生反对"外国人姓中国姓"，主张正确的译音，使读者能由汉字的音译推知原名的可能，这也是基于先生的一贯的信实的态度的。他说：

> 以摆脱传统思想的束缚而来介绍世界文学的文人，却偏喜欢使外国人姓中国姓：Gogol 姓郭；Wilde 姓王，D'Annunzio 姓段，一姓唐；Holz 姓何；Gorky 姓高；Galsworthy 也姓高，假使他谈到 Gorky，大概是称他"吾家 rky"的了。我真万料不到一本《百家姓》，到现在还有这般伟力。①

在《集外集》中的《咬嚼之余》和《咬嚼未始"乏味"》等篇里，先生再三强调这种主张。在《不懂的音译》里，也主张"什么音便怎么译"：

> 翻外国人的姓名用音译，原是一件极正当，极平常的事，倘不是毫无常识的人们，似乎决不至于还会说费话。……
>
> ……
>
> 其实是，现在的许多翻译者，比起往古的翻译家来，已经含有加倍的顽固性的了。例如南北朝人译印度的人名：阿难陀，实叉难陀，鸠摩罗什婆……决不肯附会成中国的人名模样，所以我们到了现在，还可以依了他们的译例推出原音来。……
>
> ……
>
> 我想，现在的翻译家倒大可以学学"古之和尚"，凡有人名地名，什么音便怎么译，不但用不着白费心思去嵌镶，而且还须去改正。②

这种主张，远在先生译《域外小说集》时即是如此的，在该书"略例"中云："人地名悉如原音，不加省节者，缘音译本以代殊域之言，留其同响；任情删易，即为不诚。"

"什么音便怎么译"，这是先生对于学问一贯的信实的态度，在新文字没有完全代替了汉字以前，这是用方块字译音的极正确的主张。不然，诚如先生所说，读者不但不能推想到柯柏坚就是 Kropotkin，陶斯道就是 Tolstoi，而且要如从前上海某报在 Kropotkin 的逝世消息传来的时候，使用日俄战争时旅顺败将 Kuropatkin 的照片，来顶替这位无政府主义者的笑话了。

鲁迅先生真是生不逢辰！他工作的时代，真是"上有御用诗官的施威，下有帮闲文人的助虐"。就是劳心劳力的文艺介绍工作，他一生也都不能安安心心地去作，这样出汗的苦工，也得在战斗中去进行！当他最初介绍"为人生的文学"——俄国

---

① 《鲁迅全集》第 3 卷，第 7 页。
② 《鲁迅全集》第 1 卷，第 464—465 页。

文学的时候，就遭到了"三标新旧大军的痛剿"！他们或则打着"为艺术的艺术"的大旗，喊着"自我表现"的口号，"要将这些'庸俗'打平"，或则"眉头百结，扬起了带着白手套的纤手，挥斥道：这些下流都从'艺术之宫'里滚出去！"

这以后，在介绍苏联文艺理论及文艺作品的时候，又遭到从"艺术之宫"里跃出来的"革命批评家"攻击为"不甘没落""有闲""投机"，以及绅士、教授斥为"不顺""死译"，并且高呼"死译之风，断不可长"，都想要来把他的译作"淘汰"和"踢开"！而正面则还有更凶的"岩石似的重压"呢！而鲁迅先生就在这样的围攻中，在这样的重压下，浑身带着血淋淋的伤痕，一面作翻译工作（不但是翻译工作！），一面还得进行扫荡战！"扫荡废物，以造成一个使新生命得能诞生的机运"。这战绩不仅是在介绍了不少的优秀作品，而且是在这艰苦的战斗中卫护了中国文学以及文化的命脉。

他甚至在对作家进行的严密的"经济封锁"中，各书店都不敢承印好书的时候，从拮据的腰包中，自己拿钱来印"决不欺骗读者"的书。这就是在当时的环境中出现的日本风味十足的"三闲书屋"。在这书屋所出的书后广告中说：

> 现在只有三种①，但因为本书屋以一千现洋，三个有闲②，虚心绍介诚实译作，重金礼聘校对老手，宁可折本关门，决不偷工减料，所以对于读者，虽无什么奖金，但也决不欺骗的。③

无论如何，鲁迅先生总是要"在这样的岩石似的重压下"，要"宛委曲折"地使这些作品"在读者眼前开出了鲜艳而铁一般的新花"！使中国的文学"绍介进来，传布开去"。终使：

> ……在近十年中，两国的绝交也好，复交也好，我们的读者大众却不因此而进退；译本的放任也好，禁压也好，我们的读者也决不因此而盛衰。不但如常，而且扩大；不但虽绝交和禁压还是如常，而且虽绝交和禁压而更加扩大。这可见我们的读者大众，是一向不用自私的"势利眼"来看俄国文学的。我们的读者大众，在朦胧中，早知道这伟大肥沃的"黑土"里，要生长出什么东西来，而这"黑土"却也确实生长了东西，给我们亲见了：忍受，呻吟，挣扎，反抗，战斗，变革，战斗，建设，战斗，成功。④

---

① 指《毁灭》《铁流》和《士敏土之图》。

② 指《毁灭》译者鲁迅，《铁流》译者曹靖华及《铁流序言》译者史铁儿，即秋白。——曹靖华注。

③ 《鲁迅全集》第7卷，第764页。

④ 《鲁迅全集》第4卷，第353—354页。

这种精神将在中国文学史里，放射着辉煌的光芒。这种精神是中国每一个文化工作者所应当奉为楷模的！

用自己的血和乳哺育了，哺育着，而且将来还在哺育千千万万中华民族儿女的鲁迅先生，在翻译方面，他不但辛辛苦苦地给我们介绍了大批的文艺作品！！尤其是苏联的作品！！和大批的文艺理论，以作建立中国新的文艺理论和创作的借镜，而且深切地关怀着中国文化的前途，斩荆棘，辟道路，猛烈地扫射着文坛上的腐烂倒退现象，诱掖着进步青年文艺工作者，扶植翻译事业以及中国进步文化的发展。

一九三〇年，当翻译《洪水泛滥》的时候，翻译被投机者的抢译，乱译，胡译，瞎译糟蹋了之后，翻译就遭到了浩劫，当时先生就奋力地艰苦地支撑了翻译的厄运。一九三四年，当一般人对翻译冷眼相看的时候，先生约了几个同好，在连稿费、编辑费都不支的条件下，在对文坛施行高压的环境中，化名创办了中国唯一的纯文艺的翻译杂志——《译文》。先生的这些活动，诚如秋白所说，实实在在地都不是"私人的事情"：

> ……翻译世界无产阶级革命文学的名著，并且有系统的介绍给中国读者（尤其是苏联的名著，因为它们能够把伟大的十月，国内战争，五年计划的"英雄"，经过具体的形象，经过艺术的照耀，而供献给读者）——这是中国普罗文学者的重要任务之一。虽然，现在做这件事的，差不多完全只是你个人和 Z 同志的努力；可是，谁能够说：这是私人的事情？！谁？！《毁灭》《铁流》等等的出版，应当认为一切中国革命文学家的责任。①

可是，对于世界进步文学，尤其是苏联文学的介绍，至今那些折服于"草木虫鱼，苍蝇蚊子"的帮闲的"名士"，大骂这些工作，还由于憎恶而发出讥笑的声音——"没有出息的事"，这在千千万万的进步读者面前是遮掩不住的！这些腐烂社会的污垢，终要被暴风雨洗刷去的！

鲁迅先生真是一具光芒万丈的火炬，他指引了，指引着，而且将来还在指引着千千万万的青年，向光明的路上迈进！自然不仅在翻译方面如此！

写于一九三七年七月

鲁迅先生逝世四周年改作

（最初发表于上海《公论丛书》第 1 辑，1938 年 9 月 10 日，标题为《鲁迅先生的翻译》，后改为《鲁迅先生与翻译》，发表于《抗战文艺》第 6 卷第 4 期，1940 年 12 月 1 日。本文选自《曹靖华译著文集》第 9 卷，河北教育出版社、北京大学出版社 1992 年版）

---

① 《鲁迅全集》第 4 卷，第 295 页。

一生到老志不屈

——纪念鲁迅先生

杨　晦[①]

……一生到老志不屈！……

这是鲁迅先生安葬的时候，在送葬的长行列里，从大家心里一齐涌出，嘴里一齐唱出的哀悼歌的一句。我认为，这是最有意义，足以代表鲁迅先生的真正精神的。有些青年的朋友，正当他们情绪高扬的时候，也许是不会感觉怎样的吧。然而，假使是个中年以上的人，只要回过头去看看这几十年中国的历史，看看这几十年历史中间鲁迅先生的战斗经过，再跟他自己在这样时代里的生活情形比照一下，就不能不感到鲁迅先生是多么不可及的啊！在当时送葬的行列里，踏着沉重的脚步，怀着满腔的沉痛，因那是一个燥热的深秋天气而一边流着汗又一边流着泪的中年或者中年以上的人，一定都会有此同感吧！

鲁迅先生的一生，正处在中国历史上最艰难的时代，这一段的历史事实，是用不着在这里详细述说的。因为中国过去历史上的担子太重，外来的压力又太强，革命的条件不成熟，新生的力量难免幼弱，所以这中间未尝没有高潮的时期，然而来势既不猛，等到一转眼，不但是各方依旧，反倒是外力进攻加紧，内部压迫加重，黑暗势力又重新抬头。最可怕的是所谓光明的圈里也弥漫了鬼影纵横。辛亥革命的前后，不正是这种情形吗？这时候，聪明的自然会摇身一变投了过去，或者是改行不干另找出路去了；笨重的或因为自己走动不灵，或因为牵累太多，只好顿顿脚，叹口气，停止下来，从此也就断了关系；至于一些感情盛，意志薄弱的，因此弄得情感无法排遣，于是醇酒妇人的有，抑郁牢骚的有，进一步由荒唐堕落而倒行逆施的

---

① 　杨晦（1899—1983），原名兴栋，字慧修，笔名丫、楣、寿山，辽宁辽阳人。现代作家、文艺理论家，文学团体沉钟社的发起人和主要成员。1941年任国立西北大学中文系教授，讲授现代文学、文学批评等课程。1949年以后任北京大学中文系教授、系主任、副教务长。代表作有文艺评论集《文艺与社会》，剧本《楚灵王》《屈原》《除夕》等，著有《杨晦选集》《杨晦文学论集》等。

也有呢！到了这样的时候，不用说始终能认识清楚，始终能坚定不移者，因中国过去普遍地政治水准太低而不容易多见，就是能随着退潮，虽然情绪低降下来却还能守住自己，虽然不免于悲观却并不至于动摇，虽然有时要消沉却并未除掉叹气以外一切都丢开不管的人，又究竟能有多少呢？

由辛亥革命的失败到五四运动之间，就正是这样一个低潮的时期。当时，袁世凯以及后来北洋军阀的统治，在政治上黑暗到了什么样的程度，一般社会（连教育文化等界都包括在内）浑沌堕落、恶浊腐败到了什么样的程度，那是目前的青年们都不大能想象得来的。

这是鲁迅先生的沉默时期。他在北平，虽然不免于阴沉沉地感到悲观，却住在同乡会馆里，沉默地做着工作。

终于，五四运动的高潮时期到来了，他于是"呐喊"起来。后来，虽然随着潮流的低降，也不免要"彷徨"，但从此他却开始了他的战斗生活，不再沉默了。就在"五四"到"五卅"的一段退潮期间，他始终都在斗争着。"彷徨"之后，又来了转机，然而时机并不成熟，虽然在树梢，在屋顶，你都听见了沙沙的声音，吹来的却只是一阵"热风"。这虽然还是小人得志的时候，所取的已经只是谣言攻势，战斗者的要走"华盖"运，是无可逃避的事。这当然不是一个花期，只能长些"野草"罢了！

就在"华盖"照命之下，鲁迅先生离开了北平，走厦门，去广州，最后到了上海，就这样一直在上海住下去。"五卅""北伐"的高潮，以至于后来的"九一八""一·二八"，在这中国最艰难的时代中间，一起一落，一高一低，鲁迅先生始终都在坚韧地、不屈地战斗着。这时候，他已经不再随着高潮低潮的转变而高扬或是低降自己的情绪，却在高潮的时期，指示给我们的青年要在热狂里清醒一下，免得横冲直撞地碰破了头，或是绊倒在地下；在低潮的时候，告诫我们的青年要坚定脚步，站得稳固，要睁开眼睛，不但正视黑暗，并且远视到黑暗中的光明前途，要准备着在高潮来时迎头赶上前去。这还不算，他并且要肃清内奸，要揭穿伪善者的阴谋与假面，要防备被人出卖，要当心陷阱或是绊脚石。同时，他还要为他的工作奋斗，同他的疾病斗争。终于，他在战斗中死去了，"一生到老志不屈"地光荣死去了！

鲁迅先生的死，正是在"八一三"的前一年。这位为民族解放艰苦战斗的老战士，却没有看见我们民族解放战争的爆发，没有能参加这次神圣的战争，来指示、来领导我们的青年战士。这在鲁迅先生不免是一种遗憾，在我们更不免于哀悼之余尚有无限深痛的呢！

你的精神复活吧，我们的导师，鲁迅先生！

一九四〇年十月

（原载《新军》第2卷第11期，1940年11月1日）

鲁迅先生与中国史学

陈登原①

鲁迅②的《呐喊》出版时，有一九二二年十二月三日的自序。那时候，我正读书于南京东南大学。那时候，我们比较地尚有文艺写作的野心。《呐喊》出来了，而我们正在上汤用彤先生的课。汤先生讲课，内容是渊博的，态度是丁宁的，他从不向我们作过某些限度的要求。有一次，下课铃响了，我同现在复旦大学的卢于道教授迷惘地走出了教室，汤先生却庄重地对我们发问了："是不是有更好的书本，在吸引着刚才上课时候你们的注意？"

我们脸红了，对不起我们可敬的师长。因为上课时，确乎不曾好好听讲，放在膝盖子上的，就是《呐喊》。但是，尽管对不起汤先生，从此以后，绍兴剧《龙虎斗》里的"手执钢鞭将你打"③，兴感的时候，疲劳的时候，彼此见面的时候，终究成为我们日常的口头语了。

三十年的时光，如飞似地过去了。对于文艺，除有时还要哼几句西昆体的旧诗以外，似乎心情很差。但是，三十年的时光，使我对于鲁迅，更有一些了解了，用蒋士铨过杜甫祠堂的旧句，就是"先生何止是诗人"④。

第一，一般地说，文学家是不喜校勘学的。"却留残缺处，付与腐儒争"⑤，就是清初诗人吴伟业讽刺校勘的诗句。但是，鲁迅却庄重地写道："今此校定，……力存原文。其为浓墨所灭，不得已而从改本者，则曰：字从旧校，以著可疑。"⑥这里

----

① 陈登原（1900—1975），原名登元，字伯瀛，浙江慈溪周巷镇人。历史学家。1926 年毕业于南京东南大学历史系，历任金陵大学中国文化研究所研究员、教授，世界书局苏州编译所编辑，之江大学、中山大学教授。1950 年起在西北大学历史系执教。著有《天一阁书考》《中国田赋史》《中国土地制度》《中国文化史》等。

② 为了行文方便，以后均略去"先生"两字。

③ 此七字见《呐喊》页一百五十《阿 Q 正传》。

④ "何止诗人"云云，见蒋氏《忠雅堂集》卷二之《南池杜少陵祠堂》。编者按：原诗句为"先生不仅是诗人"，下同。

⑤ "付与腐儒"云云，见吴伟业《梅村家藏稿》卷十四之《蠹简》。

⑥ 《鲁迅全集·嵇康集》，页十六。

所说的"力存原文",正是卢文弨与钱大昕书所说:"丁宁于原文之未可轻改,盖已虑及后人纷更之失。"①如所周知,卢、钱都是第一流的校勘学者。所以,从中国史学方面来说,鲁迅对于校勘学的态度,是十分庄重严肃的。

第二,中国史学方面,有个优良的传统,即是引古必用原文②,竭力避免展转剿袭。可是,上面所提的一十四字,根本谈何容易?例如曾享一代盛名,主编《四库全书》的纪昀,曾说朱熹所作的《名臣言行录》不曾提到刘安世的片言只字。原来,他只把董复亨《繁露园集》的批评搬了次家,却不曾把《名臣言行录》浏览一过。③后来魏源根据宋本今本,知道《名臣录》原曾录及刘安世的,纪昀只是说谎骗人。④其实,这种作风,历代历史学者均不能免。但是,鲁迅又庄重地写道:"自愧读书不多,疏陋殊甚;空灾楮墨,贻痛评坛。然皆摭自本书,未尝转贩。"⑤这里所说的"未尝转贩",正是过去中国史学家所未能完全做到的美德。所以,从中国史学方面来说,鲁迅对于搜集资料的态度,也是十分庄重严肃的。

第三,绝少数的历史学者,能够秉着知之为知之,不知为不知的实事求是。例如薛氏《旧五代史》原本,自清初曾被藏于余姚黄氏之后,全祖望、吴蔡客等都想见而未见。⑥到了一九二五年,忽然有汪德渊其人,非但说确有此书,兼说到此书出卖的经过。⑦这未免给与目听之人以无谓的纷扰。但是,鲁迅对于王圻的《续文献通考》,却作了下列的声明:"悠谬之谈,故书中盖常有……翻检之书,别为目录附于末。然亦未尝通观全部者,如王圻《续文献通考》,实仅阅其《经籍考》而已。"⑧这个声明,正是装腔作势,将无作有,出卖风云雷雨者的当头一棒。在前时,曾经碰到了一位历史教授,曾说他自己,已把五百二十卷的李焘《续长编》读过一遍;又说他自己,不知道李焘《长编》收在什么丛书之内。遇到这种不知为知的妄作解人,真要问,人之贤与不肖,为何相去至于如此之远。所以,从中国史学方面来说,鲁迅对于参考书的态度,也是严肃而细致的。

第四,作为一个历史学者,自然要求着关于自己的业务部分知道得越多越好。换句话来说,即是需有渊博的知识。而鲁迅,对于中国历史的知识,正是甚多甚多。并不希望替《鲁迅全集》一一作出注疏,但这里可以举出一二个例子。第一个例子,

① 《抱经堂集》卷十九《与钱大昕论〈后汉书〉年表书》。
② 《日知录》卷二十"用古必引原文"。
③ 《四库全书总目提要》卷五十七"名臣言行录"条。
④ 魏源《古微堂集》卷三《书宋名臣言行录后》。
⑤ 《鲁迅全集·小说旧闻钞》,页九。
⑥ 全祖望《鲒埼亭集外编》卷四十三《寄赵谷林书》。
⑦ 一九二五年四月三日上海《神州日报》。
⑧ 《鲁迅全集·小说旧闻钞》,页十。

有如鲁迅写道："中国还有更残酷的。唐人说部中曾有记载，一县官拷问犯人，四周用火遥焙，口渴，就给他喝酱醋。"①鲁迅这里所说，并不是羌无故实。封建统治之下，不人道的刑罚正是有史可据。周密记载南宋大将张浚杀害勇将曲端的经过道："即进械，坐之铁笼，炽火逼之，殊极惨恶。端渴甚求饮，与之酒，九窍流血而死。"②

第二个例子，有如鲁迅写道："我记得蒙古人'入主中夏'时，裁判就用翻译。一个和尚去告状追债，而债户商同通事，将他的状子改为自愿焚身了。官说道好；于是这和尚便被推入烈火中。"③鲁迅这里所说，也不是羌无故实。在外国人取到中国政权之后，传话的通事，能够假借威福，也是有史可据。李心传记载南宋时代，北中国通事窃假威福的故事道："自金人入中原，凡官汉地者，皆置通事，高下轻重，悉出其手，得以舞文纳贿，人甚苦之。……有僧讼富民逋钱数万缗，通事受贿，诡言久旱不雨，僧欲焚身动天以苏百姓，尼楚赫许之。僧呼号不能自明，竟以焚死。"④

上面但举两个例子，当然挂一漏万，但已足够说明，鲁迅写作随笔杂感之类之时，乃是用他的渊博的知识，细心地组织起来。并非九日题糕，自我作典。

第五，历史学者的最大忌讳，就是用不多的证据说明问题。换言之，即是避免略遇风影，即来一个捕捉。如果肯定顾炎武的《日知录》时，不免要提到他的一事用数处材料纂成。如果否定俞樾的《茶香室丛钞》时，不免要提到他的只用一条材料说明一个问题。鲁迅曾从太炎先生问学，太炎又是曲园俞樾的学生。太炎固然不像俞樾，鲁迅尤其不走俞樾的老路。举一个例子，鲁迅在说吴均《阳羡书生》双鹅并笼的故事，他既引用康僧会的《旧杂譬喻经》作为比较研究，又引《观佛三昧海经》作为相互证明。又从《法苑珠林》第六十一卷，《太平御览》第三百五十九卷所引的荀氏《灵鬼志》，作为最后校定。⑤这是何等的功力，多么的谨严！如果我们知道，梁启超说明《孔雀东南飞》时，只用佛本行赞一条⑥，就来牵强附会，如果我们知道，有一个人，根据墨子的墨字，就推论墨子是印度人⑦，那更可知道，鲁迅治学的谨严了。《中国小说史略》如此，《会稽郡故书杂集》也是如此，而他的《古小说钩沉》，比之前人所作的《古经解钩沉》，所以并无逊色，也正因为如此。此又足够

① 《鲁迅全集·伪自由书》，页十九。

② 周密《齐东野语》卷十五《曲壮闵本末》。

③ 《鲁迅全集·而已集》，页十九。

④ 李心传《建炎以来系年要录》卷十八"建炎二年十二月"。

⑤ 《鲁迅全集·中国小说史略》，页一九一至一九三。

⑥ 梁启超《梁任公近著》，页一三二。

⑦ 有胡某者如此云云，语见《东方杂志》。其说荒唐，不必注明卷帙。

说明鲁迅在写作文史故事之类，也用他的渊博知识，细心地组织起来，并非取证不多，望文生义。

总的说来，鲁迅对于史学研究，约有五事足述：第一是精心校勘，深知此中的甘苦；第二是征用原文，避免剿袭的毛病；第三是实事求是，不知即是不知；第四是掌握资料，并非浅尝即止；第五则是不肯利用孤证，贸然来作判断。要而言之，就是在渊博的基础上，谨严而又细心。

郭沫若先生曾经指出：鲁迅和王国维，相同的地方太多。如同是浙江人，如同是幼年家境不好。如初年治学，同治自然科学。如同是直接地参加教育。如王的《宋元戏曲史》，鲁迅《中国小说史略》，同为文艺史研究上的双璧。他们同样地继承了清代乾嘉学派的余烈，搜罗古物，辑录逸书，校订典籍，严格地遵守着实事求是的规则。鲁迅先生的力量，多用在文艺创作方面。这方面的伟大的成绩，差不多掩盖了他的学术研究的成绩。①郭先生的话是对的，可惜他没有在"他的学术研究的成绩"九字之上，也加上"伟大"两字。因为鲁迅所辑的虞预《会稽典录》，和王国维的《古本竹书纪年辑校》，我们实在分别不出，哪是半斤，谁是八两。

如所共知，王国维以遗老的姿态，跳入昆明湖自杀了。"最后只好以死来解决自己的苦闷。……鲁迅则从此骎骎日进了。……认定了为人民大众服务的神圣任务。"②所以在史学方面，国维所有的好处，鲁迅都有。而政治方面，鲁迅所有的好处，国维非但没有，甚至负欠了些。

当然，鲁迅的伟大，不能限定于表现在史学方面的成就，而要考虑到他在政治上所起的作用。如他曾说："几个人既然起来，你不能说决没有毁坏这铁屋的希望。"③可知，鲁迅对于革命的胜利，是有了充分的把握。如他曾说："惟独革命家，无论他生或死，都能给大家以幸福。"④可知，鲁迅对于革命的进行，奉献着崇高的礼赞。如果光从史学方面来说明鲁迅，当然有些坐井观天，以管窥日的毛病。

但是，从井眼里观去，天仍是蔚蓝无际的，从管孔里窥去，日仍是霞光万道的。掌握着这个现象，恐怕不至于有损于天的蔚蓝无际，日的霞光万道。革命的文艺斗士，而在史学上有伟大的成绩，那还不一发好吗？"先生何止是诗人"，仍用蒋士铨礼赞杜工部的旧句来作结，我想，不一定是废话。

（原载《西北大学校刊·纪念鲁迅逝世二十周年专号》1956 年 10 月）

---

① 郭沫若《历史人物》，页一六四《鲁迅与王国维》。
② 郭沫若《历史人物》，页一六八，页一七二。
③ 《鲁迅全集·呐喊》，页十。
④ 《鲁迅全集·而已集》，页三。

鲁迅与中国传统思想

侯外庐①

一

我们说"鲁迅的道路就是中华民族新文化的道路",这正确的命题,不是指着鲁迅在中国文化史中以"天纵之圣"侬主观战斗精神,陶铸了中国近代客观;亦不是指着他仅仅在内心燃起烈火,由"量"的扩充,观照了中国社会的图景。而是指着:他的知识行动,亦如其他政治家、思想家,本身是一个过程,能够反映近代中国的历史跃变,能够依从着近代中国新人类的历史任务,和四十年来的中国历史进步相依其命脉,由低级到高级,由幼稚到健康,做了伟大的适时"质"变。因此,"鲁迅的中国与中国的鲁迅"②在命题上也是不确当的,而应该是"鲁迅的时代与时代的鲁迅"。

马克思在思想史过程里,曾是黑格尔的弟子,然而因了无产阶级的生成,质变而为辩证法唯物论的创始者。列宁在思想史过程里,曾是资产阶级法律保障财权的律师,然而因了资本主义的危机,质变而为无产阶级专政的导师。孙中山先生在思

---

① 侯外庐(1903—1987),原名兆麟,又名玉枢,自号外庐,山西平遥人。马克思主义历史学家、思想史家、教育家。1923 年考入北京政法大学法律系,后入北京师范大学历史系;1927 年赴法国勤工俭学,并在巴黎大学旁听课程;1928 年加入中国共产党;1930 年回国,任哈尔滨法政大学经济学系教授;1931 年 9 月任北平大学、北平师范大学教授;1932 年 2 月至 1933 年 9 月被捕入狱;1937 年在山西、陕西等地从事学术文化活动,并参与创办山西民族革命大学;1938 年任职于中苏文化协会及中国学术工作者协会;1947 年任香港达德学院教授。中华人民共和国成立后,历任中央人民政府文教委员会委员、北京师范大学历史系主任、北京大学教授、西北大学校长、中国科学院哲学社会科学学部委员、中国社会科学院历史研究所所长、中国史学会理事、中国哲学史学会名誉会长等职。著有《中国古代社会史论》《中国古代思想学说史》《近代中国思想学说史》《中国近代启蒙思想史》等,主编《中国思想通史》《中国近代哲学史》《中国思想史纲》等。

② 听说荒芜有此一文,我没有见过,从命题上看亦是错误的。荒芜之文,我见过一篇《论主观》,荒唐之至! 胜利前我徇文委会之请,在讲演中批评过的。

想史过程里，曾是洋务运动的李鸿章同情者，然而因了半殖民地的危机，质变而为中国革命的先行者。毛泽东在思想史过程里，曾是康梁变法的追随者，无政府主义的附从者，然而因了中国革命的深刻发展，质变而为新民主主义的创造人。他们的战斗精神是"必要的"条件，然而"必要的"却非"决定的"，决定他们的历史创作的，就是客观发展的本身。懂得了这一基本常识，我们亦就知道鲁迅的思想发展，前期鲁迅与后期鲁迅，不容我们否认。否认了这一点，只认他是一贯的主观战斗要求在那里存其量变，一定要陷于倒见。

前期鲁迅之成就，不容忽视。用科学的观点来观定，他之所以和时代呼吸相关，而描画了时代社会的多面图景（不是现在胡风教的简单号筒），那是因为他提出的问题，代表了民元前后以至"五四"，中国农民独立走上历史舞台的意识缩影。农民敢于提出问题，亦敢于把提出的问题相对地加剧，而他们所做的却不能解答问题，只能对旧社会"拆散"，却不能对新社会安排与设计。尤其中国半殖民地的历史，"农民的资产阶级性的民主革命"，在世界史上是绝无前例可依据的创造，只有到了中国有了无产阶级，有了先锋政党，才能把代表农民利益的革命政纲培植发展起来，不但会拆散，更会安排并设计。这时代在中国即以"五四"为起点。

前期鲁迅，他自云"不过是与黑暗捣乱"，是和农民的"拆散"相映。他自云处在铁窗之内看不见光明，作"绝望的抗战"，是和农民提出问题而不会安排设计相映。一直到"五四"前夜，他犹以为有人劝他不妨出于铁窗假定光明有望，他只抱着怀疑，宁愿在黑暗屋子里"抱着一片黑暗的悲观"。①这是鲁迅的非伟大精神么？不，相反地，他是忠于真理，忠于自己的学人，不有所信，不作妄信，一经为信，久志所信。是的，鲁迅是小资产阶级的知识分子，若忘记了他的思想和伟大的中国农民在社会拆散历史中的"独立"战斗，相依为命，就不知道他为什么要发挥他的独往独来精神，韧性不屈。

据我的研究，鲁迅的思想转变开始于"三一八"，这时他被免去教部金事，和他的学生直接参与了实际政治运动（此点另文详述），而非即在"五四"时代就跳出"彷徨"。经过 1927 年的大革命，在无产阶级表现了新的确实力量时，（而非仅如"五四"之后知识分子的研究）安排设计新社会的主导者，被他所确认而无所疑虑。他"由于事实的教训，以为惟新兴的无产者才有将来"，"我希望着新的社会的起来，但不知道这'新的'该是什么；而且也不知道'新的'起来以后，是否一定就好。待到十月革命后，我才知道这'新的'社会的创造者是无产阶级……我……不但完全

---

① 我在八年前发表过一篇《阿Q的时代问题》，刊于《新华报》，证"阿Q"之"Q"为"Question"的简名。鲁迅提出了农民独立走进历史舞台的矛盾问题，而不可能在当时解答，其立论与本文相同，而不为当时友人所同情。

扫除了怀疑，而且增加许多勇气了。"这就说明了，鲁迅在农民民主政纲的核心被无产阶级培植发展的时候，是怎样地并不故步自封，而一跃于前进阵营。历史变了，他也变了，而且变得那样适合于"中华民族的文化道路"，而无歧路犹豫（如第三种人），而无中途屈节（如托派文人）。这道路是历史决定的呢，还是主观外延的呢？只有唯心论者才说是后者。

二

通过鲁迅的文艺所包含的哲学思想，的确摄受了西方各种影响，这点在本文中不予论述。但有一点，所谓进化论在他的思想中所起的作用，并不一定是达尔文的进化论，而宁是进化思想（虽然他说过，从前"只信进化论的偏颇"）。这里，我要简约地说出他从中国思想史的传统中，受了什么流派的影响最深，他把此种影响怎样地近代化起来。

我认为，他直接继承发展了章太炎思想的传统，更以章氏为桥梁，把诸子异端思想以至魏晋"非汤、武而薄周、孔"的嵇康、鲍敬言思想，溶化于他的前期文学作品之中。此所谓异端思想在中国历史上亦有分野的，有一部分唯物论者如墨子、王充、范缜，有一部分唯心论者如老庄、仲长统、嵇康等。章太炎就把握住唯心论异端派，如《齐物论释》，如《五朝学》，使庄学与魏晋学附加了近代色彩。章氏哲学亦就成为"以分析名相始，以排遣名相终"附保留的唯心论（参看拙著《近代中国思想史》下卷），而以唯物论为"浅者"之见，为"末俗横计"的"大愚不灵之甚"者的倒见。

鲁迅是受业于章氏的弟子，他并没有"谢本师"，在他的全集之中没有发现一句对章氏不敬的话，相反地他继续着章氏的研究路径，是铁案如山。鲁迅对于庄子之学有修养，已为郭沫若先生说破。（鲁迅后来和施蛰存的辩论，并不主张青年学庄子，正是一位思想家经过痛苦教人的话。）他对于魏晋玄学深有研究，只消看他标点的《嵇康集》用力之慎，有意保存先贤文献之意，序中亦已言明。他有一篇讲魏晋思想的文章，到今日还是我们治哲学思想史者的好参考资料。他已超出了章太炎高扬魏晋文学的无批判态度，而前进一步。但他深慕嵇康以青白眼示人。他说，用青眼示好人，用白眼示恶人，这种本事不好学的，我只会弄青眼，不大会弄白眼（大意）。这话的意思很明白，鲁迅借此比喻，自己以为表现旧社会的好人，他还能学到好处，而对付旧社会的恶人，他还不够程度，暴露得难如古人。从嵇康"非汤、武而薄周、孔"的怀疑论，到鲍敬言"由于为君，故得纵意"的无政府思想，不容否认的，灌注于鲁迅的思想血脉里，他的"掊物质而张灵明，任个人而排众数"论，实在是由章氏的桥梁，探求到所谓魏晋"自由思想"（章太炎评），"憎恨熟识的本阶级，毫不惜它的溃灭"。至于文章风格之简练，不论章氏与鲁迅，所受魏晋文章作风之影响，不言亦喻。①由这点尊异端，非正统的传统精神的发扬并近代化，在鲁迅文学中，产生了善于对旧社会黑暗的控诉、讽刺、暴露以致"及汝偕亡"之品质。

章太炎斥唯物论"眩惑感情，不由诚发"，鲁迅前期亦云："人惟客观之物质是趋，而主观之内面精神乃舍置不之一省。"章太炎的唯心论，所以附保留者，他犹在分析名相之时留有余地；鲁迅的唯心论亦只言"轻物质"，反对"唯物极端"，这样的思想承藉是有线索可寻的。不但如此，章氏高自期许的经生态度，傲慢夸大，鄙视一切，独往独来，自命不凡，在"拆散"旧社会的奋斗意义上，这种特立个性，是有时代的进步成分。鲁迅所谓"多数之说，缪不中经，个性之尊，所当张大，……独立自强，去离尘垢"，正亦是此一进步成分的发扬。这里篇幅所限，不能作详明比照，下列仅作为一个显例：

章氏说："上天以国粹付余，……怀未得遂，累于仇国。……支那闳硕壮美之学，而遂斩其统绪，国故民纪，绝于余手……"

鲁迅说："我时时说些自己的事情，……好像全世界的苦恼，萃于一身，在替大众受罪似的。"

二人在时代的内容方面有着区别，但那一种天降大任于自己的唯我主义，实甚一致。鲁迅之所以不同于章氏者，乃在于他后期的转变，知道这"正是中产的知识分子的坏脾气"，他扬弃了这一唯我主义，走向集体主义。因而他接着上文说："后来由于事实的教训，以为惟新兴的无产者才有将来。"②他前期以进化思想，重视现在而痛恨过去，后期又以新世界观，信仰将来而把握现在。

章太炎对公羊学派改良主义者的主观战斗精神不强么？但他在袁世凯帝制以后不久就完结了；鲁迅对失节的士大夫的主观战斗精神，亦和章氏不相上下，然而他却没有随时代而完结，反而前进到另一世界。这由于什么如此分别的？一句话，历史的客观发展决定了的。正因为如此，他的道路才成了中国文化的道路，不是鲁迅陶铸历史，而是历史锻炼了鲁迅。

如若有些人以前期鲁迅的唯心论思想与"中产阶级知识分子的坏脾气"，作为千

---

① 此处所言仅提纲而已，详论必须引证，但引证太多，颇不适宜于此地篇幅，且易于被人误会断章取义、玩弄古典。

② 本处论点不在后期鲁迅，故关于鲁迅与马克思主义一题，另文详加研究。因为他的时代所接受的思想亦有诸多问题，不是笼统说一句鲁迅是最完整的马克思主义者所能交待的。而且接受马克思主义的思想亦有两种路径，一种是迎风气输入之先，如李守常的道路，一种是经事实把握之后，如鲁迅的道路，而亦非人人一样的。他们都是启蒙，其所以超人一等者，乃在启蒙工作上他们尽了最善的领导之责。这点，我爱师，我又爱真理，对守常、鲁迅先生的伟大人格的尊敬是无害的。

古不移的道德，传之于自己，不但低估了鲁迅，而且曲解了历史。要知道，鲁迅虽然使用了中国异端精神的武器，又附加了近代意义，对其应爱者爱，对其应憎者憎，曾经发挥了知识的武器性而光芒万丈，然而他并不局限于此一步伐。在他从善如流的虚心学习之中（如译马列主义的作品），在他革心改造的艰难过程之中（如他说自己熟习于旧的最多，常受限制），在他勇于参加左翼集体阵营的作风之中，更在他对新历史与新人类的信仰之中，他才把中国思想传统的旧时代武器扬弃，服从于马列主义世界观。鲁迅不是耶稣，后人也不必做保镖，至于替天行道的宇宙意志式的宗教，更是鲁迅所憎恶的。

（原刊香港《文汇报》1948 年 9 月 22 日）

纪念伟大的青年导师鲁迅先生

李述礼[①]

鲁迅先生是我在北京大学求学时代的老师，我曾经连续四个学期选修了他讲的中国小说史。那时候的所谓老师大概分为三种类型。第一种是所谓拜门或入门的老师，相当于现在有师徒关系的导师，是除了听课之外，还有较密切的师生关系的。第二种是普通老师，选他的课是为了取得学分（那时，中国各大学流行一种制度，课程极大多数是选修的，规定选读了多少学分才能毕业），不是为了学"问"。第三种是所谓私淑的老师，这种老师的学问、思想和人品是自己所佩服的，但由于某种原因，无从接近。先生于我是属于第三种类型的。至于原因，大概在我方面是自"五卅"运动发生后，我的兴趣已转到政治思想方面，对中国文学的研究便冷淡下来，没有什么问题可以向他请教的；而他正在被现代评论派的正人君子们"围攻"中，有些青年也向他放"冷箭"，致使他对找他的青年也存了戒心，在这情况下我们是不便于接近他的。

先生的讲课是严肃的，同时又是活泼而诙谐的。他对于中国小说史有极其精湛的造诣，至今尚没人赶上或超过他。他特别注重作者的时代背景，因而对于小说的作者姓名，生年与著作年代都有较精确的考定。在不能肯定时，就根据作品的内容、流派及其初刻本，提出个人的意见。在这点上，他的作风是非常谨严的。作品的时代背景一经肯定，就讲述它的思想性。大抵分两方面讲，先讲这一流派的思想潮流，后讲这作品在这流派中的地位及其特点，特别注重讲明这一流派与下一流派中间的

---

① 李述礼（1904—1984），广东化州人。毕业于北京大学，后留学德国。著名德文翻译家、革命活动家。主要翻译了瑞典斯文·赫定的《亚洲腹地旅行记》《长征记》和马克思的《资本论》等作品。1936 年 9 月，他取道莫斯科抵达柏林，与乔冠华等人一起就读于柏林大学。不久，即与中共国外机关报《救国时报》取得联系，成为由乔冠华等领导的党的外围组织——反帝大同盟盟员。1937 年七七事变后，他放弃学业，参加德国和全欧华侨抗日救国联合会的组织工作，并担任《联合抗日报》的编辑。此后，受共产党派遣，以德国抗日联合会代表的身份参加了巴黎远东世界和平大会。1938 年，他离开柏林，回到重庆，参加中苏文化协会工作，在《中苏文化》杂志社任编辑。1949 年后，任西北大学教授，曾担任经济系政治经济学教研组主任。

转折点。宋元明的小说大多数是流传在民间的传说，由民间艺人用讲平话或演义方式讲述出来；过去的文人学者是不屑于做这种"下流"工作的。正因为如此，原来的平话（诗话或演义）或由"好事"的文人加工过的小说，其用语是特别生动活泼的，其反映的时代背景也是特别深刻的。即使是民间传说，其中也有不少的庸俗的公式化的作品。《西厢记》是一部深刻地反映封建婚姻制度的伟大作品，后来演变为明人的千篇一律的才子佳人小说。"五四"以前流行的鸳鸯蝴蝶派小说更是这派的末流了。《水浒传》是反映宋代农民武装斗争的一部伟大作品。《封神榜》与《西游记》是民间神话的集录，它们都是反映农民的宗教迷信，但又反映出农民与他们的命运支配者——玉皇大帝与西天如来佛开玩笑的斗争场面。前者流变为官替民伸冤的施公案与彭公案，前者与后者合流而形成后来的武侠神怪小说。至于近代的小说，则大抵是学习西洋文学的成果。鲁迅先生对于划时代的作品讲得特别详细，他作的论断，虽是三言两语，却是谨慎中肯的。但对公式化的流变作品，除了指出它们所继承的是哪种思想潮流、所抄袭的是哪些书之外，大都是用幽默讥讽的口吻加以评解的。

鲁迅先生的讲授的确做到了"具体问题，具体分析"（列宁语）的地步，绝不像后来的批评家对某一作品的评价，从抽象的概念出发，先给它戴上一项自然主义或现实主义，有人民性或没有人民性等的帽子。他先谈某类作品所处在的时代的风气，然后举例说明作品的文体与风格，从而指出如何演变为别一类作品的过程，前后没有一句说这类作品应当归入某种"主义"的话，虽然他知道的"主义"与"人民性"并不比现在的批评家少。这种讲授方法最足以启发学生独立思考，因为他留有充分余地给学生想去。

鲁迅先生的生活是很简朴的，可以说他是个"不修边幅"、无暇研究外表的人。他经常穿着一身油污了的蓝布大褂走上讲台，带有胡须的、瘦削的面部露出一双严峻的智慧的眼睛。这种派头与当时北大教授中另一派，即徐志摩、胡适和陈源（西滢）等西装或"唐装"穿得笔挺、油头粉面的绅士派适成一个鲜明的对照。

当时（特别从1925年章士钊做北洋政府的教育总长，引起女子师范大学校长杨荫榆开除六个女学生的风潮以后）鲁迅先生已同上述集结在《现代评论》周刊周围的"正人君子"派在思想行动上处于敌对地位了。这派在思想上是美英帝国主义在中国的文化代办（例如胡适），在文学上是为艺术而艺术的所谓唯美主义者（例如徐志摩、凌叔华），在作风上则做着披上"正人君子"的外衣、用文字向当道者告密的勾当（特别是陈西滢）。先生对这派伪君子的作风是深恶痛绝的，不但在杂感文中加以揭露，就在讲书的时候，也要从侧面或反面来对他们嘲弄一番。但用语是很含蓄的，是从思想上暴露这派的根源的，只用三言两语便活画出这派人的虚伪脸谱！现在看来，这些残存的"正人君子"不知被历史风车吹到哪国当"白华"去了；但鲁迅先生的韧性战斗精神至今还在指导着后辈青年去为社会主义服务。历史对人物的批评就是这样铁面无私的！

鲁迅先生的文章本来是为了"给来者一些极微末的欢喜"①而写的；但是，他在世时，不但被一帮为反动统治阶级服务的"正人君子"围攻——污蔑、造谣、文字上的重伤和告密，真是无所不至，而且也被青年误解。其中一部分青年抱中立态度，认为他们的笔墨官司是棋逢敌手，文人相轻，自古皆然，两派文章都找来看，为的是作为茶余饭后的谈助。有些青年竟随着这些绅士之后，对先生狂吠，认为先生为文太尖酸刻薄，专门"打落水狗"，有失教授身份，不足为人师。有个别青年则利用他爱护青年的好意，来抬高自己，一旦"成名"，就反戈一击，用他知道的先生日常生活的私事作人身攻击，以讨好于先生的敌人，如高长虹之流便是。至于包藏祸心、利用他在文坛上的声望来进行隐蔽的反革命工作的胡风党徒，又当别论了。

但是，另一方面鲁迅先生一生不知培育了多少革命青年！他把青年当作中国的希望，称他们为"未来者"。他一生都在同拖累生者的死者战斗，为青年开拓道路。他猛烈地抨击"保存国粹"派，不但抨击遗老，也抨击具有遗老思想的遗少。他主张最能够表达思想的语体文字，到晚年还提倡改革汉字以及汉文字拉丁化。他时常慨叹于自己对古文学习染太深，以致束缚自己的思想以及表达思想的方法。他在应《京报副刊》的征文《青年必读书》中，同要青年"读书救国"、"整理国故"、钻进"象牙之塔"去等等"现代评论"派与遗老遗少的歪论相反，他劝青年少读或者不读死气沉沉的线装书，他说："现在的青年最要紧的是'行'，不是'言'。只要是活人，不能作文算什么大不了的事。"②鲁迅先生的这个言论救活了许多死读书的青年，使他们"行"起来，参加群众运动，当时我就是被先生救"活"的一个。但也因此惹起了一部分青年的误会，"正人君子"们对先生的围攻，而开始了他们的华盖运与《华盖集》。

鲁迅先生是最爱护青年的，对于不了解他的青年，他在他的杂感文中只指出其误解之处罢了，对于个别的随着"大人先生"之后对他狂吠不已的青年则毫不客气地加以嘲讽，但只一二回合就罢手。因为即使是这类人也不至于不可救药，原因是他们还很年青。但他对于蒙上"正人君子"的皮以进行造谣污蔑，并作文字告密的同辈人，则要追击到底，这见于他的《华盖集》以后几本杂感集中。

鲁迅先生一生痛恨的是反动统治阶级的走狗们，认为他们比他们的主人——吴佩孚、张作霖、孙传芳、蒋介石之流更凶狠，更阴险。走狗们中他最痛恨的，不是明目张胆地咬人的鹰犬或狼狗，而是在主人面前摇尾乞怜，而在客人面前就仗着"人势"狂吠不已的哈巴狗。哈巴狗，北京叫作叭儿狗，是权门中老爷太太们蓄养的玩

---

① 《写在〈坟〉后面》，《鲁迅全集》第 1 卷，第 260 页。
② 《鲁迅全集》第 3 卷，第 18 页。

物。他在《论"费厄泼赖"应该缓行》①这篇杂文里讲到"叭儿狗尤非打落水里，又从而打之不可"的道理："狗和猫不是仇敌么？它却虽然是狗，又很象猫，折中、公允、调和、平正之状可掬，悠悠然摆出别个无不偏激，惟独自己得了'中庸之道'似的脸来。"②活画出一副文人特务的脸相！这种"落水狗"不打，一定是"误人子弟"，贻害无穷的！因为对这类摆出"中庸之道"的虚伪架子、做尽天下坏事的人，如果不把他们从社会的阴暗处拉到光天化日下，使到人人得而打之的话，将来还会吠人、咬人和害人的。鲁迅先生的论"落水狗"与高尔基"敌人不投降，就消灭他"的名句是不同社会条件下的同义语。记得《坟》的初版上给此文画了一幅插图：鲁迅先生穿着一身白布大褂，站在小河岸边的草地上，手上拿着一根垂下的棍子，眼睛注视着被他打落水的，正在挣扎着爬上岸边的哈巴狗，在等待着再把它打落水去。文与图是足以发人深省的，对于当时北京青年学生启发最大；它使我开始认识到，不能光从"言"上看人，必须从"言"中的"行"看人。后来，到了1934年，他又把这类具有哈巴狗身份的人比作浙东戏台的"二花脸"，雅称为"二丑"③，就是北京戏上演的篾片、帮闲那类角色。这类角色平时倚仗主人的势力，作恶多端；又明知他所依靠的冰山一旦倒场，要投奔别家帮闲，所以在帮助作恶的同时，还有必要"回过脸来，向台下的看客指出他公子的缺点，摇着头装起鬼脸道：你看这家伙，这回可要倒楣哩！"哈巴狗与二花脸这类角色到今日已没有存在基础了，但作为旧社会遗留的思想意识来看，还值得我们仔细检查一番哩！

鲁迅的天才是多方面的。他在治学上一本清代汉学的家法，事事讲求证据，不轻易下断语，这表现在他的《中国小说史略》和其他学术论文上；他在译书上主张直译，反对林琴南式的意译，以及在临死时，嘱咐他的孩子海婴"万不可去做空头文学家或美术家"④也都是这种作风的表现。他的小说集《呐喊》在创作风格上是独特的，是用鲁迅式的语言写成的，在创作方法上可以说是鲁迅式的现实主义创作方法，至今还没有一篇小说在教育人民上可以同《阿Q正传》相比。他收集在《野草》内的散文诗以及他后来作的咏怀律诗在风格和意义上也是前无古人的一种创造。他那首悼柔石、白莽等二十三个革命烈士的律诗："惯于长夜过春时，挈妇将雏鬓有丝。梦里依稀慈母泪，城头变幻大王旗。忍看朋辈成新鬼，怒向刀丛觅小诗。吟罢低眉无写处，月光如水照缁衣。"⑤记得郭沫若先生当时在重庆写的某一篇文章中评道，诗

---

① 《鲁迅全集》第1卷，第849—258页。按，"费厄泼赖"，英文音译，是正义或恕道的意思。

② 《鲁迅全集》第1卷，第251页。

③ 《二丑艺术》，《鲁迅全集》第5卷，第243—244页。

④ 《且介亭杂文》，《鲁迅全集》第6卷，第615页。

⑤ 《为了忘却的记念》，《鲁迅全集》第5卷，第82—83页。

的格调直追盛唐（日久忘记了原文，大意如此）。对于诗，我是一个外行，但抛去诗的严重意义，只评它的格调，我当时和现在都是不舒服的，但由此也可以看出，他的律诗的格调之高了。鲁迅先生半生精力就消耗在杂文与杂感的写作上。自 1925 年发表他的杂感文的结集《热风》起，到 1936 年出版他的 1934 年的杂感集《花边文学》止，十年中差不多每年有一本这样的集子出版。他的杂文——论说文自 1907 年《摩罗诗力说》起，到 1936 年 9 月 27 日（先生逝世前二十二天）《立此存照（七）》止，三十年的精神劳动产品则结集在《坟》《且介亭杂文》《且介亭杂文二集》《且介亭杂文末编》以及先生手编并由他的友好补充成的《集外集拾遗》内。我看，他的杂文与杂感在内容与风格上是没有什么区别的；有之，仅只是杂感偏重于"嬉笑怒骂，皆成文章"的调子，着重描写社会的黑暗面，指出青年应该从这反面努力前进，在杂文上则从正面提出问题，讨论问题，但绝不忘记对旧社会的"情绪"与针砭。二者的区别仅此而已，不会有多的。

鲁迅先生的杂文与杂感文是"五四"后思想界与文艺界的彗星与灯塔。它们对于当时青年影响之大和感染力之深，是无可比拟的！可以说，当时形成了一个鲁迅派，他们亲身体验到社会的黑暗，黑暗到成为"漆黑一团"，不知道怎样冲破黑暗，走向光明；他们就在先生的文章里感到现在的黑暗，也感到未来的光明，从这里得出必须与黑暗势力战斗、追求光明的结论。另方面，它们又是反动统治者及其帮闲们，也就是鲁迅先生所刻画的哈巴狗与二花脸们所最感头痛、愤怒和恐惧的。他们从而用"劝"与"骂"这两种交互使用的方法企图使鲁迅先生放下他针砭社会黑暗面之笔。这样的人，当他在北京时代有"闲话"大家陈西滢和追求"人类纯洁之美"的"诗哲"徐志摩，在上海时代则有"超阶级文学家"——第三种人如梁实秋和邵洵美，此外还有左翼文联中个别的过左分子。他们的"劝"的方法是从"肯定"他在小说《呐喊》中的成就，也认为《热风》杂感集中有些好东西，但接着就慨叹于他在这之后的杂感是浪费时间，不如回到"象牙之塔"去，为后人留下些不朽的作品。对于这样的"劝说"，先生的回答是，一方面指出这类人见不到天日的隐衷，另方面坚决地说，没有现在就没有将来，不击退现在的黑暗，就不会有将来的光明，什么留下"不朽之作"，全是反动文人转移目标的诡计！劝不成，就开骂。骂的来由有两种。一种了为了自己主子（例如章士钊总长等）的利益而造谣中伤，反被对手方捉住要害，反戈一击，如 1925—1926 年陈西滢的"闲话"。另一种是从他所描写的社会黑暗面的典型形象中看出自己的影子，以为是对自己的攻击，因而发出怨言、抗议以至于谩骂者。对于这类人，他一律用冷嘲或热讽，和他们战斗到底。对于前一种"骂"法大抵用冷嘲，对于后一种"骂"法多用热讽，这含有解释误会、促其回头的意思。鲁迅先生倡导侧面攻击，经常变换阵地的韧性斗争方法，目的是摧毁反动势力在思想界的阵地，为革命培养和积蓄新生力量。他对于以他的战斗对象（如陈西滢、梁实秋之流）为代表的黑暗势力，是一直追击到底的，至死也不饶恕这些反动势力的鹰犬和帮闲。他在 1936 年 9 月 5 日预感到"死"的到来时，写道："我的怨敌可谓多矣，倘有新式的人问起我来，怎么回答呢？我想了一想，决定的是：让他们怨恨去，我也一个都不宽恕。"① 他这种"以牙还牙，以眼还眼"的韧性战斗精神，所给与当时青年一代的启发与指导，是到民主主义革命胜利了，社会主义改造也取得了基本胜利的今天才能够约略加以估定的。

今天的青年来读鲁迅先生的杂感文（自然部分要通过注释才读得懂），一定要问：他为什么对于自己的同事（都是北京大学的教授、讲师）如陈西滢、徐志摩等人，对于自己的同行（同是搞文艺工作的）如梁实秋、邵洵美等人那样深恶痛绝，追击到底呢？这岂不是"党同伐异"（宗派主义），"文人相轻"吗？不但现在的青年有此一问，就是当时我和像我一样的珍爱先生的每篇文章、以先生的意见为考虑问题的基础的人，也往往发出这类问题。今天看来，问题是比较清楚了。鲁迅先生生存在与今日社会绝对相反的旧社会。在那样的社会里，一个略有正义感的小资产阶级知识分子，要就是棱角磨尽，与世浮沉，没落下去；不然，就是拿起笔杆或枪杆同黑暗势力战斗到底；不死不活的第三种人与第三条道路，只在第三种人的幻想中存在，其实是并不存在的。先生自日本留学时代弃医学文起，就抱定了通过文艺唤起人民觉悟，以达到挽救国家危亡的志愿。他又是个具有文学天才的人，就是说，他对于社会现象具有高度分析、概括并把它们形象出来的能力。因此，随着社会发展，中华民族与帝国主义之间的矛盾，无产阶级和农民同买办资产阶级和地主阶级之间的矛盾日益尖锐化，他的"世故"也就日益加深了。这世故就是对社会黑暗面的认识，而且从黑暗中看出一线光芒——他称之为"未来"或"希望"，这"未来"的担负者他认为只有青年一代。所以，他把所经历的"世故"化作典型形象表现在他的小说、散文诗和仅有的几首律诗中，特别是表现在他的杂文与杂感中。至于这种表现方式是否刺中某人的"痛处"或"隐秘处"，他是不管的。他所希望的，是青年人由此学到一些识别社会好人与坏人，好事与坏事的能力，以缩小社会的黑暗面，扩大它的光明面。因学习鲁迅而走上革命道路的人，是很多很多的。

今天，鲁迅先生以自己一生的血与汗灌溉和促成的新社会已经由希望变为现实了。假如先生还健在，不知将怎样歌颂新社会的来临和为使它更美丽光明而努力工作呢！

用冷嘲热讽的笔法来揭露社会黑暗面，使青年们不易上当，这仅是鲁迅作风的一个方面。此外，还有用仗义执言的直笔，直指反动统治者的鼻子而讨伐他的一面。这里只举出一个例子，以概其余。

---

① 《鲁迅全集》第 6 卷，第 615—616 页。

1926 年 3 月 18 日北洋军阀段祺瑞政府的府门前（当时的北京铁狮子胡同陆军部大楼，开枪向数千徒手请愿的青年学生射击，死四十七人，伤三百余人，是为"三一八"惨案），记得，死者有北大同学四人，女师大学生二人，此外各校都有。当时的舆论大概分三种。一种是有觉悟的青年学生和教师等群众的舆论，表示极大义愤，同时提出在人民处于完全无权的情况下怎样对付杀人凶手段祺瑞、贾德耀与章士钊这类人的问题。其余两种也所谓"舆论"，鲁迅先生归纳为：无恶意的闲人饭后的闲谈或者有恶意的闲人的流言。①

鲁迅先生于当天，即"三月十八日，民国以来最黑暗的一天"，写道：

"中华民国十六年（按应为十五年，即 1926 年）三月十八日，段祺瑞政府使卫兵用步枪大刀，在国务院门前包围虐杀徒手请愿，意在援助外交之青年男女，至数百人之多。还要下令，诬之曰'暴徒'！

如此残虐险狠的行为，不但在禽兽中所未曾见，便是在人类中也极少有的，除却俄皇尼古拉二世使可萨克兵击杀民众的事，仅有一点相像。"②

"如果中国还不至于灭亡，则已往的史实示教过我们，将来的事便要大出于屠杀者的意料之外——

这不是一件事的结束，是一件事的开头。

墨写的谎说，决掩不住血写的事实。

血债必须用同物偿还。拖欠得愈久，就要付更大的利息！"③

"以上都是空话。笔写的，有什么相干？

实弹打出来的却是青年的血。血不但不掩于墨写的谎语，不醉于墨写的挽歌；威力也压它不住，因为它已经骗不过，打不死了。"④

他就是这样地指着反动统治者的鼻子加以讨伐的！同时他在《死地》⑤里揭露他前面所描写的权门哈巴狗们的谎言。而在《记念刘和珍君》里，他更寄希望于"未来者"："苟活者在淡红的血色中，会依稀看见微茫的希望；真的猛士，将更奋然而前行。"⑥

鲁迅先生在上面那篇纪念文里感慨道："我不知道这样的世界何时是一个尽头！"⑦

---

① 《记念刘和珍君》，《鲁迅全集》第 6 卷，第 251 页。
② 《无花的蔷薇之二》，《鲁迅全集》第 3 卷，第 247 页。
③ 《无花的蔷薇之二》，《鲁迅全集》第 3 卷，第 249 页。
④ 《无花的蔷薇之二》，《鲁迅全集》第 3 卷，第 249 页。
⑤ 《鲁迅全集》第 3 卷，第 250—253 页。
⑥ 《鲁迅全集》第 3 卷，第 262 页。
⑦ 《鲁迅全集》第 3 卷，第 257 页。

这"尽头"到了 1949 年 10 月 1 日伟大的中华人民共和国成立的时候是到来了，这是先生的理想，为了它，他付出了最宝贵的劳动！

我谨以主要是重读先生杂感集所引起的零碎的回忆与感想，作为先生逝世二十周年的纪念。

（原载《西北大学校刊·纪念鲁迅逝世二十周年专号》1956 年 10 月）

鲁迅先生在"反概念化的斗争"上给我们的遗产

郝御风①

　　文学上反概念化、反反现实主义的斗争，在苏联，匈牙利以及最近在中国均深刻地开展着。文学不但不能脱离现实，而且必须为完成它现实的政治任务作最大的努力。正如匈牙利文化部长约·里瓦伊所指出的：文学，主要在帮助国家，政府，党的领导以看到人民的问题，同时也帮助人民认识世界，改造世界。所谓"给人举起一面镜子，瞧瞧你自己，认识你同类，认识社会关系，……认识你自己的性格，好的或坏的，发展的可能性……"，这是一个深刻的政治任务。而概念化的反现实主义的作品，就绝不可能完成这样的任务，因为它根本就产生不出文学的效果。概念化就不能刻画出真实的人物，真实的生活，因而也就不能得到真实深刻的创作，因而也就不能解决实际问题。其结果是阻碍革命事业，国家建设的前进。

　　在中国新文学运动三十年间前部的漫长的时光中，尽了文学的使命，完成了它伟大的政治任务，在中国开始了并且一生体验了近代的现实主义的艺术法则的是鲁迅先生留给我们丰富遗产的又一部分。这一曾经以浩大声势，无比威力率领中国新文学史前进的艺术创作法则上的遗产，今天，与文学上正在展开的反概念化、反反现实主义的斗争，结合起来，加以学习，不但重温历史深感意义新鲜，而且联系现况尤为必要。

　　《阿Q正传》是最显著的一例。它不但给我们以生活，而且给我们以对于生活的深思与反省。不仅给我们照亮了仇恨的直接的一面，而且给我们照亮了更综合，更充实的全局。鲁迅先生塑造了阿Q，从阿Q这一人物身上，看到了他的周围，看到了他自己。看到了他好的一面，也看到了他面临着的危险与世世代代压在他身上的深的灾难，通过他这一身与一生的前因后果展示出社会历史进展的路径。这种全局

---

　　①　郝御风（1905—1984），字冷若，笔名郝文宝、郝一风，辽宁抚顺人。1931年从清华大学中文系毕业后，进入中国文学研究所。曾参加清华中国文学会、嘟嘟诗社，从事新诗创作。1949年后，任西北大学中文系教授兼系主任、校务委员会常委、图书馆长。治学则主要潜心于文艺理论研究，编有《中国新文学史讲义注》《中国新文学史讲义》《文艺学引论初稿》《毛泽东文艺思想》《马克思主义文艺学基础》《文学概论》《文艺概论讲授要点参考》《现代文学名著选》等教材。

的深刻的刻画是极有意义而且是极有必要的。这就是恩格斯所指示我们的：典型环境典型性格。这是一面面面俱照的"镜子"，而不是照一面的"镜子"。这就是现实主义的艺术法则。

鲁迅先生在新文学一开始的年间，就毅然成为一实践的启蒙主义者，成为一革命的人道主义者，就是因为他最早就认识了文学应有所依从，应作为作用于实际生活，鼓动历史前进的实际工具之一环而存在。他一开始就是把文学作为教育人民启迪社会的思想文化武器或精神灵魂的建筑工程来认识来献身从事的。因而他一开始就把文学与革命现实联结于一体，而直到临终，还是谆谆嘱告一切有为青年"莫做空头文学家"。鲁迅先生文学中的现实主义思想正是他的革命功利主义，他的现实的革命的人生观的反映。鲁迅先生所以成为中国新文学的旗帜，是自始至终贯穿着一个"现实"的，这一点最足令人深长思之。

只有胆怯或抵抗不住把问题简单化的人，才必然在文学上流于概念化而成为反现实主义。于此，我们再引约·里瓦伊部长的一段话，作为本文的结束。

（原刊《西北大学学习报》1952 年 10 月 21 日）

从两次讲演看鲁迅思想的演变

单演义[①]

　　鲁迅于一九二四年七月间，到古城西安，在陕西教育厅与国立西北大学合办的暑期讲习班讲演了《中国小说的历史的变迁》（以下简称《变迁》）；隔了三年，又于一九二七年七月间，到南国广州讲演了《魏晋风度及文章与药及酒之关系》（以下简称《关系》）。我们对这两次讲演作一简略的比较研究，便可看出他在这短短的三年内，文学观的演化与思想上质的飞跃。

一、时代与环境

　　鲁迅在广州讲演的开头说："我们想研究某一时代的文学，至少要知道作者的环境，经历和著作。"研究古典文学需要重视这些，研究现代文学与鲁迅在两地的学术讲演亦然。

　　在鲁迅来西安之前，伟大的十月社会主义革命开辟了世界无产阶级革命的新纪元，同时给中国送来了马列主义，从而爆发了伟大的"五四"运动；在革命先驱者的宣传领导之下，工人阶级作为觉悟先进的政治力量登上政治舞台，开始了中国人民大众反帝反封建的新民主主义革命；接着便产生了崭新的政党——中国共产党。从此我们古老的祖国，出现了一个以马列主义为指导思想的革命运动新时代。

　　革命形势的迅速发展，使封建保守者惶恐万分，拼命作垂死的挣扎；也使新文化运动队伍，发生了变化分裂。正如鲁迅所说："后来《新青年》的团体散掉了，有的高升，有的退隐，有的前进，……"（《南腔北调集·〈自选集〉自序》）

---

　　① 单演义（1909—1989），字慧轩，又名单晏一，安徽萧县人。1942年毕业于东北大学中文系，继而考入该校文科研究所，师从高亨、蒋秉南等攻读古典文学，获硕士学位。1944年起任教于西北大学。起初从事庄子研究，后改治中国现代文学，主要从事鲁迅研究。曾任中国鲁迅研究会理事、中国现代文学研究会常务理事、陕西省鲁迅研究学会名誉会长等职。著有《庄子天下篇荟释》《庄子索引》《鲁迅在西安》《鲁迅与瞿秋白》《鲁迅与郭沫若》《茅盾心目中的鲁迅》《康有为在西安》等。

鲁迅处在这样的时代环境里，打破了长时间的苦闷沉默，遵将令"呐喊"创作，向帝国主义、封建主义及其帮凶、买办文人进行了坚决的战斗，成为文化新军最伟大和最英勇的旗手。

然而，《新青年》团体的解散，也曾使他成为"游勇"，"两间余一卒，荷戟独彷徨"。为了创作唐代小说《杨贵妃》，为了向大西北撒播新文化的种子，就应约来西安讲学。

在女师大事件、"五卅"惨案、"三一八"惨案、革命军出师北伐后，尤其是在痛打落水狗，遭到通缉后，他向往南方的革命，毅然走出北京，到厦门大学任教。为了"与创造社联合起来，造一条战线，更向旧社会进攻"（《两地书·六九》），即应中山大学之聘，于一九二七年元月到广州。在党的直接领导、关怀、帮助下，思想有了空前的转变。

在"四一二""四一五"阶级斗争的急风暴雨中，为营救被捕的共产党员学生无效时，鲁迅又愤而辞职。在这严酷的现实面前，他亲眼看到野心家蒋介石穷凶极恶地屠杀人民、共产党，看到同是青年互相残杀，看到共产党人壮烈牺牲，……自己的心灵受到了极大的刺激，"进化论"的思路因之"轰毁"；更认识到只有共产党的主张和行动才能对社会实行彻底改造，他的思想开始向共产主义新的高度进军。

二、讲演内容的异同

就文学的范畴说，文学史大于小说史。那么，鲁迅在广州的讲演内容自然较在西安所讲者为广。倘以时代的长短说，在西安所讲，由小说神话传说的起源，直到清末，上下几千年，又较在广州所讲仅是魏晋，即由汉末到晋末前后仅百余年为长。以讲演的次数、时间计，前者总计八天，十一次，十二小时；后者总计两次，四小时。以讲稿文字计，前者两万余字，后者不过万余字。从具体内容看去，在西安共六讲：一、从神话到神仙传；二、六朝时之志怪与志人；三、唐之传奇文；四、宋人之"说话"及其影响；五、明小说之两大主潮；六、清小说之四派及其末流。鲁迅在广州的讲演，内容虽仅是魏晋风度及文章与药及酒之关系，但却讲得更细致深入，对人物评论更辩证准确，对因果关系更详实具体。如说汉末魏初，有黄巾、董卓的大乱，党锢的纠纷，曹操的出现，引起政治与文学上的重大变化，就比仅说"政治黑暗"详明了。讲到曹操，除了说他设法害死孔融、祢衡等罪行之外，又佩服他"是一个很有本事的人，至少是一个英雄"，还推崇他"也是一个改造文章的祖师"，他"又有手段，把天下的方士文士统统搜罗起来……"这就反映出鲁迅的历史唯物主义的观点，实事求是的精神。

类此的论述异同，是很多的，详见以下各节。

三、反孔与尊孔

孔丘是春秋时代坚决维护奴隶制度的一个思想家，历代封建帝王与辛亥革命后的新旧军阀及遗老遗少们，都吹捧他为"至圣先师"，以便实现他们镇压人民革命的统治野心。袁世凯不是发布了"尊崇孔圣"的通令吗？张勋、康有为不是曾演复辟清王朝的丑剧吗？

鲁迅是"五四"文化新军的旗手，是"打倒孔家店"的猛将，他在西安与广州讲学都是坚决反孔的。

在来西安之前半年多一点时间，陕西的军阀、孔教信徒刘镇华把"康圣人"请来讲孔，并在孔庙演了一场三跪九叩首的祭孔滑稽剧，影响很坏。

鲁迅在《中国小说史略》（以下简称《史略》）第二篇《神话与传说》中曾说到中国神话所以仅存零星的第二个原因是"孔子出，以修身齐家治国平天下等实用为教……"在西安讲学中如按《史略》讲去，难免有人说他是康有为的信徒，宣扬孔教的传声筒，同样害人。他因而在讲稿中，不提孔丘，改前说为"二、易于忘却"。这样改变更有反康与刘的用意在。

在广州讲演对于反孔与尊孔的看法是辩证的。曾提出这样一个问题："倘若曹操在世，我们可以问他，当初求才时就说不忠不孝也不要紧，为何又以不孝之名杀人呢？"他追本探源地作了这样的答复："魏晋时代崇奉礼教的看来似乎很不错，而实在是毁坏礼教，不信礼教的。表面上毁坏礼教者，实则倒是承认礼教，太相信礼教。"为什么这样讲呢？那是"因为魏晋时所谓崇奉礼教，是用以自利，那崇奉也不过偶然崇奉，如曹操杀孔融，司马懿杀嵇康，都是因为他们和不孝有关，但实在曹操、司马懿何尝是著名的孝子，不过将这个名义，加罪于反对自己的人罢了。于是老实人以为如此利用，亵渎了礼教，不平之极，无计可施，激而变成不谈礼教，不信礼教，甚至于反对礼教。——但其实不过是态度，至于他们的本心，恐怕倒是相信礼教，当作宝贝，比曹操、司马懿们要迂执得多"。由此可以看透巧取豪夺者的崇奉礼教，实不过是一种自私自利、自欺欺人的手段；而"反对礼教"者并非出自本心，实由不平愤激使然；从而认识到鲁迅这样看问题，分析问题，思想已进入一个新的境界，到达质变时期，否则，是不能这样运用辩证方法去剖析历史，实事求是的。

四、进化论与阶级论

瞿秋白说："鲁迅在'五四'前的思想，进化论和个性主义还是他的基本。"这话是对的。就以来西安讲学的时期说，他的思想、文艺思想，也还存有"进化论"的残余。他在讲演的开头，对"进化论"的作用是持肯定态度的，如说："人类的历史是进化的，那么，中国当然不会在例外。但看中国进化的情形，却有两种很特别的现象：一种是新的来了好久之后而旧的又回复过来，即是反复；一种是新的来了好久之后而旧的并不废去，即是羼杂。然而就并不进化么？那也不然，……文艺、文艺之一的小说，自然也如此。"这就是他的"进化论"思想、文艺思想延续存在的明证。甚至以后到了广州在写夜记之一《怎么写》中，也提起"文学进化的理论"，这当不是偶然的。

然而在西安的讲演中，已有和马克思主义者相近的观点出现，如说："诗歌起于劳动和宗教。其一，因劳动时，一面工作，一面唱歌，可以忘却劳苦，所以从单纯的呼叫发展开去，直到发挥自己的心意和感情，并偕有自然的韵调；……诗歌是韵文，从劳动时发生的……"这正如普列汉诺夫在《艺术论》中所说："在原始种族中，各种各样的劳动，有它各种各样的歌。"也如何休注《公羊传》所谓"劳者歌其事"，《乐记》所谓"凡音之起，由人心生也。人心之动，物使之然也"。诗歌起于劳动，又对劳动起着积极的作用，它简直成了劳动的一部分了。

说起鲁迅在西安讲述"进化论"，不免想起聘请他西来讲学的西北大学校长傅铜来。傅曾发表过哲学怪论"轮化论"，认为"物质文明发达到极点，必然归于毁灭，以后再从原始社会进化到文明社会，再回到毁灭，……就这样周而复始地循环不已，曾给奉赠了个'圆圈论'的别名，因此'轮化论'又叫'圆圈论'"（王淡如：《一段回忆——纪念鲁迅先生逝世二十周年》）。他这怪论是和达尔文的"进化论"相反的，和鲁迅所讲的"进化论"对立的。我认为鲁迅的所讲，可能就是针对他的怪论而发的，这是巧妙不提名的抨击。

鲁迅所论述的"进化论"，"将来必胜于过去，青年必胜于老人"是否完全正确，适合中国共产党成立所要建立的新社会呢？能否以它为武器把现实的中国社会问题根本解决呢？肯定地说：不能。因为达尔文的"进化论"是从生物学进化的观点出发的，不能直接搬到人类社会中来应用。不是吗？他"自己背着因袭的重担，肩住了黑暗的闸门"，去进行战斗；以热辣讽刺的笔，去挥写杂文、小说等去鞭挞揭露享用人肉筵宴的阔人与"中国的文明"，也未能实现"进化论"的理想；在"呐喊"之后，还不免"彷徨"——"路漫漫其修远兮，吾将上下而求索"。这说明"进化论"成了他进到"阶级论"的绊脚石。以后经过"五卅""三一八""四一二""四一五"等激烈的阶级斗争，受到血的教训，"目睹了同是青年，而分成两大阵营，或则投书告密，或则助官捕人的事实"，他的"进化论"的思路，才因而"轰毁"。更由于党的领导，和他刻苦学习了马列主义，他的世界观才由"进化论"升华到了"阶级论"。

他的"阶级论"思想，突出地表现在广州演讲时对作家作品的阶级分析上，从对"竹林七贤"中的嵇康及其作品的评价说："嵇康的论文，比阮籍更好，思想新颖，往往与古时旧说反对。孔子说：'学而时习之，不亦说乎？'嵇康做的《难自然好学论》……管叔蔡叔，是疑心周公，率殷民叛，因而被诛，一向公认为坏人的。而嵇康做的《管蔡论》，就也反对历代传下来的意思，说这两个人是忠臣……"这样论述嵇康的作品，倘不用阶级分析的方法，是不能摆脱"一向公认"的论调，闪露出新颖思想光芒的。

再说嵇康的被杀，先讲出于他生命有危险的原因有四：一、好发议论，如在《与山巨源绝交书》中的"非汤武而薄周孔"；二、与"不孝"的吕安为挚友；三、高傲，不理会有私怨、能在司马懿面前搬弄是非的钟会；四、主要因他系曹家的女婿。这些都是与当时统治者直接顶撞的。说汤武周公不好，教司马懿从谁手中禅让得天位呢？因之，他被杀了。这样论述是合乎史实的。

在讲演中更论述了嵇康的《家诫》，一条条的教训，都是教儿子做人对长官要处处小心，与他自己的高傲、好发议论等相反，使人感到"庸碌"，何以与自己的言行竟如此的矛盾？经鲁迅研究发掘得出的结论是："生于乱世，不得已，才有这样的行为，并非他们的本态。"这样看问题，才合于马克思主义的辩证法。

五、文艺与政治

依据马列主义的文艺观，文艺是政治经济的反映，它并对政治经济发生着积极的反作用。说到文艺的发生，倒是起源于劳动和宗教的。

就原始的社会说，人为生存而劳动，一面工作，一面歌唱，因而产生文艺。当时的生产力是极为低下的，人们是无法控制自然的，因而相信并崇拜超自然的神灵——便产生了宗教，又因祈祷而产生了文艺。这样说来，是文艺先于政治的了。

鲁迅在西安的讲演，就说"诗歌起于劳动和宗教"，是合于马列主义论文艺起源的。

其后社会由原始时代发展到奴隶制与封建制度时代，文艺与政治的关系，彼此的影响，才日益繁密起来。

鲁迅谈汉末魏晋的政治与文章的关系，详见在广州的讲演。在西安所讲值得特别提出者有：宋初的编修《太平广记》《太平御览》《文苑英华》是"政治先行"的。鲁迅说："在政府的目的，不过利用这事业，收养名人，以图减其对于政治上之反动而已，固未尝有意于文艺；但在无意中，却替我们留下了古小说的林薮来。"还有清代纪昀的《阅微草堂笔记》，是反对蒲松龄的《聊斋志异》而作的。"他生在乾隆间法纪最严的时代，竟敢借文章以攻击社会上不通的礼法，荒谬的习俗，以当时的眼光看去，真算得很有魄力的一个人。可是到了末流，不能了解他攻击社会的精神，而只是学他的以神道设教一面的意思，于是这派小说差不多又变成劝善书了。"这是文艺与政治关系最密切的说明举例。

鲁迅在广州的讲演中，特别阐明政治斗争对作家风度与作品风格的影响作用，又辩证地说明文艺与政治的关系，强调了文艺是不能脱离政治的。如曹操自己说："设使国家无有孤，不知当几人称帝，几人称王！"（《三国志·魏书·武帝纪》裴注引《魏武故事》）鲁迅在讲演中译成语体为"倘无我，不知有多少人称王称帝！"这充分说明了曹的"专权"统治。也因之显出他尚刑名、立法严的特色；从而影响了文人的写作，使文章出现了清峻——即严明简要的风格特点。这正是文艺受政治影响的明证。

再，曹操为了政治的统一，国内的太平，反动者的绝迹，是非常重视人才，笼络人才的，只要有才，不问什么人都要征用。他在建安十五年的令中说："今天下尚未定，此特求贤之急时也。……若必廉士而后可用，则齐桓其何以霸世？今天下得无有被褐怀玉而钓于渭滨者乎？又得无盗嫂受金而未遇无知者乎？二三子其佐我明扬仄陋，唯才是举，吾得而用之。"又二十二年令中说："若文俗之吏，高才异质，或堪为将守，负污辱之名，见笑之行，或不仁不孝，而有治国用兵之术，其各举所知，勿有所遗。"鲁迅据之在讲演中说："曹操征求人才时也是这样说，不忠不孝不要紧，只要有才便可以。"我以为这里所说的"不忠"，可能是纪录有误，应为"不仁"？后面又说："当初求才时就说不忠不孝也不要紧"的"不忠"，也系"不仁"之误？孔融和他捣乱，祢衡和孔融一同反对他，正是"不忠"，杀之不是名正言顺吗？何必又间接以"不孝"的罪名才杀他们呢？

曹操还有个特点，鉴于党锢之祸，清流自命的人有讲"清"太过的执拗脾气，是不能治国平天下的，为了反对这种习气，就力倡随便的"通脱"，废除固执，不要有所顾忌，想说什么便说什么。他的这种提倡，也影响了文坛，产生了大量的言之由衷的"通脱"文章，他自己就成了一个改造文章的祖师；就思想方面说，也能充分容纳异端与外来思想，佛道等教的引入，即可具见。但总的看去，在文艺与政治的关系上是有不少的矛盾的，大约也是由于"不得已"罢？

至于谈到风度及文章与药及酒之关系，也都是应用这样的辩证方法去进行分析的。从他对陶潜及其作品的分析看去：陶被称为"田园诗人"，穷到鞋米俱无，然而他毫不在意，无怨无尤，还是"采菊东篱下，悠然见南山"。"但《陶集》里有《述酒》一篇，是说当时政治的。"说当时是什么样的政治呢？据清代陶澍《靖节先生集》集注引南宋汤汉注说："刘裕废恭帝为零陵王。明年，以毒酒一瓮授张伟，使鸩王，伟自饮而卒；继又令兵人逾垣进药，王不肯饮，遂掩杀之。此诗所为作，故以《述酒》名篇也。诗辞尽隐语，故观者弗省。……予反复详考，而后知决为零陵哀诗也。"鲁迅又据而结论说："据我的意思，即使是从前的人，那诗文完全超于政治的所谓'田园诗人'，'山林诗人'，是没有的。完全超出于人间世的，也是没有的。既然是超出于世，则当然连诗文也没有。……陶潜总不能超于尘世，而且，于朝政还是留心，也不能忘掉'死'，这是他诗文中时时提起的。"这样评价陶潜及其作品，这样看文艺与政治的关系，不运用唯物论的辩证法，能这样地实事求是，得出前无古人的正确结论吗？由此也证明这时他的思想已到达"阶级论"，摆脱了精神上的沉重枷锁——"进化论"。

六、联系现实与借古讽今

在西安讲学，与答复听讲员提出的问题及讲到与当时风俗、创作等有关的问题时的联系实际，发挥了不少自己与马列主义观点接近的科学看法，如：

关于儿童应否阅读神话书籍的问题，他认为将来如能继续学习科学，是不会养成迷信与受害的；关于青年应否看《红楼梦》的问题，他认为"自有《红楼梦》出来以后，传统的思想和写法都打破了。——它那文章的旖旎和缠绵，倒是还在其次的事"。青年去欣赏它，只要自己不钻入书中，去充宝玉或黛玉等人的一个角色，那是不会有不好影响的。在第二讲中说："象：常见在树上挂着'有求必应'的匾，便足以证明社会上还将树木当神，正如六朝人一样的迷信。……中国还很盛"，当时的陕西没有例外；又说晋朝和现代社会的情状，完全不同，到今天还有人模仿那时的小说，是很可笑的。说明当时不少中国文人的嗜古癖——模仿造作，是他坚决反对的。

在讲演中，借古讽今也是隐约反映的，如前面所说中国神话所以仅存零星的原因第二，改为"易于忘却"的反对康有为的宣讲孔教；开首就讲"进化论"，似与反对西大校长傅铜的宣传"轮化论"有关；借宋初政府的收养名人，图减对政治上之反动，以暗中讽刺陕西的军阀刘镇华，借西大办暑期学校，招聘南北各大学有名教授，尤其是请"康圣人"来西安讲孔，沽名钓誉，妄想巩固统治地位等，都是借古讽今的有力佐证。

鲁迅在广州的讲演，是否也联系实际借古讽今？这是要先读一读他一九二八年十二月三十日《致陈濬》的信，更容易了然的。其中说："……种种事故，综错滋多，虽曰著作，实处荆棘。弟在广州之谈魏晋事，盖实有慨而言。志大才疏，哀北海之终不免也。迩来南朔奔波，所阅颇众，聚感积虑，发为狂言。……要之一涉目前政局，便即不尴不尬。"用这段话，回想鲁迅当时在广州之处境，他所讲汉、魏、晋等朝末年权谋家篡夺政权局势的特点，不正是暗指蒋介石"四一二""四一五"的反革命政变吗？"风度"和"文章"明指人的品格态度，"药及酒"暗喻政治的内容，正是他联系实际借古讽今的"有慨而言"。他的"哀北海之终不免"，也似哀自己的难免之意，因为"一涉目前政局，便即不尴不尬"，恐不免蹈北海的厄运。

他不仅借古讽今，更以今例今。他讲到曹操、司马懿的利用礼教"不孝"杀孔融、嵇康之后，举了一个明显的比喻：一个从前压迫民党的北方军阀，看到北伐军势力一大，便挂起青天白日旗，说自己已经相信三民主义了，是孙总理的信徒，还做总理纪念周。"这时候，真的三民主义的信徒，去呢，不去呢？不去，他那里就可以说你反对三民主义，定罪，杀人。"这北方的军阀，不正象征着南方的新军阀吗？这假的三民主义的信徒，不正象征着三民主义的叛徒——蒋介石吗？他自称讲演为"狂言"，确是历史真实，斥责国民党反动派的反革命杀人罪行。

通过以上的对比，可以看出他在西安与广州讲演期间思想、文艺思想的发展变化与在革命激流中的战斗精神、政治态度了。

他在由西安返京后写的《说胡须》中说："陕西人费心劳力，备饭化钱，……请到长安去讲演，大约万料不到我是一个虽对于决无杀身之祸的小事情，也不肯直抒自己的意见，只会'嗡，嗡，对啦'的罢。他们简直是受了骗了。"这虽是对自己的无情解剖，但也确实说明了他在军阀黑暗的统治下，不得不处处小心对待，——有时"不肯直抒自己的意见"，是不足怪的。

在广州也"是在二七年被血吓得目瞪口呆，离开广东的，那些吞吞吐吐，没有胆子直说的话，都载在《而已集》里"（《三闲集·序言》）。这说明在那"杀人如草不闻声"的大夜弥天年头，不得不作"壕堑战"——"韧"的战斗。

但由血的教训，党的直接领导，刻苦学习马列主义，严格自我批评，思想质变，由"进化论"逐步进到"阶级论"，因而正确认识作者与时代、环境的关系，辩证认识反孔与尊孔的关系，文艺与政治的关系，共产主义的未来，"惟新兴的无产者才有将来"。

鲁迅的这些意见，为我们指明了前进的方向和道路。我们要学习他"韧"的战斗精神，主动自觉地改造世界观，刻苦学习马列主义的文艺理论，以文艺的武器去为我们祖国的社会主义现代化建设服务。

（原载《延安大学学报（社会科学版）》1981年第4期）

从"沉郁顿挫"窥测鲁迅的小说

傅庚生①

一

杜甫曾经用"沉郁顿挫"四个字概括他自己诗歌创作的风格。一部《白雨斋词话》（陈廷焯）自始至终也不过是阐述这四个字的妙谛。细思量，我国古典文学民族风格的内涵，委实有很大的比重出入于沉郁顿挫之中，我们于沉浸含咀之际，若能体会与辨别此四字的神韵与格律，不会是徒劳无益的事。

鲁迅先生的小说，融合古今中外文艺的奇葩，一炉而冶之，其妙旨端在于能化。它继承并发扬光大了古典小说的创作方法，也继承并发扬光大了祖国文学特异的风格。我是"童而习之，白首纷如也"，未能窥及其指归于万一，仅仅是喜欢反反复复地读《呐喊》与《彷徨》，揣摩他的那个"咸酸之外"的味道；偶尔似乎有所得，却也自笑其陈腐庸陋。管窥蠡测，未必能即于作者之真；刍荛之议，或亦有一丝半缕可采。遂不恤嵌入这"绿锈斑斓"的四个字作本文的题目。

二

切莫把"沉郁"误解为沉闷、阴沉、郁郁无聊或是郁结不舒；此一统摄文思的语汇别有概括的涵义。"沉"是沉着有力的光景，"郁"是感染力强，足以攫住人们的心灵不放的象征之辞。沉郁之中有深沉，有浓郁，却不低沉，不沾滞；沉郁之中

---

① 傅庚生（1910—1984），笔名肖岩、齐争等，辽宁沈阳人。1934 年毕业于北京大学，先后在东北大学、铭贤学院、华西大学、北京大学、辽东学院执教。1948 年起一直在西北大学任教，曾任西北大学文学院院长、中文系主任、中国古典文学教研室主任、唐代文学教研室主任等职。并兼任中国唐代文学学会顾问、中国作家协会西安分会副主席、中国古代文学理论学会理事等职务。著有《中国文学欣赏举隅》《中国文学批评通论》《杜甫诗论》《文学赏鉴论丛》等。

有含蓄，却不是温柔敦厚，一味地咽住不说；沉郁的神韵，在木如苍松，在人如幽燕老将，在峨嵋如俯云海，在西子湖如山色空濛……

鲁迅先生在《呐喊》自序中写着：

> 夏夜，蚊子多了，便摇着蒲扇坐在槐树下，从密叶缝里看那一点一点的青天，晚出的槐蚕又每每冰冷的落在头颈上。

写景如此，便见沉郁。

又说：

> 在我自己，本以为现在是已经并非一个切迫而不能已于言的人了，但或者也还未能忘怀于当日自己的寂寞的悲哀罢，所以有时候仍不免呐喊几声，聊以慰藉那在寂寞里奔驰的勇士，使他不惮于前驱。

抒情如此，便见沉郁。

《彷徨》的扉页，引《离骚》中的几句：

> 朝发轫于苍梧兮，夕余至乎县圃；欲少留此灵琐兮，日忽忽其将暮。
> 吾令羲和弭节兮，望崦嵫而勿迫；路漫漫其修远兮，吾将上下而求索。

想也是鲁迅先生取其沉郁乃裁以代序的。

《孔乙己》一篇，以"酒"为张本，以"笑"为显象，隐默中却描绘出被科举制度践踏了终生的孔乙己的遭遇：

> 到了年关，掌柜取下粉板说，"孔乙己还欠十九个钱呢！"到第二年的端午，又说，"孔乙己还欠十九个钱呢！"到中秋可是没有说，再到年关也没有看见他。

在平平的叙述中，留给读者的却是苍茫的沉郁之感。

> 中秋过后，秋风是一天凉比一天，看看将近初冬；我整天的靠着火，也须穿上棉袄了。

这样的预伏反衬之笔（反衬下文的孔乙己"穿一件破夹袄，……"），也是伴着沉郁之思，似闲闲而实有力地写下的。

沉郁之中既有深沉，作者为了要表述出深沉的思想感情，就必须设身处地地挖掘到小说中人物切肤的感受，选择最贴切的文字去体现它。朱熹曾说："文字自有一个天生成腔子，古人文字自贴这天生成腔子。"文字的沉郁，源于思想感情的沉郁，闷于其中然后才肆于其外，愈贴切亦愈工。

鲁迅在《明天》里叙述到寡居的单四嫂子葬过三岁夭殇的宝儿之后：

> ……她越想越奇，又感到一件异样的事：——这屋子忽然太静了。
>
> 她站起身，点上灯火，屋子越显得静。她昏昏的走去关上门，回来坐在床沿上，纺车静静的立在地上。她定一定神，四面一看，更觉得坐立不得，屋子不但太静，而且也太大了，东西也太空了。太大的屋子四面包围着她，太空的东西四面压着她，叫她喘气不得。
>
> 她现在知道她的宝儿确乎死了；不愿意见这屋子，吹熄了灯，躺着。她一面哭，一面想：想那时候，自己纺着棉纱，宝儿坐在身边吃茴香豆，瞪着一双小黑眼睛想了一刻，便说，"妈！爹卖馄饨，我大了也卖馄饨，卖许多许多钱，——我都给你。"那时候，真是连纺出的棉纱，也仿佛寸寸都有意思，寸寸都活着。……

前面只有用"太静""太大""太空"才足以写出单四嫂子切身之痛，后面只有叠用"寸寸"才达成文字的精炼与深沉。王维诗的名句："大漠孤烟直，长河落日圆。"它的四大支柱是"大、直、长、圆"，这是借寥廓的境界写出沉郁的。李商隐的诗句："重帷深下莫愁堂，卧后清宵细细长。"叠用"细细"以状清宵之长，这是借精微的境界写出沉郁的。这些都与上引的一段描写有近似处，异曲而同工。

"太大的屋子四面包围着她，太空的东西四面压着她，叫她喘气不得"——是形象的沉郁，也是沉郁的形象。"那时候，真是连纺出的棉纱，也仿佛寸寸都有意思，寸寸都活着"——假如在原篇中删掉这一句，上下文仍可连贯；可是丧失了沉郁之感，全段都将显得松弛无力了。不但全句不可删，连句中的两个"寸寸"一个也不能省。这一句是篇中的警策，两个"寸寸"是画龙点睛，丰神则是沉郁。

沉郁之中既有含蓄，含蓄所欲达到的艺术效果又不过是要臻于沉郁罢了。昔人论词有所谓"以景结情"之法，鲁迅先生的小说也常常用象征的写景奏含蓄之效，蕴沉郁之奇。

《明天》结束于：

> 单四嫂子早睡着了，老拱们也走了，咸亨也关上门了。这时的鲁镇，便完全落在寂静里。只有那暗夜为想变成明天，却仍在这寂静里奔波；另有几条狗，也躲在暗地里呜呜的叫。

说时间的车轮碾着人们的不幸与死亡前进，用寂静填补单四嫂子心上的空虚，意境是深沉的。这和《祝福》的结束有些近似：

> 只觉得天地圣众歆享了牲醴和香烟，都醉醺醺的在空中蹒跚，预备给

鲁镇的人们以无限的幸福。

《明天》从正面煞住，《祝福》从反面逼来，却同样地是归于沉郁。它如《药》《故乡》《鸭的喜剧》《在酒楼上》《孤独者》，在结束处都是深沉凝重的，像给读者在心口压上一个铅块一般，摆脱不得。连在《呐喊》自序里提到的"所以我往往不恤用了曲笔，在《药》的瑜儿的坟上平空添上一个花环，在《明天》里也不叙单四嫂子竟没有做到看见儿子的梦"，也似乎都笼罩住一层惘然的轻纱，寄寓着深沉的叹息。

《在酒楼上》"眺望楼下的废园"一段，是极尽沉郁顿挫之能事的散文诗：

> 这园大概是不属于酒家的，我先前也曾眺望过许多回，有时也在雪天里。但现在从惯于北方的眼睛看来，却很值得惊异了：几株老梅竟斗雪开着满树的繁花，仿佛毫不以深冬为意；倒塌的亭子边还有一株山茶树，从暗绿的密叶里显出十几朵红花来，赫赫的在雪中明得如火，愤怒而且傲慢，如蔑视游人的甘心于远行。我这时又忽地想到这里积雪的滋润，著物不去，晶莹有光，不比朔雪的粉一般干，大风一吹，便飞得满空如烟雾。……
> "客人，酒。……"
> 堂倌懒懒的说着，放下杯、筷、酒壶和碗碟，酒到了。我转脸向了板桌，排好器具，斟出酒来。觉得北方固不是我的旧乡，但南来又只能算一个客子，无论那边的干雪怎样纷飞，这里的柔雪又怎样的依恋，于我都没有什么关系了。

久客苦思乡，还乡空怅惘。这对一个天涯游子说，已是无名的悲哀；对一个还乡的"客子"，更平添了多少凄清的况味？借着这样的沉郁之笔，表达出小说中主人公的一往情深。这里作者沉郁之思的发泄是从多方面着手的：借着南方与北方的对比，写北客南归的心绪；借着废园里倒塌的亭子，写人世桑田沧海的变迁；借着梅雪交相辉映，写雪的滋润与依恋，衬起游子的乡思；借着山茶花的怒放，想象出"蔑视游人的甘心于远行"，而实际上却说的是游子之不得不为生事而奔波。今天回到了故乡，又是似这般的生疏与冷落；到底哪里才是故乡，如何才算是客子，也令人茫然地无从分辨，惘然地难问亲疏了。这样寄情于景，见景生情，随着目之所触，一古脑儿地把满腔的沉郁之思迸射出去，凝成特异的风格，紧紧地扣住读者的心弦，舒缓不得；却又分明有沉酣于醇美的境界中的享受。可见这两段描写之所以有令人诗意盎然的感觉，有很多的因素都是从沉郁的风格派生的。

下面接着写：

> 我略带些哀愁，然而很舒服的呷一口酒。

在读者的心目中，由于既受到上文沉郁的感染，遂深信着这个"哀愁"其来有自，而"略"则似乎直感到作者正于无可奈何中自相宽慰，"酒"则分明是用此浇愁的凭借物了。因此"渐渐的感到孤独"，因此一眼看见旧同窗时"也就吃惊的站起来"，一直到篇末的"见天色已是黄昏，和屋宇和街道都织在密雪的纯白而不定的罗网里"，这一笔象征的写景，也因它氤氲着沉郁之思而悠然不尽，使读者掩卷惘然，如饮醇酒。

《伤逝》劈头就写出：

> 如果我能够，我要写下我的悔恨和悲哀，为子君，为自己。

令人很自然地联想起《西厢记》里的"才高难入俗人机，时乖不遂男儿愿。空雕虫篆刻，缀断简残编"和《红楼梦》里的"满纸荒唐言，一把酸辛泪。都云作者痴，谁解其中味？"所有古今中外的作者的不能已于言者，往往都是各自要写下各自的悔恨和悲哀。虽说"并不愿将自以为苦的寂寞，再来传染给也如我那年青时候似的正做着好梦的青年"（《呐喊》自序），却仍然又欲罢不能。既属悔恨，当然也就百身莫赎；既是悲哀，自然就要抢地呼天。这样一个平地起风云的冒头，挟持着它不祥的预感，就能一把攫住读者的目光，而这经过熔铸的二十二个字，本身就是笼罩住沉郁的氛围的。

生活看看把人要逼上死路，"小小的家庭"里豢养着的小狗"阿随也将留不住了"：

> 终于是用包袱蒙着头，由我带到西郊去放掉了，还要追上来，便推在一个并不很深的土坑里。

若只是写"带到西郊去放掉了"，就止于是故事情节的叙述；又加上一笔"还要追上来，便推在一个并不很深的土坑里"，就是浸入沉郁之感的叙述了。"还要追上来"五个字，传染给读者的是对那个小小的阿随依恋主人不忍离去的丰厚的同情，"并不很深"又充分地令读者感到那涓生为了维持生活的万不得已。这样便梳织成一片沉郁之思，打动读者的心坎，并且从细节的描写也能突现出作品特异的风格。

终于子君无言以去，"在不言中，教我借此去维持较久的生活"。

> 我似乎被周围所排挤，奔到院子中间，有昏黑在我的周围；正屋的纸窗上映出明亮的灯光，他们正在逗着孩子玩笑。

这里人与己的两相对比也还是在加深那沉郁之感，烘托出如"枯桑知天风，海水知天寒。入门各自媚，谁肯相为言？"一般的诗意来。

更那堪，在已经获悉子君在"无爱的人间死灭"以后：

一天是阴沉的上午，太阳还不能从云里面挣扎出来，连空气都疲乏着。耳中听到细碎的步声和咻咻的鼻息，使我睁开眼。大致一看，屋子里还是空虚；但偶然看到地面，却盘旋着一匹小小的动物，瘦弱的，半死的，满身灰土的……

我一细看，我的心就一停，接着便直跳起来。

那是阿随。它回来了。

这沉郁又是伴着从古典文学的传奇性变化而来的浪漫主义的手法而出现的。从作者的角度说，这种沉郁的风格在任何一种机缘下都可以形诸笔墨，依仗着它才可能宣达出动人之实，增强艺术的感染力。从读者的角度说，必须从作品里捕捉到这种沉郁之感为寻绎的线索，才容易把原来的作意贯穿起来；又必须分领了这种沉郁的风格，才可能较深入地欣赏原作。尤其是鲁迅先生的小说，它融化着我国古典文学这个沉郁的特色，读者倘不寝馈于其间，则所能领会到的怕就难免于俭薄了。

<h2 style="text-align:center">三</h2>

"沉郁"是说风格的沉着善感，"顿挫"是说文章的跌宕生姿，二者相反而又相成。文笔的跌宕系于文思的转折，鲁迅小说是最善于利用转折以引人入胜的。

转折，不能只拐硬弯儿，必须水到渠成，所以预先要蓄势。如《孔乙己》首先从鲁镇酒店的格局闲闲叙起，渐渐引到短衣帮和穿长衫的，后面才漾起转折的波皱："孔乙己是站着喝酒而穿长衫的唯一的人。"借着这样一转折，就显示出文笔的变换，更重要的是又突现出小说中主人公的特有的生活、身世来了。

作者用第一人称写咸亨酒店的小伙计，不会找机会在酒里羼水，"便改为专管温酒的一种无聊职务了"。从这个"无聊"，再加上"掌柜是一副凶脸孔，主顾也没有好声气，教人活泼不得"，下面才又漾起转折的波皱："只有孔乙己到店，才可以笑几声"，这样就把为一篇枢纽的"笑"振荡出来了。

"笑"的内容之一是"君子固穷"一类的难懂的话，这就很自然地过渡到下文：

但他在我们店里，品行却比别人都好，就是从不拖欠；虽然间或没有现钱，暂时记在粉板上，但不出一月，定然还清，从粉板上拭去了孔乙己的名字。

这就又蓄了一个势，给中秋前的两三天掌柜说的"孔乙己长久没有来了。还欠十九个钱呢！"准备好了转折的弧度，也给篇末掌柜一再地提起这件事安下伏笔。借着这样的左盘右旋，就像河水的漩涡一般，愈转愈趋于深沉了。

孔乙己是这样的使人快活，可是没有他，别人也便这么过。

又是一个收敛，一个转折，通过它给文章沉郁的风格开辟了尽量发挥的余地，渐渐走向故事的顶峰，同时它也是沉郁的最深处。可见沉郁与顿挫是相反而又相成的。

所谓转折，也就是吞吐抑扬之法。如《祝福》将要写祥林嫂"淘米回来时，忽然失了色"，就先描了一笔："口角边渐渐有了笑影"。为了要叙述她"只是直着眼睛，和大家讲她自己日夜不忘的故事"，就先描了一笔："她不很爱说话，别人问了才回答，答的也不多。"透过这些转折，才体现出作者对所描写的书中人物的丰沛的同情，从而触动读者的同情心，达成艺术效果。

文章的抑扬顿挫，还有一个形式上的条件。鲁迅先生邃于古典文学，典范地做到了古为今用。他把骈文、近体诗的平仄互换、虚实相对的人为声律之美，和散文的"气盛则言之短长与声之高下者皆宜"的自然音节之妙，都经过融化而运用到他的语体文之中了。声调的抑扬帮助了文思的顿挫，也体现出风格的沉郁；这种三位一体的表现方法是鲁迅小说的一个特点。

如在上文已经提到的：

觉得北方固不是我的旧乡，但南来又只能算一个客子，无论那边的干雪怎样纷飞，这里的柔雪又怎样的依恋，于我都没有什么关系了。

几个句子的最末一字（"乡、子、飞、恋"）平仄互换，在朗诵的时候，就会感到它的琅然上口。试把"客子"改为"客人"，把"依恋"改为"晶莹"，就顿然失去声调的抑扬之美。失却了这种抑扬，在声音上有些飘浮（因为都改为平声字了），影响得连原来所体现的感情也似乎不够深沉了。

又如《伤逝》的起句，也是前面引过的：

如果我能够，我要写下我的悔恨和悲哀，为子君，为自己。

四个句子短语的煞尾处也构成"仄、平、平、仄"的格律。"悔恨"与"悲哀"不容颠倒，"子君"和"自己"不能互易。变换一下，就读不响。句中"悔恨"的激厉昂扬和"悲哀"的迂徐阐缓，充分地表达出抑扬顿挫的极致，真是"一弹再三叹，慷慨有余哀"，声音之妙，有如此者。

过去我曾经似诙谐而实严肃地对青年学生们说："鲁迅先生的小说跟杂文，几乎都可以用朗诵古文的调子去读。"可能这意见里有我个人的偏见，可是也许还有百一的足采之处；到底如何，读者自己再去参寻吧。

（原载《文学赏鉴论丛》，陕西人民出版社 1981 年版）

《狂人日记》与鲁迅

张　宣[①]

（一）带有象征色彩的现实主义杰作

《狂人日记》是一篇现实主义的杰作。它是为了服务于当时的反封建革命斗争而写的。它的内容概括反映了封建主义旧中国的历史和现实，揭露了封建压迫者与被压迫者的对立斗争，刻画并歌颂了反封建的战士，提出了反对"吃人"的封建礼教的口号，鼓励人们起来打倒封建礼教，即封建社会的上层建筑。在鲁迅创作这篇小说时，中国早已沦为半殖民地半封建社会，封建势力的代表——北洋军阀也就是外国帝国主义统治中国的代理人。《狂人日记》的攻击锋芒正对着北洋军阀的反动统治。

鲁迅这篇小说在表现方法上的一个显著特点，是它带有象征性的色彩。不看到这一点，也就难于充分理解它的现实主义精神。象征性色彩表现在下列两点上：

一、"吃人"的概念。当时作为社会政治概念的"吃人"是指封建统治者除了对人民敲骨吸髓的榨取之外，还包括利用封建礼教在内的意识形态和上层建筑对于人民群众（被剥削的劳动群众、贫苦的居民、当子女的、妇女等等，总之是政权、地权、族权、神权、夫权的压迫对象）的残酷迫害。《狂人日记》中的"吃人"概念却是双关的，即既包含社会政治方面的意义，又包括自然方面——日常生活方面的意义，即指把人的肉体当作食物吃下去。而且大量的是后一种意义。人吃别人的肉，这

---

① 张宣（1916—2012），四川永川（今属重庆）人。1938 年 1 月加入中国共产党。历任成都市委宣传部部长，青年部部长、书记；延安大学高中部文科教员，延安大学分校、西北人民革命大学教务处副处长。1950 年任西北民族学院副院长，自兼教员。1952 年后，在西北大学马列主义研究班任教。1954 年任西北大学哲学教研组主任，从事科学社会主义、马列主义哲学教学与研究，讲授过历史唯物论，马列主义基础、哲学等课程。1962 年调西北大学中文系资料室并兼任教学工作。1982 年任西北民族学院党委书记、院长。在教学之余，从事《中国大百科全书·民族卷》的编辑工作并任编委。1987 年离休后在西北大学仍从事学习和写作，主要写回忆录和一些党史资料。

是原始社会、奴隶社会遗留下来而在封建社会也在一定程度上继续存在的一种野蛮残酷行为。作为社会政治概念的"吃人",无疑是包括了这种野蛮残酷的行为的,但它不仅仅指这一点,而且主要不是指这一点,而是指封建统治者在经济、政治、法律和道德、宗教等各个方面对于人民群众的剥削、压迫、欺骗、侮辱。《狂人日记》用狭义的"吃人"象征了广义的"吃人",这就使得对于封建统治者的控诉更加有力,对于还不大觉悟的人民更能起一种"棒喝"、针砭的作用。实际上,在旧中国,由于天灾人祸,人吃人(肉)虽然不是很个别的现象,但人民所经常受的害,主要还是在经济、政治和社会方面的剥削和压迫。狭义的"吃人"现象是封建社会广义"吃人"制度的必然产物。《狂人日记》运用这种双关的概念、象征的手法,就使它所揭露的问题具有了更加深广的意义。

二、狂人的形象。鲁迅的《狂人日记》是受了果戈里①的《狂人日记》的影响,并以后者为借鉴而写作出来的。鲁迅学过医学,懂得病理,了解精神病患者——迫害狂患者的症状和精神状态,所以他所描述的狂人心理和言行很符合情理,例如多疑、眼花、呕吐以及有时意识不清等。狂人在日记中的"语误"(见日记前的短序),如把易牙的主人齐桓公写成"桀纣",徐锡麟写成"徐锡林",都不是出于文化水平不高——事实上,从狂人在日记中的说古论今看,毋宁说他的文化水平是相当高的——而是表现了精神病患者的一种症状。但是,另一方面,而且是更重要的一方面,这篇小说的主人公——狂人,并不是一个简单的精神病人,实际上是封建社会中的一个先知先觉者,一个启蒙思想家和反封建的战士。精神病不过是外表、外衣。可以说,主人公是一个化装为狂人的反封建革命家。

为什么鲁迅不直接塑造一个表里一致的反封建战士,而要赋之以狂人的外形呢?我以为可能有以下四种原因:

1. 在北洋军阀的统治下,言论极不自由。公开号召推翻封建势力是要招祸的,会使文化革命的喉舌《新青年》遭受摧残。鲁迅历来主张"壕堑战",所以宁愿采用艺术上含蓄和借喻的方法。

2. 为了揭露反动统治者对付革命家的一种惯用伎俩,即诬蔑那些在群众中有影响的革命家是"疯子"。例如康有为(在他起进步作用的前期)、孙中山、章太炎都受到过这种诬蔑。鲁迅也曾被人目为"冒失鬼"。写出一个狂人,而具非常锐利的观察力和强烈的爱憎,就能使读者认识到,社会上有这样一种极其清醒的"狂人"。这就把反动派的这一种"老谱"打碎了。

3. 在旧社会,也确有一些正直的人被迫害而成精神病患者,这就是"迫害狂"。写出这样一个正直的知识分子,一个热爱民族、热爱人民、热爱下一代、思想敏锐、

---

① 编者按:今通译为"果戈理",下同。

具有为正义事业奋不顾身和严格要求自己的崇高精神的人被迫害发狂，这就使社会矛盾显得更尖锐、突出，使这篇作品对封建社会的揭露和控诉更深刻，更具有感染力。

4.《狂人日记》的主人公似狂非狂，亦狂亦圣，这里展现了极其高明的文学手法，形成了激动人心的艺术力量，并留给读者以有余不尽的意味，使人思索，启人智慧。

一面是狂人，一面是头脑十分清醒的革命战士，这两者要集中在一个人身上，这是极难的。但鲁迅很好地做到了，把一个人的两方面写得十分和谐，完全合乎逻辑。他是怎样做到这一点的呢？

作者让它的主人公——狂人收集了封建社会历史上一系列野蛮、残酷、荒谬、悲惨的事例，将它们集中展现在读者面前。这些事例，原来都各自分散归属在孝、弟、仁、义等等堂皇的名目下，人们世世代代看惯了，不以为奇；而从那些封建卫道者看来，则是"纲常"所系、天经地义的。现在一经集中起来，揭出它们的真实内容和意义，就显得十分悖谬了。从这方面说，与其说日记的作者是狂人，不如说那些维持"纲常"、恪遵古训的人们是失心疯。在这里，日记的作者——狂人发现了一条了不起的历史真理：历史上"满本都写着两个字是'吃人'"！

但是，这条真理中的"吃人"两个字，应该是一个比喻性、象征性的词，一个广义的、社会政治性的概念。用它来揭露封建阶级对人民、对弱者的残酷统治，是恰当的、深刻的。不应该把这个词解释为日常生活中都在吃人肉。狂人的"狂"，就在于他这样误用了这个概念，拿吃人肉去解释日常生活以至家人关系：他把狗看他一眼、街上女人骂儿子的话和她看他时的眼光、医生诊病时的言谈举动，以至妹子的死、母亲的哭、大哥的劝，都作了要吃人肉的解释。这些想法，就一个精神不正常的人来说，都是可以理解的，而作者用了许多双关的说法，也有助于表现这一点（例如第四节中医生说的"赶快吃罢"）。但这些到底表现出是一种错误的联系，是神经过敏，是狂人心理。

在这个狂人的全部日记中，有的是对事物的周密观察、深刻分析、有系统的理论观点、合逻辑的意识活动，这些是不狂的，而且是极清醒的；但在一系列具体的表现形式上又是狂的。作者把狂人的心理和完全正常的思维推理交织在一起，错落有致而且互相协调地表现出来了。"狂"之中有不狂的核心，不狂的思想有狂的表象。经过这样的处理，狂人劝诫大哥那一套井井有条的理论——不合乎一般狂人身份的人道宣言——也显得合乎这个狂人的情理了。

上述的两点，我以为是理解《狂人日记》这篇杰作的思想内容和艺术形式的关键。有的同学反映，读了这篇作品，对它的主题不容易理解。我想，好好思索上述的两个特点，这个问题是不难解决的。

（二）反封建革命的科学思想

《狂人日记》是对封建制度，尤其是它的意识形态上层建筑——封建礼教的宣战书。

封建礼教要人们绝对服从五种权力：政权、地权、族权、神权、夫权。封建道德所要求的孝、弟、忠、信（或忠、孝、节、义），所标榜的三纲（君、父、夫）五常（君臣、父子、兄弟、夫妇、朋友），所崇敬的"天地君亲师"，实质就是如此。

《狂人日记》中，除主人公狂人外，赵贵翁、古久先生、大哥、医生、二十岁的青年，都多少是封建卫道者，其中赵贵翁、古久先生和大哥更是统治阶级的代表。古久先生是道统，赵贵翁是豪绅，大哥是家长。割股疗亲、易子而食，表现的是子孝父慈；易牙献子是忠；大哥吃妹妹、吃狂人是"弟"；至于食肉寝皮、吃血馒头、吃徐锡麟、吃狼子村的"恶人"，那就推而广之，吃人成风了。封建统治者就是用这些说教、这些"老谱"来使人民盲从，以至变得愚昧和麻木的。日记中的陈老五、狼子村村民、街上的人、门口看疯子的人，以至许多小孩，都跟着吃人的人行事，就是这种愚昧麻木的表现。麻木的群众实际上也是被吃者，鲁迅小说中像阿Q、祥林嫂这样的人都是这样。旧中国"有了四千年吃人履历"。由于娘老子教，由于"老例"的习染，小孩子也在不知不觉地吃人，并在其中被人吃掉，一代一代地维持着吃人的传统。针对这个现状，鲁迅借狂人之口沉痛地提出，要在吃人与被吃的命运中"救救孩子"。孩子是民族的未来，因此这也就是救救民族。这是对封建制度的勇敢、义愤的宣战。

《狂人日记》写于1918年4月。当时封建制度在北京（也如在全中国）处于统治地位。段祺瑞政权正在大肆提倡封建礼教。反对封建礼教，就是反封建的思想革命。五四运动就是在这个口号下开展的。这篇小说出版于"五四"的前一年，正是革命的酝酿时期，其意义是十分重大的。

小说虽没有把挞伐封建政治和经济制度作为主要任务，但也反映并且控诉了封建政治和经济制度的罪恶：知县打枷，绅士掌嘴，衙役占妻，债主逼债，地主荒年逼租，等等。这也表明了鲁迅当时对社会现象的深刻认识：虽然那时他还没有掌握马克思主义的阶级斗争理论，但他已经多少察觉到封建制度下的阶级对抗了。

作品不但控诉了封建压迫者的罪恶，而且深刻概括了反动统治阶级的矛盾本性：狮子似的凶心，兔子的怯懦，狐狸的狡猾。反动派要吃人，它的本性是凶恶的；但反动派只是少数人，并由于要吃人而和多数人处于对立地位，因而又是孤立的；加上吃人者之间不可避免的倾轧，因此，不管如何貌似强大，实际上它是脆弱的。这就决定了它的本性又是怯懦的。作品不仅在一系列吃人的事例下控诉了封建统治者的凶恶，也同样把它的怯懦揭露得淋漓尽致。第九节写吃人者"都用着疑心极深的眼光，面面相觑"。第十节写"横梁和椽子"（象征封建礼教体系）"万分沉重"地压在"我"身上，然而，"我晓得他的沉重是假的"。第七节写吃人者不敢直接杀人，"怕有祸祟"。既凶恶，又怯懦，就决定了反动派的本性是狡猾的。作品对这方面也作了有力的刻画。例如第三节，"他们一翻脸，便说人是恶人"。第四节写想吃人的医生"鬼鬼祟祟，想法子遮掩"。第七节的"逼我自戕"。第十节"预备下一个疯子的名目罩上我……"在这里，作者并且从丰富的斗争经验中总结出一条反动派吃人的"理由"："从来如此"，"你说便错"。这是十分蛮横无理的，但却是一切反动派惯讲的。如果联系阅读鲁迅的许多杂文，这一点就更清楚了。"古已有之""从来如此""你说便错"，这是一切吃人者的"逻辑"。

鲁迅揭穿了反动的封建统治者的全部本性，这是具有十分重大的意义的。这就不但帮助被压迫的人民睁眼看清自己的敌人，而且使他们知道，这个敌人是必须打倒，也可以打倒的；可以打倒，但又是必须认真对付的。这里包含了伟大思想家、革命家鲁迅所具有的一系列正确的革命战略和策略思想，这些思想惊人地符合马列主义、毛泽东思想的基本原理。这些，在本世纪二十年代之前的中国，是何等精湛的思想瑰宝啊！

（三）伟大的战士，崇高的品德

上面说过，狂人实际上是一个反封建战士。现在需要进一步说明，他是怎样一个战士，作者塑造这样的战士具有什么样的意义。

狂人是一个觉悟了的知识分子，是封建阶级的一个叛徒——起义者。他从旧营垒中倒戈出来，成为人民的朋友、革命的前锋。

这是一个具有高尚理想和强烈的爱的人物。他爱人民，爱孩子，爱民族，爱祖国。从此出发，他有毫不利己、专门利人的伟大胸怀。试看他被人关押起来，即将被人吃掉，而在日记中也没有一句叹息自己命运悲苦的话，却总是关心人民和民族的命运，关心孩子们的成长。他没有因自己的痛苦呻吟，只是对孩子们从小被毒害感到"伤心"（第二节），最后结束于"救救孩子"这样一个热忱、深刻的号召。在第十节，狂人对围观他的人说："你们可以改了，从真心改起！……你们要不改，自己也会吃尽。……"这里浸透了对民族、祖国命运的深刻关怀和忧虑。他所追求的理想，是要人们成为"一味要好"的"真的人"，而且他相信"将来容不得吃人的人，活在世上"——他反复强调的就是这些话。

这又是一个对人民的敌人怀着深仇大恨的坚强战士。他的爱憎之间界限分明：因为爱人民，所以恨人民的敌人，恨吃人的人。像日记全篇流露着对人民深厚的爱一样，日记全篇也流露着对敌人强烈的恨。三处说到"青面獠牙的人"，说到这种人"满眼凶光"，"鬼眼睛"，"唇边还抹着人油，而且心里满装着吃人的意思"。他愤恨地说道："这吃人的人比不吃人的人，何等惭愧。怕比虫子的惭愧猴子，还差得很远很远。"

强烈的爱和憎，高尚的理想，使狂人相信自己是为正义、为真理而斗争，使他十分勇敢坚强，能够蔑视强大的敌人，充满信心地进行战斗。他敢于踹了古久先生的陈年流水簿子。他在要吃他的人面前想的是："我也不怕；虽然不吃人，胆子却比他们还壮。""伸出两个拳头，看他如何下手。"他"放声大笑"，"自己晓得这笑声里面，有的是义勇和正气"。吃人者"被我这勇气正气镇压住了"。（第四节）他见来了个吃人的人，"便自勇气百倍，偏要问他"，提出了一连串义正词严的质问。（第八节）在第十节里，狂人对吃人的大哥和他的同伙所进行的语重心长的规劝，虽是"格外沉静，格外和气"，却又是多么大义凛然。对于吃人传统的"万分沉重"的压力，他"晓得他的沉重是假的，便挣扎出来"，还"偏要"当面指出吃人者必然失败的下场。

狂人又是一个头脑清醒、观察深刻的思想家。他一再说："凡事须得研究，才会明白。"经过他的系统观察和周密分析，他看出了历史字缝里的奥秘。他对周围的环境和各种人物的言行，都时时加以研究、探索，逐步得出了一层比一层深入的逻辑结论：一、他们吃人（第三节）。二、他们要吃"我"（第三、四节）。三、大哥要吃"我"（第四节）。四、"我"是吃人的人的兄弟（第四节）。五、"我"也吃过人（第十二节）。六、救救孩子（第二、八、十三节）。

狂人的高度革命性，高尚的革命节操，还表现在他严格要求自己，实行严肃的自我检查、自我批判上。"我是吃人的人的兄弟！""我未必无意之中，不吃了我妹子的几片肉……""有了四千年吃人履历的我，当初虽然不知道，现在明白，难见真的人！"一个封建阶级的子弟，一个旧营垒里的知识分子，不这样是不可能彻底背叛原来的阶级而成为人民的忠诚战士的。

总起来说，狂人是一个伟大革命战士的形象，是一个具有深刻人民性的形象。这种形象显示了作者鲁迅的伟大心灵。作者如果不是这样一个革命者，那是无论如何想象，也想象不出这样的人物性格的。我们如果读了鲁迅的许多其他小说、散文和杂文，就知道像这里说的那些性格特征，曾经在各种不同人物的身上多次重复出现过，而且我们会相信，这些美好崇高的品德，无例外地都是鲁迅自己的性格特征。即如上面说到的对自己严格要求这一点，在《一件小事》中就表现得更为深刻。鲁迅在《写在〈坟〉后面》中也说过，他对自己的解剖更为严格，更不留情。

这些就是中国革命优秀人物的共同特性，它们被中国的共产主义者、中国共产党人所继承而发扬光大了。鲁迅自己就是中国共产主义者的一个伟大典范。我们读过刘少奇同志的《论共产党员的修养》，我们耳闻目睹了周恩来、焦裕禄、雷锋这样一些伟大革命家和其他许多领袖、烈士、英雄模范人物的激动人心的事迹，这些难道不都是这种高贵品质的显现吗？

（四）《狂人日记》的划时代意义

《狂人日记》写于"五四"以前，达到了那个时代中国革命思想界和文艺界的最高峰。当然，它同时也表明了它那个时代的某种局限性。这表现在狂人只能寄希望于"劝转吃人的人"，并且相信，"去了这心思，放心做事走路吃饭睡觉，何等舒服"。（第九节）他一再地规劝，"你们可以改了，从真心改起"。（第十节）最后归结到"救救孩子"，这虽是一个具有积极意义的口号，但也说明对当前一代人的希望不大了。总之，革命的民主主义和人道主义，就是狂人这个革命家（也就是鲁迅本人）当时所举的旗帜。他尽管也从社会生活中接触到了阶级斗争的现象，却还不能认识它，理解它，没有也不能得出阶级斗争的科学结论。这个结论是历史地注定了要由马列主义、毛泽东思想来作的。

但是，鲁迅的思想是随着时代，随着人民革命的实践而不断前进的。到了1925年的大革命时期，他写了第二个狂人，那就是《长明灯》中的疯子。第二个狂人的处境和第一个狂人相似，但他的反抗却强烈得多了。他准备用暴力进行斗争，大喊"我放火！"在几个月之后，鲁迅写了《灯下漫笔》，进一步发挥了关于封建社会吃人的思想，所得出的实践结论也比《狂人日记》进了一步：代替了从前比较空洞、迟缓的"救救孩子"的呼唤，直接号召青年们行动起来，"扫荡这些食人者，掀掉这筵席，毁坏这厨房"，"创造这中国历史上未曾有过的第三样时代！"这气势是和《长明灯》完全一致的。而在这时候，鲁迅也还没有成为马克思主义者。（鲁迅到1927年以后才成为马克思主义者。）

鲁迅在看到1927年国民党屠杀革命人民的悲惨景象以后，对于自己前此认识的不彻底作过批判。这一年他在《答有恒先生》中说："现在倘再发那些四平八稳的'救救孩子'似的议论，连我自己听去，也觉得空空洞洞了。"

但是，这一缺陷是时代造成的，它丝毫不能损害《狂人日记》的伟大历史意义。《狂人日记》终究是一篇政治思想上和艺术上高度统一、高度完美的杰作。

为了进一步证明这一点，可以作如下三个比较：

一、和胡适的《终身大事》比较。这是一个剧本，发表在《狂人日记》后约十个月的同一刊物《新青年》上。胡适在这里也写了反封建礼教的主题。但是他具体反什么，怎么反呢？主角田女士为要爱一个有钱的男子，和她父亲发生了一场冲突，然后不声不响地，留下一个字条，坐着阔爱人的汽车嘟嘟地溜走了。这种狭隘、庸俗的资产阶级市侩思想，就是自认为五四新文化运动大师的胡适当时所达到的高度，而且大概可以说，也是他一生中最高的高度。

二、和果戈里的《狂人日记》比较。鲁迅写自己的《狂人日记》之前，读到过果戈里的同名小说，他承认自己的创作受了果戈里的影响。但他又说，"后起的《狂人日记》意在暴露家族制度和礼教的弊害，却比果戈里的忧愤深广"。这是完全正确的。

果戈里生在沙皇制度下，是一位伟大的爱国主义作家。他对沙皇制度有所不满，要求实行民主的改良，而终于脱离不了地主阶级立场的限制。他的《狂人日记》写一个小小的"九品文官"爱上了上司司长的女儿，却以官职卑微，无法实现他爱情的梦幻，忧郁而发了狂。在疯狂中，他觉得自己的地位不如司长女儿的一条狗。于是他又幻想自己是西班牙的国王，为此，把自己的大衣改成了"龙袍"。这样，他就被关进了疯人院，受了种种虐待。但他仍然觉得自己是在西班牙皇室的"拷刑室"里，而不是在自己的俄国。日记的最后，是呼喊母亲救救他："亲爱的母亲啊，救救你可怜的儿子吧！……他们在折磨我……世界上没有他站的地方！他被驱逐着！母亲，可怜可怜你这病的孩子吧！……"这是果戈里同情被压迫的小人物的一篇优秀作品，其中写出了对沙皇俄国的忧愤。但这忧愤，比起鲁迅的《狂人日记》，就狭窄多了：第一，后者的攻击直接指向整个作为封建上层建筑的礼教，而不是像前者那样仅指其中的某个方面；第二，后者是号召社会，而不只是指望自己的母亲；第三，后者所号召的是实行社会改革，而不仅仅是为个人求救。显然，这是由于鲁迅和果戈里所处的时代不同，鲁迅创造性地借鉴了外国的优秀作品，忠实地反映了自己时代和民族的要求，因而成就超过了果戈里。

三、还要和鲁迅自己以前以后的作品联系起来看。鲁迅的白话小说和用鲁迅这个名字发表的作品，都以《狂人日记》为最早的一篇。但在七年以前，即1911年，鲁迅曾用文言写了一篇小说——《怀旧》，1913年在《小说月报》上发表，署名周逴。《怀旧》的主题也是反对封建礼教，暴露地主阶级的腐化，为遭受封建教育毒害的儿童鸣不平。但用文言写，其表现力是受了束缚的。鲁迅从《狂人日记》开始，用了白话这个新的、合用的工具，才"一发而不可收"地创作了大量的、质量很高的战斗作品。"五四"时期新文学运动最丰硕的收获是小说和杂文，两者都以鲁迅为最好的代表。鲁迅在这一时期创作了二十五篇小说（收在《呐喊》和《彷徨》中），《狂人日记》是振聋发聩的第一炮，也是其他二十多篇小说的总序言。《狂人日记》所举起的对吃人的封建礼教和封建制度坚决斗争的旗帜，成为后来这些作品的总主题。他后来进一步塑造的被"吃"掉的人民的形象，就有直接被杀害的阿Q、夏瑜（秋瑾），被逼死的孔乙己、祥林嫂，被间接害死的宝儿（《明天》）和华小栓（《药》），被长期折磨的闰土（《故乡》）、单四嫂子（《明天》），直到《长明灯》中的疯子。

　　总起来说，我认为《狂人日记》是"五四"前后中国人民反封建斗争——特别是反封建文化斗争的一面大旗，也是中国现代革命文学的奠基石，是现代文学中思想性和艺术性完美统一的一个典范。我们今天为了建设中国社会主义文学，可以向《狂人日记》学习到极多宝贵的东西。

1963 年 10 月讲

1981 年初抄

（原刊《鲁迅研究年刊 1980》，陕西人民出版社）

在鲁迅方向的启示下

郭　琦① 　蒙万夫②

在鲁迅诞辰一百周年之际，我们隆重纪念这位伟大的文学家、思想家和革命家，缅怀他为民族民主革命事业所建树的卓著勋业，了解他探索前进的道路和毕生追求的方向，认识他在中国革命史上的地位，继承他的思想文化遗产，学习他的革命精神，这对处于新旧交替的伟大历史变革时期的全国人民，尤其是青年一代，有着特别重要的启示和极其深刻的教益。

我们党和毛泽东等同志，对鲁迅曾作过一系列人所共知的科学评价。这些评价，以历史唯物主义观点，从道德情操与政治实践两个方面的结合中，从鲁迅与中国近代革命史和现代革命史的发展过程及其特点的联系中，不只是在中国人民传统优美性格代表者的意义上，准确地揭示出一种崇高的人格，一种在大夜弥天、痼疾沉沉、奴才主义盛行的世俗社会里出类拔萃的人格，而且，更为重要的是，在中国民族民主革命文化战线代表者的意义上，深刻地阐述了鲁迅性格的价值和鲁迅事业的地位。"鲁迅的骨头是最硬的，他没有丝毫的奴颜和媚骨，这是殖民地半殖民地人民最可宝贵的性格。鲁迅是在文化战线上，代表全民族的大多数，向着敌人冲锋陷阵的最正确、最勇敢、最坚决、最忠实、最热忱的空前的民族英雄。鲁迅的方向，就是中华民族新文化的方向。"毛泽东同志的这些论断，至今仍然闪耀着真理的光辉。时间的

---

①　郭琦（1917—1990），四川乐山人。1938 年在四川大学中文系上学期间奔赴延安，在抗大、鲁艺学习，同年由组织派回四川大学从事地下党领导的文化运动和学生运动。1940 年经组织安排，重返延安，在青年干部学校学习。1941 年起，先后任中央财经部秘书组长、中央研究院经济研究室研究员、绥德师范教员。1949 年以后曾在中共中央西北局宣传部、中共中央宣传部工作。1957 年以后，曾任陕西师范大学党委副书记、副校长。1978 年起，任西北大学党委书记、校长。主编《陕情要览》《当代中国的陕西》《陕西五千年》等著作。

②　蒙万夫（1938—1988），陕西兴平人。1963 年毕业于西北大学中文系，历任西北大学中文系助教、讲师、副教授，现代文学教研室副主任。1979 年加入中国作家协会陕西分会，担任《小说评论》编委。1982 年加入中国作家协会。与人合著《论柳青的艺术观》《柳青写作生涯》《柳青传略》等，与张华合编《中国现代杂文史》，与阎琦合编《千家诗鉴赏辞典》。

推移，历史的发展，并没有减弱鲁迅的方向和道路所具有的典型性和普遍意义。鲁迅不仅是中国近代旧民主主义革命转变到新民主主义革命时期，勇于探索和追求的一代革命知识分子的人格化的代表，而且，他在毕生的探索和追求中所得出的历史结论，也是今天正在建设社会主义物质文明和精神文明的我国人民，应该牢牢记取的宝贵经验。

鲁迅作为文学家，他的伟大，决不是因为他自外于阶级的政治，群众的政治，标榜什么"纯粹"地表现"自我"，"为艺术而艺术"。这些，在他看来是不可能的，是可笑的，事实上是一种蒙骗。他的伟大，恰恰在于他把自己所从事的文学工作，同人民大众争求解放的事业紧紧地联系了起来。他的社会职业的选择，文学生涯的开始，可以说是由他愿意为之献身的民族民主革命斗争的需要所制约和决定的。在这个问题上，他没有丝毫的虚伪色彩。他在二十年代和三十年代，关于自己的创作是"遵命文学"的宣告，强烈地显示了一个革命者的现实主义的战斗风格。鲁迅是和革命共同着生命的。文学家的卓越才能和思想家、革命家的杰出特色，在他身上是如此完美地统一着，以至于使我们觉得，丧失了任何一方，就丧失了鲁迅的独特风貌。鲁迅是把艺术与政治集于一身而达于化境的典范。中国现代文学史上鲁迅的巍然存在，足以驳倒关于文艺家与政治家、文艺与政治关系这个原则问题上的种种错误说法，例如抽象地谈论文艺家与政治家的优劣，政治损害文艺，鼓吹什么文艺同政治互相独立，等等，令人信服地证明着阶级的和群众的政治的获得，对于一个作家及其创作，有着多么重要的意义。

鲁迅的小说创作，是中国新文学史上的革命现实主义的奠基作品。它们之所以赢得崇高的普遍的声誉，既是因为艺术，也是因为政治，是因为完美的艺术形式和革命的政治内容的高度统一，而具有决定意义的是在内容方面，是在高度的现实主义的真实性和强烈的革命倾向性的统一。在鲁迅的小说艺术中，生活面貌的精确刻画，是那样自然地体现着他对于半殖民地半封建社会的人情世态，特别是社会各主要阶级、阶层状况的即使是一般政治家也难以达到的深刻的认识和准确的判断。这种认识和判断，不是零碎的、片断的，不是对生活中个别问题的发见，而是具备着某种系统性，是对于中国封建社会本质及其各种阶级表现的相对完整的正确把握和在总体上的富有远见的理解和判断。看似不露声色的浮雕式的客观描绘中，渗透着对于社会情状的分明可以感受到的独到的思想理论分析，这就是鲁迅小说的根本特色。时至今日，这些作品对于中国封建势力和封建意识形态的揭露，也还保持着它的新鲜的现实意义。

杂文是鲁迅毕生业绩的主要表现，既是战斗的匕首，也是艺术的珍品。这种古已有之的文学体裁，一到鲁迅手里，不但思想内容具有了全新的意义，而且艺术形式也有了新的创造。文坛大师的匠心独运的熔铸，造就了一代小品文的蓬勃生机。严整而深邃的逻辑分析同活跃而多彩的形象描写的有机结合，形成了鲁迅杂文的独有的格调和风貌。冷峻中深藏着炽烈热情的美学风格，体现着一个不克厥敌战则不止的先锋战士改造生活的不衰的心力和巨大的思想能力。社会批判的广泛、深刻，历史经验的丰富、精到，生活发展规律的生动概括，使鲁迅杂文成为半殖民地半封建社会生活的百科全书，世态人情的艺术浮雕，简直可以当作饶有异彩的中国文化思想史来读。在鲁迅杂文里，文学家的鲁迅与思想家、革命家的鲁迅相融合的伟大形象，比之于他的其他创作，表现得更为突出，更为鲜明，更富有个性特色。

应当说，构成鲁迅伟大文学家的基础，制约和决定着他的艺术创造的生命力的主导因素，是他作为伟大的思想家和伟大的革命家所拥有的那些东西。鲁迅是这样地深入人心，以至于连他的敌人也不能不承认他是一个巨大的存在，一种不能轻易摧毁的深厚力量。这就不仅仅是一般意义上的文学家的特点所能完全说明的了，而是必须首先看到他作为伟大的思想家和伟大的革命家所具备的许多突出特点。

中国的马克思列宁主义者，几乎无例外地都首先是爱国主义者。当然，在他们成为马克思主义者之前和之后，其爱国主义的基础和内容是有区别的。就是十九世纪末期至二十世纪初年，中国资产阶级革命派思想发展的主流，也是由爱国而革命；甚至此前的资产阶级改良派人物的某些思想和主张，同样具有救亡图存的爱国主义气息。抵抗外国侵略，要求民族解放，国家独立富强，这些爱国呼声以及基于此而掀起的各种变革浪潮，成为中国近代革命史上鼓舞人心的雄壮篇章。爱国主义，作为中华民族的优秀传统，一直是推动人民群众变革前进的巨大精神力量。它为中国近代史上许多先进分子所接受，往往成为他们奋发图强的精神支柱，为马克思主义者所保持和发展，成为激励人民群众团结奋斗的一种思想力量，是很自然的，是容易理解的。当鲁迅青年时代开始踏上生活征途的时候，他就把自己的命运，同祖国、民族的命运紧紧联系在一起，成为一个壮怀激烈的爱国主义者。1903 年书写在断发照上面的《自题小像》诗，同年撰写的《斯巴达之魂》《说鈤》和《中国地质略论》等文艺和科学论著，集中表达了他的反帝爱国思想，抒发了他决心为中华民族献身的崇高感情，就是今天读起来，仍能强烈地感受到它们的鼓动人心的力量。同时，在这里，我们也能约略看出鲁迅爱国主义开始带有的某些特征。比之于当时一些资产阶级启蒙思想家和资产阶级革命家，例如鲁迅早期曾受过重要影响的严复和章太炎，鲁迅的爱国主义立场要先进一些，思想基础要深厚一些，具备了较多的广阔发展的可能性。这在他 1907 年所写的《人之历史》《摩罗诗力说》《科学史教篇》《文化偏至论》和 1908 年所写的《破恶声论》中，会看得更清楚一些。在这些篇章里，沸腾激荡的爱国热情的倾吐，已较多地为具有鲁迅个人独特色彩的更为复杂的社会、哲学和文艺思想的深沉叙述所代替，表明他已捷步走向更为急进的革命民主主义道路。

此后，在几十年的革命斗争的洗礼中，鲁迅由历史唯心论者转变为历史唯物论者，由革命民主主义者转变为共产主义者。当 1931 年 2 月，他再次书写《自题小像》诗时，所表达、抒发的虽然仍是"我以我血荐轩辕"的献身精神和爱国胸怀，但此时鲁迅的爱国主义，已经建立在无产阶级立场和世界观的基础上，具有更为深广、更为坚实的内容，进入辉煌发展的新阶段。

爱国主义像一条红线，贯穿鲁迅的一生，成为他排除种种思想负累，克服盲目性，保持自觉性，不断探索前进的出发点和推动力。鲁迅杰出的地方，不只是在于他把爱国主义贯彻到底，从前期到后期，在革命斗争实践中，一直远离同振兴中华、解放人民大众相对立的利己主义、无政府主义等思想，把全身心投入这一事业，矢志不渝，而且，主要在于他的爱国主义思想和感情，同他对社会现实，对社会各阶级、阶层面貌，尤其是统治阶级和被统治阶级的状况和本质的越来越清醒的认识之间，存在着广泛而深刻的联系。他的爱国主义最终通向历史生活的最深处，同争取无产阶级和人民大众彻底解放的伟大斗争结合起来，获得了丰富而坚实的内容。

鲁迅的一生，是革命的一生，也是探索、追求的一生。中国旧民主主义革命转变为新民主主义革命时期，社会历史面貌的复杂和革命道路的曲折，各种政治力量的反复变化和思想潮流的不断冲击，使得鲁迅的探索和追求，不能不显得比较艰难。但正是在这艰难中，他的探索追求才显现出特有的光辉。首先，鲁迅的探索追求，始终是在一种明确的信念的支持下进行的，是一个革命者的自觉的行为，而不是盲目的奔突。他敢于直面中国的社会现实，牢牢地站在真正的爱国主义的基点上，始终从寻求人民大众解放道路这个大局着眼，这就使他同那些离开国家、民族的根本利益，离开大多数人民群众的客观实际，以探索之名，掩盖追求个人主义、无政府主义、自由主义之实的人，严格地划清了界限。其次，鲁迅的探索追求，是同他的善于总结经验，严于解剖自己的革命者的思想作风相伴随的，是建立在他对于中国历史、现状的不断地学习，深刻地研究的基础之上的，这就使他同那些拒绝了解或严重忽视中国的历史和现状，自以为不可一世，实则没有根底的空洞的幻想家，小资产阶级狂热病患者，有着根本的区别。最后，鲁迅的探索和追求，由于是自觉的，是有坚实基础的，所以，也就必然是有结论的。在漫长的寻找道路的过程中，鲁迅有过彷徨、苦闷，但从未导向虚无主义和悲观主义；试用过多种思想武器，有过多次扬弃，但从未倒退，而是一直向前，终于得出了辉煌的历史结论。这个结论，不是爱国主义，而是由爱国主义出发，把爱国主义引向新的境界，使之得以真正实现的那个基本社会力量，是鲁迅对这个力量的理解和认识。

惟新兴的无产者才有将来，中国共产党是中华民族希望之所在，这是鲁迅毕生探索追求所获得的最为光辉的一个历史结论。

人们或许会提出这样的问题：鲁迅是伟大的，但为什么一定要把鲁迅的伟大，同他与共产党的关系问题联结在一起呢？因为，要尊重历史。把具体的历史人物，提到他们所处的历史时代，作具体的分析，这是马克思主义评价历史人物的根本要求。在中国现代史上，在五四运动以后，无产阶级登上政治斗争舞台，中国共产党在东方这样一个大国诞生，这是中国历史上空前未有的伟大事件，它深刻地决定着中国历史发展的趋向，改变了中国革命的性质。可以说，活跃在这个时期的所有著名的社会活动家和思想家，他们的价值，他们的事业的意义，主要取决于他们同这个新兴的阶级，同这个阶级的政治代表者共产党处于何种联系，在多大程度上和在什么意义上保持一致。民主主义革命的先行者孙中山先生是伟大的，不只是因为他最坚决地组织和领导了辛亥革命，而且因为他在晚年坚决地实行了联俄、联共、扶助农工的三大政策。和鲁迅差不多处于同时期的章太炎，作为资产阶级革命派的著名人物和声望赫赫的宣传家，他在旧民主主义革命中的历史作用和明显功绩，是不能抹煞的，但在新民主主义革命时期，为什么变成了时代的落伍者、封建统治的思想卫道士，终于默默无闻了呢？饶有兴味的是，他是影响鲁迅早期思想的一个最主要的人物，在坚决参与旧民主主义革命实践，反映封建宗法制下农民的思想和情绪方面，和早期的鲁迅及其思想也有某种类似之处，但他后来丧失了前期的革命锐气，而鲁迅却大踏步地前进了，成为文化革命的伟人，这是为什么呢？把这个需要具体分析的复杂问题，归结为简单的几条，当然是缺乏说服力、不能解决问题的，但我们研究章太炎的思想和著述，却不能不看到，无论是在实践上还是思想上，他同封建阶级都保持着较多的联系，而同农民阶级之间的联系却是十分稀薄的。当历史进入新民主主义革命阶段时，他"用自己所手造的和别人所帮造的墙，和时代隔绝了"。正如鲁迅所说，他"既离民众，渐入颓唐"。这实在是一语破的之论。此时，他不仅丧失了原先就不牢固的同农民阶级之间的稀薄联系，而且远远地离开了他在生前早已碰见，而且正在中国历史上发挥着伟大作用的无产阶级，在思想上同这个阶级完全背道而驰了。这一点，不能不说是章太炎后期之所以不足取的主要原因。鲁迅和章太炎不同，和许多曾经英勇地参加过旧民主主义革命而后来终于落伍了的人不同，他随着时代前进了，他始终站在时代的最前列，他是一个彻底的革命者。这突出地表现在，当历史进入二十世纪的时候，他终于和无产阶级，和中国共产党站在一起了。鲁迅的伟大，鲁迅的思想力量和他的事业的杰出意义，主要应当从这里得到阐明。这决不是谁要硬把鲁迅的伟大，同无产阶级、共产党拉扯在一起，这首先是一个无法否认的客观历史事实，是中国革命胜利的伟大实践早已证明了的真理。不理解这一点，便无法真正认识鲁迅。

爱国主义，不仅因时代不同而有别，就是同一时代的爱国主义者，也会因为他们各自立场和世界观的不同，因为他们寻求到的实现爱国愿望的社会力量和道路的不同，而获得各自的爱国主义的有时是很不相同的性质和结局。著名的资产阶级启蒙思想家严复，这个曾经深刻地影响过鲁迅前期思想的又一个重要人物，不是也曾经有过强烈的爱国热情和愿望吗？他释述的进化论名著《天演论》，不是曾经影响和教育过几乎一代知识分子吗？但不仅在旧民主主义革命时期，他的政治立场就一直比较保守，而且，历史一有变迁，他就倒向封建阶级的怀抱。这当然不是偶然的。严复比章太炎的立场和世界观还要落后。鲁迅是真实的革命的爱国主义者。他之所以能把他为之奉守的振兴中华、复兴民族、为人民大众的彻底解放而献身的崇高理想付诸实践，贯彻到底，是因为他在立场和世界观上远远地超过了严、章等这些曾经影响过他的人物，而达到了一个新的高度。

这是鲁迅几十年艰苦探索、执着追求的结果。在鲁迅思想发展的前期，当他还是一个小资产阶级激进的革命民主主义者，立场和世界观还没有发生质变的时候，在反帝反封建这个民主革命对象的问题上，他一直是明确的、坚定的，他和无产阶级是最一致的。问题在于依靠什么力量，通过什么道路，才能胜利完成这个革命。在鲁迅所处的历史时代，对鲁迅这样一个以在生活实践的基础上形成自己思想观点为特色的人来说，这个问题的解决就绝非轻而易举了。可以说，鲁迅毕生探索追求的中心课题，就是寻找中国革命胜利发展的道路，寻找解放人民群众的主要力量。鲁迅思想的战斗性和它的历史价值的不朽性，即在于他的思想发展及其丰富成果，是同中国革命发展的方向，同这个革命的艰苦、曲折和胜利的道路，同对这个革命的主要承担者力量的认识和估计，紧紧地结合着的。这种结合是这样地血肉相连，以至于我们可以说，鲁迅一生的战斗历程和思想发展，深刻地反映着中国旧民主主义革命过渡到新民主主义革命时期的历史进程的大体轮廓，而鲁迅的道路和结论，则是鸦片战争以来中国先进分子的代表者必然要走的道路和归宿。

中国民族民主革命，无论新旧，其根本问题，都是农民问题。所谓民主主义的思想和要求，实质上就是封建社会农民阶级的革命思想和要求。同中国革命的这个历史课题相适应，鲁迅探索解放群众的主要力量，也是围绕着这个问题，或者说是从这里开始，而后逐步认识无产阶级及其政党的。前期一段时间，鲁迅的哲学、社会思想的纲领是"捨物质而张灵明，任个人而排众数"。这里所包含的一个激进的革命民主主义者在社会实践中的战斗光辉，和它所表现的一个启蒙思想家未能避免的缺陷和弱点，是同时存在的。这就是过分地看重和估计了少数最先觉悟的知识分子的作用，而对于农民群众的革命性和革命力量，则是怀疑的，是估计不足的。没有疑问，少年家道的败落，短暂的乡村寄居生活，对鲁迅一生思想的发展有着不容忽视的极为重要的影响，这使他从青少年时代起，就同被压迫者，同农民群众保持着比章太炎以及同时代的许多进步知识分子远为深厚的联系，使他前期的立场和世界观，更为明显、更为强烈地反映着宗法制度下农民革命的思想和情绪、愿望和要求。

成为鲁迅前期相当长一段时期内探索的中心课题的"国民性"问题，当然主要反映着他对农民群众精神解放的高度关注，但这不仅是建立在人性进化这个在社会历史领域并非完全科学的观点上，而且着眼点也侧重在农民群众的愚昧麻木和不觉悟方面。政治实践方面的彻底的革命民主主义立场和社会活动，同思想观点方面的明显的问题，就这样统一存在于当时的鲁迅身上。既然把思想启蒙的任务放在了首先的地位，自然，就多少忽视了社会制度革命的严重意义。和这种思想革命与社会制度革命关系上的颠倒相联系，则是对于知识分子和农民群众关系及其作用认识问题上的偏颇。辛亥革命的最终的失败，鲁迅对这个革命由热烈欢迎、积极参加到深深失望的思想变化，同时就表明他对于自己曾经不正确地估计了的资产阶级及其知识分子作用的怀疑和失望。此后大约有七八年时间，鲁迅基本上陷于沉默。表面上的沉默掩盖着思想上的剧烈冲突。解放人民群众的崇高理想与在现实中一时还未找到这个力量之间的矛盾，因为辛亥革命的失败和此后一系列封建复辟丑剧的演现，格外突出起来了。

生活实践是最强大的思想消毒剂。伟大的十月社会主义革命的成功，中国工人阶级走上历史舞台的巨大声响，重新焕发出鲁迅久被抑制的革命热情。《呐喊》和《彷徨》中的二十五篇小说创作，可以看作是他在辛亥革命之后到五四运动前后，长期思索中国社会问题的艺术结晶。在这些杰出的现实主义篇章里，鲁迅把农民问题和知识分子问题作为他的小说创作的两大历史主题，绝不是偶然的。如果说这些作品对于农民问题的描写反映，已经显示出他对农民阶级的反抗性和革命性的认识有了新的进展，那么，对于小资产阶级知识分子问题的描写反映，则不但近乎完全正确，而且从这一侧面表现着他对农民问题的重视，已在对知识分子的重视之上了。他是把知识分子问题放在同农民群众的关系，同对中国革命的道路和主要力量问题的探索这个高度上来考察的。

五四运动以后，对农民问题的正确认识，就同对工人阶级及其政党的正确认识，不可分割地联系起来了。革命的知识分子，如果他敢于和能够同封建阶级及其支持者帝国主义彻底斩断瓜葛，敢于和能够同投向反动统治者怀抱的资产阶级坚决对立起来，勇于奋斗，坚持前进，那么，他必然会同无产阶级的革命道路结合起来，终于追寻到中国共产党这个人类历史上最先进的力量的代表者。这是中国现代文化思想史发展的一条规律。鲁迅的思想发展过程，是这个规律的典型反映。"五四"以后他的又一度的彷徨，"新的战友在哪里？"的深沉的发问，深刻地表现着他在继续找寻真正的革命力量时的紧张心情。社会物质生活的发展，已经提供了解决这个问题的客观条件。在北伐战争特别是"四一二"反革命政变中，工农运动的空前发展，共产党人的英勇斗争，给鲁迅以强烈的感染，推动着他的思想迅速跃入崭新的境界。无产阶级和它的先锋队中国共产党，以自己改造社会的无可抗拒的伟力和影响，深深地吸引着鲁迅，不仅使他长期追求的理想有了牢固的附着，而且使他艰苦探索所积累的宝贵的实践经验，终于凝聚成颠扑不破的真理："惟新兴的无产者才有将来"，"倘若不是一切做的都和工农大众的利益相关，不身为工农阶级的战斗之一员，那是不能称为马克思主义者的"。长期的马克思列宁主义理论学习，在鲁迅伟大革命斗争实践的基础上，化为他的世界观的血肉。他和无产阶级真正融为一体了，"他的一身，就是大众的一体，喜怒哀乐，无不相通"。晚年，他庄严宣告拥护中国共产党的主张和路线，以把共产党人引为同志而觉得光荣，以能充任党的一名"小兵"而感到自豪，一扫前期曾有的彷徨苦闷，表现出更为年青的力量，开始了更为辉煌的战斗。

找到无产阶级和共产党，这是鲁迅思想升华的最高境界，是他的力量的最深厚的源泉。如果说前期的鲁迅的战斗，是和我们党采取了同一的步调，那么，后期的鲁迅，则是以高度的自觉性，在党的领导下，展开自己的更富有成效的斗争。难能可贵的是，在敌人的残酷的反革命"围剿"中，在受到自己战友的误解和不正确的指责，或者党的领导人犯了路线错误而招致革命挫折，压力更大的时候，鲁迅识大体，顾大局，仍能坚定不移地站在党的正确路线的立场上，为党的工作奋斗，同党一起前进。鲁迅是坚持党性原则的模范。

鲁迅与工农大众相结合，是与获得马克思主义世界观同步到达的。无产阶级是改造客观世界的强大的物质力量，马克思主义则是这个阶级改造世界的犀利的精神武器，二者统一的基础，是革命实践。鲁迅说："马克思主义是最明快的哲学，许多以前认为很纠缠不清的问题，用马克思主义的观点一看，就明白了。"这里以明了朴素的语言所表达的思想，是他毕生探索追求所得出的又一个辉煌结论。

鲁迅前期的革命民主主义世界观的形成，是同他接受我们民族优秀文化思想的民主传统分不开的，但主要是接受十九世纪末期到二十世纪初年传入我国的西方资产阶级社会科学思潮和自然科学知识的影响。以卢梭、孟德斯鸠为代表的法国启蒙主义者的天赋人权论，以达尔文和斯宾塞等人为代表的进化论和以施蒂纳、尼采为代表的极端个人主义思潮等等，都曾经引起青年鲁迅的极大兴趣。他立足于现实的民主革命斗争的需要，以救国救民的急切心情，如饥似渴地广泛地汲取着这些思潮，使它们各以不同的意义和作用，成为铸造自己世界观的思想材料。而对当时已经传入我国的马克思主义，鲁迅虽有接触，却并未能给予足够的注意，以致这枝人类精神思维结出的最美丽、最有生命力的花朵，直到五四运动前后，在中国大地上乃有遍布之势，也还没有成为构成他的世界观的理论基础。从鲁迅到南京求学，开始接触西方思潮算起，中间经过二十多年，只是到了1927年以后，原来的世界观的理论基础才彻底轰毁，马克思主义才真正成为他的人生哲学。

这里，我们不想勾画出明晰的鲁迅思想发展的艰苦历程，而只是想简略说明鲁迅接受马克思主义理论的过程的特点。比起十九世纪末到本世纪初绝大多数资产阶级革命家来，为什么鲁迅的思想要比他们高出一筹？为什么鲁迅比他们都要高明一些，较好地批判地汲收了西方思潮？为什么鲁迅在接受了马克思主义之后就那么坚定，信守不渝，贯彻到底，越战越强？当然，这同鲁迅的执着坚毅的个性、深沉机智的气质和超乎寻常的巨大的思考能力是有直接关系的，但主要的具有决定意义的因素，是他的社会实践。积极参加旧民主主义革命斗争的社会实践，反帝反封建的小资产阶级革命派的急进立场，促使他以自己当时所能达到的鉴别水平，扬弃西方思潮中那些对革命有害的或者无用的东西，尽量吸收那些对唤醒国人有所助益的成分，并且，能够从实践中，不断引出那些远离社会实际的书呆子所不可能引出的具有革命意义的结论，而达到思想启蒙的先驱者的水平。更为活跃而深刻的新民主主义革命斗争的实践，更为厚实而前进的被压迫的人民大众的阶级立场，促使他逐步放弃经过实践证明不能用的西方思想武器，而逐步接受最能帮助人民大众求解放的马克思主义理论。实践是检验理论好坏的试金石。鲁迅接受马克思主义理论过程的根本特点，就是它的强烈的实践性。鲁迅的思想发展，始终是同旧民主主义革命和新民主主义革命的斗争实际密切结合的。他的思想是从现实出发的，他也是为着现实斗争而思想的。鲁迅说："马克思主义，倘若不是为的实行和抽去了战斗精神，那就不是马克思主义。"在鲁迅那里，马克思主义确实不是空洞、贫乏的教条，而是指导他行动的具有丰富内容的指南；不是以大量的哲学抽象的理论形态出现，而是以饱含着现实斗争的经验与教训内容，以对中国历史和现状的空前深刻和精辟的解剖的活生生的形态出现。他的后期的全部杂文，从《而已集》到《且介亭杂文末编》，就是明证。鲁迅的马克思主义，是最富于现实性和战斗性的在实际生活中起作用的活的马克思主义。鲁迅的思想，是彻底的现实主义和革命的理想主义的高度结合，是对于现实的清醒而透彻的认识同对于将来的坚定而乐观的信念的结合，它有自己的特色和体系。鲁迅是中国二十世纪三十年代富于创造性的伟大的马克思主义思想家。

可以说，鲁迅是最善于独立思考，最善于解放思想的。他的著名的"拿来主义"，就体现着这种精神。独立思考是什么意思？就是从现实生活实践出发进行思考。解放思想是什么意思？就是为着解决不断发展变化的现实生活中的实际问题，而使我们的思想也随之继续前进。无论是独立思考还是解放思想，都是为了更好地寻求事物发展的客观规律，而规律是同主观随意性不相容的，因此，它们也就当然都不是无所依傍的胡思乱想。它们共同的根本的要求是理论同实践结合。我们决不应该丢弃这两个方面中的任何一方。马克思主义的基本原理是经过百年来伟大革命实践反复证明了的真理。中国文化革命伟人鲁迅思想发展的过程及其所达到的结论，就是马克思主义必然胜利的一个有力旁证。要求理论与实践结合，要求在实践中不断发展，是马克思主义理论的基本品格。非常明白，它同独立思考、解放思想，不仅是不矛盾的，而且是更好地独立思考、解放思想的指导线索。为要独立思考、解放思想而放弃马克思主义的基本原则，是完全错误的，这样做的结果，必然会陷入歧途。我们应当牢记列宁的论断："遵循着马克思的理论的道路前进，我们将愈来愈接近客观真理（但决不会穷尽它）；而遵循着任何其他的道路前进，除了混乱和谬误之外，我们什么也得不到。"（《唯物主义和经验批判主义》）

鲁迅的马克思主义思想光辉，是在他的战斗实践中充分显现的，也是在这个实践中有所发展，显得更加灿烂夺目的。对"新月派"的斗争，对"民族主义文学"的斗争，对"自由人""第三种人"的斗争，对国民党反动派法西斯罪行和思想统治的揭露，等等，这些至今想起来都令人神旺的对敌斗争中所表现出来的鲁迅的马克思主义战斗威力，不必说了；就是在革命阵营内部的思想论争中，例如1928年左右关于革命文学的论争，1935年到1936年关于"两个口号"的论争，不是也显示了鲁迅马克思主义理论素养的深厚和纯熟吗？我们阅读《三闲集》和《且介亭杂文末编》中有关这两次论争的文章，不是分明可以看到，鲁迅对问题的分析，鲁迅的意见，既体现着他对中国社会现状和革命实际的卓越见地，也体现着他对党的正确路线和策略的准确把握和深刻领会吗？他真正是操着马克思主义枪法的熟练的老手，非当时左翼文坛的任何人所能企及。同阵线分明的对敌斗争比较，似乎可以说，是非界限往往一时难以分辨的革命阵线内部的论争，能更为充分而独到地显示出鲁迅马克思主义理论水平的杰出。战斗的实践和党的影响，不断地提高着鲁迅。抗日战争爆发前夕，当民族斗争和阶级斗争形势发生了剧烈变化，党内党外的思想和情绪正处在转折的重要关头的时候，民族英雄鲁迅，紧紧地跟着党前进了，他更加重视马克思主义的战略和策略思想，进一步走向炉火纯青的成熟境地，成为胜任愉快的伟大的共产主义战士。

鲁迅在毕生探索和追求中所达到的上述两个方面的结论，就是构成我们通常所说的"鲁迅精神"的基础和基本内容。政治上的高瞻远瞩和洞察幽微，在任何艰难困苦中始终确信有光明的未来，以及百折不挠的韧性战斗精神和站在战士的血迹中呼啸着前进的牺牲精神等等，都是基于此而张扬的鲁迅精神的具体表现。脍炙人口的"横眉冷对千夫指，俯首甘为孺子牛"这两句诗，就是鲁迅立场、鲁迅方向、鲁迅精神的典型写照、高度概括。我们应该学习鲁迅的榜样，做无产阶级和人民大众的"牛"，鞠躬尽瘁，死而后已。鲁迅说："我好象一只牛，吃的是草，挤出的是牛奶，血。"这种忘我的牺牲精神，不是促人猛省，鼓人奋进吗？那些很少或者干脆就不想到自己如何更好地为人民服务，为国家兴盛出力，而只是一味地要求别人、要求社会尊重自我的极端利己主义者，面对鲁迅精神，能不感到深深的愧疚吗？革命斗争，什么时候都不会是一帆风顺的，总会有困难、挫折和牺牲。正如鲁迅所说："革命是痛苦，其中也必然混有污秽和血，决不是如诗人所想象的那般有趣，那般完美。"我们参加到革命这个神圣行列中来的所有同志，都应该像鲁迅那样，真正明白革命的实际情形，充满艰苦奋斗的牺牲精神，随时准备为我们的事业贡献一切。

鲁迅是不朽的，他的精神仍然活着。鲁迅对于后人，对于我们，具有无尽的教益。今天，我们处在一个伟大的历史变革时期，全国人民正为建设社会主义的物质文明和精神文明而努力。在这个时候，我们纪念鲁迅诞生一百周年，重温他所走过的道路和一生探求所得出的历史结论，感到特别亲切。共产党的领导是我们事业胜利的根本保证，马克思主义、毛泽东思想是我们指导思想的理论基础，这不是任何人的随意规定，这是百年以来中国近代、现代历史发展选择的结果。在新民主主义革命时期，这是真理；在社会主义革命和建设的今天，它还是真理。我们纪念鲁迅，就要牢记鲁迅在毕生探求中所取得的历史经验，学习和发扬鲁迅精神，坚持四项基本原则，贯彻执行党的三中全会以来的方针、路线，埋头实干，做好各方面的工作，为建设现代化的社会主义强国作出更大的贡献。

让我们沿着鲁迅的战斗方向继续胜利前进！

1981 年 6 月 3 日

（原刊《鲁迅研究年刊 1981》，陕西人民出版社）

鲁迅论继承民族文学遗产

岐国英[1]

一

鲁迅，这位近代文学巨匠，不特是杰出的小说家、散文家、翻译家和文艺理论家，而且也是杰出的文学史家。他所遗留给我们的有关文学史的著作和论文，包容的丰富，论解的精深，是值得我们认真学习的。

鲁迅先生很早就这样论述过继承民族文化遗产的问题：“因为新的阶级及其文化，并非突然从天而降，大抵是发达于对于旧支配者及其文化的反抗中，亦即发达于和旧者的对立中，所以新文化仍然有所承传，于旧文化也仍然有所择取。”[2]这看法很正确。历史是不能割断的，新兴阶级必须在总结前人斗争经验的基础上，才能更好地掌握历史前进的规律，从而取得当前和今后斗争的胜利。在文学史上同样是新文学只有继承了旧文学的传统，从那里汲取得养料，才能繁荣滋长，服务于新的阶级。这里，首先碰到一个问题，就是我们究竟应以什么样的观点，站在什么样的立场去汲取旧东西呢？鲁迅先生远在一九三四年对吸收遗产就提出了精辟的见解：

> 我们有艺术史，而且生在中国，即必须翻开中国的艺术史来。采取什么呢？我想，唐以前的真迹，我们无从目睹了，但还能知道大抵以故事为题材，这是可以取法的；在唐，可取佛画的灿烂，线画的空实和明快，宋的院画，萎靡柔媚之处当舍，周密不苟之处是可取的。……这些采取，并非断片的古董的杂陈，必须溶化于新作品中，那是不必赘说的事，恰如吃用牛羊，弃去蹄毛，留其精粹，以滋养及发达新的生体……[3]

---

① 岐国英（1923—1974），山西临猗人。1955 年毕业于西北大学中文系。擅长魏碑书法，草书亦有造诣，作品被北京荣宝斋收藏，并流传日本等国。生前为西北大学中文系古典文学教研室主任。

② 《集外集拾遗·〈浮士德与城〉后记》。

③ 《且介亭杂文·论“旧形式的采用”》。

这段话，虽然是针对美术遗产讲的，但对接受文学遗产同样是适用的。他打了形象的比喻，指示给我们一个重要的原则——"弃去蹄毛，留其精粹"。这应该是我们从事古典文学研究的同志们永远拳拳服膺不能丢失的原则。

五四运动以来，鲁迅先生正是运用了这样的原则，在他的《汉文学史纲要》《中国小说史略》以及《魏晋风度及文章与药及酒之关系》等优秀的著作和论文中，总结了在古典文学方面人民所需要的东西。他突出地论述了中国文学现实主义的优良传统，并以此作为借鉴，作为营养，作为力量，促进革命文学的发展，教育劳动人民为实现自己的理想而斗争。因此，他就在发扬民族文化遗产方面建立下永远不朽的功勋。

二

前期的鲁迅先生，是具有彻底民主革命思想的知识分子，因而，一开头，他的文学活动，他的思想启蒙工作，就是面向人民群众的。随着革命斗争实践的发展，他渐渐靠近了党，接受了党的领导，学习了革命理论和先进的文艺理论，这就使他更自觉地成了一个为争取被压迫人民解放的伟大的人道主义者。所以他在论述中国文学发展的时候，首先便注意到人民群众创造历史文化的伟大力量。他说：

> 在昔原始之民，其居群中，盖惟以姿态声音，自达其情意而已。声音繁变，寖成言辞，言辞谐美，乃兆歌咏。①
>
> 我们的祖先的原始人，原是连话也不会说的，为了共同劳作，必需发表意见，才渐渐的练出复杂的声音来，假如那时大家抬木头，都觉得吃力了，却想不到发表，其中有一个叫道"杭育杭育"，那么，这就是创作；大家也要佩服，应用的，这就等于出版；倘若用什么记号留存下来，这就是文学；他当然就是作家，也是文学家，是"杭育杭育派"。②

鲁迅先生清醒地认为人类的精神食粮和物质食粮一样，都是千百万劳动人民在劳动生产的过程中创造出来的。就是那些"杭育杭育派"的作家，发挥了他们的智慧，以劳动生活为题材，用朴素的语言，优美的韵律和真挚的感情，写下了有史以来的第一首诗篇。这就是我们现实主义文学巨流的源头之水，至今喝着，仍会觉得格外甘美，有汲取不尽的营养。毫无疑问，这些来自人民群众中间的作品，已经汇成了中国文学史上永不枯竭的潜流。它们在不断地影响和丰富着历代现实主义作家

---

① 《汉文学史纲要》第一篇。
② 《且介亭杂文·门外文谈》。

的作品。像鲁迅先生所列举的《诗经》的《国风》，东晋到齐、陈的《子夜歌》和《读曲歌》，唐朝的《竹枝词》和《柳枝词》，原来都是不识字的无名氏的作品，因为比较的优秀，大家口口相传，终于便经王官们检作行政参考或经文人们的采录和润色之后，流传了下来。虽然，这些东西一经文人的手，有些失去了本来的面目，但这里却充分透露出文人学习民间东西的迹象。鲁迅先生讲：不识字的作家的作品，"偶有一点为文人所见，往往倒吃惊，吸入自己的作品中，作为新的养料。旧文学衰颓时，因为摄取民间文学或外国文学而起一个新的转变，这例子是常见于文学史上的"。①由此可知，民间文学对整个文学的发展和影响是不可估计的。

鲁迅先生有力地打击了传统的唯心主义学者们所谓"贤能"和"英雄"创造历史和历史文化的谬论。例如关于"黄帝之史仓颉，初造书契"的说法，远自《吕氏春秋》君守篇，《韩非子》五蠹篇，《淮南子》本经训以及《说文解字》序立论并相传以来，历代祖述以迄近世，虽然，近人章炳麟曾对此说提出辩难，但反驳得淋漓尽致的却要算鲁迅先生：

> 要之文字成就，所当绵历岁时，且由众手，全群共喻，乃得流行，谁为作者，殊难确指，归功一圣，亦凭臆之说也。②

又说：

> 但在社会里，仓颉也不止一个，有的在刀柄上刻一点图，有的在门户上画一些画，心心相印，口口相传，文字就多起来，史官一采集，便可以敷衍记事了。中国文字的由来，恐怕也逃不出这例子的。③

单举这两个例子，就足以看出鲁迅先生的分析是何等正确而深刻！"造字"并非仓颉那样一个天生的专家所能为力，而是千万个劳动者集体智慧的结晶。同样，文学史上任何一个伟大的作家，如果没有"人民生活中的文学艺术原料"，脱离了人民群众的母体，那么，他的成就，就是难于想象的。所以，鲁迅先生的论点，对当时忽视人民力量，相信杰出人物决定历史命运的反动学者，诚然是一个根本性的反击。

三

我们祖国是一个历史悠久，遗产丰富的国家，其中有成千成万的属于不同社会、

---

① 《且介亭杂文·门外文谈》。
② 《汉文学史纲要》第一篇。
③ 《且介亭杂文·门外文谈》。

不同阶级或经历过不同历史剧变的作家，他们以不同的立场、观点和方法，写下了许多歌、赋、诗、词、小说、剧本和散文。我们如果不能知时论人、知人论事并联系去分析作品，则势必是非莫辨，便不会把握各个作家和各个不同时期的文学作品的人民性的具体内容，这样，我们也就容易上当，甚或会吞下有害的东西。鲁迅先生讲：

> ……我们想研究某一时代的文学，至少要知道作者的环境、经历和著作。①

> ……倘要论文，最好是顾及全篇，并且顾及作者全人，以及他所处的社会状态，这才较为确凿。要不然，是很容易近乎说梦的。②

这完全合乎历史的、科学的分析原则。就拿对曹操这个人物的评价来说吧，鲁迅先生讲：一提到曹操，我们就单凭印象去联想"戏台上那一位花面的奸臣"，这不是观察他的"真正方法"。他认为汉末魏初，在文学方面起了重大的变化，这与时代背景的影响很有关系。因为黄巾起义，董卓大乱和党锢纠纷之后，曹操登上了政治舞台，引前辙为鉴，尚刑名，立法很严，"影响到文章方面"，便"成了清峻的风格"。另外，在党锢之祸以前，"凡党中人都自命清流"，一时成为风气，乃至"清"得太过，形成固执，而"深知此弊的曹操要起来反对这种习气，力倡通脱"。"此种提倡影响到文坛，便产生了多量想说甚么便说甚么的文章"。同时，"更因思想通脱之后，废除固执，遂能充分容纳异端和外来的思想，故孔教以外的思想源源引入"。③参照鲁迅先生对曹操的环境、经历和文章风格相互联系的分析，我们再去阅读曹操的作品，像"对酒当歌，人生几何？譬如朝露，去日苦多"④，"老骥伏枥，志在千里；烈士暮年，壮心不已"⑤，自然会更深刻地理解这位横槊赋诗的英雄，诚然"如幽燕老将，气韵沉雄"。由此，可知曹操对汉末魏初的文章的"清峻、通脱"及"建安风骨"的形成，是有着绝大影响的。所以鲁迅先生说他总是"非常佩服"曹操的，因为"在曹操本身，也是一个改造文章的祖师"。（当然，关于曹操的残暴，借故杀人等缺点，鲁迅先生也进行了批判。）由于他能联系到各方面作实事求是的分析，曹操在中国文学史上，才真正显示了他的价值。这样一种分析方法，就是评价古典作家光辉的范例。

---

① 《而已集·魏晋风度及文章与药及酒之关系》。
② 《且介亭杂文二集·"题未定"草（六至九）》。
③ 《而已集·魏晋风度及文章与药及酒之关系》。
④ 曹操：《短歌行》。
⑤ 曹操：《龟虽寿》。

四

鲁迅先生向来都是从有利于人民和推动社会前进的观点出发来衡量旧有的作家和作品的。由于历史的局限，要求古典作家都是无瑕的白璧，未免不合实际，因而对他们必须作全面的分析，肯定好的一面，批判其有害的部分。然后观察他们所代表的基本趋向，评判他们在文学史上应有的地位，这才是历史的分析。但一些反动的文人，为了更好地效忠于他的主子，便不惜枉口嚼舌，颠倒是非，来抹煞伟大作者的真正价值，或者寻章摘句，把一个作者割裂开来，夸大某些落后因素，使之成为他们摇唇鼓舌、惑乱人心的根据，这些坏蛋都遭到鲁迅先生的迎头痛击。譬如胡适在"五四"以后不久，就提出他"整理国故"的主张，企图把青年学生从反帝、反封建的火热斗争中，拉到与现实隔绝的境界里去。而他自己也凭借"孤本秘笈"，进行着烦琐的"考据"，考据与研究的结果是：屈原并无其人；陶潜与杜甫都是有着渊源关系的"诙谐风趣"的诗人；关汉卿、马致远等元代作家都很"幼稚"；《红楼梦》是"描写坐吃山空，树倒猢狲散"的"自然主义的作品"。如此便一笔勾销了中国文学的战斗传统。甚至他不惮其烦地考据出《红楼梦》里的贾宝玉就是作者自己曹霑①，《儒林外史》里的马二先生就是冯执中②，这样就恶毒地抹煞掉现实主义作品中的典型人物的思想价值与艺术价值。鲁迅先生认为尽管他们如何蓄意歪曲，但"现在我们所觉得的却只是贾宝玉和马二先生，只有特种学者如胡适之先生之流，这才把曹霑和冯执中念念不忘的记在心里：这就是所谓人生有限，而艺术却较为永久的话罢"。③鲁迅先生毫不留情地讽刺了那位厚颜无耻的"奴才博士"，表彰了贾宝玉和马二先生这两个深印人心的典型形象。不仅如此，反动的胡适在作《水浒传考证》的时候，曾大捧批过《水浒传》的金圣叹，并说："圣叹生在流贼遍天下的时代，眼见张献忠、李自成一班强盗流毒全国，故他觉得强盗是不能提倡的，是应该口诛笔伐的。"这对一部反映了宋末农民起义的伟大作品，和农民起义运动是何等恶毒的诬蔑！这里也是鲁迅先生一马当先，揭破了一脉相传的金圣叹和胡适作为统治阶级帮凶的丑恶嘴脸。他指出小说传奇凡经金圣叹一批，"原作的诚实之处，往往化为笑谈，布局行文，也都被硬拖到八股的作法上。这余荫，就使有一批人堕入了对于《红楼梦》之类，总在寻求伏线，挑剔破绽的泥塘"④。难道这还不足以看出鲁迅先生在和

---

① 胡适：《红楼梦考证》。

② 胡适：《吴敬梓年谱》。

③ 《且介亭杂文末编·〈出关〉的"关"》。

④ 《南腔北调集·谈金圣叹》。

那些"奴颜""媚骨"的反动文人作战当中，是多么突出地显示了他那最可宝贵的性格！所谓"皛皛焉坚贞如白玉，懔懔焉劲烈如秋霜"①，一点不错！

这里既然谈到鲁迅先生捍卫民族文学遗产的问题，所以便不得不再提到他对于曾经是唯心主义美学家的朱光潜先生的批判。朱先生当时在一篇叫作《说"曲终人不见，江上数峰青"》的文章中谈到"艺术的最高境界都不在热烈"，只有"和平静穆"，才是"诗的极境"。依据这样的标准，就引例说："屈原、阮籍、李白、杜甫都不免有些像金刚怒目，愤愤不平的样子。"②所以他们的作品未能达到最高的境界。"陶潜浑身是'静穆'，所以他伟大。"显然，朱光潜先生的美学观点，和人民群众的美学观点是适得其反的，像屈、阮、李、杜等现实主义作家，他们的作品毫不留情地暴露了统治阶级残害和剥削人民的罪恶本质，反映了人民群众的苦难和要求及其热爱祖国的典型情绪，并以高度的艺术手法，描绘给我们许多真实的时代图画，这样就能够启发人民去认识现实生活的规律，从而为实现自己的美好理想而奋斗，所以人民尊敬这些作家，热爱这些作家；但对朱光潜先生来说，因为这些作家的愤愤不平的诗句，不合于他的"和平静穆"的美学原则，于是便悍然摈于艺术的"极境"以外了。现在我们来看看鲁迅先生对他的指责吧！

> 凡论文艺，虚悬了一个"极境"，是要陷入"绝境"的，……所以朱先生就只能取钱起的两句，而踢开他的全篇，又用这两句来概括作者的全人，又用这两句来打杀了屈原、阮籍、李白、杜甫等辈，以为"都不免有些像金刚怒目，愤愤不平的样子"。其实是他们四位，都因为垫高朱先生的美学说，做了冤屈的牺牲的。③

鲁迅先生就这样指责了唯心主义美学，对中国优秀的古典作家的歪曲。

至于朱先生谈到因为"陶潜浑身是'静穆'，所以他伟大"，这和人民对陶潜的看法仍是适得其反的。人民自然看不惯那种超然物外，整日飘飘然"东篱采菊""抚松盘桓"的隐士风韵，但人民却最欣赏诗人的《述酒》《读山海经》《咏荆轲》等"金刚怒目式"的诗篇，以及《有会而作》《庚戌岁九月中于西田获早稻》等反映人民饥饿痛苦和劳动生活的诗篇。所以在人民眼里的陶潜，正如鲁迅所说：正因为他"并

---

① 许寿裳：《亡友鲁迅印象记》。
② 《且介亭杂文二集·"题未定"草（六至九）》。
③ 《且介亭杂文二集·"题未定"草（六至九）》。此处"钱起的两句"即指钱诗《省试湘灵鼓瑟》中的"曲终人不见，江上数峰青"。朱光潜先生取这两句的"静穆"，概括全诗境界，甚为不妥，故鲁迅先生给以指责。

非'浑身是"静穆",所以他伟大'"①。鲁迅先生对朱光潜先生唯心主义美学观点的批判,至今已经二十多年了。当此纪念鲁迅先生逝世二十周年的前夕,朱光潜先生已经在对自己的错误观点作自我批判,这是一种非常可喜的现象。相信今后,在"百家争鸣"的号召下,对那二十年前曾经争论过的问题,自然会愈辩愈明的。

五

鲁迅先生的一生是战斗的一生,他粉碎了帝国主义、军阀、国民党反动派、复古主义者、帮凶的反动文人等各种敌人的包围,一直走到革命胜利的前夕。这真是一段艰苦的历程呀!当战斗任务紧急的时候,他为了能立即抗击"有害的事物",便无暇从事"鸿篇巨制""为未来的文化设想",②于是便写了许多"投枪""匕首"似的杂文,向敌人的阵营冲杀过去。至今这些东西,仍然是他所留给我们丰富遗产中的最珍贵的东西。事实证明,鲁迅先生这种做法,主要当然是战斗形势所使,另外,继承前代传统,也是他注意杂文创作的重要原因。试看《小品文的危机》中这一段著名的论述吧:

> 而小品文的生存,也只仗着挣扎和战斗的。晋朝的清言,早和它的朝代一同消歇了。唐末诗风衰落,而小品放了光辉。但罗隐的《谗书》,几乎全部是抗争和愤激之谈;皮日休和陆龟蒙自以为隐士,别人也称之为隐士,而看他们在《皮子文薮》和《笠泽丛书》中的小品文,并没有忘记天下,正是一榻胡涂的泥塘里的光彩和锋铓。③

这里说明一个问题:文学史上的小品文,多是在挣扎和战斗的年代所产生的,而且是战斗者打交锋时最锐利的武器,它在遗产中具有这样一个光辉的传统,当然就值得珍贵。我们知道唐代王朝,自天宝之乱以后,政治上各种矛盾日趋尖锐,土地日渐集中于豪强、地主手中,德宗建中初年颁行两税法以来,人民在暴敛之下,囊橐无余,"砲蓬实为面,蓄槐叶为齑"④,过着非常悲惨的生活,而州县官吏,仍然鞭捶人民,催征租税。在这样一个挣扎和战斗的年代里,罗隐写道:

> 夫水旱兵革,天之数也,必出圣人之代;以其上渎社稷,下困黎民,

---

① 《且介亭杂文二集·"题未定"草(六至九)》。
② 《且介亭杂文·序言》。
③ 《南腔北调集·小品文的危机》。
④ 见《资治通鉴》卷二百五十二,乾符元年(874)翰林学士卢携上书。

非圣人不足以当其数。故尧之水、汤之旱，而元宗兵革焉！①

用这种似褒实贬的笔法，借元宗（元宗即玄宗，"元""玄"古通用）以讽当代。兵燹人祸，并非天数，实为昏君佞臣所致；而罗隐偏言兵革出于圣人之代，且又惟独圣人足以当之，这真算是绝妙的讽刺！

再如皮日休的《原谤》：

> 尧有不慈之毁，舜有不孝之谤，殊不知尧慈被天下而不在于子，舜孝及万世乃不在于父。呜呼！尧舜大圣也，民且谤之，后之王天下有不为尧舜之行者，则民扼其吭、捽其首，辱而逐之，折而族之，不为甚矣！②

这更是直截了当地说：如果君主不行好事，危害人民，干脆揍他一顿，把他赶走，甚至诛灭了他，这都不算什么过分！此外如罗隐的《本农》《天机》《君子之位》《吴宫遗事》，皮日休的《请行周典》《读司马法》等也都是态度激烈、战斗性强的小品文③，在一定程度上反映了黄巢起义时期人民反抗统治者的斗争情绪，所以就很有价值。鲁迅先生不仅提到唐末小品，而且还说过："明末的小品虽然比较的颓放，却并非全是吟风弄月，其中有不平，有讽刺，有攻击，有破坏。这种作风，也触着了满洲君臣的心病，费去许多助虐的武将的刀锋，帮闲的文臣的笔锋，直到乾隆年间，这才压制下去了。"鲁迅先生提到小品文的战斗传统，是值得我们注意的一个带有普遍性的问题。平常我们一提到文学史，大概都习惯于谈谈《诗经》《楚辞》、先秦诸子、汉魏乐府、两汉散文、唐宋诗词或元明戏曲、明清小说之类（当然，这是应该首先提到的），而对于历代杂谈、小品中一些好的东西，往往重视不够。鲁迅先生在这里可算给了我们绝妙的启示。

六

在珍贵并发扬祖国文学战斗精神的同时，鲁迅先生对那些"封建性的糟粕"，也提出严厉的批判。他指出历史上一些已经走进主人家中的作者"非帮主人的忙，就得帮主人的闲"，他们"禀承意旨"，谄媚逢迎，在王朝开国的时候，为统治者"做诏令，做敕，做宣言，做电报，——做所谓皇皇大文"。快要亡国的时候，这些人就来向皇帝"谈谈女人，谈谈酒"，写些无聊的或荒淫颓废的东西。鲁迅先生把上述这

---

① 罗隐：《书马嵬驿》（《全唐文》卷八九六）。
② 皮日休：《皮子文薮·原谤》。
③ 列引各篇，分别见《全唐文》卷八九六和《皮子文薮》。

两类作品叫作"帮忙文学"和"帮闲文学"①，把这类作者就称为"帮忙文人"或"帮闲文人"。因为它们有害于人民利益，故人民坚决反对。鲁迅先生除概括而明确地提出这个总的原则以外，在他的《汉文学史纲要》和《中国小说史略》等著作中对一些低劣的作品也都有具体的批判。如在《中国小说史略》中，他批评那些因袭《三侠五义》而出的《英雄大八义》《英雄小八义》《七剑十三侠》和因袭《龙图公案》而出的《施公案》《彭公案》《刘公案》等小说都是：

> 千篇一律，语多不通，甚至一人之性格，亦先后顿异，盖历经众手，共成恶书，漫不加察，遂多矛盾矣。②

这些既无艺术性又无思想性的作品，荒诞不经，足以害人，故应予以贬斥或剔除。总之，鲁迅先生表现在古典文学研究方面的科学观点十分明确，他并非无批判地"兼收并蓄"，而是"弃去蹄毛，留其精粹"。何以鲁迅先生很早的见解就能与毛主席后来在《新民主主义论》中所指示的吸收民族文化遗产的观点有所吻合呢？因为前期的鲁迅先生就是一个彻底的革命民主主义者，后来党给了鲁迅以力量，使他的战斗同新民主主义革命发展的道路，更好地联系起来，终使他成了一个伟大的共产主义革命战士。所以他的观点符合革命的要求和人民的愿望，那便是必然趋势。

七

此外，鲁迅先生在他的杂文中，还谈到古籍刊印和全集编辑的问题，这也是吸取民族文学遗产一个有机的组成部分，"剔除糟粕，吸取精华"，旨在"发展民族新文化，提高民族自信心"，③这正是一场斗争。既是战斗，就得作好战斗准备，我们必须创造一切条件，来保证战斗的完全胜利，因而古籍刊印工作对批判地接受文化遗产就显得非常重要。鲁迅先生主张：

> 如果多少和社会有些关系的文字，我以为是都应该集印的，其中当然夹杂着许多废料，所谓"榛楛弗剪"，然而这才是深山大泽。④

这是很正确的原则。因为，既要临泽勘宝，登山采矿，那就必须是"深山"和"大泽"，只有山高林密，泽大水深，才能有蕴藏量最大，种类最多的宝藏供人们开

---

① 见《集外集拾遗·帮忙文学与帮闲文学》。
② 《中国小说史略·清之侠义小说及公案》。
③ 毛泽东：《新民主主义论》。
④ 《且介亭杂文二集·"题未定"草（六至九）》。

采。我虽然对地质和采矿方面的知识茫然无知，但我总以为一抔之丘、一泉之水，是很难挖出大量的煤铁和石油的。毛主席讲："中国的长期封建社会中，创造了灿烂的古代文化。"年代长远，留下的遗产就多，这是我们民族的骄傲。如果能把多少和社会有些关系的著作，都集印出来供我们研究，那真算得"深山大泽"，有取之不尽的宝藏。今天，国家出版机关和科学研究机关，虽然重视了古籍的整理和刊行，像《脂砚斋红楼梦辑评》和《聊斋志异》的蒲氏手稿本的刊印或影印出版，这都是可喜的现象。但印行的古籍仍远远赶不上社会的需要，尤其在面上不够广，种类不够多，向之所谓"孤本秘籍"，或高阁深藏的珍本和影印本，迄今仍有许多种在一般大学的图书馆里找寻不到，这就不得不碍于研究工作的进行。所以在向文化大进军的今天，鲁迅先生的意见，就应该引起有关方面的重视。

上一段话中，鲁迅先生还谈到"榛楛弗剪"的问题。所谓"榛楛弗剪"，就是要求保持原有面貌，即使"夹杂着许多废料"，也不要紧。因为要研究，就得顾及"作者全人"，否则，挂一漏万，将一个作者割裂开来，便难于作出定性定量的结论。鲁迅先生是不赞称选本的（在《选本》《古人并不纯厚》和《"题未定"草》等篇均谈到）。因为选者选古人的文章，都从自己的观点出发，合于己见者采之，不合于己见者删之，这样经选者剪削一过，往往有两种可能：一种是选者代表了人民的观点，所选的真正是精华，这样的选本，我想鲁迅先生是不会反对的。但"五四"以前这样的选本，是不曾有过的，如他所讲："眼光愈锐利，见识愈深广，选本固然愈准确，但可惜的是大抵眼光如豆，抹煞了作者真相的居多，这才是一个'文人浩劫'。"另外一种可能，便是选者站在统治阶级的立场上，选录他的主子们所赏识的东西，这样一来，剪掉的，并非不堪匠用的"榛楛"，而是合抱的松柏。这种选本，不仅对研究者无益，即使一般读者读了也会被"缩小了眼界"，所吃到的便只能是选者所"给与的糟或醨"。鲁迅先生举了好些例子，来说明这个问题。

> 例如蔡邕，选家大抵只取他的碑文，使读者仅觉得他是典重文章的作手，必须看见《蔡中郎集》里的《述行赋》（也见于《续古文苑》）那些"穷工巧于台榭兮，民露处而寝湿，委嘉谷于禽兽兮，下糠秕而无粒"（手头无书，也许记错，容后订正）的句子，才明白他并非单单的老学究，也是一个有血性的人。①

> 即以《文选》为例罢，没有嵇康《家诫》，使读者只觉得他是一个愤世嫉俗，好象无端活得不快活的怪人……②

---

① 《且介亭杂文二集·"题未定"草（六至九）》。
② 《集外集·选本》。

其他还有关于陶渊明、欧阳修等好些例子。他一再强调"猛志固常在"和"悠然见南山"是一个人，"倘有取舍，即非全人，再加抑扬，更离真实"。可知糟糕的选本，无论对谁，都是害多于利的。鲁迅先生的意见，对今天搞选注或选辑工作的学者，对古籍刊印工作者，都是很好的借鉴。

最后，鲁迅先生对古典作家全集的编印，也提供了宝贵的意见。他这样讲过：

> 魏的嵇康，所存的集子里还有别人的赠答和论难，晋的阮籍，集里也有伏义的来信，大约都是很古的残本，由后人重编的。《谢宣城集》虽然只剩了前半部，但有他的同僚一同赋咏的诗。我以为这样的集子最好，因为一面看作者的文章，一面又可以见他和别人的关系，他的作品，比之同咏者，高下如何，他为什么要说那些话……①

鲁迅先生这段话，已经淋漓尽致地说明了道理。因为一个作家生活在社会上，他的生活、创作内容和风格，不仅要受时代影响，并和前人有着继承的关系。而且同时代的作者之间的相互赠答和辩难，也完全有助于我们对这位作家和作品的了解和分析。例如中唐诗人白居易和元微之，他们的政治见解和文学主张，几乎是完全相同的，看看他们合写的《策林》七十五篇（见《白氏长庆集》），乐天的《与元九书》（仍见上书）和微之的《乐府古题序》及《唐故工部员外郎杜君墓系铭并序》等篇就可以知道。这样比较研究就很要紧。元、白创作的风格虽很接近，但仍互有长短，才情、功力、描写范围的宽窄，各种体裁的运用，都有一定的区别。所以关于一个古典作家的全集的编印，兼收同咏者的文章，以便于比照研究，这是鲁迅先生来自实践中的经验总结，我们必须予以提倡和发扬。

鲁迅先生逝世迄今已二十周年了。这二十年当中中国人民在中国共产党和毛主席的领导下，已经取得了新民主主义革命的胜利，且正在建设美好的社会主义社会。我们文学工作者缅怀以往，应时刻记起鲁迅——这位曾经捍卫和发扬了祖国优秀文化传统，并建立了革命新文化的"最伟大和最英勇的旗手"；继承其遗志，在"百家争鸣、百花齐放"的号召下，把我们祖国建设成为一个美丽、先进、富强并具有高度文化的国家！

1956 年 9 月 24 日写完

（原载《西北大学校刊·纪念鲁迅逝世二十周年专号》1956 年 10 月）

---

① 《且介亭杂文二集·"题未定"草（六至九）》。

学习鲁迅的语言

冯增烈①

　　每当我读到鲁迅先生文章的时候，我不仅为鲁迅先生文章中的那种精深正确的思想所教育，所鼓舞，而且在表达形式上，我也为他那种明快而深刻的语言所吸引，所感动。因此，我时常这样地想：鲁迅先生不仅是一个伟大的思想家、学者、革命战士，而且也是一个极善于精确使用祖国语言的巨匠；他继承了祖国语言的光辉传统，并且在现代语言的创造上丰富了祖国语言，发展了祖国语言。所以鲁迅的语言是典范的，是足以提供我们学习的。因此，要学习伟大的鲁迅，我以为也应该好好地学习鲁迅的语言。

　　鲁迅的语言是平实的，洗炼的，严密的。

　　第一，鲁迅的语言所以平实，是由于鲁迅先生更多地学得了人民语言刚健清新的风格，像他自己所说的："我以为我倘十分努力，大概也还能够博采口语，来改革我的文章。"②因之鲁迅先生就教导我们说："方言土语里，很有些意味深长的话，我们那里叫'炼话'，用起来是很有意思的，恰如文言的用古典，听者也觉得趣味津津。"③鲁迅先生指出这种"警句或炼话，讥刺和滑稽，十之九是出于下等人之口的"④，所以他自己首先就向这种"下等人"学习。事实上，汉语的实际情况也证明了这一点。我们祖国的语言经过了多少千年的演变和考验，到今天，已经是非常丰

---

　　①　冯增烈（1926—1996），又名冯虚，回族，世居西安。20世纪40年代中期曾就学于国立西北大学中国文学系，在校期间创办回族刊物《新录》，共出版四期。50年代在西北大学任教，讲授现代汉语课程。"文革"后任陕西教育学院教授、陕西省政协委员，是当代回族学研究的奠基者和开拓者之一。著有《关于回回民族"当代意识"的思考》《"格迪目"八议》《伊斯兰教在清同治年间陕西回民反清起义中所起的作用》等数十篇论文，出版了《近现代回族人物研究》《清代同治年间陕西回族起义研究》《回族研究再认识的几则浅议》等著作，对当时伊斯兰教学术研究起到了推动作用。

　　②　《写在〈坟〉后面》，《鲁迅全集》第1卷，第265页。

　　③　《门外文谈》，《鲁迅全集》第6卷，第105页。

　　④　《答〈戏〉周刊编者信》，《鲁迅全集》第6卷，第147页。

富和精炼了。尤其活在人民口头的语言，像那些短小精悍的造句，那些丰富生动的"炼话"——歇后语，那些成语、谚语、同义词、形象的比喻以及其他的修辞手段，经过千百万人民千百年来不断的创造和提炼，都已经成为我们所要学习和所要撷取的那种极为丰富生动的语言了。而鲁迅先生，却正是在这种语言里吸取了更多的养料，创造了他自己语言平实洗炼的风格。请看看底下的例子吧：

> 我从十二岁起，便在镇口的咸亨酒店里当伙计，掌柜说，样子太傻，怕侍候不了长衫主顾，就在外面做点事罢。外面的短衣主顾，虽然容易说话，但唠唠叨叨缠夹不清的也很不少。他们往往要亲眼看着黄酒从坛子里舀出，看过壶子底里有水没有，又亲看将壶子放在热水里，然后放心：在这严重监督之下，羼水也很为难。所以过了几天，掌柜又说我干不了这事。幸亏荐头的情面大，辞退不得，便改为专管温酒的一种无聊职务了。①

从以上的这段比较集中的例子中，我们不难看出，鲁迅先生在这里是异常确切地使用了那种极普通而又极能表现实际生活的字眼，同时也极生动地使用了那些具有人民口语结构特点的短小精悍的造句。特别是前者，像"伙计""掌柜""侍候""容易说话""唠唠叨叨""亲眼看着""舀出""放心""羼水"以及"幸亏荐头的情面大"等，都是这种极普通然而又极能表现实际生活的字眼的恰当使用。鲁迅先生曾经盛赞过《水浒传》中"那雪正下得紧"的"紧"字，同时也指出人民口语中还有像"凶""猛"等等这样同类形容下雪的生动语词。这些，与我们文学语言的优秀传统是完全相合的。我们大家所熟知的"红杏枝头春意闹""春风又绿江南岸"以及像《红楼梦》中"要依我的性子，早撵出去了"等，其中的"闹""绿"和"撵"，不都是极普通然而又极能表现实际生活的字眼吗？因此，要学习鲁迅，学习鲁迅语言的平实，我以为，我们首先就应该学习鲁迅先生这种"博采口语"的方法，在人民的语言里吸取养分，进行加工，以丰富我们的语言，并洗涤我们表达形式上的"学生腔"和"文艺腔"。这是第一点。

第二，是鲁迅语言的洗炼。鲁迅语言的所以洗炼，一方面，是鲁迅先生承袭了汉语句法简捷的传统，使用了人民口语中那些短小精悍的语句结构，像上面所引的一段文字那样；另一方面，鲁迅先生又有一种极善于选择古语中那些有生命的生动词汇的本领。这样，加上鲁迅先生思想的深刻，因之也就形成了鲁迅语言精确洗炼的风格，使我们读起来简明精到，余味无穷。鲁迅先生曾经说过："大众语文可以采用文言……"②并且他也主张，新的文学"或者也须在旧文中取得若干资料，以供使

---

① 《孔乙己》，《鲁迅全集》第 1 卷，第 292—293 页。
② 《"大雪纷飞"》，《鲁迅全集》第 5 卷，第 610 页。

役"①。所以他自己就能在上述博采口语的基础上，吸收古语，又写出这样生动细腻的文字来：

> 她两肩微耸，四顾，倾听，似惊，似喜，似怒，终于发出悲哀的声音，慢慢地唱道：……②

> 和尚本应该只管自己念经。白蛇自迷许仙，许仙自娶妖怪，和别人有什么相干呢？他偏要放下经卷，横来招是搬非，大约是怀着嫉妒吧，——那简直是一定的。③

但是，鲁迅语言的洗炼绝不能理解为鲁迅语言是过于简略或文言气息太重；而恰巧相反，鲁迅的语言却正在洗炼之中表现了它的丰富和富于变化。我们能否把"幸亏荐头的情面大"改成"亏得我的介绍人的面子很大"，能否把"四顾，倾听，似惊，似喜，似怒"改成"四下看看，侧着耳朵听听，好像惊慌，好像喜悦，好像发怒"，然后再说，前者是细腻了，后者是流利的口语呢？不能。因为鲁迅先生在这里所使用的洗炼的语言和生动的字眼都是能传神的，正像"宝玉听了，不觉痴倒"不能改成"正是一面低吟，一面哽咽，那边哭的自己伤心，却不道这边听的早已痴倒了"④一样。所以我们不能忘记，口语必须进行文学语言的加工，文学语言又是不能脱离向古语中去吸收有生命的词汇和生动的修辞手法来丰富自己的。何况鲁迅先生下面的文字，又是非常富于变化的：

> ……下策是，只好将外国人名改为王羲之、唐伯虎、黄三太之类，例如进化论是唐伯虎提倡的，相对论是王羲之发明的，而发见美洲的则为黄三太。⑤

> 月亮地下，你听，啦啦的响了，猹在咬瓜了。你便捏了胡叉，轻轻地走去……⑥

从第一个例子中，我们可以看出鲁迅先生一连用了三个相类然而又不相同的动词"提倡""发明"和"发现"，并且使最后一个分句的句法结构，区别于前两个分

---

① 《写在〈坟〉后面》，《鲁迅全集》第 1 卷，第 264 页。

② 《女吊》，《鲁迅全集》第 6 卷，第 622 页。

③ 《论雷峰塔的倒掉》，《鲁迅全集》第 1 卷，第 158 页。

④ 见八十回本《红楼梦》第二十七回，后面这啰啰嗦嗦的话是百二十回本高鹗改的。又见《红楼梦新证》，第 8 页。

⑤ 《不懂的音译》，《鲁迅全集》第 2 卷，第 119—120 页。

⑥ 《故乡》，《鲁迅全集》第 1 卷，第 348 页。这例子是从东北师大函授讲义《文章选讲》引来的，不敢掠美。

句。这样，由于最后一个分句用了"而……则为……"这样的连接词，加上三个动词的不同，所以全句在结构上，便显得更富于变化，同时读起来也就更富于音节美。在第二个例子中，很简单，只有二十七个字，但它却写出了色彩、音响和人的动作，简炼里富有丰富的变化。难道这还不能证明鲁迅的语言是丰富生动而洗炼的吗？因此，要学习鲁迅，学习鲁迅的语言，我以为我们在第二个方面就应该学习鲁迅语言的洗炼。这是第二点。

第三，是鲁迅语言的严密。鲁迅先生曾经说过："中国的文或话，法子实在太不精密了，作文的秘诀，是在避去熟字，删掉虚字，就是好文章；讲话的时候，也时时要辞不达意，这就是话不够用，所以教员讲书，也必须借助于粉笔。"[1]当然，鲁迅先生在这里是指的"作文的秘诀"和"辞不达意"而言，并不意味着汉语的"落后"和"贫乏"。事实上，汉语是世界上最丰富、最发达的语言之一。汉语在三千年前，就已经能够毫无阻碍地表达我们伟大祖先所创造的那种深刻丰富的哲学思想和生动的文学形象；而到了近代，像马克思列宁主义与中国革命实践相结合的伟大的毛泽东著作，像鲁迅先生的著述，也都是在汉语语言材料的基础上创造的。难道说，汉语是贫乏的吗？绝不是的。但是，汉语的丰富也并不意味着汉语不可以吸收外来的成分以使自己更加充实和精密。所以鲁迅先生就又指出："欧化文法的侵入中国白话中的大原因，并非因为好奇，乃是为了必要。……评论者何尝要好奇，但他要说得精密，固有的白话不够用，便只得采些外国的句法。比较的难懂，不像茶淘饭似的可以一口吞下去是真的，但补这缺点的是精密。"[2]鲁迅先生主张："一面尽量的输入，一面尽量的消化，吸收，可用的传下去了，渣滓就听他剩落在过去里。……其中的一部分，将从'不顺'而成为'顺'，有一部分，则因为到底'不顺'而被淘汰，被踢开。"[3]鲁迅先生的这些主张，是完全符合语言发展的规律的。因为语言中外来成分的借用是语言交配和文化交流中的正常现象，每一种语言都可以借得外来的成分以丰富自己。所以近几年来，汉语里就出现了大量的外来的语词，出现了外来的语法结构：像新的词尾"性""化"等的产生，系词"是"的增加，被动式使用范围的扩大，以及句子结构的复杂化等，[4]就都是从外来语吸收得来的。在伟大的实践者鲁迅先生本人的文章里，我们也不难发现，鲁迅先生用了很多外国语言的形式来表达自己的思想，使他的思想更趋于精密：

① 《关于翻译的通信》，《鲁迅全集》第 4 卷，第 377 页。

② 《玩笑只当它玩笑（上）》，《鲁迅全集》第 5 卷，第 577 页。

③ 《关于翻译的通信》，《鲁迅全集》第 4 卷，第 378 页。

④ 见 1956 年 6 月号《语文学习》，第 30 页。

> 有了四千年吃人履历的我，当初虽然不知道，现在明白，难见真的人！①
>
> "雷峰夕照"的真景我也见过，并不见佳，我以为。②
>
> 然而无论怎样的糊涂文作者，听他讲话，却大抵清楚，不至于令人听不懂的——除了故意大显本领的讲演之外。③

不过，鲁迅语言的严密，也不完全是外来成分的作用，外来成分只是帮助他达到精确表达的一种手段；主要的，还是鲁迅先生的思想逻辑严密，是文章的内容决定了形式。请看看他驳斥梁实秋之流的那篇名文的一段吧：

> 英国有许多先前的文章不流传，我想，这是总会有的，但竟没有想到它们的消灭，乃因为不写永久不变的人性。现在既然知道了这一层，却更不解它们既已消灭，现在的教授何从看见，却居然断定它们所写的都不是永久不变的人性了。④

短短的两句话，有何等的力量，何等的气魄；没有事实的真理，没有严密的思想逻辑，能写出这样千锤百炼的话来吗？而且，鲁迅语言的严密，和鲁迅先生精通汉语语法，精通修辞也是很有关系的。鲁迅先生把他一篇讨论中国文学史的论文曾经标题为《魏晋风度及文章与药及酒之关系》⑤，这里面，"及"和"与"两个连接词就用得非常确切。因为他所要谈的是魏晋风度和当时文章所受时人吃药饮酒的影响，前一个短语是一件事，后一个短语又是一件事，这两个短语用"与"字连接起来，就是他这个标题的总的意思。由此可见，鲁迅先生的思想是如何的严密，而这严密的思想又是通过严密的语言来表达的。我们不能不感叹，鲁迅先生真是一位了不起的精确地使用祖国语言的巨匠！因此，要学习鲁迅，学习鲁迅的语言，我以为，我们还应该同时学习鲁迅语言的这种严密的用词、造句和逻辑，以使我们的语言也严密起来。这是第三点。

鲁迅语言所以如此，除了鲁迅先生下苦功学习语言、锤炼语言之外，主要的，还是鲁迅先生对于使用语言抱着非常严肃的态度。因为"语言是工具、武器，人们利用它来互相交际，交流思想，达到互相了解"⑥，所以语言使用得正确生动与否，就

---

① 《狂人日记》，《鲁迅全集》第1卷，第291页。
② 《论雷峰塔的倒掉》，《鲁迅全集》第1卷，第157页。
③ 《人生识字糊涂始》，《鲁迅全集》第6卷，第295页。
④ 《文学和出汗》，《鲁迅全集》第3卷，第537页。
⑤ 见《鲁迅全集》第3卷，第486页。
⑥ 斯大林：《马克思主义和语言学问题》，第20页。

直接影响到人们的社会生活。因此，鲁迅先生教导我们，要我们平常说话写文章时，"先把似识非识的字放弃，……说些自己的确能懂的话"①。鲁迅先生还教导我们，要我们"不生造除自己之外，谁也不懂的形容词之类"，教导我们将文章"写完后至少看两遍，竭力将可有可无的字、句、段删去，毫不可惜"。②这些，都说明了鲁迅先生对于使用语言的态度是非常严肃的。鲁迅先生在给韦素园的一封信中写道：

> 昨看见张凤举，他说杜斯退也夫斯基的《穷人》，不如译作《可怜人》之确切。未知原文中是否也含"穷"与"可怜"二义。倘也如英文一样，则似乎可改，请与霁野一商，改定为荷。③

请看看，我们伟大的翻译家的态度是多么慎重的！不仅如此，鲁迅先生在和敌人斗争时，也非常注意敌人的语言是否也使用得正确，因之他有时就会拿敌人的这种辞不达意或文理不通的现象去反戈回击敌人。例如，他在《准风月谈》的"后记"里就有这两段文字，是用非常冷酷的笔触来讥刺敌人的文理不通的：

> 我那最末的《青年与老子》，就因为碰着了杨邨人先生（虽然刊出的时候，那名字已给编辑先生删掉了），后来在《申报》本埠增刊的《谈言》（十一月二十四日）上引得一篇妙文的。不过颇难解，好像是在说我以孝子自居，却攻击他做孝子，既"投井"，又"下石"了。④

> 一个"志士"，纵使"对于文化事业，热心异人"，但若会在不知何时，飞来一个锤子，打破值银数百两的大玻璃；"如有不遵"，更会在不知何时，飞来一顶红帽子，送掉他比大玻璃更值钱的脑袋，那他当然是也许要灰心的。⑤

鲁迅先生对于这种乱混祖国语言的现象，对于这种谬改成语"落井下石"和"热心异常"的行为是多么愤怒呀！因此，鲁迅先生这种对于使用语言的严肃态度就深深地教育了我们，并且这一态度在学习和使用语言的方法论上，也是一种诱导。所以，我以为，我们要学得鲁迅语言的平实、洗炼和严密，首先，我们就必须向鲁迅先生学习这一点：建立使用语言的严肃态度。

学习鲁迅的语言，在今天，对于我们大多数人都有着非常现实的意义。因为我

---

① 《人生识字糊涂始》，《鲁迅全集》第6卷，第296页。
② 《答北斗杂志社问》，《鲁迅全集》第4卷，第354页。
③ 见《鲁迅谈创作》（中国青年出版社本），第3页。
④ 见《鲁迅全集》第5卷，第449页。
⑤ 见《鲁迅全集》第5卷，第460页。

们要在中国建成伟大的社会主义社会，在建设社会主义社会的过程中，语言的作用是很大的。然而，很可惜，一直到最近，我们还不得不使毛主席再次教训我们，说"我们的许多同志，在写文章的时候，十分爱好党八股，不生动，不形象，使人看了头痛。也不讲究文法和修辞，爱好一种半文言半白话的体裁，有时废话连篇，有时又尽量简古，好像他们是立志要让读者受苦似的"①。因此，为了纠正这种党八股现象，为了使文章生动活泼起来，我们就必须好好地锻炼思想，好好地学习语言；特别是学习语法、修辞和逻辑，学习那些典范的文学作品和科学著作，以吸收它们精密生动的语言，来丰富我们的思想、讲话。而在这些典范的著作中，鲁迅先生的语言就是最需要我们学习的。

（原载《西北大学校刊·纪念鲁迅逝世二十周年专号》1956 年 10 月）

---

① 《中国农村的社会主义高潮》，第 279 页。

关于《鲁迅、茅盾致红军贺信》

——兼评倪墨炎的"贺信伪造说"

阎愈新①

　　鲁迅与茅盾 1936 年 3 月 29 日致红军的贺信，是一件珍贵的历史文献，对研究鲁迅和茅盾生平思想、中国现代史、中共党史军史都具有重要意义。《鲁迅、茅盾致红军贺信》（以下简称《贺信》）1936 年 4 月 17 日刊载在中国共产党西北中央局机关报《斗争》第 95 期，至今 70 余年，仍为学术界讨论的热点，足见其意义之重要。

　　1951 年冯雪峰在《党给鲁迅以力量——片断回忆》中说："当红军长征到达陕北的时候，他（鲁迅）和茅盾先生共同转转折折地送去过一个给毛主席和朱总司令庆祝胜利的电报。"②他又在 1952 年发表的《回忆鲁迅》中说："鲁迅先生和茅盾先生共同给毛主席和朱总司令庆贺长征胜利的电报，也正在我动身的前几天才转到瓦窑堡的。"③他也曾说过"电报是信的形式"。又有樊宇提供资料：1947 年 7 月 27 日晋冀鲁豫解放区《新华日报》载："一九三六年二月二十日，红军东渡黄河，抗日讨逆，这一行动得到全国广大群众的拥护，鲁迅先生曾写信庆贺红军。"（1956 年 10 月 15 日《文艺报》）。从此，鲁迅、茅盾致红军贺电（信）引起各界的极大关注。几十年来，众多学者和各界人士，诸如杨尚昆、茅盾、冯雪峰、胡绳、周振甫、孔罗荪、林默涵、苏星、叶子铭、程中原、陈漱渝、陈福康、唐天然、丁尔纲等，都为查找论证贺电（信）作出了贡献。在这支庞大的查证队伍中，笔者也是其中的一员。

---

　　①　阎愈新（1926—2023），山西临县人。1951 年从西北大学师范学院国文系毕业。曾任西北大学校刊、学报编辑，《鲁迅研究年刊》副主编、主编。先后参加过《国防文学评论集》《柳青〈创业史〉评论集》《鲁迅诗歌注释》的编辑工作，主持编辑了《当代作家谈鲁迅》等。论文《鲁迅致红军贺信的新发现》引起了海内外学术界的极大重视，上海《文学报》于 1992 年 2 月 13 日在头版显著位置评价："多年来鲁迅研究中悬而未决的问题——'鲁迅致红军贺信'获重要发现。"

　　②　冯雪峰：《党给鲁迅以力量——片断回忆》，《文艺报》1951 年 6 月 25 日。

　　③　冯雪峰：《回忆鲁迅》，人民文学出版社 1952 年版，第 64 页。

一、《贺信》的发现

1994 年，笔者偶然翻阅童小鹏《军中日记》，该日记对红军 1936 年 2 月开始进行的东征记述颇详，其中 4 月 26 日的记载为查找《贺信》提供了线索："休息。阅《斗争》报载的上海各团体来信，兴奋已极。"①于是笔者到陕西省档案馆、山西省档案馆和延安纪念馆以及兴县档案馆、国家档案总库等处，查找 1936 年 4 月出版的《斗争》。1995 年 8 月 2 日，我和胞兄阎稚新（国防大学教授）在北京中央档案馆，查到档案馆收藏的中国共产党西北中央局机关报《斗争》。1936 年 4 月 17 日出版的《斗争》（32 开蜡纸刻写油印本）第 95 期，刊载的《中国文化界领袖×× ××来信》的标题赫然在目，令人喜出望外。这正是大家多年来查找的鲁迅、茅盾来信。全文如下：

> 读了中国苏维埃政府和中国共产党中央的《为抗日救国告全体同胞书》、中国共产党《告全国民众各党派及一切军队宣言》、中国红军为抗日救国的快邮代电，我们郑重宣言：我们热烈地拥护中共、中苏的号召，我们认为只有实现中共、中苏的抗日救国大计，中华民族方能解放自由！
>
> 最近红军在山西的胜利已经证明了卖国军下的士兵是拥护中共、中苏此项政策的。最近，北平、上海、汉口、广州的民众，在军阀铁蹄下再接再厉发动反日反法西斯的伟大运动，证明全国的民众又是如何热烈地拥护中共、中苏的救国大计！
>
> 英勇的红军将领们和士兵们！你们的勇敢的斗争，你们的伟大胜利，是中华民族解放史上最光荣的一页！全国民众期待你们的更大胜利。全国民众正在努力奋斗，为你们的后盾，为你们的声援！你们的每一步前进将遇到热烈的拥护和欢迎！
>
> 全国同胞和全国军队抗日救国大团结万岁！
>
> 中华苏维埃政府万岁！
>
> 中国红军万岁！
>
> 中华民族解放万岁！
>
> ×× ××
>
> 一九三六．三．廿九

---

① 童小鹏：《军中日记》，解放军出版社 1986 年版，第 201 页。

《斗争》第 95 期封面标明"中国共产党西北中央局机关报"。"西北中央局"是红军长征到达陕北后，中共中央机关用的另一个名义。《斗争》第 103 期即称"中国共产党中央机关报"。

茅盾、冯雪峰因时隔多年，将"东征贺信"误记为"长征贺电"可以理解。

这一期《斗争》刊出上海抗日团体《全国×××抗日救国代表大会来信》（1936年 3 月 25 日）、《全国民族武装×××来信》（1936 年 3 月 26 日）、《上海××抗日救国联盟来信》（1936 年 3 月 25 日）、《中国文化界领袖×× ××来信》（1936 年 3 月 29 日）、《满洲三千万同胞的代表的来信》（1936 年 3 月 24 日）。五件来信，一万余字。笔者申请查阅五件来信原件，中央档案馆资料利用部批复："在我馆收藏档案中，未查到所需材料。中央档案馆资料利用部 1995 年 8 月 2 日。"

《全国×××抗日救国代表大会来信》抬头写着"中国共产党中央执行委员会中华苏维埃政府 红军革命军事委员会暨全体红军战士"。《满洲三千万同胞的代表的来信》抬头写着"红军将士 同志们"。其余三件来信都没有写抬头。

《中国文化界领袖×× ××来信》的开头没有称谓，收信人姓名或机关应写于信封上，而中央档案馆又没有原件。《斗争》刊出鲁迅、茅盾来信的标题和信尾署名，均以"×× ××"代替，因当时鲁迅、茅盾居住在国民党统治区上海。来信的主旨是拥护中国共产党中央、中华苏维埃政府的抗日救国大计，赞扬红军的英勇斗争，祝贺红军渡河（黄河）东征的胜利。根据来信的整体内容和第三段开头称："英勇的红军将领们和士兵们！你们的勇敢的斗争，你们的伟大胜利，是中华民族解放史上最光荣的一页！"笔者将来信冠以《鲁迅、茅盾致红军贺信》的标题。

1935 年 8 月 1 日，中华苏维埃政府和中国共产党中央发表《为抗日救国告全体同胞书》（即《八一宣言》）指出："近年来，我国家、我民族，已处在千钧一发的生死关头。抗日则生，不抗日则死，抗日救国，已成为每个同胞的神圣天职！"

1936 年初，中共中央为贯彻抗日救国主张，决定以红军主力组成中国人民红军抗日先锋军，彭德怀任总司令，毛泽东任总政委，叶剑英任总参谋长，杨尚昆任总政治部主任。2 月 17 日发出"东征宣言"，庄严宣告"为实现抗日，渡河东征"。2 月 20 日红军在军委的命令下，浩浩荡荡向山西前进。不管黄河的汹涌澎湃，不管封锁的严密，红军以迅雷不及掩耳之行动，一夜之间飞渡黄河。阎锡山苦心经营的沿河数百里堡垒线，被红军一扫而平。

杨尚昆当年说："红军在山西作战，正如猛虎扑羊，一战而包围石楼，再战而下双池、兑九，吕梁山脉的枢纽即入我军之手。接着以右路军出同蒲铁路，驰骋于赵城、洪洞、临汾、曲沃之间。左路军出文水、交城，威逼太原省城，转而北向，兴、灵两县地域尽为我有。中路军则以少拒众，使敌人疲于奔命，给了左右两路以实际的配合。红军东征这种神秘迅速之行动，将与长征的奇迹同垂不朽。"博古说："不到一个半月，红军击溃晋军二十个团以上，缴获人枪各四千，半个月内扩大了红军八千。"

红军东征胜利的消息，震惊世界，中外报纸通讯社都有报道，详见后文。

中国共产党在国家民族危急存亡关头，以实际行动树起抗日的大旗，使全国人民大为振奋。中国文化界领袖鲁迅、茅盾，身处白色恐怖的上海，置安危于不顾，大义凛然，公然致信红军，拥护中国共产党的抗日救国主张，祝贺红军东征的伟大胜利，表达了"全国民众正在努力奋斗，为你们的后盾，为你们的声援"的誓言。其意义之重大，再高评价都不为过。

二、认定《贺信》的十项证据

（一）冯雪峰作为党的特派员被派往上海，正是在中共中央接到鲁迅、茅盾来信之后。张闻天夫人刘英说："红军东征的胜利确实在全国激起了强烈反响。……尤其是接到宋庆龄、鲁迅、茅盾、覃振的来信，中央领导同志特别高兴。东征途中，上海地下党也有人来。本来早就想恢复同上海党的联系，现在可以付诸行动了。派谁去合适呢？闻天想到了冯雪峰。""恩来同志也认为雪峰合适。4 月初，闻天和恩来已从河东回到瓦窑堡。"把还在黄河东"东征"前线的冯雪峰调回来，分别向他交待任务。"记得临走之前，我们还在自己窑洞里请雪峰吃了一餐饭。闻天交待雪峰：'到了上海，先去找鲁迅、茅盾，他们是靠得住的。'"①

（二）冯雪峰 1974 年 9 月 2 日说："1936 年 4 月，党中央在陕北也是收到他（指鲁迅）和茅盾先生的贺电，才派我到上海，去找他们。党对他（鲁迅）的信任完全和自己同志一样的。"②

冯雪峰在瓦窑堡接受任务后，于 1936 年 4 月中旬出发，由党内交通员和张学良的特使护送，于 4 月 25 日到达上海，第二天就住在鲁迅家中。"当晚同他谈话到夜非常深的时候，最初是我说的多，我把红军长征经过以及毛主席提出的抗日民族统一战线等，都照我所理解的告诉他了。他听得很兴奋，很认真。"③冯雪峰见到鲁迅，自然会谈到是党中央接到他和茅盾的贺电（信）后，才派自己来上海找他们的。这是不言而喻的。茅盾说："4 月底，冯雪峰从陕北到了上海，才告诉我：'你们那份电报，党中央已经收到了，在我离开的前几天才收到的。'"茅盾又说："我第二次又听

---

① 刘英：《刘英自述》，人民出版社 2005 年版。

② 陈琼芝：《在两位未谋一面的历史伟人之间——记冯雪峰关于鲁迅与毛泽东关系的一次谈话》，《中国现代文学研究丛刊》1980 年第 3 期。

③ 冯雪峰：《有关一九三六年周扬等人的行动以及鲁迅提出"民族革命战争的大众文学"口号的经过》，《新文学史料》1979 年第 2 期。

到讲起这份电报，是在抗日战争中。一九四〇年五月我全家来到延安……我去杨家岭回拜闻天。……闻天插了一句：'你和鲁迅给中央拍来的电报，我们收到了。'当时我漫然听之。"①

（三）最早在文章中引用《贺信》中文字的是博古。博古在《红军在山西》（刊于 1936 年 4 月 20 日出版的《斗争》第 96 期）中说："红军的东征，给了他们以极大的兴奋、鼓励和激动……试读着下面的书信和祝词的摘引：'英勇的红军将领们和士兵们！……你们的每一步前进将遇到热烈的拥护和欢迎！……'"即《贺信》中第三段文字。博古当时没有注明出处。

（四）1936 年 5 月 5 日东征红军回师陕北，中共中央于 5 月 8 日在延川交口召开了政治局扩大会议，会议由洛甫（张闻天）主持，毛泽东作《目前形势与今后战略方针》的报告。毛泽东指出：东征动员了全国，现在反日反法西斯的运动在暴风雨中。在这种情形下，两方面对群众争取的情形表示很紧张。一方面是革命的，这以共产党为首，以新的政策来动员，鲁迅、茅盾等都公开拥护，据说李济深也拥护，可以说广大群众是已经接受了。（以上是会议记录的摘要，记录者是杨尚昆同志。）毛泽东在这里讲的是东征以后的形势，提到鲁迅、茅盾拥护新政策，当然是就他们在东征以后的言行来说的。②

（五）1936 年 5 月 20 日，党中央和红一方面军领导人林育英（即张浩，当时为共产国际代表）、洛甫（张闻天）、毛泽东、周恩来、博古、邓发、王稼祥、凯丰、彭德怀、林彪、徐海东、程子华 12 人联名发给正在长征途中的党和红军领导人朱德、张国焘、刘伯承、徐向前、陈昌浩、任弼时、萧克、关向应、夏曦并转各负责同志的内部长电中，郑重谈到鲁迅、茅盾的来信："红军的东征，引起了华北、华中民众的狂热赞助，上海许多抗日团体及鲁迅、茅盾、宋庆龄、覃振等均有来信，表示拥护党与苏维埃中央的主张，甚至李济深也发表拥护通电。冯玉祥主张抗日与不打红军，南京政府内部分裂为联日反共与联共反日的两派正在斗争中，上海拥护我们主张的政治、经济、文化之公开刊物多至三十余种，其中《大众生活》一种销数约达二十余万份，突破历史总记录，蒋介石无法制止。"③

（六）1936 年 7 月 6 日党中央领导人张闻天、周恩来致冯雪峰的信中说："你的老师（指鲁迅）与沈兄（指沈雁冰，即茅盾）好吗？念甚。""他们为抗日救国的努

---

① 茅盾：《一九三五年记事——回忆录（十八）》，《新文学史料》1983 年第 1 期。

② 程中原：《应该肯定下来的和需要继续考证的——"贺信贺电问题"之我见》，《新文学史料》1998 年第 1 期。

③ 中央统战部、中央档案馆：《中共中央抗日民族统一战线文件选编：中》，档案出版社 1985 年版，第 148 页。

力，我们都很钦佩。希望你转致我们的敬意。"①这也可以看作是中共领导人对鲁迅、茅盾致红军贺信、拥护中共抗日救国主张的一个热诚的回报。

（七）杨尚昆1936年7月24日写的《前进！向着抗日战争的胜利前进——纪念1936年的"八一"》②一文中说："东征的胜利，使全国一切不愿意当亡国奴的人，都认识到红军的先锋作用，认识到红军是在为了全国人民利益而奋斗。""朋友们赞扬我们，期望着我们更大的胜利。"接着引用了《贺信》中的第三段文字。上述引文，杨尚昆在文章中没有说明来历，但《红色中华》1936年10月28日刊出时，注明"摘鲁迅来信"。解放军报社1986年7月22日，将拙文《鲁迅致红军贺信的新发现——杨尚昆在一九三六年七月的一篇文章中引有贺信文字》，报请杨尚昆审批。杨尚昆7月25日批示："阎愈新同志这篇文章，已有几位同志送给我了。1936年7月这篇文章确实是我写的，从大段引述鲁迅先生的来信看，我的确是根据鲁信引证的，但来源如何，因事过多年，我无法记起。"笔者文章中将救国会来信中的一段话误认为是鲁迅信中语。

（八）1936年10月28日出版的中华苏维埃中央政府机关报《红色中华》悼念鲁迅专版，在中心位置特栏刊载《鲁迅先生的话》，摘录《中国文化界领袖×× ××来信》中的第三段"英勇的红军将领们和士兵们"至"你们的每一步前进将遇到热烈的拥护和欢迎"，注明"摘鲁迅来信"，首次公开来信者之一鲁迅的名字，而没有注明另一位联名者，是因为当时茅盾还居住在国民党统治区上海。茅盾生前说过：当时"这将冒砍头的危险"③。"来信"开宗明义说："读了中国苏维埃政府和中国共产党中央的《为抗日救国告全体同胞书》、中国共产党《告全国民众各党派及一切军队宣言》、中国红军为抗日救国的快邮代电，我们郑重宣言：我们热烈地拥护中共、中苏的号召，我们认为只有实现中共、中苏的抗日救国大计，中华民族方能解放自由！"这三处"我们"即《贺信》联名者鲁迅与茅盾。摘录的另一段话是摘自《答徐懋庸并关于抗日统一战线问题》，鲁迅是为了回答徐懋庸说他"对于现在的基本的政策没有了解"。鲁迅说："中国目前的革命的政党（指共产党——编者）向全国人民所提出的抗日统一战线的政策，我是看见的，我是拥护的，我无条件地加入这战线，那理由就因为我不但是一个作家，而且是一个中国人，所以这政策在我是认为非常正确的。"这是鲁迅个人的话。鲁迅所看见的，就是中国苏维埃政府和中国共产党《为抗日救国告全体同胞书》等。答徐懋庸和《贺信》中的话，两相照应，正是鲁迅对

---

① 张闻天、周恩来：《请向鲁迅转致我们的敬意》，《鲁迅研究月刊》1992年第7期。

② 杨尚昆：《前进！向着抗日战争的胜利前进——纪念1936年的"八一"》，《火线》1936年第61期。

③ 韦韬、陈小曼：《茅盾的晚年生活（七）》，《新文学史料》1996年第3期。

《贺信》的正式说明，是鲁、茅贺信的铁铸证据。

茅盾在 1936 年初说："我对党中央提出的建立抗日统一战线的主张是赞成的。"①《贺信》和鲁迅、茅盾所谈相互呼应，完全一致。

（九）亲历红军东征，在红军一军团保卫局任职，新中国成立后曾任总理办公室主任的童小鹏，1997 年 12 月 9 日给笔者的信中说："你考证的是鲁迅、茅盾是正确的。1936 年 4 月 26 日，我在山西红一军团保卫局看到的《斗争》是油印的。""我认为过去有人传说鲁迅、茅盾的信是在听到长征到陕北时写的，那是误传。信中明确写了'最近红军在山西的胜利'。"

（十）茅盾的公子韦韬 1998 年 2 月 20 日给笔者的信中说："《中国文化界领袖×× ××来信》的落款署名是×× ××，这样就排除了'太行版'的引文是鲁、茅来信的可能；同时又可以比较肯定×× ××是鲁和茅，《红色中华》所引是可靠的。""鲁、茅的确有一封祝贺东征胜利的信。这信的内容部分披露在《红色中华》上。"

笔者于 1996 年纪念茅盾百年诞辰之际，将 40 余年查找考证《贺信》的反复经过，写成《六十年前鲁迅、茅盾致红军贺信之发现》，提交纪念茅盾百年诞辰国际学术讨论会，也有恢复鲁迅、茅盾联名贺信的历史原貌之意。新华社 6 月 20 日发布对外新闻，美国《侨报》刊出的标题是《西北大学阎愈新发现鲁迅茅盾致红军贺信》称："备受关注的《鲁迅茅盾致红军贺信》日前被西北大学教授阎愈新发现，从而遗失 60 年的鲁迅茅盾致红军贺信重见天日。"新华社 7 月 1 日发布通稿《陕西发现鲁迅茅盾致红军贺信》千余字的长篇消息，全国各报刊载，中央电视台、中央广播电台播出。新华社电称："在中国著名作家茅盾诞辰 100 周年前夕，备受中国现代革命史、中共党史和鲁迅、茅盾研究界关注的鲁迅、茅盾致红军贺信，日前被西北大学教授阎愈新发现。"电文全面介绍了《贺信》内容和发现、考证经过。笔者在 7 月初举办的纪念茅盾百年诞辰国际学术讨论会上发言。《新文学史料》1996 年第 3 期刊出拙文《六十年前鲁迅、茅盾致红军贺信之发现》，《新华文摘》11 月号全文转载。《鲁迅研究月刊》1996 年 7 月号以《鲁迅茅盾致红军贺信重见天日》为题刊出，《人民论坛》《炎黄春秋》《新文化史料》上均有笔者介绍《贺信》的文字刊登。人民文学出版社资深编审张小鼎评论：鲁迅、茅盾贺信是"一封极具重要的政治意义和文献价值的联名贺信"，是"众多学者久攻不下的一道难题。《鲁迅研究年刊》主编，年逾古稀的阎愈新先生，以顽强的毅力、锲而不舍的精神，长期致力于这一问题的探寻、钻研，终于使学术界多年争论不休、悬而未决的一个重要问题找到正确答案，画上了一个完整的句号"。②人民文学出版社 2005 年版《鲁迅全集》将《鲁迅、茅盾致红军贺信》

① 茅盾：《我走过的道路》，人民文学出版社 1981 年版。
② 张小鼎：《关于鲁迅茅盾致中共中央的贺信》，《中华读书报》1996 年 11 月 6 日。

以"附录"收入书信卷。人民文学出版社 2006 年出版的《茅盾全集·补遗》下卷，以《致中共中央》为题收入《贺信》。《贺信》也被收入《鲁迅年谱》（增订本）和《张闻天年谱》。

三、倪墨炎的《贺信》"伪造说"

学术上的重要发现，都会引起种种质疑，《贺信》的发现也不例外。一般的情况是：先是震惊，继之以质疑，深入发掘资料，认真辨析，最后理所当然地接受。对《贺信》的质疑有：一、"在你们身上，寄托着人类和中国的将来"即"长征贺电"；二、从上海乘"专车"十天时间能将贺信送到陕北？三、鲁迅怎么能知道那么多红军东征的信息？四、茅盾称为中国文化界领袖还不够资格。这些质疑都已澄清。另有"此信没有原件依据"的质疑，看似有理，实则等于白说。如果有原件，几十年来众多学者就没有必要耗费精力，查找考证辨析。《鲁迅全集》中，因种种原因没有见到原件而根据文本收入的书信很多。

近几年来，倪墨炎主观预设出一套《贺信》"伪造说"，连篇累牍在各种报刊书籍中传播，炒得沸沸扬扬，引起学术界的关注。《文汇读书周报》2006 年 1 月 27 日刊出《此信不应编入新版〈鲁迅全集〉》，上海人民出版社 2006 年 1 月版的《鲁迅的社会活动》一书中设专文《重议庆贺红军胜利的信》，《北京日报》2006 年 4 月 10 日刊出《鲁迅、茅盾联名致红军"贺信"之谜》，《档案春秋》2006 年 7 月刊出《破解鲁迅、茅盾"电贺"红军之谜》。倪墨炎说：《来信》代写者不在上海，而很可能就在瓦窑堡。""很显然信也是在鲁迅、茅盾都不知情的情况下发表的。"（引文均出自《北京日报》和《档案春秋》）倪墨炎的《贺信》"伪造说"大有重复多遍即可变假成真之势。这种毫无实证的"伪造说"却成为有人盲目接受的似乎"公认的定论"。《北京日报·理论周刊》编者按："本刊特约请倪墨炎先生写作了此文。这篇文章在一定程度上揭开了鲁迅、茅盾联名致红军'贺信'问题的谜底。"《档案春秋》编者按："本文作者是鲁迅研究领域的权威专家，他所撰写的这篇文章，或许可以为我们揭开这封信的'庐山真面目'。"

《文汇报》2007 年 9 月 23 日刊出倪墨炎《关于"鲁迅茅盾致红军信"的探讨》①。倪墨炎近期又在一万多字的长文《关于"鲁茅信"的争论及其句号》②中，欢呼他的《贺信》"伪造说"大获成功，似乎从北京到上海一片颂扬之声："文章写得好"，"文字精炼，到了炉火纯青的地步"，"的确很好"，"十分精彩"，"文章写得很

---

① 倪墨炎：《关于"鲁迅茅盾致红军信"的探讨》，《文汇报》2007 年 9 月 23 日。

② 倪墨炎：《关于"鲁茅信"的争论及其句号》，《档案春秋》2009 年第 1 期。

好，宝刀不老啊"，"我完全赞成"，"在《文汇读书周报》上一文发表后，几天内电话不断，都是诉说书店买不到拙著"，如此等等，不一而足。倪墨炎把友人表示友好的客气话公之于众，难道能作为"伪造说"的史料依据？是对朋友的尊重？还是为了抬高身价的商业炒作？

且看倪墨炎支撑《贺信》"伪造说"的四条理由：

1. 此信文风和鲁迅一贯的文字风格大相径庭。

鲁迅是文章大家，能根据需要用各种不同风格的文字写作，有时白话文，有时文言文，有时半文半白，有时是诗化文字，还有的文字有比较明显的欧化特点，并非倪墨炎所认为的那样有什么"一贯的文字风格"。《贺信》采用的是一般祝贺信函的常用写法，单从文字风格看，并无什么特别之处。辨析历史真相，要凭确凿的史料证据。文字风格问题，见仁见智，各人尽可以发表不同的议论。仅以文字风格就认定《贺信》"不可能出于鲁迅手笔"，显然武断。

再以倪墨炎自己所说来看，他在《关于鲁迅茅盾贺红军的信》中说："史沫特莱起草好信后，未经鲁迅、茅盾过目和签名，就将信发出了。"又说："史沫特莱起草好这另一封信（指'在你们身上，寄托着人类和中国的将来'句出处的《全国×××抗日救国代表大会来信》——笔者）也没有请署名者（指宋庆龄——笔者）过目和签字。两封信的文风完全一致，也由史沫特莱起草，似不必怀疑。"现在又说："《来信》代写者不在上海，而很可能就在瓦窑堡。"①当然就不是身在上海的史沫特莱了。"这另一封信"即《全国×××抗日救国代表大会来信》长达五千余字，能是史沫特莱的手笔吗？那么这"两封信的文风完全一致"，还是"大相径庭"？

2. 将中国苏维埃政府简称为"中苏"，会多次出现在鲁迅笔下，简直不可思议。

《贺信》开头就说："读了中国苏维埃政府和中国共产党中央的《为抗日救国告全体同胞书》、中国共产党《告全国民众各党派及一切军队宣言》、中国红军为抗日救国的快邮代电，我们郑重宣言：我们热烈地拥护中共、中苏的号召，我们认为只有实现中共、中苏的抗日救国大计，中华民族方能解放自由！"将"中国共产党"简称"中共"，"中国苏维埃政府"简称"中苏"，文字通畅，含义明白，表达准确。如果从完整的叙述中，将"中共、中苏"连称割裂，只将"中国共产党"简称"中共"，而将"中国苏维埃政府"仍然全称，才真是"不可思议"。

3. 在鲁迅与党中央失去联系已一年多，中共江苏省委被破坏尚未重建组织的情况下，鲁迅怎么可能看到信中涉及的那么多党中央的文件？

鲁迅没有参加中国共产党，不是中共党员，虽然他有许多共产党人朋友，如李大钊、陈独秀、瞿秋白、冯雪峰等，但在《贺信》之前从来没有和中共中央组织有

---

① 倪墨炎：《关于"鲁迅茅盾致红军信"的探讨》，《文汇报》2007年9月23日。

过联系，这是尽人皆知的常识。倪墨炎怎么能说"鲁迅与党中央失去联系已一年多"？《告全体同胞书》等，绝不是倪墨炎所谓"不少党内文件"，是广而告之的宣传品，许多同胞都可能看到，何况随时关注国家民族生死存亡命运的鲁迅和茅盾？

4．鲁迅虽然天天看报，但也不可能如此了解各地民众运动的情况和红军动向。

1936 年初，正是"一二·九"抗日爱国运动在全国风起云涌之际。"一二·九"运动的目标是反对日本帝国主义对华北的进一步侵略和国民党的不抵抗政策，号召全国人民起来抗日救国。运动很快发展到全国，平津、广州、南京、上海、武汉、长沙等地，学生相继举行游行示威，各地爱国人士纷纷成立救国会，要求国民党政府停止内战，实行抗日，推动了抗日民族统一战线的建立，使全国人民抗日爱国运动达到新的高潮。《大公报》《申报》等都有报道。《大公报》1 月 7 日消息："北大、平大、燕大、东大决提前放假。"1 月 15 日社评：《学潮感言》。2 月 23 日要闻版头条："北平各校昨日情况""中院等校续有学生被传讯"。2 月 25 日要闻版头条："在救国会领导下学生参加请愿。教育部注意各校纪律，必要时采取严厉处置。"《申报》2 月 23 日消息："苏联版画展昨开幕。"要闻版头条"教育新闻"："北平工学院风潮解决，清华校长梅贻琦返平。"2 月 24 日刊出鲁迅《记苏联版画展览会》。

鲁迅《"题未定"草（九）》："刚刚接到本日的《大美晚报》，有'北平特约通讯'，记学生游行，被警察水龙喷射，棍击刀砍，一部分则被闭于城外，使受冻馁，'此时燕冀中学、师大附中及附近居民纷纷组织慰劳队，送水、烧饼、馒头等食物，学生略解饥肠……'谁说中国的老百姓是庸愚的呢，被愚弄诳骗压迫到现在，还明白如此。"[1]《致台静农》："北平学生游行，所遭与前数次无异，闻之惨然，此照例之饰终大典耳。上海学生，则长跪于府前，此真教育之效，可羞甚于陨亡。"[2]注：北平学生游行，指"一二·九"运动；上海学生长跪府前，指 1935 年 12 月 21 日《申报》"本市新闻"栏，曾刊有上海学生为声援北平学生游行而长跪在国民党市政府前请愿的照片。

红军东征胜利的消息震惊中外，《大公报》、中央社、路透社等均有报道。上海《密勒氏评论报》和巴黎出版的《救国时报》采用的是世界几家大通讯社的消息。《大公报》2 月 25 日、26 日要闻头条大字标题为《阎就绥蒙会长官职，陕共渡河晋军准备迎剿》《援陕晋军一部东撤，孙楚飞柳林传毛泽东已入晋》。2 月 27 日刊出《陕共入晋情形》："由本月 20 日夜起，迄今中阳属之上坪村及三交镇石楼所属等处渡口渡河，入晋者已逾万人上下，由毛泽东率领指挥。"3 月 3 日要闻版题为《毛泽东等在三交镇，渡河者二万余人蔓延七县，阎召开军事会即下令总攻》。3 月 7 日要闻版头

---

① 鲁迅：《鲁迅全集》第 6 卷，人民文学出版社 1981 年版。

② 鲁迅：《鲁迅全集》第 12 卷，人民文学出版社 1981 年版。

条大字标题为《中央决派军援晋，计分三路每路兵力各二师，商震电阎愿率部入晋》。中央社太原 3 月 9 日电："阎锡山昨（8 日）电驻京办事处报告：在晋西与'共匪'激战，我方伤七八千余名，亡五千余名，实为空前未有之剧战云。"

《申报》当时是中国第一大报，1936 年 2 月 24 日至 3 月 28 日，共刊载红军东征消息 27 条，其中作为要闻版头条的有 13 则。2 月 24 日刊出鲁迅先生《记苏联版画展览会》一文，同日刊载红军东征消息。当时只要平日注意报纸新闻的人都能了解红军东征情况，更何况鲁迅先生。鲁迅先生一贯重视报刊消息，他的很多文章取材于报刊，对红军东征这样震惊中外的重大新闻，鲁迅先生能不知道？《鲁迅全集》1981 年版 16 卷注释索引部分列出，《全集》中涉及中文报刊 600 余种、外文报刊 40 余种。

《贺信》是什么人伪造的呢？再看倪墨炎如何"勾勒出这位'代写'同志的轮廓来"：

1. 他在日常生活中已习惯把"中国苏维埃政府"简称为"中苏"。

笔者查阅红军 1936 年 10 月长征到达陕北后复刊的《红色中华》和《斗争》，在洛甫（张闻天）《论红一方面军的东征》（1936 年 4 月 20 日出版的《斗争》第 96 期）中，将"苏维埃中央政府"简称"苏维埃"，"红军革命军事委员会"简称"红军"，没有查到将"中国苏维埃政府"简称"中苏"的。

2. 他熟悉党的各种文件，由于接触文件多了，就对种种文件有种种不规范的叫法，如"快邮代电"之类。

"快邮代电"是民国时期优先处理邮件的特别业务，犹如今天的"特快专递"。《俞平伯年谱》1932 年 3 月 1 日，有《致国民党政府并二中全会快邮代电》述说"九一八"事变以来所怀之疑虑数端。所以"快邮代电"没有任何"不规范"的地方。

3. 熟悉各地民众运动和红军动向。

瓦窑堡是陕北一个偏僻小镇，其讯息之闭塞与国际大都市上海讯息之灵通不可同日而语。1936 年七八月份毛泽东会见黄华时说："'一二·九'运动是五四运动以来最伟大的群众运动，只是因为消息闭塞，在'一二·九'之后好久才知道。"[①]瓦窑堡只有中华苏维埃中央政府机关报《红色中华》（蜡纸手刻的四开油印报纸），每周出版 2 期，每期 2 版，每版 2000 余字；1936 年 2 月 26 日至 3 月 23 日共出版 6 期 12 版，48000 余字，刊出红军东征消息 7 条，全国各地民众运动消息没有一条。上海有大报 20 余种，中外通讯社电台多家，其他多种中外报纸在上海发行，对全国民众运动和红军东征消息的报道已如前述。当时掌握红军东征动态的总司令彭德怀，总政委毛泽东，总参谋长叶剑英，总政治部主任杨尚昆，3 月 29 日前都在山西东征前线。

---

① 黄华：《亲历与见闻——黄华回忆录》，世界知识出版社 2007 年版，第 25 页。

4. 习惯于在文件末尾写上几句"中国红军万岁"等一类口号。

同样查《斗争》和《红色中华》，没有一条"中国红军万岁"的口号。就是在《红色中华》1936 年 1 月 16 日《纪念李列芦标语口号》（李指李卜克内西，芦指芦森堡）中，也没有"中国红军万岁"的口号，都是倪墨炎想当然的猜想。

5. 所用词汇，细细品味，也和当年上海革命者的用语不同，具有苏区、红军中用语的特点。

这是倪墨炎个人的品位，此处不予置评。

倪墨炎支撑《贺信》"伪造说"的所谓四条理由和他"勾勒出"伪造者的所谓五点特征，没有一条能站得住脚。正如鲁迅所言"事实是毫无情面的东西，它能将空言打得粉碎"（鲁迅《花边文学·安贫乐道法》）。

倪墨炎说："代写《来信》的同志，会不会就在瓦窑堡，就在红军中呢？当我这样想的时候，我的脑子豁然开朗了。关于鲁迅、茅盾贺红军信的种种疑问都迎刃而解了。代写《来信》的同志在瓦窑堡，那当然也就不存在'鲁迅过目'的问题。它是在鲁迅、茅盾都不知情的情况下发表的。"他竟然就这样异想天开，无中生有，主观臆断伪造《贺信》者就在中共中央驻地瓦窑堡。在文化巨人鲁迅、茅盾健在的情况下，敢冒天下之大不韪，背着鲁迅、茅盾，在中共西北中央局机关报公开发表伪造的鲁迅、茅盾来信，其所指伪造者为何人，真是呼之欲出！冯雪峰难道能够带着伪造的鲁迅、茅盾来信的信息，身负重任，不远数千里，从陕北苏区来到国统区上海找鲁迅、茅盾吗？

倪墨炎研究《贺信》久有时日。20 多年前他说："在有关记载中，唯一看到原件的是张闻天。"《红色中华》是当时中央的机关报，完全有条件看到鲁迅贺信的原件，因而'摘鲁迅来信'的说法是可信的。""贺信是谁起草的？署了谁的名？""贺信是史沫特莱建议，鲁迅和茅盾商量后由鲁迅起草，两人署名的。"[1] 12 年后又说："鲁迅、茅盾贺红军信是出自谁之手笔呢？我以为是史沫特莱和她的中文秘书。"又说："很大的可能是：史沫特莱起草好信后，未经鲁迅、茅盾过目和签名，就将信发出了。"又说"这另一位朋友的信"（指"在你们身上，寄托着人类和中国的将来"——笔者），"这位朋友是谁呢？既是党外的，又对中共有很深的信任和理解，本人又有较高的社会地位，合乎这样身份的，很可能是宋庆龄"。"史沫特莱起草好这另一封信后，也没有请署名者过目和签字。"[2]作者怎么知道"鲁迅和茅盾商量后由鲁迅起草，两人署名的"？又怎么知道"史沫特莱起草好信后，未经鲁迅、茅盾过目和签名，就将信发出了"？又怎么知道"史沫特莱起草好这另一封信后，也没有请署名

① 倪墨炎：《鲁迅写信祝贺红军长征胜利一事的思考》，《鲁迅研究动态》1984 年第 3 期。

② 倪墨炎：《关于"鲁迅茅盾致红军信"的探讨》，《文汇报》2007 年 9 月 23 日。

者过目和签字"？再过 10 年，作者又在《北京日报》（2006 年 4 月 10 日）和《档案春秋》（2006 年 7 期）上说：《贺信》是伪造的，伪造者是什么人？伪造者就在中共中央驻地瓦窑堡。作者不是根据新发现的史料修正自己的论断，而是陷入预设的《贺信》"伪造说"怪圈，继续发挥奇特的想象力，朝三暮四，主观臆测，编造得如此荒诞离奇，蒙蔽不熟悉《贺信》底细的读者。

倪墨炎声称："我们是在研究历史，研究的目的是使我们的认识合乎历史原貌，此外并无别的目的。"探讨历史真相，鉴别《贺信》真伪，要下考证的功夫，需要的是确凿的史料证据。按照辨析历史真相的常识，作者首先应将认定《贺信》的证据一一驳倒，同时举出支撑"伪造说"的确凿证据。但纵观倪墨炎多年来对《贺信》的议论，总是与研究历史的法则背道而驰，一味主观臆测，未能提供任何新的史料证据，对那么多认定《贺信》的证据熟视无睹，而支撑"伪造说"的理由又没有一条能站得住脚，以致距离"认识合乎历史原貌"的目标愈来愈远，走入歧途，因而遭到《贺信》认真研究者的批评指责，难辞其咎。

《贺信》有确凿的文献史料为证，其真实性毋庸置疑。《斗争》所刊五件来信是如何形成的，如何送达陕北中共中央，以及宋庆龄、覃振来信，仍需继续发掘论证。

（原载《汕头大学学报（人文社会科学版）》2010 年第 5 期）

鲁迅——新型知识分子的光辉典范

景生泽①

鲁迅，作为一位伟大的思想家、革命家、文学家，不消说，是值得每一个中国人学习的；作为一位"从绅士阶级的逆子贰臣进到无产阶级和劳动群众的真正的友人，以至于战士"②的知识分子，也是值得每一个中国人，特别是知识分子学习的。

鲁迅，是新型知识分子的光辉典范。鲁迅，值得我们学习的地方很多，但，在这方面，鲁迅的特色，也即我们应该而且必须学习的，我以为主要有下列几点：

第一，是鲁迅把自己的一切都贡献给中国人民革命事业的伟大精神。他的战斗的一生，可以他的小说《彷徨》上的题词"路漫漫其修远兮，吾将上下而求索"（屈原《离骚》）来概括。"求索"什么呢？中国革命的正确前途，中国人民摆脱奴隶命运的道路。从幼年起，鲁迅便立志改革黑暗的旧中国，所以，他不走当时他的家乡"衰落了的读书人家子弟所常走的两条路"——"做幕友或商人"③，而却远去南京，考入水师学堂，后又改进矿路学堂。不久，考上官费留学日本时，因他"确知道了新的医学对于日本的维新有很大的助力"④，便决意学医，想用自己的所学，来促进中国的"维新"，这可说是他为中国革命探索前路的第一步。但，不久，他从电影上看见一个中国人因给俄国做侦探而被日军杀头，旁边却围着许多中国人观看；这件事，给了爱国者鲁迅以很大的刺激，使他猛省到自己的第一步路是走错了。他沉痛地说："凡是愚弱的国民，即使体格如何健全，如何茁壮，也只能做毫无意义的示众

---

① 景生泽（1927—1990），西北大学副教授，山西永济人。1955年毕业于西北大学中文系。历任西北大学中文系副系主任、系主任，中国报告文学学会副会长，全国高等学校文艺理论研究会常务理事，中国唐代文学学会常务理事兼副秘书长。从事文艺理论及唐代文学的教学和研究，讲授过中国现代文学、马列文论、瞿秋白专题等课程。发表论文有《瞿秋白同志对胡适的批判》《瞿秋白同志论文艺大众化及其他》《鲁迅——新型知识分子的光辉典范》《学习鲁迅，保卫党的文艺事业》等。合编有《柳宗元诗文选注》等。

② 瞿秋白：《鲁迅杂感选集·序言》。

③ 鲁迅：《集外集·俄文译本〈阿Q正传〉序及著者自叙传略》。

④ 鲁迅：《集外集·俄文译本〈阿Q正传〉序及著者自叙传略》。

的材料和看客，病死多少是不必以为不幸的。所以我们的第一要著，是在改变他们的精神，而善于改变精神的是，我那时以为当然要推文艺。"①于是，他便提倡文艺运动了。"文艺是国民精神所发的火光，同时也是引导国民精神的前途的灯火"②，鲁迅想高举"文艺"这火把，为黑暗的中国照出一条光明的道路。1908 年，鲁迅参加了留日学生中的反对清政府的革命政党光复会。回国后，鲁迅又参加了辛亥革命；绍兴光复后，还做了师范学校的校长。他满以为这次革命，会把中国的乌烟瘴气一扫而空，从此，中国将走上富强的道路；然而，不幸的是，领导辛亥革命的资产阶级，不久便向封建势力妥协了，接着是二次革命，袁世凯称帝，张勋复辟……鲁迅看来看去，便看得怀疑起来，因为当时的统治者，依然是些封建"僵尸"，是些"'现在的屠杀者'，杀了'现在'，也便杀了'将来'。——将来是子孙的时代"。于是，他在痛苦中感到失望。真正的叛逆的猛士，决不甘于沉沦在黑暗中，屈服于"僵尸"统治下。稍事喘息之后，化悲痛为力量，鲁迅重又举起"文艺"这武器，向"僵尸"们开了火。他向敌人发出的第一炮，便是为"革命文学"奠定了基础，击中敌人要害的《狂人日记》。在这儿，他指斥那"吃人"的旧社会，大声疾呼"救救孩子"。之后，他"自己背着因袭的重担，肩住了黑暗的闸门，放他们到宽阔光明的地方去"③。正当这时期，震撼了全世界，动摇了旧中国的黑暗统治的基础，具有划时代的历史意义的五四运动发生了。这一声新民主主义革命的号炮，使鲁迅极为振奋，他于是大声"呐喊"，勇敢前进。可是，不久之后，那些"五四"时代和鲁迅同一阵战中的伙伴，"有的高升，有的退隐，有的前进，……"，这使他一时"彷徨"起来，"新的战友在那里呢？""路漫漫其修远兮，吾将上下而求索"。不久鲁迅便以为找到了新的战友，那就是中国的青年。从进化论出发，他认为青年必胜于老人，因而，他把无限的希望寄托给青年，同时也把中国的美好的前途，寄托在"未来"。但，鲁迅并非空想家，而是执着于现在，从现在的战斗实际立脚，争取那美好的未来，所以，他时刻教诲青年，要为"现在"战斗。他指出："我们目下的当务之急，是：一要生存，二要温饱，三要发展。苟有阻碍这前途者，无论是古是今，是人是鬼，是三坟五典，百宋千元，天球河图，金人玉佛，祖传丸散，秘制膏丹，全部踏倒他。"④鲁迅认为：所谓中国的文明者，其实不过是安排给阔人享用的人肉的筵宴。所谓中国者，其实不过是安排这筵宴的厨房。这筵宴从有文明以来一直排到现在，而且，有许多人还想一直排下去。"扫荡这些食人者，掀掉这筵席，毁坏这厨房，则是现在的青年的使

---

① 鲁迅：《呐喊·自序》。

② 鲁迅：《坟·论睁了眼看》。

③ 鲁迅：《坟·我们现在怎样做父亲》。

④ 鲁迅：《华盖集·忽然想到（六）》。

命！"①鲁迅这些话是在 1925 年说的。1927 年，蒋介石背叛了革命，大肆屠杀中国共产党党员和革命群众，鲁迅这时"被血吓得目瞪口呆"，同时也省悟到青年并非全部比老人好，他就亲眼看到有些青年毫不可惜别个的生命，而在杀害另一些青年。清醒的现实主义战士，会时时总结经验，以便更彻底地消灭敌人。从这次血的教训中，鲁迅才最终找到自己真正的"新的战友"，那就是"新兴的无产阶级"及其政党——中国共产党；同时，自此也探索出了中国的唯一正确的光明前途——走苏联的社会主义道路。鲁迅一旦看准了前路，便满怀信心，毫无顾忌地大踏步迈进。1928 年，鲁迅参加了党所领导的群众组织"革命互济会"；1930 年，列名为"中国自由运动大同盟"发起人之一；1930 年 3 月，党所领导的革命文学团体"中国左翼作家联盟"在上海成立，鲁迅不仅是发起者，而且直接领导了这个组织。鲁迅的这一系列活动，正是向敌人宣布了他是明确地站在共产党方面，为未来的社会主义新中国而战斗。从 1927 年到 1936 年鲁迅逝世为止，这十年中，蒋匪向解放区疯狂"围剿"的同时，也猖獗地进行着所谓"文化围剿"。而鲁迅却恰在这时率领着一群新的文化战士，冲锋陷阵，和敌人作顽强的斗争，而且，不屈不挠，愈战愈强，终于像毛主席所说："共产主义者的鲁迅，却正在这一'围剿'中成了中国文化革命的伟人。"鲁迅虽未加入共产党，但，他却是一位真正的马克思主义者，伟大的共产主义战士。1936 年 6 月 9 日，他在《答托洛斯基派的信》中，严厉地斥责了托匪的恶意攻击中国共产党及其领袖毛泽东，以及托匪的无耻的汉奸行为之后，公开申明说："那切切实实，足踏在地上，为着现在中国人的生存而流血奋斗者，我得引为同志，是自以为光荣的。"这对托洛斯基的中国的徒子徒孙们，真是致命的打击。这是布尔什维克的鲁迅的强烈的党性的表现。当然，敌人对于鲁迅这样一位英勇的战士，是决不放松的，蒋匪特务多次想捕杀鲁迅，而鲁迅也常常匆忙地携同全家逃避走狗们的迫害。而且，直到他逝世的时候，敌人还在通缉他。从上面简略的叙述中，不难看出：伟大的鲁迅是把自己的一切，连同宝贵的生命，全部贡献给中国人民的革命事业；他高举"文艺"的武器，边战斗，边探索中国革命的出路，并终于找到中国的真正前途，而且，为此奋战，最后牺牲在疆场上，用自己的鲜血写下了中国人民革命的灿烂的史诗。

第二，是鲁迅的彻底的不妥协的对敌斗争精神和忠诚的为人民服务的态度。"横眉冷对千夫指，俯首甘为孺子牛"，鲁迅自己这两句诗，正是他此一特色的真实写照。众所周知，鲁迅毕其一生是在和敌人斗争的，而且，一直站在战斗的最前列，和对手短兵相接，奋勇前进。鲁迅的敌人是各式各样的：黑暗腐朽的清王朝，所有一切的封建势力，军阀、官僚、"国粹"家，"正人君子"，帝国主义及其走狗，"山羊"，"叭儿狗"，苍蝇，蚊子，以及蒋介石法西斯匪徒和托洛斯基分子，等等。无论对于

---

① 鲁迅：《坟·灯下漫笔》。

什么样的敌人，鲁迅都是用全力攻击，必至彻底打垮而后止，决不中途妥协；而且，他"因为从旧垒中来，情形看得较为分明，反戈一击，易制强敌的死命"①，所以，他对旧传统及封建"僵尸"统治者，杀伤力是特别强的。举一个例子，即如他对封建统治者的御用文化走狗"学衡"派的反对新文化运动的掊击吧，鲁迅在列举了他们的文章的"不通"之处后，辛辣地讽刺说："总之，诸公掊击新文化而张皇旧学问，倘不自相矛盾，倒也不失其为一种主张。可惜的是于旧学并无门径，并主张也还不配。倘使字句未通的人也算是国粹的知己，则国粹更要惭惶煞人！'衡'了一顿，仅仅'衡'出了自己的铢两来，于新文化无伤，于国粹也差得远。我所佩服诸公的只有一点，是这种东西也居然会有发表的勇气。"②只这一击，便打中敌人的要害。此后，那些所谓"正人君子"之流，便销声匿迹，再也不敢猖狂了。鲁迅战斗的彻底性和不妥协性，突出地表现在他的主张"打落水狗"上，他劝告自己的战友说："倘是咬人之狗，我觉得都在可打之列，无论它在岸上或在水中。"特别是"叭儿狗"，"尤非打落水里，又从而打之不可"，因为它"虽然是狗，又很象猫，折中、公允、调和、平正之状可掬，悠悠然摆出别个无不偏激，惟独自己得了'中庸之道'似的脸来。因此也就为阔人、太监、太太、小姐们所钟爱，种子绵绵不绝"。③鲁迅的这一宝贵的斗争经验，也是从血的教训中得来的，因为辛亥革命后，革命党宽恕了那些向官府去密告他们的臭绅士，说是不打落水狗，便任凭它们爬上岸来；可是，伏到民国二年，二次革命时，它们就突然出来帮着袁世凯咬死了许多革命人，而且，此后的革命者，为消灭它们，就需要付出更多更大的气力和生命。所以，鲁迅主张对落水狗，也必须继续打，直到把它们淹死在水里，以免再爬上来咬人。鲁迅不仅猛烈地攻击国内的种种奴才和走狗，而且，也同样猛烈地攻击奴役中国的帝国主义，这在他的许多杂文，尤其是"九一八"以后的杂文中，表现得更为强烈；特别可贵的是，鲁迅在攻击帝国主义时，并不单纯攻击帝国主义，而是连同它们在中国的走狗，一起鞭挞，同样，在打击帝国主义在中国的走狗时，也连同它们的外国主子，一并讨伐，总其主奴，同时痛打，使它们无法逃躲。这在鲁迅的辉煌的杂文《"民族主义文学"的任务和运命》以及《"友邦惊诧"论》等文里，反映得最为出色。在前者中，鲁迅指出："这沈阳事件，不但和'民族主义文学'毫无冲突，而且还实现了他们的理想境，倘若不明这精义，要去硬送头颅，使'亚细亚勇士'减少，那实在是很可惜的。"在后一篇中，鲁迅极其悲愤地说："'友邦'要我们人民身受宰割，寂然无声，略有'越轨'，便加屠戮；党国是要我们遵从这'友邦人士'的希望，否则，他就要

---

① 鲁迅：《坟·写在〈坟〉后面》。
② 鲁迅：《热风·估〈学衡〉》。
③ 鲁迅：《坟·论"费厄泼赖"应该缓行》。

'通电各地军政当局'，'即予紧急处置，不得于事后借口无法劝阻，敷衍塞责'了！"
"好个国民党政府的'友邦人士'！是些什么东西！"这是多么深刻的揭露，真是一针见血，彻底揭穿走狗们及其主子的虚伪面孔，暴露出它们凶恶的本相及其狼狈为奸的丑态来。这样就使人民群众，特别是革命战士，更清楚地认识了自己的敌人究竟是怎样的东西，从而更有力地消灭它们！一位对敌人决不饶恕的真正的战士，必然热爱人民，忠诚地为群众服务，鲁迅的光辉的事迹，更证明了这一点。鲁迅的彻底的战斗主义，便是对人民的最大关怀和爱护，最忠诚的服务态度。他曾大声疾呼"救救孩子"，也曾为老实的农民闰土的痛苦生活而悲愤；他热爱敢于向封建势力反抗的、纯朴的爱姑，也同情为万恶的旧社会所迫害的祥林嫂以及受人剥削和侮辱的流浪汉阿 Q；他为"三一八"死难的女学生抗议，更为被蒋匪屠杀了的革命者和劳动人民发出"战叫"。他一生的战斗，就是为了把昏睡的人们唤醒，从而群起打破那关闭他们的"铁屋子"，为了使中国人争取到"人"的价格，过着自由幸福的生活，彻底摆脱奴隶的命运。当他还未充分认识到人民群众的力量时，独自为人民而战斗，一旦看清了群众的无穷力量，便坚决地和他们战斗在一起。"左联"的几位革命作家被蒋匪秘密屠杀后，鲁迅万分沉痛地说道："我们的劳苦大众历来只被最剧烈的压迫和榨取，连识字教育的布施也得不到，惟有默默地身受着宰割和灭亡。……智识的青年们意识到自己的前驱的使命，便首先发出战叫。这战叫和劳苦大众自己的反叛的叫声一样地使统治者恐怖，……我们现在以十分的哀悼和铭记，纪念我们的战死者，也就是要牢记中国无产阶级革命文学的历史的第一页，是同志的鲜血所记录，永远在显示敌人的卑劣的凶暴和启示我们的不断的斗争。"①鲁迅直到死也决不宽恕敌人，并且是在敌人的通缉中，牺牲在他坚持战斗的岗位上。关于鲁迅对人民的忠诚态度以及他们之间的血肉关系，毛主席在他的经典著作《在延安文艺座谈会上的讲话》中，曾有过极为英明的分析和说明："既然必须和新的群众的时代相结合，就必须彻底解决个人和群众的关系问题。鲁迅的两句诗，'横眉冷对千夫指，俯首甘为孺子牛'，应该成为我们的座右铭。'千夫'在这里就是说敌人，对于无论什么凶恶的敌人我们决不屈服。'孺子'在这里就是说无产阶级和人民大众。一切共产党员，一切革命家，一切革命的文艺工作者，都应该学鲁迅的榜样，做无产阶级和人民大众的'牛'，鞠躬尽瘁，死而后已。知识分子要和群众结合，要为群众服务，需要一个互相认识的过程。这个过程可能而且一定会发生许多痛苦，许多磨擦，但是只要大家有决心，这些要求是能够达到的。"鲁迅就是最现实的例证。

第三，是鲁迅努力学习马列主义，并付诸革命实践的精神。在《三闲集·序言》中，鲁迅曾说："我有一件事要感谢创造社的，是他们'挤'我看了几种科学底文艺

---

① 鲁迅：《二心集·中国无产阶级革命文学和前驱的血》。

论，明白了先前的文学史家们说了一大堆，还是纠缠不清的疑问。并且因此译了一本蒲力汗诺夫的《艺术论》，以救正我——还因我而及于别人——的只信进化论的偏颇。"其实，早在创造社和他论战以前，鲁迅就在看马克思主义的书刊了；此后，他热情地、积极地翻译、推荐马克思主义文艺理论，而且，鼓励战友介绍苏联的先进理论，便可证明他是多么努力地学习马列主义。他的学习马列主义，决不是想用一些马列主义的词句，来装潢自己的文章，以表示自己的进步，而是为了战斗的需要，为了更有效地杀伤敌人。对于马列主义，鲁迅首先是相信它，因为它是真理，是光明，是武器；其次，更为宝贵的是鲁迅认为它是实践的科学，是战斗的科学，是指导工农大众争取革命胜利的指南针。他曾说过："马克思主义，倘若不是为的实行和抽去了战斗精神，而只为的谈谈，那就不是马克思主义。……倘若不是一切做的都和工农大众的利益相关，不身为工农阶级的战斗之一员，那是不能称为马克思主义者的。"①这是对马克思主义何其深刻的理解！鲁迅就正是一位实践的马克思主义者。他主张："……革命文学家，至少是必须和革命共同着生命，或深切地感受着革命的脉搏的。"②鲁迅自己正是这样的革命文学家。他反对脱离革命实际的作家，在《对于左翼作家联盟的意见》中，曾指出："倘若不和实际的社会斗争接触，单关在玻璃窗内做文章，研究问题，……倘不明白革命的实际情形……革命是痛苦，其中也必然混有污秽和血，决不是如诗人所想象的那般有趣，那般完美；革命尤其是现实的事，需要各种卑贱的，麻烦的工作，决不如诗人所想象的那般浪漫；革命当然有破坏，然而更需要建设，破坏是痛快的，但建设却是麻烦的事。……"如不明白这些，那么，左翼作家是很容易变为"右翼"的。鲁迅常以不能直接与工农大众接触，不能到革命斗争的漩涡中心（意指当时的苏区——作者注）去而痛苦，虽然在蒋介石法西斯的白色恐怖和沉重的压力下，他依然设法通过个别党员和一些青年作家与工农大众保持联系，并和他们战斗在一起，但，他并不满足于这一点。总之，鲁迅不是教条主义的学习马列主义，而是把自己和马列主义血肉相连，把它和中国的革命实际紧密结合起来，这原因主要是鲁迅"和革命共同着生命"，亲身参与了人民大众的革命斗争，把理论和实践统一起来了；因此，他的战斗的胜利，也就是马列主义的胜利，他的辉煌的论著，也闪烁着马列主义的光芒，永远照耀着中国人民前进的道路。

第四，是鲁迅的谦逊态度和勇于接受批评及自我批评、自我思想改造的精神。谁都知道，鲁迅是中国现代文坛上的将领，是青年的导师，是在文化战线上带领文化新军冲锋陷阵的空前的民族英雄，是伟大的共产主义战士；但，鲁迅自己却从来不

---

① 冯雪峰：《回忆鲁迅》。
② 鲁迅：《二心集·上海文艺之一瞥》。

以领袖自居，即如"五四"时代，鲁迅以其辉煌的论著，摧毁了封建文学的阵地，奠定了新文学的坚实基础，显示了"文学革命"的实绩，这功劳是何其巨大！当时新文化运动的领袖，都想以青年的导师自命，然而，鲁迅却愿做一个忠实的"革命军马前卒"。他在《写在〈坟〉后面》一文中说："倘说为别人引路，那就更不容易了，因为连我自己还不明白应当怎么走。中国大概很有些青年的'前辈'和'导师'罢，但那不是我，……我自己早知道毕竟不是什么战士了，而且也不能算前驱……""当开首改革文章的时候，有几个不三不四的作者，是当然的，……"而鲁迅认为自己也不过是这样的一个作者，"应该和光阴偕逝，逐渐消亡，至多不过是桥梁中的一木一石，并非什么前途的目标，范本"。所以，他就砌了一座"坟"，把自己的过去埋葬起来。鲁迅对所有追随着他的战士，从不摆自己的架子。鲁迅的谦逊，尤其突出地表现在他对中国共产党及其英明领袖毛泽东的亲切态度上。冯雪峰在《回忆鲁迅》一书中，谈到当他把红军在毛主席和朱总司令的正确领导下，如何粉碎了蒋匪的几次"围剿"，又如何经过二万五千里长征，战胜了一切难以想象的困难，胜利地到达陕北的情况告诉鲁迅后，鲁迅对毛主席这伟大的革命天才和导师，表示出衷心的敬仰和钦佩，而且，"一手横在胸前托着另一只拿着纸烟的手的手肘，只是那么柔和地默默地微笑着，然后怡然自得地、又好象忘我地、缓慢平静地说：'我想，我做一个小兵是还胜任的，用笔！'"其实，这时他正领导"中国左翼作家联盟"和蒋匪的特务、暗探及文化走狗，进行着激烈的斗争，他已确确实实是文化战线上的主将，是一群青年作家的领袖了。鲁迅这种崇高的谦逊品质，正说明了他这时已完全布尔什维克化了；这种品质，是一个革命战士最为宝贵的东西。鲁迅的勇于接受批评及自我批评、自我思想改造的精神，正是他的伟大的所在。"五四"时期，鲁迅还是一位"任个人而排众数"①的小资产阶级个人主义者，但，到晚年，便成为一位无产阶级战斗的改造世界的集体主义者，这中间的距离是多么大啊！要解决这个矛盾，又是一个多么艰苦的历程！然而，鲁迅终于解决了这个矛盾，其主要原因之一，正是鲁迅能够勇于接受批评及自我批评、自我思想改造。鲁迅在先是相信进化论的，他曾说"我一向是相信进化论的，总以为将来必胜于过去，青年必胜于老人"，因此，他把希望寄托在青年人身上。但在 1927 年，蒋匪背叛革命时，他"目睹了同是青年，而分成两大阵营，或则投书告密，或则助官捕人的事实！……思路因此轰毁，……"②，也才明白自己是错了；而且，过去他曾发出"救救孩子"的呼声，现在则认为："……倘再发那些四平八稳的'救救孩子'似的议论，连我自己听去，也觉得

---

① 鲁迅：《坟·文化偏至论》。
② 鲁迅：《三闲集·序言》。

空空洞洞了。"①是的，真正的勇士，决不会在原地踏步的，无论前面是刀山，是枪林，是水，是火，他总归是要前进的。鲁迅批评自己道："……我时时说些自己的事情，怎样地在'碰壁'，怎样地在做蜗牛，好像全世界的苦恼，萃于一身，在替大众受罪似的，也正是中产的知识阶级分子的坏脾气。"②他时时解剖别人，但更多的是解剖他自己，而且对自己的解剖，并不比对别人更留情面；谈到他过去确曾有过彷徨时，就曾对雪峰说："彷徨，我确曾彷徨过，毫不想掩盖！"③何其坦率！何其勇敢！鲁迅为什么能从个人主义进到集体主义，从进化论进到阶级论呢？从他的《答国际文学社问》中，是可以看出一些端绪的，他说："先前，旧社会的腐败，我是觉到了的，我希望着新的社会的起来，但不知道这'新的'该是什么，而且也不知道'新的'起来以后，是否一定就好。待到十月革命后，我才知道这'新的'社会的创造者是无产阶级，但因为资本主义各国的反宣传，对于十月革命还有些冷淡，并且怀疑。现在苏联的存在和成功，使我确切的相信无产阶级社会一定要出现，不但完全扫除了怀疑，而且增加许多勇气了。"当然，鲁迅"确切的相信无产阶级社会一定要出现"，正是他跨越自己的阶级，奔向无产阶级的起点。此后，他在实际斗争中，在努力学习马克思主义中，在不断地否定自己以及接受战友的批评和自我思想改造中，逐渐前进，最后终于成了一位伟大的共产主义战士，一位真正的马克思主义者了。鲁迅的勇于接受批评，可以瞿秋白对他的批评为例。瞿秋白在那篇著名的《鲁迅杂感选集·序言》中写道："……这些早期的革命作家，反映着封建宗法社会崩溃的过程，时常不是立刻就能够脱离个性主义——怀疑群众的倾向的；他们看得见群众——农民小私有者的群众的自私、盲目、迷信、自欺，甚至于驯服的奴隶性，可是，往往看不见这种群众的'革命可能性'，看不见他们的笨拙的守旧的口号背后隐藏着革命的价值。鲁迅的一些杂感里面，往往有这一类的缺点，引起他对于革命失败的一时的失望和悲观。"这篇文章，是瞿秋白逃避特务的迫害，住在鲁迅家里时写的，写好后，当时"鲁迅看了很满意，从他沉默的眼光和轻松的微笑里，露出了他在检讨自己思想发展的过程，诚意接受秋白对他的批评和鼓励，忘记了香烟头烧着了他的手指"④。此后，鲁迅和雪峰谈到这点时，他怀着感激的心情说：瞿秋白对他的"分析是对的。以前就没有人这样批过"⑤。勇于接受批评，是自我思想改造的前提，没有这个前提，便不能前进，因为前进的脚步，是要踏在实地上的，腾空而起

① 鲁迅：《而已集·答有恒先生》。
② 鲁迅：《二心集·序言》。
③ 冯雪峰：《回忆鲁迅》。
④ 杨之华：《秋白和鲁迅》。
⑤ 冯雪峰：《回忆鲁迅》。

是不成的。鲁迅正是从这一点出发，在战斗实践中，不断否定自己，跨越自己，终于改造了自己。

我们伟大的领袖毛主席，给予鲁迅以极高的评价，他指出：鲁迅是中国"文化新军的最伟大和最英勇的旗手。鲁迅是中国文化革命的主将，他不但是伟大的文学家，而且是伟大的思想家和伟大的革命家。鲁迅的骨头是最硬的，他没有丝毫的奴颜和媚骨，这是殖民地半殖民地人民最可宝贵的性格。鲁迅是在文化战线上，代表全民族的大多数，向着敌人冲锋陷阵的最正确、最勇敢、最坚决、最忠实、最热忱的空前的民族英雄。鲁迅的方向，就是中华民族新文化的方向"①。用不着多加解释，获得这样崇高、光荣的称号的鲁迅，无疑是新型知识分子的光辉典范。

随着祖国社会主义建设的飞跃发展，知识分子的作用和任务，愈来愈显得重大了，特别是在党中央向知识分子提出了在不太长的时间里，我国的科学文化事业，要赶上世界先进水平这个伟大、光荣的战斗任务的今天，知识分子的每一前进，每一成就，都关系着祖国的前途和荣誉。因此，在今天来纪念鲁迅，更具有特殊的重大意义和现实意义，学习伟大的战斗者，布尔什维克化的鲁迅，对于每一个知识分子来说，都有着巨大的鼓舞作用和战斗作用。学习鲁迅，把自己的一切贡献给党和人民的革命事业，英勇地和所有危害祖国利益的行为作不调和的斗争，时刻警惕帝国主义及其走狗的破坏活动；忠诚老实地、全心全意地为人民服务；努力学习马列主义，学习苏联先进经验；不断地进行自我教育，自我思想改造；努力钻研业务，充分发挥自己的积极性和创造性，以战斗的姿态，去攻克科学堡垒，使我们的科学文化事业，迅速地赶上世界先进水平。在今天，每一个知识分子，都应该用这样的实际行动来纪念鲁迅，这才是真正的纪念，也才是真正的继承和发扬鲁迅的伟大精神。努力吧！让我们高举鲁迅遗留下的文化新军的胜利的红旗，朝着鲁迅的方向，在党的领导下，在"百家争鸣"的喧嚷声中，在"百花齐放"的一片清香里，和全国人民一道，大踏步迈进社会主义！

（原刊《西北大学校刊·纪念鲁迅逝世二十周年专号》1956 年 10 月）

---

① 　毛泽东：《新民主主义论》。

一曲复仇精神的颂歌

——评《铸剑》

蒋树铭①

　　《铸剑》写于一九二六年十月，最初发表于一九二七年《莽原》半月刊第八、九期。原题名《眉间尺》，一九三二年收入《自选集》时改为《铸剑》，一九三六年编入《故事新编》。

　　《故事新编》是鲁迅先生取材于中国历史、神话和传说的短篇历史小说集，正如作者所说的，是"神话、传说及史实的演义"②。它虽取材于历史掌故，"博考文献，言必有据"，但和钩稽古事，"无一字无来历"的教授小说不同，也和随便将古事的片断任意加以附会的历史小品不同。它虽写的是古人古事，"也有一点旧书上的根据"③，但多是现实社会生活的投影，是作者的思想和感情在古人古事的躯壳中的跃动。历史和现实在这里紧密地联系而又融化在一起。

　　鲁迅在《故事新编·序言》中，虽然自谦地说这些作品不过是"只取一点因由，随意点染，铺成一篇"，"其中也还是速写居多，不足称为'文学概论'之所谓小说"，"有时却不过信口开河"，"仍不免时有油滑之处"。其实这正是《故事新编》的菁华和特点所在。因为，正是在这"信口开河"或"油滑"之处，突出了作者针砭流俗、进行社会批判的意义，也更加显示了作者讽刺幽默天才的艺术创造力。

　　《故事新编》共收入八个短篇。题材范围很广，上自女娲，下迄庄周。有歌颂伟大的创造精神的；有赞扬为民献身、不辞辛劳的"中国的脊梁"的；也有借古人古

---

　　①　蒋树铭（1927—1996），陕西西安人。1953年毕业于西北大学中文系。曾任西北大学中文系副主任、鲁迅研究室主任、图书馆馆长，陕西省中国现代文学学会会长，陕西省民间文学研究会理事，陕西省社会科学界联合会常务理事等。在西北大学中文系长期从事鲁迅及中国现代文学的教学和研究。讲授过中国现代文学史、鲁迅小说研究等课程。发表论文有《论鲁迅的人道主义思想》《〈铸剑〉评析》等，合编有《小说鉴赏文库·中国现代卷》。

　　②　《自选集·自序》。

　　③　《故事新编·序言》。

事撕破"正人君子"的假面的。从单篇写作到编定成集长达十三年之久，其中作者的前后思想也有所变化，但它的艺术风格却是一贯的。自始至终保持着沟通古今，使历史与现实熔为一炉的艺术特色。

《铸剑》是一篇写眉间尺为父报仇的故事，取材于古籍中关于干将莫邪的传说。作品的主人公眉间尺是一个聪慧而又优柔的刚满十六岁的青年。当他从母亲的口中知道他的父亲曾经为国王铸剑，而后又为国王所杀的原委之后，"全身都如烧着猛火，自己觉得每一枝毛发上都仿佛闪出火星来。他的双拳，在暗中捏得格格地作响"。尽管他还年轻，涉世不深，但他为父报仇的决心却是坚定不移的。他掘出了父亲埋藏多年的宝剑，穿上母亲为他做的青衣，遵从母亲的嘱咐，毅然决然地去寻找他不共戴天的仇敌。当他路遇黑色人为他解围，并知道黑色人确是一个真正的战士，确是真心实意地要为他报仇时，就毫不犹豫地抽出青色的宝剑，削下了自己的头颅，以死相托。眉间尺虽还是个稚子，而其为父报仇、伸张正义的决心和勇气，却像一团永不熄灭的烈火，万古千秋，光彩照人。

具有神异色彩的黑色人——宴之敖者，是作品中着意刻画的一位传奇式的英雄人物。他的外表虽像一个黑瘦的乞丐，黑须黑眼睛，瘦得如铁，颧骨、眼圈骨、眉棱骨都高高地突出来，声音好似鸱鸮，眼光有如鬼火，但他却是一个性格异常坚定、冷静、无私无畏而又足智多谋的人物。正如不少评论所指出的那样，是雄剑的化身，"具有热到发冷的性格，一言一动，都像主角眉间尺背上的宝剑一样，寒光逼人"[1]。他有着中国古典小说中所描述的游侠义士的性格，"已诺必诚，不爱其躯"，"不矜其能，羞伐其德"，"路见不平，拔刀相助"。但他却远比游侠义士要深沉得多，高大得多。他看透了造化的把戏，"记得一切深广和久远的苦痛，正视一切重叠淤积的凝血"[2]；他已经憎恨了自己，"灵魂上是有着这么多的，人我所加的伤"。什么"义士"，什么"同情"，全是受了污辱的名称。正如他对眉间尺所说的："仗义，同情，那些东西，先前曾经干净过，现在却成了放鬼债的资本。我的心里全没有你所谓的那些。"正因为黑色人是这样一个外冷内热，寒光照人，心中全然没有自己，而公仇私愤凝于一体的人物，所以他不会也绝不可能辜负眉间尺的信任和委托。

黑色人的原型，在古籍的记载中非常简单。记述比较详细的《搜神记》（晋干宝）说，当莫邪子赤，闻王以千金购他的头，亡入山中行歌之际遇客，客只讲了三句话："子年少，何哭之甚悲耶？""闻王购子头千金，将子头与剑来，为子报之。""不负子也。"这个"客"充其量也不过是一个旧日的见义勇为的侠士而已。至于他的外形、

---

① 唐弢主编：《中国现代文学史》（二）。
② 《野草·淡淡的血痕中》。

内心却非常模糊。而鲁迅笔下的黑色人却不同了。作者在这里运用了自己的体验和才能，既集中概括了普遍人的品德和勇气，又加入了艺术的想象，用夸张的手法，使这个空泛的影子，成为一个有血有肉，栩栩如生的传奇式的英雄形象。外形奇特，内心优美，是现实的人，而又是理想化了的人。

为国王玩把戏的一节，是作品发展的高潮，写得也特别精彩。这里既揭露了国王残暴、享乐、狡诈、虚弱的本质，和宫廷群小的奸谄卑劣的丑恶嘴脸，同时也充分表现了黑色人与仅留头颅的眉间尺的机智大勇，和"时日曷丧，予及汝偕亡"的决战精神。这既是善与恶的较量，也是对伸张正义，嫉恶如仇，同仇敌忾的大无畏的反抗复仇精神的赞扬。请看，当眉间尺的头被放进金鼎中的时候，他那"秀眉长眼，皓齿红唇；脸带笑容；头发蓬松，正如青烟一阵"的头，随着黑色人的歌声，上下翻腾，回旋起舞。态度是那样的雍容自得，漆黑的眼睛是那样的精彩有神，悠扬的歌声又是那样的刚劲有力。当国王的头被黑色人巧妙地削落入水，眉间尺的头便即刻迎上去。当眉间尺被国王咬住后项窝而无法脱身之际，黑色人又毫不迟疑地献出了自己的头颅，为眉间尺助阵。他的头一入水，即刻直奔王头，一口咬住王的鼻子，几乎要咬下来。待到他们将王头撕得合不上嘴，眼歪鼻塌，满脸鳞伤，确已断气，这才住口。于是便四目相视，随即合上眼睛，仰面朝天，沉入水底。这里没有丝毫的凄切阴冷之感，而显示的却是一幅气吞山河，虹贯日月，同仇敌忾，与敌同归于尽的壮丽图画。眉间尺报仇雪恨的凌云壮志，黑色人的机智大勇，国王的阴险狡猾，以及透过纸背而反衬出来的作者的"火与剑"的进击精神，在这里表现的是多么淋漓尽致，而又有声有色。它是一曲同仇敌忾的颂歌，一首反抗复仇精神的礼赞。

这一段《搜神记》也写得奇异动人，简括有色，如赤头被投入汤镬中，三日三夕不烂，头反"踔出汤中，跟目大怒"，客遂利用此机诱王亲临观看，而杀王头，并自拟己头。但究竟过于概括，显不出人物的内涵力量，而且传奇色彩也不浓厚。鲁迅先生在这里却运用极大的想象力，给人物吹入了活力，注入了勇气，增添了力量，使神奇的人物更加神奇，更加光彩，使作品的传奇色彩更加浓烈，更加突出。

特别值得一提的是作品中黑色人和眉间尺所唱的歌。据说这几首歌是模仿《吴越春秋》的《勾践伐吴外传》中，越国父老送别子弟兵出征时，表离别之情所唱的歌词而成。尽管这些歌词，如鲁迅在一九三六年三月二十八日给增田涉的信中所说的："意思都不明显，因为是奇怪的人和头颅唱出来的歌，我们这种普通人是难以理解的。"但如联系作品的主题思想，故事情节的发展和黑色人、眉间尺的性格特点，不难从字里行间窥出它们的主要意思来。

对于这几首歌，以往有人作过注释或翻译，不乏新的见地。但见仁见智，各有各的理解。下面将我对这几首歌的理解，意译如后，供读者阅读这篇作品时参考。

黑色人唱的第一首歌，是眉间尺自刎以后，黑色人背着眉间尺的头和剑去王城时所唱的。它不仅有黑色人悼念和崇敬眉间尺的意思，而且表现了黑色人决心为眉间尺报仇雪恨的信心和勇气。

> 哈哈爱啊，爱乎！爱乎！
> 爱青剑啊，一个复仇者自甘削下了头颅。
> 亘古人寰啊，有多少这样的烈夫。
> 为爱青剑啊，君虽死不孤。
> 头换头啊，我立誓死也为君报仇。
> 壮士虽没兮，而爱啊永垂千古！
> 永垂千古啊，呜呼阿呼！
> 阿呼呜呼，呜呼！呜呼！

眉间尺的头放入金鼎之中后毫无动静，国王暴躁如雷，要掷黑色人于牛鼎中煮杀时，黑色人唱出了第二首歌。这首歌所表现的，主要是黑色人的愤懑心情和与敌决一死战的决心。

> 哈哈爱啊，爱乎！爱乎！
> 爱啊，血啊，谁乎独无。
> 独夫狞笑啊，万民受苦。
> 彼虽驭千军万马啊，
> 我只一头颅啊，而勇于万夫。
> 何惜一头颅啊，浴血奋斗！
> 浴血奋斗啊，呜呼阿呼，
> 阿呼呜呼，呜呼！呜呼！

眉间尺在沸鼎中所唱的歌，表面上似乎是为王歌功颂德，其实正表现了眉间尺在敌人面前昂首阔步的大无畏精神和乐观必胜的情绪。与其说是对国王的歌颂，毋宁说是对国王的嘲弄与示威。

> 王布恩泽啊，如江河大海，浩浩洋洋。
> 克制了怨敌，怨敌克制了，显赫而又强梁！
> 宇宙有穷尽啊，尔当万寿无疆。
> 幸我来也兮，青光豪放！
> 青光豪放啊，仇恨永难忘。
> 身首虽异处，堂哉而又皇！
> 堂哉皇哉啊，嗳嗳唷，

归来陪尔啊，尔将在青光中灭亡！

阿呼呜呼啊，呜呼，呜呼，

爱乎呜呼啊，呜呼阿呼！

浴血奋战啊，我一头颅。

我一头颅啊，勇于万夫！

彼虽取百头，而又千头……

从上面的译述中，可以清楚地看出，这几首歌是黑色人和眉间尺向国王讨还血债的战斗进行曲，也就是《铸剑》的主题歌。尽管其中在"堂哉皇哉兮"中，夹杂了"嗳嗳唷"之类不登大雅之堂的小调，但却毫不损害歌曲的思想内容和庄严肃杀的气势。正如鲁迅自己所说的那样，"确是伟丽雄壮"的。

"'发思古之幽情'，往往为了现在。"①《铸剑》虽取材于曹丕的《列异传》、干宝的《搜神记》等历史传说，作者也曾声称，对于这些材料"只给铺排，没有改动"②，但如果因此就把这篇作品定为"博考文献，言必有据"的"教授小说"，或仅仅看成是原作的翻译和演绎，那就不仅抹煞了这篇作品的思想意义，而且也完全降低了这篇作品的艺术价值。不错，《铸剑》不像《故事新编》中其他作品那样，直接插入了不少现实生活的细节，和抨击现实的语言，也就是说"油滑之处"不多，但也绝非没有。然而为什么作者偏偏要在这时候选择这样的材料来进行写作呢？这绝不是偶然的。

众所周知，鲁迅是一九二六年八月离开北京到厦门的。鲁迅自己说过，他是被"正人君子"们"挤"出北京的。到厦门后，周围不时又有明枪暗箭袭来。当时他住在厦门大学的集美楼，正在编订以往与"正人君子"们搏斗的纪实《华盖集续编》。不难想象，身居石屋，面对大海，翻阅古书，抚今追昔，心情如何能平静得下。已往的战斗历程，一九二五年的女师大事件，"五卅"惨案，一九二六年的"三一八"惨案，使他深深地认识到："这种漆黑的染缸不打破，中国即无希望。"③"改革最快的还是火与剑。"④"我们为国民倘没有智，没有勇，而单靠一种所谓'气'，实在是非常危险的。"⑤"血债必须用同物偿还。"⑥"世界的进步，当然大抵是从流

---

① 《花边文学·又是"莎士比亚"》。

② 《致徐懋庸》，1936 年 2 月 17 日。

③ 《两地书》，1925 年 3 月 23 日。

④ 《两地书》，1925 年 4 月 8 日。

⑤ 《坟·杂忆》。

⑥ 《华盖集续编·无花的蔷薇之二》。

血得来。"①……正是这些从斗争中得来的体验，才使干将莫邪的故事为鲁迅注目从而进行"新编"的。任何创作题材（包括历史题材），如果不与作者的心情发生共鸣，激起作者独特的感受和冲动，作者是绝对写不出具有生命力而感人至深的艺术作品的。干将莫邪的传说，可以说只是《铸剑》创作的"贴切的触著的或物"，而作者的心绪和独特的艺术感受，才是《铸剑》创作的思想基础。作者对原作进行"新编"，必然要注入个人的新的生命；一注进新的生命，便必然与现代人生出干系来。事实不正是如此吗？小说创作和发展的年代，正是北伐战争进入高潮，也是蒋介石发动"四一二"反革命政变的前夜。它的发展不会不给人们带来新的启示和思考。

同时，也必须注意，《铸剑》虽取材于历史材料，但并不"拘牵史实，袭用陈言"，为旧材料牵着鼻子走。而是依据个人的创作意图，对原材料进行了大胆的革新和改造，其中深含着作者的艺术匠心。如果我们把《铸剑》和原作加以比照，就可以清楚地看到这一点。原作主题虽然也清楚，但仅是一个极简略的故事梗概；而前者的情节和人物都增多了，情节也有所取舍和变化，人物也活了起来，主题比原作更加集中和突出。

对国王杀害干将的原因，作品作了新的解释。《列异传》和《搜神记》中，都把王杀害干将的原因说成是干将只献了雌剑，而没有献出雄剑，所以为王所杀。这就使人感到，王杀干将是事出有因，无可厚非，这就显不出王的凶残和猜疑性格。而《铸剑》却改为国王杀干将是因为怕这个能工巧匠再为别人造出更精良的宝剑以威慑自己，杀之是为了免除后患。这就不仅使国王的性格更加突出，而且把事件的发展提到了一个新的高度。"献头"的情节也与原记载不同。记载较详的《搜神记》，也不过是"王梦见一儿，眉间广尺，言欲报仇。王即购之千金。……客持头往见楚王，王大喜。客曰：'此乃勇士头也，当于汤镬煮之。'王如其言。煮头三日三夕不烂；头踔出汤中，踬目大怒。客曰：'此儿头不烂，愿王自往临视之，是必烂也。'王即临之，客以剑拟王，王头随堕汤中。客亦自拟己头，头复堕汤中。三首俱烂，……"而《铸剑》却将客持头往见王，改作正当国王烦闷焦躁之时，客为国王玩把戏以消愁解闷。这就为充分表现国王的享乐腐化、残暴成性的本性，对黑色人与眉间尺的性格升华，开阔了天地。既使作品的主题达到了顶点，也增加了作品的传奇色彩。最末一节，打捞王头和落葬，在原作中几乎没有什么记述，只寥寥数语："三首俱烂，不可识别，乃分其汤肉葬之，故通名'三王墓'。"而《铸剑》却单列一节，大肆予以渲染。这里不只是对后妃弄臣仓皇失措、惊恐万状、碌碌无为的揭露，而更重要的是对宫廷群小的讽刺与嘲弄。庄重的大出丧场面，似乎是阖城百姓对国王的隆重悼

---

① 《华盖集续编·"死地"》。

念，而实质却是人民百姓对"两个大逆不道的逆贼的灵魂"的顶礼膜拜，也正是作者对壮士崇敬心情的集中表现。

（原载王瑶主编《小说鉴赏文库·中国现代卷》，陕西人民出版社 1986 年版）

浅谈郭沫若三步鲁迅诗韵

周　健①

　　郭沫若是新时代的著名诗人，他对我国新诗的发展贡献卓著，但他在《沸羹集·序我的诗》中却说："我不大高兴别人称我是'诗人'，但我却是喜欢诗。"郭沫若确是"喜欢诗"的，除创作之外，他还写过不少关于诗的评述，尤其对鲁迅的诗推崇备至。在《鲁迅诗稿》序中，他说："鲁迅先生无心作诗人，偶有所作，每臻绝唱。"说来奇怪，鲁迅也不喜欢别人称赞他的诗。他说："我其实是不喜欢做新诗的——但也不喜欢做古诗……"②这种无独有偶的现象，实是两位文学巨匠的过谦之辞。事实上，他们的诗作都闪耀着夺目的光彩，尤其是对古典诗词深厚的功力和精湛的素养，使得他们卓然成家，有口皆碑。

　　郭沫若在《论诗三札》中，有过如下一段精辟的话："诗人的心境譬如一湾清澄的海水，没有风的时候，便静止着如象一张明镜，宇宙万汇的印象都涵映在里面；一有风的时候，便要翻波涌浪起来，宇宙万类的印象都活动在里面。这风便是所谓直觉，灵感，这起了的波浪便是高涨着的情调。……大波大浪的洪涛便成为'雄浑的诗'。"③这可以说是郭沫若写诗和评诗的一个准则。从这个准则出发，他曾高度赞扬了鲁迅的一首七言律诗：

> 惯于长夜过春时，挈妇将雏鬓有丝。
> 梦里依稀慈母泪，城头变幻大王旗。
> 忍看朋辈成新鬼，怒向刀丛觅小诗。
> 吟罢低眉无写处，月光如水照缁衣。④

----

　　① 　周健（1932— ），女，曾用名钟华，浙江镇海人。1956 年考入西北大学中文系，毕业后留校任教。主要从事中国现代文学的教学与科研工作。与人合作编著有《小说鉴赏文库·中国现代卷》《新文学鉴赏文库·散文卷》《中国新时期朗诵诗选》《中国现代文学七十题》《张爱玲与〈金锁记〉》等，并发表学术论文多篇。

　　② 《集外集·序言》。

　　③ 《沫若文集》第 10 卷，第 205 页。

　　④ 《为了忘却的记念》。

这首诗写于 1931 年，为纪念惨遭国民党反动派杀害的左联五烈士而作。这是在"大波大浪"的时代"洪涛"中，迸发出来的心底的呐喊——"雄浑的诗"。诗人忧愤深广，感情沉郁。全诗铿锵有力，掷地可作金石声。

对于鲁迅这首诗，郭沫若说："我最喜欢，……大有唐人风韵，哀切动人，可称绝唱。"①因此，他一直把这首诗铭记心怀，在自己的人生旅途上，戎马倥偬，世事沧桑，每每用这首"翻波涌浪"的诗篇激励自己。郭沫若在诗作中，曾三次步这首诗的韵律，抒发自己的胸怀。这三次写诗的时间是在 1937 年、1947 年和 1957 年。每首之间恰好相隔十年，也就是在三个历史转折的紧要关头，诗人按抚着时代跳动的脉搏，写出了不同时代的感受。现在让我们来看一看这每隔十年步一次鲁迅诗韵的郭沫若的诗作吧！

参加"八一"南昌起义之后，郭沫若受到国民党的通缉，不得不再次东渡日本。这以前他很少写旧体诗。抗日战争爆发之后，时代的激浪不断向他袭来，他的心和祖国人民一起剧烈地跳动。我们知道，这时的郭沫若已经是伟大的历史学家、考古学家和古文字学家，誉满中外。但是，当祖国危亡之秋，当人民需要的时候，郭沫若毅然决然地抛妻别子，只身于 1937 年 7 月 25 日弃家出走，经旅日画家钱瘦铁和金祖同二人的巧妙安排，摆脱日本"刑士"的监视，一天之内辗转东京、横滨、神户，登上坎拿大公司的"日本皇后号"海轮，返回祖国，身赴国难。在船上，郭沫若为自己"立定大戒：从此不吃酒，不吸烟，不接近一切的逸乐纷华……"，并且"在心中高呼千万遍古今中外的志士仁人之名以为鉴证；金石可泐，此志难渝"。②在这矢志报国的归轮上，步着鲁迅诗篇的韵律，郭沫若写下了气贯长虹的七律：

> 又当投笔请缨时，别妇抛雏断藕丝。
>
> 去国十年余泪血，登舟三宿见旌旗。
>
> 欣将残骨埋诸夏，哭吐精诚赋此诗。
>
> 四万万人齐蹈厉，同心同德一戎衣。③

郭沫若回国的壮举，曾经轰动一时，特别是上海的文化界，反响尤烈。这首光彩灿然、肝胆照人的诗篇，与鲁迅的原作齐美，合称双绝。当时上海的《光明》曾制版发表，人们争相传诵。

诗开头两句的"投笔请缨"，用的是《后汉书·班超传》中班超"尝辍业投笔"从戎和《汉书·终军传》中终军请受长缨，羁缚南越王的故事，以此表明作者赴汤

---

① 《沫若文集》第 8 卷，第 422—424 页。

② 《沫若文集》第 8 卷，第 422—424 页。

③ 《沫若文集》第 8 卷，第 422—424 页。

蹈火、匡扶危亡的壮志雄心。谈来也巧，由于他"别妇抛雏"走得悄然，清晨四时半在给夫人安娜（日本人）和四子一女书写"留白"后，竟将一支"爱用了十几年"的红色头号"派克"钢笔，抛在日本寓所了，名副其实地成了"投笔从戎"。

第二联"去国十年余泪血，登舟三宿见旌旗"，用的是今昔对比的手法。前者追述了羁旅日本十年的苦衷；后者抒发了作者抵临上海，重见祖国时的欢欣。

第三联"欣将残骨埋诸夏，哭吐精诚赋此诗"中一个"欣"字，一个"哭"字，把作者热爱祖国、愿把自己的骨骸埋在祖国土地上的决心和激情倾泻出来了。

末两句"四万万人齐蹈厉，同心同德一戎衣"，喊出了作者对全国人民团结御侮的热切心绪，说明作者对当时的形势有明彻的认识：中国弱，日本强，以弱抗强，精诚团结是一个关键。在郭沫若看来，唯有万众同心，上下一致，才能取得抗日战争的最后胜利。

这首诗是郭沫若踏上新的战斗旅程的真实写照，也是他对当时现状深刻认识的艺术反映，全诗凝聚着诗人对祖国对人民的一片丹心。后来郭沫若回忆这段历史时说："'七七'事变发生之后……是什么人把我呼唤回来的呢？我要坦白地说是我们的鲁迅先生。""我在当时的确是把我全部的赤诚倾泻了出来，我是流着眼泪把诗吐出来的，虽然并不是什么了不起的东西，但它在我的生命史上的确是一个里程碑。""我在回国的当时是有鲁迅的精神把我笼罩着的。……假使鲁迅不曾给过我一些鞭挞，我可能永远在日本陷没下去……"[1]文化战士郭沫若，一次再次投笔从戎：为了结束军阀统治，他毅然参加国民革命军，随军北伐。当第一次国内革命处于低潮时，有人退隐，有人叛变，他却于南昌起义的战火中参加了中国共产党。1937年，正当民族危机严重关头，他又抛妻别子孑然归里，誓与祖国人民共存亡。这一首步鲁迅诗韵的七律，他自己说是一个里程碑，的确如此。此后，郭沫若一直战斗在祖国的土地上！

郭沫若到上海后，立即投入抗日救亡的洪流，仅用二十余天时间，于8月24日创办了一份报纸。这是一种四开小型日报，报头是郭沫若亲笔题写的"救亡日报"四个矫健遒劲的大字，下面落款"沫若"。从此，他就冒着枪林弹雨，与夏衍等同志一起去浦东、闵行前线采访，写下了《到浦东去来》《前线归来》《在轰炸中来去》等散文。但是，蒋介石的腐朽统治不足以抵御日寇。1937年11月，上海沦陷。1938年10月，武汉失守。郭沫若遂由上海经香港到广州，奔长沙、桂林，于1938年底到达重庆。抗战胜利后，全国人民渴望建设和平民主的新家园，而国民党反动派却处心积虑地要把全国推入火海。一时间，内战的阴云骤起，白色恐怖笼罩着整个国统区。郭沫若和全国人民一起，争民主，争和平，坚持1946年1月各党派达成的政协决议。

---

① 《沫若文集》第13卷，第378页。

于是，发生了骇人听闻的重庆较场口事件，郭沫若和各党派民主人士六十余人，被国民党特务当场殴伤。

这又是一个急风暴雨的时代：中国的两个命运展开了殊死的决斗，一个要把中国引向光明，一个却要把中国推入苦难的深渊。蒋介石自恃手中有几百万军队，背后有美帝国主义作为靠山，死心塌地与人民为敌，肆无忌惮地实行法西斯统治，镇压工人运动，破坏农民运动，枪杀爱国志士，进攻解放区，并且对徒手请愿的民主人士和青年学生下毒手，接连发生"下关惨案""南京五二〇惨案""武汉六一惨案"，血染大地，惨不忍言。

民意不可违，人心不可欺。全国人民愤怒了！全国规模的反饥饿、反内战、反迫害的怒潮，一浪高一浪地席卷全国，势将淹没蒋家王朝。另一方面，中国人民解放军在国民党军队进攻下，厮杀经年，得到全国人民的热烈支持，迅速地由小到大，由弱变强，由战略防御转入战略反攻。1947 年 6 月刘邓大军在鲁西南强渡黄河，揭开了中国人民解放军全面战略进攻的序幕。这就是 1947 年 11 月 13 日，郭沫若即将离开上海去香港的前夕，兴奋地写《再用鲁迅韵书怀》一诗时的形势。这首诗是：

> 成仁有志此其时，效死犹欣鬓未丝。
> 五十六年余鲠骨，八千里路赴云旗。
> 讴歌土地翻身日，创造工农革命诗。
> 北极不移先导在，长风浩荡送征衣。①

这是一首送旧迎新的诗，新中国诞生的预言诗。时光流逝了十年，十年前诗人返回祖国时的感情，与这时已大不相同了。如果说，十年前的那首七律，写出了作者热血沸腾、精诚报国的激情的话，那么十年后的这一首《书怀》，在思想上有了进一步的升华。这就是说，作者对中国历史发展的必然规律，对人民战胜邪恶的伟大力量，有了更加坚定的认识。十年前诗中的那种茫然情绪一扫而空，代之以昂扬乐观、胜券稳操的乐观基调。

诗的前四句中，作者高兴地欢唱，自己虽过"天命"之年，尚幸鬓角"未丝"，战斗正还有年。尤其是"八千里路赴云旗"一句，慷慨激昂，气壮山河！若与宋朝名将岳飞的《满江红》中"三十功名尘与土，八千里路云和月"相较，一个是对爱国有罪、壮志难酬的喟叹，一个却是为民效命、投入新的战斗的喜悦，在思想境界上不知要高出多少倍。后四句的意境更为新颖，闪耀着诗人理想主义的思想光辉。作者以鲜明的无产阶级感情，预想着劳动人民欢呼"土地翻身"之日，诗人们"创造工农革命诗"的欢腾景象。这里的"北极"和"先导"暗喻中国共产党和毛泽东同

---

① 《沫若文集》第 2 卷，第 117 页。

志。这是诗人对领导人民取得胜利的中国共产党和领袖的由衷敬颂。末一句"长风浩荡送征衣",记述当时上海的地下党为了郭沫若和茅盾的安全,指派专人护送他们由海路撤至香港的事,流露着诗人对党组织的感激,对长风浩荡、胜利在望的新征程的喜悦!

1937年是郭沫若人生路上的一个里程(碑),诗人重返祖国,驰骋疆场。1947年也可以说是一个里程(碑),诗人远离国民党统治的魔窟,迎向祖国解放的朝阳。而这两段历史,恰好被诗人两步鲁迅诗韵连接起来了。

1949年10月1日,毛泽东同志向全世界宣告:"中华人民共和国诞生了,中国人民站起来了。"从这一庄严的时刻开始,我们伟大的祖国进入了一个崭新的历史时期。

新中国成立初期,全国人民在共产党的领导下,在短短的三年内,医治了长期战乱所造成的巨大创伤,把国民经济恢复到旧中国历史上的最高水平,并从1953年开始,顺利地进入了第一个五年计划时期,刚刚得到解放的生产力,得以持续地有计划地以惊人的速度向前发展。这里特别应该提到广大农村的巨大变化。在全国完成土地改革的基础上,农民们迅速地组织起来,由互助组、初级社到高级社。他们逐渐摆脱了分散、落后和无组织状态,习惯于集体生产的方式,从而壮大了社会主义的经济力量,提高了他们的生活,并在一定程度上改造了小农思想。

也就在这一片"新旧社会两重天"的大好形势下,郭沫若又一次步鲁迅诗韵,于1957年7月7日,写下了《纪念"七七"》律诗一首:

> 二十年前国难时,中华命脉细于丝。
> 盟刑白马挥黄钺,誓缚苍龙树赤旗。
> 大业已成双革命,长征不朽七言诗。
> 芦沟桥上将圆月,照耀农民衣锦衣。①

深厚的艺术修养,强烈的时代感受,高洁的思想情操,凝成了郭沫若这第三次步鲁迅诗韵的七律。诗的前两句提到的"二十年前",是诗人对祖国过去苦难的追忆。第二联写中国共产党领导人民决战决胜的史实。"誓缚苍龙",作者自注指毛主席《六盘山·清平乐》末句"何时缚住苍龙"。毛主席说的苍龙是指国民党反动派,这里借指日本帝国主义。这一联的意思是:树起赤旗的中国共产党,同侵略中国的日寇血战到底。诗的第三联,初收入《潮汐集》时,原为"大业已成双革命","双革命"指新民主主义革命和社会主义革命。到1977年3月《沫若诗词选》出版时,经作者重新校阅,改为"大业全凭三法宝"。"三法宝"即是毛泽东同志在《共产党人发刊词》

---

① 郭沫若:《潮汐集》,第207页。

一文中提到的党的建设、武装斗争和统一战线。这一改动与成诗之时隔了二十年。二十年后的作者，对"双革命"有了新的认识。大概作者认为，民主革命尚有未竟事业，社会主义革命已在进行，三大法宝有进一步提出的必要。几字之改，含义十分深远。最末两句写到1957年的农村。芦沟桥上将圆的明月，照耀着农民身上穿的华丽衣衫，着重地讴歌了农村的巨大变化和劳动农民"锦衣"足食的幸福生活。

三个十年，三步鲁迅诗韵，这并非偶然。这三首诗典型地反映了我国革命斗争的三个历史时期，也反映了诗人革命征途上的三个重要阶段。郭沫若在《鲁迅和我们同在》一文中说："我们中国的近代史差不多是以十年为一周期的。内战了十年，外战了十年，今后的十年工夫可能是在内外交迫之下的艰苦建设的局面。"①

看来郭沫若这三首诗不是无心地随意写的，他是在以"十年为期"不断地总结过去，展望将来。从他忧于祖国山河破碎到决胜前夕的欣喜，到欢唱新社会新生活，明显地留下了诗人思想发展的印痕，为我们研究他的成长过程，提供了一个可贵的线索。而这线索，是有"鲁迅的精神"把他"笼罩着"的。两位文化巨人，就是这样成为照耀我们文坛的两颗永放光芒的巨星！

（原刊《人文杂志》1980年第4期）

---

① 《沫若文集》第8卷，第281—282页。

鲁迅对西方民主思想的态度

张　华①

如果仔细阅读一遍鲁迅的全部著作，我们将会注意到一个引人深思的事实：在他数以百万计的言论中，极少提到"民主"这两个字。特别是在五四运动时期，科学和民主是这一运动的中心口号，"德谟克拉西"和"赛因思"叫得震天价响，五四运动的先驱者的著作里，"德先生"和"赛先生"的字样几乎充塞于文中，俯拾即是；但是很可骇异的，在这样的时代背景下，鲁迅却只有许多正面提倡科学的文字，而绝口不提"民主"二字。我查阅过鲁迅"五四"前后的著作，从《狂人日记》《我之节烈观》和《随感录二十五》开始，到《华盖集续编》所收文章为止，大约从一九一八年到一九二七年初前后十年的时间内，没有发现用过"民主"这个字眼。因此我们至少可以这样说，鲁迅在他的著作中尽量避免使用"民主"这两个字，更没有提倡过民主。这绝不是一个偶然的现象，而是一个非常值得深入探究的问题：鲁迅对待西方的民主思想，持怎样的态度？

但在这里需要做一点说明：把鲁迅前期思想概括为革命民主主义，认为鲁迅前期是一个革命民主主义者，自一九五六年茅盾在鲁迅逝世二十周年纪念会上作了《鲁迅——从革命民主主义到共产主义》的著名报告后，在国内鲁迅研究界已经成了定论。一个公认的革命民主主义者竟没有提倡过民主，这在逻辑上似乎是不能容忍的，说不通的。

在我们的汉语中，"民主"这个词，存在多种的含义。这些含义有的相去甚远，有的虽互相关联，但并不相同，不容混淆。"民主"就字面上看是人民当家作主、人民执掌政权的意思；但我们又常说民主是有阶级性的，有资产阶级民主和无产阶级民主之别，这里的"民主"二字若换之以人民当家作主就说不通。民主与集中、民主与专制，都是相对立的概念，在这种对立的意义上，又相应地建立了自己的内涵。

---

① 张华（1934— ），江苏南京人。1953 年毕业于山东大学中文系，后考入北京大学哲学系读研究生。1955 年到西北大学中文系任教，曾任西北大学中文系主任。主要著作有《鲁迅和外国作家》《爱情自由的历程——鲁迅 胡适 郁达夫 徐志摩的爱情婚姻与家庭》，主编《中国现代杂文史》《中国杂文大观》等，曾在《美文》开设专栏。

在我国，民主又是与封建相对立的概念，例如认为我国古代文化有民主性的精华和封建性的糟粕。因此，在某种情况下，民主和反封建几乎是等同的概念，一个人物或一部作品有反封建的倾向，即可以说有民主主义的思想内容。例如我们说《西厢记》歌颂了纯真的爱情，反对封建包办婚姻，因而具有民主主义的思想内容；同理我们也说《红楼梦》具有民主思想。但这丝毫没有意思说王实甫和曹雪芹赞成代议制政府，或主张人民执掌政权。

"革命民主主义"是新中国成立初期从苏联传入我国的一个概念。在俄国，革命民主主义者的主要代表，是十九世纪四十年代到六十年代著名的启蒙运动活动家赫尔岑、别林斯基、车尔尼雪夫斯基和杜勃罗留波夫等人。由于俄国资本主义发展的特殊历史条件，按照列宁的分析，俄国资产阶级分成三个政治派别，即民主派资产阶级、自由派资产阶级和黑帮派资产阶级。革命民主主义是民主派资产阶级的思想体系，在民主革命阶段，除无产阶级而外，革命民主主义者，或者说民主派资产阶级（主要指农民）是最彻底的反封建沙皇的革命政治力量。

我想：我们中国的鲁迅研究者，认为前期鲁迅是一个伟大的革命民主主义者，大概主要是从他是一个彻底的不妥协的反封建的战士这一点着眼的；而并没有涉及鲁迅对西方近代以来民主思想、西方代议制的民主制的态度，而这一点正是本文讨论的主题。

一

我们先对鲁迅关于西方近代民主思想和民主制度的态度作一番考察。

鲁迅于一九〇三年在谈到地层分布既有规律而又有变例时，引用了人类史作比喻："犹谭人类史者，昌言专制立宪共和，为政体进化之公例；然专制方严，一血刃而骤列于共和者，宁不能得之历史间哉。地层变例，亦如是耳。"①

这里固然是用比喻来解释地质学的问题，但也可看出鲁迅这时认为：由君主专制政体到君主立宪政体再到民主共和政体，乃是社会政治进化的规律性现象，而在某些特殊情况下，甚至可以略去君主立宪阶段，径直以民主共和政体取代君主专制。总之，认为民主共和政体的出现，是一个必然的规律性的现象，是"政体进化之公例"。

到了一九〇七年，鲁迅说道：

> ……乃复有制造商佶立宪国会之说。……中较善者，或诚痛乎外侮迭

① 《集外集拾遗补编·中国地质略论》。

来，不可终日，自既荒陋，则不得已，姑拾他人之绪余，思鸠大群以抗御，而又飞扬其性，善能攘扰，见异己者兴，必借众以陵寡，托言众治，压制乃尤烈于暴君。……至尤下而居多数者，乃无过假是空名，遂其私欲，不顾见诸实事，将事权言议，悉归奔走干进之徒，或至愚屯之富人，否亦善垄断之市侩，特以自长营搰，当列其班，况复掩自利之恶名，以福群之令誉，捷径在目，斯不惮竭蹶以求之耳。呜呼，古之临民者，一独夫也；由今之道，且顿变而为千万无赖之尤，民不堪命矣，于兴国究何与焉。①

对于这一段话应该怎样认识和理解，研究者的看法并不完全一致。第一种理解认为鲁迅在这里主要是对中国当时的市侩主义的批判，是对那些市侩主义者借提倡民主之名以遂其私欲的揭露。艾思奇、周扬在他们四十年代所写的文章中就已有这种见解，而且他俩人都还说道，通过上面所引的话语可以看出，鲁迅以敏锐的眼光预见到了辛亥革命以后的政治形势，许多独夫民贼打着民国的招牌更加凶狠地统治压迫人民。王士菁后来说得更加具体，认为鲁迅这一段话所指的"就是最早的买办阶级，就是后来的'蒋宋孔陈'四大家族、独夫民贼蒋介石的老祖宗"②。

这种意见我觉得有一定的道理。虽然我们还不能完全坐实鲁迅所指的究竟是当时的什么人。当时的革命派和改良派，分别提倡民主共和和君主立宪，共同要求实现代议制政府，都是诚心实意在提倡一种主张，从总体上看似乎不好说他们挂羊头卖狗肉，为了"遂其私欲"。买办随着帝国主义的侵入而出现，当时的买办阶级已处于正在形成中，可是似乎还没有成为一种政治势力来结党营私，借提倡民主，借众陵寡；恕我寡闻，也没看到这样的史实。但这第一种理解同鲁迅"五四"以后的一系列观点倒是一致的，如做戏的虚无党的观点；任何主义一到中国来就变了样的观点；奴才当了主子，压迫起其他奴才比旧有的主子更厉害的观点；暴君的臣民比暴君更残暴的观点；等等。

对鲁迅以上那段话的第二种理解，就直接同他对西方民主思想的态度有关了。如周扬说："在维护个性的一点上，他对一般的民主政治，或者毋宁说对已露出千疮百孔的西方资产阶级的民主政治，都表示了深刻的不满。"③李泽厚说："不仅在哲学上，而且在政治思想上，鲁迅也不停留在一九〇三年反帝爱国的水平上，没有满足和满意于当时改良派要求的立宪和革命派主张的共和（都是要求实行西方的议会民主制即代议制）……"④李何林讲得更明确："在十月革命前十年，五四运动前十二年，马

---

① 《坟·文化偏至论》。
② 王士菁：《〈鲁迅早期五篇论文注译〉后记》。
③ 周扬：《精神界之战士》。
④ 李泽厚：《略论鲁迅思想的发展》。

克思主义还没有在中国传播，处在辛亥革命前四年的旧民主主义革命时期的鲁迅，竟能对资产阶级专政的假民主的议会政治批判得如此深刻，不能不说是当时很突出的思想家和革命家。"①这一种理解，就是说鲁迅不仅反对当时一些中国人借提倡民主以营私，而且直接反对西方议会制民主。

二

我们继续考察鲁迅对西方民主的态度：

> 君主……以一意孤临万民，在下者不能加之抑制，日夕孳孳，惟开拓封域是务，驱民纳诸水火，绝无所动于心：生计绌，人力耗矣。而物反于穷，民意遂动，革命于是见于英，继起于美，复次则大起于法朗西，扫荡门第，平一尊卑，政治之权，主以百姓，平等自由之念，社会民主之思，弥漫于人心。流风至今，则凡社会政治经济上一切权利，义必悉公诸众人，而风俗习惯道德宗教趣味好尚言语暨其他为作，俱欲去上下贤不肖之闲，以大归乎无差别。同是者是，独是者非，以多数临天下而暴独特者，实十九世纪大潮之一派，且曼衍入今而未有既者也。②

> 盖自法朗西大革命以来，平等自由，为凡事首，继而普通教育及国民教育，无不基是以遍施。久浴文化，则渐悟人类之尊严；既知自我，则顿识个性之价值；加以往之习惯坠地，崇信荡摇，则其自觉之精神，自一转而之极端之主我。且社会民主之倾向，势亦大张，凡个人者，即社会之一分子，夷隆实陷，是为指归，使天下人人归于一致，社会之内，荡无高卑。此其为理想诚美矣，顾于个人特殊之性，视之蔑如，既不加之别分，且欲致之灭绝。更举黮暗，则流弊所至，将使文化之纯粹者，精神益趋于固陋，颓波日逝，纤屑靡存焉。盖所谓平社会者，大都夷峻而不湮卑，若信至程度大同，必在前此进步水平以下。况人群之内，明哲非多，伧俗横行，浩不可御，风潮剥蚀，全体以沦于凡庸。③

在这两段十分重要的言论中，鲁迅对西方民主制的态度已然十分明朗。第一，他对近代英、美、法的反封建专制的民主革命，是肯定和赞扬的，对"政治之权，主以百姓"意义上的民主也是拥护的。第二，他认为"平等自由"和"社会民主"都

---

① 李何林：《鲁迅的生平及杂文》。
② 《坟·文化偏至论》。
③ 《坟·文化偏至论》。

是这一革命带来的社会思潮，普及到人民群众中去了。第三，他认为平等自由思想的普及，导致了自我意识的觉醒和个人价值的确认。第四，他认为社会民主的倾向，表现在代议制政治制度上，少数服从多数，"众数"统治一切。这种倾向无视以至压抑人们的个性，不尊重以至压迫有独特见解的人，使人类全体沦于凡庸。第五，鲁迅基于人类天赋是不同的，有贤愚明哲凡庸之分，有大士天才愚民庸众之别；而整个人类历史的发展，是智者先觉醒，然后启迪引导凡庸前进，而大士天才明哲智者终归是少数，因此要任个人而排众数。第六，他认为民主之弊在于"借众陵寡"，多数凡庸来压抑统治少数英哲。鲁迅最后这一点看法并不是从正确立场来批判资产阶级民主，不能彻底揭露资产阶级民主的实质。这是从个人主义以至于无政府主义立场上来评价民主政治。

三

把鲁迅这一思想放在当时广阔的历史背景下加以探讨，将能进一步理解其意义。

鲁迅之所以对西方民主思想持这种态度，核心的一点在于他认为人群之中禀赋智慧是不相同的，社会的前进靠少数英哲，他们已经觉醒，看清了道路，而大多数凡庸之众还处于愚昧无知阶段，需要少数加以启蒙和教导。鲁迅从天赋着眼，从理论上强调的智愚之别，实际上反映了当时社会上的一个事实：中国长期封建专制制度，造成了人们精神上的愚昧麻木，造成了人们深重的奴性。而整个民族处于这样的精神状态，既妨碍了革命运动的进行，也妨碍了真正民主制度的实施。因此，拔除根深蒂固的奴性，促使群众觉醒，乃是头等重要的任务。

当时的许多改革者，在这一点上也持有大致相同或相似的看法。康有为写了《大同书》，提倡世界大同，他也称自己为首倡民权者。但是他在实践纲领中，却又认为民主不能一骤即得，而需待诸百年之后，当前却需要一系列的君主立宪阶段。为什么？因为人民现在还达不到实行民主的条件，马上实行就要天下大乱。年青的革命家邹容撰写了发行量逾百万册的《革命军》，书中旗帜鲜明地以磅礴的气势热情宣扬了天赋人权论和民主共和国的方案。但他又强调正在进行的革命是"除奴隶而为主人之革命"，而革命又分野蛮之革命和文明之革命，而欲文明之革命，必须进行革命之教育：革命之前，须有教育；革命之后，须有教育。革命必先去奴隶之根性。也就是说：在革命之前，在实施民主制度之前，必先进行破除奴性的教育。伟大的革命先行者孙中山先生建立了中华民国，主张实行民主、实施宪政，但却认为在彻底实施宪政之前必须有一个训政的阶段。他说："我中国人民久处于专制之下，奴性已深，牢不可破，不有一度之训政时期以洗除其旧染之污，奚能享民国主人之权利？

此袁氏帝制之时而劝进者之所以多也。"①

在这里，康有为、邹容、孙中山都认为应该实行民主政治，但是中国当时条件却还不具备。康有为不去说他，邹、孙两位都认为由于漫长的封建统治，养成了中国人民的奴性。必须先拔除奴性，培养他们懂得并能够行使自己作为主人的权利，才能实行民主政治。邹、孙都是提倡民主政治的，而鲁迅并未提倡，这是他们之间的不同处。但他们三人，都认为群众有奴性，愚昧麻木，不觉醒，因而不能立即实行民主政治，则是共同的。这种见解，一方面固然由于他们对群众通过革命斗争实践来自己教育自己、解放自己这一点认识不足，另一方面也和当时现实确实存在的广大群众处于不觉醒状态有关。

四

鲁迅曾经热情地迎接辛亥革命，并应蔡元培之邀参加了当时孙中山领导的南京临时政府的工作，也可以说参加了那个历史上昙花一现的资产阶级民主政府的工作，并且是以此自豪的。他曾兴奋地回忆起他在南京政府的那个时期："但那时的所谓文明，却确是洋文明，并不是国粹；所谓共和，也是美国法国式的共和，不是周召共和的共和。"②可见鲁迅对他所参加的这一政权的性质是有正确清醒的认识的。

但是很快南京政府时期就结束了，南北和议一成，袁世凯把持了中华民国，资产阶级民主政府就永远在我国消失了。经过十多年痛苦的思索，在二十年代他得出了一个重要结论："最初的革命是排满，容易做到的，其次的改革是要国民改革自己的坏根性，于是就不肯了。所以此后最要紧的是改革国民性，否则，无论是专制，是共和，是什么什么，招牌虽换，货色照旧，全不行的。"③这个结论，非常重要，是鲁迅当时思想的轴心。这时的鲁迅不再说民主共和制有什么毛病，而是追溯共和招牌虽换而货色照旧的原因。为什么民国不成其为民国，即鲁迅所说的"我觉得仿佛久没有所谓中华民国"④，其原因当时鲁迅认为是国民性没有得到改造，使奴才主持家政；"大约国民如此，是决不会有好的政府的；好的政府，或者反而容易倒"⑤。也就是说，在当时情况下，一切民主共和政治的实施都无从谈起，只有"思想革命"，打破"黑色的染缸"，中国才能得救。

---

① 孙中山：《建国方略》。
② 《坟·杂忆》。
③ 《两地书·八》。
④ 《华盖集·忽然想到（一至四）》。
⑤ 《华盖集·通讯》。

　　鲁迅对于以孙中山为首的革命党人艰辛缔造的中华民国，始终是怀着爱护和崇敬的心情的。他说："说起民元的事来，那时确是光明得多，当时我也在南京教育部，觉得中国将来很有希望。"①一九二六年又说："中山先生逝世后无论几周年，本用不着什么纪念的文章。只要这先前未曾有的中华民国存在，就是他的丰碑，就是他的纪念。"②到了一九三六年，在章太炎先生逝世后发表的悼念文章中又说："惟我们的'中华民国'之称，尚系发源于先生（指章——引者）的《中华民国解》（最先亦见《民报》），为巨大的记念而已，然而知道这一重公案者，恐怕也已经不多了。"③他始终承认并充分肯定推翻帝制、建立民国的伟大历史功绩，而绝不再说"托言众治，压制乃尤烈于暴君"了，这是很可注意而往往为论者所忽略的事实。因为尽管中华民国怎样的名不副实，但较之于大清帝国，终究是一个历史的进步。

　　当然，鲁迅也一再严斥那些偷挖中华民国的柱石的奴才们，对他们踏灭烈士的血迹的行径表示了无限的悲愤。这在他一九二五年所写的《忽然想到·三》中有沉痛的抒写。到一九三二年，他回顾自己的思想历程时说："见过辛亥革命，见过二次革命，见过袁世凯称帝，张勋复辟，看来看去，就看得怀疑起来，于是失望，颓唐得很了。"④正因为鲁迅对辛亥革命和中华民国的建立怀抱着极大的兴奋和热烈的希望，因而对危害民国的蟊贼和蛀虫十分仇视和愤恨，对民国遭受的践踏和蹂躏感到深重的失望。

　　鲁迅对西方近代的民主思想，"五四"以后，无论在他成为马克思主义者以前或以后，再没有作过正面的评述。只是一九三一年曾说："（南北战争）之后，美国已成了产业主义的社会，个性都得铸在一个模子里，不再能主张自我了。如果主张，就要受迫害。这时的作家之所注意，已非应该怎样发挥自己的个性，而是怎样写去，才能有人爱读，卖掉原稿，得到声名。"⑤这里的产业主义即资本主义，认为资本主义压抑个性，这和早期思想是一致的，一脉相承；但不再认为这是由于多数压迫少数，对天赋不同的人平高填低（夷隆实陷），而从阶级压迫的角度来看，主张自我就要受迫害，从资本主义文化商业化、利润支配一切来说明，作家必须屈从出版商和市场的意志。这时鲁迅不仅不"排众数"，而且还明确承认多数的伟大作用："梁实秋先生们虽然很讨厌多数，但多数的力量是伟大，要紧的，有志于改革者倘不深知民众的心，设法利导，改进，则无论怎样的高文宏议，浪漫古典，都和他们无干，仅止

---

　　① 《两地书·八》。

　　② 《集外集拾遗·中山先生逝世后一周年》。

　　③ 《且介亭杂文末编·关于太炎先生二三事》。

　　④ 《南腔北调集·〈自选集〉自序》。

　　⑤ 《二心集·〈夏娃日记〉小引》。

于几个人在书房中互相叹赏，得些自己满足。"①这显然是对不与群众相结合的绝对"重个人""置众人而希英哲"的否定了。

<h2 style="text-align:center">五</h2>

我们在以上四节，对鲁迅在西方民主问题上的态度作了一个粗略的考察。在这个基础上我们再提出几个问题，作深一步理论上的探究。

第一个问题是个性发展和民主制度的关系，近代民主制度是压抑还是促进个性发展。

首先我们得确认近代民主制度（即资产阶级民主制度，亦即代议制政府）曾经大大有利于人们个性的发展和自由权利的获得。对于封建社会的君主专制和严格的等级制度来说，基于人文主义思想和天赋人权理论的民主共和国，无疑是历史上的一大进步。它固然本质上仍是资产阶级的民主，但对广大人民群众来说，他们的处境究竟比在封建统治下大大改善，得到了一定的自由平等权利，使个性在一定程度上解除了若干束缚，能够比较普遍地深刻地认识到个人的尊严和个性的价值。当然，阶级的压迫和剥削摧残、蹂躏和埋没了千千万万的天才，扼杀了有价值的个性；大机器工业、市场竞争也有排斥个性，把"个性都得铸在一个模子里"的弊病；再加上经济文化发展的水平也限制着个性的发展；所以在资产阶级民主制度下，个性虽有一定的发展，但又非常有限，非常不足。不过之所以有限，之所以不足，却并不在于多数压抑了少数。

从另一方面看，资产阶级民主制的确立，又有赖于个性的解放和发展，有赖于人们意识到自己的独立人格，意识到个人的尊严和价值，意识到对国家和社会的责任。对于那些认为一张选票不如两块钱实惠的人，是不可以同他们谈论任何民主制的。因此，代议制政府的建立和实现也是有条件的，如果广大群众还处于愚昧麻木的精神状态，如果他们还在封建奴性的束缚之下，那么所谓资产阶级民主也不能实现，而变成装饰和儿戏。中华民国三十八年的历史进程证实了这一点，鲁迅所一再慨叹的"我觉得仿佛久没有所谓中华民国""愚民的专制使人们变成死相""约翰·穆勒说：专制使人们变成冷嘲。而他竟不知道共和使人们变成沉默"等等，所说的也正是这个意思。而正是这位英国学者约翰·穆勒说过这样的话："极端的消极被动和随时准备屈服于暴虐的人民，同样不适合于代议制政府。假如这样屈从于人物和环境的人民能够得到代议制度，他们将不可避免地选择暴虐者作为他们的代表，他们

① 《二心集·习惯与改革》。

身上的枷锁将会因为这个表面上可能指望将它减轻的新办法而变得更为沉重。"①这是一段非常精辟而又发人深省的话。即使在资产阶级民主有悠久历史和牢固传统的英、美、法三国，这一制度的确立和完善也经历了相当长的过程；也就是说，要群众成熟到能实行并保卫（当反动势力要使资产阶级民主制名存实亡，或径直消灭民主制而实行法西斯时）资产阶级民主，也决非一朝一夕所能奏效。

可见，要实现资产阶级民主，不仅要推翻封建政权，而且要在意识形态上彻底反封建，彻底扫除由于专制制度和等级制度而养成的深重的奴性，在全社会树立平等、自由、民主的新观念。对自己，要有个人人格独立的自我意识；对他人，要有平等尊重的态度等等（虽然这些在资本主义制度下只能有限地相对实现，但究竟与封建奴性有本质不同）。为了做到这一点，最根本的是实际生活和斗争的锻炼，但也还要启蒙、宣传、教育等工作的配合。孙中山说："夫以中国数千年专制、退化而被征服亡国之民族，一旦革命光复，而欲成立一共和宪治之国家，舍训政一道，断无由速达也。……中国四万万之人民，由远祖初生以来，素为专制君主之奴隶，向来多有不识为主人、不敢为主人、不能为主人者，而今皆当为主人矣。其忽而跻于此地位者，谁为为之？孰令致之？是革命成功而破坏专制之结果也。此为我国有史以来所未有之变局，吾民破天荒之创举也。是故民国之主人者，实等于初生之婴儿耳，革命党者即产此婴儿之母也。既产之矣，则当保养之，教育之，方尽革命之责也。此革命方略之所以有训政时期者，为保养、教育此主人成年而后还之政也。"②孙中山先生的训政之说有受到他世界观局限的一面，但从这里可以说明：孙中山是看到要实现民主制面前摆着一个教育和启发人民的艰巨任务的。

鲁迅在辛亥革命以后的反思，也是循着这一思路前进的。他说："大约国民如此，是决不会有好的政府的；好的政府，或者反而容易倒。也不会有好议员的；现在常有人骂议员，说他们收贿，无特操，趋炎附势，自私自利，但大多数的国民，岂非正是如此的么？这类的议员，其实确是国民的代表。"③他认为当时的中国很多人缺乏近代的平等观念、民主精神，倘有权力，多是凶残横恣，而一失败，纵为奴隶，也认为命定而处之泰然；不是企图奴役别人，就是甘心受人奴役。因此，鲁迅把启蒙教育或如他所说的"思想革命"提到首先的议事日程上，说："我想，现在的办法，首先还得用那几年以前《新青年》上已经说过的'思想革命'。……而且还是准备'思想革命'的战士，和目下的社会无关。待到战士养成了，于是再决胜负。"④这和

---

① ［英］约翰·穆勒：《代议制政府》。

② 孙中山：《建国方略》。

③ 《华盖集·通讯》。

④ 《华盖集·通讯》。

"最要紧的是改革国民性"思想是一致的，也和前期"人立而后凡事举"的观点遥遥相照。

总之，民主的思想观点和政治制度，源于天赋人权学说，源于欧洲文艺复兴以来连绵数世纪、越来越强劲有力的人文主义思潮，源于越来越波澜壮阔的人的觉醒与解放的运动；没有千千万万的人真正认识到近代民主制度的历史进步性并决心缔造和保卫它，是不可能真正建立起这种制度的。

还要说明的一点：鲁迅对个性发展的理解，也有一个变化发展和深入的过程。他逐渐认识到个性的任意发展和绝对的个人主义也无助于社会的发展和进步。鲁迅认为思想的自由是必要的，舍此社会无法进步，但绝对的极端的自由也不行。鲁迅于一九二七年刚到上海时，曾在上海劳动大学讲演。其时正值蒋介石反革命白色恐怖高潮，他的讲演不能不较为隐晦，但整个精神还是容易领会的。他主要赞颂知识分子鼓吹自由思想为社会带来进步，鼓励真的知识分子不顾利害，想到什么就讲什么，敢于发表倾向民众的思想；指出思想运动变成实际的社会运动时，往往为旧势力所扑灭。但另一方面他又说："兵之所以勇敢，就在没有思想，要是有了思想，就会没有勇气了。……知识和强有力是冲突的，不能并立的；强有力不许人民有自由思想，因为这能使能力分散，……因为各个人思想发达了，各人的思想不一，民族的思想就不能统一，于是命令不行，团体的力量减小，而渐趋灭亡。……总之，思想一自由，能力要减少，民族就站不住……"①这段话的意义较为难以把握，讲演者自己说这次"说话很没有伦次"，但我们通观全篇，觉得这似乎是说：既要思想自由，而又不能极端地绝对地自由。听任个性随意发展，近乎绝对个人主义甚至无政府主义的搞法也行不通。而到三年以后，他就说得很显豁了："每一革命部队的突起，战士大抵不过是反抗现状这一种意思，大略相同，终极目的是极为歧异的。或者为社会，或者为小集团，或者为一个爱人，或者为自己，或者简直为了自杀。然而革命军仍然能够前行。因为在进军的途中，对于敌人，个人主义者所发的子弹，和集团主义者所发的子弹是一样地能够制其死命；任何战士死伤之际，便要减少些军中的战斗力，也两者相等的。但自然，因为终极目的的不同，在行进时，也时时有人退伍，有人落荒，有人颓唐，有人叛变，然而只要无碍于进行，则愈到后来，这队伍也就愈成为纯粹，精锐的队伍了。"②也就是说：从个人出发反抗现状，对社会进步也有好处，但只有在革命实践中不断锻炼提高，克服极端个人主义，方能成为纯粹的革命者。

---

① 《集外集拾遗补编·关于知识阶级》。
② 《二心集·非革命的急进革命论者》。

六

第二个问题是：民主制、少数服从多数，是不是抹煞了人们天赋的差别，叫少数智者服从多数愚者？

这个问题早期鲁迅是明确提出来了的，他认为："夫一导众从，智愚之别即在斯。与其抑英哲以就凡庸，曷若置众人而希英哲？则多数之说，缪不中经，个性之尊，所当张大，盖揆之是非利害，已不待繁言深虑而可知矣。"①到五四运动前后以及以后，鲁迅的提法有所改变，他着重从觉悟不觉悟的角度来提问题，而不从或少从人的智慧天赋的角度来提问题了。但这个问题仍需要回答。

孙中山先生也接触到这个问题。他认为"天生人类本来也是不平等的"，这里所谓天生的不平等，指的是个性的差异和天赋的优劣。但是专制帝王又造成了新的人为的不平等，即由等级制度带来的社会的政治的以至于人格上的不平等。革命打破专制，为的是消除人为的不平等，推倒等级制度带给人们的桎梏；而不是抹煞并且也无法抹煞个性的差异和天赋的优劣，企图勉强这样做，那就是假平等。但孙中山并不像鲁迅那样认为民主制度必然导致抹煞天赋差别，"夷隆实陷"，他认为是由于对民主平等学说的误解而造成的，并且事实上是做不到的。孙中山认为民主政治造成人类的真平等，即政治上的地位平等，"各人在政治上的立脚点都是平等"；这并不是否认而是承认、容许人们在天赋上的差别存在。他说："世界人类其得之天赋者约分三种：有先知先觉者，有后知后觉者，有不知不觉者。先知先觉者为发明家，后知后觉者为宣传家，不知不觉者为实行家。此三种人互相为用，协力进行，则人类之文明进步必能一日千里。天之生人虽有聪明才力之不平等，但人心则必欲使之平等，斯为道德上之最高目的，而人类当努力进行者。"②

章太炎最初曾主张过代议制民主，但到一九〇七年以后转而对之采取否定态度。他说："愚陋恒民之所属目，本不在学术方略，而在权力过人。以三千人选一人，犹不能得良士，数愈阔疏，则众所周知者，愈在土豪。"③他认为多数愚陋，眼睛里只看到权力过人的土豪，而贤良之士显然不能与有实权的土豪抗衡，"是故选举法行，则上品无寒门，而下品无膏粱，名曰国会，实为奸府，徒为有力者傅其羽翼，使得腰膂齐民，甚无谓也"④。章太炎明确指出，由于多数愚昧不觉悟，因而民主制的选

---

①　《坟·文化偏至论》。

②　孙中山：《三民主义·民权主义》。

③　章炳麟：《代议然否论》。

④　章炳麟：《代议然否论》。

举，适足以压抑贤良之士。已有论者指出过，章太炎的这种见解曾给青年鲁迅以深刻的影响。

少数服从多数，这是民主制度的一条最根本的原则，在政治生活以及一般社会生活中，我们应该坚持这一原则。当然，多数绝不是在任何情况下都掌握了真理，代表着历史前进的正确方向；而社会发展的趋势、动向，往往为少数甚至个别先驱者所首先觉察和感受到。因此，所谓少数智者、觉醒者被压抑的情况，正确意见受到排斥的情况，确实存在，在历史上和社会生活中屡见不鲜。鲁迅在《文化偏至论》中提到的易卜生的剧作《国民之敌》，虽是一部文学作品，但反映了生活真实，可以看作一人借多数排斥少数的典型例子。医士斯托克曼的主张，是正确的、科学的，也是符合人类根本利益的，但却触犯了人们的本位主义利益，以致遭到了孤立、排斥和打击。

既然如此，我们是否可以放弃少数服从多数这一原则呢？还是不能。这是因为：在历史发展过程中，在社会实践的领域内，正确和错误往往当时难以立刻判断，大家的意见也不可能一致，谁是先驱者，谁真正代表历史发展的趋势和群众的根本利益，也无法由哪一个人来裁决；但此时社会生活却存在着、发展着，不能等着搞清楚了真理才行动，而实际上真理只有通过行动（社会实践）之后，才能呈现在人们面前，为人们所认识、理解和信服（甚至有些历史悬案至今仍众说纷纭，莫衷一是）。在这种情况下，暂时撇开阶级对立等因素不谈，依靠多数意见办事是较好的、可行的办法。姑且不说多数意见在许多情况下往往是对的，这样办至少可以杜绝个人独裁和无政府主义。此外，社会上的事是要实行的，要依靠群众的实践来完成的，只有多数的意见才易为群众所接受。即以《国民之敌》中的斯托克曼为例，他的意见虽然正确，但要叫大家照他的意见干，只有两个方法可行：一是自己有一套国家机器强制人们执行，那就是独裁；另一是自己作为先觉者进行艰苦的启蒙工作，使大家觉悟到他的意见正确，然后拥护他的意见，使他获得多数，那么这也就是民主。

总之，民主制的实行，是往往有可能使智者、先觉者处于少数的境地，但只要他们手中真正掌握了真理，代表了广大人民的利益，他们必定会通过艰苦的启蒙去获得群众，拥有多数，成为真正有力量的人；而所谓"地球上至强之人，至独立者也"，不过是先驱者寂寞时的愤激之辞。民主，少数服从多数，归根到底是一种较好较可行的、在历史的总结算中推动社会向前发展的原则。

七

我们考察分析了鲁迅对西方民主思想的态度后，得出以下几点结论：

第一，资产阶级民主制的建立决不是轻而易举的，它是一场触及社会底层的轰轰烈烈的人民大革命的产物。西方民主思想，经历了几个世纪的酝酿和发展，从十四世纪下半叶文艺复兴运动开始，一直到欧洲各主要国家的启蒙运动，特别是法国启蒙运动，才逐渐深入人心。神权、君权和奴性逐步得到清除，人权、自由、平等、博爱和民主逐步得到确认。西方民主革命，特别是英、美、法三个主要国家的革命，更是声势浩大、波澜壮阔而又历尽曲折，最终才确立了资产阶级民主制度。鲁迅对英、美、法的革命是歌颂赞美的。

中国由于历史的曲折，没能建立起较为长久的资产阶级民主制度。但从十九世纪末到二十世纪初许多志士仁人为宣传和实现民主共和制度而进行的可歌可泣的伟大斗争，仍应给以充分的肯定，他们的追求是正确的，符合历史前进的方向。他们建立的中华民国，是一件卓越的历史功绩。中华民国比之大清帝国，是历史的进步。在这三十八年中，真正的资产阶级民主政权南京临时政府虽只是昙花一现，但其后的袁世凯称帝和张勋复辟更是昙花一现，毕竟君主专制被唾弃了，有了民主的气氛和舆论，这样五四运动才有可能出现。当然，中华民国从北洋军阀到蒋介石，都不是资产阶级民主政权，我们不应该把他们的倒行逆施当成是资产阶级民主的弊病。只是从中国近现代史中得出教训：建立资产阶级民主制度也颇不容易。

第二，资产阶级民主相对于真正的社会主义民主来说，自然是狭隘的、残缺不全的、虚伪的、骗人的民主。但另一方面我们又必须指出，正如列宁于十九世纪末在《我们究竟拒绝什么遗产》一文中所着重阐明的：伟大的启蒙主义者在反封建斗争中，并没有表现出任何自私的观念，他们完全真诚地相信并期望共同的繁荣昌盛，认为在封建制以后到来的社会确实是人人平等自由的乐园，他们并没有有意地撒谎骗人。但阶级斗争的客观逻辑导致近代民主必然是资产阶级民主。即使如此，资产阶级民主同中世纪的制度比较，仍是历史的一大进步，有它不可抹煞的历史地位。在正常的历史条件下，它又为社会主义民主作了必要准备，是由中世纪的制度走向社会主义民主制度的一个必要的历史中介环节。

但是，由于世界历史发展的不平衡，在十九世纪末、二十世纪初，当东方奋起争取民主制的时候，西方民主制已经显示了它内在的矛盾。中国民主革命者中一部分思想锐敏的人已经觉察这一矛盾：基于发展个性的资产阶级民主制已转而压抑个性，特别是压抑千百万劳动大众的个性。他们在实际社会生活中感受到的是本国封建制度及其意识形态对个性的压抑。他们往往把这两种压抑混淆起来，而又没能把自己的见解同无政府主义和极端个人主义划清界限，因而导致笼统地反对资产阶级民主，而对它的历史地位多少估计不足。鲁迅正是这种倾向的代表者之一。

第三，在一个缺乏民主传统的国度里，缔造社会主义民主制度分外艰巨。中国封建社会漫长，封建意识形态根深蒂固，又由于历史的曲折，没经过典型的资本主义社会进入社会主义社会，没经过资产阶级民主制而建立社会主义民主制，这就使我们身上的担子格外沉重。除了缺乏民主常识、民主习惯等问题而外，更主要的任务是奴性的根除、自我人格独立、自己当家作主责任的确立，用鲁迅的话来说就是国民劣根性的改造。我们现在可改造者甚多，例如恩赐民主，盼望一个好领导、好政策，盼来一个大救星，希望当官的为民作主等等，归根到底都是缺乏自己当家作主的现代民主意识，等待他人为自己安排一个好命运；而这样的好命运决不是靠等待能得到的。所以，根除封建的奴性观念，树立人民群众自己当家作主的观念，是社会主义精神文明的重要内容，也是社会主义民主制度的思想基础。

1986 年 2 月 17 日初稿

1986 年 6 月 12 日定稿

　　（为纪念鲁迅逝世五十周年，1986 年在北京召开了"鲁迅与中外文化"学术讨论会。这是为该会提交的论文，后载于中国社会科学出版社刊行的《鲁迅研究》丛刊第十二辑，1988 年 1 月。这是二十五年前的旧作，学术成果总带有时代烙印，今天看来必定有幼稚可笑之处。但在当时，还是提出了一些新的问题和见解的。作者 2011 年 12 月 8 日附识）

鲁迅笔名特点初探

武德运①

鲁迅从 1898 年署用"戛剑生"起至 1936 年逝世前署用"晓角"止，共用了 140 多个笔名。鲁迅的笔名，总的来说，有如下特点：

首先，表明志趣和态度。如 1907 年发表《人之历史》一文署的"令飞"，就是奋飞之意，他以此自勉，要求自己在前进道路上展翅飞翔；1907 年发表的《文化偏至论》署名"迅行"，是鼓励自己迅速前进、疾速实行的意思；1936 年署用的"晓角"，意思是黎明前的号角，表示"他最后还不忘唤醒国人"②。

其次，署名与文章相配合。这种情况在鲁迅的署名中是很常见的。他经常变换署名，将署名与文章内容联结在一起，往往能起画龙点睛的作用。这样就会珠联璧合，相得益彰。如 1932 年写的杂文《"非所计也"》一文，是批驳国民党幻想用什么私人"友谊"和"感情"使东三省问题得到解决，和"上京请愿"等，都是白费口舌，所以这篇文章就署名"白舌"。1933 年写的杂文《难得糊涂》主要是批判施蛰存的错误主张的，署名"子明"，意思是说你施蛰存其实是很明白的。1934 年写的《骂杀与捧杀》一文，署名"阿法"，意思是说阿谀奉承是一种杀人的方法，因为鲁迅曾说："我的经验是：毁或无妨，誉倒可怕。"③

第三，笔名联系着时代背景。鲁迅署用过为数众多的笔名，证明当时所处环境的复杂性和经历的时代的特殊性，而他所署的笔名的含义，往往联系着时代背景。如 1918 年作新诗《梦》时启用的笔名"唐俟"，据许寿裳的解释："那时部里的长官某

---

① 　武德运（1938— ），陕西商洛人，研究馆员。曾任西北大学图书馆学情报学系副主任、校图书馆副馆长，兼任中国图书馆学会理事、陕西省图书馆学会副理事长、陕西省鲁迅研究学会副会长等职。发表过关于鲁迅研究、图书馆学及文史方面的文章近 200 篇。出版著作 10 余部，其中《鲁迅生平及其著作》获陕西省哲学社会科学优秀成果奖，《图书馆学情报学概要》获陕西省图书馆学会学术成果一等奖。

② 　许广平：《欣慰的纪念·略谈鲁迅先生的笔名》，第 27 页。

③ 　鲁迅：《二心集·做古文和做好人的秘诀》，《鲁迅全集》第 4 卷，北京：人民文学出版社 1981 年版，第 269 页。

颇想挤掉鲁迅，他就安静地等着，所谓'君子居易以俟命'也。把'俟堂'两个字颠倒过来，'堂'和'唐'这两个字同声可以互易，于是成名曰'唐俟'。"①

第四，变化多端，形式多样。鲁迅取笔名的方式多种多样，因而笔名也变化多端，种类繁多。他除个别文章的署名也用过本名周树人及学名周豫才外，绝大多数文章都是以署鲁迅或其他笔名与读者见面的。这些笔名的来源，情况种种，难于一一详述，现只就主要的举例如下：

——脱胎于古典的。如：始于1903年译文《哀尘》的署名"庚辰"，是传说中大禹治水的助手，他是造福中国人民的形象。用于1934年的杂文《未来的光荣》的署名"张承禄"，据《史记·范雎蔡泽列传》记载，范雎在魏国受迫害时改姓名为张禄。鲁迅也由范雎受迫害时的化名张禄联想，取名张承禄，意思是承张禄而来——和张禄命运一样。

——借用论敌攻击的话。这是鲁迅取笔名经常使用的一个方法，笔名既是署名，也有对论敌表示蔑视和抗议的意思。正如鲁迅所说，偏给反动派些不舒服。1927年《书苑折枝》一文，署名"楮冠"，在该文短序之后署名"楮冠病叟"。"楮冠"意思是楮树皮制成的帽子。"楮冠病叟"是戴着楮树皮帽子的病态老者。这是因为狂妄的青年作者高长虹恩将仇报，攻击鲁迅是"戴其纸糊的权威者的假冠入于身心交病之状况"，是精神堕落的"世故老人"。②用这两个笔名，都是对高长虹对他进行人身攻击的回击。

——有的是过去笔名的演化和派生。"鲁迅"是1918年在《新青年》上发表《狂人日记》时的署名，"因为《新青年》编辑者不愿意有别号一般的署名"③，于是将过去的笔名"迅行"中的"迅"字借来，冠以母亲鲁瑞的姓"鲁"字，而成"鲁迅"二字。鲁迅给友人解释这个笔名的含义说：因为"（一）母亲姓鲁，（二）周鲁是同姓之国，（三）取愚鲁而迅速之意"④。此后，"鲁迅"便成了尽人皆知的笔名，本名倒湮没无闻，基本上被取而代之。以"鲁迅"演化出的笔名有"LS"（是"鲁迅"二字英文译名"Lu Sin"的字头）、"L"（是"LS"的简化）、"迅"（是"鲁迅"二字的略写）、"卂"（"迅"字同音的衍变）、"旅隼"（和"鲁迅"音相似，或者从同音蜕变。隼性急疾，则又为先生自喻之意）⑤、"翁隼"（由"旅隼"衍变而来，意思是老健的鹰，表示老当益壮，坚持战斗的决心）、"隼"（是"旅隼""翁隼"的简写）、"苟继"

---

① 许寿裳：《我所认识的鲁迅·鲁迅的生活》，第27页。

② 高长虹：《走到出版界· 1926北京出版界形势指掌图》，第109页、第90页。

③ 鲁迅：《华盖集续编·〈阿Q正传〉的成因》，《鲁迅全集》第3卷，第377页。

④ 许寿裳：《我所认识的鲁迅·鲁迅的生活》，第27页。

⑤ 许广平：《欣慰的纪念·略谈鲁迅先生的笔名》，第21页。

（是"迅继"的谐音，犹言鲁迅在继续战斗）、"朔尔"（将"鲁迅"的英文译名依次倒写成 Nisul，读为此音）、"倪朔尔"（是"朔尔"的变化）、"崇巽"（"从巽"二字的谐音，意思是从"鲁迅"的"迅"字衍变而来）。

——有署用外文字母的。除过以上所举"LS""L"外，还用过"EL"（是"象"的英文 Elephant 的前两个字母）、"ELEF"（是"象"的德文 Elefant 的前四个字母）。许广平曾记得，似乎有人著文以鲁迅在中国之难能可贵，誉之为"白象"。许广平就在与鲁迅通信时曾以"EL"称呼鲁迅，鲁迅复信时也曾以"EL"和"ELEF"署名。这是私人间通信彼此心照不宣的代号，但作为署名使用，也可以笔名待之。

——有署用单位名称或职务名称的。如署用过的"中国教育社""编纂者""译者""编辑者""旅沪一记者""译文社同人"等，只能算是单位名称和职务名称，虽用作署名，但严格说来不能算是笔名。

——还有借署他人笔名的。如《〈红星佚史〉译诗》发表在 1907 年 12 月商务印书馆出版的《红星佚史》一书中，署名"周逴"。文言小说《怀旧》1913 年在《小说月报》发表时，由周作人代署周逴。这"周逴"就是鲁迅的二弟周作人的笔名。1917 年发表的《〈蜕龛印存〉序（代）》时署名"启明"，这也是周作人的笔名。1911 年写的《辛亥游录》发表时署名为"会稽周建人乔峰"。这"乔峰"又是鲁迅的三弟周建人的笔名。

关于鲁迅为什么要借用别人的名字，周建人曾作过解释。他说："就说写文章吧，他常常用别人的名字发表。在绍兴山会初级师范的时期，他写了一篇《辛亥游录》，登在《越社丛刊》第一期上，署的名字是'周建人'，其实全是他写的。他认为只要做成这样一件事情，目的达到了就好了，并不要从这里博取名声，所以用别人的名字也可以。"①署用别人的名字也满不在乎，表现了鲁迅"对于名利、地位，我什么都不要"②的高贵品质。

鲁迅说过："一个作者自取的别名，自然可以窥见他的思想……"③这是有道理的。而一个作家又是社会的一分子，所以他的思想，又和时代紧密地联系在一起。鲁迅的笔名，和他的思想、生活、工作、战斗息息相关，所以也不可避免地打上了时代的烙印，有着他思想变迁的轨迹，从一个侧面反映了这位伟大的文学家、思想家、革命家韧性战斗的精神和高超巧妙的战斗艺术。所以，对鲁迅笔名的探索和研究，也是鲁迅研究的一个方面，不可忽视。

鲁迅使用笔名最早的历史，是从 1898 年开始的，一直到 1936 年逝世前为止。这

---

① 周建人：《回忆鲁迅·永葆革命的青春》，第 42 页。

② 鲁迅：《两地书·一一二》，《鲁迅全集》第 11 卷，第 274 页。

③ 鲁迅：《南腔北调集·辱骂和恐吓决不是战斗》，《鲁迅全集》第 4 卷，第 451 页。

就是说他从事文学活动的整个生活是和笔名密切联系在一起的。为了方便，我们以1927年为界，分为前期、后期进行考察。

前期，是鲁迅的青年时代和步入中年的时代，具体时间指1898年至1927年。这一时期，鲁迅共用过10余个笔名。这些笔名基本上取自鲁迅的自愿，多为希望、自勉、探索的意思。1898年始用的"戛剑生"，是鲁迅最早使用的笔名，意思是说"现在我要'戛'的一声拔出剑来参加战斗了"①。1903年署用的"索子""索士"，前者意思是探索之子，后者即乃探索之士，两者都是探索的意思。探索什么呢？探索救国救民的真理和道路。1907年署用的"令飞"，即勉励自己展翅飞翔，"迅行"是鞭策自己迅速前进。1912年署用的"黄棘"，是策马迅行的意思，反映出对辛亥革命的欢迎和殷切希望。但是，由于资产阶级的软弱性，辛亥革命如过眼烟云，很快就失败了，使鲁迅大失所望。"见过辛亥革命，见过二次革命，见过袁世凯称帝，张勋复辟，看来看去，就看得怀疑起来，于是失望，颓唐得很了。"②因而，只能在探索中咀嚼辛亥革命的失败带给自己的痛苦。他在认真思索，就没有继续呐喊，所以1914年至1917年四年间，也就没有再取新的笔名。

从1918年至1926年，可以看作是鲁迅的中年时代。这时，十月革命的胜利使中国的知识分子有了新的觉醒，鲁迅也从中受到鼓舞，看到了"新世纪的曙光"。他经过一段沉默以后，自觉地遵循着"革命的前驱者"的"命令"，以崭新的姿态，奋不顾身地投入了新的战斗。不久爆发了五四运动，在思想文化战线，掀起了对维护帝国主义侵略和封建主义旧思想、旧文化的空前的大批判的高潮，这也就是著名的新文化运动。在五四运动的急风暴雨中，鲁迅一扫先前的彷徨和期待，起而呐喊，英勇地进行战斗。五四运动，也带来了鲁迅创作的大丰收，他创作了大量的小说和杂文，置身于运动的最前线，成了这个新文化运动的最伟大和最英勇的旗手。"鲁迅"一名，也就在这一时期广为人知。据统计，署用这一名字先后发表的作品在500篇以上。后来署用的"迅""庚言"以及1919年署用的"神飞"等，都表示了希望、自勉的意思。1921年发表的《阿Q正传》所署的"巴人"，取意于"'下里巴人'，并不高雅的意思"③。在那视劳动人民为草芥的时代，表现了决心站在工农大众一边的崇高品质。1921年署用的"尊古"，是对崇古派的讽刺，等等。这一时期鲁迅的笔名，继续了青年时代希望、自勉的精神。靠后的少数笔名，也显露出讽刺和抗争的端倪。

后期，则指鲁迅的晚年，具体时间是从1927年至1936年。这一时期，鲁迅的

---

① 周建人：《回忆鲁迅·鲁迅——中国文化革命的先驱》，第3页。
② 鲁迅：《南腔北调集·〈自选集〉自序》，《鲁迅全集》第4卷，第455页。
③ 鲁迅：《华盖集续编·〈阿Q正传〉的成因》，《鲁迅全集》第3卷，第377页。

笔名有如下特点:

1. 环境更加险恶,作品更加丰富,自觉地以变化多样的笔名和敌人进行战斗。笔名的变化更为灵活多样。这一时期出版了《而已集》《三闲集》《二心集》《南腔北调集》《伪自由书》《花边文学》以及三集《且介亭杂文》,作品占杂文集总数的三分之二;署用了 100 多个笔名,占笔名总数的四分之三。这一时期笔名变化更为频繁,譬如 1933 年新用笔名就有 28 个,1934 年新用笔名 41 个。从而可以看出,鲁迅的笔名是伴随着作品的丰富而不断变化的。而这一时期的笔名,常常出于政治上的原因,不得不变化。杂文是鲁迅投向敌人的匕首和标枪,不断变化的笔名,配合了杂文的对敌战斗,所以,由此进一步证明,署用笔名是"钻网术"的妙用。

2. 作品的战斗性更加威猛,笔名的针对性更强。当然总的来说,这一时期的笔名表现了反击和抗争,但从形式上更为丰富多彩,含义更为丰富深刻。如,1932 年署用的"遐观"是远看的意思,就是被迫害的作者可能从旁远看,但对国民党的谎言一看就穿,洞若观火。1933 年署用的"越客"及其衍变的"越侨"等,意思是本为越人(浙江绍兴古为越地),但却遭到浙江省国民党党部的通缉,失去了回故乡的自由,不得已常年客居于外。1933 年初为《申报》副刊《自由谈》投稿,因为"旧的笔名不能用",便以"何家干""干"为笔名,发表了 20 多篇杂文,根据以往的经验,预料到敌人看到这些杂文后会恼羞成怒,气势汹汹地追查这是"谁干的",但鲁迅却以蔑视的态度进行挑战,并表示继续战斗,不畏强暴,干下去,干到底的决心。

3. 这时鲁迅已成为共产主义者,充满了战斗的豪情和坚定的信心,对人民也表现出深深的爱和对革命必胜的信念,笔名上也得到了反映。如,1933 年始用的"孺牛",是鲁迅的著名诗句"俯首甘为孺子牛"的缩写,反映了他全心全意为人民大众服务的高贵品质。1934 年署用"苗挺",意思是幼苗挺拔,坚信革命必胜,无产阶级的文艺幼苗一定会成为茂林佳卉。"及锋"是及锋而试的意思。"直入",意为单刀直入,不留情面。1935 年始用的"康郁"是"杭育"二字的谐音。鲁迅以"杭育杭育派"代表劳动人民,以此为名,就表示自己要站在劳动人民一边。1936 年署用的"晓角",是鲁迅的最后一个笔名,意思是黎明前的号角,反映了鲁迅最后还不忘记民众的热望和必胜的信念。

(原载《宝鸡社会科学》1995 年第 1—2 期合刊)

鲁迅与吴敬梓

房日晰①

在毛主席的号召与关怀下，几十年来，我国学术界对于鲁迅做了全面而深入的研究，取得了很大的成绩。但对个别领域却还研究得很不够。譬如对鲁迅创作有相当影响的吴敬梓，却似乎没有引起鲁迅研究者的重视。本文试图对这一问题，提出一点粗浅的看法，目的是抛砖引玉，希望引起鲁迅研究者的注意。

一

大约写成于十八世纪四十年代末期的《儒林外史》，是我国文学史上一座不朽的丰碑。它和与它同时出现的《红楼梦》②，奇迹般地耸立在当时的中国文坛，它们的思想和艺术成就是空前的、无与伦比的，达到了难以企及的高峰。如果说唐代出现的伟大诗人李白和杜甫是唐代诗坛的双子星座，那么十八世纪中叶出现的《红楼梦》与《儒林外史》，则是清代文坛的双子星座。在资本主义开始萌芽但还是封建社会，"康乾盛世"的迷雾还遮蔽着一些人的眼睛时，这两部书像照耀夜空的彗星，金光从黑暗的封建大厦的窗缝射入，一线光芒在黑暗的封建大厦，经久不息地闪耀着。它们的出现，对腐朽没落的封建制度、封建道德与意识，予以极大的冲击。然而同时代的两位伟大的作家似乎无交往也不相知，两部书的遭遇也很不相同。《红楼梦》刚一问世，就轰动了当时的上流社会，借阅、传抄、评点，煞是热闹。而续貂之作，不断出现。封建统治者则对它大加挞伐，诬为诲淫，列为禁书。与《红楼梦》相比，《儒林外史》在当时却似乎很受冷落。虽有抄本，而不甚流行。直到现在，不仅没有

---

① 房日晰（1939—2023），陕西旬邑人，西北大学文学院教授。1965 年毕业于陕西师范大学中文系，同年 9 月起到西北大学中文系任教，长期从事中国古典文学教学与研究工作。曾任西北大学中国古代文学教研室主任、中国《儒林外史》学会理事、中国李白研究会常务理事。著有《李白诗歌艺术论》《唐诗比较论》《宋词比较研究》《宋词研究》，参与编著《李白全集编年笺注》等。

② 《儒林外史》于 1747 年已完成传抄。《红楼梦》脂砚斋重评本系 1754 年稿，它的初评本或初稿当更早。故二书大致同时写成。

发现作者生前的抄本，连最早出现的金兆燕的刊本也未找到。它问世二百多年，读者远远不能和《红楼梦》相比，连作者的朋友程晋芳对他写小说也深为惋惜①。《儒林外史》的研究也是落后的，更不能跟新旧"红学"的迭起相提并论。统治者也没有把它视为洪水猛兽。直到五四新文化运动，通俗小说跻入文学之林而受到文艺界的普遍重视时，《儒林外史》才受到学者的注意。而对它真正了解并予以公正评价的第一个学者，则是鲁迅先生。

鲁迅在北京大学讲授"中国小说史"时，对中国小说作了深入的研究。因此，对许多小说作了精当的评价，《儒林外史》更不例外。他在《中国小说史略》中，在讲《儒林外史》以前，先追溯了讽刺小说的渊源，在与其他讽刺小说的比较中，对《儒林外史》作了公正的评价。这种评价是开创性的，也是独具只眼的。我们毫不夸张地说：他对《儒林外史》的研究，作出了杰出的贡献。

鲁迅从文学反映现实、积极干预生活这一现实主义理论出发，正确地指出《儒林外史》是一部公心讽世之作。他说："迨吴敬梓《儒林外史》出，乃秉持公心，指摘时弊，机锋所向，尤在士林。"②这就是说，吴敬梓抱着改革社会的目的，对封建制度下产生的极不合理的现象予以抨击，俾使读者猛醒，而由此引起抗争。他写《儒林外史》，旨在讽世，是为了影响整个社会，而不是泄私愤、发牢骚，热衷于个人之间的攻讦。这就第一次明确地指出了这部小说的社会价值。

文学作品反映生活，不仅不是冷漠的、无情的，而且恰恰在于能够积极干预生活，以期影响并改造社会。离开了影响和改造社会的任务，文学则是毫无价值的。在《儒林外史》以前的许多作者，没有明确地意识到这一点。古代的许多文学家，特别是明清之际的小说或传奇的作者，往往把小说作为娱乐和休息的奢侈品，以便迎合市民的口味。他们不曾想到以小说为手段，改造社会。尽管他们写的小说在某种程度上反映了某一方面的社会生活，曲折地表达了作者的某种理想，但是社会价值却不是很高。吴敬梓在写《儒林外史》时，却似乎已经意识到文学的社会性，受到研究者普遍重视的那篇闲斋老人《儒林外史序》③，已经挑明了这一点。序里写道："稗官为史之支流，善谈稗官者，可进于史。故其为书亦必善善恶恶，俾读者有所观感戒惧而风俗人心庶以维持不坏也。""读之者无论是何人品，无不可取以自镜。《传》云：'善者，感发人之善心；恶者，惩创人之逸志。'是书有焉。"这篇序究竟出于何人之手，尚待进一步研究。但序的作者对《儒林外史》的创作情况以及书的主旨，却是清底的。序文指出：吴敬梓写这部小说，意欲达到感善惩恶、改造社会的目的。也

---

① 程晋芳《怀人诗》："外史纪儒林，刻画何工妍；吾为斯人悲，竟以稗说传！"
② 鲁迅：《中国小说史略》。
③ 此序疑为作者手笔。序假托于1736年，或即暗示作者开始动手写《儒林外史》的时间。

就是说，吴敬梓把写小说作为一种斗争的手段，而把小说作为改造社会的武器。这部书在客观效果上，也达到了作者预期的目的，因此有很高的社会价值。

鲁迅在《中国小说史略》中，还充分肯定了《儒林外史》在中国文学史上所占的极重要的历史位置。他在叙述了这部小说的社会价值、思想意义和艺术特色以后，接着又说："于是说部中乃始有足称讽刺之书。"并强调指出："是后亦鲜有以公心讽世之书如《儒林外史》者。"一唱三叹，寄慨遥深。他在《中国小说的历史的变迁》中又说："讽刺小说从《儒林外史》而后，就可以谓之绝响。"说这部小说是中国古典讽刺小说的空前绝后之作，是符合中国小说史的发展实际的，是非常公允的、恰如其分的评价。

鲁迅先生的这一结论，是在比较中得出的，因此有坚实的基础。中国讽刺小说，历史悠久，源远流长，魏晋人的志怪、唐宋传奇、宋元话本中都有讽刺小说，但多半十分浅陋，有的直如插科打诨，甚而有不近情理或专用于个人攻讦者，如《拗相公》之类。《西游补》《钟馗捉鬼传》，可谓其中的佼佼者了。《西游补》的艺术水平是较高的，正如鲁迅先生指出的："惟其造事遣辞，则丰赡多姿，恍忽善幻，奇突之处，时足惊人，间以俳谐，亦常俊绝。"①但它的艺术成就，远不能和《儒林外史》相比。至于《钟馗捉鬼传》，"词意浅露，已同嫚骂，所谓'婉曲'，实非所知"②，更不能与《儒林外史》相提并论了。而《儒林外史》以后的古典讽刺小说，如《镜花缘》中，间有讽刺的笔法。以后的遣责小说，也多对社会进行揭露和讽刺。但它们"虽命意在于匡世，似与讽刺小说同伦，而辞气浮露，笔无藏锋"③。我们纵观中国小说发展史，古典的讽刺小说，不能不首推《儒林外史》。所谓"空前绝后"之说，已成定论。鲁迅的批评眼光，令人十分佩服。

鲁迅对《儒林外史》所取得的卓越的艺术成就，给予了很高的评价。他用"戚而能谐，婉而多讽"④来概括《儒林外史》的艺术特点，这是十分准确的。吴敬梓的确能够用平和而诙谐的语言，表达愤怒的感情，善于用婉转多姿的笔法，写出绝妙的讽刺篇章。这种旨微而语婉的笔法，继承了我国古代讽刺艺术的优良传统，形成了自己独特的艺术风格。古人所谓"微言大义、皮里阳秋"的艺术笔法，到了他的手里，才得到发扬光大。他的讽刺，不是字面上寓褒贬，而是通过人物的行动、语言、心理，即情节的发展自然流露出来的。譬如作者写马二先生，通过他劝匡超人举业、游西湖、葬神仙、救蘧驼夫等情节，把他忠厚而愚腐的性格写得活灵活现、淋

---

① 鲁迅：《中国小说史略》。

② 鲁迅：《中国小说史略》。

③ 鲁迅：《中国小说史略》。

④ 鲁迅：《中国小说史略》。

漓尽致。又如周进撞号板、范进中举、范进守礼、鲁小姐教子读经，以及汤知县的昏庸、王惠的贪鄙，无一不写得情态逼真而又笔致多姿，的确是"微词之妙选"。

吴敬梓之所以取得这样高的艺术成就，在于他把握了用形象说话这一文学的基本特点。恩格斯在《致玛·哈克奈斯》中指出："作者的见解愈隐蔽，对艺术作品来说就愈好。"①吴敬梓巧妙地把自己的思想和观点，隐藏在真实而细腻的形象描写上，故能达到"烛幽索隐，物无遁形，凡官师，儒者，名士，山人，间亦有市井细民，皆现身纸上，声态并作，使彼世相，如在目前"②的艺术效果。

鲁迅非常喜爱《儒林外史》，直到晚年，他在《叶紫作〈丰收〉序》中还说："《儒林外史》作者的手段何尝在罗贯中下，然而留学生漫天塞地以来，这部书就好像不永久，也不伟大了。伟大也要有人懂。"他对这部伟大的现实主义作品遭到的冷遇，不无感慨和遗憾。可见，对这部不朽的名著，鲁迅是何等的珍视。

二

鲁迅先生在五四运动前后，写了许多优秀的短篇小说，"显示了'文学革命'的实绩"③。他在小说创作上，之所以能够取得杰出的成就，原因是多方面的，批判地继承中外优秀的文学遗产，则是重要的原因之一。在思想艺术的借鉴和继承方面，他受了《儒林外史》的深刻影响，使他的小说艺术放射出惊人的光彩。

首先，鲁迅写了许多以知识分子为题材的小说，对知识分子应走的道路作了深入的探索。这是吴敬梓思考和探索知识分子命运的继续。

从鲁迅的《呐喊》《彷徨》两个小说集来看，至少可以说鲁迅写了这么四类知识分子：有受封建势力迫害做了科举制度牺牲品的孔乙己、陈士成；有封建卫道者鲁四老爷、四铭、高老夫子；有从革命征途上退下来而变得颓唐的吕纬甫、魏连殳，他们在"风雨如磐"的黑暗势力的压迫下屈服了。还有曾经反封建十分勇猛的子君，则被黑暗势力吞食了；也有向封建势力勇猛冲击、义无反顾的狂人、疯子等，他们是头脑清醒、意志坚决的斗士，疯子则比狂人有经验，史涓生则更执着而又有毅力。如果作者把他描写的这些人物和题材，稍加缀合铺排，就可写成一部具有新的时代特色的"新儒林外史"。鲁迅之所以能够写出如此众多而又深刻的知识分子的艺术形象，固然是他对各类知识分子的熟悉和对他们命运的关注以及由此而努力探索他们道路

---

① 《马克思恩格斯选集》第四卷。
② 鲁迅：《中国小说史略》。
③ 《中国新文学大系·小说二集·导言》。

的结果，但也与受《儒林外史》的深刻影响不无关系。吴敬梓以辛辣的笔触批判了科举制度和功名利禄，赞扬对功名利禄淡泊的醇儒，歌颂地描写了一些具有叛逆性格的知识分子，以及知识化了的所谓"市井奇人"，在这种人身上，表现了某种程度的乌托邦思想。这四类知识分子，第一类人时刻做着"朝为田舍郎，暮登天子堂"的好梦。他们青灯苦读，皓首穷经，就是按统治阶级安排的道路向上爬，是社会的蛀虫，是一伙十足的窝囊废。第二类人对现实不满，然而却希望以正统儒家思想改造社会，并做着封建社会"永世常存"的迷梦。第三类人以杜少卿为代表，他穷困潦倒，倜傥不羁，对封建制度和封建礼法有某种程度的不满，是地主阶级的浪子。第四类人力图摆脱封建制度和礼法的约束，想过无拘无束的自由生活，在这类人身上，寄寓了作者的理想。这四类知识分子，除第一类死心塌地地拥护封建制度外，其余三类，对封建统治者来说，都有程度不等的离心力。在封建制度逐渐崩溃、资本主义开始萌芽时期，作者写这四类知识分子，显然对他们的前途和命运有所思考。由于时代的原因和个人思想的局限，还不可能寻找出一条较为正确的道路。然而他对旧的腐朽的制度的批判、对知识分子前途和命运的积极思索以及对新的社会的憧憬，却不能不说是一种进步的表现。鲁迅写小说时，马列主义在中国开始传播，中国的无产阶级已经登上政治舞台。当时鲁迅尽管还是一个急进的民主主义者，但由于时代的原因和他本人卓越的思想以及努力探索，因此他对封建主义的批判和对封建科举制度的批判，比吴敬梓的批判要深广得多，他对处在半封建半殖民地的知识分子的生活道路以及前途命运的认真思考，更是启人深思的。尽管他的探索还没有找出一条正确的道路，但也远不如吴敬梓的理想的渺茫和不切实际。吴敬梓对知识分子道路的探索成就远远不能和鲁迅的探索成就相比，然而我们却可以说，鲁迅对知识分子道路的探索是吴敬梓探索的继续，而且吴敬梓的探索对鲁迅的探索有一定的启发和影响。如果说吴敬梓在他所处的时代，对知识分子生活道路的探索达到了一个里程碑，那么鲁迅则在无产阶级登上政治舞台的半封建半殖民地的中国，在知识分子走向何处去的问题上，矗立了更高更雄伟的里程碑。这两座不同时代的里程碑，闪耀着两个人的思想光辉，凝注了优秀的中华民族的才智，鼓舞着人们为追求客观真理而奋斗的勇气。

其次，鲁迅学习和继承了吴敬梓《儒林外史》中卓越的讽刺艺术，形成了以沉郁的幽默感和深刻的讽刺为特点的风格。而其讽刺艺术的完美和深刻，远远超过了吴敬梓。这是因为他学习并总结了前人讽刺艺术的创作经验，研究了讽刺理论，并在创作中自觉运用的缘故。他以为"'讽刺'的生命是真实"①，他特别注意揭示那

---

① 　鲁迅：《什么是"讽刺"？》。

些隐藏在常见的一般生活之下的丑恶本质，善于"将那无价值的撕破给人看"①。他注意区分讽刺对象，对不同的讽刺对象采取了不同的态度。对弱者、受害者和人民的缺点，采取了善意的讽刺，运用了"婉而多讽"的笔法；对统治阶级以及他们的帮凶，则用辛辣的笔触，给予无情的嘲笑和讽刺。他注重讽刺形象的完整性，并力求写出丰满的讽刺形象。在描写过程中，十分重视典型化。所有这些地方，都远比吴敬梓的艺术手法高明。尤其在塑造讽刺形象的丰满上，为吴敬梓所不及。以鲁迅《弟兄》为例，《弟兄》是一篇非常成功的讽刺小说，他以力透纸背的笔力，细腻地刻画了张沛君这一伪君子的生动形象。作者先写秦益堂因两个儿子为钱财打架而生气，由此十分羡慕张沛君弟兄的友笃，张沛君也以不计较钱财和私利自负，为刻画张沛君这个伪君子形象，作了第一层铺垫；张沛君听说猩红热流行，联想到弟弟正在发烧，怕他患的是猩红热，心急如火，马上打电话请市上有名而索价高昂的西医普大夫，名医未至而又急不择医，先请素不相能的中医白问山诊断，为他对兄弟的深情和关怀，作了进一步铺垫。至此，读者也被他的精神感动了。然而作者笔锋一转，写了张沛君对弟弟疾病不祥的预感，他凌乱的思绪——想到弟弟的死、弟弟的后事，以及弟弟死后家庭生活的安排等，进而又写了他做的奇奇怪怪的梦，通过对他的潜意识活动的真实而又细腻的描写，把他隐藏很深的极端自私而卑污的心理和盘托出。他的内心与他的言谈，形成强烈的对比，由此把他虚伪的面纱全部拆穿。如果把这一篇小说与范进打秋风时不用银色杯箸而吃大虾元子的情节相比，无疑可以说"则无一贬词，而情伪毕露，诚微辞之妙选，亦狙击之辣手矣"②。鲁迅的《弟兄》不仅比范进守礼的情节更"妙"更"辣"，而且全篇构成一个完整而丰满的艺术形象，这比《儒林外史》多局限于某人某事的讽刺远为完整而深刻。此外，像《高老夫子》《肥皂》《端午节》等，都是极成功的讽刺小说。《高老夫子》围绕着高老夫子去贤良女中教课的前后活动，描写了这个混迹文化界的赌棍、流氓的丑恶形象。《肥皂》围绕着一块肥皂引起的纠葛，揭露了四铭一类的卫道者的男盗女娼的真面目。这两篇小说充分揭露了那些"尊孔读经""保存国粹""整理国故"的复古主义者的反动本质。高老夫子和四铭，自然是时代的产儿，是鲁迅先生观察分析研究，根据实际生活创造的鲜明形象。但这并不排斥他在塑造人物时，对古典文学的继承和借鉴。这两个人，分明有着《儒林外史》中高翰林式的浅薄、虚伪，他俩和高翰林不过是不同时代的混迹文化界的流氓而已。

第三，鲁迅小说的白描手法，是中国古典小说，尤其是《儒林外史》艺术特色的继承和发展。吴敬梓擅长白描，一部《儒林外史》，既没有细腻的心理描写，也没

---

① 鲁迅：《再论雷峰塔的倒掉》。
② 鲁迅：《中国小说史略》。

有冗长的风景描写，数十万字的小说，从始至终，几乎全是成功的白描。在艺术上，这是难能可贵的。而他的白描手法，也是卓越的。常常寥寥数语，就能生动地勾画出一个场景或人物，并能寓蕴蓄深厚于平淡无奇之中，耐人寻味。鲁迅先生在评《儒林外史》时，虽然没有谈及白描，但在艺术上，则是一贯主张白描的。他的许多短篇小说，都是运用白描手法成功的范例。这虽不能派定鲁迅就是受了吴敬梓的影响，但却可以说，在艺术趣味、爱好以及创作实践上，他两人却确实有不容否认的惊人的一致之处：都喜欢用传神的"画眼睛"的方法，以"极省俭"的笔墨，写出生动的人物形象；都善于通过人物的语言、行动，刻画人物的性格特征。鲁迅在创作中，之所以大部分用了白描手法，是因为他在艺术上，一贯是主张质朴的，而白描则是"有真意，去粉饰，少做作，勿卖弄而已"①。可见，运用白描手法是小说达到质朴的重要途径。当然，鲁迅先生小说的描写艺术的高明，还不尽在于运用了白描手法，而恰恰在于以白描为基础，又巧妙地综合其他描写手法，使各种艺术手法和谐地统一起来，从而增强了艺术表现力。譬如《明天》和《一件小事》，都用了白描手法，同时又都用了对比描写：《明天》中写半夜里咸亨酒店的热闹和隔壁单四嫂子的孤独，突出了她的不幸遭遇；《一件小事》中写"我"的狭隘自私和人力车夫的大公无私，从而突出了他的高贵品质。以白描为基础而又综合其他表现手法，这正是鲁迅比其他人高明的地方，也是他"博采众家，取其所长"的结果。

三

鲁迅在谈自己的创作时，曾经多次谈到他受过外国作家的影响，而只字不提受过中国小说的影响，究竟原因何在呢？

首先，鲁迅先生写小说的目的是"将旧社会的病根暴露出来，催人留心，设法加以疗治"②，这就必须正视现实，敢于"喊叫和反抗"。在创作方法上，必须坚持清醒的现实主义。在创作思想和倾向上，向弱小国家的那些正视和抗争现实的文学学习。在这些方面，鲁迅确实受到了外国，尤其是巴尔干诸小国文学作品的影响。

其次，鲁迅对中国文学有很深的修养，自然也受到了古典文学的影响。但在与形形色色的复古派的斗争中，复古派往往打着"整理国故""保存国粹"的幌子，企图把人们引向脱离现实、不问政治的道路。甚至他们宣扬不学古文就写不好白话文，并以鲁迅为例。鲁迅如果坦率地谈自己受了传统文学的影响，就可能中了复古派的圈套。这也许是他不直接谈受中国文学影响的重要原因之一。他正确地论述对中国

---

① 鲁迅：《作文秘诀》。

② 鲁迅：《〈自选集〉自序》。

文学遗产的批判和继承，就足以说明他对古典文学的态度以及他受到了深刻影响。

第三，鲁迅对《儒林外史》作了准确的评价，这说明他对这部小说作了认真细致的研究，这自然对他的创作有所影响，但对他个人来说，这种影响却是潜移默化而不自觉的。我们不能因为鲁迅自己未谈受《儒林外史》影响就否认他受《儒林外史》影响这一铁的事实，但也不宜夸大这一事实，而应作出实事求是的分析和评价。

（一九七九年作）

（原刊《鲁迅研究年刊 1982—1983》，陕西人民出版社 1986 年版）

关于鲁迅诗《自题小像》的几个问题

李鲁歌①

关于鲁迅诗《自题小像》，长期以来争论很大，有些问题仍未解决。这就不能不影响到对这首诗以至对鲁迅早期思想的了解。近年来我们在探研这首诗时，对几个问题有了一些新见，愿提出来，请大家指正。

关于诗的题目

有一种颇为流行的观点认为：鲁迅这首诗原先没有题目，题目是接受赠诗的许寿裳后来加上去的。我们以前也是这样看的，现在看来，此说未必妥当。凡鲁迅赠人的诗，诗后大抵都有文字：赠许寿裳的"惯于长夜过春时……""曾惊秋肃临天下……"等诗是如此；在《呐喊》扉页上题诗赠日本友人山县初男时也是如此，并明确写了"自题十年前旧作……"这里的"自题"一语，与《自题小像》的"自题"二字相合。鲁迅赠诗，向注意礼节，不会没有诗后文字的。

许寿裳在《怀旧》《〈鲁迅旧体诗集〉序》《鲁迅的德行》等文中，在提到《自题小像》时，都用了书名号，在《亡友鲁迅印象记》中，明确指出"诗题"是"自题小像"。一九三三年春，鲁迅曾将五首旧作写给许寿裳，其中三首无题。许在《怀旧》中都尊重鲁迅诗的原样，称为《无题》，如一九〇三年鲁迅的赠诗也无题目，那么许先生不会多次以鲁迅自己的口气，加上《自题小像》的篇名的。

基于上述认识，我们认为在没有找到确凿证据之前，不能武断地说此诗原无题，"自题小像"这一诗题是许寿裳加的。

---

① 李鲁歌（1940—2021），祖籍山东馆陶（今属河北），笔名鲁歌、李雪、李歌等。1957年考入西北师范学院（今西北师范大学）中文系本科，1961年毕业。1978年考取西北大学中文系硕士研究生，1981年毕业后留校任教。主讲过鲁迅研究、郭沫若研究、《水浒传》研究、《红楼梦》研究等课程。出版有《鲁迅郭沫若研究》《红楼梦金瓶梅新探》等专著多部，发表过《红楼梦》研究、《水浒传》研究、鲁迅研究、曹操墓研究等相关论文数十篇。

关于诗的写作时间

对这个问题有多种说法，说作于一九〇一年、一九〇二年、一九〇三年、一九〇四年，甚至一九〇六年的都有。我们认为此诗当作于一九〇三年三月。

此诗不大可能作于一九〇一年至一九〇二年间，因为这一时期他所写的诗都曾给他的"诸弟"看过，能从周作人的《旧日记里的鲁迅》中看出端倪。如鲁迅一九〇〇年春写的《别诸弟》，一九〇一年春写的《庚子送灶即事》《祭书神文》《别诸弟并跋》《惜花四律》等，在周作人的日记中都有记录，而偏偏没有关于《自题小像》的记载。有人曾就此诗的问题询问过周作人，他复信说："据记忆，此诗可能见过，当在初断发时，时为癸卯三月至暑假归国时期。"（胡冰：《鲁迅研究札记》）周作人说此诗当为一九〇三年作，与许寿裳所述不谋而合。周建人在回忆文章中也说："早在一九〇三年的时候，鲁迅（这时候在日本东京）送给许寿裳一首《自题小像》的诗。"（《关于鲁迅的爱国反帝思想》）"到了日本，他毅然地剪掉了象征着清朝民族压迫的辫子，拍了一张照片。在这张照片上题了一首诗：'灵台无计逃神矢……'"（《忆鲁迅在辛亥革命前后的一些情况》）并明确指出"这一首诗是鲁迅早年到日本东京后写的"（《学习鲁迅的革命精神》）。这些都说明在鲁迅出国以前，他的"诸弟"都没有见过这首诗。一九〇一年九月十八日周作人由绍兴到江南水师学堂读书，和鲁迅同在一地，交往甚频，鲁迅那时同他的关系很好，什么都交给他看，但他当时却根本没有见过这首诗。这说明此诗当作于一九〇三年，而不在此之前。

许寿裳、周建人和周作人都认为这首诗是鲁迅为断发小像题的诗，这一看法是有道理的。"我以我血荐轩辕"，正是以断发表示与清王朝决裂，并与之血战到底的豪迈誓言。鲁迅的剪辫和照相，大约是一九〇三年三月间的事，诗亦当作于此时。许寿裳多次说此诗叫作《自题小像》，绝非虚妄。

有的同志根据诗中有"寒星"一语，而认为此诗当作于一九〇二年秋，因为秋天才能说"寒星"。对此我们不敢苟同。早在鲁迅改作的《地底旅行》中，在写六月的夜空时，就有"蔚蓝澄寂，寒星炯炯"之语。既然夏天高空中的星斗可称为"寒星"，那么春夜高空中的星斗为什么不能叫作"寒星"呢？可见《自题小像》诗中的"寒星"一语，不能作为否定它作于一九〇三年春的根据。

关于诗的内容

对此诗内容的理解，歧异也是相当大的。许寿裳认为："首句说留学外邦所受刺激之深，次写遥望故国风雨飘摇之状，三述同胞未醒，不胜寂寞之感，末了直抒怀抱，是一句毕生实践的格言。"（《怀旧》）许广平不大同意许寿裳之说。她在阅读单演义同志的《鲁迅行年考略》稿时写道："'灵台无计逃神矢'句，疑是先生旧式结婚后回日所写，因神矢典故乃爱神之矢，示婚姻乃盲目被迫，照许说留学外邦受刺激似解释较牵强，是否？待酌。若是结婚后写的诗，则不应放在一九〇三年内。"值得注意的是，她在这里用了"疑是""似""是否？待酌""若是"等一系列不肯定的词语，说明这只是她自己的理解。许寿裳在《〈鲁迅旧体诗集〉序》中说："《自题小像》之'神矢'，想系借用罗马神话库必特（Cupid）爱矢之故事。"他说"想系借用"，说明他的解释也是出于揣想。

对于诗的首句还有几种说法，如认为"鲁迅在这里是把它原来所指的狭义的男女情爱，赋予新的广义的解释，用以代替自己热爱祖国"（于植元：《鲁迅诗本事质疑》）；或认为"神矢"典出拜伦长诗《罗罗》，说鲁迅"就是以罗罗自况"，"要挽救当时垂危的国运，虽死无悔"，《摩罗诗力说》中说的"飞矢来贯其胸"就是"射入灵台"的意思（张向天：《鲁迅旧诗笺注》）；或认为这句诗出自《山海经》，诗中的"灵台"就是"轩辕之丘""轩辕之台"，整句是说帝国主义强盗们用兵舰大炮"猖狂地射击我们神圣的国土，再也无法逃避他们恶毒的弓箭了"（赵瑞蕻：《读鲁迅诗〈自题小像〉和〈湘灵歌〉》）；或认为"神矢"同"神誓"，即神圣誓言（兰州大学中文系：《鲁迅作品选注》）；或认为"神矢"典出屈原《九章·惜诵》，鲁迅是在说自己无法逃避清朝封建专制顽固派、守旧派（保皇党）的迫害（吴海发：《"神矢"心解》）；等等。日本学者山田敬三、尾崎秀树、细野浩二的解说基本上与我国某些学者的说法相同（山田先生最早提出"灵台"指"轩辕之台""轩辕之丘"之说，比赵说早五年）。我们曾根据鲁迅《摩罗诗力说》，认为这句诗是说心灵深处无法逃避革命思潮的巨大影响（《也谈鲁迅的诗〈自题小像〉》，载《南京大学学报》1977 年第 1 期），后感到"无计逃"未能解通，又据希腊、罗马神话，认为"神矢"指爱神的铅箭，鲁迅把留学异邦的所见所闻给自己带来的憎恨与痛苦比作心灵无法逃避爱神的铅箭一般（《"灵台无计逃神矢"再解》，载《宝鸡师院学报》1979 年第 2、3 期合刊）。

我们过去一直认为诗中的"灵台"典出《庄子·庚桑楚》"不可内（纳）于灵台"，指的是心。现在看来，这种理解是不妥的。

鲁迅诗中的"灵台"，典故当出自东汉赵晔撰的《吴越春秋》（从鲁迅致增田涉信中知鲁迅幼时读过此书）。该书写越王勾践为吴王夫差所败，归国后谋复国仇，范蠡重修会稽城，在城外的怪山上"起游台，……立增楼，冠其山巅，以为灵台"。南朝宋人孔灵符的《会稽记》中也写了有关此"灵台"的事。鲁迅曾把它辑录在《会稽郡故书杂集》中，现抄录如下："城西门外百余步，有怪山。越时起灵台于山上。又作三层台以望云。"（见《鲁迅全集》20 卷本第 8 卷）

鲁迅是会稽（今浙江绍兴）人，从少年时代起就着手搜集关于故乡会稽郡的故书。

会稽郡在古越国之地，包括今浙江省的大部分。会稽是该郡的治所，古越国的都城。越起"灵台"有打败吴国、"越之霸也"（《吴越春秋》）之意。勾践卧薪尝胆，刻苦图强，终于在公元前四七三年攻灭吴国，报了国仇。鲁迅说过："'会稽乃报仇雪耻之乡'，身为越人，未忘斯义。"（《致黄苹荪》）以自己为"越人"而感到光荣和自豪。他初到日本时也曾自称"会稽山下之平民"。留日同学们也深知他"志在光复，时在谈话中流露出来。他认为'改良'必败，誓做'革命党之骁将'，这志向从不动摇。同学们笑着说：'斯诚越人也，有卧薪尝胆之遗风。'"（沈瓞民：《回忆鲁迅早年在弘文学院的片断》）《自题小像》正写于此时。鲁迅在诗中用"灵台"代表越地；他正是要发扬"越人""报仇雪耻"的精神，"志在光复"，以推翻清王朝的罪恶统治。越国的始祖相传是大禹的苗裔夏代少康的庶子无余，鲁迅对大禹是敬仰的，曾多次到会稽城外的禹陵、禹王庙去瞻仰游览。据《吴越春秋》，禹是轩辕黄帝的四代孙，越的始祖无余、越王勾践也都是轩辕的后裔。因此，诗中的"灵台"与"轩辕"是有内在联系的。"灵台"既可以看作是越地和越人的象征，也可以看作是汉民族的象征。

"神矢"并非典出希腊、罗马神话，就是神奇凶猛的箭，鲁迅在此是指满洲贵族的武力征服与占领，因清军善于射箭，故云"神矢"。鲁迅在《〈越铎〉出世辞》中简述清军入关后侵占越地的情况时，称清军为"鸷夷"，为"辫发胡服之虏，旃裘引弓之民"，"引弓"正是其特点。"引弓"与射"矢"乃是一回事。鲁迅在他的杂文中也曾多次说过清军的弓箭是厉害的，如在《补白》中说："我们弓箭是能自己制造的，然而败于金，败于元，败于清。"这些都说明"神矢"正是在说满洲"辫发胡服之虏""引弓"射出的神奇凶猛之箭。作为越地象征的"灵台"，无法逃避象征清军强大武力的"神矢"的进攻，这就是"灵台无计逃神矢"的意思。鲁迅在《〈越铎〉出世辞》中写越地被"鸷夷"侵略、宰制，致使轩辕黄帝高声悲叹（"黄神啸吟"），这就更能使我们明白"灵台无计逃神矢"和"我以我血荐轩辕"之间的内在联系和真正含义了。

"神矢"即"神箭"，早在唐人诗中就有"神箭"一语，胡宿《塞上》诗："汉家神箭定天山，烟火相望万里间。"谁也不会把这"神箭"解释为爱神的箭，那么为什么一定要把"神矢"解释为爱神的箭呢？在鲁迅辑录的《会稽郡故书杂集》中有虞预的《会稽典录》，其中就写了三国时吴国的"神锋弩"，就是神奇凶猛的弓箭，显然不能解释为爱神的弓箭。在鲁迅幼时读过的古小说中还有用"神"字来形容其他兵器之神奇威猛的，如"神锥""神槌""神剑"等（见鲁迅辑录的《古小说钩沉》）。由此可见，"神矢"正可解作神奇威猛之箭。

许寿裳是鲁迅的同乡，鲁迅在送给他的这首诗中愤慨地谈他们的故乡越地被清军侵占之事，是很自然的。这与鲁迅的断发、拍照、题诗又有着直接关系。

"风雨如磐"，正是他们故乡的特点。鲁迅一九一〇年十二月二十一日致许寿裳的信中说："故乡已雨雪，近稍就温，而风雨如磐，未肯霁也。"是一旁证。当然，诗中的"风雨如磐"不但是他们故乡的气候上的特点，而更重要的是有政治上的含义。整句诗是象征的写法，寓有深意，是说在满清的残暴宰制之下，故乡长期处于风雨飘摇、苦难深重的黑暗岁月里。"闇"，即暗；"故园"，正言故乡也，与首句"灵台"相照应，可见"灵台"正是越地之象征。鲁迅笔下的"故园"乃是故乡之意；他写祖国时用"故国"，而不用"故园"。也就是说，鲁迅笔下的"故国"和"故园"在含义上、在范围的大小上，是有分别的。如《中国地质略论》中的"将见此膴膴中原，已非复吾曹之故国"，"思吾故国，如何如何"，在仙台书简中写的"曼思故国，来日方长"，"故国"均指祖国，他不写作"故园"；而《摩罗诗力说》中的"孺子魂梦，不离故园"，说的是一个少年思念家乡，"故园"即故乡，而不是指祖国，因此鲁迅不写作"故国"。鲁迅用词的特点应引起我们的注意。明白了《自题小像》中的"故园"的本意乃是指故乡越地，就更有助于我们理解"灵台"乃是故乡越地之象征，更易于把握"灵台无计逃神矢，风雨如磐闇故园"的真正含义。这样，"无计逃"三字也就很自然地讲通了。

如果作引申的理解，"灵台"也可以看作是中华民族的象征，"神矢"也可以包括帝国主义的枪炮，"故园"也可以代表祖国。鲁迅在他的早期论文中也曾揭露和痛斥过帝国主义对我们祖国和他的故乡浙江的侵略与掠夺。

对于"寄意寒星荃不察"句，除上述说法外，还有别种说法，如认为是"隐喻清王朝不理睬抗俄义勇队和广大爱国人士的抗敌愿望，密令镇压"（杨更石：《"荃不察"和"荐轩辕"》），日本山田敬三认为是说"我远远地寄意于紫禁城内的天子（寒星），但光绪帝（荃）不能闻察理解"（《鲁迅的世界》）。此外还有其他说法。我们认为鲁迅在这里是说自己的反清反帝、救国救民的意愿不被当时一般的革命者所察识。鲁迅在留日时的论文中曾把自己的愿望比作"仰孤星于秋昊"，但当时的"号称识时之士""未遑深知明察"。鲁迅在东京弘文学院时就已开始探讨救治"国民性"的问题，一九〇三年他曾用笔名"索士"著文，后来在《摩罗诗力说》中呼喊道："今索诸中国，为精神界之战士者安在？有作至诚之声，致吾人于善美刚健者乎？有作温煦之声，援吾人出于荒寒者乎？"此即"索士"真义之所在。由此可知他在写《自题小像》时已开始注意思想启蒙问题了。这一很有见地的救国救民的思想愿望，可惜为当时一班革命者所忽略。"我以我血荐轩辕"表明自己甘洒热血，献身于光复中华的反清反帝革命事业，与首联正相呼应，更加证明首联主要是深深愤慨于满清的武力侵占和黑暗统治。

反清革命思想是鲁迅早期的一个重要思想，这一思想在一九〇三年初到辛亥革命时，在他的全部思想中占主导地位。他写《摩罗诗力说》介绍"立意在反抗，指归在动作"的摩罗诗派诗人们，主要就是为了鼓吹反清革命。他在晚年写的《"题未定"草（三）》中写道："'绍介波兰诗人'，还在三十年前，始于我的《摩罗诗力说》。那时满清宰华，汉民受制，中国境遇，颇类波兰，读其诗歌，即易于心心相印……"他在《杂忆》一文中也说："时当清的末年，在一部分中国青年的心中，革命思潮正盛，凡有叫喊复仇和反抗的，便容易惹起感应。"有些人"则专意搜集明末遗民的著作，满人残暴的记录"，"抄写出来，印了，输入中国，希望使忘却的旧恨复活，助革命成功"。还有人"则改名'扑满''打清'之类"，"可见那时对于光复的渴望之心，是怎样的旺盛"。他在《因太炎先生而想起的二三事》中说自己对"排满的学说和辫子的罪状和文字狱的大略，是早经知道了一些的"；对拖辫之事到晚年都是"憎恨，愤怒"的，"因为自己是曾经因此吃苦的人，以剪辫为一大公案的缘故"。鲁迅的剪辫，表明了他反清的决心，他剪辫后写下了这首诗，表现了对满清的强烈憎恨。

这首诗不仅表现了鲁迅的反清革命思想，而且表现了他的反帝爱国思想。毛泽东同志指出："中国人所以要革清朝的命，是因为清朝是帝国主义的走狗。"（《唯心历史观的破产》）要反对帝国主义列强对我国的侵略和掠夺，就不能不革帝国主义的走狗清王朝的命，不能不推翻清王朝的腐恶统治。这也是当时革命派与改良派的根本区别所在。鲁迅此诗是在革命派与改良派激烈斗争的高潮中写的，整首诗表现了鲁迅坚定正确的革命立场，也是他认为"'改良'必败，誓做'革命党之骁将'"的一个生动的艺术体现。后来鲁迅加入了光复会，不是没有原由的。

从许寿裳一九三六年解释这首诗到现在，中外许多鲁迅研究者对这首诗作过多种多样的解释。本文提出一些不同的见解，就教于中外学者和广大读者，以期有助于对鲁迅及其作品的研究。

附记：如果把诗的第三句解释为批判和讽刺康有为等改良派把希望寄托在光绪皇帝身上，而又得不到他的谅察，亦可通。"荃不察"典出《离骚》"荃不察余之中情兮"，说的是帝王不察之事。康有为也曾多次在诗中以星新喻光绪帝。康有为等主张废除君主专制，实行君主立宪，这就限制了皇权，光绪帝对此很反感，因而在戊戌变法实行期间，对改良派多次上书要求君主立宪都不理睬。这说明了在中国要搞君主立宪是行不通的。鲁迅表明自己坚决反对改良，而走"我以我血荐轩辕"，推翻清朝，献身光复事业的革命道路。

（原载《求是学刊》1980 年第 4 期）

鲁迅前期小说与俄罗斯文学

王富仁①

鲁迅的前期小说,像所有卓越的文学作品一样,是独创的、民族的。但是,它的独创性,是在中外文学遗产的基地上开辟出来的,是在前人优秀成果的滋养下萌生出来的;它的民族性,也不是封闭的、狭隘的民族固有传统的简单继续,而是被世界文学所浸染、所丰富了的。考察中外杰出作家及其作品对鲁迅文学创作的影响,总结鲁迅批判继承历史文化遗产的丰富经验,无疑应当被列为鲁迅研究的重要课题之一。

在鲁迅前期小说与中外文学遗产的多方面复杂联系之中,它与俄罗斯现实主义文学的历史联系始终呈现着最清晰的脉络和最鲜明的色彩。在它的深沉思想内容的基本精神中,在它的现实主义艺术方法的总体性特色中,在它的沉郁、严峻而又热烈的主导格调中,我们都能异常分明地感受到俄罗斯现实主义文学的强烈影响。这种影响的强烈性,不但丝毫没有损伤鲁迅前期小说的独特个人风格和鲜明民族化特色,反而促成了它们的形成和加强。鲁迅在从事前期小说创作的时候,为什么格外注重对俄罗斯现实主义文学的借鉴呢?他是怎样创造性地把他的艺术成就转运到中华民族的文学宝库中来的呢?这一过程向我们提供了哪些有益的经验呢?这是我们应当注意研究解决的问题。

鲁迅的文学道路表明:他不是在世界艺术之林里随目所之地顺手掠取了几个俄罗斯文学之果,而是经过了精心思考和严格选择的。

---

① 王富仁(1941—2017),山东高唐人。1978 年考取西北大学中文系中国现代文学专业硕士研究生,1981 年获文学硕士学位,后留校任教一年。1982 年考取北京师范大学中文系博士研究生,1984 年获文学博士学位,任教于北京师范大学中文系。2003 年受聘为汕头大学文学院终身教授。曾任中国现代文学研究会会长,中国鲁迅研究会、中国闻一多研究会理事。主要学术研究领域为鲁迅研究、中国文化研究、中国现当代文学研究、中国左翼文学与文化研究。著有《鲁迅前期小说与俄罗斯文学》《中国反封建思想革命的一面镜子——〈呐喊〉〈彷徨〉综论》《中国鲁迅研究的历史与现状》《中国文化的守夜人——鲁迅》《中国现代文化指掌图》《王富仁自选集》等多部著作。

像所有的文学家一样，他首先受到的是本民族文学的熏染和陶冶。他早在幼年和少年时期，便阅读了大量中国古典小说。后来，他又以中国第一个卓有成效的中国小说史的研究学者著称于世。本民族文学培育了他的文学爱好，加强了他的文学素养，锻炼了他运用民族语言的能力，丰富了他的表现手法和表现技巧，奠定了他创作前期小说的基础。但是，作为中国古典小说的伟大革新者的鲁迅，不是它的固有形式和内容的陈陈相因的袭用者，而是一个借异域之石攻本国之玉的好手。他自己也反复说过，他创作小说"大约所仰仗的全在先前看过的百来篇外国作品和一点医学上的知识"①，"我所取法的，大抵是外国的作家"②。在谈到整个中国现代小说时他又说：它的产生"一方面是由于社会的要求的，一方面则是受了西洋文学的影响"③。

在外国文学中，鲁迅接触最早的恐怕还是英、美、法诸国文学作品的林纾译述本。据周作人日记中的记载，鲁迅在留日以前便接触到柯南·道尔的《福尔摩斯包探案》、哈葛德的《长生术》和小仲马的《巴黎茶花女遗事》等书④。许寿裳也说，林纾的翻译，"出版之后，鲁迅每本必读"⑤。关于这一点，鲁迅后来也有追述，他说："我们曾在梁启超所办的《时务报》上，看见了《福尔摩斯包探案》的变幻，又在《新小说》上，看见了焦士威奴所做的号称科学小说的《海底旅行》之类的新奇。后来林琴南大译英国哈葛德的小说了，我们又看见了伦敦小姐之缠绵和非洲野蛮之古怪。至于俄国文学，却一点不知道……"⑥通过林纾的译本，鲁迅开阔了眼界，培养了对外国文学的兴趣，应当说还是有一定作用的。柯南·道尔等人的作品自有它们一定的历史作用和价值，这也毋庸讳言。但是，鲁迅之不满意它们，也是完全必然的。就在同一篇文章中，鲁迅说："包探，冒险家，英国姑娘，非洲野蛮的故事，是只能当醉饱之后，在发胀的身体上搔搔痒的，然而我们的一部分的青年却已经觉得压迫，只有痛楚，他要挣扎，用不着痒痒的抚摩，只在寻切实的指示了。"⑦

鲁迅在日本留学多年，日文是他最熟悉的外国语种。他曾翻译过不少日本文学作品，它们对鲁迅前期小说创作也产生过一些影响。但是就整体而言，鲁迅前期小说与日本文学的关系并不是最密切的。对此，周作人有过比较详细的忆述。他说：鲁

---

① 鲁迅：《我怎么做起小说来》。
② 鲁迅 1933 年 8 月 13 日致董永舒的信。
③ 鲁迅：《〈草鞋脚〉小引》。
④ 周遐寿：《鲁迅小说里的人物》，人民文学出版社 1959 年版，第 185—186 页。
⑤ 许寿裳：《亡友鲁迅印象记》，人民文学出版社 1955 年版，第 10 页。
⑥ 鲁迅：《祝中俄文字之交》。
⑦ 鲁迅：《祝中俄文字之交》。

迅"对于日本文学当时殊不注意，森鸥外、上田敏、长谷川二叶亭诸人，差不多只重其批评或译文，唯夏目漱石作俳谐小说《我是猫》有名，豫才俟其印本出即陆续买读，又热心读其每日在《朝日新闻》上所载的《虞美人草》，至于岛崎藤村等的作品则始终未曾过问。自然主义盛行时，亦只取田山花袋的《棉被》、佐藤红绿的《鸭》一读，似不甚感兴味。豫才后日所作小说虽与漱石作风不似，但其嘲讽中轻妙的笔致实颇受漱石的影响，而其深刻沉重处乃自果戈里①与显克微支来也"②。

鲁迅所精通的第二外国语是德文，德国大作家歌德、席勒等人的作品没有引起他太大的关注。霍普特曼、苏德曼等人，正像鲁迅自己所说："这些人虽然正负盛名，我们却不大注意。"③他一生热爱海涅的诗歌，但作为诗人的海涅对鲁迅前期小说的影响甚微。尼采的《查拉图斯特拉如是说》为鲁迅所爱读，它的影响也只在《狂人日记》中闪现了一下，此后便在鲁迅前期小说中销声匿迹了。

1903 年，鲁迅抱着使中国人民"于不知不觉间，获一斑之智识，破遗传之迷信，改良思想，补助文明"④之目的，先后翻译了法国科学幻想小说家凡尔纳的《月界旅行》和《地底旅行》。此后还翻译过一部《北极探险记》⑤和美国路易斯·托仑著的《造人术》⑥，都属于这类科学幻想小说。这当然也是极有益于中国人民的工作，但这也反映了鲁迅当时"科学救国"思想的某些端绪。没有多久，他便改变了当时的"导中国人群以进行，必自科学小说始"⑦的看法。他的创作小说，也是与科学小说相绝缘的。

1907 年，鲁迅写了早期最重要的文艺论文《摩罗诗力说》，开始表现出他对俄国文学的广泛接触。可是，这时他仍然不是从现实主义的角度，而是从积极浪漫主义的角度介绍了普希金和莱蒙托夫。他当时提及了果戈里的现实主义特色，还介绍了柯罗连科的《末光》，但尚未把它们当作介绍的重点。拜伦、雪莱、裴多菲、密茨凯维支等积极浪漫主义诗人对鲁迅的思想曾产生过很大影响，拜伦那"苟奴隶立其前，必衷悲而疾视，衷悲所以哀其不幸，疾视所以怒其不争"⑧的感情态度，也突出地反映在他的前期小说中，"摩罗诗人"的抗争精神融化在鲁迅前期小说的现实主义中，

---

① 编者按：今通译为"果戈理"，下同。

② 知堂：《关于鲁迅之二》，《鲁迅先生纪念集》第 1 辑，第 31 页。

③ 鲁迅：《杂忆》。

④ 鲁迅：《科学小说〈月界旅行〉辨言》。

⑤ 参看鲁迅 1934 年 5 月 15 日致杨霁云的信。

⑥ 参看《关于〈哀尘〉、〈造人术〉的说明》，《文学评论》1963 年第 3 期。

⑦ 鲁迅：《科学小说〈月界旅行〉辨言》。

⑧ 鲁迅：《摩罗诗力说》。

构成了它的战斗的现实主义的重要格调之一。可是，拜伦等人的作品多为诗歌作品，它们与鲁迅小说的联系主要表现在精神思想方面，并不如俄国现实主义小说作品与鲁迅小说的联系更为广泛和直接。

鲁迅在早期还曾翻译过雨果等人的作品，高度评价过但丁、莎士比亚、弥尔顿、易卜生等世界名人，"也曾热心的搜求印度、埃及的作品，但是得不到"①。

以上这个广为搜求和多方尝试的过程，就时间而言可以说是短暂的，可是就其历程而言则是漫长的。正是在这漫长的摸索前进的过程中，他一步一步地趋近了俄罗斯现实主义文学。1909 年，他和周作人共同编译了两册《域外小说集》，重点介绍了俄国和东欧、北欧等弱小民族国家的现实主义短篇小说作品。鲁迅翻译了三篇（安特莱夫的《谩》《默》和迦尔洵的《四日》），均为俄国作品。同年，鲁迅还翻译了安特莱夫的《红笑》的一部分，准备翻译而未及译的还有莱蒙托夫的《当代英雄》和契诃夫的《决斗》等。1911 年，鲁迅发表了第一篇创作小说《怀旧》，已经分明地表现出俄国现实主义文学的影响。从《域外小说集》经由《怀旧》到鲁迅前期的白话小说创作，这是一条鲁迅现实主义文艺思想由形成、确立到进一步发展的线条，也是鲁迅小说艺术由萌生、成长到成熟的线索，它们都是连在俄国文学这个始发点之上的。

鲁迅所走过的文学道路说明，他曾经广泛地吸取过中外文学的艺术营养。这对他的小说创作是十分必要的。应当说，所有这一切，都或直接或间接、或大或小地对他的小说有所影响。但是，他的主要艺术兴趣却是贯注在俄国、东欧、北欧现实主义文学特别是俄国文学之上的，对他的小说创作影响最大的也是它们。这向我们提出了一个值得沉思的问题：他为什么没有仅仅满足于从本民族文学中汲取自己的艺术营养呢？为什么没有沿着对他来说是最方便的路线，从日本、德国文学中集中采取需要的全部艺术花粉呢？为什么没有停留于从当时在中国影响最大的英、美、法诸国的文学作品译著中披拾自己效法的楷模和范本呢？只有首先有效地解决了这个问题，我们才能更清晰地发现鲁迅前期小说与俄罗斯现实主义文学联系的主要纽带，也才能发现鲁迅大量借鉴外国作品而却能创造、发展严格的民族化艺术形式及传统的秘密。

鲁迅曾反复地说过，他介绍外国文艺"并不是从什么'艺术之宫'里伸出手来，拔了海外的奇花瑶草，来移植在华国的艺苑"②，而是为了"转移性情，改造社会的"③。正是这一点，决定了鲁迅探求的方向。在这种情况下，他所寻求的是这样一

---

① 鲁迅：《我怎么做起小说来》。

② 鲁迅：《杂忆》。

③ 鲁迅：《〈域外小说集〉序》。

种文学：它不但在内容上是充实的，在艺术上是完美的，而且更重要的是，它的艺术方法和形式要较他种文学更适于表现中国的社会现实，更适于贯注自己对中国社会生活的理性认识到审美认识，因而也更适于启发中国人民的觉悟，激发中国人民的革命精神。事实证明，在当时的历史条件下，俄罗斯文学便是这样一种文学。

文学艺术不是空中云、幻中花，它是社会现实生活的反映，是时代精神的表征。它民族的文学所以能被本民族所利用，归根到底在于两个民族在社会生活和时代情绪上有某些相似之处，而这种相似之处愈多、程度愈大，两个民族在文学上所产生的共鸣也更为强烈。我们所以说俄罗斯现实主义文学在当时更适于为表现中国现实生活服务，首先是因为这两个国家的现实生活本身有更多的相近或相似之处，由此也决定了两国在社会思想、时代精神和人民情绪上的一系列一致性特征。毛泽东同志说："中国有许多事情和十月革命以前的俄国相同，或者近似。封建主义的压迫，这是相同的。经济和文化落后，这是近似的。两个国家都落后，中国则更落后。先进的人们，为了使国家复兴，不惜艰苦奋斗，寻找革命真理，这是相同的。"

俄国社会生活不但较之西欧资本主义国家当时的状况，而且较之它们的反封建压迫历史时期的状况，与中国当时的社会现实都更为相似。这是因为，两个国家都经历了大致相似的历史进程。它们都不是在本民族资本主义工商业得到充分发展、农业自然经济濒于崩溃的历史条件下产生了资产阶级民主革命的要求的。当这两只睡狮被西欧隆隆的机器声和炮声震醒的时候，西欧资产阶级已经掌握了国家政权，并且取得了比较发达的资产阶级物质文明。这诱发了两个国家尚处于襁褓中的资产阶级的革命愿望。又由于强敌毗邻或外敌入侵，更极大地增强了本国先进人士救亡图存、推翻专制统治的紧迫感和强烈主观要求。这种独特的历史进程决定了两国社会生活和人民情绪多一致特征。两者所不同的是，俄国较之中国更早得多地进入了这一历史进程。当中国五四新文化运动开始之际，俄罗斯文学已经为反映这样的现实生活积累了丰富的创作经验，它的丰富瑰奇的现实主义艺术不但足以为当时中国年轻的新文学艺术所借鉴，而且在整个西欧文学中也已经跃居领先地位。也就是说，俄罗斯现实主义文学不但在思想和艺术性上达到了相当高的水平，而且它所反映的现实生活本身也没有任何一个国家的任何一个时期在与中国社会生活的相似或相同上能与之相比拟。这是鲁迅所以格外注重借鉴俄国现实主义文学的主要原因，也是我们研究鲁迅前期小说与俄罗斯现实主义文学历史联系的主要线索。

清醒的现实主义精神、广阔的社会内容、社会暴露的主题是鲁迅前期小说与俄国文学的共同特征之一，也是二者相互联系的主要表现之一。

社会生活及其意识形态的性质与状况，不仅决定着一个时代文学的主要内容，也曲折地决定着它占主导地位的艺术方法和表现形式。我们可以看到，在俄国文学的历史发展中，曾在西欧文学中各领风骚上百年的古典主义、浪漫主义诸流派，几乎像闪电般飞速掠过，远远没有达到西欧文学的艺术成就；而其现实主义文学则得到了长期的发展和空前的繁荣，并在欧洲文学中跃居领先的地位。造成这一情况的原因当然是多方面的，但其中起决定性作用的则是它的历史发展特点和社会生活状况。社会矛盾的空前激化和充分暴露为现实主义文学提供了丰富的艺术素材，集中的、大规模的革命斗争的尚未到来，使文学的任务主要集中于认识现实、解剖现实并以此启发人民的觉悟。

这样，在君主专制政体相对加强和暂时稳固时期产生的古典主义文学固然较少插足的余地，由对"理性王国"的强烈失望情绪而产生的重视主观情绪的表现、企图独立于现实之上或社会之外的浪漫主义文学也不会得到长足的发展。正确认识现实、了解现实社会的真实矛盾的强烈愿望激动着整整一个世纪的知识分子尤其是先进人士的心，现实主义文学就在这种基础上迅速地成长起来，成为19世纪俄国文学的主要潮流。

现实主义文学是对当时现实作深刻的、真实的历史描绘的文学派别。19世纪批判现实主义文学的突出特点之一，在于它能够从社会历史的运动和发展中、在人与社会环境的多方面复杂联系中来表现人物性格，反映人的精神生活。因此，它首先肯定社会对人物的制约力量，肯定人的性格及其变化是社会环境影响下的产物，只有在这样的基础上，人的活动才能取得自己的独立性并发生对社会的反作用。现实主义文学的基本特征和19世纪现实主义文学的新发展，使它成为具有广阔社会内容的文学。因为只有正视现实、准确地描绘现实，才能保证有效地提示社会生活的若干本质方面；只有不把人当作单个人的道德存在物，不当作一种道德品质的简单符号，才能在人物性格及其发展中最大限度地反映出社会的矛盾斗争和现实生活的真实状况来。现实主义的这些基本特征当然在代表着它的艺术高峰的俄国文学中得到了充分的体现。除此之外，俄国历史发展的特点，还使俄国现实主义文学具有更加深刻的社会思想内容和其他各国文学所不可比拟的思想严肃性。

我们看到，当西欧资产阶级进行文艺复兴运动的时候，他们是多么怡然自得而又开诚布公地提出了本阶级的思想愿望啊！他们公开打出享乐主义、纵欲主义和个人主义的旗帜，与封建宗教神学的禁欲主义和封建等级制度进行斗争。这反映了西欧资产阶级从那时起便在社会生活中扮演了一个重要的角色，他们用本阶级一个阶级的愿望便足以博得社会的同情，便足以对抗即将土崩瓦解的封建思想的统治。但在俄国，农业自然经济还是本国的主要经济形态，开始时封建专制制度在某种程度上还是相当巩固的，资产阶级的弱小，广大农民群众的存在，使资产阶级一个阶级的思想愿望难以博得广大社会阶层的同情。即使从资产阶级一个阶级的利益出发，不首先摧毁封建的农奴制度，不把尚被这种制度牢牢地固定在土地上的广大农民解放出来，他们便难以得到自身的发展。后来西欧资本主义社会的弊病的暴露，社会矛盾的加剧，以及社会道德的沦丧，使俄国先进人士及有良知的知识分子产生了避开资本主义、绕过资本主义阶段的思想愿望，这样，资产阶级的赤裸裸的独立要求也便不可能再博得广泛的社会同情。总之，在俄国，激动着广大社会阶层人们心灵的首先不是个人的声色欲望问题，而是广大的社会问题。这一社会状况决定了俄国文学与更广阔的社会生活相联系。高尔基在谈到俄国作家的苦闷时说："这种苦闷往往把他们赶到教堂，赶到酒窖，赶到疯人院，但是却绝少把他们赶到对生活漠不关心的冷淡态度。"①

假若说在西欧资本主义国家的现实主义作家之中，"纯艺术"的观点在像福楼拜这样杰出的作家之中还有一定影响的话，那么，俄国现实主义则几乎是与"为艺术而艺术"绝缘的。在普希金的作品里，还曾出现过这种要求艺术独立于卑俗社会的号召，但即使他，与十二月党人的革命活动也是紧密联系在一起的。他之后的绝大多数优秀作家都毫不讳言自己创作的社会功利性目的，这种观点在列夫·托尔斯泰的《艺术论》中甚至发挥到了极致的程度。与此相联系，俄国现实主义文学是与享乐主义相离甚远的。奥地利作家斯蒂芬·茨威格曾对巴尔扎克、狄更斯、陀思妥耶夫斯基作品中的人物作过比较，他写道："在欧洲每年出版的五万本书中，请您打开任何一本来看。它们谈些什么呢？谈的是幸福。女人想有一个丈夫，或者某人想发财，想有权力和受人尊敬。对于狄更斯的人物，一切追求的目的只是大自然怀抱里的一座漂亮的小住宅和绕膝欢跃的一大群儿孙。巴尔扎克的人物所热衷的是高楼大厦、贵族头衔和百万金钱。陀思妥耶夫斯基的人物有谁追求这些呢？谁也没有，一个也没有。他们不愿停留在任何地方——甚至在幸福上。他们总是渴望走得更远些，他们都怀着一颗折磨他们的'火热的心'。"②我们不能把茨威格的话理解为对这三位作家的优劣比较，他们都是伟大的现实主义作家，他们的作品都是本民族社会生活的真实写照。巴尔扎克、狄更斯生活在发达的资本主义国家，金钱关系组成了他们生活的主要纽带，他们真实地描写了这种关系，不但是应该的，也是必要的。但在同时，我们也不能否认西欧作家生活在这样的社会生活中，他们的世界观也或多或少地受到这种思想的影响，因而在作品中也流露出一种享乐主义的思想倾向。鲁迅在《忽然想到（十）》中，就曾指出"法国作家所常有的享乐的气息"③。可以说，俄国现实主义文学是最少有享乐主义倾向的文学。他们也表现关于"幸福"的主题，

---

① 高尔基：《俄国文学史》，上海译文出版社 1979 年版，第 107 页。

② 茨威格：《巴尔扎克，狄更斯，陀思妥耶夫斯基》，转引自《世界文学中的现实主义问题》，人民文学出版社 1958 年版，第 206 页。

③ 鲁迅：《忽然想到（十）》。

但这种主题却得到了与西欧文学迥然不同的表现。在冈察洛夫、陀思妥耶夫斯基、列夫·托尔斯泰、契诃夫等许多作家的作品里，把满足于个人幸福生活当作一种极端庸俗的东西来表现，他们的正面主人公尽管常常掉到道德完善、灵魂赎罪等陷阱中去，可他们从不满足于个人的幸福生活，从不追求个人的安逸和享乐。

俄国现实主义作家这种高度的社会责任感，使他们始终如一地面向广大的社会人生。正像鲁迅所说："俄国的文学，从尼古拉斯二世时候以来，就是'为人生'的，无论它的主意是在探究，或在解决，或者堕入神秘，沦于颓唐，而其主流还是一个：为人生。"①

与"为人生"的明确目的性紧密相联系，俄国现实主义作品的主题中社会暴露的性质特别显著。暴露、批判，是批判现实主义文学的中心历史任务，这在世界文学范围中都是如此。我们所以说俄国现实主义文学中特别显著，是因为其中很多杰出作家都表现出一种顽强的倾向，即总是努力把社会现实作为一个整体—古脑儿地暴露出来。这在西欧作家中也有，例如巴尔扎克的《人间喜剧》，它就是把资本主义社会作为一个整体来加以表现的，正像恩格斯在给哈克纳斯的信中所说：巴尔扎克"给予了我们一部法国'社会'的卓越的现实主义的历史"，在中心图画四周，"他安置了法国社会的全部历史"。②但像巴尔扎克的《人间喜剧》这类的作品，总体来说在西欧批判现实主义作品中并不多见。我们可以把福楼拜的《包法利夫人》、莫泊桑的《俊友》、狄更斯的《大卫·科波菲尔》同果戈里的《死魂灵》《钦差大臣》、列夫·托尔斯泰的《复活》《安娜·卡列尼娜》乃至契诃夫的中篇小说《第六病室》《草原》等比较一下，尽管它们都是卓越的现实主义作品，都有尖锐的批判主题，但前者所着重批判的是社会的一个方面，而后者批判的则是社会整体。果戈里在谈到他的《死魂灵》的写作时说："我想在这部小说里至少从一个侧面表现全俄罗斯"，"全俄罗斯都包括在那里面"。③关于《钦差大臣》，他说："我决意在《钦差大臣》里把我那时看到的所有一切俄国的坏东西收集在一起……一下子把这一切嘲笑个够。"④在果戈里的作品里，这个目的是通过用一个中心事件联络起各种社会侧面的图画的广泛描绘达到的；在普希金、莱蒙托夫、屠格涅夫等人的作品里，它是通过解剖、分析所谓"当代英雄"的形象而达到的；在列夫·托尔斯泰的作品里，它是通过描绘极为广阔的社会画面和众多的社会人物典型达到的；在契诃夫的作品里，它是在印象主义似的描绘中渲染出一种浓郁的气氛来，使读者呼吸到整个社会的空

---

① 鲁迅：《〈竖琴〉前记》。
② 《马克思　恩格斯论艺术》（一），人民文学出版社 1960 年版，第 10 页。
③ 引自《西方古典作家谈文艺创作》，春风文艺出版社 1980 年版，第 407 页。
④ 引自《西方古典作家谈文艺创作》，春风文艺出版社 1980 年版，第 410 页。

气而达到的……不论通过什么具体途径，他们的愿望总是力图把自己的艺术概括扩大到整个俄国社会的广度和高度，从《在俄罗斯谁能快乐而自由》《当代英雄》等题名也可以看出这种倾向来。这种努力的结果，是使他们暴露的典型概括范围空前地扩大了，对社会的批判力量也大大地增强了。

与俄国相似的中国社会的历史发展，也必然使中国文学的主潮趋向于现实主义，这是由于鸦片战争以来，中国社会的内忧外患引起了所有先进人士的不满，正确认识中国、解决实际的社会问题、改造中国的强烈愿望同样激动着中国人民的心。在五四新文化运动的当时或之后，西欧各流派曾经一时杂然并陈地出现于中国文坛，但其中起主导作用的实际上也只有两个：一个是以鲁迅为代表的，以《新青年》、文学研究会为主要力量的现实主义流派；一个是以郭沫若为代表、以创造社为核心力量的积极浪漫主义流派。创造社的文艺主张是针对文学载封建之道的封建主义文学主张提出来的，在当时曾起到一定的积极作用，其作品也取得了很高的成就。但是，"为艺术而艺术"的口号是无法在当时中国的先进人士中扎根的。此后不久，创造社多数同人虽然在创作上仍有自己的特色，但至少在文艺主张上，都转向了现实主义文艺理论。现实主义文学的代表鲁迅，早期也曾倡导过积极浪漫主义文学，只是早在五四新文化运动之前便走上了现实主义文学道路。他的这一文学历程最基本的根源在于中国社会现实的要求和他自己的"改造中国社会"的始终不渝的革命观，但起直接启发作用的则是俄罗斯现实主义文学的强烈影响。

鲁迅说："中国人向来因为不敢正视人生，只好瞒和骗，由此也生出瞒和骗的文艺来，由这文艺，更令中国人更深地陷入瞒和骗的大泽中，甚而至于已经自己不觉得。世界日日改变，我们的作家取下假面，真诚地，深入地，大胆地看取人生并且写出他的血和肉来的时候早到了；早就应该有一片崭新的文场，早就应该有几个凶猛的闯将！"①鲁迅便是开辟这"崭新的文场"的"凶猛的闯将"。他的前期小说把中国古典小说的现实主义传统提高到了清醒的、自觉的、革命的新高度，而这种现实主义特色，又是和俄国现实主义文学紧密联系的。

鲁迅前期小说远远超出了被动地、不自觉地反映社会生活的阶段，从而达到了有目的地解剖社会、反映社会的高度。他之真实反映生活的目的，也已经不是古典现实主义小说作家的或"寓惩劝"或"抒愤懑"了，而是有意识地把现实生活真实地呈现出来，以帮助人们正确认识它并对它进行革命性的改造。这在艺术上的具体表现则是他把典型环境的描写提到了小说创作中的重要地位上来。恩格斯说："照我来看，现实主义是除了细节的真实之外，还要真实地再现典型环境中的典型性格。"②

---

① 鲁迅：《论睁了眼看》。
② 《马克思　恩格斯论艺术》（一），第9页。

在多数中国古典小说中，还没有达到这种高度。它们提供了一系列鲜明的性格形象，但较少展示这种性格产生的社会环境和社会原因。我们知道李逵是卤莽的，吴用是多智的，关云长是忠勇的，曹操是奸诈的，但这些性格是在怎样的外力作用下形成的，我们在作品之中是不能直接读到的。与此不同，鲁迅前期小说虽然是短篇，但它们的每一个主要人物的性格在作品之中都能找到形成的原因。阿 Q 的"精神胜利法"是他受欺凌而无力反抗的结果，闰土的麻木迟钝是"多子，饥荒，苛税，兵，匪，官，绅"综合力量压榨下形成的，吕纬甫的软弱妥协是在社会黑暗保守势力长期消磨下产生的……就在这人与环境的复杂联系中，鲁迅有效地通过人物性格的塑造揭示了当时现实社会的状况。我们还可以看到，鲁迅小说中绝少单纯气质性的或智能性的性格。诸葛亮是智慧的化身，这是一种智力的典型；《王安石三难苏学士》①中王安石是才学的典型；《宋四公大闹禁魂张》②中赵正是一种技能的典型；毛张飞、莽李逵则是一些气质的典型。我们在鲁迅前期小说中，绝对看不到这单纯气质和智能方面的典型形象，他们各有自己的气质和能力，但绝非它们的单纯组成。孔乙己知道"茴"字有四种写法，可这不说明他的能力，主要显示了他的迂腐；七斤嫂的气质是善怒的，但这不是她性格的核心，其核心是善怒背后的心胸狭窄、愚昧和妒嫉；卫老婆子是善谈的，但善谈是其外的因素，世故圆滑、取媚豪绅才是其性格的内涵……所以，鲁迅笔下的人物典型是更严格意义上的社会典型，它们性格的每一个气质的、心理的因素都满浸着社会色彩。再者，鲁迅小说中的典型形象，既是长远历史性的概括意义，又具有严格的历史具体性。张飞、李逵、程咬金这些艺术形象之间相隔若干个历史时代，可就其性格本身而言并无严格的差别，他们的差别也不和历史时代有着紧密的必然联系。我们完全可以把三国时期的张飞写入北宋末年的梁山泊好汉中，他仍不失为一个鲜明的形象；反之亦然。鲁迅笔下的主要人物典型绝没有这种历史随意性，至今我们仍可以碰到类似阿 Q、孔乙己、祥林嫂的人物，但他们的相似只是某一点上的，绝不会是全人的简单再现。上述鲁迅小说塑造人物的具体方法，都与他重视再现环绕着人物的具体的、历史的、典型的社会环境密不可分。而这一点，是他吸取了外国批判现实主义，特别是俄国现实主义文学的最新艺术成果的结果，也是他独立创造的结果。

由于鲁迅严格遵循着现实主义的创作原则，所以他的前期小说呈现着清醒的现实主义的特色，这不仅仅表现在他冲破了古典小说"大团圆"结局的束缚，更重要的是，他具有高度的社会责任感，敢于正视和揭示社会的深刻矛盾，面向人生，面向广阔的社会现实，从而使他的前期小说像俄国现实主义文学一样，具有广阔丰富

---

① 见《警世通言》。
② 见《古今小说》。

的社会思想内容。

广阔的社会主题贯注在鲁迅前期小说的每一篇中，不论他撷取什么题材，选取什么角度，采用什么形式，它们的焦点都集中在社会问题上。《兔和猫》《鸭的喜剧》是近于童话、随笔类的作品，它们的创作分别受到了爱罗先珂童话的启发，然而，它们和爱罗先珂那童心般轻松的格调却大相径庭。这说明其至连这样的小兔、小猫、小鸭的题材都没有把他的视线从广大社会问题的关注中引开去。在对待人性、人欲、个性解放的问题上，我们可以看到，他的态度和俄国现实主义作家的态度几乎是完全一致的。他坚决主张人性、人欲和个性的解放，但他从来没有把它们作为单独的东西来表现，而是把它们纳入更广大的社会问题中去。他从来没有描写过充满拥抱和接吻的爱情，没有笼统表现过物质享乐的合理性的主题。这决不说明他反对这些东西，而是由于他清楚地意识到：要争得阿Q的性道德的解放，只宣布自由恋爱的合法性是无济于事的，首先要给他一个讨老婆的社会政治经济地位；要实现闰土的人性归化，只读一通个性解放的理论条文也是于事无补的，首先要根除使他变得麻木迟钝了的社会条件；同样，他也决不会反对祥林嫂有物质享受的权利，但这也不是空洞的享乐合理性的宣传所能奏效的，首先的任务是要解除捆绑着她灵与肉的四条封建绳索。总之，在俄国和中国，人性、人欲和个性的解放无不首先表现为社会的解放。在《幸福的家庭》和《伤逝》等作品中，鲁迅的描写实质上在于他用社会的解放这个大天平衡量单纯个性解放的意义和效能，他衡量的结果是：没有社会的解放，单纯的个性解放是苍白无力和不能持久的，家庭的幸福也是根本不存在的。

反封建的历史任务也规定了鲁迅前期小说的主要内容在于批判封建思想、暴露封建社会。他之暴露和批判，也像多数俄国现实主义作家一样，是把整个中国封建历史、封建社会和一整套封建伦理观念作为对象的。他通过"狂人"之口说道：

> 我翻开历史一查，这历史没有年代，歪歪斜斜的每页上都写着"仁义道德"几个字。我横竖睡不着，仔细看了半夜，才从字缝里看出字来，满本都写着两个字是"吃人"！

这一段文字可以认为是全部鲁迅前期小说的一个总纲，是它的基本主题。他所抨击的不是它的一个方面、一个部分，而是整体。鲁迅前期小说是高度精练的，可几乎在每一篇中，他都着意地设置有环绕主人公的众多无名或有名的人物：《孔乙己》中有嘲笑主人公的众多顾客，《药》中有议论夏瑜的茶客，《祝福》中有嘲弄祥林嫂的人群，《孤独者》中有魏连殳的族人和大良的祖母……他们在小说中的作用是相当重要的，他们显示着封建思想在整个社会中的广泛影响，显示了社会生活的一般状况。在某种意义上，他们代表着封建社会的一般社会关系的性质与面貌。鲁迅正是通过对他们的描写，把小说中的个别事件上升到了普遍性的高度，从而取得了概括整个封建社会的典型性力量。

综上所述，鲁迅前期小说的清醒的现实主义精神和严格的现实主义方法的自觉运用，它的"为人生"的创作目的性和深刻的社会性内容，它的社会暴露的性质，都是由中国社会现实生活的性质和状况所制约、所决定的，都是鲁迅革命民主主义思想指导下的产物。但在同时，由于俄国社会与中国社会的相似或相同，由于在这种社会基础之上鲁迅与俄国现实主义作家在思想感情上的相通之处，所以，它的这些特色又是受到了俄国现实主义文学的启发、影响和浸染的。

强烈爱国主义激情的贯注、与社会解放运动的紧密联系、执着而痛苦的追求精神是鲁迅前期小说与俄罗斯现实主义文学的又一共同特征，也是它们相互联系的又一反映。

高尔基指出："在俄国，每个作家都的确是独树一帜的，可是有一种倔强的志向把他们团结起来，——那就是认识、体会、猜测祖国的前途、人民的命运，以及祖国在世界上的使命。"①

在西欧资本主义国家的文学里，虽然也出现过一些爱国主义作家和爱国主义的作品，但从没有一个国家的文学能像俄国文学那样，在整整一个世纪中，在几乎所有优秀作家的作品中，始终激荡着强烈的爱国主义激情。当然，这并非说那些国家的优秀作家不热爱自己的祖国，而是在他们的社会生活中，"祖国"这个概念远不如在俄国显得那么强烈突出，爱国主义情绪并不能构成长期激动社会人心的力量。爱国主义的问题是伴随着一个民族对自己国家的落后感、软弱感和危亡感而产生的，是伴随着它感受到外民族的威胁而产生的。莫泊桑、都德的爱国主义短篇小说创作，是普法战争后出现于法国文坛的。但它的影响一消失，爱国主义作品便也减少了。所以即使在他们的作品中，爱国主义主题也不是贯穿始终的东西，更难以构成法国文学的主要特征。可是在俄国，情况就大大不同了，国家长期的落后状态，使拿破仑入侵在俄国人民心中点燃起的爱国主义火焰持续而又长久地燃烧着，国家的命运、祖国的前途成为所有有良知的俄国人所共同关心的问题。这种思想情绪便不能不在社会的感应神经文学艺术中得到鲜明的反映。

在俄国现实主义文学中，"祖国"这支既壮丽又忧郁、既自豪又痛苦的曲子，构成了一个重要的主导旋律。作家们热情而又悒郁地描绘着祖国大自然的美，自豪而又痛苦地谈论着祖国的历史，激动而又迷惘地思考着祖国的前途和命运。在他们的作品中，存在着有别于其他民族文学的一种极其独特的表现方法，他们常常把祖国

---

① 高尔基：《个人的毁灭》，《论文学（续集）》，人民文学出版社1979年版，第103页。

大自然的壮阔图画，社会生活中恢宏的活动场景，同生活的郁闷沉滞、人民的痛苦生活、知识分子的软弱无力、小市民的愚昧琐屑、统治者的卑劣渺小等等对照着加以描写，从而表现出社会的现实状况与伟大祖国的丰富创造力是何等的不相称。在这种对照描写里，我们深深感到他们对祖国的矛盾复杂然而执着坚韧的痛苦爱情。

> 你不是也在飞跑，俄国呵，好像大胆的、总是追不着的三驾马车吗？地面在你底下扬尘；桥在发吼。一切都留在你后面了，远远的留在你后面。被上帝的奇迹所震悚似的，吃惊的旁观者站了下来。这是出自云间的闪电吗？这令人恐怖的动作，是什么意义？而且在这世所未见的马里，是蓄着怎样的不可思议的力量的呢？……俄国呵！你奔到哪里去，给一个回答罢！①

这是果戈里完成了他对农奴主辛辣讽刺的广阔画面，在《死魂灵》第一部结尾处写下的一个抒情段落。这种由各种复杂感情杂糅在一起的对祖国痛苦而炽热的爱情一直持续在俄国文学作品中，直到在契诃夫的《在峡谷里》中，我们仍然能读到这样的句子：

> 我走遍了俄罗斯，什么都见识过，你相信我的话吧，好孩子。将来会有好日子，也会有坏日子。早先，我……到西伯利亚去，到过黑龙江，到过阿尔泰山，在西伯利亚住过，在那儿垦过地，后来想念俄罗斯母亲，就回到家乡来了。我们走着回到俄罗斯来，……我们的俄罗斯母亲真大哟！②

这里须特别指出，上述一切还只是俄罗斯现实主义作家爱国主义情愫的公开流露，它的主要表现还不在于此。热切地关注着祖国的命运、敏感地感受到祖国的苦难、坚持不懈地追求着与祖国一致的目标，这是俄国现实主义作家爱国主义激情的最主要表现。果戈里的爱国主义是融化在他对地主、官僚的辛辣讽刺之中的，萨尔蒂科夫-谢德林的爱国主义是与他对专制统治的猛烈鞭挞结合在一起的，屠格涅夫的爱国主义是与他对新人物的密切关注和对农奴制度的揭露不可分割的……可以说，爱国主义是推动俄国所有杰出作家写作的一个原动力，他们所描写的一切都是与他们的爱国主义思想息息相通的。

作家强烈的爱国主义感情、他们对祖国命运的热切关注，使他们不能对祖国的社会解放运动采取袖手旁观的淡然态度。因此俄国现实主义文学自始至终与俄国社会解放运动有着不可分割的紧密联系。

---

① 果戈理：《死魂灵》，人民文学出版社 1977 年版，第 277 页。
② 《契诃夫小说选》（下），人民文学出版社 1978 年版，第 792 页。

　　鲁迅在谈到俄国作家契诃夫的时候说："他是艺术家，又是革命家；而他又是民众教导者，这几乎是俄国文人的通有性。"①这确实是俄国作家的一个突出特点。在俄国，不仅革命家和思想家热情关怀着文学事业的发展，很多人同时是文艺理论家、批评家和作家，而且也有为数甚多的作家同时也是思想家和社会实际斗争的参与者。赫尔岑、别林斯基、车尔尼雪夫斯基、杜勃罗留波夫是前者的例子，普希金、涅克拉索夫、萨尔蒂科夫-谢德林、陀思妥耶夫斯基、列夫·托尔斯泰、柯罗连科、高尔基则是后者的例子。像普希金、莱蒙托夫、赫尔岑、萨尔蒂科夫-谢德林、陀思妥耶夫斯基、车尔尼雪夫斯基、柯罗连科、高尔基都因自己的社会活动遭受到沙皇政府的长期监视、监禁或流放，有的乃至被判过死刑。屠格涅夫也被短期放逐，别林斯基的寓所受到过搜查，列夫·托尔斯泰被宗教机关开除教籍并指令各礼拜堂做礼拜时对他进行诅咒。鲁迅在作品中，曾经反复提到和赞扬过俄国作家的斗争精神：在《文艺与政治的歧途》中，他提到很多俄国作家被"充军到冰雪的西伯利亚去"；在《摩罗诗力说》中赞扬了莱蒙托夫的"奋战力拒，不稍退转"；在《〈准风月谈〉后记》中举了列夫·托尔斯泰"欧战时候他骂皇帝的信"及"他生存时，希腊教徒就年年诅咒他落地狱"；在《文艺和革命》中说到"流放极边"的柯罗连科；在1932年6月24日致曹靖华的信中，在痛斥反动文人的同时，热情赞扬了柯罗连科的正直品格，他说"文人（指当时的反动文人——笔者）多是狗，一批一批的匿了名向普罗文学进攻。像十月革命以前的 Korolenko 那样的人物，这里是半个也没有"；他更指出"高尔基是战斗的作家"，"他的一身，就是大众的一体，喜怒哀乐，无不相通……"②

　　作家与实际的社会斗争的密切接触，使俄国文学与社会的解放运动发生着直接而又广泛的联系。车尔尼雪夫斯基就曾谈到，在西欧，文艺家的功绩主要是在艺术领域中来衡量的，而在俄国，文艺家的历史意义主要是以他们对祖国的功勋来品评的。这在一定的意义上是符合事实的。俄国每一个时期文学的基本主题都和社会解放运动的主要任务取着几乎相同的步调：在农奴制废除之前，俄国社会解放运动的主要历史任务是反对封建专制统治和农奴制度，这同样是俄国现实主义文学的核心内容；农奴制改革后，俄国文学与社会解放斗争一样，除了继续与专制统治和农奴制残余进行斗争之外，批判资产阶级的任务也提到了议事日程上来。虽然他们中的多数人没有达到支持无产阶级革命的自觉高度，但其反对的目标大体是相同的。像屠格涅夫、列夫·托尔斯泰这些离实际政治斗争相对较远的作家，他们的作品也无一不和社会解放斗争熔铸在一起，屠格涅夫可以认为是用笔与农奴制斗争的战士，列夫·托尔斯泰则被列宁誉为"俄国革命的镜子"。

---

① 鲁迅：《〈连翘〉译者附记》。
② 鲁迅：《关于太炎先生二三事》。

爱国主义精神、对社会解放运动的关注推动着俄国现实主义作家去努力探索社会的道路，猜测祖国的前途，追求光明的未来，这使俄国现实主义文学充满了顽强执着的痛苦追求精神。苏联学者赫拉普钦科指出："在俄国，批判现实主义的发展有其自己的特点，这种发展反映了广大人民阶层对社会生活的历史变动的追求。"[①]

每一个真正的现实主义作家，都是社会进步和人类幸福的热烈追求者，但这种追求精神的强烈程度却并不完全相同。一个作家越是具有强烈的社会责任感，越是能深入地感知社会需要解决而尚未解决的一系列复杂矛盾，他的作品也就显现出愈加强烈的追求精神。急遽尖锐起来的社会矛盾、迅速蒸发着的不满情绪、知识分子的无力感觉、社会矛盾解决途径的不明确，大大增加了俄国现实主义文学的坚韧追求精神，并使它不能不带着痛苦和忧郁的色彩。俄国文学作品中常常出现一种极具特色的忧郁抒情音调，它反映了俄国作家欲求明确出路而不得的情绪。这种音调在普希金、莱蒙托夫、果戈里的作品中便已响起，越到后来越显得鲜明突出。在陀思妥耶夫斯基那里，它发展为痛苦挣扎着的心灵的剧烈震颤；在契诃夫那里，虽然乐观情绪逐渐加强，但这种盲目的乐观情绪却始终弥漫在浓重的忧郁气氛中，所以他基本上仍是一位"歌唱'寂寞的'人们的悲哀与苦难的忧郁的歌手"[②]。这种音调在19世纪末期的加强完全是合乎规律的，农奴制废除并没有带来社会状况的根本变化，资本主义在俄国的发展也没有把俄国导入理想境界，西欧资本主义制度弊病的进一步暴露、俄国社会矛盾的进一步激化，在那些没有找到社会出路的知识分子的原本沉重的心灵上又增加了一个更沉重的砝码。他们更顽强地追求着，但也更痛苦迷惘。我们不能简单地否定这种忧郁感，因为这正是他们痛苦追求精神的反映，尽管他们多数都摸进了死胡同，但却是追求者的失路，而不是庸碌者的逃遁和旁观者的廉价眼泪。

鲁迅前期小说的爱国主义激情，它与中国革命的血肉联系以及对光明未来的执着追求，都植根于中国社会现实，产生于中华民族的传统精神中，但是，在小说创作中体现以及如何体现这种精神，应当说与俄罗斯文学对他的影响是有很大关系的。

在鲁迅1903年译述的《斯巴达之魂》中，爱国主义的主题是通过浪漫主义艺术手法，通过塑造民族英雄的人物形象，通过描写对外民族的战争题材和直接的热情呼唤被表现出来的。但到了他正式进行小说创作的时候，这种方法被弃置不用了，实际上，它更接近了俄国现实主义文学的基本精神。

中外鲁迅研究者都曾注意到这样一个历史事实，即鲁迅前期小说中没有直接反

①　赫拉普钦科：《作家的创作个性和文学的发展》，上海人民出版社，1977年，第101—102页。

②　高尔基：《从契诃夫的新作短篇小说〈在峡谷里〉说起》，《论文学（续集）》，人民文学出版社1979年版，第48页。

对帝国主义的题材。解释这一点其实并不难。鲁迅的整个创作都表现出这样一个倾向：对于外国帝国主义，他从不抱任何希望，他认为问题的关键在于中国人民本身的觉悟和中华民族的自强，所以他一般不把主要笔锋放在对帝国主义的直接斗争上，而总是专注于中国现实。在他的前期小说中，甚至也没有出现过直接抒发对祖国情怀的段落，但每一篇都是用爱国主义精神凝聚成的结晶体。爱国主义是推动鲁迅思想发展的原动力，因此，鲁迅前期小说中最基础的东西是强烈的爱国主义思想感情。

如前所言，俄罗斯现实主义文学的爱国主义精神反映了俄国人民对祖国落后状态的痛苦意识；鲁迅前期小说的爱国主义则更加强烈，它反映了中国人民受帝国主义长期侵略欺凌的屈辱感觉和愤懑感情。中华民族是从自诩为世界中心的梦幻中被帝国主义侵略的耳光一掌打醒的，这种热辣辣的痛楚感觉推动她的优秀儿女们去寻找救国救民的真理。可是，当时的反动统治者却为了维护自己的统治与尊严，极力用虚幻的谎言掩盖起她本来十分羸弱的躯体。在那时，先觉者的任务在于粉碎统治者的谎言，让她意识到病情的严重，以求医治的良药和健身的补品。鲁迅前期小说就是在这样的历史条件下产生的，它的爱国主义不表现为对祖国的直接歌颂，而表现为对本民族弱点的痛苦暴露和对革命道路的不倦探索。在它那里，爱国主义的主题是与社会革命、思想革命的主题融而为一的。也正因为如此，它的爱国主义才显示出空前的深刻性和无与伦比的真挚与强烈。

鲁迅小说与中国革命运动的紧密联系，我们不须再做详细说明，这在 20 世纪 50 年代陈涌同志的《论鲁迅小说的现实主义》一文中就有过相当深刻的阐发。从他的论述中得到的结论是，除了中国革命的领导权问题之外，几乎所有我国民主革命的重大问题都在他的艺术画卷里得到了形象的表现。我觉得需要补充说明的只是，它不仅是中国资产阶级民主主义政治革命的一面镜子，更是中国思想革命的一面镜子，而在这一方面的意义，将随着中国思想革命的广泛、深入地开展而逐渐显示出它的深刻性来。所有这一切又是和鲁迅的探索精神分不开的。鲁迅前期小说的每一篇，也和他的战斗杂文一样，都是他坚韧追求的艺术记录。冯雪峰同志写道：

> 他（鲁迅）的现实主义是从他对于历史力、社会力和人民力的一种探索的、追求的努力所凝成的。鲁迅终生都可以说是在探索和追求中，要探索出究竟是一种什么的历史的根本力量在促进或阻碍历史的前进。……他的文学事业，从这方面看，可以说都是他的这种探索的结果。①

鲁迅前期小说不以数量众多见称，而以生动性和深刻性闻名于世。他从不重复

---

① 冯雪峰：《鲁迅和俄罗斯文学的关系及鲁迅创作的独立特色》，《鲁迅的文学道路》，湖南人民出版社 1980 年版，第 49 页。

别人已经千百次地描写过的主题，不用自己的笔墨去证明一个尽人皆知的道理，只有像《幸福的家庭》《伤逝》那样，在相似的题材中能开掘出更深刻的主题意义时，他才会去描写别人已描写过的题材。这不简单是一个创作的严肃性问题，这反映出鲁迅用艺术手段表现的是他不断探索社会人生的结果。

中国和俄国社会的复杂性，规定了鲁迅的追求和俄国现实主义作家一样，是相当艰苦和曲折的。中国思想革命的艰巨性、复杂性和长期性，以及鲁迅对这一点的敏锐感觉，在他没有掌握马克思主义思想武器之前不能不表现为痛苦的思虑和艰苦的摸索。在这种情况下，俄国现实主义作品中那常有的忧郁抒情音调必然会被他的心灵所感应。痛苦和愤怒的杂糅、希望与失望的交织、经常的坚韧追求与暂时的疲惫感觉，同他对祖国、人民悲惨命运的关切混融在一起，使鲁迅前期小说也震响着近于俄国作品的抒情音调，不过它更加峻严峭拔，并且夹着一股压抑着的悲愤的心音。这种音调在鲁迅前期小说中，也是逐渐加强的，《彷徨》中的作品较《呐喊》更为浓郁。鲁迅后来曾对这种忧郁感表示不满，但到后期他还说过："多伤感情调，乃知识分子之常，我亦大有此病，或此生终不能改；杨邨人却无之，此公实是一无赖子，无真情，亦无真相也。"① 所以我们决不可用鲁迅前期思想的局限性对之一笔抹煞，它固然反映了鲁迅当时没有找到社会明确出路的苦闷，但更重要的是，它是一个热情痛苦的追求者的真实心音，是一个用整个心灵关心着祖国、人民命运的思想家、革命家的感情情愫。

鲁迅和多数俄国 19 世纪现实主义作家所不同的是，他很快找到了正确的继续前进的途径，光明的前景展现在他的面前，鼓舞着他投入了新的更加热情的战斗。

博大的人道主义感情、深厚诚挚的人民爱、农民和其他"小人物"的艺术题材是鲁迅前期小说与俄罗斯现实主义文学的另一个共同特征，也是二者相联系的又一表现。

这三个问题实际都系在农民身上。

在西欧，描写的中心是哪些人呢？薄伽丘的《十日谈》里活动着的是新兴资产阶级的少男少女，乔叟的《坎特伯雷故事集》中登场的是骑士、侍从、牧师、僧侣、商人、学生，狄福的《鲁滨逊漂流记》歌颂的是新生资产阶级冒险家，菲尔丁的《约瑟·安特路传》写的是贵族妇人及其男仆的生活及见闻。至 19 世纪，"小人物"的题材也出现在他们的作品中，但与俄国文学依然不同。狄更斯笔下呻吟着的是城市贫民窟的人们，莫泊桑小说中怨诉着的是贫寒的城市小资产阶级，司汤达的《红与黑》中是于连的个人奋斗，巴尔扎克也写到了农村生活，但他重点解剖的是农村资

---

① 鲁迅 1934 年 4 月 30 日致曹聚仁的信。

产阶级、贵族和乡村教士……上述这些卓越的现实主义作家描写的中心都不是农民，因为在他们的国家里，农民问题始终没有上升为社会的主要问题。

在俄国文学中就不同了，农民问题从 18 世纪末就已经被郑重地提了出来，并且进入文学作品中。冯维辛《纨绔少年》中的农奴地主普罗斯塔科娃是个残酷虐待农奴的地主形象，拉季谢夫的《从彼得堡到莫斯科旅行记》记叙了广大农奴的悲惨生活状况。在 19 世纪，俄国作家对农民生活的关注愈来愈强烈。果戈里在《死魂灵》中揭示了农奴大量死亡的社会状况，涅克拉索夫把俄罗斯农村妇女的形象推到一向被认为高雅的诗坛，屠格涅夫的《猎人笔记》赞美了农奴们的纯朴心灵，列夫·托尔斯泰笔下大量的农民形象在活动着……农民，在俄国文学中首次被当成了描写的重要对象。

农民在俄国文学中的地位不仅表现在人物形象的登场数量上，而且更表现在其作用上。我们完全可以说，整个俄国文学所描写的辉煌恢阔的艺术画面都是从农民这个中心辐射出来的：地主形象是在对农民的压榨剥削中被塑造出来的，官僚统治者是在对农民的专制统治中被刻画出来的，知识分子是在寻求农民解放以及探索通向农民、接近农民的道路的过程中被表现出来的，小市民的琐碎庸俗生活是在于他们对社会解放即农民解放的销蚀作用受到了作家的鄙视……在俄国，有哪一部杰出作品能与农民没有任何关系呢？有哪一个优秀作家没有直接或间接地表现过农民呢？可以断言，根本没有。

俄国文学的这个特点不是由它本身所决定的，而是由它描写的对象——俄国社会现实所规定的。农民在俄国人口中占绝对大的比重，这制约着俄国社会生活的一切方面。没有农民，人民就是一个空洞的概念；没有农民的解放，社会解放就没有多大价值；没有农民的参加，革命就难以成功……所以，在当时的俄国，农民就必然会撞入社会先进人士的眼帘，必然会涌进现实主义的艺术画廊。

当知识分子蹲下身子怀着正直善良的诚心去巡视农民的生活时，农民在他们那敏感的神经上引起了怎样的颤动呢？中世纪农村落后的生产和生活方式、农民牛马般的奴役劳动、低下得近于猪狗般的贫穷悲惨生活，在与现代资产阶级的豪华奢侈、纸醉金迷的生活对照下更显得凄惨痛苦了；农奴地主对农民肉体上、精神上的严重摧残，农奴毫无人身自由的艰苦处境，在与现代资产阶级提倡的个性解放、自由平等等口号的对照下也更显得不合理了；农民在 1812 年反对拿破仑入侵的战斗中为祖国建立的不朽功勋，与他们在社会中所处的卑微地位相对照，更显得极端地不相称了。这诸种复杂因素都在进步的、有良知的知识分子心中唤起了对农民的空前未有过的深切同情，这种同情心在文学作品中的贯注，使俄国文学成为具有深厚人道主义精神的文学。对农民的爱，实际上也就是对人民的爱，所以它又是具有深厚的人民爱的文学。我们又说这种爱是广博的，是因为只有把广大农民包括在自己的同情心之内，它才会在俄国社会取得最大的广泛性和普遍性，也因为只要对农民怀着人道主义感情，其他的"小人物"如小公务员、小市民、下层知识分子等也必然会在文学作品中得到同情的描写。由此，博大的人道主义、深厚的人民爱和"小人物"的题材都在对农民的态度上得到了统一的表现。

对农民的人道主义同情在19世纪俄国文学中是贯穿始终的，但对农民的描写和具体态度却是有变化的。由普希金的《驿站长》和果戈里的《外套》开始的俄国文学的"小人物"主题，在那时还主要是以其他"小人物"为描写对象，农民的形象还没有取得自己的独立地位，他们对农民的同情主要反映在对专制制度和农奴地主的抨击中。在农奴制度废除之前和之后，农民在文学中的地位大大提高了，屠格涅夫的《猎人笔记》集中体现了这一变化。但是，他对农奴的描写，还主要停留在对农民美好心灵的赞美上，同时流露着美化农民及其生活的倾向。有分析地对待农民，既看到他们的美好品德，又看到他们落后愚昧的思想现状，既同情他们的不幸遭遇，又批评他们的弱点，这一点在19世纪后期才得到较为充分的表现，契诃夫的作品表露出这种倾向。但即使这时，美化农民的忍从、耐苦，把农民道德理想化的倾向仍在陀思妥耶夫斯基、列夫·托尔斯泰的作品中严重地存在着。

在中国，农民在社会生活中的地位和作用较之在俄国更为重要，这是由中国资本主义的发展较俄国更为微弱所决定的。作为现实主义作家，他在多大程度上触及农民问题，直接决定了他的现实主义艺术概括的广度和深度。鲁迅前期小说便是从这一点出发而攀上了它的现实主义顶峰的。这反映了鲁迅对中国社会现实的深刻观察和透辟分析，反映了他作为一个伟大艺术家的艺术敏感力，但也集中反映了俄国文学对他的强烈影响和启示作用。鲁迅说：

> 后来我看到一些外国的小说，尤其是俄国，波兰和巴尔干诸小国的，才明白了世界上也有这许多和我们的劳苦大众同一运命的人，而有些作家正在为此而呼号，而战斗。而历来所见的农村之类的景况，也更加分明地再现于我的眼前。偶然得到一个可写文章的机会，我便将所谓上流社会的堕落和下层社会的不幸，陆续用短篇小说的形式发表出来了。①

这一影响的重要性，鲁迅也曾有明确的说明：

> 那时就知道了俄国文学是我们的导师和朋友。因为从那里面，看见了被压迫者的善良的灵魂，的酸辛，的挣扎；还和四十年代的作品一同烧起希望，和六十年代的作品一同感到悲哀。我们岂不知道那时的大俄罗斯帝

---

① 鲁迅：《英译本〈短篇小说选集〉自序》。

国也正在侵略中国，然而从文学里明白了一件大事，是世界上有两种人：压迫者和被压迫者！

从现在看来，这是谁都明白，不足道的，但在那时，却是一个大发现，正不亚于古人的发见了火的可以照暗夜，煮东西。①

在中国，第一个从政治革命的战略和策略的角度在理论和实践上解决了农民问题的是毛泽东同志，而从思想革命的角度提出农民问题并在小说中对农民进行了形象化的艺术表现的则是鲁迅。仅就这一点而言，鲁迅小说在中国文学史上也是有划时代意义的。

在中国小说史上，鲁迅并不是第一个描写农民的作家，甚至也不是第一个把农民当作小说主人公的作家。我们过去常常这样说，但这是不确切的，也是不符合历史事实的。古典优秀现实主义小说《水浒》就是反映农民起义斗争的历史画卷，阮氏三兄弟、李逵都是农民出身的起义参加者，并且是书中的主要人物。那么，鲁迅关于农民描写的杰出意义何在呢？我认为主要表现在以下几点。一、鲁迅是第一个真实具体地描写封建社会普通农民日常生活状况和思想状况的现实主义作家。他写的不是《水浒》中已经离开农村生活、走上了反抗道路的少数起义者，不是农村生活中若干奇特性事件，而是在农村日常生活中普通农民的痛苦酸辛、挣扎反抗。这与其说更接近《水浒》，不如说更接近俄国现实主义文学作品。二、在中国小说史上，鲁迅是第一个有分析地描写农民及农村生活的作家。他没有把农民当作单纯讴歌的对象，更没有把他们当作丑化的对象，而是站在革命民主主义思想的高度，对农民进行了分析性的描写。他反映了农民的淳朴、善良，但更指出了他们的保守、落后和精神麻木；他敏锐地发现了他们走向革命道路的必然性，但也清醒地估计到他们在走向革命道路时还会背着旧社会加在他们肩上的精神重担……这清楚地表明了鲁迅对农民的描写不是个别性的、单面的，而是从对农民的整体性认识出发选取典型并有分析地予以表现的。在这一点上，他也比较地接近部分俄罗斯作家。三、在中国小说史上，鲁迅第一个把农村劳动妇女的酸辛和痛苦异常突出地表现了出来。在他的笔下，她们已经不是才子们倾慕勾引的对象或始乱终弃的牺牲品，不是相思病的患者和善于眉目传情的佳人，而是作为独立的"人"和劳动者出现在小说的画布上。以上三点，我们可以归纳为一句话：在中国小说史上，鲁迅前期小说第一次把封建压迫下包括农村妇女在内的农民阶级的经常性痛苦生活和一般性思想状况正确地、有分析地、真实生动地反映了出来。

就在鲁迅对农民生活的真实描绘中，集中体现了他的博大的人道主义感情和深

---

① 鲁迅：《祝中俄文字之交》。

厚的人民爱。在这里，我们只需举出一点，便可衡量出他对农民诚挚爱情的全部深度，即：鲁迅没有对农民大唱空洞的赞美歌，他是那么深刻地剔挖着他们身上的精神创伤和思想缺陷，而这些正是阻碍农民求得自身解放的内在因素。我认为，只有这种"自己人"的毫无虚情假意的爱才是真正深挚的爱，它较之那些旁观者的同情和空洞廉价的礼赞都不知高出若干倍。他责备农民，正是因为爱农民；责备得那么痛切，正证明他爱得那么深切。我们在分析鲁迅前期小说时，必须注意正确对待这种强烈的感情态度，否则，我们就会错误地把那些空泛的同情与空洞的赞美同这等同起来，甚或置于这之上。

从这一节我们看到，对待农民的态度是连接鲁迅前期小说与俄罗斯现实主义文学的一个主要纽带，由这一点出发，使它们都成为充满博大的人道主义精神和深厚的人民爱的文学，使它们都注重农民及其他"小人物"的艺术题材的选取和描写。

鲁迅接受俄罗斯苏联文学的影响，大致可以划分为三个时期：1909 年以前；1909至 1928 年；1928 年之后。

在第一个时期，鲁迅在《摩罗诗力说》中介绍了普希金和莱蒙托夫的作品，附带谈到果戈里和柯罗连科。这一时期俄国文学对鲁迅的影响，占主导地位的是热情抗争的、积极浪漫主义的和诗歌的。也就是说，在精神上，是热情抗争的；在创作方法上，是积极浪漫主义的；在体裁上，是诗歌的。

从 1909 年《域外小说集》出版，俄国文学对鲁迅的影响进入第二个时期。在这一时期，鲁迅主要翻译了安特莱夫、迦尔洵、阿尔志跋绥夫、契诃夫、爱罗先珂等人的作品，广泛接触了果戈里、列夫·托尔斯泰、陀思妥耶夫斯基、屠格涅夫、契诃夫等人的著作。这一时期较第一个时期所接受的影响更为复杂，其中有现实主义的、浪漫主义的甚或象征主义的，有革命的、进步的甚或颓废感伤的。但从主导方面而言，这一时期俄国文学对鲁迅的影响主要表现为深沉批判的、现实主义的和小说的。也就是说，在思想上，主要集中于对现实的深沉批判；在创作方法上，主要表现为现实主义因素的加强；在体裁上，主要是小说，其中又主要是短篇小说。

鲁迅说："我有一件事要感谢创造社的，是他们'挤'我看了几种科学底文艺论，明白了先前的文学史家们说了一大堆，还是纠缠不清的疑问。并且因此译了一本蒲力汗诺夫的《艺术论》，以救正我——还因我而及于别人——的只信进化论的偏颇。"[①]

1928 年的革命文学论争，使鲁迅对俄苏文学的介绍和翻译进入了第三个时期。这一时期，他虽然继续翻译了果戈里、契诃夫、迦尔洵、萨尔蒂科夫－谢德林等俄罗斯作家的作品，但重点介绍的则是苏联作家及其作品，其中尤以马克思主义文艺理

---

① 鲁迅：《〈三闲集〉序言》。

论作品的翻译与介绍占着突出重要的地位。就它们对鲁迅发生的实际影响作用而言，可以认为主要是马列主义的、社会主义现实主义的和文艺理论的。也就是说，在性质上，是马列主义的；在创作方法上，是社会主义现实主义的；并且侧重于文艺理论方面。在创作风格上，鲁迅早已成为独立、成熟的杰出作家，受苏联文学影响甚微。前两个时期，鲁迅接受的主要是俄罗斯文学的影响；这一时期，则主要是苏联文学的影响。

在第一个时期，俄国文学的影响，在鲁迅接受的全部外国文学的影响中，还只占次要地位；第二、三两个时期，俄苏文学的影响一直占着首要的地位。

对鲁迅前期小说创作影响最显著的，是第二个时期鲁迅所接触的作家，其中尤以果戈里、契诃夫、安特莱夫、阿尔志跋绥夫最为明显。果戈里是19世纪前期的代表作家，俄国批判现实主义文学的奠基人；契诃夫是19世纪后期的重要作家，活跃在俄国批判现实主义文学发展的顶峰期；安特莱夫和阿尔志跋绥夫是20世纪初有一定代表性的作家，他们的作品都表现出现实主义向象征主义的过渡。他们的作品反映了俄国批判现实主义已经发展到末路，以及新的文学流派的兴起。鲁迅与这四位作家的历史联系，集中地反映了鲁迅与整个俄国批判现实主义文学的历史联系，说明鲁迅根据反映中国社会现实的需要，广泛地吸取了近百年间俄国批判现实主义文学的各种艺术经验，综合运用了它在各个不同发展阶段的特点，彼此的联系是深刻而又多方面的。

下面几章，我们将分别对鲁迅前期小说与这四位俄国作家的作品进行初步的比较研究。在这里，我们首先对下几章使用的研究方法作如下几点说明：

一、下几章着重探讨鲁迅前期小说与俄国作家作品的继承性联系，暂不作全面的比较研究，故重点阐释彼此的一致性艺术特色，彼此不同处除与一致性特色紧密联系着的之外，一般不予涉及。

二、鲁迅前期小说与俄国作家作品的联系，具体表现为后者对前者的影响。我们所使用的"影响"一词，不仅指直接的、外部的、形式的借用和采取，更重要的是鲁迅在自己的创作中有机融入了的俄国作家的创作经验。

三、鲁迅前期小说的每一个突出特征，都绝不仅仅是对前人成果的简单运用，而是加进了自己独创性的发展。本书所谈到的每一个联系方面，都将是相对的、不确定的，但其中又包含着绝对的、确定的因素。我们的目的是在彼此大致相近的艺术特色中，来体会和揣摸俄国文学的影响。所以，我们只是在"不确定性"中去把握"确定性"的因素，在"相对"中去寻找"绝对"，这样才能不使我们的工作仅仅局限在史料的勾稽和枝节的类比上。

四、鲁迅前期小说创作所接受的影响是多元的而不是单一的，是相互纽结的而不是彼此分离的，在主要借鉴了外国作家作品的方面，也可能同时有我国古典小说的影响在内；在着重汲取了某一个俄国作家的艺术经验的同时，也可能同时有其他外国作家或另一个俄国作家的影响作用。在这种情况下，我们只能把它与某个俄国作家的联系暂时孤立出来，才能更清晰地把握他们的特殊联系。正如恩格斯所说："为了认识这些细节，我们不得不把它们从自然的或历史的联系中抽出来，从它们的特性、它们的特殊的原因和结果等等方面来逐个地加以研究。"①但在我们的具体理解中，要把它们置于客观的复杂而又多方面的联系中加以把握和认识，否则，我们便有可能把鲁迅前期小说当成各种艺术方法和手段拼凑起来的联缀品，而失去了它完美的艺术整体的本来面貌。

（选自《王富仁自选集》，广西师范大学出版社 1999 年版）

---

① 恩格斯：《反杜林论》，人民出版社 1970 年版，第 18 页。

论鲁迅的文化选择

陈学超①

每一个国家和民族为适应生存环境，调节人与自然、人与人的关系，都在不断地创造自己的生活方式和思维方式，不断地进行文化价值选择。然而，只有那些在变革时代产生的文化巨人，才代表着一个国家和民族一定历史时期文化发展的方向，标志着当时文化价值选择的最高水准，如但丁之于意大利，康德、歌德之于德国，达尔文、莎士比亚之于英国，笛卡尔、卢骚之于法国，普希金、高尔基之于俄苏。鲁迅，便是二十世纪中国现代文化的巨人，是中华民族觉醒和变革的灵魂，是用现代意识改造国民性的伟大的人格代表。认识鲁迅文化选择的态度和方法，分析鲁迅所追求的中国新文化的价值系统，不但能够使我们通过鲁迅这个现代民族精神文化实体透视中国，洞悉中国现代化的路径，而且可以启发我们在目前的文化变革中正确地进行价值选择。

一、价值困窘的时代与鲁迅深刻的内部反省

在中国，文化问题的提出，文化选择的需要，民族文化观念的高涨，仅仅是近百来年的事情。它敏感地反映了中国人对于外来文化压力的感受及本身文化意识的动摇。

鲁迅诞生的半个世纪之前，雄踞远东大陆的中国，一直处于独立生长的封闭的

① 陈学超（1947— ），陕西咸阳人。1981 年毕业于西北大学中文系并留校任教。1987 年毕业于北京师范大学现代文学专业，获文学博士学位，并回西北大学任教。后担任陕西师范大学国际汉学院院长、博士研究生导师，香港教育学院兼任教授。作为中国改革开放以后第一批出境任教的专家，曾先后在美国依阿华大学、日本名古屋大学、香港教育学院执教，形成了宽阔的学术视野和广博的知识结构，先后在中国现当代文学、世界文学、文艺学、对外汉语、比较文化学等专业领域取得了成就。曾撰写出版《中国现代文学思潮史》《现代文学思想鉴识》《认同与嬗变》等专著，还发表了文学思潮研究、鲁迅研究、散文研究、诺贝尔文学研究等方面的论文百余篇。

农业文化状态，享有一种"光荣的孤立"。它东、南面临滔滔大海，西、北背靠高山大漠，在几乎与其他文化隔绝的情况下，创造了当时世界第一流的文化。因而中国人不知不觉地积淀了华夏第一、中国为世界之"中"的自我意识。以为自己的文化尽善尽美，无与伦比，始终是文明的输出者，所以既无须担心"四夷"的文化入侵，也无特别保卫自己的传统文化之必要。

十九世纪以后，西方科学技术的迅猛发展改变了世界结构。高山大海再也不能保障中国"光荣的孤立"了。新的文化结构开始迫使古老的中国放弃天下之"中"的信念。鸦片战争中，西方文明以坚船利炮的形式第一次大规模地与中国文明相会，随之西方的器物、思想源源涌入。中国固有文化遇到了亘古未有的世界性的文化挑战，面临着失落的危机。正如马克思所说："英国的大炮破坏了中国皇帝的威权，迫使天朝帝国与地上的世界接触。与外界完全隔绝曾是保存旧中国的首要条件，而当这种隔绝状态在英国的努力之下被暴力所打破的时候，接踵而来的必然是解体的过程，正如小心保存在密闭棺木里的木乃伊一接触新鲜空气便必然要解体一样。"[1]然而，中国的知识分子一时还没有这种世界意识和危机意识，还没有进行新的文化选择的心理准备。不少人把它视为偶然的军事事件，似乎中国倘没有西方炮舰为难，仍然能保持"天朝"的荣光。一些先觉的知识分子也只是以"雪耻图强"作为回应，未能理智地认识西方文化的真相。于是，先后被动地提出"师夷长技以制夷""中学为体，西学为用""尊孔读经""保存国粹"以及"全盘西化"等对策。文化问题的论争从此拉开战幕，学校科举之争、中学西学之争、旧学新学之争、文言白话之争、道器之争、本末之争、体用之争等等，此起彼伏，未分轩轾。中国文化开始在新与旧、中与西之间摇摆。一方面叹服西方科学文明，感到需要学习，另一方面又因受到列强侵略而仇外排外；一方面看到中国变成落伍的弱者，另一方面又为悠久的历史文化所陶醉；一方面在物质上想开新，另一方面在道德上想复旧；一方面民族自大，另一方面民族自卑……由于对廿世纪这场世界性的文化交流认知不足，中国的知识分子一时找不到文化认同的对象，久久处于价值困窘的难堪屈辱状态。

鲁迅就出生在这个价值困窘的时代。从他上私塾开始感受中国文化算起，直到他逝世，这半个世纪的年月，正值中西文化大汇流，沉睡的中国开始觉醒和变革的时机。在西方文化的推动下，先后发生了戊戌变法、辛亥革命、五四运动。时代向他及同时代的知识分子提出了文化选择的尖锐使命，提出了思想启蒙的历史任务，因而也提供了造就文化巨人的条件。但是，时代并不能代替人们进行价值选择。选择永远是一种有意识的自觉行为，是一种创造活动。能否充分利用时代条件，反映时代的最高要求，使自己的文化选择积极地影响于这价值困窘的时代，关键在于个人

① 马克思：《中国革命与欧洲革命》，《马克思恩格斯选集》第二卷，第3页。

在社会实践中的自我完成，在于"他具备的才能比别人具备的才能更适合当时社会的需要"①。鲁迅之前及鲁迅同时的先觉的知识分子，都曾以他的文化选择给予时代一定的影响，这影响有正的也有负的，很多人的影响是先正后负，只有半截子辉煌。没有一个人能够像鲁迅那样具有与时代并驾齐驱并影响久远的思想力量。

其个人原因是多方面的，最根本的原因在于鲁迅对于中国历史和中国社会的深刻反省。这主要是对从根本上阻碍中国现代文化改革的封建文化作根本的否定和批判，用鲁迅的话说就是"先行发露各样的劣点，撕下那好看的假面具来"②。这是冲破传统的硬壳，正面理解现代西方文化，进行新的价值选择的前提，也是中国现代知识分子最难过的一关。

从文化人类学的观点看，当两种文化接触之时，主位文化因客位文化的冲击必然引起重整反应，形成以存续和复古为主要认同对象的"本土运动"。因为每个民族多少都具有"民族中心主义"。中国的情形正是这样。中西文化碰撞后，面对西方现代文化的优势，传统文化立即形成一条全面的抗阻阵线。在这条阵线前，新文化运动的先驱者们经受着严峻的考验。

鲁迅和同时代的知识分子一样，从启蒙时期就深受中国传统文化的熏陶，有很深的国学根柢。他在私塾里熟诵了《鉴略》及四书五经之类的历史典籍；少年时代喜欢读中国古典小说、野史杂记；旧家庭不断施以儒道或《二十四孝图》之类的封建伦理教育；以后还陆续作古诗、校古书、教古文。古文化"裨助着后来，也束缚着后来"③。以这种经历，很容易被"旧学"范围，被死人拖住，成为旧文化的卫道者。然而，鲁迅却能够从"旧学"中跳出来，以现代观念观照传统、驾驭历史。这种现代观念的形成一方面得益于他十八岁就开始到南京学习"新学"，四年后又去日本留学，成年后及时领略了世界文化的广阔天地，建立了以"人"为本位（与中国传统文化以"道德"为本位相对立）的现代文化价值观；另一方面得益于他对于被封建文化腐蚀得衰弱不堪的中国社会的深入观察、体验和解剖。这样形成的"史识"，才使鲁迅能够慧眼独具地看到掩藏在峨冠博带、仁义礼智的君子风度背后的封建文化"吃人"的本质，感到"蔑弃古训，是刻不容缓的了"④。

在勃兴的现代西方文化和衰败的中国现实社会两面反差极大的镜子的映照下，鲁迅较同时代任何人都更深刻地认清了中国封建文化的本质特征，更清醒、更理智、更彻底地进行了内部的反省。他对中国封建传统文化的弊端的振聋发聩的揭露，可以

---

① 普列汉诺夫：《普列汉诺夫哲学著作选集》第二卷，第 366 页。

② 鲁迅：《华盖集·通讯》。

③ 鲁迅：《且介亭杂文二集·〈全国木刻联合展览会专辑〉序》。

④ 鲁迅：《华盖集·北京通信》。

简要概括为以下十条：

第一，中国的封建礼教，是"吃人"的礼教；"中国的文明者，其实不过是安排给阔人享用的人肉的筵宴"①；中国的固有文化，"都是侍奉主子的文化，是用很多的人的痛苦换来的"②。

第二，中国封建传统文化盖源于孔孟之道，而孔孟所"计划"的"出色的治国方法"，"都是为了治民众者"③；孔孟是"那些权势者或想做权势者们的圣人"④；他们所讲的"王道""仁政"，其实"是人肉酱缸上的金盖，是鬼脸上的雪花膏"⑤。

第三，中国的封建道德是虚伪的"二重道德"，伪善，装腔，口是心非，言行乖离，戴着假面具做戏，"前台的架子，总与在后台的面目不相同"。⑥

第四，中国的古书教人"怎样敷衍，偷生，献媚，弄权，自私，然而能够假借大义，窃取美名"⑦的处世哲学，是麻醉人民的毒药。

第五，中国封建传统文化造成了国民的麻木愚昧，毫无同情心和是非感，所致群众"永远是戏剧的看客"⑧，"人们各各分离，遂不能再感到别人的痛苦；……也就忘却自己同有被奴使被吃掉的将来"⑨。

第六，中国悠久的封建传统文化，滋长了"合群的爱国的自大"，自我隔绝，党同伐异；在文化竞争失败之后，不思"振拔改进"，却以国粹夸示于人，"对别国文明宣战"。⑩

第七，中国封建专制文化疾恶天才，扼杀个性发展；统治者为了"保位"，"宁蜷伏堕落而恶进取"⑪。

第八，中国半封建半殖民地文化造成了国民的阿 Q 精神，用虚幻的精神胜利麻痹自己，掩饰现实的落后、失败的地位，爱要面子却不思抗争。⑫

第九，在封建文化的熏陶下，"中国四亿人民得了'马马虎虎'的病"，缺少"认

---

①　鲁迅：《坟·灯下漫笔》。

②　鲁迅：《集外集拾遗·老调子已经唱完》。

③　鲁迅：《且介亭杂文二集·在现代中国的孔夫子》。

④　鲁迅：《且介亭杂文二集·在现代中国的孔夫子》。

⑤　鲁迅：《准风月谈·夜颂》。

⑥　鲁迅：《华盖集续编·马上支日记》。

⑦　鲁迅：《华盖集·十四年的"读经"》。

⑧　鲁迅：《坟·娜拉走后怎样》。

⑨　鲁迅：《坟·灯下漫笔》。

⑩　鲁迅：《热风·随感录三十八》。

⑪　鲁迅：《坟·摩罗诗力说》。

⑫　鲁迅：《呐喊·阿 Q 正传》。

真的态度"①；充满了"听天任命和中庸的空气"②。

第十，中国封建传统文化滋生着崇古、保守心理，标举上古文化，醉心"汉官威仪"，不断用儒学信条、封建伦理抵制文化交流和变革。

远不止这十条，但这十条已足以说明封建传统文化对中国人民精神的戕杀和毒害是何等惨重。近百年来对中国封建传统文化的辨析文字不可胜数，什么"静的文明"，什么"以调和持中为根本精神"，什么"以安息为本位""以家族为本位""以感情为本位""以虚文为本位"，什么古代的"人文主义思想"，等等，不一而足，哪一个有鲁迅这样尖锐、深刻，直刺封建文化的毒根？并非鲁迅没有看到中国传统文化中民主的精华和健康的因素，只是它们都混杂在陈腐的封建文化的糟粕之中；作为精神主体的封建专制主义、蒙昧主义、禁欲主义，与世界进步文化格格不入，已经成为中国文化新生的桎梏。文化价值的困窘，关键就"困"在对封建传统文化不能进行彻底的批判和自省上。鲁迅果敢而明快地反对封建传统的姿态，是他成功地进行文化价值选择的第一步。

二、矫枉过正的态度与鲁迅无畏的外部吸收

大家知道，鲁迅对比中外文化时，曾经说过这样偏执的话：

> 新文学是在外国文学潮流的推动下发生的，从中国古代文学方面，几乎一点遗产也没摄取。③
> 我以为要少——或者竟不——看中国书，多看外国书。④

难道新文学果真一点也没有摄取古代文化遗产吗？难道鲁迅诚然不要青年读中国书吗？只要不是死抠语录的话，综观全文，就会发现鲁迅并非总是那么偏执，他说这些话的用意主要在于矫枉过正。因为他把中西之间的文化选择始终当作一场艰巨的"思想革命"。

按照英国历史学家汤因比（A. Toynbee）的"文化的反射律"⑤，我们可以把中国新文化的价值选择过程分为以下三个层次。第一，物质技能层次。以洋务运动为代表。重在开铁矿、制船炮，强调"中体西用"的"用"。这时西方的"文化光线"

---

① 内山完造：《思念鲁迅先生》，《文艺报》1956 年第 15 期。
② 鲁迅：《华盖集·通讯》。
③ 鲁迅：《集外集拾遗补编·"中国杰作小说"小引》。
④ 鲁迅：《华盖集·青年必读书》。
⑤ 参见 A. Toynbee, The World and The West, Meridian Book, The World Publishing Co., 1964.

只穿透了中国物质的表层，并未触及中国人生活方式和思维方式的内部价值，因而阻抗较小。但在陈腐的制度和观念的制约下，先进的物质技能是不可能学到的。洋务运动随着"甲午海战"而破产。第二，制度层次。以戊戌变法和辛亥革命为代表。主张废科举、废八股、办学校、办银行、办报纸，并模仿西方国家的代议制，西"体"和中"体"发生了冲突，开始触及中国文化的内层，因而遭到封建统治阶级、旧派势力乃至不觉悟的民众的颠覆和反对。变法维新和辛亥革命均因脱离群众而失败。第三，思想文化心理层次。以五四新文化运动为代表。中心是反对旧思想、旧道德、旧文化，提倡新思想、新道德、新文化。这是西方现代文化与中国人深层文化心理的濡化，因而受到了传统的价值观念、信仰系统和习惯势力的全面抗拒。鲁迅亲身经历过前两个层次的文化选择过程，深知离开人民思想文化的启蒙与更新，物质技能和社会制度是不可能从根本上改善的；改造国民的灵魂，治疗这"麻木状态的国度"，是最艰难而又最急需的了。所以鲁迅把这场新文化运动庄严地称为"思想革命"①，并自觉地站在革命的前哨阵地，呐喊，战斗。

如何对待这场思想文化革命？当时的认识十分混乱，即使新文化的先驱者中也少有达到鲁迅这样清醒的自觉的境界的。《新青年》的创办，引起了中国文化论坛的轩然大波。林纾、辜鸿铭及孔教会一班人的反扑自不待言，也容易被人们看清。最能迷惑人的是那些表面上学贯中西，公允持平，大讲中西文化差异，高唱"取长补短"，实际上是为封建文化争夺阵地的调和派。一九一六年以后，伧父②以《东方杂志》为阵地，发表了一系列论述东西文化差异的文章，陈独秀、李大钊等新文化运动的倡导者便起而论辩，也纷纷撰文比较东西文化的优劣。③鲁迅没有参加这场辩论，因为在旧文化占统治地位的情况下详尽地罗列东西文化各自的优劣，并没有多少实际意义。鸦片战争以来东西文明的较量以及西方民主科学的不断输入，已经使大多数知识分子看到西方文化代表了现代世界先进文化。问题在于如何用这种先进的现代文化改造腐朽的封建文化。鲁迅了解，中国社会的旧势力根深蒂固，往往是"改革一两，反动十斤"；旧文化又有巨大的"同化"力，能够"吞没""消化"一切新的思想文化，"象一只黑色的染缸，无论加进什么新东西去，都变成漆黑"。④所以他

---

① 参见鲁迅《华盖集·通讯》中对"以前《新青年》上已经说过的'思想革命'"的强调和说明。

② 即杜亚泉，《东方杂志》主编。

③ 伧父先后发表了《静的文明与动的文明》(1916)、《战后东西文明之调合》(1917)、《迷乱之现代人心》(1918)。陈独秀先后发表了《东西民族根本思想之差异》(1915)、《今日中国之政治问题》(1918)、《质问〈东方杂志〉记者》(1918)。李大钊发表了《东西文明根本之异点》(1918)等。

④ 鲁迅：《两地书·一九二五年三月十八日》。

特别注意揭穿调和派固守旧文化、抵制新文化运动的本质。"五四"前后,章士钊、陈嘉异、伧父等高叫着把东西文化"撷精取粹""熔于一炉",以使之成为"吾国新社会研治之基"。如何"撷精取粹"呢?就是"物质上开新","道德上复旧"。①鲁迅早就看出,这些观点不过是张之洞的"中体西用"的衍绪,他们企图用调和演化的方式建设一种所谓理想文化,其要害在于否定急风暴雨式的新文化运动的必要性。鲁迅尖锐地批判讽刺说:

> ……因为"西哲"的本领虽然要学,"子曰诗云"也更要昌明。换几句话,便是学了外国本领,保存中国旧习。本领要新,思想要旧。要新本领旧思想的新人物,驮了旧本领旧思想的旧人物,请他发挥多年经验的老本领。一言以蔽之:前几年谓之"中学为体,西学为用",这几年谓之"因时制宜,折衷至当"。②

鲁迅断言"世界上决没有这样如意的事"。事实证明,那些扮妆得不偏不倚的"甲寅派""学衡派"的君子,不过是穿着西装的遗老遗少,最终都暴露了封建文化的卫道者的真实面目。即使像胡适、吴虞、刘半农、钱玄同、周作人这些新文化运动初期的骁将,当对旧文化产生依恋,企图折衷的时候,也必然堕入守旧派的营垒,成为中国文化现代化的障碍。历史是严酷的,思想文化的更新必须经过灵魂的决斗。鲁迅看清了"那些维持现状的先生们,貌似平和,实乃进步的大害",并且找到了对付的办法,就是当"老先生们""连在黑屋子开一个窗也不肯,还有种种不可开的理由"时,就干脆宣布"连屋顶也掀掉它",使他们"魂飞魄散",才可能"许开一个窗"。③这就是用"过正"来"矫枉"。

面对古老中国长期奉行的"闭关主义",鲁迅针锋相对地提出"拿来主义"。不是战战兢兢地"拿来",不是先蒸馏、消毒再"拿来",而是首先"不管三七二十一","拿来!"不怕被"染污",不怕影响自己的"清白"。因为"没有拿来的,人不能自成为新人,没有拿来的,文艺不能自成为新文艺"。④有人借口外国也有叫化子、草舍、娼妓、臭虫,抗制学习外国的先进文化,鲁迅说"这是消极的反抗",好像衰败人家的子弟看见别家兴旺,便"寻求人家一点破绽,聊给自己解嘲"一样可笑。⑤他主张"只要是食物,……承认是吃的东西",健康人即不必"特有许多禁条,许多避

---

① 章士钊:《新时代之青年》,《东方杂志》第 16 卷 11 号,1919 年 11 月。
② 鲁迅:《热风·随感录四十八》。
③ 《鲁迅书信集·致曹聚仁》,1935 年 4 月 10 日。
④ 鲁迅:《且介亭杂文·拿来主义》。
⑤ 鲁迅:《热风·随感录三十八》。

忌"。以为在接受外国进步文化时，"倘若各种顾忌，各种小心，各种唠叨，这么做即违了祖宗，那么做又象了夷狄，终生惴惴如在薄冰上，发抖尚且来不及，怎么会做出好东西来"。正确的态度是"放开度量，大胆地，无畏地，将新文化尽量地吸收"。①这种大胆"拿来"的思想方法在鲁迅是一以贯之的。他早年在南京求学时，就被卷入了"要救国，只有维新，要维新，只有学外国"的潮流之中，当他看到洋务派的腐败、维新派的软弱，便认定"所余的还只有一条路：到外国去"，开始向西方寻求救国的真理，从而逐步形成了面向世界的开放的眼光。认定改革中国固有文化"必洞达世界之大势"②；"首在审己，亦必知人"，"别求新声于异邦"。③甚至不惜"屈尊学学枪击我们的洋鬼子"，使"中国的精神文明"，"可望有新的希望的萌芽"。④这气魄，这胆略，非出自对于中国思想文化革命的强烈的责任感和使命感，不可能有如此雄大。

为了有效地"拿来"，鲁迅极力提倡翻译介绍外国的著作。认为与其空等，不如先译介一些外国较好的文史书，以填补那无有的空白，解救青年知识的饥荒。据统计，他自己先后翻译介绍了十四个国家一百多位作家的两百多种作品，字数超过二百五十万。翻译介绍作品的国家包括俄苏、日本、英国、法国、德国、奥地利、荷兰、西班牙、芬兰、波兰、捷克、匈牙利、罗马尼亚、保加利亚等国；类别包括文艺理论、小说、诗、戏剧、童话等；创作方法既有现实主义、浪漫主义的，又有现代主义的，甚至对他认为"全然是一个绝望厌世的作家"的安特莱夫的象征主义作品，也给予认真的译介和借鉴。⑤还特意申明："我太落拓，因此选择也一向没有如此之严，以为倘要完全的书，天下可读的书怕要绝无。"⑥指出译介外国作品时不要限制过严，求之过苛。

中国的振兴，关键在于思想文化启蒙；思想文化启蒙，首先要破除封建传统文化观念；破除封建传统文化观念，必须借助外国现代文化的推动；借助外国现代文化的推动，首要条件是敢于大胆"拿来"。敢于大胆"拿来"，本质上是具有民族振兴的责任感和民族文化新生的自信力的表现。从这个意义上看，鲁迅不惜矫枉过正、大胆"拿来"的思想方法，正是他成功地进行文化选择的关键。也是从这个意义上看，胡风在《对文艺问题的意见》中说鲁迅"终他的一生，一直愤怒地反对了把新文学当作'继承并发扬了民族文学传统'的民族复古主义的理论的"的观点的

① 鲁迅：《坟·看镜有感》。
② 鲁迅：《坟·文化偏至论》。
③ 鲁迅：《坟·摩罗诗力说》。
④ 鲁迅：《华盖集·忽然想到》。
⑤ 统计材料参考黄侯兴：《鲁迅历史观探索》，陕西人民出版社 1983 年版。
⑥ 鲁迅：《译文序跋集·〈思想·山水·人物〉题记》。

精神实质，应该是符合实际而中肯切要的。

三、传承再造的目光与鲁迅的世界文化取向

以反传统的精神进行彻底的内部反省，以矫枉过正的态度大胆从外国"拿来"，都只是手段，只是鲁迅适应中国国情进行文化选择的战斗的第一步，而不是目的。在鲁迅的心目中，中国现代新文化的建设，目的不是中国文化的死亡，而是中国文化的再造；不是模仿建立某种西方文化形态，而是追求较传统文化和外来文化更高层次的新的综合——二十世纪的世界文化。在文化问题的讨论中，一些人往往走向"崇古"和"媚外"两极，前者是民族自大主义，后者是民族自卑主义，都没有跳出外来文化压力下民族自尊反应的藩篱，都反映了中国知识分子在价值困窘的时代的不健全的心态，其要害在于缺乏再造中国新文化的目光，缺乏开放的世界文化意识。世界文化意识的觉醒，是现代知识分子文化选择的最高境界。

一九二七年，鲁迅在《当陶元庆君的绘画展览时》一文中写道："世界的时代思潮早已六面袭来，而自己还拘禁在三千年陈的桎梏里。于是觉醒，挣扎，反叛，要出而参与世界的事业——我要范围说得小一点：文艺之业。"二十世纪世界现代化的主要标志是工业化、都市化和普遍参与。前二者属于物质层次的选择，普遍参与则是思想文化深层的大交流。鲁迅强调"参与世界的事业"，要和世界的时代思潮合流，突出地体现了这种现代化的意识。鲁迅指出，在"参与"中要破除"两重桎梏"，一重是旧的桎梏，即以往"用惯的向来以为是'永久'的"传统的尺度；一重是"身外的新桎梏"，即对于外国不加分析地全盘"敬谨接收"。陶元庆的成功，"就因为内外两面，都和世界的时代思潮合流，而又并未桎亡中国的民族性"。他的作品一方面并非"之乎者也"，"用的是新的形和新的色"，另一方面"又不是'Yes''No'，因为他究竟是中国人"。①很明显，鲁迅是以世界文化作为参照系统，主张从中外文化价值的整合再造中使中国的文化得到新生。这种新文化是既立于世界文化之林，又有自己民族个性的新文化。

在世界文化意识的指导下，必然要求将中国文化置于世界文化结构中进行识别和选择，使中国现代文化在世界文化交流中得到繁荣和发展。鲁迅早年就提出："必洞达世界之大势，权衡校量，去其偏颇，得其神明，施之国中，翕合无间。"②以后更反复强调"采用外国的良规，加以发挥"③，赞赏汉唐时代的人民"将彼俘来""自

---

① 鲁迅：《而已集·当陶元庆君的绘画展览时》。
② 鲁迅：《坟·文化偏至论》。
③ 鲁迅：《且介亭杂文·〈木刻纪程〉小引》。

由驱使"的豁达宏大的气度①。对大胆"拿来"的外国文化,不是生吞活剥,食洋不化,而是"一面尽量的输入,一面尽量的消化,吸收,可用的传下去了,渣滓就听他剩落在过去里"②。选择吸收的基点是能够为我所用。"不必问是西洋风或中国风,只要看观者能否看懂,而采用其合宜者。"③"我们能吸收时,就是西洋文明也变成我们自己的了",绝不至于"吃了牛肉自己也即变成牛肉"。④二十世纪三十年代,有些省为了抵制洋货,禁止学生使用钢笔,规定改用毛笔。鲁迅对此深表不满。钢笔虽是洋货,用起来便当,省时间;毛笔虽是国货,用起来很不便当,为什么要舍简而求繁呢?难道"主张咬墨舐毫",就可以避免"国粹渐就沦丧"吗?鲁迅比较了中国和日本在这方面的不同做法,"优良而非国货的时候,中国禁用,日本仿造,这是两国截然不同的地方"。主张学习日本,也来仿造,"与其劝人莫用墨水和钢笔,倒不如自己来造墨水和钢笔"。⑤这个例子也充分说明鲁迅在吸收外来文化精华的基础上建设先进的中国文化的鲜明态度,较那些狭隘的民族主义者高明多了。事实证明,积极消化、吸收世界上一切先进文化的优长,包括掌握马克思主义最新的精神武器,才能使中国文化在广泛的世界中参与对话。鲁迅在创作中,就是不断在世界文学中寻求新的观念,逐步确立了以人为本位,特别是以下层劳动人民为本位的文学思想;不断在世界文学中学习新的创造方法,不断调整自己的审美理想和创作手法,广泛采用现实主义、浪漫主义乃至一些现代主义的艺术手段,从而以思想的深刻和格式的特别,创造了一批具有世界水平的短篇小说,创造了阿Q等具有世界意义的文学典型,受到了外国读者的欢迎,开始使中国现代文学汇入了世界文学的巨流。基于此,鲁迅才代表了中国新文化的方向。美国作家艾略特说:"如果希望使某一文化成为不朽的,那就必须促使这一文化同其他国家的文化进行交流。"⑥此言与鲁迅思想暗合。中国新文化的发展壮大,正是通过一批批先驱者同其他国家的文化交流实现的,是在文化开放中实现的。忘记了这条历史经验,关起门来自喻为"世界革命"的中心或"精神文明"的极致,都必然遭到二十世纪人类发展史和现代世界文明的嘲弄。

世界性和民族性是辩证统一的。鲁迅说:"有地方色彩的,倒容易成为世界的,即为别国所注意。"⑦当各民族文化成为世界文化的有机组成部分时,它们的独特性

---

① 鲁迅:《坟·看镜有感》。

② 鲁迅:《二心集·关于翻译的通信》。

③ 《鲁迅书信集·致陈烟桥》,1934年3月28日。

④ 鲁迅:《集外集拾遗·关于知识阶级》。

⑤ 鲁迅:《准风月谈·禁用和自造》,《且介亭杂文二集·论毛笔之类》。

⑥ T. S. 艾略特:《诗歌的社会功能》,转引自《走向世界文学·导言》。

⑦ 《鲁迅书信集·致陈烟桥》,1934年4月19日。

就形成了世界文化的丰富性和多样性。但这些独特性、民族性或地方色彩，必须是对现代社会有益的、进步的东西，绝不是"烟枪""烟灯""姨太太"之类封建的历史陈渣，也不是供外国人猎奇的"活化石"。民族性绝不能成为"保存国粹"、拒斥开放的遁词。鲁迅以新文化的"开拓者和建设者"的姿态认识民族文化遗产，把古书看作"过去的旧帐"，首先因为"菲薄古书者，惟读过古书者最有力"，才不断钻研古籍的，而不是孤芳自赏，奉若神明；其次是在批判的基础上吸收其中有用的合理的东西。他指出："新的阶级及其文化，并非突然从天而降，大抵是发达于对于旧支配者及其文化的反抗中，亦即发达于和旧者的对立中，所以新文化仍然有所承传，于旧文化也仍然有所择取。"①说明新旧文化的联系是对抗性的，并非一些论者反复强调的简单的因果承袭性的联系。新文化对于旧文化的"承传""择取"是在总体上否定、破坏的基础上进行的。吸收固有文化中积极的、进步的因素的过程，"恰如吃用牛羊，弃去蹄毛，留其精粹，以滋养及发达新的生体"。②吸收的目的在于滋养"新的生体"，在于"再造"一种与二十世纪世界文化比肩的民族文化。有些人在现代文化改革中，总是念叨着"民族性"，唯恐中国文化失却了"民族性"。如果他们不是把民族性作为"国粹"的代名词或者为了某些个人既得利益，那这种认识也是杞人之忧。其实民族性是溶化在中国人血液中的东西，是不会失落，也无须额外用力"加强"的。鲁迅评论陶元庆的绘画，说它虽然用了世界上的新的形和新的色，写出了自己新的世界，"而其中仍有中国向来的魂灵——要字面免得流于玄虚，则就是：民族性"。③针对那种杞人忧天的恐惧，鲁迅明快地说："许多人所怕的，是'中国人'这名目要消灭；我所怕的，是中国人要从'世界人'中挤出。"因为"中国人"这名目决不会消灭，只要人种还在，总是中国人，"全不必劳力费心"；倒是要成为"世界人"的一员，"在现今的世界上，协同生长，挣一地位，即须有相当的进步的智识，道德，品格，思想，才能够站得住脚：这事极须劳力费心。而'国粹'多的国民，尤为劳力费心，因为他的'粹'太多"。④这里，鲁迅不仅为我们昭示了世界文化一体化的方向，而且为我们指明了世界文化时代中国文化改革的艰巨任务。

鲁迅逝世五十年来，民族、民主革命战争及其他政治斗争烟雾弥漫，"武器的批判"代替了"批判的武器"，中国的知识分子一度很难自觉到自己文化选择的使命，"五四"所开创的中国新文化长期在迷茫中迂回。致使到今天，在人类的思维中地球越来越小，世界一天天走向融合，中国也以开放的眼光建设现代文明的时候，仍然

---

① 鲁迅：《集外集拾遗·〈浮士德与城〉后记》。
② 鲁迅：《且介亭杂文·论"旧形式的采用"》。
③ 鲁迅：《而已集·当陶元庆君的绘画展览时》。
④ 鲁迅：《热风·随感录三十六》。

有不少人在重弹历史上守旧派、调和派的老调，企图再用"僵硬的传统"束缚人们的手脚，用所谓"新儒学"充当人们的精神支柱，甚至重张"中体西用"的破旗。在这种情况下，我们祭奠文化革命的先驱者鲁迅，更加感到他的先觉与伟大。愿鲁迅进行文化选择的目光、气魄、胆识、方法和境界，能够启示和推动当今我国现代化文化选择早日挣脱羁绊，确立崭新的开放的世界文化意识。

1986 年 10 月于北京

（原载《中国现代文学研究丛刊》1987 年第 4 期）

鲁迅与魏晋文化

任广田①

　　魏晋时期的文化与文学对鲁迅产生过深远影响，在鲁迅一生论述过的中国传统文化现象的文字里，也是关于魏晋南北朝时期的文化与文学现象的评述引人注目地详尽而深入。稍加仔细地辨析这些文字即会发现，它们至少涉及以下几个方面。一、关于中古时期哲学文化即玄学和清谈等方面。这属于对这一时期高层哲学学术文化的论述，它有力地显示着汉代经学解体以后中国哲学学术文化向玄学发展的趋势。鲁迅对这种变化有明晰的论述与阐发，并发表过相当独特的见解。二、关于文学方面。高层哲学学术思潮的变化，必然会在文学理论思潮与创作方面有广泛的表现，这自然会引起作为文学史家的鲁迅的高度关注。鲁迅对此的论述完备而又深入，视角独特，见解精辟，许多地方发前人之所未发，也给后来者留下较多启迪。三、鲁迅是"五四"时期研究中国小说史方面取得重大成就的学者，因此，除一般论述魏晋时期的文化与文学外，他还特别对魏晋南北朝时期的小说有充分论述，这些论述既有文化意义，又有小说文体本身的意义，理应引起我们的重视。更应该引起我们注意的是，鲁迅通过对魏晋时期小说的论述相当深刻而又独到地研究了这个时代知识分子的智慧风貌、人格特征以及这一时期的社会风习。我认为这很可能是鲁迅关于中古时期文化论述最见精彩的部分。自然，鲁迅属于那种具有自己独特文体的思想家和文学家，上述几个方面并不是明晰地分门别类加以论述的，而是带有综合言说的特点。把它们分列出来只是为了研究方便，这是需要加以说明的。

一

　　鲁迅讲魏晋文化，涉及范围相当广泛，由建安而正始，而东晋，历时数百年。就

---

　　① 任广田（1950— ），陕西澄城人。1976 年毕业于西北大学中文系并留校任教。主要从事中国现代文学的教学与科研工作及鲁迅研究，曾任西北大学中国现当代文学教研室主任，兼任中国鲁迅研究会理事、陕西省中国现代文学学会常务理事。著有《论鲁迅艺术创造系统》《中国现代文学史》（参编）、《中国现当代作家作品专题》（主编）等多部，还发表学术论文多篇。

历史人物讲，则包揽更多。仅《魏晋风度及文章与药及酒之关系》一文所涉及的，即有三曹、建安七子、正始名士、竹林七贤以及东晋陶渊明等不下二十人。加上其他场合所论，则人数更为众多。其中与玄学和清谈有直接关系者，以正始名士和竹林七贤为最。三曹与玄学和清谈的关系不很直接，但对玄学及清谈之风的形成也并非全无影响。对这些，鲁迅均有明晰的论述与辨析。

魏晋清谈自汉末清议演变而来，鲁迅对这一过程的认识与论述和当时学界的一般认识，比如章太炎、刘师培等人的认识没有大的区别。值得注意的是，鲁迅讲玄学的来源与特征颇能综章、刘二氏之说，并因而得出更为圆满的结论。所谓圆满的结论，不只是指简单的量的叠加，而更是指鲁迅的结论更为逼近地指向玄学与清谈的原初本质。《中国小说史略》中有一段话即很能说明这一点：

> 汉末士流，已重品目，声名成毁，决于片言，魏晋以来，乃弥以标格语言相尚，惟吐属则流于玄虚，举止则故为疏放，与汉之惟俊伟坚卓为重者，甚不侔矣。盖其时释教广被，颇扬脱俗之风，而老庄之说亦大盛，其因佛而崇老为反动，而厌离于世间则一致，相拒而实相扇，终乃汗漫而为清谈。①

这里的议论是不是全无缺点，是不是都能得到专门研究魏晋文化的学者的认同，自然是可以再作探讨的，但作为对一种文化思潮的大致发展路向的简要概括，应该是没有大的出入的。其中较为值得注意的是以下两点。一、魏晋清谈不同于汉末之清议，汉末清议的特点是多谈实际的政治问题，所谓品核公卿，裁量执政，臧否人物；魏晋清谈则不谈论实际的社会和政治问题，其特点是吐属流于玄虚，举止故为疏放，有脱俗之风。二、清谈有厌世的倾向。需要进一步研究的，是鲁迅所谓"脱俗""厌世"的说法的根据及具体指向。这就涉及章、刘二位的说法了。

刘师培关于汉魏学术及文学风格的变化有过如下论述："建安文学，革易前型，迁蜕之由，可得而说：两汉之世，户习七经，虽及子家，必缘经术。魏武治国，颇杂刑名，文体因之，渐趋清峻，一也。建武以还，士民秉礼，迨及建安，渐尚通俗，俗则侈陈哀乐，通则渐藻玄思，二也。献帝之初，诸方棋峙，乘时之士，颇慕纵横，骋词之风，肇端于此，三也。又汉之灵帝，颇好俳词，下习其风，盖尚华靡，虽迄魏初，其风未革，四也。"②鲁迅所说的魏晋清谈之士吐属玄虚、举止疏放的脱俗之风与刘师培魏晋人士尚通俗、藻玄思的说法相当接近。那么，所谓"脱俗"就主要是指魏晋间人颇能摆脱汉代经学的束缚，而趋于思想解放一途了。参之以鲁迅在另

---

① 鲁迅：《中国小说史略·第七篇》。
② 刘师培：《中国中古文学史·第三课》。

一场合所说，则更能说明这一点。在《魏晋风度及文章与药及酒之关系》一文中，鲁迅说曹魏时文化思想的一个特点是尚通脱。"通脱即随便之意。此种提倡影响到文坛，便产生多量想说什么便说什么的文章。""更因思想通脱之后，废除固执，遂能充分容纳异端和外来的思想，故孔教以外的思想源源引入。"①这就是说，所谓"脱俗，就首先是指思想上不再固守儒学教条"的意思。同时，按照章太炎的说法，"儒家之病，在以富贵利禄为心。盖孔子当春秋之季，世卿秉政，贤路壅塞，故其作《春秋》也，以非世卿见志。其教弟子也，惟欲成就吏材，可使从政"②。特别是汉以后，"董仲舒以阴阳定法令，垂则博士，神人大巫也。使学者人人碎义逃难，苟得利禄，而不识远略"③。因此所谓"脱俗"之风，除在思想上不受儒学束缚之外，还应包括在行为上不斤斤以富贵利禄为念，率性而为、任真自然的意思。

所谓"厌世"的说法也应与章太炎有关，章太炎曾强调过魏晋人物的厌世倾向，"嵇康、阮籍之伦，极于非尧舜、薄汤武，载其厌世；至导引求神仙而复崇法老庄，玄言自此作矣"④。不仅如此，章太炎还进一步认为所谓厌世其实不过是愤世，"魏晋间言神仙者，皆由厌薄人间，与屈平《远游》同旨，故必借老庄抒其愤激"⑤，"晋世嵇康，愤世之流，近于庄氏"⑥。鲁迅也有类似意思，他说竹林七贤差不多都反抗旧礼教，嵇、阮二人脾气很大，为文师心使气，慷慨激昂，都和章太炎所说愤世之义相近。

把"脱俗"和"厌世"这两点结合起来论述是鲁迅的独到处：由于脱俗，就可能摆脱儒学束缚，不以功名利禄为念；由于厌世和愤世，则能在理论思想上近老庄玄理，能从不同于传统经学的另一角度看待人生与社会，从而得出新的结论，把中国哲学学术文化由汉代经学推向魏晋玄学。显然，鲁迅的结论要比章、刘二位的结论更为圆满和令人信服。

二

但是鲁迅主要是一位文学家而不是哲学家，是一位文学史家而不是哲学史家。因此，鲁迅论魏晋文化的最重要角度也就不是哲学而是文学。我们已经看到，他论述魏晋玄学基本上只是就玄学与清谈的最基本倾向谈一些最为概括的看法，并未涉及

---

① 鲁迅：《而已集·魏晋风度及文章与药及酒之关系》。
② 章太炎：《诸子学略说》。
③ 章太炎：《检论》卷三《学变》。
④ 章太炎：《检论》卷三《学变》。
⑤ 章太炎：《检论》卷三《学变》。
⑥ 章太炎：《国故论衡》下卷《原道（上）》。

更为具体的玄学理论命题。但关于文学的论述就远为具体和深入，这些论述醒目地显示了鲁迅作为一个成熟的文学史家的非凡识力，值得认真研究。

鲁迅论魏晋文学首先关注的是这一时期文学的地位与价值的变化，他认为"用近代的文学眼光看来，曹丕的一个时代可说是'文学的自觉时代'，或如近代所说是为艺术而艺术的一派"[1]。张杰先生指出鲁迅这一看法是借鉴了刘师培的结论，刘师培《中国中古文学史讲义》里说过："中国文学，至两汉、魏、晋而大盛，然斯时文学，未尝别为一科。故儒生学士，莫不工文。其以文学特立一科者，自刘宋始。考之史籍，则宋文帝时，于儒学、玄学、史学三馆外，别立文学馆，使司徒参军谢元掌之。明帝立总明观，分儒、道、文、史、阴阳为五部，此均文学别于众学之征也。故《南史》各传，恒以'文史''文义'并词，而'文章志'诸书，亦以当时为最盛。更即簿录之学言之：晋荀勖因魏《中经》区书目为四部，其丁部之中，诗、赋、图赞，仍与汲冢书并列；自齐王俭撰《七志》，始立'文翰'之名；梁阮孝绪撰《七录》，易称'文集'，而'文集录'中，又区《楚辞》、别集、总集、杂文为四部，此亦文学别为一部之证也。"张杰先生认为刘师培这个发现，"意义十分重大：它标志着文史哲同一的终结，文学自觉时代的到来"，而"鲁迅的观点是在借鉴刘师培缜密索骥史籍的结论下形成的"[2]。这是敏锐的见解，有助于我们认识鲁迅观点形成的学术背景。但似乎还应注意到鲁迅所谓"文学的自觉"的说法和刘师培的结论的区别，认识到鲁迅的独特处。比较地说，刘师培似乎更为强调外在的文化门类的分立，而鲁迅则更为强调内在的文学的自觉精神的发生。正因为这样，鲁迅所谓"文学的自觉"的时代要早于刘师培所谓立文学"别为一科"的时代。从鲁迅所说的魏文帝时代到刘师培所说的刘宋时代，时间相差许多年。因此，很不同于刘师培所说的"以文学特立一科者"，鲁迅所谓"文学的自觉"，所谓"为艺术而艺术"，都首先是指魏晋时代文学地位的提高与文学独立意识的增强。这就与汉代人们对文学的看法有了根本的区别。汉代在经学传统下，文学及文学家的地位都相当低下，所谓赋乃雕虫篆刻，壮夫不为，所谓书画辞赋，才之小者，都很能反映经学传统下汉人对文学及艺术的一般看法。传统经学本质上是一种封建政治哲学文化体系，它的要害有二：一是以封建君王的绝对威权为中心的有机论思想观念；二是以封建君王为至高的等级论思想观念。所谓有机论，是指一切社会组织和社会事业都因封建统治的政治需要而设置，并始终围绕这一中心而运作，所有社会组织和社会事业都必须在这一中心的笼罩下才有可能获得意义，自身是毫无独立价值可言的。所谓等级论，则是指一切社会事业以及从事这些事业的各色人等的地位和价值均视其距离这一中心的远近

① 鲁迅：《而已集·魏晋风度及文章与药及酒之关系》。
② 张杰：《鲁迅与刘师培的学术联系》，《鲁迅研究月刊》2000年第6期。

以及对这一中心的支持作用是否直接而定。距离最近者最有价值，地位最高；距离稍远者价值较低，地位较差；依此类推。很显然，这是一个漠视和拒绝承认统治集团的政治地位和利益以外的任何社会事业以及人的个体生命的独立价值的腐朽的思想文化体系，在这种思想文化体系的视角下，无论是文学事业还是文学家本人的独立地位和价值都不可能被承认。而到了汉末魏初，随着政治腐败，战乱频繁，王纲解纽，以及腐朽的经学传统的解体，人的个体生命的价值和意义问题得到重视并被明确地提了出来，诸如人的个体生命的独立价值问题，人生的意义问题，人对自身生命的有限性的超越问题，等等。如果说，这些问题的哲学表现是由传统经学向魏晋玄学的转变的话，那么它们的文学表现便是文学的独立地位的突出强调。鲁迅所着重提到的曹丕的《典论·论文》就突出强调文学的独立的价值与地位。"盖文章，经国之大业，不朽之盛事；年寿有时而尽，荣乐止乎其身，二者必至之常期，未若文章之无穷。是以古之作者，寄身于翰墨，见意于篇籍，不假良史之辞，不托飞驰之势，而声名自传于后。故西伯幽而演《易》，周旦显而制礼，不以隐约而弗务，不以康乐而加思。夫然，则古人贱尺璧而重寸阴，惧乎时之过已。而人多不强力，贫贱则慑于饥寒，富贵则流于逸乐，遂营目前之务，而遗千载之功，日月逝于上，体貌衰于下，忽然与万物迁化，斯志士之大痛也。"曹丕的话意思是十分清楚的，文学是具有自己独立价值的不朽的事业，文学家也因为他们所从事的事业而获得了独立的价值和意义；不仅如此，文学家还可以通过自己文学方面的成就而实现对生命有限性的超越。很显然，依曹丕，文学的自觉是与人的个体生命价值的自觉联系在一起的。明白了这一点，魏晋时代强调文学的独立价值和地位的重大意义就不难发现了，鲁迅对这一事实的发掘和强调的意义也自然地突现出来了。说到底，两者都是对人的个体生命价值以及体现这种价值的丰富多彩的各种社会事业的独立地位和价值的承认与肯定。

鲁迅论魏晋文学特别关注三个重要时段——建安、正始和东晋，特别注重分析不同时期文学风格的变化，注重挖掘不同时期文学风格的特点，这些特点的实质，以及有这些不同特点的复杂原因。而对所有这些问题的论述，又都始终围绕着文学的自觉这一核心认识而展开，同时，在这一核心认识的基础上，又强调既密切相关而又有清楚区别的两点：一是某个特定时期文学的时代风貌；二是同一时期不同作家的不同风格特点。前者是面，后者是点，点面结合，互为经纬，构成鲁迅相当成熟、稳定的文学史学观念。

鲁迅认为，汉末魏初也即通常所说的"建安文学"的风格特点是"清峻，通脱，华丽，壮大"，同时又有悲凉、激昂和慷慨的状貌。"清峻，通脱，华丽，壮大"的说法脱胎于刘师培所谓"清峻、通侻、骋词、华靡"，但"悲凉、慷慨、激昂"的意见则更容易让人想起刘勰《文心雕龙·时序》篇中"观其时文，雅好慷慨，良由世积乱离，风衰俗怨，并志深而笔长，故梗概而多气也”的说法。刘师培和刘勰的说法都能反映"建安文学"一个方面的状貌，因此都得到了鲁迅的重视和强调。鲁迅讲到建安七子时指出："七人的文章很少流传，现在我们很难判断；但，大概都不外是'慷慨'、'华丽'罢。华丽即曹丕所主张，慷慨就因当天下大乱之际，亲戚朋友死于乱者特多，于是为文就不免带着悲凉，激昂和'慷慨'了。"[①]这里，鲁迅讲的是"建安文学"的整体风貌，特别强调一个时代的政治、社会背景对文学风貌的影响。在鲁迅看来，没有能够完全脱离时代影响的文学，"建安文学"自然不能例外。汉末魏初是战乱的年代，烽烟四起，天下动荡，生民百不余一，名都空而不居，百里绝而无民。在这种情况下，文学中自然会升腾起一种挥之不去的悲凉、慷慨之气。鲁迅根据刘勰"观其时文，雅好慷慨"的说法来概括"建安文学"一个方面的面貌，是完全准确的。需要指出的是，时代影响下形成的悲凉慷慨的风貌的文学，就作家的创作目的讲，并不是为了文学之外的什么别的目的，而是根据自己的人生体验抒发自己的情怀，这本身就表现出对文学自身的高度自觉。这是鲁迅所说的"文学的自觉"的一个方面的表现，只是由于共同的时代背景，作家的体验有相同或相通处，又是这种相同或相通处，构成了一个时代的文学的共同风貌。这是需要加以说明的。

除悲凉、慷慨之外，"建安文学"还有"清峻，通脱，华丽，壮大"的特点，这涉及魏晋时代文学家对文学的形式和文学作品中所显示出来的文采的重视，对作家不同的个体风格的重视。这就与这一时期对人的个体生命的特质与价值的重视有关。不同的作家之所以会有不同的风格，是由于各不相同的气质才性，这是魏晋人已经提出来并做了很好的探讨的问题。鲁迅特别重视魏晋人这方面的成就，比如他看重曹丕"文以气为主"的说法，甚至认为这一说法可能影响了整个魏晋文学。不仅曹丕本人强调"文以气为主"，而且正始名士、竹林七贤为文也都"师心使气"。而曹丕所谓"气"的概念之所以提出，则又恰恰与汉末魏初对人的个体生命特质与价值的重视的哲学和社会思潮有关。在中国哲学史上，"气"一直是一个十分重要的概念，孟子说"我知言，我善养吾浩然之气"[②]，庄子也有"通天下一气耳"[③]的说法。作为儒、道两家的代表人物，孟子、庄子的"气"论各有涵义，区别很大。孟子的"气"论与儒家学说的道德论有关，庄子的"气"论与道家学说的自然论有关，都与人与生俱来的个性气质不相关涉。曹丕"文以气为主"的说法则直指文学家与生俱来的个性气质才性，依曹丕，是文学家不同的个性气质才性决定了不同作家不同的文学风格与成就，互相无法替代。他的说法是这样的：

---

① 鲁迅：《而已集·魏晋风度及文章与药及酒之关系》。

② 孟子：《孟子·公孙丑章句（上）》。

③ 庄子：《庄子·知北游》。

> 文以气为主，气之清浊有体，不可力强而致。譬诸音乐，曲度虽均，
> 节奏同检，至于引气不齐，巧拙有素，虽在父兄，不能以移子弟。①

因此，不同作家会有不同的风格和成就，"王粲长于辞赋，徐幹时有齐气，然粲之匹也。如粲之《初征》《登楼》《槐赋》《征思》，幹之《玄猿》《漏卮》《圆扇》《橘赋》，虽张、蔡不过也。然于他文，未能称是。琳、瑀之章表书记，今之隽也。应玚和而不壮，刘桢壮而不密。孔融体气高妙，有过人者，然不能持论，理不胜辞，至于杂以嘲戏。及其所善，扬、班俦也"②。在这两段话里，曹丕对建安七子各不相同的风格特点作了概括评价，并强调这种风格特点是不能互相替代的。鲁迅大体上会同意这种说法，不过有一点鲁迅和曹丕明显不同。如果说曹丕还只是一般地对各个作家不同的文体风格作出评价的话，那么鲁迅则是更为突出地强调作家在思想上、价值立场上的独立性和对于黑暗权势的反抗精神，认为对于作家来讲，那是比一般文体风格更为根本、更为重要的精神素质。对七子中的其他人鲁迅没有做太多评论，他更为重视的是孔融，"七子之中，特别的是孔融，他专喜和曹操捣乱。曹丕《典论》里有论孔融的，因此他也被拉进'建安七子'一块儿去。其实不对，很两样的"③。为什么会这样？就因为在七子之中孔融更具有思想上和价值立场上的独立性，也更具有反抗精神。鲁迅是结合着自己的人生体验和价值立场对像孔融这样的作家作出评价的。许寿裳先生过去说过："鲁迅对于汉魏文章，素所爱诵，尤其称许孔融和嵇康的文章，我们读《魏晋风度及文章与药及酒之关系》（《而已集》），便可得其梗概。为什么这样称许呢？就因为鲁迅的性质，严气正性，宁愿覆折，憎恶权势，视若蔑如，皭皭焉坚贞如白玉，懔懔焉劲烈如秋霜，很有一部分和孔嵇二人相类似的缘故。"④许先生的话，很能启发我们认识为什么在七子中，鲁迅会特别重视孔融。

鲁迅给予更高评价的是习惯上被称为正始文学时期的"竹林七贤"，特别是其中的阮籍和嵇康。对"竹林七贤"，鲁迅推许的仍然首先是他们思想上和价值立场上的独立性及对黑暗权势的反抗精神，说他们"差不多都是反抗旧礼教的"，而其"代表是嵇康和阮籍"。"阮籍作文章和诗都很好"，"他诗里也说神仙，但他其实是不相信的"。对嵇康，鲁迅有更高的评价。在中国古代作家中，鲁迅对嵇康情有独钟是学术界公认的事实。个中原因，许寿裳先生其实已经说得非常清楚了。鲁迅说："嵇康的

---

① 曹丕：《典论·论文》。
② 曹丕：《典论·论文》。
③ 鲁迅：《而已集·魏晋风度及文章与药及酒之关系》。
④ 许寿裳：《亡友鲁迅印象记》。

论文，比阮籍更好，思想新颖，往往与古时旧说反对。"在"与古时旧说反对"的例子中，鲁迅特别举了《与山巨源绝交书》："但最引起许多人的注意，而且于生命有危险的，是《与山巨源绝交书》中的'非汤武而薄周孔'。司马懿因这篇文章，就将嵇康杀了。非薄了汤武周孔，在现时代是不要紧的，但在当时却关系非小。汤武是以武定天下的；周公是辅成王的；孔子是祖述尧舜，而尧舜是禅让天下的。嵇康都说不好，那么，教司马懿篡位的时候，怎么办才是好呢？没有办法。在这一点上，嵇康于司马氏的办事上有了直接的影响，因此就非死不可了。"①这里，鲁迅指出嵇康由于坚持自己文化思想原则上的独立性，而这种独立性又与司马氏的政治阴谋相冲突而遇害，是完全符合历史事实的。鲁迅本人是同意并高度赞赏这种独立性的。鲁迅认为，在中国，像嵇康这样持正气，轻权贵，慢当道，守特操，能一本真诚，坚守自己独立的思想和价值立场的知识分子不多见。相反，中国知识分子中太多那种无定见、无特操的变色龙一样的聪明俊杰。"中国自南北朝以来，凡有文人学士，道士和尚，大抵以'无特操'为特色的。"②鲁迅并且曾经简捷地称这种知识分子为流氓："无论古今，凡是没有一定的理论，或主张的变化并无线索可寻，而随时拿了各种各派的理论来作武器的人，都可以称之为流氓。"③明白了鲁迅的这种立场，很可以帮助我们理解为什么他会对嵇康评价如此之高。

这种精神素质内在地决定了嵇康在文学上兴高而采烈的特点。为文不用于文学本身以外的其他什么目的，而只是用来真诚地表达自己独有的人生体验，直率地抒发自己的情感。刘勰说："嵇康师心以遣论，阮籍使气以命诗。"④鲁迅同意这个说法，并且说："这'师心'和'使气'，便是魏末晋初的文章的特色。"⑤

正始以后的文学，鲁迅谈得较多的就是东晋时期，尤其是东晋时期的陶渊明。作为中国古代著名诗人，陶渊明一向被认为是"古今隐逸诗人之宗"⑥。鲁迅承认陶渊明的这种倾向和地位，他说："代表平和的文章的人有陶潜。他的态度是随便饮酒，乞食，高兴的时候就谈论和作文章，无尤无怨。所以现在有人称他为'田园诗人'，是个非常和平的田园诗人。他的态度是不容易学的，他非常之穷，而心里很平静。家常无米，就去向人家门口求乞。他穷到有客来见，连鞋也没有，那客人给他从家丁取鞋给他，他便伸了足穿上了。虽然如此，他却毫不为意，还是'采菊东篱下，悠

①　鲁迅：《而已集·魏晋风度及文章与药及酒之关系》。
②　鲁迅：《准风月谈·吃教》。
③　鲁迅：《二心集·上海文艺之一瞥》。
④　刘勰：《文心雕龙·才略》。
⑤　鲁迅：《而已集·魏晋风度及文章与药及酒之关系》。
⑥　钟嵘：《诗品》（中）。

然见南山’。这样的自然状态，实在不易模仿。”①但是，和一般人不同，鲁迅认为陶渊明的精神面貌要复杂得多，决不是简单的田园诗人的说法所能概括的。

鲁迅指出，陶渊明不可能完全忘情于政治，陶集里《述酒》一诗就是说当时政治的；他也不可能完全忘情于社会和人间世，并且他还常常说到死；他有平和恬淡的一面，也有金刚怒目的一面。这就是说，在鲁迅看来，陶渊明有着深刻的政治、社会以及人生的焦虑，他通过自己非凡的创作把所有这些焦虑都反映出来了，只是论者不察，仅取了他平和恬淡的一面过分渲染，以至使人无法看清陶渊明的完整面貌。鲁迅对此很是感慨，他说："我每见近人的称引陶渊明，往往不禁为古人惋惜。"②鲁迅的看法是完全正确的。

陶渊明的创作鲜明地体现了鲁迅所说的魏晋时代的"文学的自觉"以及"为艺术而艺术"的精神。鲁迅所说的魏晋时代的"文学的自觉"以及"为艺术而艺术"的精神是指文学的地位的提高和文学的独立的价值的获得。陶渊明一生不以文学卫道，不以文学干禄，不以文学来达到文学以外的其他什么目的。文学以及文学创作对陶渊明来说就是他的生命的基本形式，他用文学的形式独立地发表着自己的人生体验和社会观念，他也是以他的文学创作的成就获得自己的人生及历史的价值的，正是鲁迅所说的"文学的自觉"的精神的典型体现。

三

在鲁迅关于魏晋文学的论述里，有一个领域较为特殊，需要专门分析，这就是关于这个时期的小说的研究与论述。鲁迅是"五四"时期在研究中国古代小说史方面取得了突出成就的学者，其中自然包括他对六朝小说的研究。有意味的是，鲁迅并没有把他关于魏晋文学是"为艺术而艺术"的看法贯彻到对六朝小说的评价中去，也没有认为这一时期的小说作家具有"文学的自觉"。相反，他认为，六朝人并非"有意作小说"③，从文体角度看，并无创作小说的自觉；不仅如此，那些作家还都是"有所为的"④。六朝小说分志怪和志人两类。志怪小说的出现与远古神话传说、巫文化以及当时宗教文化的流行有关。"中国本信巫，秦汉以来，神仙之说盛行，汉末又大畅巫风，而鬼道愈炽；会小乘佛教亦入中土，渐见流传。凡此，皆张皇鬼道，称道灵异，故自晋讫隋，特多鬼神志怪之书。其书有出于文人者，有出于教徒者。文

---

① 鲁迅：《而已集·魏晋风度及文章与药及酒之关系》。
② 鲁迅：《且介亭杂文二集·"题未定"草（六）》。
③ 鲁迅：《中国小说的历史的变迁》。
④ 鲁迅：《且介亭杂文二集·六朝小说和唐代传奇文有怎样的区别？》。

人之作，虽非如释道二家，意在自神其教，然亦非有意为小说，盖当时以为幽明虽殊途，而人鬼乃皆实有，故其叙述异事，与记载人间常事，自视固无诚妄之别矣。"①这就是说，按照鲁迅的意思，六朝志怪小说有出于教徒和文人两类，前者的目的在于自神其教，把志怪看作是辅教之书，后者则把志怪看作是诚实地记载事实，"一如今日之记新闻"②，均无自觉地创作小说的意识。至于志人小说的写作目的，情况还要更复杂一些。他说唐人小说和六朝人小说有很多不同，但有一点是相似或相通的，这就是作家们"之所以著作"的原因；唐人是以传奇文作为干谒名公的敲门砖，六朝人的作品如《世说》一类，也不过是"借口舌取名位的入门书"③，二者无本质差别。

说六朝人没有关于小说的文体自觉，不是有意作小说，当然并不是否定六朝小说的意义。在鲁迅关于六朝小说的论述里，至少有以下两点值得注意。一、文化意义。在六朝志怪小说里，可以发现这个时期文化思想发展演变以及那个时代文人精神状态变化的一些轨迹。魏晋南北朝时期是宗教思想活跃的时期，佛教思想和道教思想都比汉代有了进一步发展，二者各自的发展以及相互之间的冲突与融合情况，在志怪小说里都有所反映。更重要的是，通过对志怪小说的评价，鲁迅论述了这一时期部分中国文人精神面貌的一些特点，习惯上我们倾向于认为魏晋南北朝时期知识分子具有较为坚定的个性意识，能够较好地坚守自己的精神立场。这自然也是有根据的，鲁迅在论述魏晋文化的许多场合也谈到并高度评价了这一点，上文我们讲过的鲁迅对孔融、嵇康、阮籍等人的高度评价即是显例。但鲁迅还谈到这一时期知识分子精神特点的另外一面，我们过去则关注较少，这就是这一时期部分知识分子表现出的无特操的精神特征。这是十分具有文化史意义，因而需要认真研究的。志人小说里的文化信息则不仅与宗教而且与清谈有关；更重要的是，在清谈之风的影响下，形成了六朝知识分子风骨特异的智慧风貌和人格特征，对这种智慧风貌和人格特征的记载，是志人小说最重要的文化意义之一。二、小说文体本身的意义。六朝人不是有意作小说，但他们的志怪和志人小说在中国小说发展的历史上却有重要意义。志怪小说多记神仙鬼怪，虽然作者相信这些神怪故事是确实存在的事实，以实录的态度，甚至以史家的庄重记载这些事情，但就题材讲，这些故事有来自神话传说的，有来自佛教和道教典籍的，更有来自民间流传的，本身就是丰富想象力的产物，作者为了把这些故事记载得完整、准确、可信度高，不能不尽量完善自己的叙事技巧，这在客观上对小说文体走向成熟和独立有益。志人小说和志怪小说有很大不同，首先是所写内容"虽不过丛残小语，而俱为人间言动，

---

① 鲁迅：《中国小说史略·第五篇》。
② 鲁迅：《中国小说的历史的变迁》。
③ 鲁迅：《且介亭杂文二集·六朝小说和唐代传奇文有怎样的区别？》。

遂脱志怪之牢笼也"①。其次在写法上，由于目的是要记载那些名流的脱俗风采，因而重玄韵不重叙事，这就使志人小说在文体特征上呈现出完全不同于志怪小说的风貌，是中国小说的别一类型。这种类型的文体在以后影响巨大，历代屡有仿作，不可小视。无论是文化意义还是小说文体本身的意义，面貌都相当复杂，鲁迅对这两种意义的复杂面貌也都有充分论述。分析鲁迅的这些论述，有助于我们认识鲁迅与魏晋文化的关系的整体面貌。

东汉末年，经学解体，战乱频仍，整个社会陷入混乱和无序之中，人们普遍感觉到前所未有的生存和精神困境。孤独感、危机感、悲凉感、无助感乃至厌世感于是在整个社会弥漫开来。在这种情况下，中国本有的巫文化、汉末出现的道教文化以及由印度传入的佛教文化，都以前所未有的速度和规模传播开来，对整个社会的人们的精神世界产生了巨大的影响。这些不同的文化思想一方面共同影响着社会，另一方面则各自为了扩大自己的影响范围而竞相向社会公众广告自己，有时甚至会因此而相互辩难和攻讦，于是出现了利用志怪小说的形式"自神其教"②的局面。这些小说有宣扬神仙鬼怪的，比如鲁迅谈到的干宝的《搜神记》；有宣传道教的，如鲁迅提到的葛洪的《神仙传》；也有"释氏辅教之书"，鲁迅对这类书较为重视并有专门论述，他说："释氏辅教之书，《隋志》著录九家，在子部及史部，今惟颜之推《冤魂志》存，引经史以证报应，已开混合儒释之端矣，而余则俱佚。遗文之可考见者，有宋刘义庆《宣验记》，齐王琰《冥祥记》，隋颜之推《集灵记》，侯白《旌异记》四种，大抵记经像之显效，明应验之实有，以震耸世俗，使生敬信之心，顾后世则或视为小说。"③这里鲁迅关于颜之推《冤魂志》引经史以证报应，已开儒释混合之端的说法值得重视。另外，释道两家的关系也值得注意。鲁迅说："佛教既渐流播，经论日多，杂说亦日出，闻者虽或悟无常而归依，然亦或怖无常而却走。此之反动，则有方士亦自造伪经，多作异记，以长生久视之道，网罗天下之逃苦空者，今所存汉小说，除一二文人著述外，其余盖皆是矣。方士撰书，大抵托名古人，故称晋宋人作者不多有，惟类书间有引《神异记》者，则为道士王浮作。浮，晋人；有浅妄之称，即惠帝时（三世纪末至四世纪初）与帛远抗论屡屈，遂改换《西域传》造老子《明威化胡经》者也（见唐释法琳《辩正论》六）。其记似亦言神仙鬼神，如《洞冥》《列异》之类。"④这里说的是释、道间相互攻讦的事实，与这一事实密切相关的则是两家的合流，比如鲁迅讲干宝《搜神记》说："其书于神祇

---

① 鲁迅：《中国小说史略·第七篇》。
② 鲁迅：《中国小说史略·第五篇》。
③ 鲁迅：《中国小说史略·第六篇》。
④ 鲁迅：《中国小说史略·第六篇》。

灵异人物变化之外，颇言神仙五行，又偶有释氏说。"①这样我们看到，儒、释、道三家的关系已经纠结在一起，难以泾渭分明了。儒释道合流，在中国文化史上有非常复杂的意义，从积极方面说，这种融合有助于开阔人们的学术文化思想视野与胸襟，当然也会对学术思想的发展有利。但鲁迅更强调的是这种现象所反映的中国文化的负面，他认为从一个角度看，这种情况实际上又反映了相当一部分中国文人从本质上讲无坚定的宗教和文化信仰，而只是在一种极为卑俗自私的心态下随世俯仰、毫无定见的精神状态。在另外的场合鲁迅说过："其实是中国自南北朝以来，凡有文人学士，道士和尚，大抵以'无特操'为特色的。晋以来的名流，每一个人总有三种小玩意，一是《论语》和《孝经》，二是《老子》，三是《维摩诘经》，不但采作谈资，并且常常做一点注解。唐有三教辩论，后来变成大家打诨；所谓名儒，做几篇伽蓝碑文也不算什么大事。宋儒道貌岸然，而窃取禅师的语录。清呢，去今不远，我们还可以知道儒者的相信《太上感应篇》和《文昌帝君阴骘文》，并且会请和尚到家里来拜忏。"鲁迅接下来的话是"耶稣教传入中国，教徒自以为信教，而教外的小百姓却都叫他们是'吃教'的。这两个字，真是提出了教徒的'精神'，也可以包括大多数的儒释道教之流的信者，也可以移用于许多'吃革命饭'的老英雄"②。不管鲁迅的说法是否都能得到专家们的同意，应该承认，鲁迅这里所谈的意见是尖锐而又深刻的。长期以来，无信仰、无定见、无特操，确实是一部分中国知识分子的精神状态和处世原则，这当然会严重影响中国的学术文化的正常、健康的发展。至于为什么会有如此萎靡的精神状态，那是更为复杂的问题。章太炎先生过去曾经认为应该与儒学文化有关，"儒家之病，在以富贵利禄为心"③。汉武时定儒学于一尊，于是利禄之徒滔滔者天下皆是，为了一己的利益名位，是没有什么原则可讲的。但这是超出了本文论述范围的问题，不是本文的篇幅所能承担的了。

鲁迅对志人小说的论述也提供有丰富的文化信息。鲁迅认为，志人小说出现与清谈之风流行有关，"汉末士流，已重品目，声名成毁，决于片言，魏晋以来，乃弥以标格语言相尚，惟吐属则流于玄虚，举止则故为疏放，与汉之惟俊伟坚卓为重者，甚不侔矣。盖其时释教广被，颇扬脱俗之风，而老庄之说亦大盛，其因佛而崇老为反动，而厌离于世间则一致，相拒而实相扇，终乃汗漫而为清谈。渡江以后，此风弥甚，有违言者，惟一二枭雄而已。世之所尚，因有撰集，或者掇拾旧闻，或

---

① 鲁迅：《中国小说史略·第五篇》。

② 鲁迅：《准风月谈·吃教》。

③ 章太炎：《诸子学略说》。

者记述近事，虽不过丛残小语，而俱为人间言动，遂脱志怪之牢笼也"①。这就是说，志人小说是在清谈之风日盛的情况下，为记述那些名士的言动而撰写的，按照鲁迅的说法，是"追随俗尚"②的产物。鲁迅的这个说法是值得深思的。鲁迅对魏晋清谈本身有较高的评价，对当时一些以清谈名世的著名知识分子如竹林七贤等也都抱有好感，认为这些知识分子以自己的特立不群表现了独立的精神立场。但是，当清谈成为一种风气和时尚的时候，特别是当这种时尚因为势力盛大而可以通过模仿成为一些人的晋身阶梯的时候，它本来具有的一些积极意义就会严重走味。清谈是抗俗之举，表现的是知识分子独立的精神立场；对清谈之风的追随则是从俗之举，表现的是知识分子的平庸心态。鲁迅对前者予以肯定，而对后者则多有批评。鲁迅对志人小说"之所以著作"的目的评价不高与此有关，在谈到六朝小说和唐人小说的异同的时候，他说："至于他们之所以著作，那是无论六朝或唐人，都是有所为的。《隋书经籍志》抄《汉书艺文志》说，以著录小说，比之'询于刍荛'，就是以为虽然小说，也有所为的明证。不过在实际上，这有所为的范围却缩小了。晋人尚清谈，讲标格，常以寥寥数言，立致通显，所以那时的小说，多是记载畸行隽语的《世说》一类，其实是借口舌取名位的入门书。"③很显然，鲁迅是把志人小说的出现和当时一些文人借口舌取名位，"立致通显"的愿望联系起来看的，当然就不会有很高的评价了。借口舌可以取名位，可以"立致通显"，与汉以来的用人制度有关，汉时用人有举荐制度，乡党清议对某人能否入仕至关重要。魏晋以后，清议一变而为清谈，清谈之士在社会上名位、势力大，如果能得到他们的赏识，则有望比较顺利地进入仕途，因此干禄之徒多有趋附者。比如何晏，趋附的人就很多，"晏能清言，而当时权势，天下谈士，多宗尚之"④。而何晏也果然能够做到不负众望，"正始中，任何晏以选举，内外之众职各得其才，粲然之美于斯可观"⑤。志人小说之所以出现并且流行，与此大有关系。鲁迅说："这种清谈的名士，当时在社会上却仍旧很有势力，若不能玄谈的，好似不够名士底资格；而《世说》这部书，差不多就可以看作一部名士底教科书。"⑥把这个情况讲得十分清楚。

鲁迅对志人小说的创作目的评价不高，但却也没有否定它的意义。在鲁迅看来，志人小说自有它的价值在。首先，志人小说所记俱为人间言动，在志人小说里，当

---

① 鲁迅：《中国小说史略·第七篇》。
② 鲁迅：《中国小说史略·第七篇》。
③ 鲁迅：《且介亭杂文二集·六朝小说和唐代传奇文有怎样的区别？》。
④ 刘义庆：《世说新语·文学》。
⑤ 房玄龄等：《晋书·傅咸传》。
⑥ 鲁迅：《中国小说的历史的变迁》。

时一些著名知识分子的智慧风貌和人格特征被较为充分地记录下来，为后来人们了解这些知识分子提供了必要的资料。鲁迅本人对阮籍、嵇康等人的了解与论述，有些材料即取自《世说》："一寻，寻到了久不见面的《世说新语》之类一大堆，躺着来看，轻飘飘的毫不费力了，魏晋人的豪放潇洒的风姿，也仿佛在眼前浮动。由此想到阮嗣宗的听到步兵厨善于酿酒，就求为步兵校尉；陶渊明的做了彭泽令，就教官田都种秫，以便做酒，因了太太的抗议这才种了一点粳。这真是天趣盎然，决非现在的'站在云端里呐喊'者们所能望其项背。"①另外，比如鲁迅在《中国小说史略》里所引录的刘伶的故事、阮光禄的故事、阮宣子的故事等等，均出自《世说》。在这些记载里，我们确实能看到那时人们精神的某一方面，看到这些反抗流俗的知识分子的特立独行。当然鲁迅并没有简单地称赞这种精神与行为，而是作了具体的分析的。首先，鲁迅认为魏晋人并不能脱离物质社会而一味飘飘然，即使阮籍、陶渊明也不例外，"但是，'雅'要想到适可而止，再想便不行。例如阮嗣宗可以求做步兵校尉，陶渊明补了彭泽令，他们的地位，就不是一个平常人，要'雅'，也还是要地位"②。其次，鲁迅指出，在很大程度上，潇洒豪放只是魏晋人较为外在的一种姿态，并非他们的本意，他们内心其实都存在着巨大的矛盾、焦虑和痛苦，"试看阮籍嵇康，就是如此。这是因为他们生于乱世，不得已，才有这样的行为，并非他们的本态"。在这里，我们看到学者鲁迅持论的稳健与周密。人们每以为鲁迅偏激，那只是由于对鲁迅太缺乏了解。我以为，说到对魏晋人的精神的论述的深入与准确，在中国现代能与鲁迅相比的实在没有几人。

除文化意义外，鲁迅对六朝小说在小说文体发展本身方面的意义的论述也同样值得重视。按照鲁迅的看法，六朝人并非有意为小说，志怪小说叙述鬼神异事是因为释道二教为了"自神其教"，一般文人如干宝也是为了"发明神道之不诬"，总之都有相当浓厚的宗教或迷信意识。但在志怪小说的具体写作上，鲁迅则又认为它至少在以下两个方向上对小说文体本身的发展具有意义。一是作者的写作态度及内容来源上，志怪小说作者所写虽为鬼怪神仙荒诞之事，但在写作的态度上都是十分诚实庄重的，决无游戏文章的轻薄之处。在内容来源上，志怪小说的内容来源较为驳杂，有来自古书记载的，也有来自民间传说的。如讲张华《博物志》，"华既通图纬，又多览方伎书，能识灾祥异物，故有博物洽闻之称，然亦遂多附会之说。梁萧绮所录王嘉《拾遗记》（九）言华尝'捃采天下遗逸，自书契之始，考验神怪，及世间闾里所说，造《博物志》四百卷，奏于武帝'，帝令芟截浮疑，分为十卷"③。

---

① 鲁迅：《且介亭杂文·病后杂谈》。
② 鲁迅：《且介亭杂文·病后杂谈》。
③ 鲁迅：《中国小说史略·第五篇》。

这就是说，志怪小说的题材有一部分是来自民间传说的，即使是那些取自古书的，有不少应也与古书中所记载的古代神话和古代民间传说有关。鲁迅曾谈到过这个意思，他说："志怪之作，庄子谓有齐谐，列子则称夷坚，然皆寓言，不足征信。《汉志》乃云出于稗官，然稗官者，职惟采集而非创作。'街谈巷语'自生于民间，固非一谁某之所独造也，探其本根，则亦犹他民族然，在于神话与传说。"①既然内容来自民间，作者又都有庄敬的叙述态度，那么，志怪小说就肯定会较为充分地反映下层民众旺盛的生命力、想象力和创造力。这对保证志怪小说的生机与活力极有帮助。二是志怪小说为宣扬宗教而作，宗教典籍中本来就有许多玄想丰富的夸诞故事，志怪小说作者为了增强效果，在叙述这些故事时又多有渲染，这就使得不少志怪小说特别富有表现力。比如鲁迅所特别谈到的吴均的《续齐谐记》就是如此："梁吴均作《续齐谐记》一卷，今尚存，然亦非原本。吴均字叔庠，吴兴故鄣人，天监初为吴兴主簿，旋兼建安王伟记室，终除奉朝请，以撰《齐春秋》不实免职，已而复召，使撰通史，未就，普通元年卒，年五十二（四六九—五二〇），事详《梁书·文学传》。均夙有诗名，文体清拔，好事者或模拟之，称'吴均体'，故其为小说，亦卓然可观，唐宋文人多引为典据，阳羡鹅笼之记，尤其奇诡者也。"②鲁迅又说，吴均阳羡鹅笼的故事是受了佛教典籍的影响并加以改纂而来的，在志怪小说中，这种情况还多。这对丰富中国小说的表现手段、促进小说文体的发展是有利的。

在文体上，志人小说具有另外的特征。鲁迅对志人小说的创作目的评价不高，但对其写作态度又有若干肯定，认为志人小说在写作态度上有"赏心"和"娱乐"的特点。鲁迅说："记人间事者已甚古，列御寇韩非皆有录载，惟其所以录载者，列在用以喻道，韩在储以论政。若为赏心而作，则实萌芽于魏而盛大于晋，虽不免追随俗尚，或供揣摩，然要为远实用而近娱乐矣。"③这是从文体发展的角度对志人小说作出的肯定。另外，鲁迅还指出志人小说在写作上轻细节、重神韵的特点，在谈到《世说新语》时说："《世说新语》今本凡三十八篇，自《德行》至《仇隙》，以类相从，事起后汉，止于东晋，记言则玄远冷俊，记行则高简瑰奇，下至缪惑，亦资一笑。孝标作注，又征引浩博。或驳或申，映带本文，增其隽永，所用书四百余种，今又多不存，故世人尤珍重之。"④这里所谓"记言则玄远冷俊，记行则高简瑰奇，下至缪惑"，说的正是志人小说的文体特点，是指志人小说写作强调勾勒人

---

① 鲁迅：《中国小说史略·第二篇》。
② 鲁迅：《中国小说史略·第五篇》。
③ 鲁迅：《中国小说史略·第七篇》。
④ 鲁迅：《中国小说史略·第七篇》。

物的内在精神而不去追求外在细节的完整逼肖，表现出一种飘逸放达的文体风貌。而飘逸放达，又正是典型的魏晋风度。

（原载《鲁迅研究月刊》2004 年第 2 期）

想象与反思：多副面孔的鲁迅

刘应争①

　　鲁迅说过，每个时代都有自己想象中的林黛玉。社会与文化的变迁同样在想象和重塑着各个时代不同面孔的鲁迅。最近二十多年中国大陆地区有关鲁迅的研究在这方面表现得尤为显著。

　　20 世纪 80 年代前期的鲁迅研究从苛刻的眼光看，主要方面可以说是进一步完成了主流意识形态在十年动乱之后对于鲁迅的重新想象。这个过程从李泽厚和陈涌开始，到王富仁《中国反封建思想革命的一面镜子——〈呐喊〉〈彷徨〉综论》，达到历史的高峰。如果对这一时期的鲁迅研究或者说他们想象中的鲁迅形象作一个最简单的概括，可以说，鲁迅是一个有自己独特性的伟大的思想家、文学家和革命家。研究者一方面显然承袭了毛泽东的基本评价，从而使他们想象的鲁迅面孔与"文革"前"十七年"的鲁迅面孔有着本质上的相似，另一方面又把自己的注意中心悄然转向鲁迅面孔的独特性的探究。这是 80 年代前期的鲁迅研究的最大成果。

　　李泽厚的著名论文《略论鲁迅思想的发展》②就一方面讨论鲁迅如何从一个民主主义者转变为一个伟大的马克思主义者，另一方面则致力于探寻鲁迅思想的独特性，比如从鲁迅接受章太炎的反西方资本主义思想的角度，指出鲁迅早期民主主义思想中的反西方资本主义倾向以及对西方民主的质疑，从而显示了鲁迅早期思想的独特性。李泽厚还高度评价了鲁迅的改造国民性的思想和鲁迅关于中国现代知识分子的思考，认为这些都是鲁迅作为思想家的独特性所在。李文提出的这些问题都成为 80 年代前期中国思想界的热门话题。

　　陈涌与李泽厚相似，一方面恪守毛泽东的基本评价，坚持"鲁迅的一生，是一

---

　　①　刘应争（1951— ），陕西西安人。1978 年考入西北大学中文系，1987 年获文学硕士学位并留校任教。主要从事中国现当代文学教学与研究工作。著有《周作人思想结构臆说》《现代文学四论》《中国现代杂文史》（合著）、《当代艺术科学主潮》（译著）、《伦理学》（译著，与赵发元合作），编选有《知堂小品》等。

　　②　原文最初发表在《鲁迅研究集刊》第一辑（1979 年），后收入《中国近代思想史论》（人民出版社 1979 年版）。

个伟大的革命家、伟大的思想家和伟大的文学家的一生"①这样一个基本判断的框架，另一方面则致力于探讨鲁迅文学思想与创作的独特性。在这方面，他对鲁迅现实主义文学思想的深入研究达到了那个时代的高度。在陈涌看来，鲁迅文学上的现实主义精神来源于他作为一个伟大的思想家的思想方法，其本质就是"从中国实际出发，这是鲁迅……的思想方法的根本特点"②，从这个方法衍生的现实主义文学创作方法，其精义则是"文艺应该忠实于现实生活，应该真实地反映现实生活，应该按照现实生活的本来面目反映现实生活"。更重要的是，在陈涌看来，鲁迅的独特性在于他要求的现实主义是一种"严峻的、不让步的现实主义"。这种现实主义要求作家"服从革命的政治斗争的需要也必须以真实地反映现实生活为基础"③。对真实性的强调包含着对大陆地区当代文学历史教训的高度概括，至今仍具有重要的意义。

王富仁在同一时期的鲁迅研究成果丰硕，其代表性成果《中国反封建思想革命的一面镜子——〈呐喊〉〈彷徨〉综论》力图在马克思主义文学理论的摹仿论的框架内对鲁迅小说与中国近代以来的社会与革命的基本关系作出创造性的阐释。他批评以往的研究把鲁迅小说笼统地解释为中国反对帝国主义和封建主义的民主主义革命的反映，因为这种界定显然无法解释为什么鲁迅的小说中几乎没有反对帝国主义侵略的内容。他的观点是，鲁迅的小说是中国反封建思想革命的一面镜子，而中国作为一个有着数千年封建专制主义文化传统的国家，思想文化领域的主要统治思想是封建主义，因此，中国思想革命的主要对象便自然是封建主义思想文化，进一步的推论便是，鲁迅小说作为中国现代思想革命的一面镜子，自然也就把对封建文化思想的批判作为主要内容了。

上述三位学者的研究成果深刻影响了中国大陆地区 20 世纪 80 年代前期的鲁迅研究界，其中某些观点甚至对整个大陆地区的思想界产生了广泛影响。

从 80 年代中期开始，随着大陆地区文化思想进一步活跃，年青一代的学者开始反思上一时期的学术研究。以政治为核心的认知与评价体系，研究主体的"前近代"人格（竹内好语）所导致的神化或圣化倾向，研究结论的先验论或目的论影响，官方的强大影响力，都遭到他们的严厉批评。

这种清算导致研究者描绘出鲁迅的另外一副面孔。从 20 世纪 80 年代后期到 90 年代中期大约十年时间，研究者似乎更关心鲁迅的某些通常被主流意识形态视为消极性的精神和思想因素。最具代表性的著作是汪晖的《反抗绝望——鲁迅及其文学

---

① 《纪念鲁迅诞生一百周年》，《陈涌文学论集》（下），上海文艺出版社 1984 年版。

② 《纪念鲁迅诞生一百周年》，《陈涌文学论集》（下），上海文艺出版社 1984 年版。

③ 《鲁迅与五四文学运动的现实主义问题》，《陈涌文学论集》（下），上海文艺出版社 1984 年版。

世界》和王晓明的《无法直面的人生——鲁迅传》。

汪晖把绝望与反抗绝望作为鲁迅精神世界最根本也是最具个性特征的一对范畴予以把握，这就从根本上改变了既往有关研究普遍遵循的希望与绝望的分析模式。更重要的是，似乎从汪晖开始把鲁迅精神中的绝望（这一消极性因素）置于如此显赫的地位。汪强调鲁迅的"绝望"远非停留在生活的表面，它既是一种理论，又是一种深刻的感觉。它不仅存在于寻找生命的失败中，而且存在于生命本身，甚至包含着深刻的民族与文化的生活内容。不过，汪显然没有把鲁迅的绝望像以往那样视为一个单纯的消极性精神因素。他力图由此出发，建构鲁迅"反抗绝望"的人生哲学。他所描述的所谓鲁迅独特的思维逻辑是"绝望的真实性不是把人引向颓丧、畏缩、消沉，而是把人引向选择、反抗、创造。鲁迅小说在表现'绝望'的真实性的同时，对颓丧的精神状态予以根本性的否定，正是这种思维逻辑的必然表现"。正是由于这个逻辑，鲁迅才能够像林毓生说的那样，"一方面认为世界是虚无的，另一方面却使自己介入意义的追寻并致力于启蒙"。

尽管汪晖研究的重心是建构鲁迅"反抗绝望"的人生哲学这一积极性命题，但他确实把鲁迅精神中的绝望这一通常被视为消极性的因素置于前所未有的中心位置，从而描绘出与 20 世纪 80 年代中期以前迥然不同的另外一副鲁迅的面孔。这可能也是他的这部著作的出版并非一帆风顺的原因之一。顺便说一下，汪晖说他关于鲁迅的"反抗绝望"的人生哲学的研究受到了竹内好《鲁迅》一书的启发。①

在对鲁迅的消极性思想的开掘方面，王晓明似乎走得更远。《无法直面的人生——鲁迅传》中，绝望与虚无，尤其是虚无，作为一种纯粹消极性的思想似乎主宰着鲁迅的整个精神世界。这使人想到周作人在鲁迅去世后不久说过的一句话，他说鲁迅晚年思想"转到虚无主义上去了"②。这里主要讨论王著有关鲁迅最后十年的部分，因为对这一时期鲁迅虚无思想的研究更具挑战性。王认为，1927 年的广州"清党"让鲁迅"一咕噜滑入绝望和虚无的深渊"。这是他叙述的起点。他关于鲁迅这个思想起点的描述是："历史，将来，思想启蒙，民众——在这些基本的观念上，他现在全都站到了绝望和虚无感一边。"他"把革命看成是变幻无常的残杀、滥杀无辜的借口"，"把中国革命的历史等同于残酷和吃人的历史"（这里引文中的"革命"都没有引号，并非特指某次革命——引者注）这种虚无导致一系列后果，如"看破'义'的虚妄，先管'利'的实益要紧的虚无情绪"。作者列举两例，一是明明四月辞职，

---

① 以上有关引文均据汪晖《鲁迅小说的精神特征与"反抗绝望"的人生哲学》。该文是《反抗绝望——鲁迅的精神结构与〈呐喊〉〈彷徨〉研究》（上海人民出版社 1991 年版）的节选，收入王晓明主编《二十世纪中国文学史论》第二卷，东方出版中心 1997 年版。

② 张菊香主编：《周作人年谱》，南开大学出版社 1985 年版，第 373 页。

还照收中山大学送来的五月份的薪水，明明知道不好，还拿了四年的国民党大学院的官俸。30 年代鲁迅的杂文创作在王看来"其实是没有什么话可说，却挣扎着要在纸上写一点东西，这正是他在 30 年代的基本姿态"。鲁迅与国民党的抗争，作者解释为"原本是为了摆脱局外人的沮丧，才那样积极地介入公众生活，却不料一脚踩进了政治斗争的旋涡，身不由己地越卷越深，直至被推上与官方公开对抗的位置"①。在王的描述中，绝望与虚无成为这一时期鲁迅思想中占据支配性地位的核心思想。笔者想强调的是，虽然汪晖与王晓明的上述两种著作都是 20 世纪 90 年代前期最有影响的研究成果，他们都从鲁迅的"绝望与虚无"出发，其结论其实大相径庭。

此外对鲁迅的病态心理的重视，对鲁迅自由主义倾向的研究，等等，从主流意识形态的角度看，也都是在拿鲁迅的某些消极性因素说事。其中，吴俊 1992 年由华东师范大学出版社出版的博士学位论文《鲁迅个性心理研究》和在此书基础上增订补充并改题重新出版的《暗夜里的过客——一个你所不知道的鲁迅》（东方出版中心 2006 年版）有较大影响。这两种著作均重点分析鲁迅的负罪感（罪恶意识）、虚无感、暮年意识以及疾病与死亡，其中对于鲁迅个性心理当中某些极端和偏执的因素，则主要通过对其家族成员个性特点的分析来揭示其间可能存在的某种遗传线索。例如，吴俊在列举鲁迅家族（祖父、祖母、父亲和多位叔祖等）精神和心理方面的诸多异常现象后，断言：祖父和父亲那种暴戾孤僻、自虐他虐的性格给鲁迅带来了极大的创伤，形成了他"被虐、自虐和被迫害幻想等心理倾向"。②吴俊还较为深入地讨论了鲁迅的性心理压抑问题，指出："对于独身者的禁欲、性压抑乃至性变态及其对人的性情、心理和行为的影响，鲁迅就曾有过非常精辟的分析。……我几乎就要说，鲁迅的这番分析实际上就带有某种自况的程度，或者至少，也有着他自己切身体验的痕迹。"③应当说，吴俊的研究开拓了鲁迅研究的新视阈，与汪晖、王晓明的研究成果一道，为我们勾勒出一个走下神坛的鲁迅的新面孔。也可以说，在这一时期研究者的笔下，鲁迅面孔上神性的光辉渐渐褪去，人性的色彩则渐渐浮现。

20 世纪 90 年代后期，中国思想界最重大的事件无疑是汪晖 1997 年发表《当代中国的思想状况与现代性问题》。由此引发的自由主义与新"左"派的论战占据了世纪之交中国思想界的中心。随着论战的深入，鲁迅开始有了另外一副新的面孔。演变的契机一是新"左"派对于西方"现代性"的批判，包含着对现代资本主义的经

---

① 以上引文均据王晓明《无法直面的人生——二十年代晚期的鲁迅思想》。该文是《无法直面的人生——鲁迅传》（上海文艺出版社 1993 年版）的节选，收入《二十世纪中国文学史论》第二卷。

② 吴俊：《暗夜里的过客——一个你所不知道的鲁迅》，东方出版中心 2006 年版，第 86 页。

③ 吴俊：《暗夜里的过客——一个你所不知道的鲁迅》，东方出版中心 2006 年版，第 86、134 页。

济、文化和政治模式的批判，二是新"左"派对产生于中国本土文化的现代性的期待，这导致了中国文化民族主义的进一步发展。前者不但引致思想界对当代中国社会诸种不公平现象的严厉批评，还点燃了现代文学研究者对 30 年代反资本主义的"左翼"文学的热情。后者则促使研究者重新评价鲁迅早期对现代资本主义和民主的批评性意见。王晓明在香港的一次座谈会上说他对鲁迅当年的反资本主义立场有了更多"同情的理解"。

正是在这种文化思潮的背景下，上一时期鲁迅面孔阴郁绝望、虚无和病态的色彩开始褪去，一个"左翼"的、革命的、反抗的鲁迅面孔逐渐占据了最近十年学术界关于鲁迅的想象。

最能代表这个新潮流的，应属彭小燕 2006 年发表的《存在主义视野下的"左翼鲁迅"：走向现代生命的自我救赎》①。该文认为：1925 年重返"战士真我"、超越生命虚无的鲁迅必然会坚持反抗强权的"左翼"立场。鲁迅"左翼"立场的核心是自觉地批判、反抗世间的种种"黑暗"，尤其是人为的暴力、杀戮。彭断言"女师大事件""三一八"惨案中的"鲁迅言行"，是鲁迅最初的"左翼"活动。

于是在王晓明把 1927 年 4 月"清党"中的鲁迅描述为一个局外人时，彭文则突出强调鲁迅当时的积极介入态度。因为他已经是一个自觉反抗"苦难—黑暗—虚无"世界的"战士"。在王晓明强调鲁迅到上海以后参加"左联""民权保障同盟"等组织所表现出来的"五四"式热情"并不说明他心里就真有这种热情"时，彭则对鲁迅的这类活动予以热情洋溢的赞美，说这意味着鲁迅对自己超越生存虚无，反抗社会黑暗与虚无世界，创造生命意义的"战士"人生的践履。

在王晓明说鲁迅以"凡事都以眼前利害为重的权衡方式"选择苏联作为理想并接近中国共产党时，彭则强调鲁迅自觉选择的"左翼"立场最终使他成为为无产阶层、被压迫者阶层谋利益的中国共产党的"盟友"。

王晓明说鲁迅 30 年代用"麻痹和忘却"作为自我救赎的法宝，彭小燕则断然斥责这种说法，强调鲁迅救赎自我的方式是"挣扎与反抗"。

在王的笔下，1927 年以后的鲁迅精神世界中，虚无主义的统治地位使得他已经消解了真正意义上的内心冲突。同样，尽管彭文中不时出现鲁迅在存在主义的意义上对虚无的超越一类说法，其实际的描述则告诉我们，这种超越在 1926 年前后已经完成，后来的岁月只是一个坚定的"左翼"战士无比辉煌的战斗生涯。

这是一副鲁迅似旧而新、似新而旧的面孔。面对研究者笔下鲁迅的众多面孔，乐观主义者美其名曰"螺旋式上升"，悲观主义者则以为是历史的循环。不过，笔者以

---

① 原载《文学评论》2006 年第 4 期，以下有关引文均据该文。

为，如果中国当代社会的诸多不公平、不民主的现象，如贫富悬殊之类，在未得到遏制而且还在继续恶化的情势下（世界银行的最新报告说，中国百分之一的最富有家庭占有全社会百分之四十的财富，而美国百分之五的家庭占有全社会百分之六十的财富），鲁迅面孔上那革命的、"左翼"的和反抗的特征恐怕将长久地存在下去。

附记：这是十多年前的旧文，恐早已过时，且皮里阳秋，有点儿吞吞吐吐。如今重读一遍，颇感惶惑：鲁迅研究在这"百年未有之大变局"下，可以有何作为？忽然，电视里传来许子东先生参访鲁迅上海故居时的声音，意谓：鲁迅先生奋斗终生的目的，可以用国歌的第一句话概括，即"起来，不愿做奴隶的人们！"如醍醐灌顶，突然觉悟：今日之鲁迅研究大有可为，更有可为！作者写于2024年7月24日。

（原载《言说不尽的鲁迅与五四——鲁迅与五四新文化运动学术研讨会论文集》，中国社会科学出版社2011年版）

"鲁迅在西安"与民国早期的"暑期学校"

——以 1924 年西北大学与陕西教育厅合办的"暑期学校"为例

王　荣①

摘要：在陕西乃至西北地区现代教育发展与学术体制重建及演进，以及高等教育与学术思想的发展过程中，1924 年前后，由陕西地方政府及教育机构主导并组织的"夏期讲演"及"暑期学校"活动，尤其是"鲁迅在西安"及其在思想文化等方面所产生的深远影响，不仅打破了当时西北地区交通地域和文化思想上的自然限制与保守闭塞，为民国早期的陕西教育及其学术研究输入了现代的文化理念与新的知识体系，而且这些现代的学科领域及思想方法的传播与接受，又为陕西乃至西北现代教育与学术研究之新风气的确立，以及陕西高等教育事业及其后的文化发展，提供了明确的发展方向，并奠定了重建的基础。

关键词：鲁迅在西安；暑期学校；学术重建；西北教育

在 20 世纪中国文学学术史及关于鲁迅研究的学术专题中，1924 年暑期的鲁迅"讲学在西安"及由此引出的相关研究课题，不仅是现代中国"文学地理与文化记忆"

---

①　王荣（1954—　），陕西蓝田人。1983 年毕业于西北大学中文系并留校工作。1987 年考取西北大学中文系中国现当代文学专业硕士研究生，1990 年获文学硕士学位。1991 年考取复旦大学中文系中国现当代文学专业博士研究生，1993 年获文学博士学位。在此前后曾在西北大学文学院工作。就职于陕西师范大学文学院，三级教授，博士研究生导师，兼任中国现代文学研究会理事等。主要从事 20 世纪中国文学史的教学及学术研究。自 1991 年以来，先后在《文学评论》《中国现代文学研究丛刊》等刊物发表学术研究论文 30 余篇，出版学术专著《中国现代叙事诗史》《诗性叙事与叙事的诗——中国现代叙事诗史简编》，编著有《延安文学组织》等，并承担、主持国家社会科学基金项目、国家社会科学基金重大项目子课题及省部级课题多项。

及现代作家"旅行及写作"等学术研究的重要话题①，而且是鲁迅研究史中长期以来围绕鲁迅的小说创作成就及文体趣味等问题的一个重要议题②。因此，本文将从 20 世纪 20 年代前后"暑期学校"及其教育活动在国内的兴起，以及 1924 年西北大学与陕西省教育厅合办的"暑期学校"及其课程的历史考察等角度出发，通过对鲁迅及其"讲学在西安"的具体史实的整理和叙述，及其与民国早期"暑期学校"教育活动的关系，包括鲁迅与当时"暑期学校"邀请的其他学者的"讲学"及其学术关系等问题的历史阐释，把握 20 年代鲁迅的文学创作及学术思想的历史特征，探讨民国早期"暑期学校"的课程设置及教学活动对于陕西乃至西北地区现代学术体系的建立及其研究方法的传播接受，以及高等教育及其发展的历史影响和价值意义等。

一、"鲁迅在西安"与西北大学"暑期学校"

1924 年 7 月前后接受西北大学与陕西省教育厅联合举办的"暑期学校"聘请，远赴当时须舟车方能抵达的西安讲学，不仅是鲁迅一生的文学及学术事迹中唯一的一次西北之行及西北学术讲演，而且是鲁迅一生的高等教育及教学实践中唯一的一次和民国早期"暑期学校"有直接关联的教学活动。

据鲁迅日记所载，从 1924 年 6 月 28 日接受西北大学"暑期学校"及"夏期讲演"的邀约，到 7 月 7 日从京城乘车起程赴陕，在短短的几天时间里，鲁迅先后为此"至门匡胡同衣店，定做大衫二件"，"至劝业场买行旅用杂物"，以及"往西庆堂理发并浴"等，可以说他为这一次的赴陕之行作了各种准备，同时也显示出鲁迅对于这次的外出旅行及讲学表现出些许欣然的心境及一定的向往期待。③ 1924 年 7 月 7

---

① 参见伏园（孙伏园）：《长安道上》，《晨报副刊》1924 年 8 月 16—18 日；陈钟凡：《陕西纪游》，《国学丛刊》1924 年第 2 卷第 3 期，上海商务印书馆；王桐龄：《陕西旅行记》，《国立北京女子师范大学周刊》1924 年 10—11 月；郑伯奇：《鲁迅先生与西安》，《群众日报》1951 年 10 月 19 日；林辰：《鲁迅事迹考》，新文艺出版社 1955 年版；单演义：《鲁迅讲学在西安》，长江文艺出版社 1957 年版；高信：《长安书声》，三秦出版社 2005 年版；陈平原：《长安的失落与重建——以鲁迅的旅行及写作为中心》，《鲁迅研究月刊》2008 年第 10 期。

② 参见郁达夫：《历史小说论》，《创造月刊》1926 年第 1 卷第 4 期；冯雪峰：《鲁迅先生计划而未完成的著作》，《宇宙风》1937 年第 50 期；许寿裳：《亡友鲁迅印象记》，峨嵋出版社 1947 年版，第 62 页；陈平原：《分裂的趣味与抵抗的立场——鲁迅的述学文体及其接受》，《文学评论》2005 年第 5 期；等等。

③ 参见《鲁迅日记》（上卷），人民文学出版社 1959 年版，第 432、433 页；《鲁迅选集·书信卷》，山东文艺出版社 1991 年版，第 227 页。

日晚，鲁迅和同行的其他十二位赴陕讲演的学者教授，即北京师范大学史学系教授王桐龄、生物学教授李顺卿，《晨报》记者孙伏园，《京报》记者王小隐，南开大学教授陈定谟、蒋廷黻和李济之，基泰公司工程师关颂声、邝伟光、郭如松、沈汝楠，南开大学社会学系毕业生刘鸿恩，在北京西车站会合，并由陕西省长驻京代表郭光麟、西北大学招待员、北京大学陕籍学生王捷三等设宴为他们送行后，乘当天晚上十点的火车出发前往西安。①经过几天的舟车劳顿，鲁迅一行于 7 月 14 日抵达西安。在西北大学"暑期学校"开学仪式的第二天，鲁迅开始了他的这次关于"中国小说的历史变迁"及相关课题的学术讲演。从 7 月 21 日到 29 日，连续九天的时间里，除了一天的"星期休息"，鲁迅用了八天中的十一个上下午，总共十二个小时的讲授，将这门课程"全讲俱讫"。随后又在 30 日下午，应邀"往讲武堂讲演约半小时"②，然后就结束了这次赴陕为西北大学"暑期学校"所作的全部讲演。四天之后的 8 月 4 日早晨，鲁迅与孙伏园、夏元瑮三人结伴，"乘骡车出东门上船，由渭水东行"，提前离陕返京。③九天之后，于 8 月 12 日回到北京。前后共三十七天，鲁迅结束了这次的赴陕"暑期学校"的讲演活动及旅程。④

1924 年鲁迅赴陕在西北大学"暑期学校"的学术讲演，以及其对于陕西乃至西北现代教育和新文化传播的价值意义，在当时得到了社会的关注及客观中肯的评价，尽管当时社会舆论也不时发出对于这届西北大学"暑期学校"及其出现的一些问题的质疑或批评声音⑤，但也完全可以说这是鲁迅文学教育及社会活动中一次成功的学术讲演。

鲁迅在结束西安之行的两个多月后，以淡然的语气和杂文的笔调，谈起"今年夏天游了一回长安"及这次"胡里胡涂的"西安之行时，用了"又有什么可谈呢"，以及一句"没有什么怎样"了结，⑥让人感到他的这次赴陕暑期讲学似乎已经淡然释

---

① 王桐龄：《陕西旅行记》，文化学社 1928 年版，第 1—2 页。

② 参见《鲁迅日记》（第 1 册），人民文学出版社 2006 年版，第 522 页。

③ 据西安《新秦日报》《旭报》载："暑期学校于前日（八月七日）上午九时开职员会议，到者有李宜之、黄大章、蔡江澄、何明山、陈定谟、王翰芳、段绍岩等七人，由李宜之主席讨论暑期学校结束事宜。结果议决事项如下：（一）八月二十日停讲，二十一日贴榜，二十二日、二十三日两日上午八时至十一时，下午二时至五时在办事处发证书，二十三日放学。……"

④ 许多论文、著作以及《鲁迅年谱》载：1924 年 8 月 12 日，"夜半抵京，为期三十六天的陕西之行结束"。查万年历，鲁迅西安之行共三十七天。参见鲁迅博物馆、鲁迅研究室编：《鲁迅年谱》（第 2 卷），人民文学出版社 1984 年版，第 146 页。

⑤ 参见《新秦日报》《旭报》1924 年 7 月 21 日—8 月 20 日。

⑥ 鲁迅：《说胡须》，见鲁迅《坟》，北京联合出版公司 2014 年版，第 135 页。

怀或无所可忆了。以至于多年以后，鲁迅再对友人谈起这次赴陕之行时，那个曾经"去过"的"长安"，留给他的最后一点印象，仅仅是"想不到连天空都不象唐朝的天空"①等的失落或怅惘。

自然，鲁迅对于他在西北大学"暑期学校"的"夏期讲演"及其长安之行的记忆与印象，除了得之于他自己的立场、期待及观察、感受外，如"为了写关于唐朝的小说"②等之外，实际上因"兄弟失和"而"排解"亲情方面的苦闷③，可以说既是驱使鲁迅欣然应约参加西北大学"暑期学校"及其"夏期讲演"的主要动机，又是影响或左右他的这次赴陕之行的个人观感及心境态度的关键因素。当时陕西地方政府及西北大学"暑期学校"准备聘请的是京津地区高等学校那些"康圣人式的学者到陕西讲学"，所以并没有当时的"新文艺作家"鲁迅。与鲁迅、孙伏园等新文艺作家"往来甚密"的北京大学豫籍学生王品青，以及与王品青"友谊亦深"的北京大学陕籍学生王捷三，在得知"鲁迅先生为了创作历史小说，尝有西来之意"之后，给当时的西北大学校长傅铜写信，"建议他约请鲁迅先生"，鲁迅从而收到"约请的回信"而得以成行。④据鲁迅的日记记述，自鲁迅 1923 年 7 月 14 日"是夜始改在自室吃饭"，到 7 月 19 日周作人"自持信来"，直至鲁迅 1924 年 5 月搬进西三条胡同新居，6 月 11 日"下午往八道湾宅取书及什器"而与周作人夫妻发生"骂詈殴打"，以及周作人稍后在《晨报副刊》发表《破脚骨》一文，兄弟之情的反复伤害及其引起的悲愤苦闷，必然给赴陕之行的鲁迅带来难以消解的心理阴影。⑤鲁迅在赴陕之前与周作人之间的兄弟亲情，不仅未有丝毫的缓和，相反显得愈加恶化了。或许正是因为如此，即使同行于"长安道上"，不同的旅行者所看到或感到的，肯定也会截然不同。陕西之行对于鲁迅来说，"古迹虽然游的也不甚少，但大都引不起好感，反把从前的幻想打破了"，以至于让鲁迅感到"看这古迹，好象看梅兰芳扮林黛玉，姜妙香扮贾宝玉，所以本来还打算到马嵬坡去，为避免看后的失望起见，终于没有去"。⑥但在同行者孙伏园眼中，"只要从今以后，两三年不动兵戈，一方实行省长所希望的农兵工各事业，一方赶紧兴修陇海路陕州到西安铁道，则不但实业将日有起色，即关中人的生活状态亦将大有改变，而艺术空气，或可借以加厚"，"关中必有产生较

① 《鲁迅选集·书信卷》，山东文艺出版社 1991 年版，第 227 页。

② 参见《鲁迅选集·书信卷》，山东文艺出版社 1991 年版，第 227 页；孙伏园：《长安道上》，见钱公侠、施瑛编《日记与游记》，启明书局 1936 年版，第 146 页。

③ 黄乔生：《鲁迅像传》，贵州人民出版社 2013 年版，第 130 页。

④ 单演义：《鲁迅讲学在西安》，长江文艺出版社 1957 年版，第 12 页。

⑤ 参见《鲁迅日记》（上卷），人民文学出版社 1959 年版，第 395—430 页。

⑥ 伏园（孙伏园）：《长安道上》，《晨报副刊》1924 年 8 月 16—18 日。

有价值的新文明的希望的"。游历过陕西多地的历史学家王桐龄，则在历史与现实的反差中，感叹"独可惜人工修理未至耳"，构想并期望这个"有如此华贵光荣之历史"与"地理有种种特别优秀之点"的地区，有一个"代表陕西渭水流域平原之颜色为黄，代表终南山、华山之颜色为绿。山皆绿，多青石。水皆绿，多清泉。谷皆绿，多芳草大树。建筑物多用砖石为墙，用铁或陶器作瓦，含青蓝二色。山下多稻田，绿色一望无际。风景之佳，略似江浙日本"的美好的新陕西景象。①

　　然而，事实上，从民国早期高等教育及"暑期学校"的兴办，以及陕西教育发展的角度来看，西北大学"暑期学校"的开办及学术活动，为当时的陕西高等教育及学生带来了新的期待和新的气象。如当时陕西出版的《新秦日报》《旭报》和《建西报》等多家报刊，从一开始就跟踪报道"暑期学校"的筹组、设立章程、课程安排和讲师的相关信息等。"暑期学校"开学之后，虽"讲演适值天降甘霖二日"，但就连那些来自各地县的学员也都"不畏泥泞，来者甚为踊跃"。②其中，对鲁迅的讲演活动，除了关注其"此次来陕所讲演之'中国小说之历史的变迁'"等信息，何时"业已终讲"及即将离陕前等相关活动的报道外，还特别刊发了"暑期学校"及学生们在"小说大家鲁迅（即周树人）讲演终结，即将返京"之前，筹备"兹闻周君因事阻留，尚未离省。此间各学员以周君此次来陕，虽为日无多，然对于小说方面已灌输不少之新的知识。拟定于日内开一欢迎会欢燕周君，借联师生间之情感"这样的新闻消息。③仅此即可证明，1924 年暑期的"鲁迅在西安"及其学术讲演活动，在民国早期陕西乃至西北地区的高等教育史上，以及现代学术发展过程中，不仅可以说"是起着一定的进步作用的"，而且能够说随着鲁迅的文学作品及思想学术的历史演进，其产生的影响显然"不限于文艺思想"等史实的阐释之中了。④

二、"夏期讲演"与民国时期"暑期学校"的举办

　　不言而喻，在鲁迅一生的文学教育及学术活动经历中，1924 年 7 月至 8 月的这唯一一次的"夏期讲演"，除了和民国早期的陕西高等教育的发展进步以及西北大学的"暑期学校"有直接的历史联系之外，最值得注意的社会文化背景，首先是 20 世纪 20 年代民国早期高等教育的现代化进程，以及"暑期学校"办学活动的兴起。

　　应当注意的是，民国时期的"夏期讲演"及现代中国高等教育与职业教育活动

---

① 王桐龄：《陕西旅行记》，文化学社 1928 年版，第 100—101 页。
② 《暑期学校之见闻》，《新秦日报》1924 年 7 月 23 日。
③ 《暑期学校昨闻纪略》，《新秦日报》1924 年 7 月 31 日。
④ 单演义：《鲁迅讲学在西安》，长江文艺出版社 1957 年版，第 90 页。

中的"暑期学校"办学模式，事实上也是中国教育现代化及"向西方学习"的重要组成部分。相关数据表明，国外的"暑期学校"（Summer School）及其办学方式的产生，一般认为是 1873 年夏，哈佛大学教授阿伽西（L. Agassiz）在马萨诸塞州巴则德湾某岛上，为学校教师讲演自然史等课程或开设讲座，实开"暑期学校"之滥觞。1878 年夏，该州为学校教师设立五星期之教育研究所，实为"暑期学校"之正式成立。自是以降，"暑期学校"遍布北美。1892 年，芝加哥大学乃办大学暑期班，学科学位均与寻常相同。其他大学仿效者接踵而起。"暑期学校"的举办，不仅能够使大学学生可以继续其学业，教师可以取得继续教育等专业训练方面的保证，而且社会上的医生、律师、宗教师、图书馆馆员等专业工作者，也可以利用"暑期学校"获得职业上所需要之知识。甚至于那些哲学家、文学家、美术家，亦能够来此"暑期学校"从事学术研究及专业讲学活动。正因为如此，随着美国"暑期学校"的办学活动及社会文化影响，1896 年英国爱丁堡大学亦加添了"暑期学校"。迨后，法、德、瑞士均起而效之。只不过，英国、德国、法国的"暑期学校"多为外国留学生而设，其主要办学目的是教授、训练及培养外国学生使用所在国家语言文字等基本能力[1]，和最初由北美兴起的"暑期学校"及其办学宗旨，有了明显的不同。

在现代中国教育史上，民国时期的"暑期学校"及其办学活动，最早由南京高等师范学校及东南大学开始，并且迅速影响江浙等东南地区的高等教育和大专院校，并向全国扩散开来。1920 年，在校长郭秉文[2]、教务主任兼"暑期学校"主任陶行知等倡导下，南京高等师范学校率先仿效美国大学的教学组织方式，强调"暑期学校""益处最大的"，包括"补习""进修"和教师的"学教"及教师的"各校彼此交换"，以及学生的"容易和国内良师接触"，从而本着"推广教育，补助学业"的宗旨，设立及创办了国内第一个"暑期学校"。[3]相关资料表明，南京高等师范学校 1920 年创办第一届"暑期学校"，修业期为 6 周，从当年 7 月 12 日到 8 月 21 日；先后共开设了十九门课程，编辑出版了《南京高师暑期学校日刊》及《南高第一届暑期学校概

---

① 参见唐钺、朱经农、高觉敷编纂：《教育大辞书》，商务印书馆 1930 年版，第 1288 页。

② 郭秉文，1908 年赴美留学，是中国第一位留美获教育学博士学位者。归国后参与南京高等师范学校的筹建，并先后任南高教务主任及代理校务主任，1919 年任校长，1921 年东南大学成立后兼任第一任校长。后两校合并。在开始执掌东南大学时至 1925 年间，将美国大学的办学模式及特点引入中国高等教育实践之中，强调大学教育的"四个平衡"（通才与专才、人文与科学、师资与设备、国内与国际的平衡），主张德、智、体"三育并举"的培养目标，坚持"学术自由"的大学理想，以及为"社会服务"的"大学职能"等，并将"暑期学校"写入《国立东南大学大纲》中，仿效"美国大学内之推广教授"，在学制上专门规定并另设"暑期学校"，影响深远。

③ 郭秉文、陶行知：《南高第一届暑期学校概况·发刊词》，无锡锡成印刷公司 1920 年版，第 1—2 页。

况》等；学员来自全国十七个省，共一千余名，年龄最大者 59 岁，最小的 17 岁；相关课程的教员及演讲员中，不仅有南京高等师范学校的十多位教师，而且有来自北京大学、南开大学、金陵大学等五所高校的著名学者，如胡适、梅光迪、钱天鹤等，以及杜威夫人、江亢虎、任鸿隽、竺可桢、陈衡哲、陆志韦、黄炎培、杨杏佛等。在后来成名的著名学者中，包括夏承焘、张其昀、章衣萍、高语罕、曹靖华等都是这一届"暑期学校"的学员。影响所及，仿而效之，即所谓"自 1920 年以来，吾国通都大邑之暑期学校，亦风起云涌，其目的多为升学者而设。然为授受高深学问者，亦常有之"①。

从此以后，南京高等师范学校及后来的东南大学，又相继举办了多届"暑期学校"。其中，1926 年的第六届"暑期学校"，在办学方式等方面逐渐建立了体系化及制度化的规范。先后制定了东南大学"暑期学校"的"简章"，并在"暑期学校"中设立"小学教育组、中学组和大学组"，以及"国语讲习科、国学讲习科、图书馆讲习科、公民教育讲习科、职业教育讲习科、幼稚师范讲习科、家事讲习科、音乐讲习科、中国政治讲习科和农业讲习科"等十个专业门类。同时，明确地将"利用暑假时期推广教育辅助学业"确定为"暑期学校"的办学宗旨，将"各学校教职员、地方办学人员、中等学校毕业生、高等专门大学肄业生"确定为教育对象。所聘请的教员多为留学欧美的学界名师或知名教授，如在当时文史界为人们所熟知的王云五、朱经农、李璜、宗白华、胡小石、徐志摩、高一涵、陈定谟、陆志韦、张君劢、陶行知等。除此之外，"暑期学校"还专门编辑出版了"东大暑期学校丛书"等相关图书，以促成师生之间的学术交流，提高学生的专业学习能力。②

事实上，正是在民国时期中国教育的现代化追求及"暑期学校"办学的社会成就与文化影响之下，当时的陕西地方政府及教育主管部门，针对当时陕西"旧学无由昌明，新学无从输入，被视为文化落后的区域"③等，以及各方面的现实问题，开始了切实具体的推进或"刷新"的步骤。如为了解决"陕西教育自民七至民十一以来，向称门面教育，所有省立各校，与其他各种教育，均以教育基金无着，以致气息奄奄"的问题，政府部门自 1922 年起，除了"明令将陕西全省商税划归教育经费"，并"首先与省政府交涉，教育经费，绝不能挪作他项之用"等措施外，④又于当年召开了"陕西全省第一次教育行政会议"，制定通过了"关于教育经费案""关

① 参见唐钺、朱经农、高觉敷编纂：《教育大辞书》，商务印书馆 1930 年版，第 1288 页。

② 国立东南大学编：《国立东南大学第六届暑期学校一览》，公孚印刷所代印，1926 年。

③ 张辛南：《追忆鲁迅先生在西安》，薛绥之主编《鲁迅生平史料汇编》第三辑，天津人民出版社 1983 年版，第 806 页。

④ 《陕教育之刷新计划》，《教育杂志》1924 年第 16 卷第 10 号"小学教育参考书专号"。

于师范教育案"和"关于社会教育职业教育及其它教育案",以及中小学教育等方面的"复兴教育之计划"。①在此前后,陕西教育界的许多有识之士及知识分子,基于对近代以来西北地区因"交通阻滞,风气闭塞,士习于固陋"等所造成的"而无由日跻于文明"等社会现实的认知,不仅将解决的根本办法明确地确定为"以教育为要"及现代人才的培养,而且在推动陕西现代高等教育及大学的建立等方面不遗余力,并且取得了明显的进展及不小的成绩。②所以,1921年以后,陕西省政府及教育部门,除了委托时任省长公署秘书的张辛南投书给"对于陕西教育之改革深感兴味"的著名教育家蔡元培,汇报"刻下陕西"之"复兴教育之计划"等,并强调"筹备大学"及"惟陕人对大学颇注意,或能早日实现"等事项外,③还于1923年5月委托时任北京女子高等师范学校哲学部主任的哲学家傅铜,以及时在北京大学就学的陕籍学生张之纲(张勉之),在北京"邀请现代学者数人,来陕讲演,以提倡西北文化,并鼓励陕人研究学术之兴味"④等。于是,当年7月初,包括傅铜在内,总共七位来自北京大学等高等院校的"现代学者"教授"来陕讲演",并受到陕西"各界人士竭力欢迎"。他们是时任北京英文版《北京导报》总主笔兼社长、北京大学的美籍英文教授柯乐文,北京大学史学系主任、著名历史学家朱遏先(朱希祖),北京大学哲学系教授、哲学家、心理学家及教育家陈百年,北京大学理科教授、著名科学家王抚五,北京大学哲学教员、历史学家、考古学家徐旭生,北京美术专门学校教务长吴新吾,北京女子高等师范学校哲学部主任傅铜。从7月8日开始,这些来陕的学者教授就开始分别在省立第一中学、教育厅及教育会等处讲演授课,为陕西高等教育及学术思想带来了新的内容及现代的理论方法。

在此前后,西北大学的筹组与重建也进入新的阶段。从1922年陕西教育厅派遣段绍岩出国考察高等教育,到1923年8月成立"西北大学筹备处",并任命傅铜、段绍岩、张辛南等分别担任处长等职,尤其是参照美国综合性大学的办学理念与学科体系,制定并公布以"授以高深学术养成专门人才为宗旨"的《西北大学组织大纲》等,经多方努力,西北大学终于在1924年1月获北洋政府的正式批准成立,同年3月开学上课。1924年7月20日开学的"暑期学校",实际上也是西北大学再建后及

---

① 《民国十一年陕西全省第一次教育行政会议议决各案》,《陕西教育志资料选编》(下卷),陕西人民出版社1988年版,第139—145页。

② 参见樊增祥《送陕西高等学堂学生留学东洋序》、张凤翔《西北大学发生之理由》、刘芬《阐法政之真理 树大学之先声》,杨德生主编《西北大学教育理念文选》,西北大学出版社2004年版,第12—18页。

③ 高平叔:《蔡元培年谱长编》(中册),人民教育出版社1996年版,第580—581页。

④ 《陕西省城之学术讲演会》,《教育杂志》1923年第15卷第7号。

马凌甫任陕西省教育厅厅长后，借鉴中外高等教育的经验并发挥高等教育"为社会服务"等大学职能的一项教学活动，其在陕西的高等教育及现代学术发展过程中，具有重要的历史地位与无可置疑的历史意义。

三、"暑期学校"与陕西现代高等教育及学术的重建

可以说，在 20 世纪中国教育发展与学术体制的演进，以及陕西乃至西北地区的现代高等教育与学术思想的发展过程中，1924 年前后由陕西地方政府及教育机构主导并组织的"夏期讲演"及"暑期学校"，积极主动地打破了交通地域和文化思想上的自然限制与保守闭塞，有计划、有目的地聘请当时国内教育界与学术领域前沿，以及科学技术方面的南北著名学者、专家，不仅为民国早期的陕西教育及学术研究输入了现代的文化理念与新的知识体系，而且这些现代的学科领域及思想方法的传播与接受，既开陕西乃至西北现代教育与学术研究之新风气，又为陕西高等教育事业及学术体制的现代重整，提供了明确的发展方向，并奠定了重建的基础。

其中，借鉴并学习西方现代教育理念及办学方式，按照现代学术及其科学的准则选择与聘请学者讲师，为民国早期的陕西教育及社会文化"灌输"与"输入新识"，倡导并激发了"陕人研究学问"的兴趣及动力。1923 年 7 月之前，受当时陕西省长刘镇华的"函托"，由曾留学于英国伯明翰大学，师从著名哲学家罗素学习西方数理哲学，1920 年罗素应邀来华讲学期间，陪同其赴各地演讲并兼翻译，随后应蔡元培之约到北京大学任教，1921 年创办当时中国最早的哲学学术社团"哲学社"并主编《哲学》杂志，时为北京女子高等师范学校教授的傅铜，以及正在北京大学英文系读书，且与蔡元培、鲁迅等相识的陕西籍学生张之纲，联络并邀请了北京大学、北京美术专门学校等高等学校的七位中外学者教授，于暑假期间"来陕讲演"。

自 7 月 8 日起，这批为陕西"各界人士竭力欢迎"的学者教授，在西安的陕西省立第一中学、教育厅和教育会等处，以及陕西省三原县等分别设坛讲演。其中，傅铜教授的讲演是从现代哲学发展史的角度，讨论关于"（一）轮化论；（二）孔教与宗教；（三）人生究竟何为；（四）印度日本及欧美之佛教状况；（五）世界之常观与无常观；（六）乐工主义"等问题。来自北京大学的美籍教授柯乐文，是 1918 年到中国的外国学者，时任北京大学英文教授及英文版《北京导报》总主笔兼社长。他这次来陕讲演的是现代政治学方面的专题，即"英国政府问题"，内容包括"如何养成公民——教育界""军人在共和国之责任——军界共和国的个人""与政府之关系——电政界""谈话会"等具体问题，探讨"民主政府在中国有何关系，与世界有何

关系各种问题"①等。作为章太炎弟子的北京大学史学系主任朱希祖，则吸取了"新史学"的理论方法，从"（一）文学之势力；（二）新史学之趋向；（三）法家之史学观念与统一事业；（四）考古学与史学之关系；（五）司马迁之史学"等多个角度，阐述了其"以搜集材料、考订事实为基础，以探索历史哲学、指挥人事为归宿"②的现代史学研究主张。曾先后留学日、德，归国后早在1917年就在北京大学创建过我国第一个心理实验室，1922年以后先后担任过北京大学哲学系主任、文学院院长、教务长及代校长，以及国民政府考试院秘书长、考试委员会委员长等职，1949年赴台湾后又担任过台湾大学校长等职的陈百年教授，从"科学的哲理"及其理论方法的层面③，针对当时中国社会及文化心理中的问题，从六个方面，即"（一）扶乱的心理；（二）梦的心理；（三）催眠心理；（四）真理是什么；（五）人与物的区别；（六）有鬼论成立的一大原因"等专题着手，探讨并讲解了现代心理学及社会心理的理论知识。早在1912年就主持成立"中国科学社"社团，在蔡元培主持北京大学时期，在"北大的整顿"中，理科"内容始以渐充实"④，1928年后先后担任安徽大学、武汉大学、中山大学校长的王抚五教授，从"（一）心物一体论；（二）进化概论；（三）科学与应用；（四）中国工业问题"等几个方面，对新文化运动所倡导的"科学"及"进化论"等进行了专题讨论及讲演。时为北京大学哲学教员，后为著名历史学家、考古学家，并多次参与西北及陕西历史考古，1926年任北京大学教务长，1931年任北平师范大学校长的徐旭生，这次来陕讲演的内容是"（一）概论科学与道德之关系；（二）科学之精神；（三）关于科学之误会；（四）道德之意义；（五）实践道德数则；（六）关于法国军政界感想；（七）张横渠之精神"。最后一位引人注目的讲演教授，就是中国赴法学习西洋画的第一人及现代美术的启蒙者，1919年学成归国后受蔡元培之邀请任北京大学油画导师并主持画法研究会，1923年创办"古美术保存会"等团体，时任北京美术专门学校教务长的吴新吾，他运用现代美学及艺术理论方法，围绕"（一）保存古美术品之必要及其方法；（二）纯粹的美术与应用的美术；（三）美术与人生之关系"等问题，讲解及探讨了中国古代美术的艺术特点及成就，呼吁并倡导对古代文物艺术的珍视与保护。⑤这些聚集于当时贫瘠的陕西教育界及学术界的

---

① 柯乐文：《中国人民具有民主观念并易于接受共和政体》，黄彦编注《论农民与工人》，广东人民出版社2009年版，第52页。

② 朱遏先：《章太炎先生之史学》，《文史杂志》1945年第5卷第11、12期合刊"朱遏先先生纪念专号"。

③ 浦薛凤：《回忆陈百年先生——谦谦君子，恂恂学人》，浦薛凤《音容宛在》，商务印书馆2015年版，第55页。

④ 蔡元培：《蔡元培自述》，中国言实出版社2015年版，第109—110页。

⑤ 以上参见《陕西省城之学术讲演会》，《教育杂志》1923年第15卷第7号。

学者教授，尽管"所讲多未记录，众以为憾"①，但其所产生的作用及深远影响，不仅是不可忽略或无视的，而且为稍后的西北大学"暑期学校"的组织筹办等，积累了一定的经验，提供了多方面的准备。

1924 年初，筹建近半年的国立西北大学成立，开学后不久，就在当时的陕西省长刘镇华、西北大学校长傅铜和省教育厅厅长马凌甫等人的主导之下，依照当时国内高等教育的办学经验及方式，通过高等学校与教育行政部门的协商合作，从"为不能入大学者设法俾得略获高等学识"和"宣传文化，输入新识"②的现代教育理念出发，不仅决定举办"以利用暑期介绍新学术为宗旨"，"校址设在西北大学校内"的"暑期学校"，同时迅即组成了一个由校长担任委员长的"暑期学校筹备委员会"专门组织机构，具体负责并落实"暑期学校"的课程设置、庶务管理与学员登记，以及会计经费和文牍的印刷等事项。随后，又赶在"暑期学校"开学之前，在报刊上向社会公布"暑期学校简章"，除了介绍聘请的各位"国内外学术专家"及其学术专长、准备讲演与授课的基本内容等，也明确了"听讲人员"应具备的"资格"及报名手续，以及"听讲期内"的纪律要求和学历"证明书"的发放规定等。③

1924 年 7 月西北大学与陕西省教育厅合办的"暑期学校"，无论是组织准备、预期效果，还是聘请的学者教授或讲演者的教育背景和地域分布等方面，和前一年组织的暑期"来陕讲演"相比都显得更为认真明确与切实周到。于是，基于"为吾陕灌输新的智识"④等文化目的及社会功能，西北大学"暑期学校"所聘请的十多位南北讲演学者，主要来自京津、江浙地区的著名大学或科研机构，并且在其学科专业领域内是公认的教授学者。其中，不仅有为当时读者所熟知的新文化及新文学作家鲁迅，即向"听讲人员"公示的"北京大学教授"周树人，以及北京《晨报》和《京报》的记者孙伏园、王小隐等；最值得注意的是，还聘请了当时学术界及科技领域的一些大名鼎鼎的学者教授，以及一些在其研究领域开始崭露头角的青年学者，比如：被誉为"中国最早最好的物理学大师"⑤，1912 年留美归国后应严复之聘任北京

① 傅铜：《暑期学校讲演集序》，晁荫昌编《国立西北大学、陕西教育厅合办暑期学校讲演集》（一），国立西北大学出版部 1924 年版，第 1 页。

② 晁荫昌编：《国立西北大学、陕西教育厅合办暑期学校讲演集》（一），国立西北大学出版部 1924 年版，第 1—2 页。

③ 《暑期学校简章》，《旭报》1924 年 7 月 18 日。

④ 《暑期学校昨日举行开学式纪盛》，《新秦日报》1924 年 7 月 21 日。马凌甫：《暑期学校讲演集序》，晁荫昌编《国立西北大学、陕西教育厅合办暑期学校讲演集》（一），国立西北大学出版部 1924 年版，第 1—2 页。

⑤ 凌瑞良主编：《物理学史话与知识专题选讲》，南京师范大学出版社 2010 年版，第 82 页。

大学理科学长，1919 年赴德进修期间追随爱因斯坦学习相对论的北京大学教授夏元瑮；曾留学于日本东京大学史学科，1912 年回国后担任北京高等师范学校史地部教务主任、北京师范大学史学系教授王桐龄；曾留学美国耶鲁大学、芝加哥大学，后来担任过北平师范大学教务长、安徽大学校长及国立中央大学森林系主任、台湾大学植物系主任，时任北京师范大学及农业大学教授的著名植物学家李顺卿教授；先后在北京大学、北京女高师、东南大学、金陵大学等校任教的著名文史学教授陈钟凡；留学英、美，后任西北大学教务长，国民政府审计部驻外审计，四川、福建、江西、台湾等省审计处处长，时为东南大学历史学、政治学教授的陕籍学者刘文海；曾留学美国芝加哥大学，先后任教于北京大学、复旦大学及厦门大学等校，时为南开大学教授的社会学家陈定谟；时为南开大学教授，后历任国民政府驻苏大使、联合国善后救济总署中国代表、驻联合国常任代表及驻美大使的青年学者蒋廷黻；曾于1920 年在哈佛大学研究院攻读人类学，1923 年归国任南开大学人类学、社会学教授及南开大学文科主任，1928 年后历任中央研究院史语所专任研究员兼考古组主任，领导安阳殷墟考古发掘工作，1935 年当选中央研究院评议员及中央研究院首届院士，台湾"中央研究院"代院长，时任南开大学教授的青年学者李济之；1914年赴美留学，先后入美国麻省理工学院、哈佛大学学习建筑学及市政管理，1919 年归国后在天津创办中国较早且影响最大的建筑设计事务所——基泰工程司，曾任南京首都建设委员会工程组成员等职，1949 年后任台湾建筑师公会理事长的著名建筑师关颂声；等等。

西北大学"暑期学校"及其所聘请的这一批来自国内南北高等学校及现代学术领域的著名学者教授，除了通过系统的专题讲演及讨论，为当时的陕西教育及学术研究传播、输入了现代的学术观念与学科知识，通过"课余谈话会"及"游艺会"等方式推进了与"听讲员"之间的思想交流与感情认知，鼓励与启发他们对于新知识的接受等之外，许多学者还在讲演之余或旅行过程中，对当时陕西的历史文化及社会状况进行亲身体验与深入考察，为当时及后来的陕西教育及文化重建，提供了珍贵的数据和积极的意见。在这些关于西北大学"暑期学校"的历史叙事中，既有鲁迅、蒋廷黻、陈钟凡等人的长安印象或关中记忆，也有王桐龄、孙伏园等人的当下实录或笔下记录。其中，如果说记者孙伏园 1924 年 8 月 19 日开始在《晨报副刊》上连载发表的《长安道上》，更多地记载的是个人眼光或切身体会中 1924 年暑期的陕西之行的话，那么，稍后的 1924 年 10 月 27 日，文史学家王桐龄连载于《晨报副刊》上的《陕西旅行记》，则明显展现了史学家的叙事立场，可谓关于当时陕西社会状态的一部不可多得的史书。尤其引人注意的是，该书包括对建筑、街市、实业、教育、市政、交通、宗教、风俗、古迹文物、饮食、土产与植物等的"长安之观察"。如对"长安之教育"现状的观察，除了"研究新学之人太缺乏"和"整理旧学之人亦缺乏"，以及"学校""著作品""日报及杂志""出版所及印刷所"等都"缺乏"之外，就是"教员缺乏。本省人才不足，专门以上学校之教员，多系借材异地。又因交通不便关系，本省之毕业于外国大学之学生，多在交通便利之外省就事，不肯回本省"等。①

　　总之，1923 年举办的暑期"赴陕讲演"与 1924 年筹办的"暑期学校"，包括"鲁迅在西安"的历史叙事，都是和民国早期的"暑期学校"办学活动，以及当时陕西教育和现代学术体制的重建及暑期讲演直接联系在一起的。尤其是西北大学"暑期学校"的筹组与策划，从当年 7 月初筹办，21 日正式开课，到 8 月 20 日结束讲课，23 日办理交结所有相关事务，前前后后持续了近两个月的时间。因此，1924 年前后这两次在 20 世纪陕西教育史及学术史上鲜见的文化史实，不仅在当时的社会及文化界产生了广泛的影响，而且作为"陕西文化运动的先锋"，"对于陕西学术上有相当的贡献"②，也在民国早期的陕西教育史和学术史上留下了浓墨重彩的历史篇章。

　　（原载《长安学术》第十六辑，2021 年）

---

① 　王桐龄：《陕西旅行记》，文化学社 1928 年版，第 25—26 页。
② 　张辛南：《追忆鲁迅先生在西安》，薛绥之主编《鲁迅生平史料汇编》第三辑，天津人民出版社 1983 年版，第 806 页。

论鲁迅杂文的审美构成

张中良①

摘要：鲁迅杂文常常是锋芒闪烁、犀利强劲的，而且具有耐人回味的审美魅力，每每令论敌难有招架之功，更无还手之力。这缘于他以"灵感"和"顿悟"捕捉问题，能够迅速作出判断或推想的感悟式思维方式；与此密切相关的，是其富于形象性的表达方式，周身流动着感情的血液，知识量巨大且用之得当；文体形式的创新、锤炼与多样化。

关键词：鲁迅；杂文；感悟式思维方式；多样化文体形式

言及中国现代杂文，谁都无法忽略鲁迅的存在。但在评价上，却见仁见智，甚至大相径庭。姑且不论对鲁迅杂文所表达的观点肯定与否，对其精神视域怎样认识，单就其艺术性而言，也是见解歧出。近百年来，肯定并阐释鲁迅杂文艺术价值的著述固然不乏力作，但否定的声浪也不绝于耳。鲁迅杂文的审美构成及其价值究竟如何，今天仍有言说的必要。

一、感悟式思维方式

1919 年 5 月，傅斯年在《新潮》第 1 卷第 5 号发表的《随感录》里说，鲁迅"是能做内涵文章的"《新青年》里一位健者"，"至于有人不能领略他的意思和文辞，是当然不必怪"的。这话并非无的放矢，而是针对同年 4 月 27 日《时事新报》"记者"

① 张中良（1955—），黑龙江哈尔滨人，笔名秦弓。先后毕业于吉林大学、武汉大学、中国社会科学院研究生院，1991 年获文学博士学位。1985 年 2 月至 1988 年 8 月在西北大学任教，任鲁迅研究室副主任。曾为中国社会科学院文学研究所研究员、中国社会科学院研究生院教授、博士生导师，中国现代文学研究会副会长，《文学评论》《中国现代文学研究丛刊》编委，《抗战文化研究》主编（与李建平并列）。现为上海交通大学教授、博士生导师。主要研究领域为中国现代文学、比较文学，近年有特色的研究为翻译文学与抗战文学。出版个人专著 10 余种、合著 4 种、译著 2 种、随笔集 3 种、选编校注 5 种，发表论文 180 余篇、评论 170 余篇、散文随笔 140 余篇。

在《新教训》一文中对鲁迅杂文的隔膜而言。①鲁迅的第一本杂文集《热风》由北京北新书局于 1925 年 11 月出版后，曾经向鲁迅约稿并编发《阿Q正传》的孙伏园，当月 18 日即在《京报副刊》上发表《读〈热风〉》，说起初惊异于《热风》篇目之少，"许久才悟出，这是鲁迅先生的文字斤两太重，感情太深"。1926 年 10 月 7 日、8 日，天津《庸报》在"书报介绍"栏连续两天介绍《热风》，说"鲁迅先生在五四运动的前后，批评当时反对新文化运动者，招架起来，照例是十二分吃力的。人家的文章，大都是道貌岸然、声势汹汹、口诛笔伐的，而鲁迅先生却是慢吞吞、冷冰冰的说几句毫不得罪人的话，而在这几句毫不得罪人的话中，使对面的人说又不得，笑又不得，怒又不得，哭又不得，虽然知道鲁迅先生的话，是中了他们切心之病，使他们满面红筋，都要暴涨起来，但是捉不住文字中的班头，虽然再要反骂一场，却除了咬牙切齿暗地里埋怨之外，再没有别的方法可想，真是有趣得很"。②

　　无论是使人产生隔膜，还是令人赞其厚重，抑或让论敌难以招架，即使有招架之功，也难有还手之力，鲁迅杂文的效用都与其文体有关。产生这种效用的当止一部《热风》！那么，这种奇异的效用又是来自怎样一种文体？ 1933 年，瞿秋白在《〈鲁迅杂感选集〉序言》里，把"高尔基在小说戏剧之外，写了很多的公开书信和'社会论文'（publicist article）"作为参照，肯定鲁迅以论文与杂感参与社会变革的积极意义，并预言说："杂感这种文体，将要因为鲁迅而变成文艺性的论文（阜利通 feuilleton）的代名词。"③充分肯定了鲁迅杂文的价值，显示出瞿秋白眼光之深邃；但关于文体命名的预言却与后来的文学发展有些距离，文体的界定也有继续探讨的空间。后来，杂感等相类文体的总名定为杂文，实有其中国文学传统的渊源。在通常的文体认知中，无论是归纳、推导，还是演绎、展开，抑或是阐释、解说，论文本质上都是"论"，而杂文与其说是"文艺性的论文"，毋宁说是文艺性的议论。鲁迅在有些场合称《坟》为论文集，大概是指其中的《人之历史》《科学史教篇》《文化偏至论》《摩罗诗力说》《我之节烈观》《我们现在怎样做父亲》《论"费厄泼赖"应该缓行》为论文。虽然这些文章偏重观点的论证、阐释，但同《新青年》《东方杂志》上论述政治、经济、军事、教育、国际关系、文化等主题的专题论文相比，仍是迥然有别的。与其说是论文，莫如说是论文式的杂文，因为其中不仅激情洋溢，而且其繁复的形象与跳跃的节奏给人以杂花生树、莺飞草长之感。这种单一主题式的解说型杂文尚且如此，多主题丛集的再现型、表现型杂文，其诗性表达的生命感更为

---

　　① 　参见张梦阳：《中国鲁迅学通史》（上卷），广东教育出版社 2001 年版，第 47—48 页。

　　② 　转引自张梦阳：《中国鲁迅学通史》（下卷），广东教育出版社 2002 年版，第 408—409 页。

　　③ 　初收于何凝编选《鲁迅杂感选集》，青光书局 1933 年版。转引自《瞿秋白文集》文学编第 3 卷，人民文学出版社 1998 年版，第 96 页。

突出。文艺性或诗性主要是表达方式的特征，那么，生命感又是依存于怎样一种独特的文体内核呢？

在鲁迅多有杂文刊载的《语丝》周刊上，有过关于《语丝》文体的讨论。1925年11月23日，岂明在《语丝》第54期上发表给伏园的回信《答伏园论〈语丝的文体〉》里说："我们并不是专为讲笑话而来，也不是来讨论什么问题与主义。我们的目的只在让我们可以随便说话。我们的意见不同，文章也各自不同，所同者只是要不管三七二十一地乱说。"《语丝》"是我们这一班不伦不类的人借此发表不伦不类的文章与思想的东西，不伦不类是《语丝》的总评，倘若要给他下一个评语"。1929年12月22日，鲁迅在《我和〈语丝〉的始终》里谈到《语丝》的特色时所说的"任意而谈，无所顾忌，要催促新的产生，对于有害于新的旧物，则竭力加以排击"[①]，与岂明所说的"不管三七二十一地乱说""不伦不类的文章与思想"，应该说是一致的。

"任意而谈，无所顾忌"，并不限于《语丝》，而是贯穿于鲁迅杂文创作之始终；天马行空、无所羁绊的不仅仅是杂文的精神意蕴，也是其文体及其风格，思维方式自然蕴含其中。

鲁迅杂文常常是锋芒闪烁、机锋四出，不仅犀利、强劲，而且具有耐人回味的审美魅力。读者能够感受到雄辩的逻辑力量，可认真寻去，未必都能寻见一条明晰的逻辑线索。其奥秘在于这些杂文直觉敏锐，逻辑错综，既有虚设、浸染、替代、赋色的朴素逻辑，也有演绎、归纳的形式逻辑，还有讲对立统一、否定之否定与质量互变的辩证逻辑；最为突出的则是以"灵感"和"顿悟"捕捉问题，迅速作出判断或推想的直觉思维。多种逻辑相互交织，支撑着感悟式思维方式。这是一种富于民族特色的思维方式，也是典型的杂文思维方式。

早在1940年，巴人就注意到鲁迅杂文的传统渊源。他在《论鲁迅的杂文》中指出，中国社会一方面"养成一种直觉的思维的习惯"，另一方面，"在中国文化本身的发展上，也具着全体主义的性质，学术与政教不分，学术政教与文学也不分。而作为这两方面的集合表现的，在精神上，是现实主义的，在形式上，是形象性的"。中国文化的传统形式，不外有如下三种："（一）肆应外物的感悟的片断思想的记述形式"，如《老子》《论语》《孟子》及后人的语录文，还有六朝时的《七发》《七启》《连珠》等游戏文；"（二）思想之不离现实批评的记述形式"，如纵横家游说之辞，李斯《谏逐客书》、贾谊《过秦论》、韩愈《原道》《师说》《谏迎佛骨表》等；"（三）思

---

① 初刊于1930年2月1日《萌芽月刊》第1卷第2期。引自《鲁迅全集》第4卷，人民文学出版社2005年版，第171页。

想之形象性的记述形式"，以《庄子》为最卓著。①鲁迅出生于重视史学、实学的浙东文化氛围中的诗书之家，自幼博览群书，对源远流长的文化传统耳濡目染，也切实感受到章太炎发扬光大这一传统之"战斗的文学"所产生的巨大影响。为启蒙大众、救亡图存，他拾起了杂文这一支"投枪"，从历史悠久的传统文化中汲取养分，将感悟式思维在杂文中运用得炉火纯青。鲁迅杂文每每以敏锐的直觉从现实、历史或文本中发现问题，进行理性的烛照，但未等理性的环节组成形式逻辑或思辨逻辑的长索，就又凭直觉与悟性把其他对象提了上来，使理性与悟性、主体与对象、此现象与彼现象、甲意旨与乙意旨相互勾连、错杂交织，构成一个水乳交融的感悟生命体。"我"不时出现在文本中，既是评论者，又是感受者，使作品富于现场感，增强了可感性与说服力。文脉跳跃性大，从此事物到彼事物过渡突兀，思维过程往往省略，直接提出结论，因而信息量大。正因为直觉与悟性作桥梁，所以思维天地广袤无垠，每每借题发挥，举譬连类，犹如《清明上河图》的散点透视，视野开阔，风景万千，又像元曲中的套曲，一波三折，跌宕起伏。

　　感悟式思维方式，宜于形成多主题丛集，而多主题之间的关系不一而足。有的是一个话题衍生出另外几个话题，如1923年12月26日的讲演《娜拉走后怎样》。杂文的主旨本来是谈女性解放问题，篇末则延展开来，先是说到看客与忘却："群众，——尤其是中国的，——永远是戏剧的看客。牺牲上场，如果显得慷慨，他们就看了悲壮剧；如果显得觳觫，他们就看了滑稽剧。北京的羊肉铺前常有几个人张着嘴看剥羊，仿佛颇愉快，人的牺牲能给与他们的益处，也不过如此。而况事后走不几步，他们并这一点愉快也就忘却了。""对于这样的群众没有法，只好使他们无戏可看倒是疗救，正无需乎震骇一时的牺牲，不如深沉的韧性的战斗。"接着又言及保守问题："可惜中国太难改变了，即使搬动一张桌子，改装一个火炉，几乎也要血；而且即使有了血，也未必一定能搬动，能改装。不是很大的鞭子打在背上，中国自己是不肯动弹的。我想这鞭子总要来，好坏是别一问题，然而总要打到的。但是从那里来，怎么地来，我也是不能确切地知道。"②女性解放同看客及保守问题并非没有关系，但关系毕竟不是十分紧密，然而顺势一说，并不让人觉得怎么突兀。

　　再如1925年11月22日所作《坚壁清野主义》，主旨是批评对女性的禁锢，篇末言及"孙美瑶据守抱犊崮，其实倒是'坚壁'，至于'清野'的通品，则我要推举张献忠"。接着以一段文字抨击张献忠的残暴："张献忠在明末的屠戮百姓，是谁也知道，谁也觉得可骇的，譬如他使ABC三枝兵杀完百姓之后，便令AB杀C，又令A杀B，又令A自相杀。为什么呢？是李自成已经入北京，做皇帝了。做皇帝是要

---

① 巴人：《论鲁迅的杂文》，上海远东书店1940年版，第40—43页。
② 《鲁迅全集》第1卷，第170—171页。

百姓的，他就要杀完他的百姓，使他无皇帝可做。正如伤风化是要女生的，现在关起一切女生，也就无风化可伤一般。""连土匪也有坚壁清野主义，中国的妇女实在已没有解放的路；听说现在的乡民，于兵匪也已经辨别不清了。"①篇末两段文字中虽有对女性解放主旨的回环呼应，但显然历史批判与社会批判的意味更重。

有的是总主题下有若干分主题，如 1924 年 11 月 11 日所作《论照相之类》，第一部分"材料之类"，从小时候 S 城流行的洋鬼子挖眼睛装在坛子里盐渍用来照相的谣传，言及国人曾经笃信"月经精液可以延年，毛发爪甲可以补血，大小便可以医许多病，臂膊上的肉可以养亲"②之类荒唐的迷信；第二部分"形式之类"，说咸丰年间某地视照相为妖术而将会照相者家产捣毁，三十年前照相已开始被人们接受，但仍有人担心精神"要被照去"而不爱照相，尤其不照半身照——"因为像腰斩"，甚至还有所谓名士怕失了元气而永不洗澡，也有人摆拍合成为古怪的照片，如自己给自己下跪的"求己图"之类，由此自我作践之相，言及德国心理学家李普斯著作中论到的奴隶根性，"杞忧"如今的各种照片仍有"求己照"的意味；第三部分"无题之类"，从照相馆门前的名人照言及近年走红的梅兰芳的"天女散花""黛玉葬花"像，延伸到近时访华的泰戈尔与梅兰芳的握手，托尔斯泰、尼采等外国名人有的老相，有的凶相，有的苦相，有的呆相，有的怪相，"曲终奏雅"道："我们中国的最伟大最永久，而且最普遍的艺术也就是男人扮女人。"③三个部分以照相串联，讽刺锋芒分别指向迷信、荒谬、奴性、名人崇拜，总主题是国民性批判。虽然有总主题、分主题，但最后仍有斜枝逸出——此篇杂文创作的缘起在于梅兰芳与泰戈尔的相互欣赏及其背后的东方文化优越感引起了鲁迅的反感，所以第三部分，尤其是结尾把讽刺锋芒指向了梅兰芳。其实，梅兰芳是代人受过，男旦反串的艺术何罪之有？鲁迅隐而不露的矛头所向，最终是参与接待的欧美色彩浓郁的新月社诸君子。

有的杂文结构则是赋比兴信手拈来为我所用。如 1934 年 12 月 11 日完成的《病后杂谈》，第一部分谈生病的感受，似乎是"空灵"的闲谈，实际是全篇的起兴；但第二部分从《世说新语》谈到了《蜀碧》《蜀龟鉴》，由于两部蜀地野史记的是张献忠祸蜀，杂谈的"空灵"顿时化为沉重；第三、四部分说到禁书与文字狱。二、三、四几个部分赋写真实，是全篇的重点，主旨在于借古讽今，抨击专制，这又是比；最后以技术性的印书标点问题作结，既是赋笔的收束，也是比的掩护。

感悟式思维方式给杂文的自由展开提供了极大的可能，纵横捭阖，收放自如，遂有鲁迅杂文的广袤空间与自由驰骋。但是，另一方面，感悟式思维也给形式逻辑环

---

① 《鲁迅全集》第 1 卷，第 275 页。
② 《鲁迅全集》第 1 卷，第 191 页。
③ 《鲁迅全集》第 1 卷，第 190—196 页。

节的缺失、辩证思维和诡辩之间的游走提供了机会，有时锋芒尖锐而指向有误，有时判断峻急而背离事实，有时趋于功利而有伤根柢。一些当时给人刺激而后耐不住时光淘洗的篇章便与感悟式思维有关。

二、丰盈的艺术世界

与感悟式思维方式密切相关的，是其富于形象性的表达方式，深邃的洞察与批判的力量常常寓于生动的形象之中。作为出色的小说家与绘画爱好者，鲁迅具有极强的构象能力，他善于从历史、现实与文学、宗教等中直接借取或提炼合成或联想生发出鲜明形象①，如"二丑"、"乏走狗"、落水狗、奴才相、流氓相、媚态的猫、得了中庸之道似的叭儿狗、"凶兽样的羊"、"羊样的凶兽"、挂着铃铎把羊群领入屠场的头羊、倚徙于华洋之间的西崽、将小青虫捉来麻痹成不死不活状态以给幼蜂作食料的细腰蜂、吸人血之前还要"哼哼发一篇议论"的蚊子、"舐一点油汗"还要"拉上一点蝇矢"的苍蝇、"吃人的筵宴"、"中国人的生命圈"等。

有的形象是依照一般认知来使用，以其日常性、普遍性将读者在不知不觉中引入杂文情境。如《说胡须》，男性的胡须，再平常不过，作者却通过胡须式样引发的责难等，讥刺有"学问"的"国粹家"以及固执己见之乡民的粗疏、保守、武断、颟顸。《战士和苍蝇》写道："战士战死了的时候，苍蝇们所首先发见的是他的缺点和伤痕，嘬着，营营地叫着，以为得意，以为比死了的战士更英雄。""然而，有缺点的战士终竟是战士，完美的苍蝇也终竟不过是苍蝇。"②苍蝇嗡嗡嘤嘤，传播病菌，为人们所憎恶，以苍蝇喻指那些讥笑糟蹋刚刚辞世的孙中山先生的奴才，形象生动，抨击犀利。杂文中的形象不尽像上面两篇那样与日常认知吻合，有的则是独出心裁，赋予别样的意义，给人一种反弹琵琶的新鲜刺激。如长城，曾经在历史上承担过捍卫疆土的重要功能，后世作为文化遗产而傲称于世。但鲁迅的《长城》，则以长城来比喻包围人们的习惯势力之壁障，借题发挥，呼吁人们不要再给这种封闭了自身的"长城"添加新砖。

有时借用作品的具体情境，如《我们现在怎样做父亲》征引易卜生剧本《群鬼》里欧士华托母亲帮他吃下毒品自杀的一段对话，痛陈父亲作孽带来的令人震惊的后果。《娜拉走后怎样》先说娜拉因在家里没有获得妻子应有的权利而关门出走，接着讲述易卜生的另外一个剧本《海的女人》（另译《海上夫人》）的女主人公一旦获得选择的自由与自主的权利，反而不走了，进而分析娜拉出走之后的几种可能。杂文

---

① 参照沈金耀：《鲁迅杂文诗学研究》，福建教育出版社 2006 年版，第 104—152 页。
② 《鲁迅全集》第 3 卷，第 40 页。

主要借助"五四"时期青年学生熟悉的易卜生剧本中的人物来展开，容易引发受众的共鸣。《帮闲法发隐》开头引述吉开迦尔作品里的一个片段来说明帮闲者的误事害人："戏场里失了火。丑角站在戏台前，来通知了看客。大家以为这是丑角的笑话，喝采了。丑角又通知说是火灾。但大家越加哄笑，喝采了。我想，人世是要完结在当作笑话的开心的人们的大家欢迎之中的罢。"①《论雷峰塔的倒掉》则从西湖雷峰塔的倒掉，回想起童年时代祖母讲过的白蛇娘娘的传说，言及自己乃至民间对于白蛇娘娘与许仙的同情，怪法海太多事。通篇是借儿童的视角看传说中的人物故事，借天真的童心与民间的吃蟹来抨击戕害个性与人性的礼教。形象栩栩如生，见解入情入理，连读者都想对那只能躲在蟹壳里的法海说一句"活该"。

有的杂文里，作者构想出一个情境，以增强杂文的艺术效果，如《〈出关〉的"关"》里，作者设想自己"现在想站在关口，从老子的青牛屁股后面，挽留住'像鲁迅先生一样的作家们'以及许多读者们连邱韵铎先生在内"②。有的杂文则取整体性的象征，如《现代史》，通篇说的是"变戏法"：一种是猴子耍刀枪，狗熊玩把戏；另一种是空匣出白鸽，鼻孔冒烟火；还有一种是将孩子装进小口坛子，看客要他出来，须交钱，大人用尖刀将他"刺死"，要他活过来，又须交钱，待到钱到了手，变戏法的便收拾起家伙，"死孩子"也自己爬起来，一同走掉了，"看客们也就呆头呆脑的走散"。过了些时，又来这一套——如此循环往复。表面上对现实不着一字，实际上却道出了一部以权术、残忍与无赖掩饰利益追求的活生生的现代史。形象的介入不仅增加了生动性，扩大了艺术空间，而且带来了隐曲性，有益于杂文在荆天棘地中的顽强生存。

鲁迅杂文之所以可以毫无愧色地迈进文学殿堂，重要的一点是因为它周身流动着感情的血液。鲁迅是深刻洞察世间万象的思想家，是冷峻的文明批评家，但他并非高居云端的神仙，而是执着于人间的战士，其自身承载着历史与现实赋予的重压与苦痛，感应着人民大众的喜怒哀乐，纤细而复杂的感情在杂文中无处不在。他在《随感录四十》对一名青年感叹身为中国人不知爱情为何物的来稿产生了强烈的共鸣，称许"这是血的蒸气，醒过来的人的真声音"；自己也情不自禁地要叫出真率的心声，"我们能够大叫，是黄莺便黄莺般叫，是鸱鸮便鸱鸮般叫"。要叫出自身结婚十三年来"没有爱的悲哀，叫出无所可爱的悲哀。……我们要叫到旧帐勾消的时候"。③《白莽作〈孩儿塔〉序》里说："一个人如果还有友情，那么，收存亡友的遗文，真如捏

---

① 《鲁迅全集》第 5 卷，第 289 页。
② 《鲁迅全集》第 6 卷，第 539 页。
③ 《鲁迅全集》第 1 卷，第 338—339 页。

着一团火，常要觉得寝食不安，给它企图流布的。"①深情拳拳，炽烈灼人。《战士和苍蝇》《记念刘和珍君》《为了忘却的记念》《忆韦素园君》《忆刘半农君》《关于太炎先生二三事》等杂文，或是对故人的怀念，或是对烈士的痛悼，或是对先师的崇敬，笔端凝聚着感人肺腑的深情。《无花的蔷薇之二》《关于中国的两三件事》《三月的租界》《写于深夜里》等，难以压抑的愤懑如同火山岩浆一般喷发出来。论及不幸者命运的篇章，如《论秦理斋夫人事》等，在愤怒于社会冷酷的同时，对弱者充满了温煦的怜悯。大量描摹社会众生相与剖析国民性弱点的杂文，无论是嬉笑怒骂的讽刺，还是深邃冷隽的幽默，都蕴涵着浓郁深沉的感情，让人难以平静。

较之他人的杂文创作，鲁迅杂文世界的知识量更大，新颖度更高。鲁迅自幼博览群书，杂学旁收，使其杂文犹如一个知识宝库。其知识之渊博，不仅令年轻一代叹服不已，就是在同代文学宿将之中也堪称翘楚。古今中外，天文地理，经史子集，野史笔记，神话传说，歌谣戏曲，山川湖海，草木虫鱼，多有涉猎。涉及的学科有文学、历史学、民俗学、人类学、地质学、生理学、心理学、哲学、经济学、天文学、宗教、美学、美术、教育学等，提到的国家、民族及外国地名有一百四十多个，各种典实（包括引语、掌故、名物、人物、事件等）有一万五千余种。

知识的运用不时有尘封史料与湮没往事的细心钩沉与系统梳理。如《说胡须》，从去西安讲学游孔庙时所见画像的向上翘起的胡子，联想起汉武梁祠石刻画像上男子的胡须多翘上，北魏至唐的佛教造像中的信士像仍复如此，直到元、明的画像，胡子才向下拖了下去。杂文关于胡子由向上翘到向下拖之脉络的梳理，在为国民性批判提供根据的同时，也介绍了一点胡子式样的历史知识。《魏晋风度及文章与药及酒之关系》是一篇难得的杂文，若无深厚的文学史知识积淀、深邃的史识加上生存与战斗的绝顶智慧，很难写出。先前还在为国民革命而欢呼，转瞬间革命队伍出现了大分裂，国民革命遭遇了重大挫折，自己熟悉且颇为称许的年轻朋友不幸遇难，鲁迅既不能沉默不语，也不便放胆直言，于是，谈魏晋风度、品其时生存况味成了唯一的选择，表面上看，似发思古之幽情，往深处想，现实痛苦揪心撕肺。杂文是药，疗治心痛；杂文是酒，激励人万不可被吓倒。文章也活画出魏晋乱世文人放浪形骸——饮酒时衣服不穿，帽也不戴——以自保的生活姿态，还有吃五石散的流行，吃五石散后非得脱衣脱鞋冷水浇身以发散，发烧之后又发冷等怪态，让人在悟出文中深意之后，也了解一点历史上的怪诞。说到封建统治者的暴殄天性，人们通常只说及施于男子的宫刑，而鲁迅则从浩瀚的古籍中发现了对女性的"幽闭"。《病后杂谈》中说道："向来不大有人提起那方法，但总之，是决非将她关起来，或者将它缝起来。近时好像被我查出一点大概来了，那办法的凶恶，妥当，而又合乎解剖学，真使我

---

① 《鲁迅全集》第 6 卷，第 511 页。

不得不吃惊。"①"幽闭"的揭露无疑会使读者加深对阴鸷的专制者迫害女性之残酷的认识。

由于中国古代文学传统的影响，同时也由杂文的文体特点所决定，用典是杂文的普遍情形。传统文化源远流长，知识若浩瀚夜空的万点繁星。鲁迅杂文里的知识十分广博、不拘雅俗，而且取材新颖、用之得当，不像有些作家那样为知识而知识，有卖弄与玩赏之嫌。《扁》引述乡间的一个笑话："两位近视眼要比眼力，无可质证，便约定到关帝庙去看这一天新挂的匾额。他们都先从漆匠探得字句。但因为探来的详略不同，只知道大字的那一个便不服，争执起来了，说看见小字的人是说谎的。又无可质证，只好一同探问一个过路的人。那人望了一望，回答道：'什么也没有。扁还没有挂哩。'"②用这一笑话来比喻文坛上竞相引进异域思潮、空洞争论孰是孰非的现象，质朴而贴切，讽刺鞭辟入里。鲁迅用典时有别出心裁的新翻杨柳，给人以耳目一新之感。如清代褚人获《坚瓠丙集》有《药渣》篇记一寓言："某帝时，宫人多怀春疾，医者曰：'须敕数十少年药之。'帝如言。后数日，宫人皆颜舒体胖，拜帝曰：'赐药疾愈，谨谢恩！'诸少年俯伏于后，枯瘠蹒跚，无复人状。帝问是何物，对曰：'药渣！'"③壮汉医宫女的寓言，出自笔记，谐谑中不无道理，但因其语涉性色，通常正襟危坐的著述不大理会，然而，鲁迅在杂文《新药》中用来比喻屡为当局献策、近时则冷落一边的吴稚晖。且不论历史上的吴稚晖应该如何评价，这篇杂文十足画出了一副被主子用而弃之的"药渣"的窘态，真可以说有入木三分的讽刺效果。知识之渊博、新颖与妙用，使趣味性与严肃性、知识性与战斗性熔为一炉，平添了逻辑力量与艺术魅力。

三、多样化的文体形式

古往今来，但凡可称为文学大师者，无不富于创新精神。《呐喊》出版不久，茅盾就称赞说："在中国新文坛上，鲁迅君常常是创造'新形式'的先锋；《呐喊》里的十多篇小说几乎一篇有一篇新形式，而这些新形式又莫不给青年作者以极大的影响，欣然有多数人跟上去试验。"④其实何止《呐喊》，小说《彷徨》《故事新编》、散文《朝花夕拾》、散文诗《野草》在形式上也有独出机杼的探索，创作量最大的杂文更是多有别出心裁的创新。《怎么写》末尾写道："散文的体裁，其实是大可以随便

---

① 《鲁迅全集》第 6 卷，第 171 页。
② 《鲁迅全集》第 4 卷，第 88 页。
③ 转引自《鲁迅全集》第 4 卷，第 134 页。
④ 雁冰：《读〈呐喊〉》，1923 年 10 月《文学周报》第 91 期。

的，有破绽也不妨。做作的写信和日记，恐怕也还不免有破绽，而一有破绽，便破灭到不可收拾了。与其防破绽，不如忘破绽。"①这里所谓"散文"，实际上即是广义的杂文。鲁迅继承了中国传统的大文学观，除了《坟》收 1925 年底之前稍长的杂文，《热风》收 1924 年 1 月底之前的"随感录"式杂文之外，大多数杂文集都是按时间编集。新文化运动促使鲁迅的杂文意识走向自觉，有人为他不能多写小说而惋惜，论敌因惧其杂文锋芒而攻讦，反而使其杂文创作热情更为高涨，他决意要使杂文在现代文学的新格局中占有一席之地，在创作时，每每求新求变，在文体上进行了多种尝试。

留日时期的代表作《文化偏至论》等篇幅较长，《摩罗诗力说》长达二万余言。一则当时所刊杂志好长文，对于作者而言，文章愈长，稿费愈多；二则鲁迅当时正值青年时代，理想宏大，激情澎湃，下笔如大江东去，浩浩汤汤。"五四"时期的《我之节烈观》《我们现在怎样做父亲》等杂文亦篇幅较长，虽偏于说理，但激情饱满，形象跃动，迥异于一般的学理性论文。其长文愈加活泼起来的标志，是 1925 年12 月 29 日写出的《论"费厄泼赖"应该缓行》。"落水狗""叭儿狗"的形象先给文章带来了生气，闪转腾挪的辨析又使得长文曲折有致，秋瑾、王金发的悲剧加重了思绪的分量，历史与现实交织错杂，让读者不能不沉浸其中，获得启迪。这种论文式的杂文，后来还有《"硬译"与"文学的阶级性"》《论"第三种人"》等。如果把这种论文式的杂文称为贯通式杂文的话，那么，还有篇幅较长的组合式杂文，如《伪自由书·后记》《准风月谈·后记》等。这些后记，汇集了集子中杂文的相关材料，不仅仅是背景的说明，而且社会文化生态的呈现、作者的择取眼光、精彩点评构成了具有历史价值与审美价值的独立篇章。再如七论"文人相轻"，分开看各自独立，合起来看是一幅长轴、一组套曲，写出了文坛众生相。

鲁迅杂文中所占比例最大的当属杂感。杂感中虽然也有较长的篇章，如历史题材的《买〈小学大全〉记》《病后杂谈》《病后杂谈之余》，现实题材的《写于深夜里》等，但更多的则是匕首、投枪似的短篇，通常一两千字，最短的如《"天生蛮性"——为"江浙人"所不懂的》正文只有三行。除了一般意义上的随感、杂谈、小品之外，序跋、杂记、启事、时论、寓言、回忆、演讲、歌谣、絮语、按语、书评、札记、文艺短论、速写、祭祝文、墓志铭、"立此存照"、写作时即考虑到当时要发表的通信、日记等，都被贯穿其中的感悟式思维、智慧机锋、讽刺锋芒及各种艺术手段赋予了杂文性质。

鲁迅熟稔中国古代杂文，受过近代杂文的直接熏陶，又通过翻译实践品味过日本杂文的韵味，当他执笔写作杂文时，已有的杂文体验与积累，同他富于灵性的创

---

① 《鲁迅全集》第 4 卷，第 25 页。

造性思维融为一体，绽放出色彩缤纷、异香扑鼻的杂文奇葩。随感录式的短评自有其明快的优长，但《论雷峰塔的倒掉》《说胡须》《看镜有感》《春末闲谈》《灯下漫笔》式的杂谈却也显示出温润的冷峭与跌宕的舒展。《阿金》是炭笔人物素描，《论辩的魂灵》《牺牲谟》《评心雕龙》是巧妙的归谬、犀利的反讽；《夜颂》《秋夜纪游》则是优美的散文诗，情寓景中，情景交融，令人想起舒伯特小夜曲里的夜莺的歌声，只是这里兼有夜露的沉重。冯雪峰把《"这也是生活"……》《死》《女吊》称作"诗的散文"，"他说预备写它十来篇，成一本书，以偿某书店的文债。这计划倘能完成，世间无疑将多一本和《朝花夕拾》同等的杰作"①。《写于深夜里》貌似寓言，实为写实，颇有鲁迅所译过的日本森鸥外小说《沉默之塔》的风味，但更为尖锐。

在尝试与锻造多种杂文文体的过程中，鲁迅在艺术手法与技巧上多方汲取、锤炼创新，越到后来越娴熟老成、灵活多变。机智、反语、讽刺、幽默、嬉笑怒骂，皆成文章；考订、征引、叙事、抒情、立论、驳诘，应有尽有，蔚为大观；比喻、类比、排比、暗示、省略、嫌疑、夸张、反语甚至荒诞，各种修辞手段，运用自如。章法结构笔随意到，舒卷自如：有的严谨简练，层次井然，首尾呼应，无懈可击；有的好似信笔写来，漫无主旨，援古例今，谈天说地，形散而神在；有的不拘成法，独辟蹊径；有的即兴发挥，短语成篇，言简意赅。

鲁迅何尝不想杂文语言明白晓畅，如《论"第三种人"》何等明晰流畅，但时事逼促，且有文言之魂时而复现，为文难免隐晦曲折，甚至像《倒提》还引起了左翼战友的误解，攻防之间，彼此不快。鲁迅杂文语言雅俗兼备、古今杂糅，绝大多数篇章能够做到随物赋形、姿态自如。鲁迅还以其灵气与诗性，提炼出箴言、警句、隽语，给人留下深刻的印象、无穷的启迪。如《无花的蔷薇之二》控诉对和平请愿民众大开杀戒者，"墨写的谎说，决掩不住血写的事实。血债必须用同物偿还。拖欠得愈久，就要付更大的利息！"②再如《白莽作〈孩儿塔〉序》里说："这《孩儿塔》的出世并非要和现在一般的诗人争一日之长，是有别一种意义在。这是东方的微光，是林中的响箭，是冬末的萌芽，是进军的第一步，是对于前驱者的爱的大纛，也是对于摧残者的憎的丰碑。一切所谓圆熟简练，静穆幽远之作，都无须来作比方，因为这诗属于别一世界。"③

从留日时期到"五四"时期再到1930年代，鲁迅杂文创作时间跨度长，经历了一个由单纯到繁复、由清新到老辣的发展历程，风格随着历史的演进与环境的差异

---

① 冯雪峰：《鲁迅先生计划而未完成的著作》，初刊 1937 年 11 月 1 日《宇宙风》第 50 期。引自《冯雪峰全集》第 3 卷，人民文学出版社 2016 年版，第 324 页。

② 《鲁迅全集》第 3 卷，第 279 页。

③ 《鲁迅全集》第 6 卷，第 512 页。

而有所变化。留日时期的杂文，澎湃激情中投射出覃思的眼神。《热风》慷慨激昂，发扬踔厉，质直而热切的风格恰是新文化启蒙时代氛围的投影。《华盖集》《华盖集续编》以及《坟》中的大部分文章，则呈现出迂曲而激烈的格调。后期风格愈见汪洋恣肆。《而已集》里，前期的亢奋变成震惊，质直的抨击化为深沉而焦灼的反思，因而形成了一种凝重而冷峻的氛围。《三闲集》中的文章多属文化批评，论辩从容，文笔舒展，别具一种风姿。进入 1930 年代，鲁迅的文章无论在思想上还是在艺术上，都充分显示出成熟的姿态。《二心集》所收杂文最初大多刊于左翼刊物，直言不讳，气势凌厉，笔墨酣畅，呈晓畅而泼辣之风。《南腔北调集》文体上多方尝试，手法上老练自如，思想上常有鞭辟入里的深刻之见，形成了闳放而深厚的特色。《伪自由书》语言精警短俏，虽隐晦曲折，但锋芒咄咄逼人，显示出尖锐而峭拔之势。《准风月谈》多用曲笔、反语，隐晦而辛辣。《花边文学》所收杂文大多挥洒自如，信马由缰，风格淡远而幽深。《且介亭杂文》《且介亭杂文二集》《且介亭杂文末编》，情深意切的怀人文章增多，《病后杂谈》、"文人相轻"七论等系列杂文气势磅礴，笔力遒劲，近于遗嘱的杂文《死》苍朴豁达、铁骨铮铮，整体上显示出苍劲而雄浑的格调。前期总的说来是明朗、热烈、单纯，后期总的说来则是隐曲、深沉、丰厚。

鲁迅杂文理深情真、妙趣横生，在文学园地显得那样清新别致，从思想艺术上说又是那样老辣苍劲。它是初春的野草，给原野披上喜人的新绿；它是劲健的秋风，横扫一切枯枝败叶；它是巍峨的丰碑，局部精雕细刻，整体宏伟壮丽；它是气势磅礴的交响曲，既给前进者以精神鼓舞，又带来审美怡悦。杂文能够堂而皇之地进入现代文学殿堂，鲁迅立下了不朽的柱石之功。

冯雪峰 1936 年 7 月 20 日应鲁迅之约，为捷克译本《鲁迅短篇小说集》介绍鲁迅而作的《关于鲁迅在文学上的地位》一文中说："他的杂感，将不仅在中国文学史和文苑里为独特的奇花，也为世界文学中少有的宝贵的奇花。"[1]翌年 3 月 4 日为此文所作"附记"里说自己"将先生的杂感散文，看成为先生的独创，即在西欧文学上亦少见，并且它和中国的散文有着很深刻的渊源，先生亦认为是对的，并且以为还没有人说出这一点来"[2]。1937 年 10 月 19 日，冯雪峰在纪念鲁迅的讲演中说道："鲁迅先生独创了将诗和政论凝结于一起的'杂感'这尖锐的政论性的文艺形式。这是匕首，这是投枪，然而又是独特形式的诗！这形式，是鲁迅先生所独创的，是诗人和战士的一致的产物。自然，这种形式，在中国旧文学里是有它类似的存在的，但我们知道旧文学中的这种形式，有的只是格式和笔法上有可取之点，精神上是完全

---

[1]　冯雪峰：《关于鲁迅在文学上的地位——一九三六年七月给捷克译者写的几句话》，初刊于 1937 年 3 月 25 日《工作与学习丛刊》之二《原野》，引自《冯雪峰全集》第 3 卷，第 329 页。

[2]　《冯雪峰全集》第 3 卷，第 331 页。

不成的，有的则在精神上也有可取之点，却只是在那里自生自长的野草似的一点萌芽。鲁迅先生，以其战斗的需要，才独创了这在其本身是非常完整的，而且由鲁迅先生自己达到了那高峰的独特的形式。这种形式，在世界文学中当然是有的，但即在世界文学中，于同一类形式的作品里，在社会性的尖锐和深远上，在政治战斗性的重量和艺术的深刻上，能如鲁迅先生这样的，却也仍不多见。鲁迅先生的杂感、杂文，在文学上是要和但丁、海涅及沙尔蒂科夫·谢特林等人的作品一样不朽的，这不仅是中国民族文学的奇花，而且是世界文学中的奇花。在现在，也因为中国文字的特殊，和鲁迅先生艺术的高迈，就很难求得适当的译者，将这移植到世界文学中去，以致限制着它对世界文学的影响和作用，但我们就特别要承接和发展这一种武器和这一个独特的诗的传统。"①这一系列评价虽然并非没有可以商榷之处，譬如"杂感散文""杂感、杂文"，鲁迅在世时即已统一定名为"杂文"；杂文也不能简单地视为"诗和政论凝结于一起的""尖锐的政论性的文艺形式"，审美属性的"诗"固然沛然活跃于杂文之中，但"论"却并非只有"政论"，其"论"域广涉历史现实未来、社会文化人生人性、"宇宙洪荒"自然万象；传统文学中的杂文，也并非"有的只是格式和笔法上有可取之点，精神上是完全不成的，有的则在精神上也有可取之点，却只是在那里自生自长的野草似的一点萌芽"，鲁迅就曾经热烈地赞赏过古代杂文的优长。然而，正如冯雪峰所指出的，鲁迅杂文富于时代性、民族性与独创性，足以与世界文学中不朽的经典相媲美；也正因为独特性与民族性，鲁迅杂文不易为外国文化背景所认识，难于翻译和传播。为此，也更需要我们加强对鲁迅杂文审美建构及其价值的研究与阐扬。

（《论鲁迅杂文的审美机制》，初刊于《西北大学学报》1988 年第 4 期，《人大复印报刊资料·鲁迅研究》1989 年第 1 期全文转载，收入《鲁迅思想与中外文化论集》，陕西人民教育出版社 1990 年 2 月版；修订稿《论鲁迅杂文的审美构成》，刊于《中国现代文学研究丛刊》2017 年第 10 期。今收入修订稿）

---

① 冯雪峰：《鲁迅论》，初刊于 1940 年 8 月 1 日《文艺阵地》半月刊第 5 卷第 2 期 "鲁迅先生六十诞辰纪念专号"，题为《鲁迅与中国民族及文学上的鲁迅主义》，据 1937 年 10 月 19 日在上海鲁迅逝世周年纪念会上的讲话（劳荣记录）整理，收入《鲁迅论及其他》和《过来的时代》时改为《鲁迅论》，引自《冯雪峰全集》第 3 卷，第 321—322 页。

"资产阶级政治软骨病思想幼稚病患者"

——"假洋鬼子"形象辨析

苏 冰①

在《阿Q正传》研究中，多年来沿循着一种见解，认为"假洋鬼子"是"投机革命的反革命"、标准的反面人物。本人持不同见解，认为"假洋鬼子"是辛亥革命时期新兴进步的资产阶级新派的代表之一，是"资产阶级政治软骨病思想幼稚病患者"，体现了该阶级软弱动摇、幼稚短识、浅薄轻浮的阶级性格，寄托了作者对中国资产阶级及其辛亥革命既惋惜又失望的情绪和既同情又批判的态度。只有这样解释，才有可能真正发现《阿Q正传》思想深刻性之所在，才能避免误入简单化理解的歧途。

将"假洋鬼子"视为投机分子、反面人物，这并非出于偶然，究其产生的原因，主要有四条：一是将阿Q对"假洋鬼子"的恶感当作小说作者的态度，二是在阿Q和"假洋鬼子"的对立中过分同情阿Q，三是对辛亥革命的理解有偏差，四是把被讽刺的人物简单等同于反面人物。本文将逐次讨论上述四种观点，并同时提出本人的看法，以就正于有识之士。

———— 一 ————

《阿Q正传》中有许多关于"假洋鬼子"的贬抑描写，这是事实。但是这种描写是作者通过阿Q这个"视点"进行的。换句话说，"假洋鬼子"的仪态行为是阿Q告诉读者的，而这些陈述都浸透了阿Q的主观成见——极度的恶感。"假洋鬼子"在《阿Q正传》中仅出场三数次，大都通过阿Q这个"视点"出现在读者面前，他的诸

---

① 苏冰（1957— ），1977年起在西北大学中文系学习，获得学士和硕士学位，1984年毕业留校任教。1988年考入中国社会科学院研究生院攻读博士学位，毕业后曾回到西北大学任教，主讲鲁迅思想研究、当代文学批评方法、广告创意与策划等课程。主要著作有《允诺与恐吓——20世纪中国性主题文学的文化透视》《漂移的灯塔——在中国的西方文学意义理论》等。现为日本北海道文教大学教授。

种"劣迹"大都是阿 Q 的主观认识、主观印象。读者对"假洋鬼子"的恶劣印象很大程度地受到阿 Q 的传染，以致形成了不应形成的误解。由于阿 Q 的主观成见、主观印象给"假洋鬼子"的客观形象罩上了一层有色玻璃屏，所以要准确把握"假洋鬼子"形象的本质，要证明阿 Q 式的恶劣印象与鲁迅本人的态度截然不同，必须拆除阿 Q 成见这层有色玻璃屏。这是本文的第一任务。

阿 Q 对"假洋鬼子"的评价简而又简："可恶！"他之所以犯有"可恶罪"，主要是因为有两种劣迹：一是短发西服，假充洋人；二是棍打阿 Q，"不准革命"。后一"罪行"留待本文第二小节讨论，这里集中分析"假洋鬼子"这个绰号的意义。

"假洋鬼子"的绰号得名于他的东渡留学、剪辫洋服。这一举动受到阿 Q 一流人的反感，阿 Q"偏称他'假洋鬼子'，也叫作'里通外国的人'，一见他，一定在肚子里暗暗的咒骂"。不仅《阿 Q 正传》中的钱某人受到这样的待遇，《头发的故事》中的 N 先生也有相似的经验。N 先生剪辫回国后走在路上时，"一路走去，一路便是笑骂的声音，有的还跟在后面骂：'这冒失鬼！''假洋鬼子！'"由此可想见，"假洋鬼子"这个绰号是辛亥革命前落后势力（包括封建顽固派和落后群众）对那些率先剪辫的"新派"人物（多数是留学生）的一种蔑称，其中浸透着落后的、保守的甚至反动的情绪和思想。因为我们知道，清末资产阶级反满革命派为剪除满人强加给汉民族的这条"尾"，做了极大努力。革命派代表人物，如孙中山、章太炎、邹容、陈天华以及鲁迅本人都是剪辫的先行者，他们用短发洋服这种特殊方式宣布了与满清决裂的决定和向西方学习的意愿。但在阿 Q 之辈的眼中，这些革命先驱毫无例外地悉数属于"假洋鬼子"或"里通外国的人"。

我这里并非要得出凡剪辫者皆革命的结论，更不打算据此证明《阿 Q 正传》中的"假洋鬼子"便是孙中山、章太炎的同志，因为不存在革命者多剪辫的逆定理——剪辫者必革命。本文仅要指出：辛亥革命前的剪长辫、着西服是一种倾向革命的进步行动，并非什么"劣迹"；同样道理，"假洋鬼子"即使算不上光荣称号，也决非贬义的蔑称；而阿 Q 之流对短发西服者的蔑视谩骂则充满了封建保守、愚昧陈腐甚至拥满反动的恶毒成分，在一个小问题上显现了封建主义的顽固性及革新改造的艰巨性。因此，我们要拆除阿 Q 印象造成的有色玻璃屏，第一件事就是要辨明"假洋鬼子"这个蔑视性绰号是阿 Q 的制作，是他偏狭守旧心理的暴露，对于评价"假洋鬼子"的形象来说，不足为凭。然而令人费解的是，有些论者像阿 Q 那样嘲笑"假洋鬼子"，似乎是嫌他头披长发、身着洋衣的形象有碍观瞻。我没必要过多评论这种看法的潜在涵义，只想指出一点：此说错把阿 Q 的个人好恶等同于小说作者的态度了。

其实，鲁迅本人对此态度十分明确。他一贯认为中国的改革惟艰惟难，剪辫之难便是典型例证。从《头发的故事》到《风波》再到《阿 Q 正传》，从《坟·杂忆》到《华盖集·补白》再到《且介亭杂文末编·因太炎先生而想起的二三事》，他再三再四地表达了上述看法。此外，鲁迅对阿 Q 的“绰号战法”亦持批评态度。他认为“只要给与一种特异的名称”（如“异端”“汉奸”“二毛子”“洋狗”之类）“即可放心剚刃”的做法不足取。所有这一切从不同角度说明阿 Q 对“假洋鬼子”的反感和厌憎是其人物性格使然，绝不代表鲁迅的意见；而且阿 Q 式的恶感实属保守心理，我们今人的意见须与之划清界限。不仅如此，我们应进一步认定：“假洋鬼子”是辛亥革命时期资产阶级新派人物的代表,而中国资产阶级当时属于新兴进步的社会集团。

二

“假洋鬼子”另一段受人指谪处是他棍打阿 Q 和“不准革命”。如果“假洋鬼子”手中的文明棍等同于黄世仁、南霸天之流手中的皮鞭，结论很容易得出。但是这个问题显然要复杂得多。这里得再请 N 先生作旁证。N 先生自述：当他被路人嘲笑谩骂甚极时，便采取了对策——“手里才添出一支手杖来，拼命的打了几回”，骂声才渐渐消失了。这同“假洋鬼子”遇阿 Q 咒骂时便挥棍打去毫无二致。

于是有人认为 N 先生是个与“假洋鬼子”相类的欺压人民群众的坏人。这种观点不仅极为简单生硬，而且忽略了一个重要事实——《头发的故事》相当程度上是鲁迅的自叙传，N 先生的形象有鲁迅本人的影子。只要我们对鲁迅生平有常识水平上的了解，就不会怀疑上述事实的确凿性和真实性。虽然不能因此而否认《头发的故事》含有虚构成分，但是据此可以确认 N 先生绝不属于“反面人物”。既然N先生棍打谩骂者的行为获得了谅解，那么“假洋鬼子”的类似行为也不宜被简单理解为“阶级压迫”。

事实上，“假洋鬼子”棍打阿 Q 及后来不准阿 Q“革命”并非什么欺压群众。联系N先生的经验可悟到，“文明棍问题”意味着中国资产阶级，特别是其中的留学生阶层同落后群众的深刻对立。落后群众厌憎甚至仇视新派的学生知识分子，资产阶级知识分子也蔑视群众，一方投之以谩骂，一方报之以棍打。在这种对立中要求新派一方欢迎和支持群众参加资产阶级革命，那根本上难以实现。对于革命者和新派人物同一般及落后群众之间的对立和隔膜，鲁迅在小说《药》和《示众》中作了淋漓尽致的刻画，人们早有深刻印象。资产阶级和农民群众的对立对双方都是一场悲剧：新派缺少群众的理解和支持，以致势孤力单，难免失败；群众没有先进阶级、近代文明的引导，丧失了自身改造的良机。双方都是不幸的角色，都负有一定责任。我们有幸站在历史的制高点上，除了惋惜辛亥革命的夭折以外，还应批评双方的过错。因此无条件站在阿 Q 的立场上斥责“棍打行为”是不恰当的。“棍打行为”体现着中国资产阶级的改革运动与落后的农民群众的对立，而这种对立并非哪一方单独造就的，所以就不应简单批评哪一方。

然而重要的并不在于评判孰是孰非，而是通过分析双方的对立来发现"假洋鬼子"处的位置。在《阿Q正传》中，作者把"假洋鬼子"安排在阿Q的对立位置上。"假洋鬼子"已然是资产阶级新派在未庄的代表，"未庄革命"的领袖人物。但他并不去联合"苦大仇深"的阿Q同力推翻统治阶级——赵财主之流，反而拒绝阿Q参加"革命"，压根儿不知道他和阿Q同属被压迫阶级。这对于"未庄革命"和阿Q的前途都是致命的打击。通过这对人物形象，鲁迅客观再现了中国资产阶级和农民群众的悲剧性的对立。"假洋鬼子"显然不是有些人所认为的所谓"统治者"，他不仅倾向新派，而且参与革命，完全有资格充任中国资产阶级新派的代表。当然，这个代表不仅代表了资产阶级的某些长处，而且突出地代表了这个阶级的种种弱点。本文下一小节将进一步讨论这个问题。

三

辛亥革命究竟因何失败，历史已有结论：新兴的中国资产阶级力量薄弱，无力推翻封建主义和帝国主义的大山，而资产阶级这种先天的"气血不足"必然导致患有"政治软骨病"和"思想幼稚病"，其症状是：在政治上向封建势力和帝国主义妥协，低估农民阶级的革命力量；在思想上幻想一蹴即至，满足于政权形式的改革。这在"假洋鬼子"的形象中获得了相当充分的艺术再现。但是，那种认为"假洋鬼子"属于投机革命的反动分子的传统观点，却在逻辑上暗示出另外两种解释：辛亥革命失败缘于阶级异己分子的潜入和农民阶级的未能参加。我以为这两种理解均为误解。下面便针对作品讨论"投机革命"和"不准革命"等问题，以图从中获得对"假洋鬼子"形象的准确理解。

从理论上讲，"投机分子"并不能改变革命队伍的根本性质，也无法决定革命成功与否。但具有决定性的是《阿Q正传》本身是否有"假洋鬼子"投机革命的记录。答案是否定的。读者只看到"假洋鬼子"在辛亥革命爆发后闻风而起，发动"未庄革命"，而未看到他有什么投机的勾当。真正的投机分子的确存在，但不是"假洋鬼子"，而是赵秀才。"假洋鬼子"本为新党，响应革命顺理成章；而赵秀才则是彻底的封建顽固派，参加"革命"实出于无奈，居心不良，指望以投机行为保住既得利益。这段情节不仅告诉读者真正的投机分子是谁，而且更重要的是由此揭示出"假洋鬼子"政治上的软弱和思想上的幼稚。"假洋鬼子"接受赵秀才加入新派，说明了资产阶级新派很容易向封建势力妥协，缺乏起码的阶级自信心，显出了先天患有"政治软骨病"的疲惫神色。"假洋鬼子"和赵秀才合伙"革命"——砸龙牌取香炉，更具有象征意义，它喻示资产阶级革命只是一种形式上的革命，革命对象只是一些名目，如皇帝、贵族、年号之类，封建统治的根基并未动摇。这场"未庄革命"完全可以看作是辛亥革命的缩影，"假洋鬼子"的幼稚思想虽然可笑，但也是中国资产阶级阶级性格的表现、"思想幼稚病"的反映。

"假洋鬼子"拒绝阿 Q 参加"革命"，这与接受赵秀才入伙恰成对照，对比描写更深一层地揭示出他患染"政治软骨病"和"思想幼稚病"程度之深。本文前面曾指出"不准革命"的悲剧性，这里还要继续提出批评。放弃同农民阶级联合的大好机会，却转脸向封建势力作亲热状，可见"假洋鬼子"代表的资产阶级新派确已病入膏肓，不辨敌友，认敌为友，认友为敌，所谓"革命"变为一出闹剧。不过这里应当申明，我们应当批评"假洋鬼子"的错误行为，但却不能因此走向另一个极端，过分强调"阿 Q 革命"的重要意义。然而有的论者却正是极力强调"阿 Q 革命"的进步性，仿佛辛亥革命及"未庄革命"的失败根源于阿 Q 的缺勤，因而"假洋鬼子"不许阿 Q 革命实属罪大恶极。这个观点好似有理，实则与事实不符。前面已说明辛亥革命的失败缘于资产阶级的幼稚和软弱。纵然有农民起义帮助，也无法使资产阶级民主革命获得成功，充其量造就第二个太平天国。所以我们不宜过高估计"阿 Q 革命"的意义。小说本身提供了充分的材料，让我们鉴定"阿 Q 革命"的内在构成。阿 Q 在革命之前因革命党人的被杀而幸灾乐祸，革命伊始又把它当作偷窃抢掠的大好机会。他显然缺乏起码的革命觉悟。更有甚者，"假洋鬼子"不准他入伙，阿 Q 便盘算要去官府"告一状"。由此我们可以想象，阿 Q 即便获准参加革命，一旦分赃不称心，仍可能叛变告密；或者他终于捞到一官半职，成为新的贪官污吏也说不来。总之，我们不能过高评价"阿 Q 革命"，不能把"不准革命"归为辛亥革命失败的根由。

《阿 Q 正传》的确深刻，鲁迅通过这部小说刻画出"假洋鬼子"这个资产阶级"政治软骨病""思想幼稚病"患者的代表，从而揭示了中国资产阶级的性格悲剧和他们发动的辛亥革命注定失败的主观原因。但是，假如我们换一种解释，认为"假洋鬼子"是一个"投机革命"的坏蛋，那么《阿 Q 正传》的深刻性立即会减弱许多。按照"投机"论的逻辑，辛亥革命及其发动者本无可挑剔，可恨的是那些投机分子。简单说来，辛亥革命和革命党是好的，事情坏在投机者手里。这种说法能给人以虚假的愉悦感，可惜与事实相背。辛亥革命及"未庄革命"的失败归咎于革命党人本身，他人无资格承担责任，这是残酷的事实。鲁迅的思想洞察力的深刻，在《阿 Q 正传》中得到了较充分的体现。我们要承认《阿 Q 正传》的深刻性，不能不重新理解"假洋鬼子"形象，重新划定"阶级成分"，放弃"投机分子"的错判，将其视为一个资产阶级新派的代表，特别是一个"资产阶级政治软骨病思想幼稚病患者"。

四

以上分析了认为"假洋鬼子"属于投机分子、反面人物那种观点的种种失当，并提出了本人对此形象的看法。最后再用一点篇幅，从方法的角度探讨作品的讽刺性质对人物形象的影响。

《阿Q正传》是一部优秀的讽刺作品。作者用讽刺的解剖刀，发现小说人物的弱点并给予鞭笞。每个人物都受到同样的讽刺性批判，虽然程度有别。"假洋鬼子"亦无法幸免。作者不但批判了他的软骨病、幼稚病，而且对他的其他性格弱点，如浅薄、虚荣、傲慢、轻浮之类，也进行了无情的指摘。这就使某些读者形成了"假洋鬼子"是"反面人物"的印象。事实上，所谓"正面人物""反面人物"的套语对《阿Q正传》研究来说毫无用处。如果人们勉强套用此类术语，其结果便是：《阿Q正传》中没有正面人物，悉为反面角色；论起他们的"反动程度"，阿Q表现得最充分，应名列榜首，"假洋鬼子"则逊色许多，实难与之相提并论。而且，当人们都是"反面人物"时，便无所谓"反面人物"了。因此，《阿Q正传》的特殊性排斥无意义的套语，"假洋鬼子"的"反面人物"身份来得缺乏逻辑根据。

以鲁迅的思想深刻度而论，他决不会满足于用讽刺手法勾画出一个反面角色。他对"假洋鬼子"的讽刺具有更深意义，其讽刺性批判暗含着对资产阶级性格弱点的剖析。小说中关于"假洋鬼子"自我吹嘘的细节描写便是典型例证。"假洋鬼子"由此暴露出诸种弱点——软弱、短识、浅薄、轻浮、虚荣、傲慢，它们既是他本人的人格缺陷，又是中国资产阶级新派的一般性格弱点。鲁迅用无情的讽刺表达了他对资产阶级的失望、痛心和反感。由此说来，讽刺因素、讽刺手法刻画出"假洋鬼子"的又一性格侧面，从而加强了作者对"假洋鬼子"及其所代表的资产阶级新派的批判力度，更充分地暴露出资产阶级阶级性格的普遍弱点。

需要指出，锋利的讽刺之刃并未改变"假洋鬼子"形象的本质，而只是加强了这种本质。申言之，作者在塑造"假洋鬼子"形象时运用了两种基本方法，一是客观陈述法，一是主观讽刺法。前者通过情节规定了人物性格的基本趋向，客观展现了"假洋鬼子"的实质——新兴资产阶级的代表、软骨病和幼稚病患者。后者着力发现人物的性格弱点，揭发出"假洋鬼子"软弱短识、浅薄轻浮的性格缺陷。事实上，两种方法是彼此交融、浑然一体的，上述划分仅着眼于大概。然而无论如何，《阿Q正传》的艺术方法肯定要比《头发的故事》复杂多样，"假洋鬼子"也比同类型的N先生具有更丰富的形象意蕴和明显的讽刺效果。不过，"讽刺"并非"否定"的同义语，作者对"假洋鬼子"的讽刺亦非对他的全盘否定。鲁迅对"假洋鬼子"所代表的辛亥革命时期中国资产阶级新派人物的态度是复杂的，正如《阿Q正传》所传达的，既有希望和同情，也有失望和反感。比较起来，失望和反感的心情更强一些。

本文最终结论如下：（一）《阿Q正传》中的"假洋鬼子"是辛亥革命时期新兴进步的中国资产阶级新派的代表人物，而不是投机分子、反动人物；（二）"假洋鬼子"形象体现了辛亥革命时期中国资产阶级政治上软弱动摇、思想上幼稚短识、作风上浅薄轻浮的阶级性格，在此意义上，可将"假洋鬼子"视为一个相当有代表性的"资产阶级政治软骨病思想幼稚病患者"；（三）通过塑造"假洋鬼子"形象，鲁迅表达了他对中国资产阶级失望多于希望、批判多于同情的明确态度。只有这样把握形象意蕴，才能发现作者深邃已极的思想洞察力，才能理解《阿 Q 正传》的思想意义。而所谓"投机说"则大大削弱了作品本身具有的思想深刻程度。

（原载《中国现代文学研究丛刊》1986 年第 4 期）

空间的时间性审美

——鲁迅《故乡》论

霍士富①

摘要：《故乡》以"相隔二千余里"、阔别"二十余年"开篇，一举确立了时间与空间并肩前行的叙事构架。整部小说就在空间位移与历史时间的理念中展开叙事：相比"过去"的幻想与"现在"的悲凉，对"未来"的期待更具现实意义。"我"原以为闰土"崇拜偶像"是无可救药，可自己期盼的"希望"不也是"手制的偶像么"？由此突破主客相关的世界认知意识，实现了"自我"的世界观变革。它承接《狂人日记》中寄"希望"于"孩子"的主题，拓展历史时间的认知理念，开启了一系列"归乡"叙事模式的新篇章。同时，以空间的时间性审美叙事为线索，对开辟鲁迅文学不断超越"绝望之为虚妄，正与希望相同"的哲学命题，具有奠基性意义。

关键词：鲁迅；时空审美；"故乡"叙事模式；审美叙事

鲁迅在《故乡》的开篇就写道："我冒了严寒，回到相隔二千余里，别了二十余年的故乡去。"由此开门见山地确立了与一切实在相关的时间与空间的叙事构架——"相隔二千余里"的故乡是空间，"别了二十余年"是时间，整个小说就在这样一个时空一体的"现在时"下展开叙事。但这里的"现在时"叙事，既不是福克纳在《喧哗与骚动》中建构的叙事者"坐在敞篷车里朝后看"，在这一过程中"过去成为一种凌驾于现实之上的现实：它轮廓分明、固定不变；现在则是无可名状的、躲闪不定的，它很难与这个过去抗衡"。②也非川端康成在《伊豆的舞女》中呈现的叙事者"我"

---

① 霍士富（1961— ），陕西绥德人。1998 年毕业于西北大学文学院，获文学硕士学位。2001 年赴日本立命馆大学攻读日本文学博士，2004 年获博士学位。1993—2004 年，在西北大学外国语学院任教。2005 年调入西安交通大学外国语学院。主持国家社科项目 3 项、教育部项目 1 项、省社科项目 2 项。出版著作 3 部，发表论文 50 余篇。主要研究大江健三郎文学、比较文学与世界文学等。

② 让-保罗·萨特：《萨特文学论文集》，施康强等译，安徽文艺出版社 1998 年版，第 24 页。

站在"现在时"下，回忆"过去"发生在自己身上的故事，把控着故事的全貌；《故乡》中运营的"现在时"是叙事者"我"，立足于统括"过去与未来"的"现在的经验中"展开叙事——随着叙事时间的推移，叙事空间依次为归乡的船上—故乡的"老屋"—离乡的船上。对于该时空特质，田中实指出："在小说开头坐在船上的'我'，并不知道此后将会发生什么，要说有人知道，那也只能是统领故事全貌的、超越第一人称'我'的'功能叙事者'。这才是解读作品'结构与玄机'的关键。"①此见解有两点值得关注。一是坐船抵达故乡的"我"，并不知道未来会发生什么。从抵达故乡到别离居住多年的"老屋"，"我"始终在"现在的经验中"经历着"过去与未来"已发生或将要发生的事件。即在"现在进行时"下，"我"直面出现在眼前的事物，唤起的是对"过去"的记忆，开辟的是对"未来"的崭新认知。二是凌驾于作品中的叙事者"我"之上的"功能叙述者"。吴晓东认为，田中实从《故乡》中离析出的将叙述者对象化的"功能叙述者"，"堪称是对第一人称叙事学的一个具有原创性的理论拓展"。②可见导入"功能叙述者"对重新阐释《故乡》具有重要的价值和意义。但如何运用这一原创性理论，拓展《故乡》研究的新视野，尚有待进一步挖掘。

竹内好高度评价鲁迅在《故乡》中"将问题意识融入其中，不留任何观念性的残渣。《故乡》是近乎完美的艺术和堪称一流的作品。在过去与现在、自己与社会、思想与行动的统一中，建构了一个蕴含着未来性，且又不露任何破绽的世界"③。该评价在"二元对立"的哲学思考下，洞察出文本中蕴含的"未来性"，无疑很有启发性。可叙事者"我"怎样在"过去与现在、自己与社会、思想与行动的统一中"，实现了从"绝望"走向"希望"的"未来性"，他却并未展开探讨。与此相比，钱理群从宏观的视角敏锐地指出：《故乡》（1921）与《祝福》（1924）、《在酒楼上》（1924）以及《孤独者》（1925）可以"归为一类，因为它们共有一个'离去—归来—离去'的叙事模式，即所谓'归乡'模式"④。此观点洞悉了鲁迅不同作品之间在叙事结构上的相似性，无疑是卓见。但他忽略了与其他作品相比，《故乡》在叙事时空上的独特性。《故乡》的"老屋"即将"易主"，但尚未失去，叙事空间主要在"家"里展开，而其他作品中的"我"，都是在失去"老屋"后归乡的。因此，在探讨"归乡"

---

① 田中实：「鲁迅『故郷』の秘鑰——「鉄の部屋」の鍵は内にあって扉は外から開く」（『都留文科大学研究紀要』、第 93 集、2021 年 3 月、第 70 頁。他在文本中指出：所谓"功能叙述者"就是相对于故事内部的叙事者"我"，在作品的外部存在一个"知晓故事全貌"的超越之物。

② 吴晓东：《从"功能叙述者"到"第三项"理论——田中实对鲁迅〈故乡〉的解读》，《鲁迅研究月刊》2021 年第 9 期，第 6 页。

③ 竹内好：『鲁迅——世界文学はんどぶっく』、1945 年、第 170—171 頁。

④ 钱理群：《〈故乡〉：心灵的诗》，《走进当代的鲁迅》，北京大学出版社 1999 年版，第 154 页。

模式时，关键问题是要探究在"离去—归来—离去"的叙事结构中，"我"的心路历程在不同作品中发生了怎样的世界观变革，从而不断深化"归乡"模式的主题。

关于时空问题探索对主体认知观念转变的重要性，卡西尔指出："以追问时间与空间'为何'之线索，或者通过直面这一追问，主体的认知将会不断获得新的方向。所谓真正的向外认知，就是以与之相呼应的向内认知行动为媒介，理解转换认知的理由。"①鲁迅《故乡》的叙事结构就充分突显了这一叙事特质：随着空间的变化，叙事者"我"在与之相呼应的"现在时"下，时而回忆"过去"，时而思考"未来"。小说整体就以如此的时空叙事为线索，通过"向外认知"——闰土的崇拜"偶像"，突然转为"向内认知"——"我所谓的希望"也是手制的"偶像"，从而实现"自我"的世界观转变，开启"归乡"叙事模式的新篇章。本文将从时空一体的叙事结构切入，探究随着叙事空间的推移——归乡的船上—故乡的"老屋"—离乡的船上，"我"如何立足于"现在时"下，在感受瞬间的"现在"中，回忆"过去"，思考"未来"，进而实现超越"绝望之为虚妄，正与希望相同"的世界观认知。

一、"二十余年"的空白

阔别"二十余年"回到故乡的"我"，坐在船上就迫切地"从篷隙向外"望去，由此展开对故乡远景的描述："苍黄的天底下，远近横着几个萧索的荒村，没有一些活气。我的心禁不住悲凉起来了。"于是感慨道："我"所记得的故乡要比这"好得多"，但要"我"记起其美丽，说出其佳处来，却又没有了"影像"和"言辞"。想到此，便又安慰自己："故乡本也如此。"这样的坏"心绪"完全是因这次归乡要将"多年聚族而居的老屋"过继给"别姓"，搬家到异地谋食之缘故。

这是叙事者"我"在抵达故乡的"船上"，通过空间的刻画渐渐透露出的、阔别故乡"二十余年"间，一人独自在外漂泊中历练的内心世界的缩影。对此，钱理群意味深长地指出："作者显然采用了'横截面'的写法，将完整的人生（心灵）历程的第一个'旅程'——'离去'推到了后景，成为仍然影响、制约着正在进行的人生（心灵）历程的不可忽视的心理背景。"②这就意味着我们在文本中，只能看到实写的"前景"，而无法看到虚写的、被作者采用"'横截面'的写法"，将其隐秘于"后景"的"我"在"离去"之后的心路历程。那么，"我"在外漂泊的"二十余年"，

---

① エルンスト・カッシーラー：『シンボル・技術・言語』、篠木芳夫・高野敏行訳、法政大学出版局、第 140 頁。

② 钱理群：《〈故乡〉：心灵的诗》，《走进当代的鲁迅》，北京大学出版社 1999 年版，第 154 页。

到底经历了怎样的"人生（心灵）历程"？对此"二十余年"的空白，可从以下维度展开探析。

"我"直面"苍黄"的故乡，内心油然升起的"悲凉"乃至内心的矛盾，都从不同层面指向在外漂泊的"二十余年"中"我"所经历的挫折与失败。文本中将"我"归乡的时间设定为"严冬"，并伴以"阴晦"的天气和"呜呜"的冷风，看似在渲染"我"现在看到故乡时的"悲凉"，实则在表露"我"在回到故乡前浓缩于"二十余年"间的悲惨境遇。"现在风景，是外部世界通过视觉映入脑内呈现的、具有因果关系的逆向透视物。"①在此，与"现在风景"——眼前所见的"荒村"——具有"因果关系的逆向透视物"，无疑是指回到故乡之前的"我"的心象风景。或者说，以视觉风景呈现的空间深度，同时也蕴含着不同维度的时间深度。此风景具有现在"我"的心灵世界，那就是空间维度的"荒村"，对应着时间维度的"二十余年"漂泊生活中体验到的内心"悲凉"。

不仅如此，文本中还通过"我"站在家门口时映入眼帘的空间风景，进一步凸显"我"的内心世界："第二日清早晨我到了我家的门口了。瓦楞上许多枯草的断茎当风抖着，正在说明这老屋难免易主的原因。"在此，叙事者"我"再度通过视觉，将呈现在"我"眼前的空间维度的风景如实地换成时间维度的投影，具现在读者面前。"面对风景画，我们虽然无法将其视点写入其中，但风景画所呈现的状态自身，足以表明视觉主体的视点。"②即从叙事者"我"站在家门口，通过视觉刻画的"风景画"——"瓦楞上许多枯草的断茎当风抖着"，足以表明"我"在当下内心把握外部世界的"视点"。或者说，此时此地的"我"，就像"当风抖着"的"枯草的断茎"，可见其内心之"悲凉"。尽管文本中将其原因归咎于它"正在说明这老屋难免易主"，但在这一视觉风景背后，显然隐藏着双重维度的叙事动机：在空间上，它蕴含着"老屋"（"家"）易主在"我"内心激起的震动；在时间上，它折射出"我"在外漂泊"二十余年"的"影像"。

那么，在文本中又是如何建构此"影像"的呢？或者说"我"在"离去"的岁月里究竟经历了怎样的坎坷？对此，我们可从母亲和"我"对闰土"景况"的间接叙述中窥见一斑。闰土去厨房吃饭时，文本中写道："母亲和我都叹息他的景况：多子，饥荒，苛税，兵，匪，官，绅，都苦得他像一个木偶人了。"在此，一个难解的悖论是，母亲的"叹息"可以理解，而"我"在外漂泊"二十余年"，为何能对闰土的"景况"发出与母亲同样的"叹息"呢？这是因为"我"和闰土生活在同一时代的现实中，"我"在外面漂泊时，随处即可看到与闰土命运相同的"木偶人"。或者

---

① 大森庄蔵：『新視覚新論』、東京大学出版会、1997 年、第 113 頁。

② 大森庄蔵：『新視覚新論』、東京大学出版会、1997 年、第 80 頁。

说，"我"作为一个革命者，正是为改变这一现实而"离去"，可如今却一筹莫展。此外，还有一个重要因素就是故土的丧失。巴斯顿·巴拉尔指出：

> 家是隐秘梦想，并保护做梦人安逸地酝酿梦想的场所。（中略）作为个体，家既是充满梦想的场所，同时也是孕育新的梦想之家园。因为我们既可以把过去居住过的记忆作为梦想，也可以将过去居住场所当作不灭的存在。①

可见，这个聚族多年的"老屋"，孕育"我"儿时美好记忆乃至成长的"家"，不仅是"我"回忆儿时梦想的乐土，而且是"我"酝酿新梦想的家园；可如今将要把它连根拔掉，将蕴含着"过去"记忆的一切忘却。如竹内好所言，鲁迅是"背负过去出发的人。他是立足于现在看过去，旨在忘却过去，可又无法忘掉——假如过去是恶，那现在也就是恶，必须将其毁灭"②。可以说正是在如此复杂且极坏的心绪下，"我"直面故乡的"老屋"时，看到和想到的一切，除了"悲凉"便是"寂寞"，根本没有余地想起故乡的"美丽"，并用言语说出"他的佳处"来。于是这在视觉风景中看似并不存在的"二十余年"的空白，在文本中却以另一种存在样态呈现在我们面前。

二、"三十年"与"廿年"的倒错

"我"刚到自家的"房外"，母亲和侄儿宏儿就出来迎接。母亲表面高兴，但仍掩饰不住内心的凄凉。她不提搬家的事，却说闰土每次"到我家来时，总问起你，很想见你一回面"。此时，"我"的脑海里忽然闪出一幅"神异的图画"：

> 深蓝的天空中挂着一轮金黄的圆月，下面是海边的沙地，都种着一望无际的碧绿的西瓜，其间有一个十一二岁的少年，项带银圈，手捏一柄钢叉，向一匹猹尽力的刺去，那猹却将身一扭，反从他的胯下逃走了。

这是叙事者"我"从空间"船上"移动到另一个空间"家"后的所见所想。在此，母亲的出现更加突显了有别于"船上"的空间"家"的特殊意义。即前面在"船上"无法想起的故乡之"美丽"，回到"家"后在母亲的提示下，瞬间就浮现在"我"的眼前，并能用言辞说出"他的佳处"。因为"对于人类的思想、回忆和梦想而言，

---

① ガストン・バシュラール：『空間の詩学』、岩村行雄訳、筑摩書房、2002 年、第 47 頁。
② 竹内好：『魯迅——世界文学はんどぶっく』、1945 年、第 55 頁。

'家'是最具统合力的存在。'家'能给过去、现在和未来传递各种活力"①。这就暗示着回到"家"后的"我",将在这一特殊时空下发生质的变革。

从空间而言,相对于实在的"家"之存在,出现在"海边"的这幅"神异的图画"却属于"过去"记忆中的幻景。田中实敏锐地洞察到,"深蓝的天空"是"白昼",而"金黄的圆月"却是"黑夜",可见此"神异的图画"构建了一个"白昼"与"黑夜"并置的二重时空,也即"多元世界并存"(Parallel World)的构图。②此见解从"白昼"与"黑夜"并置的"多元世界并存"之构图展开剖析,揭示了鲁迅文学的现代性意义,打开了《故乡》解读的新视野。但是,田中实在分析此图时,明显地忽略了构图中的许多重要素材。即从空间为"海边",登场人物为少年闰土"项带银圈,手捏一柄钢叉"的形象来看,此图画酷似我国神话"哪吒闹海"。只不过神话中的哪吒面对的敌人是龙王的儿子"三太子",少年闰土对阵的是"猹"。文本中明确写道:无论是那时还是现在,"我"始终不知道"猹"是什么东西,"只是无端的觉得状如小狗而很凶猛"。可见,"我"心中的"猹"之形象,很像霸道而凶狠的"三太子"——本性如狗,"凶猛"而狡猾。假如少年闰土是"我"寄予无限希望的"小英雄"——不畏强权,英勇无畏,大有颠覆清朝政府统治的革命者形象,那么,专吃"西瓜"的、像狗一样狡猾而"凶猛"的"猹",则隐喻着窃取革命胜利果实的奸邪之徒。同时,少年闰土"手捏一柄钢叉"向"猹"刺去时,狡猾的"猹"却从胯下"逃走",这又预示着"碧绿的西瓜"难逃厄运,革命者的"希望"必将遭遇挫折和失败。或者说,叙事者"我"寄予少年闰土的"希望"必将沦为幻想,因为"海边的沙地"暗示着"革命"缺乏理想的大环境,隐喻着幻想与现实世界的背离。

当叙事者"我"想起那幅神异图画中出现的、手捏钢叉的"十一二岁的少年"时,内心甚是感慨,心想"我认识他时,也不过十多岁",可转瞬间"离现在将有三十年了"。从"我"十多岁认识闰土,到现在"将有三十年",即可推出如今的"我"已是四十多岁。可是,看到闰土带来的他的第五个孩子水生时,"我"却说"这正是一个廿年前的闰土,只是黄瘦些,颈子上没有银圈罢了"。从宏儿今年八岁,当他"招水生"出去玩时,水生能"松松爽爽同他一路出去"的情景可见,两人年龄相仿,即水生也就十岁上下,不可能是二十年前的闰土。叙事者"我"在前后不同的场景下说出的"三十年"与"廿年"之间显然存在口误。

对于叙事者"我"的口误,也即"三十年"与"廿年"之倒错,田中实率先指出,这一口误"不是作者鲁迅的错误,而是'功能叙事者'让叙事者'我'以会发

① ガストン・バシュラール:『空間の詩学』、岩村行雄訳、筑摩書房、2002 年、第 49 頁。
② 田中実:「魯迅『故郷』の秘鑰——「鉄の部屋」の鍵は内にあって扉は外から開く」(『都留文科大学研究紀要』、第 93 集、2021 年 3 月、第 71 頁。

生这种错误的人物登场。这一特点在后面的杨二嫂登场时表现得更为突出。（中略）即'我'不是因为年龄的原因忘记了杨二嫂，而是因为与梦中的小英雄相遇后，与闰土所处境遇的社会矛盾完全占据了'我'的内心世界，完全不像常人那样能被貌美的女性所吸引①。此见解重点凸显了与少年闰土的相遇，决定了"我"的人生意义和奋斗目标，但并未直接探讨叙事者"我"为何会在两种不同情境下发生这样的倒错。即"我"为何在回忆闰土时，能正确地说出从认识闰土"离现在将有三十年了"，而在现实中真正见到闰土时，却会错误地说水生"正是一个廿年前的闰土"。若不解决这一疑惑，便不能理解这一口误的深层叙事用意。对此，笔者认为发生错误的主体是"我"，它表现了"我"的无意识世界，且口误中的"三十年"与"廿年"蕴含着不同的寓意。

当母亲提到闰土，"我"在回忆中想起"闰土"时，并未出现错误。那么，此时的"三十年"意味着什么呢？在此"三十"是"三"的倍数，我们可将其作为数字"三"加以解释。根据数字"三"的文化意蕴，"'三'象征着'光'，是精神的觉醒和统一"②，即"功能叙事者"旨在暗示"我"与闰土在"三十年"后的邂逅，隐喻着"我"之"精神的觉醒和统一"，象征着"希望"之"光"。与此相比，在闰土不仅自己恭敬地喊道"老爷"，而且让儿子水生"给老爷磕头"时，"我"发生的口误"廿年"又寓意着什么呢？对此，我们可用拉康提出的"口误"理论加以分析。拉康认为："从主体的立场考虑，口误现象并非主体的错误，它来自主体自身也不知道的'他者'。"③这里"他者"显然是无意识中的另一个"我"。同理，数字"廿"是"二"的倍数，而"二"的文化寓意则"意味着分割和对立，由此很易与纠葛发生联系"④。事实表明，叙事者"我"在无意识中表述的"口误"，正意味着从那一刻起，"我"在主体意识上已与闰土之间"隔了一层可悲的厚障壁"，由此完成了真正意义上的幻想与现实的剥离。也就是说，幻想中的"廿年"，彻底被现实中的"三十年"所击碎，表明"我"将彻底与幻想中的故乡对立，直至别离。

三、"未来"的希望

小说结尾部分的叙事空间仍然是"船上"，但叙事时间已由开头的"早晨"变为

① 田中実：「魯迅『故郷』の秘鑰——「鉄の部屋」の鍵は内にあって扉は外から開く」（『都留文科大学研究紀要』、第93集、2021年3月、第73—74页。

② W. L. ゲーリン等著：『文学批評入門』、日下洋右・青木健訳、彩流社、1990年、第232页。

③ 向井雅明：『ラカン入門』、筑摩書房、2017年、第65页。

④ 河合隼雄：『昔話の深層』、岩波書店、2002年、第129页。

"黄昏"，而且"船向前走"，故乡的一切都"退向船后"。钱理群认为："……（在小说的外在形式上则表现为'始于篷船，终于篷船'的一个'圆圈'）；与此相应的，是一个'从希望（第一次离去时）到绝望（第一次离去后），再从希望（小说开头归来时）到绝望（再一次离去时）'的心理过程。"①此见解洞察出"我"在"离去—归来—再离去"的空间循环中的内心变化，无疑很有见地。但他忽略了叙事时间从"早晨"变为"黄昏"的深层意蕴。如果说"早晨"是进入秩序社会的"白昼"，"黄昏"则是进入反秩序社会的"黑夜"的境界线。叙事者"我"、母亲和宏儿一家三代人，乘"船"超越此境界线后，便进入一个混沌而存在于"白昼"彼岸的"黑夜"世界，但那同时也是一个孕育"奇迹"与可能性的"空无"领域。

叙事者"我"在回到故乡的"船上"时，虽记得"过去"的故乡要比这"好得多"，但又无法用言语说出故乡的"美丽"及其"佳处"来。直至到"家"后，在母亲的提示下，儿时的记忆才"全都闪电似的苏生过来"，似乎看到了"我"美丽的故乡。可见，此时的母亲是唤起"过去"记忆的媒介。而别离故乡时，母亲却向"我"披露闰土可能偷盗了碗碟的事情。听到这里，文本中写道：

> 老屋离我愈远了；故乡的山水也都渐渐远离了我，但我却并不感到怎样的留恋。我只觉得我四面有看不见的高墙，将我隔成孤身，使我非常气闷；那西瓜地上的银项圈的小英雄的影像，我本来十分清楚，现在却忽地模糊了，又使我非常的悲哀。

田中实认为："如果是贵重物品，还可以堂堂正正地说自己想要，可日常生活用品怎能说出口呢？可见，闰土表面上一本正经，其实与其他人一样卑贱。或者说，多年来一直以为和'自己一条心'的闰土，其实与邻居其他人同样卑贱。这就是'我'在离家的船上听了闰土所为，为何原本'十分清楚'的小英雄影像，'现在却忽地模糊了'的原因。小英雄的影像就此不复存在。但即便闰土与'我'的距离渐渐远了，还有宏儿和水生的存在。"②此见解洞悉了闰土的内心世界，理出了叙事者"我"的内心变化，无疑很有意义。可是，他却忽略了母亲向"我"披露闰土这一行为的深层动因。换言之，"功能叙事者"的叙事动机为何？即坐在"船上"的母亲明察秋毫地发现，此时的"我"对故乡仍有一丝"留恋"，特别是对闰土。直到母亲说出闰土的所为，"我"才觉昔日的小英雄影像变得模糊，这也构成直面"渐渐远离"的故乡，

---

① 钱理群：《〈故乡〉：心灵的诗》，《走进当代的鲁迅》，北京大学出版社 1999 年版，第 156 页。
② 田中实：「魯迅『故郷』の秘鑰——「鉄の部屋」の鍵は内にあって扉は外から開く」（『都留文科大学研究紀要』、第 93 集、2021 年 3 月、第 78 頁。

"我"却并不感到怎样"留恋"的潜台词。闰土的所为"又使我非常的悲哀"。这里的"又"是对闰土叫"老爷"时筑起的那层"可悲的厚障壁"的延伸。由此,"厚障壁"发展为"看不见的高墙",这才是"又使我非常的悲哀"的根源。也正是因这层雪上加霜的"悲哀","我"才能彻底忘却"过去",将"希望"寄托于"未来":

> 我想:我竟与闰土隔绝到这地步了,但我们的后辈还是一气,宏儿不是正在想念水生么。我希望他们不再像我,又大家隔膜起来……然而我又不愿意他们因为要一气,都如我的辛苦展转而生活,也不愿意他们都如闰土的辛苦麻木而生活,也不愿意都如别人的辛苦恣睢而生活。他们应该有新的生活,为我们所未经生活过的。

《狂人日记》中"狂人"的愿望是"救救孩子",《故乡》中"我"则希望下一代的宏儿和水生"不再像我"。由此不难发现,《故乡》延续了《狂人日记》的主题,但《故乡》的独特价值远不止于此。因为,"我"已超越诘问"吃人历史"的"狂人"之视野,进入要将残留一切历史记忆的"家"(故乡)都连根拔掉之纬度,由此完成世界观的变革:

> 我想到希望,忽然害怕起来了。闰土要香炉和烛台的时候,我还暗地里笑他,以为他总是崇拜偶像,什么时候都不忘却。现在我所谓希望,不也是我自己手制的偶像么?只是他的愿望切近,我的愿望茫远罢了。

正是在此瞬间,"'我'才突然发现自己不也和闰土一样吗?(中略)即自己心中的'希望',也不过是主体自身的观念而已。到此,'我'内心深处的观念体系彻底解体,突破了一贯秉持的主客相关之认知理念"[1]。就这样,与闰土时隔"三十年"的相遇,成为"我"从"幻想"的小英雄、发现"可悲的厚障壁",并真正走向"觉醒"的重要契机:

> 我在朦胧中,眼前展开一片海边碧绿的沙地来,上面深蓝的天空中挂着一轮金黄的圆月。我想:希望是本无所谓有,无所谓无的。这正如地上的路;其实地上本没有路,走的人多了,也便成了路。

从这幅再度出现的"神异的图画"中不难发现,儿时"幻想"中的闰土已从画面中彻底消失踪影。田中实认为,闰土踪影的消失意味着"至此,'我'的生之根据和自我的同一性完全丧失,'我'已不再是过去的自己。(中略)即'我'的世界观

---

① 田中実:「魯迅『故郷』の秘鑰——「鉄の部屋」の鍵は内にあって扉は外から開く」(『都留文科大学研究紀要』、第93集、2021年3月、第79页。

认知已超越了'希望与绝望相同'的图式，变为存在于此图式外部的、主体发出的'希望'。所谓'走的人多了'便有'希望'，是指站在过去主体愿望和意志不可及的境地，跳出既有的世界观认知，转向其外部的、不可触及的时空。即只有抵达此境界的'我'，才能作为旷世稀有的认知者，直面'铁屋子'。即打开'铁屋子'的钥匙在其内部，但门要从外面开启。这时，叙事者'我'与'功能叙事者'抵达同一地平线"①。对此，吴晓东提出了自己的见解："开启'铁屋子'之门的可能性也许不在'人所不及'的不可知领域，而恰恰在由大众（其中也含括了知识分子）的社会实践所构成的历史领域。"或者说，"鲁迅既从里面摸索到了这个开关，同时也在从外部致力于开启黑暗之门的努力。这恐怕才构成了鲁迅'转换世界观认知'的更根本的方式，而所谓的'外部'，也正是鲁迅式的反思型知识分子获得历史主体性的终极依据"②。上述观点可谓精彩，但二者都忽略了以下两点变化及其寓意。一是"我在朦胧中，眼前展开"的空间，与开头部分的同一空间相比已发生了质的飞跃。开头部分是"海边的沙地，都种着一望无际的碧绿的西瓜"，而结尾部分却变为"海边碧绿的沙地"，且这里的"碧绿"也不是种植的"西瓜"，也许是生命力更加旺盛的杂草。在此，"功能叙事者"特意将过去"海边的沙地"变为当下"碧绿的沙地"自有所指：假如种在"海边的沙地"上的"碧绿的西瓜"象征着觉醒的革命者，诸如《药》中的夏瑜，那么，"碧绿的沙地"则暗示着国民大众的觉醒、革命大环境的巨变。或者说，此处代之主体闰土的消失，涌现出来的是"许多人来走路"的民众，由"个体"的觉醒者（必要条件）转为"群体"的革命大众（充分条件）。即"我"之世界观的转变，"不是将自己降格为'人民'，而是上升到'人民'的高度。他的启蒙不是妥协，而是与现状格斗——改革自己的问题"③。二是"路"的哲学意蕴。过去"我"对希望的认知与闰土等同，有一个假想的"手制的偶像"。如《药》中的夏瑜所言："这大清的天下是我们大家的。"即颠覆"大清的天下"是"我"的希望。可辛亥革命失败，1915 年的袁世凯称帝，以及军阀混战下段祺瑞政府的登场，充分表明"我"的希望不过是"手制的偶像"，从而彻底陷入绝望。然而，希望正如地上的"路"，它在时间上存在于"未来"，在空间意象上又是不确定的新事物。由此抵达"是的，我虽然自有我的确信，然而说到希望，却是不能抹杀的，因为希望是在于将来"④。这就是为何希望"正如地上的路"，因为它是在永远的革命中不断重构的存在。

————————

① 田中实：「鲁迅『故乡』の秘鑰——「鉄の部屋」の键は内にあって扉は外から开く」（『都留文科大学研究紀要』、第 93 集、2021 年 3 月、第 79 頁。

② 吴晓东：《从"功能叙述者"到"第三项"理论——田中实对鲁迅〈故乡〉的解读》，《鲁迅研究月刊》2021 年第 9 期，第 9 页。

③ 竹内好：『鲁迅——世界文学はんどぶっく』、1945 年、第 52 頁。

④ 鲁迅：《呐喊·自序》，《呐喊》，人民出版社 1994 年版，第 7 页。

事实证明，辛亥革命后，孙中山重组革命组织，于 1925 年 7 月 1 日在广州建立国民政府。鲁迅人生路上的这一关键体验，使《故乡》中的"我"发展为《孤独者》中的另一个"我"。即后者的"我"悼吊完"孤独者"后，归途中看到"潮湿的路极其分明"，耳边隐约听见"像一匹受伤的狼"在长嗥。此时，"我的心地就轻松起来，坦然地在潮湿的石路上走，月光底下"。那么，"我"将走向何方？回答是走向未知。《孤独者》的主人公爱孩子如人时，反遭对方白眼，而视其为奴隶时却得以靠近。"①可见，《孤独者》中的"我"已失去《狂人日记》和《故乡》中寄托"希望"的"梦想"，只能直面未知的世界。这就是《故乡》在鲁迅文学中的独特定位：它既承接了《狂人日记》中寄"希望"于"孩子"的主题，又以"自我"世界观之转变，开启了"归乡"叙事模式的新篇章。从此，失去"故乡"的"我"，沦为探索生之所依的漂泊者。《祝福》中的"我"，首先遭遇祥林嫂的拷问：人死之后，究竟有无灵魂？《在酒楼上》中，又通过吕纬甫的挖坟回答：人死后不仅没有灵魂，连骨头和头发都没有。而到《孤独者》中的"我"，径直走向未知世界，也即"虚无"。但这里的"虚无"是生发万物之生命的"根源"，就像坐标轴中的轴心"0"，由此终结了"归乡"的叙事模式。

四、结语

鲁迅从《狂人日记》伊始，就立足于"现在"，宣告要逃离"仁义道德"的历史重负，将希望寄予"没有吃过人的孩子"。由此建构了基于"现在"，忘却"过去"，将希望寄托于"未来"的历史时间的哲学思考。与此相比，《故乡》的叙事结构则更为独特：小说以开篇的"相隔二千余里"、阔别"二十余年"一举确立了时间与空间并肩前行的叙事构架。整个小说就在随着空间的推移——归乡的船上—故乡的"老屋"—离乡的船上，"我"始终站在"现在时"下，回忆"过去"，感受"瞬间的现在"，寄希望于"未来"中展开叙事，顺次经历了希望、绝望和获得新生的契机，由此折射出鲁迅文学的世界观之变革。辛亥革命失败后，鲁迅的希望之梦彻底破灭，他陷入了绝望境地。为了获得新生，他只有在绝望中与现实抗争，以图自我改造。或者说，为了将现实社会变革为有价值的世界，他需要彻底地丢弃现实，在绝望的极致中完成"自我"的世界观变革，由此孕育了《故乡》。《故乡》中的"我"，毫无"留恋"地别离"故乡"，就是对现实世界的一次彻底抛弃，并在绝望的极致中，通过醒悟"我所谓希望，不也是我自己手制的偶像么？"实现了"自我"世界观的真

---

① 竹内好：『鲁迅——世界文学はんどぶっく』、1945 年、第 80 页。

正变革。但正如罗兰·巴特所言，从此"他的人生再也不是其创作的源泉，而是与其作品展开竞争的一种创作，是从作品向人生发生逆流的现象（而非相反）"①。自《故乡》中的"我"摒弃与"过去"的一切实在相关的历史重负后，"我"虽几度重返"故乡"，但已不再纠结于"过去"，而是转向探索生之所依的漂泊者。从叙事结构来看，《故乡》中的"我"与闰土，还只是自我同一的两个独立个体；可到《祝福》中，"我"与祥林嫂之关系则变为"灵魂"的审问双方；而到《在酒楼上》中，"我"与吕纬甫之关系看似听者与叙述者的告白，但吕纬甫的挖坟行为证明，生之所依别说有"灵魂"，连骨头和头发都没有。此种二人组的叙事结构再发展到《孤独者》中，"我"与魏连殳之关系进一步升级，演变为同一人格的两个不同层面：魏连殳已不再是近乎独白的吕纬甫，"我"也不再是旁听者，二者已是彼此的内心与外部、光与影的投射对象。就这样，鲁迅通过一系列"离去—归来—离去"的叙事结构在本质空间的时间性审美之探索，实现了"自我"的一次又一次的世界观变革。因此，《故乡》不仅扬弃了《狂人日记》中"救救孩子"的主题，而且开启了"归乡"叙事模式的新篇章。同时，以空间的时间性审美叙事为线索，对开辟鲁迅文学不断超越"绝望之为虚妄，正与希望相同"的哲学命题，实现"自我"的世界观之变革，具有奠基性意义。

（原载《陕西师范大学学报（哲学社会科学版）》2023 年第 2 期）

---

① ロラン・バルト：『物語の構造分析』、みすず書房、1993 年、第 100 頁。

胡风的鲁迅观及其内在矛盾探析

周燕芬①

摘要： 胡风一生尊崇和服膺鲁迅。他作为一个有个性、有建树的现代文艺理论家，其鲁迅观对其文艺思想的形成产生了构成性影响，鲁迅的人格精神与启蒙主义思想，是其尤为重要的精神资源。胡风在文艺思想上与鲁迅的契合，决定了胡风理解和阐释鲁迅的独特性和深刻性，也如影相随地带来了胡风鲁迅观的矛盾性和局限性，这也使得探讨胡风的鲁迅观成为研究胡风文艺思想的内在复杂性和不可调谐的矛盾性的重要入口。

关键词： 胡风；鲁迅观；启蒙主义；主观战斗精神

众所周知，胡风是鲁迅的忠实弟子，一生尊崇和服膺鲁迅，其坚定、专一的程度，左联以来无人能过。胡风作为一个有个性、有建树的现代文艺理论家，其文艺思想的多元构成中，鲁迅的人格精神与启蒙主义思想，是为重要的精神资源。胡风对鲁迅的理解和阐释是和他对自己的文艺理论的构建紧密联系在一起的，这就使得胡风对鲁迅的阐扬，在20世纪的鲁迅接受与研究中，不仅显得深刻而独特，而且富有创造的价值和再生的活力。对此，研究者已有充分的关注和不同程度的评述。本论文主要针对胡风文艺思想的内在矛盾性特征，从一个角度来探析胡风的鲁迅观以及对其文艺思想的构成性影响。

胡风文艺思想的核心命题是"主观战斗精神"和"精神奴役创伤"，这两个思想基点的形成和发展，都与鲁迅有密切的联系。胡风从青少年时代开始阅读鲁迅，曾

---

① 周燕芬（1963— ），陕西米脂人，文学博士。西北大学文学院二级教授、博士生导师，中国现代文学研究会理事，中国当代文学研究会理事。致力于中国现当代文学研究和当代文学批评。著有学术著作《执守·反拨·超越——七月派史论》《因缘际会——七月社、希望社及相关现代文学社团研究》《文学观察与史性阐述》等，发表学术论文与文学评论百余篇。获陕西省哲学社会科学优秀成果奖一等奖、"啄木鸟杯"中国文艺评论年度优秀作品奖等多种奖项。出版有散文随笔集《燕语集》。

说"懂是没有读懂的，但却本能地感到了他是沉痛地写着这古国的灵魂"①。胡风强调自己接触鲁迅时的本能感应，首先是鲁迅的人格气质和精神力量感染了胡风，震撼了胡风，与胡风的性格气质相吻合。这种由感性而非理性，由生命内部而非文本外部的影响方式，对胡风偏于主体生命感应的文艺观的萌芽起了决定性的作用。鲁迅的文艺思想中的主观性蕴含，与他前期翻译厨川白村的作品大有关系，而胡风恰恰又是受了鲁迅的影响去读厨川的《苦闷的象征》，沿袭着与鲁迅相似的认知方式和途径，胡风的"主观战斗精神"与鲁迅的"能杀才能生，能憎才能爱，能生与爱，才能文"②的论断，显示了一脉相承的内在思想理路。所不同的是，鲁迅是以他卓然超群的文学创作昭著于世的，而胡风是作为一位职业文艺理论家和批评家，来营构他的具有一定的体系性和带有鲜明个性色彩的理论思想的。研究者已经注意到："早在1937年胡风就已经承认他对空头理论的深恶痛绝部分是受了鲁迅的影响。在一篇题为《关于鲁迅精神的二三基点》的文章中，胡风认为鲁迅的文学观是无意于自成体系的，而且他归纳出这种不成体系的文学观的优越之处。他认为'鲁迅没有创造出一个完整的思想体系'。然而他指出，任何此类思想体系都不可避免地是对历史所积蓄起来的人类智慧的宝贵的路线不可接受的偏离。"③事实上，注重生命体验与主观感受，而由此生发出自己独到的理论思考，正是胡风文艺思想最有价值的地方。这既源自胡风作为诗人理论家的思维方式与艺术直感，同时也源自胡风对鲁迅艺术精神的高度认同与无形契合。问题在于，鲁迅作为一个作家的角色本身和他的创作所取得的伟大成就，足以超越人们对他文艺思想体系性的期待，而胡风在文艺理论构建上的野心显然也不是一个作家零星的、片段的艺术感悟所能涵盖的。所以，胡风对思想体系的轻蔑（事实上胡风在他的理论中也是努力建造概念和构建思想系统的，否则我们今天也就无法把握他的理论实质），对他的理论建设更臻于完整和博大，会否产生负面的影响？从胡风文艺思想的未完成状态来看，一方面是因为政治力量的人为中断，另一方面也不排除胡风执念而不愿正视体系建构的因素。在此问题上，胡风对鲁迅文艺思想的阐释和继承，是存在一体两面之矛盾悖论的。

胡风文艺思想的另一基点，即是延续了以鲁迅为代表的"改造国民灵魂"的文学观。胡风说："中国的新文艺正是应着反抗封建主义的奴役和帝国主义的奴役的人民

---

① 胡风：《如果现在他还活着》，《胡风全集》第2卷，湖北人民出版社1999年版，第676页。

② 鲁迅：《七论"文人相轻"——两伤》，《鲁迅全集》第6卷，人民文学出版社1981年版，第405页。

③ ［美］西奥多·D. 休特斯：《胡风与鲁迅的批评遗产》，乐黛云主编《当代英语世界鲁迅研究》，江西人民出版社1993年版，第334页。

大众的民主要求而出现的。"①由此衍生出胡风关于"精神奴役创伤"的命题，使他的文艺思想带有强烈的启蒙色彩和文化批判精神。在胡风看来，"一部新文化运动史就是明证：没有二十多年来的这一点启蒙运动，我们现有的文化传统就成了无水的鱼、真空里的树"②。而且，"五四运动以来，只有鲁迅一个人动摇了数千年的黑暗传统，那原因就在他的从对于旧社会的深刻认识而来的现实主义的战斗精神里面"③。在 20 世纪 40 年代，胡风接续了"五四"一代的精神资源，坚持鲁迅的文化启蒙姿态，力求将启蒙与救亡统一起来，继续"五四"对国民性的深刻揭示。他提出文艺要反映民众的"几千年的精神奴役的创伤"，以更有力地推动民族解放。胡风提出两条疗治"精神奴役创伤"的道路：一是坚持"五四"传统，沿着鲁迅所开辟的道路将未完成的启蒙任务继续下去，以救治国民的精神病痛，唤起大众觉醒；一是以"原始的生命强力"来反抗"精神奴役创伤"。"原始强力"是与人的生命本能和人对于生活压迫的自发反抗联系在一起的，这样，胡风便在以文化启蒙为取径的知识反抗之外，又寻求到了强调生命本能冲创的另一种反抗方式。这既是对于"五四"改造国民性这一启蒙命题的继承和补充，也有着对这一命题的超越性思考。所以，有人也将胡风的现实主义看作启蒙现实主义。

在胡风的鲁迅阐释中，始终贯穿着一条红线，就是维护"五四"传统，弘扬和发展鲁迅的启蒙主题。胡风指出："在神圣的民族战争的今天，鲁迅的信念是明白地证实了：他所攻击的黑暗和愚昧是怎样地浪费了民族力量，怎样地阻碍着抗战怒潮的更广大的发展。"④胡风始终把启蒙的效果放到心上，不但使启蒙主义成为他文艺思想多元构成中的重要基石，而且在鲁迅离世后，胡风竭力主张以启蒙主义作用于抗战时代，使之持续焕发出强大的思想力量。但同时，胡风又是作为一个坚定的马克思主义者和一个自觉的革命者来认同和吸纳鲁迅的启蒙主义思想的，所以，他所理解和阐释的鲁迅，必定带有浓厚的无产阶级政治色彩。虽然鲁迅坚守启蒙的姿态，并不意味着完全排斥政治革命的方式，但鲁迅声称作"遵命文学"的同时并没有放弃自我坚守，他面对民族危难而需要寻求战斗伙伴、需要借助集体力量的时候，是有所妥协的，这是鲁迅对左翼倾向认同的一个原因。但鲁迅的妥协又是有限度的，一旦违背了个体原则，压抑了自由精神，他就要奋力反抗。对于左翼作家和理论家胡风来说，既承传了鲁迅的个性独立精神，却又表现出超过鲁迅的政治激进情绪。"五

① 胡风：《置身在为民主的斗争里面》，《胡风全集》第 3 卷，湖北人民出版社 1999 年版，第 185 页。

② 胡风：《论持久战中的文化运动》，《胡风全集》第 2 卷，第 543 页。

③ 胡风：《关于鲁迅精神的二三基点》，《胡风全集》第 2 卷，第 501 页。

④ 胡风：《关于鲁迅精神的二三基点》，《胡风全集》第 2 卷，第 502 页。

四"思想启蒙传统和中国政治革命之间既有相一致、相统一的一面，也有相割裂、相弱化的另一面，这一矛盾在鲁迅身上存在，鲁迅晚年所遭遇的心灵痛苦，与此矛盾纠葛不无相关。在胡风这里，自觉自愿的革命意识和政治热情，与他的个性执守和启蒙姿态不可兼得的矛盾同样难以摆脱。但是，胡风和鲁迅生存的时代毕竟不完全相同，有着坚定无产阶级信念的自觉革命者胡风，还是无法达到如鲁迅那样的自由思想者的境界，包括鲁迅那种独立人格。所以，胡风的鲁迅观不可避免地与当时的无产阶级政治意识缠绕在一起，虽然他在主观上是无条件地尊崇鲁迅，而客观上对鲁迅思想却有了一定程度的限定。

胡风曾表示自己非常反感抗战前文艺没有主流的说法，认为抗战前文艺的主流就是以鲁迅为代表的"五四"新文学现实主义潮流。而且在胡风看来，从来就只有这一个主流。这里，胡风所理解的主流——即"'五四'以来的革命文艺传统"本身——并非丰富复杂的全包容的"五四"传统，而是已经有所择取、有所过滤、有所偏向的无产阶级革命文学传统，也即更靠近左翼文学传统。显然，胡风"启蒙与救亡（或革命）"的双重思路与鲁迅相比，已经倾斜于现实的政治功利。虽然胡风坚持的"五四"方向，依然为另一种主流所不容，因为 20 世纪 40 年代中期以后主流意识形态对"五四"及鲁迅传统的理解和继承中，出现了更大的偏差和变异。但胡风以他偏于单纯和绝对的革命性要求，去理解和阐发丰富深厚的"五四"和复杂多义的鲁迅，却也更早地发生于他的文艺思想形成的时期，并终其一生没有根本改变。

这也导致了人们经常讨论的有关鲁迅思想转变的问题上胡风独到的看法。他反对主流派起始于瞿秋白的所谓鲁迅在 1927 年完成思想转变的观点，而是认为鲁迅在"五四"时期的创作已经达到了社会主义现实主义的高度，鲁迅早在"十月革命后，他的思想就从唯心论转到了唯物论。他看到十月革命胜利了这个'事实的教训'，确信'惟新兴的无产者才有将来'"。"接着的五四运动，他就在共产党领导的革命实践中找到了建立'人国'的道路，并在这个斗争过程中实现'立人'的目的，不再是本世纪初他所提出的'改造国民性'的提法了。他把他的理想放在人民革命的过程里面了。"①胡风的鲁迅转变说确实够独到，却也够简单，其目的也是将鲁迅及早纳入无产阶级革命的系统之中，而不曾考虑这样就将鲁迅思想中的矛盾彷徨、警觉游移和心灵痛苦等丰富的精神内容消解了。这也能从另一方面看出胡风思想于复杂之外的单一性、狭隘性，以及他惯用意识形态讨论文艺问题和裁定是非的方式方法。

同样的思路也表现在胡风对鲁迅创作的现实主义精神的讨论中。鲁迅广泛借鉴和吸收了近现代各种外来文化思潮，将其融入自己的思想和艺术创造系统。而鲁迅的弟子胡风，虽没有鲁迅那样吸纳百川归于一流的气魄，但外来文化对他的影响应

---

① 胡风：《关于鲁迅"转变"论的一点意见》，《胡风全集》第 7 卷，第 5 页。

该说同样广泛而丰富。但不同的是，在胡风文艺思想的构成底色中，同样重要的还有马克思主义的反映论文艺观和苏联社会主义现实主义文学思想，这是作为理论导向为胡风所毕生坚持的。虽然胡风由于强调"主观战斗精神"在文学活动中的能动作用，而被当作唯心主义文艺思想的代表人物受到几十年的批判，但胡风从未动摇过自己的思想立场。为了坚守这个思想核心，胡风其实是把自己已经越出反映论的带有鲜明主体性特色的文学思想，限制在他所崇尚的社会主义现实主义理论体系当中。这也导致胡风对鲁迅的理解和继承难免有失误和片面之处。他同样简单地将鲁迅等先驱者开辟的新文学传统，与时尚的社会主义现实主义相等同，从而削减了鲁迅和新文学更为丰富复杂的文化内涵。但如果换一个角度来看，这种等同也意味着胡风竭力将以鲁迅为代表的"五四"新文学精神纳入到他所理解和认可的社会主义现实主义当中，从而扩展和深化了社会主义现实主义的精神内涵，使得胡风所执守或独尊的现实主义，与受时代政治风习影响的现实主义有了质的区别。当然，胡风对中国历史及现实人生的认识还远不及鲁迅那样清醒和深刻，由此造成他的现实主义文艺思想也有不及鲁迅深刻和成熟的地方。所以，在胡风对鲁迅思想精神的坚守当中，同样存在抵达与难以抵达的内在矛盾。

胡风说："鲁迅一生是为了祖国的解放，祖国人民的自由平等而战斗了过来的。""在先生，解放正是为了进步，不要进步的人终于会背叛解放。""我以为，先生三十余年间所开拓的，正是今天的真实的战斗者们底道路，有那些坚贞的战斗在，就不能说纪念先生者无人。但想到战斗的路还如此艰难，或则阻塞，或则褪变，就不能不有'辗轲流落'之感了。"①如果说 20 世纪 40 年代鲁迅精神发生转向或被片面继承，那么，比较全面并深刻地阐发和继承鲁迅的是胡风。

胡风理论的两重性弥漫在他的理论的各个方面，渗透在他的理论的各个层面，成为胡风文艺理论的质性特征。他的突出创作主体的"主观战斗精神"，对应的是时代的和他自己所执守的文艺反映论原理；他的深入创作过程本身，维护艺术的独立精神，对应的是战争背景下急功近利的文学要求；他的开放性、现代性理论格局，对应的是封闭的、排外的和张扬民粹的文化语境。站在今天的理论高地上反观胡风，他确实是"把自己带有更普遍意义的文艺理论被强行纳入到了现实主义这种相对狭小的文艺框架中来"②。虽然胡风以最大的勇气和魄力，以自己所理解的现实主义，对时代的理论现状进行了力所能及的突破，但依然难以从根本上挣脱历史的局限，而且这局限与他的理论的独特性成为一体两面，难以剥离，这就更加显出理论的复杂性。

---

① 胡风：《断章》，《胡风全集》第 2 卷，第 589、590 页。
② 王富仁：《胡风的深刻性和独创性》，《文学评论》1988 年第 5 期。

胡风文艺思想的这种难以名状的复杂性和不可谐调的矛盾性，与他作为思想资源和精神楷模的鲁迅有着密切的内在的关系。他以一个追随鲁迅的忠实弟子的身份，并以一个诗人和理论家的身份面对鲁迅，深入鲁迅，理解和阐释鲁迅。无论是对腐朽的传统文化的强烈否定和批判，还是怀抱启蒙主义而竭力于"为人生"的文学，乃至将文艺的真谛归结于创作主体的感性体验和人格力量，胡风都与鲁迅有着深刻的契合。这种契合既决定了胡风研究鲁迅的独特性和深刻性，也如影相随地带来了胡风鲁迅观的矛盾性。如学者王富仁所指出的："这种矛盾是由他在理智上坚持马克思主义唯物论而在实际上更重视鲁迅前期所接受的主观意志论和生命哲学所造成的，也是由他站在中国政治革命的现实立场上而更重视'五四'思想精神启蒙所造成的。"①在20世纪的中国，鲁迅和胡风共同处于现代中国知识分子所普遍遭遇的悖论情境中，这一悖论既为知识分子自我难以解决，其矛盾纠结状态也就成为思想的特色，也成为研究的难题。唯其如此，胡风所阐扬和继承的鲁迅以及由此产生的思想成果，才给后人以艰深的思考、丰富的启发。

---

① 王富仁：《中国鲁迅研究的历史与现状》，福建教育出版社2006年版，第45页。

鲁迅西安讲学与当地报纸相关报道新考

姜彩燕[1]

摘要： 以 1924 年 6—8 月的《新秦日报》《建西报》《旭报》的相关报道为中心，对鲁迅在西安讲学期间的相关背景作较为全面的考察，以此透视此次讲学的社会反响，为研究鲁迅在西安的相关课题提供第一手资料。通过这些报道可以得知，在当年的暑期学校讲师团中，鲁迅作为"小说大家"，虽然也受到了一定的关注，但并非领袖群伦的人物，也非媒体跟踪报道的焦点。他的《中国小说的历史的变迁》的讲演虽然得到了一些肯定，被认为是在"小说方面，已灌输不少之新的知识"，但其真正的意义恐怕还很少被当时的听众所了解，只能留待后人不断去发掘和研究。

关键词： 鲁迅；西安讲学；暑期学校；报纸

1924 年夏，鲁迅应西北大学和陕西教育厅合办之暑期学校之邀赴西安讲学，虽只在西安住了 21 天，加上来回旅程，也不过一个月零几天，但这是他一生中唯一的一次西北之行，在他的生平史上自有研究的重要价值。然而他本人并未系统撰写过相关游记或回忆文字，除鲁迅日记略记行止外，只有《说胡须》《看镜有感》等杂文及几封书信涉及此事。在鲁迅日记和书信正式出版之前，一般人对鲁迅赴陕讲学的了解是透过其他人的文字间接获得的，如孙伏园《长安道上》《鲁迅先生二三事》，陈钟凡《陕西纪游》[2]，王桐龄《陕西旅行记》[3]，张辛南《追忆鲁迅先生在西安》[4]，林辰《鲁迅赴陕始末》[5]，等等。从 20 世纪 50 年代起，西北大学的单演

---

① 姜彩燕（1971— ），陕西榆林人。西北大学文学院教授、博士生导师。主要从事鲁迅教育思想、疾病与 20 世纪中国文学、西北联大与中国现代文学等领域的研究。

② 陈钟凡：《陕西纪游》，《西北大学周刊》1924 年。

③ 王桐龄：《陕西旅行记》，文化学社 1928 年版。

④ （张）辛南：《追忆鲁迅先生在西安》，《中央日报》1942 年 6 月 22 日。

⑤ 林辰：《鲁迅赴陕始末》，《鲁迅事迹考》，开明书店 1948 年版，第 28—33 页。

义在此基础上对鲁迅西安讲学的过程及讲稿内容都进行了详细考订和深入研究，其《鲁迅在西安》（1981 年）是迄今为止有关这一课题最系统、最完整的研究成果。单演义手稿显示，他曾系统查阅过 1920 年代的西安报纸，详细摘抄了鲁迅讲学时本地媒体的相关报道。关于暑期学校的组织、简章以及相关消息都是从当时的报纸中抄录的，这对了解暑期学校的设置以及鲁迅讲学的相关背景有很大的史料价值。但出于某些时代原因，正式出版的著作中删去了当时报纸上的一些负面报道。据笔者目前看到的资料，当时报纸对这次暑期讲演报道甚为详尽，相关消息累计达 80 余则。而在 1978 年由西北大学鲁迅研究室编辑的资料版《鲁迅在西安》中，一共选录"有关鲁迅在西安的报刊报导"仅 10 则。这种筛选在当时看来或许有其合理性，但却不可避免地含有某种历史的偏见。这就需要后来的研究者重回历史现场，做一些还原和补正的工作。本文拟以 1924 年 6—8 月的《新秦日报》《建西报》《旭报》的相关报道为中心，对此次讲学的社会反响作较为全面的考察，为研究鲁迅在西安的相关背景提供第一手资料。

一、1924 年国立西北大学、陕西教育厅合办之暑期学校

1912 年，西北第一所现代意义的大学即西北大学诞生，但不久即夭折。1923 年，时任陕西省督军兼省长刘镇华有意重建西北大学，但因经费困难、主办人难觅，一直无法推行。1923 年夏，陕西省邀请北京大学傅佩青、徐旭生、柯乐文、朱遏先（即朱希祖）、陈百年、王抚五、吴新吾等 7 位学者来陕进行暑期讲演。所讲内容包括科学与道德之关系、孔教与宗教、司马迁的史学观、科学与神学、进化论、公民意识等，为陕人开阔了眼界，增长了知识，有力地促进了新文化在陕西的传播。这次暑期讲演在一定程度上催化了陕西地区发展高等教育、创建新式大学的步伐，直接推动了国立西北大学的建立，同时也为翌年组织更大规模的暑期学校奠定了基础。

参与 1923 年夏季来陕演讲的傅铜（佩青），与刘镇华是河南同乡。他 1909 年曾赴英国伯明翰大学留学，师从罗素攻读哲学。后赴日本东洋大学攻读哲学博士学位。1921 年回国，担任北京大学、北京师范大学等校教授。此次来陕讲演后，被刘镇华任命为新建的国立西北大学校长。傅铜就任西大校长后，有感于陕西交通不便，文化闭塞，有意于 1924 年夏季再次组织暑期学校，为陕人开阔眼界，输入新知。刚建成的西北大学，联合陕西教育厅邀请北京师范大学教授王桐龄、李顺卿（干臣），南开大学教授李济之、蒋廷黻、陈定谟，前北京大学理科学长夏元瑮，东南大学教授陈钟凡、刘文海，法国大学法学博士王凤仪（来亭），新文学大家鲁迅，以及《晨报》记者孙伏园、《京报》记者王小隐等十几位学者名流来陕进行为期一

个月的暑期讲学①，这对陕西地区来说是一场规模空前的文化盛宴，极大地推动了陕西新文化的发展，使陕西文化教育界出现了短暂的繁荣景象。

至于陕西暑期学校为何会邀请鲁迅加入暑期演讲团，主要是因为王品青和王捷三两人从中联络。王品青北大毕业，河南济源人，与傅铜也算同乡，又是语丝社成员，曾任北京孔德学校教员，1924—1926 年间与鲁迅交往较为密切，鲁迅日记中有关他的记载有 15 次。王捷三则是陕西韩城人，北大哲学系毕业，读书时与王品青友好，常随之拜访鲁迅，以此相识；又因参加过北京哲学社，和傅铜有来往，因而建议西北大学邀请鲁迅赴陕讲学。鲁迅的陕西之行正是在王品青和王捷三的介绍之下促成的。

二、陕西当地报纸关于暑期学校的报道

甲午战争后，西安有了第一台印刷机器，开始出现官办和民办的近代报纸。②"五四"前后，随着新文化运动的兴起，陕西地区也涌现出众多报纸。新式知识分子以报刊为阵地，向陕西民众介绍和宣传新思想，有力地促进了陕西近代社会的转型。鲁迅来陕讲学期间，西安当地的日报主要有 6 种，即《建西报》《新秦日报》《陕西日报》《民生日报》《旭报》《平报》。笔者最近在陕西省图书馆查阅了当时的报纸，发现那个时段（1924 年 6—8 月）的《陕西日报》《民生日报》和《平报》已不存。单演义手稿和著作中也没有这 3 种报纸的相关内容，说明这些报纸在 20 世纪 50 年代就已散失。现存参与此次暑期学校报道的报纸主要有 3 种：《新秦日报》《建西报》和《旭报》。③其中有关暑期学校的内容如下表：

报纸名称	报道日期	报道内容
《新秦日报》	6 月 1 日	筹办中之暑期学校
	6 月 2 日	筹办中之暑期学校（续）
	6 月 8 日	暑期学校讲师定期来陕
	7 月 5 日	暑期讲演会兴平听讲员将莅省

① 根据当时暑期学校简章，约请的讲师还有北京师范大学教授林砺儒，北京法政大学教授柴春霖，剑桥大学哲学博士、广州大学法议院院长梁龙，东南大学教授吴宓，但后来未到校。张辛南的回忆文章中所列的讲演人还有胡小石。经单演义考证，胡小石虽为西北大学教授，但并未参与此次暑期讲演。人民文学出版社 2005 年版《鲁迅全集》第 15 卷第 522 页中关于鲁迅来陕讲学同行人员中有胡小石应为讹误。

② 陕西省地方志编纂委员会编：《陕西省志·报刊志》，陕西人民出版社 2000 年版，第 137 页。

③ 《旭报》的前身《大西北报》曾于 1924 年 5 月 17 日登载《西北大学夏令讲演会之预闻》，此为目前可见暑期学校最早的报道。

续表

报纸名称	报道日期	报道内容
《新秦日报》	7月9日	暑期学校进行消息
	7月10日	暑期学校讲师不日到陕
	7月12日	暑期学校招考近状
	7月13日	南郑听讲学员将抵省
	7月14日	暑期学校三原听讲员已报到
	7月15日	（1）暑期学校三原学员旅费均系分担 （2）兴平听讲员陆续抵省
	7月16日	暑期学校讲室已择定
	7月18日	暑期学校定期开讲
	7月19日	暑期学校听讲员又到一批
	7月20日	暑期学校今日举行开学式
	7月21日	暑期学校昨日举行开学式纪盛
	7月22日	暑期学校昨日举行开学式纪盛（续）
	7月24日	暑期学校近讯二则 （1）编印同学录之酝酿 （2）讲义问题
	7月25日	省署昨午欢宴暑校讲师
	7月26日	暑期学校之讲师将在储材馆讲演
	7月30日	暑期学校讲师之校外讲演 暑期学校新闻三则 （1）听讲员全体推代表质问学校 （2）京晨两报记者加入讲演 （3）周树人今日东返
	7月31日	暑期学校昨闻纪略 （1）听讲员对于该校表示不满 （2）史地专家王桐龄由咸回省后游兴方浓 （3）小说大家鲁迅君（即周树人）讲演终结，即将返京
	8月2日	暑校容纳学员要求之经过
	8月4日	（1）储材馆近闻两则（1. 欢宴学者） （2）当局昨夜在宜春园欢宴暑校讲师 （3）长安教育会明日之讲演会（邀请王小隐和刘文海讲演）

续表

报纸名称	报道日期	报道内容
《新秦日报》	8月7日	（1）（长安）县教育会连日之讲演 （2）青年会欢迎暑校学员纪盛 （3）暑期学校日就萧条 （4）暑期学校的学生生活
	8月8日	（1）李济之《人类进化史》昨已终讲 （2）暑期学校的学生生活（续）
	8月9日	（1）暑期学校筹备结束 （2）暑期学校的学生生活（续）
	8月10日	（1）暑期学校筹备结束续闻 （2）暑期学校的学生生活（续）
	8月11日	（1）暑校少数学员前日参观孤儿院 （2）暑期学校的学生生活（续）
	8月12日	暑校课余谈话会昨日谈论曹操及北京名胜
	8月13日	昨日之暑校课余谈话会
	8月14日	（1）李干臣提倡学校造林 （2）暑校课余谈话会之第三日 （3）励进社昨日之讲演会
	8月15日	（1）暑期学校前晚之游艺会 （2）学者联袂游历终南山
	8月16日	暑期学校之鳞爪
	8月19日	（1）王桐龄等联袂东返 （2）暑期学校明日停讲
	8月21日	暑期学校昨日张榜
《建西报》	6月19日	暑期学校之组织
	7月16日	暑期学校近讯： 不日开学……各县派员纷纷来省听讲
	7月19日	国立西北大学、陕西教育厅合办暑期学校启事
	7月20日	国立西北大学、陕西教育厅合办暑期学校启事
	7月21日	国立西北大学、陕西教育厅合办暑期学校启事
	7月22日	暑期学校开课
	7月25日	暑期学校景况：因不发讲义，学员感困难

续表

报纸名称	报道日期	报道内容
《旭报》	7月8日	渭北各县选派暑期讲习学员
	7月13日	学者来陕讲演之预闻
	7月16日	暑期学员来省
	7月18日	暑期学校简章已发出 国立西北大学、陕西教育厅启事 国立西北大学、陕西教育厅合办暑期学校简章
	7月19日	国立西北大学、陕西教育厅启事 国立西北大学、陕西教育厅合办暑期学校简章——（讲演题目）续
	7月20日	国立西北大学、陕西教育厅启事 国立西北大学、陕西教育厅合办暑期学校简章——（讲演题目）续
	7月21日	国立西北大学、陕西教育厅启事
	7月22日	（1）国立西北大学、陕西教育厅启事 （2）学者讲演期已定
	7月23日	（1）国立西北大学、陕西教育厅启事 （2）暑期学校已开学
	7月24日	国立西北大学、陕西教育厅启事
	7月25日	国立西北大学、陕西教育厅启事
	7月26日	国立西北大学、陕西教育厅启事
	7月28日	暑期学校之见闻
	7月29日	（1）暑期学员看者 （2）学者为（储材）馆员演讲
	7月31日	（1）学者在督署讲演 （2）讲师游历咸阳
	8月2日	为暑期学校进一言
	8月3日	（1）暑期讲演结果如此 （2）各机关无人听讲之原因
	8月6日	（1）督署昨日继续演讲 （2）暑期学校失败果官厅之咎欤
	8月7日	京报记者行将返都
	8月8日	学者又去二人

续表

报纸名称	报道日期	报道内容
《旭报》	8月10日	王小隐讲演受欢迎
	8月11日	拟暑期学校教授先生与听讲诸君者——仿韩退之答窦存亮秀才文
	8月14日	励进学会欢迎李博士之盛况
	8月16日	（1）农林家偕游终南 （2）讲师订期东归
	8月24日	（1）暑期学校结束之余闻 （2）西乡之听讲员

从上表可见，1924年的暑期学校的确为本地文化教育界的一件盛事，本地报纸尤其是《新秦日报》和《旭报》几乎全程追踪，报道甚为详尽。从暑期学校筹备期间的组织、简章、聘请讲师及讲演题目预告，到详细报道各县选派听讲员经过，暑期学校开讲及存在问题，再到暑期学校结束，讲师东归，学校张榜发布结业证，整个过程可谓巨细无遗。此次暑期学校所聘讲师皆学者名流，陕西省政府、教育厅和西北大学的接待规格很高，时任陕西省督军兼省长刘镇华亲自设宴款待暑期学校讲师，并给他们赠送礼品。值得注意的是，对于如此空前盛大的一次学术活动，本地报纸并未一味歌功颂德。除了客观陈述一些具体的组织过程，对暑期学校所存在的问题毫不避讳，甚至进行了不留情面的批评。暑期学校7月20日正式开学，报纸上从7月24日开始就出现了"负面报道"。综合上述三种报纸，其反映出的问题，除了茶水、便溺等一些生活细节外，主要有如下几个方面：

1. 讲义与通讯录问题

暑期学校开讲之后，未能及时印制讲义，致使听讲员"一般不懂讲师语言之义，仅能在黑牌上抄录，其大纲终全不能详晰了解，颇感困难"[①]。来陕讲师除王桐龄是河北人，李顺卿、王小隐是山东人，王来亭、刘文海是陕西人，其余几位则来自江浙或湖南、湖北，对陕西人来说，他们的口音比较难懂，加之讲题深奥，致使有些听讲员因不懂讲师语言而无法出席，开讲之第二日即有人在黑板上大书"既无讲义又无成书，言之谆谆，听者茫茫，师生交困，恐无好果"[②]。

另外，暑期学校讲师及全体听讲员多来自远道，相聚于一堂，学员们认为"此种团结颇不易"。为联络感情起见，听讲员向学校当局提议请其编印一同学录，避免

---

① 《暑期学校近讯二则》，《新秦日报》1924年7月24日。
② 《暑期学校新闻三则》，《新秦日报》1924年7月30日。

期满后错过时机。

校方在听取了学员意见后，曾发布告称，因人数较多，讲义赶印不及，"俟讲演完，合集成册再行印刷分配"。①暑校结束后果然印刷了《国立西北大学、陕西教育厅合办暑期学校讲演集》（一、二）。鲁迅的讲演《中国小说的历史的变迁》就是收在《讲演集》（二）中，由单演义从段绍岩所藏讲演集中抄录出来的。

2. 缺少娱乐交流活动

暑期学校开讲几天后，报纸即报道部分学员因不通语言又无讲义只能空来浪游，若有一娱乐机关，即可避免浪游之弊，因此建议暑校借西安青年会地址以电影招待全体学员。此外，还建议暑校通函各学校、各大工厂及孤儿院等处，令学员定期前往参观。校方在学员的强烈要求下，果然安排了一系列活动，如在西安青年会放映日本地震影片，组织学员参观孤儿院，还许诺由暑校出资请学员去华清池泡温泉，去咸阳游览名胜古迹等。8月13日暑期学校应听讲员要求，还举办了游艺会，西大教师和暑校讲师均表演了丰富多彩的节目。据《新秦日报》8月15日报道，当时表演的节目有：（1）万耕卢夫妇唱美国黑奴乐歌；（2）李干臣、蒋廷辅表演蕉叶照相；（3）陈定谟之遁瓶竞赛；（4）李干臣、蒋廷辅之认人游戏；（5）昝健行之滑稽读书；（6）陈秋杉唱美国歌；（7）昝健行、陈圣震滑稽外国演说；（8）王桐龄讲述日本某大学教授之趣史；（9）李宜之述说西洋学者之笑史。这一活动受到学员的热烈欢迎，当日"到者约三百余人"，举办者"并饷各学员以茶点，至夜九时许尽欢而散"。②

为了联络师生情感，暑校还组织讲师与学员之间的谈话会，请王桐龄、李干臣、陈钟凡、陈定谟等人就"曹操功罪问题""北京名胜古迹""美国社会风俗""改良小学教育"等问题进行自由讨论。谈话会起初还有数十人响应，到第五次时到会者竟不足10人，因此未能正常进行，可见效果并不好。

3. 讲题过于高深

暑期学校所聘讲师大多为各领域的专家，讲题皆为他们的专长。如历史学教授王桐龄讲《中国文化之发源地》《历史上中国六大民族之关系》《陕西在中国史上之位置》，农林专家李干臣讲《森林与文化》，考古学家李济之讲《社会学概要》《人类学概要》，夏元瑮讲《物理学最近之进步》，陈钟凡讲《中学国文教学法》《中国文字演进之顺序》，陈定谟讲《知识论》《行为论》，蒋廷黻（当时报纸上写为"蒋廷辅"）讲《欧洲近世史》《法兰西革命史》，王来亭讲《社会主义与共产主义之源流》与《卢梭之教育观》，鲁迅讲《中国小说的历史的变迁》，孙伏园讲《何谓文化》，王小隐讲《人生地理概要》《戏曲与文化之关系》等。这些讲题对陕西听众来说十分前沿，但

---

① 《暑期学校景况》，《建西报》1924年7月25日。
② 《暑期学校前晚之游艺会》，《新秦日报》1924年8月15日。

也难免有些曲高和寡。当时报纸报道"听讲员大都系在小学教育界服务者,而其讲演则与小学教育毫无关系,结果不过为个人增添若干零碎知识而已"①。因此学员选出几位代表与校方交涉,希望增加关于小学教育之各种讲题。《旭报》8月2日发表社论《为暑期学校进一言》写道:"此次听讲诸君大半为各县高等小学或中学之教员、管理员,其留住省垣暑假不归之学生则亦有一部分焉",因此"诸先生讲述之学科宜注重实用而不宜过于高深",倘若讲题太高深,则无异于"掷珍珠以饷蜀鸡","宝则宝矣,于鸡无所得也"②。

4. 听讲人数日渐减少

对暑期学校的开办,各地教育部门非常重视,纷纷选派听讲员到省。报纸连续报道各地听讲员从三原、南郑、兴平等地来省听讲的消息。据《旭报》报道,开讲之后,西安下了两天雨,但"听讲员不畏泥泞,来者甚为踊跃","到者每日不下四百余人"③。然而随着时间的推移,因语言不通,又无讲义,听讲人数顿为减少。到7月28日,听讲人数总共不足200,且"大半皆身着制服,暑期未归之学生、外县来者多已不知何处去矣。间亦有一二留心听讲者殆亦如凤毛麟角之不可多得"④。据《新秦日报》8月7日一篇题为《暑期学校日就萧条》的报道称,随着一些讲师逐渐离陕,听讲员逐日减少,"报名簿上所书之七百余名听讲员,而每次出席者仅数十人",可见情形之惨淡。8月20日暑期学校张榜公布获得证书人数。当时规定只要出席过半者,均可领取证书。(《旭报》说出席三分之一,仅10次报到即榜上有名。)报名者700余人,最后公布可领证书者309人。记者认为这309之数也有很大水分。因为发证书是以签到簿为准,"其实此簿极不可靠,以记者目睹有一人代签数人者,有数日未到而一次总签者,又有将明后日之到字预签者"⑤。由此推断,真正听讲过半的人远低于这个数字。

5. 暑期学校之"失败"

鉴于上述种种情形,当时媒体对这次暑期学校总体评价不高,尤其是《旭报》的批评较为直接。该报7月29日就报道暑校因教室过大,声音难于普及,讲义未发,听讲毫无把握,"所谓介绍新知识新学术者恐难收若何之效果"⑥。到8月3日更是直陈暑校演讲效果不佳:"北京来的外省学者,其讲话更多不懂,而所讲之哲学历史等学理固甚高妙,惜无讲义可观,每届上堂不过看一看讲师之面孔,及其手舞足蹈之

---

① 《暑期学校新闻三则》,《新秦日报》1924 年 7 月 30 日。

② 《为暑期学校进一言》,《旭报》1924 年 8 月 2 日。

③ 《暑期学校之见闻》,《旭报》1924 年 7 月 28 日。

④ 《暑期学校之见闻》,《旭报》1924 年 7 月 28 日。

⑤ 《暑期学校昨日张榜》,《新秦日报》1924 年 8 月 21 日。

⑥ 《暑期学员看者》,《旭报》1924 年 7 月 29 日。

态度而已。"①并且感叹此次陕西办暑期学校"虚糜金钱",各县为派学员赴省听讲花费巨大,但却"有负各讲师千里跋涉之劳,数十日时间之空掷,一番苦心付诸东流也"。②到 8 月 6 日的报道,干脆认为此次暑期学校"毫无成绩",并将批评的矛头直接指向当时的官厅,即陕西教育厅,认为此次暑校之"失败"乃官厅之咎,并引用西大校长傅铜的话说,如果下次再办暑期学校,"绝不与官厅合作"。③8 月 11 日《旭报》更是发表了一篇题为《拟暑期学校教授先生与听讲诸君者——仿韩退之答窦存亮秀才文》的谐文,对暑校教授的讽刺非常犀利,用语相当尖刻。照录如下:

> 某白某近困难,于他方面,自度无可开口,又恰值暑假,而与人多隔膜,念终无以活动,遂踊跃奔命于陕西,陕西不知其故,凡所通告而传宣之者,皆震于虚名而不注实际,又加以天热,是以启齿而口益吃,见面而脸益红,今又以饱,出于潼关,远还故乡,腰包已硬。盗匪注意,茕茕焉恐不保夕,足下人多嘴杂,责备而求全,当公家弄钱来不及之时,做官者又皆好能手,担数点之钟,认一门之课,大可以成富翁,若储蓄而善,亦不失小康于乡里,今乃趁酷暑之天,入嘈杂之地,以相从听讲演为事,身劳而事错,钱花而囊空,何谋之拙也。虽使今之学者,信口开河,摇其唇而不收,鼓其舌而不竭者,遇足下之来仆仆,犹将乘凉访古,缄默而安也。若某不肖,又安敢有咎于左右哉。顾足下之财,足以自发,某之所志,如前所陈,是以登台惭恧而不敢说也,学科不足以救足下之空疏,口音不足以振足下之清听,得意而往,扫兴而归,惟足下秘之而已。
>
> 记者曰,此次来陕之教授先生,未尝无二学术深沉之士,在潼关以外,稍负时誉者,出于其闻,然而蓬生麻中,不扶自直,白沙在泥,与之皆黑,其结果遂毫无成绩可言,救生先生冷嘲而热骂之,其尖刻处不无稍伤忠厚,然以吾报之遭人蔑视,够当他临去秋波那一转耶,未敢知矣。记者识。④

由上述报道可知,当时的陕西报纸对这次由陕西教育厅和西北大学合办、省长刘镇华亲自支持的学术活动是相当关注的,批评的尺度也很大。《新秦日报》是 1921 年创刊于西安的一份民营报纸,虽几经波折,仍为民国时期陕西存续时间最长的一份报纸(1944 年停刊)。该报属无党派性质,持论基本上公正,对暑校的报道相当全

---

① 《暑期讲演结果如此》,《旭报》1924 年 8 月 3 日。

② 《暑期讲演结果如此》,《旭报》1924 年 8 月 3 日。

③ 《暑期学校失败果官厅之咎欤》,《旭报》1924 年 8 月 6 日。

④ 救生:《拟暑期学校教授先生与听讲诸君者——仿韩退之答窦存亮秀才文》,《旭报》1924 年 8 月 11 日。

面，用词也尽量客观。《旭报》是由《大西北报》改组而来。《大西北报》1923 年 7 月由陕南籍议员在西安创刊后，曾报道过当年傅铜、朱希祖、柯乐文等人来陕作夏季讲演的消息，因而具有相当丰富的报道经验。该报对 1924 年暑期学校的报道较为细致，而且个性化色彩比较突出，批评较为犀利。《建西报》创办于 1923 年 10 月 15 日，创办人为马凌甫，此人 1924 年夏被刘镇华推荐担任陕西教育厅厅长。按理说《建西报》关于暑期学校的消息来源更加便利，但从目前能看到的 1924 年 6—7 月份的报纸来看，相关消息甚少，报道也远不如《新秦日报》及时。暑期学校 20 日举行开学式，《建西报》22 日才报道《暑期学校开课》的消息。自 7 月 25 日报道暑校"因不发讲义，学员感困难"之后，至 7 月 31 日为止再无相关消息。因该报 8 月份的报纸已不存，故无从判断其后的报道情况。无论如何，上述这些报道为我们了解鲁迅西安讲学的相关背景和 1920 年代陕西地方文化氛围提供了丰富的史料信息。

三、关于鲁迅的报道及其相关问题

在陕西当地报纸中，出现鲁迅的名字一共 6 次。前三次都是在关于暑期学校的简章及讲题预告里。第一次是 6 月 2 日《新秦日报》教育界消息之《筹办中之暑期学校（续）》，里边预告了来陕讲师姓名及讲演题目，最后介绍的两位是鲁迅和广东人梁龙。介绍到鲁迅时，只简单的一句："周树人，北京大学教授。"然后介绍"梁龙，广东人，英国阿巴丁大学法学士文学硕士、剑桥大学哲学博士，广州大学法政院院长"，称"以上二人讲题尚未发表"。第二次是 6 月 19 日《建西报》所载《暑期学校之组织》，里边预告了所邀请的讲师之履历及讲演题目。第十位介绍的是鲁迅，内容为："北京大学教授周树人，讲演未详。"本地报纸上第三次出现鲁迅的名字是在 7 月 20 日《旭报》所登《国立西北大学、陕西教育厅合办暑期学校简章——（讲演题目）续》中，里边列举了各位讲师的姓名、别号、籍贯、略历和演讲题目，关于鲁迅的那一栏仅一行："周树人，北京大学教授，讲题未定。"鲁迅在北大任教时为讲师，陕西报纸上一律写北大教授，一方面可能信息不够准确，也不排除特意将演讲人的职称写高以示尊敬，并以此来壮演讲队伍之声势。鲁迅日记中首次提到赴陕讲演之事是在 1924 年 6 月 28 日，经王品青介绍"赴西北大学办事人之宴，约往陕作夏期讲演也"①。而《新秦日报》和《建西报》早在 6 月 2 日和 6 月 19 日就已预告了鲁迅参与此次讲演。6 月 2 日《新秦日报》在介绍完讲师之后还有一行附注："右列各讲师均系已聘定者，以后尚拟增聘数员合并声明。"②说明早在 6 月初陕西方

---

① 鲁迅日记，《鲁迅全集》第 15 卷，人民文学出版社 2005 年版，第 518 页。
② 《筹办中之暑期学校（续）》，《新秦日报》1924 年 6 月 2 日。

面已经决定聘鲁迅来陕讲演，28 日可能是最后正式敲定。6 月 30 日鲁迅得到西大校长傅铜的邀请信后，开始置办行装，7 月 4 日和王捷三约定赴陕日期，7 月 7 日即登车赴陕。从正式约定到启程，一共只有 9 天时间。大概由于出行较为仓促，加之当时通信不便，讲演题目未能第一时间提供给主办方，因此暑校组织和简章上均写"讲演未详"或"讲题未定"。

陕西当地报纸上第四次出现鲁迅的名字是在 7 月 30 日《新秦日报》所登之《暑期学校新闻三则》中，其中第三则为《周树人今日东返》，内容如下：

> 小说大家周树人君（别号鲁迅），此次来陕所讲演之《中国小说之历史的变迁》，截止昨日业已终讲，现已定于今日离陕东返云。

这条消息属于误传，因为鲁迅当天并未离开陕西，而是 8 月 4 日才动身回京。

第五次报道鲁迅是在 7 月 31 日《新秦日报》所登《暑期学校昨闻纪略》中，一共记录了三则关于暑期学校的消息，其中第三则算是对前一日消息的更正和补充，内容如下：

> 小说大家鲁迅君（即周树人）讲演终结即将返京一节业志昨报，兹闻周君因事阻留，尚未离省，此间各学员以周君此次来陕虽时日无多，然对于小说方面已灌输不少之新的知识，拟定于日内开一欢迎会，欢宴周君借联师生间之情感云。

自暑期学校开办以来，媒体的负面报道连篇累牍，批评之声不绝于耳，但这则新闻认为鲁迅的讲演虽然时间较短，但"对于小说方面已灌输不少之新的知识"，并且和学生已建立了一定的感情，说明对鲁迅的讲演效果还较为肯定。

上述两篇报道都突出了鲁迅"小说大家"的身份。从鲁迅来陕之前的"北大教授"到讲演行将结束之时的"小说大家"，这种身份的变化反映出陕人对鲁迅了解的逐步深入。1924 年夏天，鲁迅已出版了小说集《呐喊》和小说史研究专著《中国小说史略》，无论在小说创作还是研究方面都可以说是专家。暑期学校举办期间，"商务印书馆西安分馆曾在西北大学前院设临时售书处，介绍有关讲演人的著述出售。但是陕西一般人当时对鲁迅之名尚不熟悉，鲁迅先生在讲演时，又是以周树人介绍给听众的，这位中国文化革命的主将在开始和群众见面时并没有引起人们的注意"①。然而随着时间的推移，鲁迅的讲演逐渐得到了一些听众的认可。从暑期学校的简章所提供的讲题目录可见，来陕讲演的学者们所涉及的范围非常广泛，而真正的作家

---

① 李瘦枝：《"刘记西北大学"的创办与结束》，中国人民政治协商会议陕西省委员会文史资料研究委员会《陕西文史资料选辑》第 3 辑，1963 年，第 183 页。

仅鲁迅一人。鲁迅所讲题目《中国小说的历史的变迁》是纯文学性的，而且又是大家相对较为熟悉和亲切的小说，其能引起听讲者的兴趣应在情理之中。据当时听过鲁迅讲演的刘依仁回忆："鲁迅先生的讲演，真如他的文章一样，理论形象化，绝不抽象笼统，举出代表作品，找出恰当例证，具体发挥，没有废话，使听者不厌，并感着确有独到之处。"听过鲁迅讲演的谢迈千说："鲁迅先生上堂讲演，总是穿着白小纺大衫，黑布裤，黑皮鞋，仪容非常严肃。讲演之前，只在黑板上写个题目，其余一概口讲，说话非常简要，有时也很幽默，偶尔一笑。"①李瘦枝则回忆："由于鲁迅先生的讲演内容丰富，见解深刻，特别是他在讲演中的那种昂扬的战斗精神，感染力很强，不多几天礼堂上即座无虚席。及至讲到唐宋以后，就有不少人争不到座位站着听讲了。"②不过这些都是 30 年后的回忆，联系前面所述当时媒体的相关报道，听讲员普遍感到不满的语言不通以及缺乏讲义的问题，还有听讲员程度太低致使讲演曲高和寡的问题在鲁迅这里一定同样存在。

当地报纸上第六次出现鲁迅的名字是在 8 月 8 日《旭报》的消息《学者又去二人》中，内容如下：

> 学者王小隐孙复元拟即去陕已志昨报，兹据西北大学某君谈述暑期学校讲师夏元瑮周树人亦于日昨回京，但各讲师对于所讲者均未讲完中辍而归，一般听讲者意颇不满云。

这则消息较为滞后，且不准确。鲁迅和夏元瑮、孙伏园早在 8 月 4 日已启程回京，而且鲁迅并非"中辍而归"，他在 7 月 29 日即已"全讲俱讫"，《新秦日报》7 月 30 日就报道过鲁迅讲演终结的消息，这说明《旭报》的消息来源不甚可靠，不如《新秦日报》之消息灵通。

通过对上述相关报道的梳理，笔者认为有如下几个问题值得关注：

1. 鲁迅的西安讲学记忆与《出关》的写作

鲁迅专门回忆此次讲学的文字并不多见，只在《说胡须》《看镜有感》等杂文及几封书信中涉及此事，大多也是只言片语，这使我们无从了解他对于西安讲学的真正感受。然而，这种经历或记忆却会在不经意间浮现在他的笔端。《故事新编》中的《出关》创作于 1935 年 12 月，是鲁迅赴陕讲学 10 多年后所写的作品，其中关于老子讲学的系列描写，形象生动地融入了鲁迅赴陕讲学的记忆。

---

① 单演义：《关于鲁迅的〈中国小说的历史的变迁〉》，西北大学鲁迅研究室编：《鲁迅在西安》资料编，聊城师院，1978 年，第 38 页。

② 李瘦枝：《"刘记西北大学"的创办与结束》，中国人民政治协商会议陕西省委员会文史资料研究委员会：《陕西文史资料选辑》第 3 辑，1963 年，第 183 页。

鲁迅西安讲学往返途中曾两次路过函谷关。据同行的历史学家王桐龄《陕西旅行记》记载，7月12日来陕途中，他们曾路过函谷关，想下船去参观，因雨后山水暴发，"阻水而返"。①鲁迅路过函谷关而未能登临的遗憾终于在离陕返京途中得以弥补。据鲁迅日记载，8月9日他和孙伏园等人抵达函谷关，一起登高远眺，归途中还在水滩拾石子二枚作纪念。②鲁迅的这一经历，为他后来写《出关》提供了重要的写作素材。《出关》中对函谷关的描写，如"没有直走通到关口的大道"，"城墙倒并不高"，到得关上，"临窗一望，只见外面全是黄土的平原，愈远愈低；天色苍苍……"③都可看作鲁迅当年登临函谷关的记忆重现。至于作品中写到的老子被迫"讲学"的情状，更可以说是鲁迅西安讲学记忆的一种不无夸张的艺术化表现。《出关》中听老子讲学的人，"同来的八人之外，还有四个巡警，两个签子手，五个探子，一个书记，账房和厨房。有几个还带着笔，刀，木札，预备抄讲义"④。听讲员的乌七杂八，是鲁迅西安讲学时的一个直观印象。因为陕西省创办的暑期学校虽然是西北大学和陕西教育厅合办，但听讲员并非都是大学生，而是各地派来的小学教员或职员，还有督署的职员、讲武堂的军官士兵等等，面对文化程度参差不齐的听众，讲演效果可想而知。鲁迅在《出关》中写道，当老子讲到"道可道，非常道；名可名，非常名。无名，天地之始；有名，万物之母。……"时，听众的反应是"彼此面面相觑"。当老子接着说"常有欲以观其窍。此两者，同出而异名。同，谓之玄，玄之又玄，众妙之门……"时，"大家显出苦脸来了，有些人还似乎手足失措。一个签子手打了一个大呵欠，书记先生竟打起磕睡来，哗啷一声，刀，笔，木札，都从手里落在席子上面了"⑤。这种滑稽可笑的镜头恐怕在陕西的暑期学校中并不鲜见。据和鲁迅一同赴陕讲演的蒋廷黻回忆："那儿的学生比平津的年纪大，像人面狮身像似的坐在教室里，他们太没有礼貌，不是喧闹就是打盹。我简直弄不清楚，他们是否还知道有我这个人在。"⑥这从侧面印证了鲁迅在《出关》中所写并非空穴来风。

《出关》中对于老子和听众之间因语言不通而造成的障碍也有描写。作品中写老子"打着陕西腔，夹上湖南音，'哩''呢'不分，又爱说什么'唔'：大家还是听不懂。可是时间加长了，来听他讲学的人，倒格外的受苦""为面子起见，人们只好熬着，但后来总不免七倒八歪斜，各人想着自己的事"，待到老子说了一个"完了"，

---

① 王桐龄：《陕西旅行记》，文化学社1928年版，第8—9页。
② 鲁迅日记，《鲁迅全集》第15卷，人民文学出版社2005年版，第524页。
③ 鲁迅：《出关》，《鲁迅全集》第2卷，人民文学出版社2005年版，第458—459页。
④ 鲁迅：《出关》，《鲁迅全集》第2卷，人民文学出版社2005年版，第459页。
⑤ 鲁迅：《出关》，《鲁迅全集》第2卷，人民文学出版社2005年版，第460页。
⑥ 蒋廷黻：《蒋廷黻回忆录》，中华书局2014年版，第114页。

"大家这才如大梦初醒，虽然因为坐得太久，两腿都麻木了，一时站不起身，但心里又惊又喜，恰如遇到大赦的一样"。①这种场面极易让人联想起当年报纸上对暑期学校"言之谆谆，听者茫茫，师生交困，恐无好果"的报道。而"哩""呢"不分，更是鲁迅自己的亲身经历。据当时接待鲁迅等人讲学的省长公署秘书张辛南回忆，鲁迅曾提出要买"鲁吉"，他最初还以为是"卤鸡"，后来才知道是一种古玩，但古玩店也不知道"鲁吉"为何物，后经请教孙伏园才知道鲁迅说的是"弩机"。②可见鲁迅说话的确是"哩""呢"不分的，而陕西人对他的口音显然不大能听懂。

《出关》中老子好不容易讲演结束了，但听"人们却还在外面纷纷议论。过不多久，就有四个代表进来见老子，大意是说他的话讲的太快了，加上国语不大纯粹，所以谁也不能笔记。没有记录，可惜非常，所以要请他补发些讲义"。③虽然鲁迅本人并未被迫留下来编讲义，但这种描写，也与当时报纸上报道的陕西暑期学校学员选派代表质问学校为何不发讲义极其相似。鲁迅在西安讲演时也未印发讲义，而是由听讲的西北大学学生昝健行和薛声震担任记录。此二人均为西北大学国文专修科的学生，文化水平较高。而且昝健行虽是甘肃人，但毕业于江苏苏州师范学校，对江浙一带的口音较为熟悉，因而对鲁迅的讲演内容有较准确的领悟。西北大学出版部将此二人的记录稿寄给鲁迅后，鲁迅连续5天订正讲稿并很快寄回，后收入西北大学出版的《国立西北大学、陕西教育厅合办暑期学校讲演集》（二）中，成为珍贵的学术史料。

因此，将鲁迅小说《出关》和当地报纸关于暑期学校的相关报道对读，可以发现鲁迅小说中的某些细节并非只是"随意点染"，而是"言必有据"的。

2. 鲁迅对军阀刘镇华的态度

鲁迅在西安期间除了在暑期学校讲演，还应邀在讲武堂给士兵讲小说史半小时。关于鲁迅为什么给讲武堂的士兵也讲小说史，单演义在1953年《鲁迅先生在西安》手稿中只介绍了张辛南的回忆和林辰所引述的孙伏园的观点。张辛南说刘镇华希望鲁迅能讲一个"士兵能了解并觉兴味的题目"，鲁迅回答说"我向士兵讲说是可以的，但是我要讲的题目仍然是小说史，因为我只会讲小说史"。孙伏园说"据我所想，小说史之讲法，本来可浅可深，可严正，亦可通俗"。林辰认为孙伏园此说"最为近理"。④单演义在手稿中对上述说法未予置评，可以说是默认了这种解释。然而到1956

---

① 鲁迅：《出关》，《鲁迅全集》第2卷，人民文学出版社2005年版，第460页。
② 张辛南：《追忆鲁迅先生在西安》，参见《鲁迅在西安》，《鲁迅生平史料汇编》第三辑，天津人民出版社1983年版，第804—805页。
③ 鲁迅：《出关》，《鲁迅全集》第2卷，人民文学出版社2005年版，第460页。
④ 单演义：《鲁迅先生在西安》（手稿），1953年。

年西大版本的《鲁迅在西安》中，单演义引用了许广平的话："鲁迅对当时西安及北方军阀黑暗，是很小心对待的，故对军士也只讲小说史，即可具见。"①并认为这个意见"最合鲁迅先生的本意"。到 1957 年长江文艺出版社出版的《鲁迅讲学在西安》中，单演义又加了王淡如《一段回忆》里的材料："军阀刘镇华曾经托人示意，请给士兵讲演时调换一下题目，意思是说：你周树人总不肯给我歌功颂德了么，给士兵打一下气总可以吧？但结果使他这个奢望落了空。……刘碰了个软钉子，几乎马上要掀开'礼贤下士'的假面具的时候，经人劝阻，才隐忍住了。当时的《新秦日报》曾透露了这个'兼座怒形于色'的消息，还被罚停了几天刊。"②单演义通过这一史料更坚信鲁迅是以此来对抗军阀的论断。本来，王淡如作为当时《新秦日报》的编辑，其回忆应该有相当的可信度，而且这一事件在《新秦日报》社长俞嗣如的回忆文章中也提到过③，这更佐证了其真实性。但考虑到王淡如回忆的时间是时隔 32 年之后的 1956 年，而俞嗣如的回忆则更晚，是在"年老记忆力衰退"④之时写的，笔者特意查阅了《新秦日报》1924 年 7—8 月份的所有报纸，对有关暑期学校的报道进行逐条抄录，未发现"兼座怒形于色"的报道，而且从 7 月中旬到 8 月底，《新秦日报》每天都正常出刊，没有他们说的停刊几日的现象，因此怀疑王淡如是在 50 年代那种时代语境下，夸大了鲁迅与军阀刘镇华之间的对立，而单演义也乐于从这方面去理解，从而更好地突出鲁迅"冷对军阀"的战士形象。从鲁迅日记可知，7 月 24 日鲁迅"赴省长公署饮"，8 月 3 日晚"刘省长在易俗社设宴演剧"为鲁迅等人饯行，晚上还送来《颜勤礼碑》十分，《李二曲集》一部，杞果、蒲陶、薐藜、花生各二合"。⑤可见，刘镇华对鲁迅等人还是给予了很高礼遇的。这些礼物鲁迅都欣然接受，回京后还分送众位亲友。在返京途中，鲁迅在陕州还给刘镇华写了信，内容不知，多半是答谢，这说明鲁迅对刘镇华也是相当客气的，并未如后人想象那般直接对抗军阀。

3. 鲁迅在 1924 年暑校讲师团中的位置

由于鲁迅在 20 世纪中国文化、文学史上的重要地位，后来的研究者总是把 1924 年鲁迅参加的这次暑期讲演描述为"以鲁迅为中心"的讲演，似乎同行的一众学者都只是配角。但回到历史现场，发现事实并非后人所想象的那样。

---

① 单演义：《鲁迅在西安》（打印稿），西北大学，1956 年。

② 王淡如：《一段回忆》，原载《西安日报》1956 年 10 月 9 日，参见《鲁迅在西安》，《鲁迅生平史料汇编》第三辑，天津人民出版社 1983 年版，第 782—783 页。

③ 俞嗣如：《〈新秦日报〉二十五年》，中国人民政治协商会议陕西省西安市委员会文史资料研究委员会《西安文史资料》第二辑，1982 年，第 135 页。

④ 俞嗣如：《〈新秦日报〉二十五年》，中国人民政治协商会议陕西省西安市委员会文史资料研究委员会《西安文史资料》第二辑，1982 年，第 144 页。

⑤ 鲁迅日记，《鲁迅全集》第 15 卷，人民文学出版社 2005 年版，第 524 页。

总体而言，当地报纸关注的焦点在暑期学校本身，对来陕讲师的个人报道相对较少。据笔者统计，提到来陕讲师姓名最多的是北京师范大学教授王桐龄。《旭报》7月13日关于学者来陕讲演的预报道里只提了王桐龄的名字。[1]学校开学典礼上，代表暑校讲师致辞的是王桐龄。省署宴请暑校讲师的新闻里，也只提及了王桐龄的名字，其他都在"等十余人"里。另外，王桐龄游历咸阳、赴终南山、与学生组织谈话会以及终讲离陕等消息，媒体皆有报道。而鲁迅游孔庙、碑林、大小雁塔，赴讲武堂讲演之类的消息却不见于当地报纸。可见，鲁迅并非当时陕西文化新闻界关注的中心，也不是媒体跟踪报道的焦点人物。

在暑校讲师团中，不乏李济之、夏元瑮这样的大学者，令人意想不到的是，在对暑校讲师讲演效果的报道中，评价最高的是《京报》记者王小隐。王小隐乃山东费县人，清末翰林王景禧之子，颇有家学，擅长诗文。早年就读于北京大学，后留学日本。1920年曾担任《上海时报》记者与平民大学讲师。1924年起担任《京报》记者。王小隐本非正式被邀请的讲师，暑期学校的简章里没有出现他的名字。7月30日《新秦日报》才首次披露了《京晨两报记者加入讲演》的新闻。对于王小隐，鲁迅在《说胡须》中曾隐晦地批评过他，嘲讽他为"聪明的名士"，对他印象并不好。可能受鲁迅影响，再加上王小隐后来做过汉奸，单演义《鲁迅在西安》中将他当作反面人物，用"愚蠢无知""奴性""可耻"等词来形容他，并推测他的讲演也"内容浅陋"。[2]然而他的讲演却得到了当时听众的高度好评。一向对暑校批评激烈的《旭报》两次报道了王小隐讲演受欢迎的消息。报道称："据听者评论此次讲演团中以王小隐之讲演为最得法，听者亦甚满足。因王君系山东人，言语易懂，并带些许滑稽味儿，使听者更有兴趣也。每逢其讲演时听讲人数格外加多，场中掌声笑声不绝。"[3]并称赞王"口齿伶俐，语言清楚，精神亦甚振"。其讲题为《戏曲与文化之关系》，"其对于所讲之题颇能发挥尽致且确有独得之妙，故听者无不欢跃"。[4]这说明，讲演效果如何，与讲师本人学识的高低并无直接关系。对于文化程度不高的普通听众来说，口齿伶俐、言语易懂、滑稽有趣可能是制胜的更关键因素。据史料记载，王小隐"性格开朗健谈，走到哪笑声会到哪"[5]，《旭报》的相关报道正好印证了王小隐的这一长处。

---

① 《学者来陕讲演之预闻》，《旭报》1924年7月13日。

② 单演义：《鲁迅在西安》，陕西人民出版社1981年版，第102页。

③ 《京报记者行将返都》，《旭报》1924年8月7日。

④ 《王小隐讲演受欢迎》，《旭报》1924年8月10日。

⑤ 侯福志：《王小隐其人其事》（一），张元卿、顾臻编《品报学丛》第三辑，天津古籍出版社2017年版，第14页。

　　总之，1924 年陕西当地报纸的报道为我们呈现了丰富可感的历史现场，这不仅有助于我们了解鲁迅讲学的相关背景，也能使我们更好地理解《出关》中的有关描写。在当年的暑期学校讲师团中，鲁迅作为"小说大家"，虽然也受到了一定的关注，但并非领袖群伦的人物，也非"明星"一般的存在。他的《中国小说的历史的变迁》的讲演虽然得到了一些肯定，被认为是在"小说方面，已灌输不少之新的知识"，但其真正的意义恐怕还很少被当时的听众所了解，只能留待后人不断去发掘和研究。

　　（原载《现代中文学刊》2021 年第 4 期）

早期鲁迅与周作人的中国传统文化选择论考

关　峰①

摘要： 鲁迅查考中华文明的源头，探察西方文化，也在历史性叙事和意义上进行论证。早期鲁迅具备民族和个人的双重自觉，为他后来的文明批判与社会批判打下了基础。非正统的选择出于纠偏和制衡，对追随鲁迅前往南京求学的周作人有极大的吸引力。新文化运动包含了鲁迅对"新生运动"的总结与反思。晚清社会的"笃古"与"蔑古"两种思潮都有亟待清算的硬伤。从"精神"出发，周氏兄弟特别注重对于民族源头的考察。鲁迅融通过去、现在和未来关系的认知体系，为他从革命的高度认识启蒙运动奠定了基础。周氏兄弟往来于中西学术之间，致力于嫁接与融通，实现文化并置与文明再造，并以"西学为体，中学为用"的反向思维来调整策略和范式选择。

关键词： 鲁迅；周作人；"新生运动"；中国传统文化

受主编《民报》时的章太炎影响，早期（青年）周氏兄弟虽然致力于开发"新源"，但对"旧泽"和"本根"的开掘并不轻视。章氏"用国粹激励种性"的策略和对"不晓得中国的长处，见得别无可爱"的"欧化主义"的批评②，用到了他们在《河南》杂志——《新生》甲编中的论文写作和《域外小说集》——《新生》乙编的"迻译"中。鲁迅笔下"屹然出中央而无校雠"（《文化偏至论》）、"文明先进，四邻莫之与伦"（《摩罗诗力说》）的中国，以及"气禀未失之农人"形象（《破恶声论》），周作人对"种人之特色（立国精神）"的推重（《论文章之意义暨其使命因及中国近

---

①　关峰（1971—　），河南夏邑人。2006 年毕业于兰州大学文学院，获文学博士学位。2007—2009 年，在复旦大学中国语言文学博士后流动站从事博士后研究。2010 年 8 月—2011 年 8 月，在美国 The University of Toledo 访学。2006—2017 年，在长安大学文学艺术与传播学院任教；2018 年起，在西北大学文学院任教。

②　章太炎：《东京留学生欢迎会演说录》，《革故鼎新的哲理——章太炎文选》，上海远东出版社 1996 年版，第 146 页。

时论文之失》，以下简称"《论文章》"）等，都意在回溯中国历史的"上游"，查考中华文明的"来龙"。即便是探察西方文明（文化），他们也在历史性叙事和意义上予以论证，绝非生吞活剥和断章取义。诸如鲁迅对人（人间）之历史的缕述、对科学史的梳理、对西方个人主义和物质主义的论断、对摩罗宗流别影响的尊崇，周作人对林传甲《中国文学史》的批驳等，大都从源流上生发，光大了理性与科学的现代精神。如《破恶声论》中对迷信和神话的辩护就有泰勒《原始文化》与弗雷泽《金枝》的影子，经由对尼采的介绍而被表现出来。

一、文明批判与社会批判

青少年时代的鲁迅大抵接受了较完备的私塾教育。在进三味书屋前，他已读完"四书"。虽然教读《孟子》的本家叔祖，《白光》中陈士成的原型周子京异想天开，闹出不少笑话，但在方正、质朴而博学的寿镜吾先生指导下，鲁迅几乎遍读了包括《尔雅》《周礼》和《仪礼》在内的十三经。其成绩虽出类拔萃，但他的读书却与一般科举考试的士子不同，突出表现在对重史之乡间人文传统的继承上。按照周作人的说法，浙江文艺界有飘逸与深刻的两派：前者如名士清谈，庄谐杂出；后者则着眼洞彻，措语犀利。晚年的周氏又以钱塘江为界，将浙江文艺界修订为浙西和浙东学派。浙西偏于文，浙东则偏于史。鲁迅早年的阅读就偏野史，如"看《玉芝堂谈荟》知道了历代武人的吃人肉，看《鸡肋编》知道了南宋山东义民往杭州行在，路上以人肉干为粮，看《南烬纪闻》知道了金人的淫虐，看《蜀碧》知道了张献忠的凶杀，看《明季稗史汇编》里的《扬州十日记》知道了满人的屠杀"①。可资比较的是，家藏明抄宋端仪《国朝典故》残本（仅上两卷）《立斋闲录》在兄弟二人间都激起了极大义愤，周作人和鲁迅分别在1925年和1935年以《永乐的圣旨》和《病后杂谈之余——关于"舒愤懑"》为题发表出来。在此前后，两兄弟都谈到了读史的必要。著名的《闭户读书论》中直言："我始终相信《二十四史》是一部好书，他很诚恳地告诉我们过去曾如此，现在是如此，将来要如此。"鲁迅则语重心长："无论是学文学的，学科学的，他应该先看一部关于历史的简明而可靠的书。"②得益于"更充足地保存真相"③的野史，鲁迅后来文章（尤其是杂文）的文明批判和社会批判更深刻，也更有力。

除野史外，鲁迅还大量涉猎了他当时所能得到的杂书。首先是父亲伯宜公曾使

---

① 周作人：《鲁迅读古书》，《年少沧桑：兄弟忆鲁迅》，河北教育出版社2000年版，第196页。

② 鲁迅：《鲁迅全集》第6卷，人民文学出版社2005年版，第142—143页。

③ 周作人：《周作人散文全集》第5卷，广西师范大学出版社2009年版，第511页。

用过的科举用书——石印《经策通纂》，多达几十册。其中不但有《陆玑诗疏》丁晏校本、郝氏《尔雅义疏》，还收有《四库提要》的子、集两部分。其次，大概和《阿长与〈山海经〉》中提到的远房叔祖（即玉田，别号琴逸）有关，鲁迅借阅了木版小本的《唐代丛书》。虽然后来在《破〈唐人说荟〉》和《书的还魂和赶造》等文中都对其表示了不满，并剥去伪装，加以揭穿，但也并非没有从中得到好处，至少抄录了其中陆羽的《茶经》三卷、陆龟蒙的《耒耜经》及《五木经》等。由此而来的兴趣，直到辛亥年春天仍然不减，体现在其续抄《说郛》中包括竹谱和笋谱在内的五六种花木类谱录中，并连带引起读书的兴味来。第三，自行购读《二酉堂丛书》（武威张澍所刻）、《十种古逸书》（茆泮林）及《艺苑捃华》，加之众所周知的《山海经》《毛诗品物图考》和《花镜》等书，奠定了后来他对包括《会稽郡故书杂集》《古小说钩沉》《小说旧闻钞》《唐宋传奇集》《嵇康集》和《中国小说史略》等在内的学术著作的搜集、辑录、校勘和研究的基础。与阅读相连，尚有早就表现出的非凡绘画天禀。从日本小田海仙《海仙画谱》的十八描法开始，到避难时在王府（皇甫）庄影写《荡寇志》绣像，再到马镜江的两卷《诗中画》、王冶梅的《三十六赏心乐事》和王磐《野菜谱》（附刻在徐光启《农政全书》末尾），大都悉心描过。这一经历不仅激起了他晚年的木刻和版画的实践反响，还惠及他对现代美术理论与批评体系的建设。诸如"美术云者，即用思理以美化天物之谓"，"凡有美术，皆足以征表一时及一族之思惟，故亦即国魂之现象"（《儗播布美术意见书》）；"美术家固然须有精熟的技工，但尤须有进步的思想与高尚的人格"（《随感录四十三》）；"我却爱看黄埃，因为由此可见这抱着明丽之心的作者，怎样为人和天然的苦斗的古战场所惊，而自己也参加了战斗"（《看司徒乔君的画》）等，多与他的文学创作相互策应。鲁迅征绘画经验用于文学，如《作文秘诀》中"有真意，去粉饰，少做作，勿卖弄"的"白描"；《我怎么做起小说来》中"要极省俭的画出一个人的特点，最好是画他的眼睛"；《论"旧形式的采用"》对"写意画（文人画）"的肯定；《补天》（《不周山》）中的色彩；《长明灯》中的方头和三角脸等，别开生面，激活了文学的动力和潜力。

也许是偏爱《西游记》的祖父特别鼓励去看小说的原因，兄弟俩在很小的时候就都已接触了不少那时还被视为闲书的小说。在《我学国文的经验》《我的杂学·小说与读书》等文中，周作人将自己国文入门的经验完全归功于看小说，并具体说明其阶段和过程："由《镜花缘》《儒林外史》《西游记》《水浒传》等渐至《三国演义》，转到《聊斋志异》，这是从白话转入文言的径路。教我懂文言，并略知文言的趣味者，实在是这《聊斋》，并非什么经书或是《古文析义》之流。《聊斋志异》之后，自然是那些《夜谭随录》《淞隐漫录》等的'假聊斋'，一变而转入《阅微草堂笔记》，这样，旧派文言小说的两派都已经入门，便自然而然地跑到《唐代丛书》里边去了。"①可以推测，这一"径路"未必不能适用于相同境地中的鲁迅。另据周建人在《鲁迅放学回来时做些什么》一文中透露，鲁迅"也很喜欢看讲草木虫鱼等的书。如《南方草木状》《花镜》《兰蕙同心录》等等"，而且"后来又得了一部《广群芳谱》。抄的也就是这一类，如《释草小记》《释虫小记》等等"。在周建人的回忆中，鲁迅"从书坊里回来，常常看看《花镜》，并曾经加上许多注解"。②不用说，博物兴趣也可以挪用于周作人。联系周作人早期日记中对兄弟二人关系的透露，以及晚年周作人对以《伤逝》为代表的鲁迅小说的解读，几乎可以肯定的是，"新生运动"前的兄弟俩基本上走了相似的路，即便是所读之书，也有很大部分的重合。在周作人提供的戊戌前鲁迅所买之书的书单中，计有《郑板桥集》《徐霞客游记》《阅微草堂笔记》《淞隐漫录》，影印宋本《唐代合集》《金石存》《酉阳杂俎》。③最末一种在《唐代丛书》中有节本，与后来鲁迅编校《古小说钩沉》《唐宋传奇集》大有关系，同时也塑造了周作人喜爱杂学的性格。事实上，在小皋埠娱园避难的后期，鲁迅与喜画墨梅、爱看小说的"友舅舅"秦少渔很谈得来。至此，困顿敏感的鲁迅一扫前期被视同"乞食者"的耻辱阴霾，并有机会读到"种种《红楼梦》，种种侠义"④的小说，开阔了视野。此后，他在东京的文学运动及文学革命后的小说创作恐怕都得益于此。

二、新旧融通

往南京的"走异路"⑤是鲁迅不满自身境遇和现状，力求重建自我世界装置的反映。不过，新旧博弈的结果往往并非你死我活的取而代之，而是新中有旧、旧中有新的错综混杂。已入新式学堂后的归考便是这样的"混杂"——鲁迅唯一的一次科举考试是在从江南水师学堂退学，改入江南陆师学堂附设的矿路学堂的间隙。虽然考试成绩不错，却没再续考，表明了他与旧轨道的名利诱惑决裂的决心。同样的情形也发生在周作人身上。入学江南水师学堂后的第二年（1902 年）7 月 27 日，周作人便在日记中表示："接家信，促归考，即作复，历陈利害，坚却不赴。"⑥同年 11月 17 日的日记中更在以《焚书》为题的七律下清醒地认识到"以四书五经言之，其

---

① 周作人：《苦口甘口》，河北教育出版社 2001 年版，第 60—61 页。

② 周建人：《鲁迅放学回来时做些什么》，《年少沧桑：兄弟忆鲁迅》，河北教育出版社 2000 年版，第 254 页。

③ 周作人：《鲁迅的故家》，人民文学出版社 1957 年版，第 65—66 页。

④ 周作人：《鲁迅的故家》，人民文学出版社 1957 年版，第 47 页。

⑤ 鲁迅：《鲁迅全集》第 1 卷，人民文学出版社 2005 年版，第 437 页。

⑥ 周作人：《周作人日记》（上册），大象出版社 1996 年版，第 343 页。

足以销磨涅伏者，不可胜数，又且为专制之法，为独夫作俑，真堪痛快，至于浮辞虚语，并名学家所谓丐词者，尚其最小者耳"①。南京时期的鲁迅具备民族和个人的双重自觉。就前者而言，他曾骑马到明故宫，虽不小心从马上摔了下来，碰断了一颗门牙，但无疑传递了意气风发的自觉和自信的信息。至于后者，则在《和仲弟送别元韵并跋》中借"英雄"一语表达了"时随帆顶过长天"的志向，并激励诸弟，"文章得失不由天"②。充分表露内心，且更有说服力的是，1901 年初，鲁迅在重读1898 年正月二十九日所买八册（周作人日记中记为"六本"）《徐霞客游记》时，特别选用"独、鹤、与、飞"四字予以分类，彰显了他基于个人志趣的远大而高洁的境界。这与他稍后在东京所写的《斯巴达之魂》《中国地质略论》等文一脉相承。《中国地质略论》绪言中的"吾广漠美丽最可爱之中国兮！而实世界之天府，文明之鼻祖也"，与《破恶声论》中"未绝大冀于方来"的"至诚"和"温煦"之声遥相呼应。周作人曾总结南京四年的鲁迅说："关于文史方面的学问，这一部分的底子他是在家里的时代所打下的，但是一般的科学知识，则是完全从功课上学习了来，特别是关于进化论的学说。"③对比鲁迅在《琐记》中对《天演论》的追忆，及后来在《随感录二十五》中所说"严又陵究竟是'做'过赫胥黎《天演论》的"，不难看出他在"中学"与"西学"间所作的平衡和取舍，这也为配合《民报》，从事文学启蒙的"新生运动"打下了基础。

晚年周作人自述南京时代的他受金圣叹影响，并阑入"浪漫的思想"④范围。谈到鲁迅，周作人则表示："他对于唐朝的'韩文公'韩愈和宋朝的'朱文公'朱熹这两个大人物，丝毫不感受影响。"还指出："他爱《楚辞》里的屈原诸作，其次是嵇康和陶渊明，六朝人的文章，唐朝传奇文，唐宋八大家不值得一看，'桐城派'更不必提了。"又关涉佛经，提到"在本国'撰述'类中却有一部《弘明集》，是讨论佛教的书，中间有梁朝范缜作的一篇《神灭论》，这给了他很大的益处"。⑤非正统的选择显然出于纠偏和制衡，对追随鲁迅前往南京求学的周作人有极大的吸引力。这见于这一时期周作人日记中多次出现的"大哥"及"晤谈，藉豁尘障"⑥似的表述。留东时的鲁迅更是发展了民族革命和启蒙教化思想。初到东京不久的鲁迅就寄回照片一张，"视之，宛然东瀛人也"⑦。差不多一年后鲁迅便剪去了头发，以与所谓"富

①　周作人：《周作人日记》（上册），大象出版社 1996 年版，第 362 页。

②　鲁迅：《鲁迅全集》第 8 卷，人民文学出版社 2005 年版，第 531 页。

③　周作人：《周作人散文全集》第 12 卷，广西师范大学出版社 2009 年版，第 626 页。

④　周作人：《知堂回想录》，三育图书有限公司 1980 年版，第 167 页。

⑤　周作人：《周作人散文全集》第 12 卷，广西师范大学出版社 2009 年版，第 675、676 页。

⑥　周作人：《周作人日记》（上册），大象出版社 1996 年版，第 278 页。

⑦　周作人：《周作人日记》（上册），大象出版社 1996 年版，第 335 页。

士山"的速成班区别开来。对周作人而言，东京生活带给他的最大冲击莫过于日本女性的天足了。同样，鲁迅也对"绣花的弓鞋"深致不满，曾在《范爱农》一文中因此摇头，引起误会来。直到校对由许寿裳代办的《支那经济全书》时还大加删改，将纳妾与"小星"等很多迂腐陈旧的想法尽数刊落。在南京和东京读书期间，周氏兄弟受章太炎、严复、梁启超和林纾的影响最大，文化变革和文艺救世的热情高涨。从事《月界旅行》等科学小说的翻译不必说了，即便是兄弟二人间的通信也一度有意使用白话，目的就在启迪人智，唤醒民众。周作人甚至与同学分拟致邑人书，筹划往民间去的启蒙运动。

在南京与东京的最初两年里，鲁迅思想还处于新旧并立和杂糅的过渡阶段。一方面，在不满"乌烟瘴气"的水师学堂而转学文学堂性质的矿路学堂后，他开始接受以地质学（地学）为主的现代科学技术知识训练。特别是手抄汉译英国赖耶尔（C. Lyell）的《地质学纲要》（*Principles of Geology*，《地学浅说》），从中获得了大量古生物学常识，为他理解严复《天演论》中的进化论原理奠定了基础。耐人寻味的是，直到在东京看到丘浅治郎的《进化论讲话》后，他才扬弃了严氏传播的斯宾塞"任天说"，自觉选择了赫胥黎的"胜天说"。①另一方面，矿路学堂与弘文学院期间的鲁迅尚处于科学启蒙和维新救国的自发阶段，所持文学观大概不出旧的范围。如他在《集外集·序言》中所忆："当时的风气，要激昂慷慨，顿挫抑扬，才能被称为好文章，我还记得'被发大叫，抱书独行，无泪可挥，大风灭烛'是大家传诵的警句。但我的文章里，也有受着严又陵的影响的，例如'涅伏'，就是'神经'的腊丁语的音译。"在与瞿秋白《关于翻译的通信》中，鲁迅谈到，译介《天演论》时的严复目的是引起社会反响，所用的标准乃是六朝的"达"而"雅"，后来的译本则"看得'信'比'达雅'都重一些"，所以也更可靠一些。事实上，偏好六朝文的鲁迅也从佛经里获益良多，至少奠定了他唯物思想的基础。可以管窥日常生活中兄弟关系的一则轶事是，不满于懒惰拖延的二弟没能与章太炎合作译出吠檀多哲学，情绪失控的鲁迅竟然挥起了老拳。此外，因史密斯（Smith）《中国人气质》（*Chinese Characteristics*）的风行，这时的鲁迅已与友人讨论起国民性问题，也曾"穷日读"《释人》而"大欢喜"②。他在文章中不止一次地引用老庄和《楚辞》中的语句，对孔子却不很看重。因此，当弘文学院的学监大久保高明集合大家到孔庙行礼时，鲁迅颇感惊诧："正因为绝望于孔夫子和他的之徒，所以到日本来的，然而又是拜么？一时觉得很奇怪。"③

---

① 伊藤虎丸:《鲁迅与终末论：近代现实主义的成立》，生活·读书·新知三联书店 2008 年版，第 148 页。

② 鲁迅:《鲁迅全集》第 11 卷，人民文学出版社 2005 年版，第 329 页。

③ 鲁迅:《鲁迅全集》第 6 卷，人民文学出版社 2005 年版，第 326 页。

难能可贵的是，这一"绝望"和"奇怪"的情绪并没有刺激他到相反的方面去，反而能够贯通起来。其中李贺与安特莱夫、六朝文与个人主义等都是鲁迅处理"外"与"内"之关系的课题。

三、从"新生运动"到新文化运动

"弃医从文"后的鲁迅决心创办那时在东京还没有的文学杂志，所作的准备是搜求后来称为被侮辱被损害的"弱小民族国家的文学"作品。同时，他对所熟知的中国传统文学和文化的态度也发生了转变。最突出和重要的是对老子"不撄人心"思想的批判。老子企图"致槁木之心，立无为之治；以无为之为化社会，而世即于太平"①。但在鲁迅看来，所谓"太平"和"平和"是根本不存在的伪命题。1908 年至 1909 年，鲁迅从章太炎口头上听来的有关老子出关的缘由，后来衍化为他的孔胜老败的论断。他晚年曾在《〈出关〉的"关"》中总结道："老则是'无为而无不为'的一事不做，徒作大言的空谈家。要无所不为，就只好一无所为，因为一有所为，就有了界限，不能算是'无不为'了。"而在"新生运动"的彼时，他却从进化论的"非堕落不止，非著物不止"②的生物学观点，驳斥"心神所注，辽远在于唐虞，或径入古初，游于人兽杂居之世"的所谓"中国爱智之士"③。即便是对"怼世俗之混浊"，以至"放言无惮，为前人所不敢言"的屈原，曾"狂诵《离骚》"④的鲁迅也以为"反抗挑战，则终其篇未能见，感动后世，为力非强"⑤，更不必说诗史上的"言志"（舜）与"无邪"（孔子）的自相矛盾了。从"恶魔"派的精神出发审察中国文学史的鲁迅认为，"凡诗宗词客，能宣彼妙音，传其灵觉，以美善吾人之性情，崇大吾人之思理者"，"几无有矣"，换句话说，"无有为沉痛著大之声，撄其后人，使之兴起"。⑥这里虽未明言，但显然包括孔子。二十年后偏处厦门任教的鲁迅曾表示："孔孟的书我读得最早，最熟，然而倒似乎和我不相干。"⑦这一自述与他对道教在中国社会中之作用的认识有关。倒是同为"新生运动"中坚的周作人在这一时期发表的《论文章》一文高扬反孔大旗，直指"束缚人心"的"中国文章之匠宗"素王孔子，以为"删诗定礼，夭阏国民思想之春华，阴以为帝王之佑助，推其后祸，犹秦火也"，后更

---

①　鲁迅：《鲁迅全集》第 1 卷，人民文学出版社 2005 年版，第 69 页。
②　鲁迅：《鲁迅全集》第 1 卷，人民文学出版社 2005 年版，第 70 页。
③　鲁迅：《鲁迅全集》第 1 卷，人民文学出版社 2005 年版，第 69 页。
④　鲁迅：《鲁迅全集》第 8 卷，人民文学出版社 2005 年版，第 534 页。
⑤　鲁迅：《鲁迅全集》第 1 卷，人民文学出版社 2005 年版，第 71 页。
⑥　鲁迅：《鲁迅全集》第 1 卷，人民文学出版社 2005 年版，第 71 页。
⑦　鲁迅：《鲁迅全集》第 1 卷，人民文学出版社 2005 年版，第 301 页。

牵连到所谓儒教和儒宗。他最终的结论是"中国之思想，类皆拘囚蜷屈，莫得自展"。在周作人看来，中国传统文学观要么视文章为小道，"不切用于日用人生"，要么为"经世之业，必如训诂典章而后可"，都不是应有的直面文学的现代态度。①

《狂人日记》发表差不多十年后，鲁迅曾在《无声的中国》中谈到白话文风行的原因，以为缘于钱玄同的极端和激烈，用罗马字母来取代而废止汉字的提议。不过，到"《新青年》的团体散掉"②的落潮期，鲁迅却只感到"悲哀"和"寂寞"，仿佛"叫喊于生人中，而生人并无反应，既非赞同，也无反对，如置身毫无边际的荒原，无可措手"③，感慨"不是很大的鞭子打在背上，中国自己是不肯动弹的"④，感叹"造物的皮鞭没有到中国的脊梁上时，中国便永远是这样的中国，决不肯自己改变一支毫毛"⑤。有感于"我们是过着受破坏了又修补，受破坏了又修补的生活"⑥，及"只有一半露出在街上的"、"老房子"似的"中国人的历史"⑦，鲁迅以"新生运动"的失败为鉴戒，重新予以规划，确立了"'全部，或全无'的勃兰特式的态度"⑧。"不看中国书"的主张就是这一激进主义的反庄子态度的表示。《热风》中驳斥学衡派及所谓保存国粹的国学家的背后，实际上包含了鲁迅对"新生运动"的总结与反思。再描述和评价诸如"大抵带些复古的倾向"⑨的"保守"，及"外之既不后于世界之思潮，内之仍弗失固有之血脉，取今复古，别立新宗"⑩，或如《破恶声论》中所述"苏古掇新，精神闳彻"的"中庸"。晚清社会中俨然活跃和对立着"笃古"和"蔑古"两种思潮。在鲁迅看来，二者都有亟待清算的硬伤。前者的局限性不言而喻，他据进化论写成的《人之历史》就是为此所作的反驳。《摩罗诗力说》中则讽刺笃古者"漫夸耀以自悦"，结果"孰不腾笑？"阿Q即为"中落之胄"的"笃古"代表。鲁迅提出，"怀古"并非不可，但应"思理朗然，如鉴明镜，时时上征，时时反顾，时时进光明之长途，时时念辉煌之旧有"⑪，否则，"古"之呼吸必将不通于今。后者更带有迷惑性。诸如"轾才小慧之徒"，"言非同西方之理弗道，事非合西方之术

① 周作人：《周作人散文全集》第1卷，广西师范大学出版社2009年版，第94页。
② 鲁迅：《鲁迅全集》第4卷，人民文学出版社2005年版，第469页。
③ 鲁迅：《鲁迅全集》第1卷，人民文学出版社2005年版，第439页。
④ 鲁迅：《鲁迅全集》第1卷，人民文学出版社2005年版，第171页。
⑤ 鲁迅：《鲁迅全集》第1卷，人民文学出版社2005年版，第488页。
⑥ 鲁迅：《鲁迅全集》第3卷，人民文学出版社2005年版，第378页。
⑦ 鲁迅：《鲁迅全集》第3卷，人民文学出版社2005年版，第22页。
⑧ 鲁迅：《鲁迅全集》第6卷，人民文学出版社2005年版，第324页。
⑨ 鲁迅：《鲁迅全集》第1卷，人民文学出版社2005年版，第439页。
⑩ 鲁迅：《鲁迅全集》第1卷，人民文学出版社2005年版，第57页。
⑪ 鲁迅：《鲁迅全集》第1卷，人民文学出版社2005年版，第67页。

弗行，掊击旧物，惟恐不力"。①殊不知其所膜拜之"钩爪锯牙""制造商估立宪国会"②，以至"制女子束腰道具之术"③，皆为"迁流偏至之物，已陈旧于殊方者"④。从"转移性情，改造社会"⑤的文4艺启蒙观出发，鲁迅批评了"海禁既开，哲人踵至"以来"富有""路矿""众治""物质"和"多数"的经济与政治救亡方案，别辟了文学和文化改革的蹊径。从"文明无不根旧迹而演来"的信念出发，鲁迅为"内密既发"的中国打造了八字方针，即"洞瞩幽隐，评骘文明"⑥。既非"无以争存于天下"的"安弱守雌，笃于旧习"的"国民"，也不是"归罪恶于古之文物，甚或斥言文为蛮野，鄙思想为简陋，风发浡起，皇皇焉欲进欧西之物而代之"⑦的所谓"世界人"⑧，鲁迅希冀和呼唤的乃是"不随顺旧俗"，能"与世界大势相接"⑨的精神界之战士。

在筹划创办《新生》杂志的两年间，无论国内还是留学界都弥漫着浓厚的民族革命气氛。"南社"诸人就有"将满洲人赶出去，便一切都恢复了'汉官威仪'"的幻想——"穿大袖的衣服，峨冠博带"⑩。在《杂忆》中，鲁迅追忆当时"别有一部分人""对于光复的渴望之心"的"旺盛"："专意搜集明末遗民的著作，满人残暴的记录，钻在东京或其他的图书馆里，抄写出来，印了，输入中国。"周氏兄弟虽也深受影响，但他们坚实而稳健的"新生运动"却深入到国民精神的启蒙和重建中。对"新生"二字的诠释，也以鲁迅与"复古"相联系的追述更契合。简言之，这一运动的关键词就是"神思"，也就是"精神"，即所谓"尊个性而张精神"（《文化偏至论》），"国民精神之发扬"（《摩罗诗力说》），"哲人觇国，讨探起盛衰兴废之故，或反观既往，以远测其将来，亦但视精神之何如而已""思想得舒，国民精神进于微大，此未来之冀也"（《论文章》）。从"精神"出发，周氏兄弟特别注重对于民族源头的考察。受进化论启示，鲁迅不仅最先写出并发表了《人之历史》这样"立人"的文章，还深受尼采（Fr. Nietzsche，尼佉）影响。《摩罗诗力说》篇首将"求古源尽者将求方

① 鲁迅：《鲁迅全集》第1卷，人民文学出版社2005年版，第45页。
② 鲁迅：《鲁迅全集》第1卷，人民文学出版社2005年版，第46页。
③ 鲁迅：《鲁迅全集》第8卷，人民文学出版社2005年版，第27页。
④ 鲁迅：《鲁迅全集》第1卷，人民文学出版社2005年版，第47页。
⑤ 鲁迅：《〈域外小说集〉序》，《周作人译文全集》第11卷，上海人民出版社2012年版，第443页。
⑥ 鲁迅：《鲁迅全集》第8卷，人民文学出版社2005年版，第27页。
⑦ 鲁迅：《鲁迅全集》第1卷，人民文学出版社2005年版，第57页。
⑧ 鲁迅：《鲁迅全集》第8卷，人民文学出版社2005年版，第28页。
⑨ 鲁迅：《鲁迅全集》第1卷，人民文学出版社2005年版，第101页。
⑩ 鲁迅：《鲁迅全集》第4卷，人民文学出版社2005年版，第239页。

来之泉"的尼采语作为题记，并称道他"不恶野人，谓中有新力"的卓见，以为"文明之朕，固孕于蛮荒"，相信"上征在是，希望亦在是"。①周作人也多次引述尼采的话。在《哀弦篇》的末尾，他援引"唯有坟墓处，始有复活"一语，强调"哀弦断响，而人心永寂"的"萧条"。看重神话的鲁迅还严词驳斥那些"破迷信""嘲神话"及"借口科学，怀疑于中国古然之神龙者"②。在鲁迅看来，所谓迷信乃是"向上之民，欲离是有限相对之现世，以趣无限绝对之至上者也"③，而神话则是古民"瑰奇渊雅"的"神思"的表现。"龙"即为古民神思创造的结晶。相反，那些"虽一石一华，亦加轻薄"的所谓志士却不啻"精神窒塞，惟肤薄之功利是尚"④的"伪士"。

四、心声与新生

周作人曾谈到，"新生运动"时的他们是"民族主义"的信徒，表示"在日本的感觉，一半是异域，一半却是古昔"，所谓"思古之幽情"。因"民族主义"，"觉得清以前或元以前的差不多都好，何况更早的东西"。⑤此前所受严复的影响也因章太炎在《〈社会通诠〉商兑》中"载飞载鸣"的讽刺而有所淡化⑥，转而听讲《说文解字》便是自觉调整后的选择。出于正本清源的需要，周作人还专门进了筑地的立教大学及"三一学院"学习希腊文，"想把《新约》或至少是四福音书译成佛经似的古雅的"⑦。从"今所成就，无一不绳前时之遗迹"⑧的历史观出发，鲁迅特别查考了"古文明国"的前世今生，诸如天竺、希伯来、伊兰埃及等，而研判其"萧条"而为"影国"的原因就在于发展过程中"争天拒俗"心声的缺失。所开药方则是以裴伦为代表，"立意在反抗，指归在动作，而为世所不甚愉悦者"⑨的摩罗诗派。实际上，即便是进化论，受章太炎《俱分进化论》的影响，鲁迅也不盲目接受。他意识到，知识"每不即于中道，甲张则乙弛，乙盛则甲衰，迭代往来，无有纪极"，故而，"世界不直进，常曲折如螺旋"。⑩有鉴于此，鲁迅提出，正确对待历史的方法

---

① 鲁迅：《鲁迅全集》第 1 卷，人民文学出版社 2005 年版，第 66 页。
② 鲁迅：《鲁迅全集》第 8 卷，人民文学出版社 2005 年版，第 32 页。
③ 鲁迅：《鲁迅全集》第 8 卷，人民文学出版社 2005 年版，第 29 页。
④ 鲁迅：《鲁迅全集》第 8 卷，人民文学出版社 2005 年版，第 30 页。
⑤ 周作人：《周作人文类编·日本管窥》，湖南文艺出版社 1998 年版，第 87 页。
⑥ 许寿裳：《杂谈名人》，《鲁迅生平史料汇编》第二辑，天津人民出版社 1982 年版，第 33 页。
⑦ 周作人：《知堂回想录》，三育图书有限公司 1980 年版，第 220 页。
⑧ 鲁迅：《鲁迅全集》第 1 卷，人民文学出版社 2005 年版，第 47 页。
⑨ 鲁迅：《鲁迅全集》第 1 卷，人民文学出版社 2005 年版，第 68 页。
⑩ 鲁迅：《鲁迅全集》第 1 卷，人民文学出版社 2005 年版，第 28 页。

是"自设为古之一人，返其旧心，不思近世，平意求索"，而非"哂神话为迷信，斥古教为谫陋"。①抱定这一信念，他提醒世人，古民"争抗勉劳，纵不厉于今，而视今必无所减"②，意在打破"平和"的幻想。鲁迅赏识古民在诗歌和神话等艺术创造上的神思，认为文学之职就在涵养神思。对比中国与西方文化历史可知，较之邻国，中国文化（或文明）发达较早，"出中央而无校雠"③，然而"自用而愚，污如死海"④。事实上，西方的"科学""物质"同样"曼衍有源"。鲁迅提醒，"有源者日长，逐末者仍立拨"，故应"寻其本"。⑤基于此，酝酿已久的"新生运动"乙编——《域外小说集》的书名便特别由许寿裳依照《说文解字》以五个篆文来题写。更有说服力的是，译文多处换上古字，如"踢"改为"蹋"，"耶"写作"邪"，等等。直到鲁迅任教师范学堂时的生理学讲义中，还用古字"了""也"来代替男女"阴阳"。"旧序"中所谓"词致朴讷"，便道出了不同于林氏译文审美追求的古雅来。

在发表于《河南》杂志上的最后一篇论文《破恶声论》中，鲁迅不止一次地强调"吾未绝大冀于方来"。这一信念的源头恐怕就在于足以与西方相抗衡的中国传统文化。概而言之，一是"接天然之闷宫，冥契万有，与之灵会"的"古民神思"⑥。从科学的真实性来看，神话或有其天马行空的虚幻偏颇，如《人之历史》中所说"盘古""女娲"及"鳌戴山抃"中屡遭诟病的漏洞；但从"神思"的角度来看，却是"古之胜今"⑦之处。二是"朴素之民，厥心纯白"的"农人"。"以普崇万物为文化本根，敬天礼地"，就像古人记录的那样。对他们来说，"虽一卉木竹石，视之均函有神閟性灵"⑧三是"不为大潮所漂泛，屹然当横流"的"古贤人"⑨。也就是后来为鲁迅所称道的"有埋头苦干的人，有拼命硬干的人，有为民请命的人，有舍身求法的人"，即所谓"中国的脊梁"。⑩20世纪20年代，批判复古运动时的鲁迅虽曾质问"可曾用《论语》感化过德国兵，用《易经》咒翻了潜水艇"，但也明白读经之徒的"聪明"是在"怎样敷衍，偷生，献媚，弄权，自私"；⑪知道"现

---

① 鲁迅：《鲁迅全集》第 1 卷，人民文学出版社 2005 年版，第 26 页。
② 鲁迅：《鲁迅全集》第 1 卷，人民文学出版社 2005 年版，第 69 页。
③ 鲁迅：《鲁迅全集》第 1 卷，人民文学出版社 2005 年版，第 45 页。
④ 鲁迅：《鲁迅全集》第 1 卷，人民文学出版社 2005 年版，第 66 页。
⑤ 鲁迅：《鲁迅全集》第 1 卷，人民文学出版社 2005 年版，第 33 页。
⑥ 鲁迅：《鲁迅全集》第 1 卷，人民文学出版社 2005 年版，第 65 页。
⑦ 鲁迅：《鲁迅全集》第 1 卷，人民文学出版社 2005 年版，第 26 页。
⑧ 鲁迅：《鲁迅全集》第 8 卷，人民文学出版社 2005 年版，第 29、30 页。
⑨ 鲁迅：《鲁迅全集》第 1 卷，人民文学出版社 2005 年版，第 34 页。
⑩ 鲁迅：《鲁迅全集》第 6 卷，人民文学出版社 2005 年版，第 122 页。
⑪ 鲁迅：《鲁迅全集》第 3 卷，人民文学出版社 2005 年版，第 136、138 页。

在的昏妄举动，胡涂思想"早已有过，"杂史杂说上所写的就是前车"。①事实上，"新生运动"时的鲁迅同样不满于社会上的"恶声"。与"物质"和"众数"的偏至相比，鲁迅更为警惕那些"功利"和"私利"的投机者。即便是所谓"志士英雄"，也无非是"蒙帼面而不能白心"②的"扰攘"之"伪士"。其他如"进化之语，几成常言"的"喜新者"和"笃故者"（《人之历史》），"张口作军歌，痛斥印度波阑之奴性"的"军人"（《摩罗诗力说》），"今之学术艺文，皆我数千载前所已具"的"死抱国粹之士"（《科学史教篇》），"尚物质而疾天才矣，先王之泽，日以殄绝"的昔日中国（《文化偏至论》）等，都是"精神沦亡"③、"视寂漠且愈甚"④的"林籁"和"鸟声"。对鲁迅来说，发起"新生运动"的目标就是吁求"介绍新文化之士人"⑤，发"声""以起其国人之新生，而大其国于天下"⑥。同时，以代女子发声为"浪漫的思想"征候的周作人也在《天义报》《河南》等刊物上撰文，提出"文章改革""实则中国切要之图者"⑦，表示"近来吾国人心虚伪凉薄极矣，自非进以灵明诚厚，乌能有济？"⑧并对留学生"孳孳于实业商工者"⑨津津乐道于狱务诸书等现象予以炮轰。与鲁迅的"心声"相应，周作人倡言一扫"寂漠"的"哀音"，坦言"欲勿亡之求，其惟君辈之勿言爱国始矣"⑩。就像《摩罗诗力说》中所说的"以诈术陷敌，则甚美之"一样，看似乖戾，实则是内心真实情感的自然流露，体现了他们所崇信的"种人之特色"和"立国之精神"⑪。

在为北大编写的，近乎兄弟二人合作的《欧洲文学史》中，有关 19 世纪写实主义时代的德国这一部分以尼采为纲，特别引用了《查拉图斯特拉如是说》中的一句话："汝毋以所从来为贵，但当视汝之所之。汝毋反顾，但当前望。汝其永为流人，去父母先人之地。汝当爱汝子孙之地，即以此爱为汝光荣可也。"事实上，在此十年前鲁迅就已在《文化偏至论》中阐发了这一点，并在《摩罗诗力说》中辨析了文章与道德的关系，以及卢希飞勒与尼采有关善恶异同的比较。对这些问题的思

---

① 鲁迅：《鲁迅全集》第 3 卷，人民文学出版社 2005 年版，第 149 页。
② 鲁迅：《鲁迅全集》第 8 卷，人民文学出版社 2005 年版，第 29 页。
③ 鲁迅：《鲁迅全集》第 1 卷，人民文学出版社 2005 年版，第 101 页。
④ 鲁迅：《鲁迅全集》第 8 卷，人民文学出版社 2005 年版，第 26 页。
⑤ 鲁迅：《鲁迅全集》第 1 卷，人民文学出版社 2005 年版，第 102 页。
⑥ 鲁迅：《鲁迅全集》第 1 卷，人民文学出版社 2005 年版，第 101 页
⑦ 周作人：《周作人散文全集》第 1 卷，广西师范大学出版社 2009 年版，第 115 页。
⑧ 周作人：《周作人散文全集》第 1 卷，广西师范大学出版社 2009 年版，第 84 页。
⑨ 周作人：《周作人散文全集》第 1 卷，广西师范大学出版社 2009 年版，第 73 页。
⑩ 周作人：《周作人散文全集》第 1 卷，广西师范大学出版社 2009 年版，第 74 页。
⑪ 周作人：《周作人散文全集》第 1 卷，广西师范大学出版社 2009 年版，第 88 页。

考促成了鲁迅对新的融通过去、现在和未来关系之认知体系的构建，为他从革命或改革的高度认识启蒙运动奠定了基础。如他关于文学移情和改变精神的见解就来自托尔斯泰和安特莱夫的意见。周作人曾译介托氏从兄阿·托尔斯泰的《劲草》。鲁迅也在《破恶声论》中介绍其"不抵抗主义"，并译出安特莱夫的短篇小说《谩》和《默》。当被问及文学的定义时，鲁迅明确了与"启人思"的学说不同的"增人感"的意义，而与讲《说文解字》和《庄子》时的章太炎"范围过于宽泛"①的诠释不同。著名周逴的《〈红星佚史〉序》中更强调"能移人情，文责以尽，他有所益，客而已"。周作人还在《论文章》中采纳了美国宏德（Hunt）有关文学的定义："文章者，人生思想之形现，出自意象、感情、风味（Taste），笔为文书，脱离学术，遍及都凡，皆得领解（Intelligible），又生兴趣（Interesting）者也。"这与鲁迅的"兴感怡悦"②说相应。也许是出于对自由思想的服膺，周作人特别反感文学中载道式的说教。为此，除对刘勰的《文心雕龙》表示不满外，他还以林传甲《中国文学史》为中心，驳斥保守陈旧的文学观，称其"支离蒙愦，于文学之义且未明，更何论夫史！"③鲁迅同样认为，文学就像大海，"未始以一教训一格言相授"，但"游泳既已，神质悉移"，④其奥妙就在于文学是"撄人心"的艺术。所谓"无用之用"，就在"能启人生之閟机，而直语其事实法则"。⑤为此，他反对孔子的"无邪"说，抨击汉晋以来文士"多受谤毁"的恶习。这些都表现了他对"心声"和真我的追求。同时，他还愤怒地声讨"人人之心，无不泐二大字曰实利"⑥的现实社会，以为既"无古民之朴野"，也出乎"古哲人"的预料。在晚年回忆章太炎的文章中，鲁迅对吴稚晖排满讲演时的"嬉皮笑脸"和"无聊的打诨"的嘲讽恐怕就源于他对缺乏真诚的憎恶。其他如对黄帝即亚伯拉罕的考据以为"过于弯曲"⑦，以六元购得文求堂的中文旧书《古谣谚》二十四册，"写稿写信用俗字简字，却决不写别字，以及重复矛盾的字，例如桥樑（梁加木旁犯重）邱陵（清雍正避孔子讳始改丘为邱），又写鸟字也改下边四点为两点"⑧，"因为恶魔的文字不古，所以换用未经梁

---

① 许寿裳：《从章先生学》，《鲁迅生平史料汇编》第二辑，天津人民出版社 1982 年版，第205 页。

② 鲁迅：《鲁迅全集》第 1 卷，人民文学出版社 2005 年版，第 73 页。

③ 周作人：《周作人散文全集》第 1 卷，广西师范大学出版社 2009 年版，第 107 页。

④ 鲁迅：《鲁迅全集》第 1 卷，人民文学出版社 2005 年版，第 73 页。

⑤ 鲁迅：《鲁迅全集》第 1 卷，人民文学出版社 2005 年版，第 74 页。

⑥ 鲁迅：《鲁迅全集》第 1 卷，人民文学出版社 2005 年版，第 71 页。

⑦ 鲁迅：《鲁迅全集》第 3 卷，人民文学出版社 2005 年版，第 343 页。

⑧ 周作人：《周作人散文全集》第 12 卷，广西师范大学出版社 2009 年版，第 638 页。

武帝改写的'摩罗'"①，等等，都是他对"古源"和病源的诊察。此外，周作人也多次辨析虚无论者与无政府党的不同，以为前者纯为求诚之学。《域外小说集》"弗失文情"的直译同样是抱诚守真，希望超越"常俗"的体现。

五、余论

"新生运动"时的周氏兄弟往来于中西学术之间，致力于嫁接与融通，实现文化并置（Juxtaposition）和文明再造。一方面，来自中国现实社会的萧条和寂寞感并没有减弱他们投身文化改革的勇气和热情，他们依然坚信震旦颇具"文化不受影响于异邦，自具特异之光采"之"得"。②据此，助推中国变革而为理想的"人国"。在鲁迅看来，关键就在对新声或心声的接纳和倾听。另一方面，"驳诘""引文明之语，用以自文"的"所谓识时之彦"实则"成事旧章，咸弃捐不顾"的"盲子"。③在弥合和平衡的态度下，周氏兄弟认定，兼善二者才是最佳选择。值得注意的是，在推举西方"神思宗之至新者"的同时，他们还将自审的目光投向带有神话传说色彩的古民神思，而非以"无邪"为代表的孔子以降的主流传统。此外，发生于古民神思，又在文学史上占据主导地位的诗歌，成为鲁迅关注和用力最多的文体。除许寿裳所说《离骚》的影响，笔述由周作人翻译的《红星佚史》中的十八九首诗歌外，鲁迅还在搜集德文杂志准备《域外小说集》之余，购读李长吉、温飞卿的诗。他自己所写谈文学的论文如《摩罗诗力说》《裴彖飞诗论》也都以诗为主要对象。如果说当时为他们所不满的张之洞是以"中学为体，西学为用"的方案来设计现代转型的路线图的话，那么周氏兄弟则是以"西学为体，中学为用"的反向思维来调整策略和范式选择，征用最新资源，力行古文明国改造，借以贯通古今，促进"伟美"中国的新生。

（原载《后学衡》2021 年第 2 期）

---

① 周作人：《周作人散文全集》第 12 卷，广西师范大学出版社 2009 年版，第 617 页。
② 鲁迅：《鲁迅全集》第 1 卷，人民文学出版社 2005 年版，第 101 页。
③ 鲁迅：《鲁迅全集》第 1 卷，人民文学出版社 2005 年版，第 47 页。

"不着一字"的背后

——鲁迅与祖父的关系考辨

高俊林①

摘要：鲁迅一生撰写了大量的回忆性文字，怀念的对象涉及他人生中各个不同阶段所遇见的各类人物，其中有老师、朋友、弟子与家人等，却唯独对自己的嫡亲祖父周福清"不着一字"。本文认为由于祖父科场案引致了鲁迅早年的一系列不幸与屈辱，所以鲁迅一直是在有意地回避。文章由此深入地探讨了鲁迅与祖父在思想文化观念、立身行事原则与文学审美情趣等诸方面的差异。在结尾处则试图运用弗洛伊德的精神分析学说探究鲁迅这样做的深层心理动因，从而揭示出鲁迅以此独特的自我防御机制来实现"无意识的有意遗忘"，并借以达成他与过去的彻底告别。

关键词：鲁迅；周福清；祖孙关系；回忆

现代作家郁达夫在谈到自己的创作经验时，对 19 世纪法国大作家法朗士的看法颇为认同，他说："我觉得'文学的作品，都是作家的自叙传'这一句话，是千真万真的。"②在 21 世纪的今天，经历了现代主义与后现代主义等各种思潮的竞相登场，以及各类新奇创作技法的迭起迭仆之后，再引用这句话似乎已有些不合时宜。不过，我们如果能够努力廓清那些笼罩在所谓现代派作品表面之上的想象、夸张、隐喻、变形等种种迷雾，还是可以从中发现一些作家个人人生境遇的蛛丝马迹。它们或隐或显，巨细不一，但无不传达着作家本人的生命体验与心曲隐衷。当然，对于早年的

---

① 高俊林（1973— ），陕西定边人。1994 年毕业于西北大学中文系，获得学士学位，2001 年获得西北大学现当代文学硕士学位，2004 年获得北京师范大学文学博士学位。现执教于西北大学文学院。代表著作有《现代文人与"魏晋风度"——以章太炎、周氏兄弟为个案之研究》《传承与变革——20 世纪中国文学散论》，另与人合著有《鲁迅研究》《近代散文史》《河南文学史·当代卷》《大学语文》等。

② 郁达夫：《五六年来创作生活的回顾》，《郁达夫全集》第 10 卷，浙江大学出版社 2007 年版，第 312 页。

那些传统型作家来说，他们根本用不着这样的云山雾罩、遮遮掩掩。他们在创作走向成熟、文名已为世人所知之后，往往都要以自传体小说或者回忆性散文的形式大大方方地谈一谈自己的人生阅历。卢梭、歌德、托尔斯泰、高尔基如此，郁达夫、郭沫若、巴金、老舍也如此，一代文豪鲁迅自然也不例外。

鲁迅回忆自己生平经历的文章不少，除了专门结集出版的散文集《朝花夕拾》外，还有很多散篇文章，像《〈呐喊〉自序》《鲁迅自传》《〈自选集〉自序》诸文皆赋笔直书，自述行迹；而类似《关于太炎先生二三事》《忆刘半农君》《忆韦素园君》《为了忘却的记念》这样的篇目，则是怀念自己的师友弟子的。如果我们把鲁迅的这些回忆性文章整理起来，对其中的怀念对象作归纳分类，就会发现他们几乎涵盖了鲁迅在人生的各个不同阶段所接触的各色人等。其中有老师辈的和尚师父、三味书屋寿先生、藤野先生、章太炎，有朋友辈的秋瑾、范爱农、刘半农、李大钊，有弟子辈的韦素园、刘和珍、柔石、白莽，还有亲人祖母、父亲、母亲以及保姆长妈妈等。不过让我们感到十分纳罕的是，在鲁迅这些众多的回忆性文字里，有一个本不该被忘却的对象却自始至终付之阙如，那就是鲁迅的祖父周福清。

熟悉鲁迅生平的人都知道，发生于 1893 年的祖父科场案是其人生经历中的头一桩大事。它不仅从根本上改变了作为周家长房长孙的鲁迅的个人命运，而且科场案带来的一系列变故诸如父亲病逝、家庭破产、亲戚冷遇等，更是直接影响了后来成为一代文学巨匠的鲁迅的个性气质。然而，鲁迅在所有的回忆性文字里，从来没有正面谈论过这一事件，对于事件的直接当事人祖父周福清更是吝啬笔墨，讳莫如深。如果我们查询周福清的生平履历，就会发现他是在 1904 年去世的，享年 66 岁。而鲁迅是 1881 年出生的，其时已是 23 岁的青年。也就是说，鲁迅与自己的祖父之间有着长达 23 年的人生交集。作为一个一生著述以千万字计数的大作家，回忆了那么多围绕在自己身边的亲朋师友，却偏偏对和自己同属一家 20 多年的最高权威家长、嫡亲祖父"不着一字"。这一奇怪的现象，当然不能简单地以"挂一漏万""忘记了"之类的说辞来搪塞；更为合理的解释是，鲁迅是在有意地回避。

说鲁迅在回忆里有意地回避自己的祖父，并非是笔者毫无根据的主观臆断。一个明显的事实是，鲁迅在谈及自己的早年经历时，凡是关涉到祖父应该出场的地方，要么一笔带过，要么就干脆用了曲笔。《〈呐喊〉自序》里述说自己"从小康人家而坠入困顿"，但对造成这一后果的直接原因却只字不提。收在《朝花夕拾》里的《父亲的病》与《琐记》倒是提及了父亲的去世与自己前往南京读书之事，唯独没有谈到发生在此之前的那场给全家带来灭顶之灾的祖父科场案。1925 年为俄文译本《阿Q 正传》写的《自叙传略》以及 1930 年在此基础上修订而成的《鲁迅自传》，其中都只有相同的"到我十三岁时，我家忽而遭了一场很大的变故，几乎什么也没有了"这样简单的一句话，至于这场变故到底是什么，没有透露出丝毫消息。而 1934 年写的《自传》，则径直写到自己因为无钱读书而只有去投考不交学费的江南水师学堂这一事实，连以前多次提到的"家庭变故"这样的字眼也完全省略了。鲁迅对祖父刻意留白的做法恰好和他的两个弟弟形成了鲜明的比照。对周氏三兄弟生平轨迹有所了解的读者都知道，在周作人与周建人他们各自的回忆录里，祖父是一个被频繁忆起的对象。

中国民间历来有一种"隔代疼"的说法，意谓父子关系有时候不免紧张隔阂，而祖孙关系则往往显得更为亲密无间。但观察周福清与鲁迅的关系，却并非如此。本来，在讲求忠孝之道的封建礼制文化笼罩一切的传统式大家庭里，祖父往往扮演着说一不二、不容置疑的最高权威角色。1893 年之前的周福清在新台门周家的地位正是如此。他是科举正途出身，钦赐翰林，又做着京官，不论是此前辉煌的科考履历还是后来耀眼的官员身份，都足以使他收获来自整个家族的最大敬意。生活在这种环境氛围里的鲁迅，对祖父自然也是十分崇敬的。然而科场案的发生，却最终成了鲁迅与祖父关系的一个重要分水岭。对于鲁迅来说，周福清是这桩案子的始作俑者，也是造成少年鲁迅倍感屈辱的直接根源。祖父一时的颠顿给本来安享着小康生活的全家带来了倾覆的大祸，祖父在事发时躲进租界，连累全家人为此东躲西藏、担惊受怕，后来在接受审判时又迂执地拒绝承认犯病而使自己遭受"斩监候"的重判，连带着儿子即鲁迅的父亲周伯宜也被永久地取消了科考的资格。周伯宜自此以后性情大变，日日饮酒以自戕，最终导致英年早逝。所有这些，都必然会使得鲁迅怨愤于心，对祖父生出极大的不满与不屑。《〈呐喊〉自序》里虽然没有提及祖父，却追忆自己常常"从一倍高的柜台外送上衣服或首饰去，在侮蔑里接了钱，再到一样高的柜台上给我久病的父亲去买药"。鲁迅自己述说，这样的经历先后持续了 4 年多的时间。但如果我们从发生科场案的 1893 年秋天算起，到 1896 年秋天父亲病逝为止，也就整整 3 年的时间。其时鲁迅刚好是 12 岁到 15 岁，正处于敏感自尊的青春期，这也是一个人逐步告别童年，进入成人世界并开始独立人格塑造的关键时期。而他在在处处所遭受的各种白眼、冷遇与侮蔑，不能不在他的心灵深处留下难以泯灭的印记。对此，周作人也是承认的，他说："我因为年纪不够，不曾感觉着什么，鲁迅则不免很受到些激刺，……这个激刺的影响很不轻，后来又加上本家的轻蔑与欺侮，造成他的反抗的感情，与日后离家出外求学的事情也是很有关连的。"①

作为祖父，周福清和别人家的祖父一开始并没有什么两样。1881 年，在北京做官的他从家人书信中得知鲁迅出生，十分高兴，欣然为孩子起了乳名"阿张"与学名"樟寿"以及字"豫山"（后改为"豫才"）等。这是时年 43 岁的周福清第一次为

---

① 周作人：《鲁迅的青年时代·避难》，止庵编《关于鲁迅》，新疆人民出版社 1997 年版，第 401—402 页。

人祖父，自然特别关心孙子今后的成长与教育问题。所以此后他在写信给儿子周伯宜时，每每不忘捎带几句对鲁迅的教诲。周福清的教育方法很特别，当时普通人家的读书方法一般都是从四书五经读起，然后依次读下去，"他却主张小孩子先念一点历史，以便使他们对历史有一个简单的概念，所以鲁迅的启蒙读本是《鉴略》。然后他主张叫小孩子读《西游记》，他说《西游记》容易懂，小孩是喜欢看的，所以可先看"①。周建人后来在谈及此事时，还说："鲁迅虽并不以祖父生平的一切行动都对，但思想中比较民主的成分……，不能不受一点影响。"②对于过去的读书人而言，会作诗是一种必备的技能。而作好一首诗的前提是对诗韵要有精深的掌握。周福清尤为注重对于孙辈们在这方面的培养。一次，他托人带回两部《诗韵释音》，并附信曰："寄回《诗韵释音》两部，可分与张、魁两孙，逐字认解，审音考义，小学入门（吾乡知音韵者颇少，蒙师授徒，别字连篇），勉之。"③1898 年前后，已经陷身牢狱的他还特意寄回一部木版的《唐宋诗醇》，书中夹了一张"示樟寿诸孙"的便条："初学先诵白居易诗，取其明白易晓，味淡而永。再诵陆游诗，志高词壮，且多越事。再诵苏诗，笔力雄健，辞足达意。再诵李白诗，思致清逸。如杜之艰深，韩之奇崛，不能学亦不必学也。"④可以说，周福清对鲁迅这个孙子是花费过一些心力的，对他的期待值也是十分高的，真心希望他能够走上自己当初由举人到进士再到翰林的辉煌之路。鲁迅族人回忆说："介孚公热心功名，于科举尤感兴趣。在科举案未发生以前，因他已成名翰林，极想把他的两个儿子和鲁迅，也都培养成翰林，在台门口悬一'祖孙父子兄弟叔侄俱翰林'的匾额，以遂他的非非之愿。"也因此，"他对孩子们的功课非常关心，时常翻看他们的作业"⑤。所有这些，都可以见出周福清作为一个长辈对子孙后代的殷殷之心。

就幼年时期的鲁迅而言，周福清这个祖父的形象除了出现在他写给父亲的书信的字里行间外，更多地体现在家族人的日常谈论中。他虽然是整个家族幕后的权威，但毕竟常年客居外地，难得一见。1883 年，周福清曾一度回乡探亲，见到了当时只有 2 岁的鲁迅。不难想见，对于隔代的孙儿，周福清只会有稀罕欢喜的表示。尚在婴幼儿期的鲁迅对此肯定是懵懂无知的。此后的 10 年间，周福清一直居京，沉浮于宦海，祖孙之间主要借书信互通音问。一直到 1893 年 3 月，因为鲁迅的曾祖母戴氏

---

① 薛绥之主编：《鲁迅生平史料汇编》第一辑，天津人民出版社 1981 年版，第 89 页。

② 乔峰：《略讲关于鲁迅的事情·鲁迅的幼年时代》，《鲁迅回忆录》，北京出版社 1999 年版，第 746—747 页。

③ 朱正：《鲁迅图传》，广东教育出版社 2004 年版，第 9 页。

④ 朱正：《鲁迅回忆录正误》，人民文学出版社 2006 年版，第 29 页。

⑤ 观鱼：《回忆鲁迅房族和社会环境 35 年间（1902—1936）的演变·三台门的遗闻佚事》，转引自《回忆鲁迅资料辑录》，上海教育出版社 1980 年版，第 5 页。

病逝，周福清才偕妾潘氏和少子伯升再次回家奔丧，其时的鲁迅已经是 12 岁的少年了。这是鲁迅平生第一次也是唯一一次与祖父有较长时间亲近的机会。然而仅仅半年之后，也即同年 9 月，科场案就发生了。也就是说，即使鲁迅与祖父彼此性情相契，他们之间也已经丧失了培养良好祖孙关系的最佳时机。不过在科场案之后，不管鲁迅在内心深处对祖父是如何的抵触，作为长孙，一些基本的义务他还是要履行的。据许钦文回忆，鲁迅在去日本留学之前，曾经多次到杭州花牌楼探望监狱里的祖父。1897 年冬是由家里帮工的章庆陪同而去的，"在花牌楼住了几天，为着探望祖父和二弟等"。1898 年闰三月上旬，"从绍兴出发去南京读书，经过杭州，又去看了祖父"。1900 年寒假回家，"经过杭州，都在花牌楼略一停留，去看了祖父"。1902 年去日本留学，"回家经过杭州，不再在花牌楼停留"，原因是这一年因刑部尚书薛允升的奏请，周福清已恢复了自由，回到绍兴家里了。①周福清的脾气本来就不大好，经历这场挫败后，一发不可收拾，经常"上自昏太后、呆皇帝（西太后、光绪），下至本家子侄辈的五十、四七，无不痛骂"②，而且"明示暗喻，备极刻薄，说到愤极处，咬嚼指甲戛戛作响，乃是常有的事情"③。只可惜他的批评并非有的放矢，更多的是一种情绪的发泄。在周作人的印象里，他几乎将所有人骂遍了，所不骂的就只有最为宠爱的潘姨太太和小儿子伯升。而且他往往从个人的感情好恶出发，对人不对事，徒惹别人的反感，"如鲁迅在学堂考试第二，便被斥为不用功，所以考不到第一，伯升考了倒数第二，却说尚知努力，没有做了背榜"④。这就显得很不公平，自然也不会使被批评者心服口服。以此之故，"鲁迅也不大赞成他的祖父"⑤。周建人还记得，鲁迅有一次从日本回国探亲，弟兄仨聚在一起有说不完的话。周福清看到此情景后，便笑嘻嘻地说："乌大菱壳汆到一起来了！""乌大菱壳"在绍兴方言里指菱角吃过后被废弃的菱壳，即垃圾或废物的意思。"我们都明白祖父又在骂人了，骂我们是废物。我的两个哥哥恨恨地看他一眼，但祖父浑然不觉，又转身回房里去了。我们三兄弟给他这一骂，兴趣索然，三人分头走散。"⑥祖父这样不留情面地讥讽鲁迅，鲁迅找到机会后也同样不留情面地回应祖父。2006 年上海文艺出版社出版了由鲁迅堂叔周冠五（观鱼）撰写的《鲁迅家庭家族和当年绍兴民俗》一书，书中

　① 薛绥之主编：《鲁迅生平史料汇编》第二辑，天津人民出版社 1982 年版，第 401—402 页。

　② 周作人：《鲁迅的故家》，止庵编《关于鲁迅》，新疆人民出版社 1997 年版，第 41 页。

　③ 周作人：《知堂回想录》，河北教育出版社 2002 年版，第 78 页。

　④ 周作人：《鲁迅的故家》，止庵编《关于鲁迅》，新疆人民出版社 1997 年版，第 41 页。

　⑤ 乔峰：《略讲关于鲁迅的事情·鲁迅的幼年时代》，《鲁迅回忆录》，北京出版社 1999 年版，第 741 页。

　⑥ 周建人：《鲁迅故家的败落》，福建教育出版社 2017 年版，第 157 页。

讲述了这么一个细节：有一次大家伙儿聚集在一起闲聊，周福清很亲切地叫着鲁迅的乳名，询问日本国的情况以及日本与中国有什么不同等，结果鲁迅非常冷漠地回答了一句"没有什么"后即转身离开了。当时现场的那种尴尬气氛，即使是一个多世纪以后的我们也可以从字缝里感受得到。这也是鲁迅与祖父的最后一次见面。1904年7月13日，周福清在绍兴老家病逝。当时鲁迅刚刚从日本弘文学院结业，正准备入仙台医学专门学校就读，并未回去奔丧。按照过去办丧事的惯例，长子周伯宜已早逝，鲁迅作为长孙，应该负起"承重"的责任。但既然鲁迅未归，最后就只能由周作人顶替了事。大概是因为生前骂人过多吧，周福清的葬礼是异常寂寞而冷清的。

鲁迅不喜欢祖父，却在很大程度上遗传了祖父的性格。至少在小弟周建人的眼里，"鲁迅非常与父母要好，但不大喜欢祖父，然而他的性情，有些地方，还是很像祖父的。这是没有办法的事情"①。人际交往的经验证明，两个性格接近的人可以特别亲密，也可以特别疏离。鲁迅与祖父的关系正属于针尖对麦芒式的后一种。他们都敏感、多疑与易怒。彼此之间没有好感，也就成为可以理解的事情。不过在笔者看来，周福清与鲁迅祖孙二人因性格过于接近而导致彼此之间龃龉不和倒在其次，他们这种紧张的关系更多的还是缘于两人在很多地方都有着极大的差异。具体说来，表现在三个方面，即思想文化观念上、立身行事原则上与文学审美情趣上。

就思想文化观念而论，周福清身上有着明清以降传统封建士大夫所具备的一些基本特征：开口王化礼制，闭口心性之学。虽然周作人后来在诠解《祝福》一文时，说里面的鲁四老爷这个形象在现实中是没有什么依据的；但我个人揣测，鲁迅是以祖父为蓝本塑造了这么一个理学家形象的。那个一开口就大骂新党并喜欢读《近思录集注》的鲁四老爷身上，很难说没有周福清的影子。当然，与鲁四老爷相比，周福清要显得略为开通也略为豁达一些，但毕竟无法脱离旧派官僚知识分子的思想窠臼。迂执、狭隘，且不近情理，是他们中绝大多数人的共同特征。相形之下，鲁迅则是沐浴了欧风美雨的现代知识分子。他在南京上的是洋学堂，接受的是与传统教育理念完全不同的新式教育。到日本留学以后，更是亲炙了欧美的新思潮、新理念，一生信守科学、自由与人道的立场，这就注定了他与祖父在思想观念上的分道扬镳。

在南京读书期间，鲁迅还一度誊抄过祖父于杭州牢狱里撰写的家训《恒训》。《恒训》里大多是训诲性质的为人处世的格言，如"一物之微，经人力所成，恣意糟践，即是作孽""力戒昏堕""寅吃卯粮，寿命不长"之类，基本上是周福清大半生人生经验的总结，其中不无见地；但很多地方也暴露了周福清极为狭隘的个人偏见，例

---

① 周建人：《鲁迅去世已经十年了》，孙郁、黄乔生编《书里人生——兄弟忆鲁迅》（二），河北教育出版社2000年版，第259页。

如他告诫后人"病勿延西医",尤其不要相信西医里面用于物理降温的"戴冰帽",以为谁戴了谁就会死。这和后来学了西医而服膺现代科学理念的鲁迅自然是扞格不入的。再如在周作人的回忆里,祖父对祖母经常毫不客气地开口大骂,有一回居然说出"长毛嫂嫂"一词,"还含胡的说了一句房帏隐语,那时见祖母哭了起来,说'你这成什么话呢?'就走进她的卧房去了。我当初不很懂,后来知道蒋老太太的家曾经一度陷入太平军中,祖父所说的即是那事。自此以后,我对于说这样的话的祖父,便觉得毫无什么的威信了"[①]。周作人所述说的这一情景,比他年长4岁的鲁迅当有更为深切的体验。他于1918年撰写的《我之节烈观》一文里即对此表明了自己鲜明的态度。在他看来,那些无力反抗男子暴力从而受了污辱的女性,本来已经是不幸的受害者了,然而在传统中国,她们还要经受道德的审判:父兄丈夫邻舍与文人学士道德家们,便因此聚集在一起,"既不羞自己怯弱无能,也不提暴徒如何惩办,只是七口八嘴,议论他死了没有?受污没有?死了如何好,活着如何不好。于是造出了许多光荣的烈女,和许多被人口诛笔伐的不烈女。只要平心一想,便觉不像人间应有的事情,何况说是道德"[②]。我们知道,周氏兄弟虽然在1923年失和,但他们在坚守西方近代启蒙思想的基本价值观念方面,是完全一致的。祖父在周作人的心目中失去了威信,在鲁迅那里自然更好不到哪里去。

在立身行事的基本原则上,鲁迅也显示了和祖父完全不同的作风。别的不说,就以最能反映出一个人道德素养与精神品格的私生活而言,周福清和旧时代绝大多数有一定社会地位的封建士大夫一样,是一夫多妻制的忠实践行者。他一生先后娶过两妻两妾,并且因为纳潘氏为妾而搞得整个家庭矛盾重重,鸡犬不宁。鲁迅对此是非常反感的。虽然直到今天依然有各类时髦的批评家拿鲁迅的婚姻生活作为攻讦他的理由,但我们都知道,鲁迅在私生活方面其实是极为严谨的。这一点不仅比之于他的上一辈,即使与同一时期的胡适、郭沫若、茅盾、郁达夫诸人相比,也是十分令人赞佩的。他与朱安那种不正常的婚姻关系本就是由母亲一手包办而造成的悲剧,后来与许广平的同居也是建立在彼此有深厚感情的基础之上的。除此之外,再无别情。对于鲁迅来说,反对一夫多妻、讲究男女平等的现代婚姻理念,早就成为衡量一个现代人,尤其是启蒙型知识分子的基本标准。他曾在《我们现在怎样做父亲》《娜拉走后怎样》等文章里多次宣示自己的这一立场。他是这样说的,也是这样做的。一个有力的证据是,1914年11月,鉴于自己和鲁迅不正常的婚姻关系,朱安曾托娘家兄弟写信给远在北京的鲁迅,郑重地建议他纳妾,结果被后者在日记里斥为"颇

---

① 周作人:《知堂回想录》,河北教育出版社2002年版,第79页。
② 鲁迅:《我之节烈观》,《鲁迅全集》第1卷,人民文学出版社1981年版,第120页。

谬"。①鲁迅的斥责对于当时鼓足勇气给他写信的朱安来说，难免有苛刻之嫌，但也足以说明他在这一方面是言行一致、表里如一的。

鲁迅与祖父的差异还表现在文学审美情趣上。在这一点上，他们真可以说是大异其趣。周福清流传下来的诗稿有《桐华阁诗钞》。此诗稿鲁迅在南京读书期间曾认真抄写过，但一直未公开出版，现仍存放于北京的鲁迅博物馆，上面还标有"会稽周福清介孚著，长孙樟寿录，光绪戊戌以前"的字样。《桐华阁诗钞》共收录了 105首诗。这些诗歌今天看起来大都诗艺平平，内容单调，观念陈腐。例如《水月电灯》其十："星云纪官明历数，万国乐航遵王路。千古薪传明德明，五兵销尽蚩尤雾。"在国门洞开、风雨飘摇的晚清末期，周福清依然做着万邦来朝"遵王路""明德明"的美梦，可见他对于当时的时势实在是昏聩无知到了极点。《洋场杂咏》其二："车走雷声马逐龙，洋房洋栈列重重。自鸣报刻全无准，机巧徒夸四面钟。"则对于当时由声光电气带来的各种现代化设施，也是持完全的抵制态度。《金陵杂咏》其三："笺抄燕子界乌丝，臣铎签名奉敕时。戟手骂王王色赧，犯颜强谏不嫌迟。"这是一首咏史诗，诗中所咏当系南明弘光小朝廷里昏天黑地的那一段史实，但全诗平铺直叙，毫无曲折余韵，一览无余，淡乎寡味。相比之下，鲁迅的旧体诗虽然数量也不多，但大都抒写襟抱，吐露自然，与其祖父的强赋新词却质木无文迥然有别。如"故乡如醉有荆榛""荷戟独彷徨""心事浩茫连广宇""相逢一笑泯恩仇"诸句皆格调高古，风雅动人。著名学者钱仲联评价鲁迅的旧体诗："少作亦时调，风华流美，后臻简雅，得其师太炎风格，亦有学长吉者，要皆自存真面。"②钱先生看到了鲁迅旧体诗创作经历了从早年的"时调"到后来富于个性化色彩的变化过程，"简雅""自存真面"云云，正是对其诗歌创作进入成熟阶段后一任真性情自然流露而毫无矫饰之确评。前面说过，周福清在杭州牢狱里曾托人带回《唐宋诗醇》一书给周氏兄弟。这是一部唐宋诗歌的选本，由清代乾隆皇帝钦定。其中所选的诗歌，唐人中推崇李杜韩白，宋人中推崇苏黄王陆。周福清之所以郑重地向诸孙推荐此书，当是出于对这一条诗歌创作路子的极度推崇。但周作人后来在署名"仲密"所作的《〈唐宋诗醇〉与鲁迅旧诗》一文里明确指出，鲁迅在日本留学期间，最喜欢的是李贺与温庭筠的诗，并没有跟着周福清所教诲的路子去作诗，"鲁迅的诗，我不能指定说它是哪一路的，但总之不是如介孚公所指示的从白陆苏李出来的，那是很明了的了"。③

可见，正是由于以上所述的种种差异，鲁迅与祖父才像是两条相交的直线一样，

①　孔慧怡：《字里行间：朱安的一生》，《鲁迅研究月刊》2002 年第 1 期，第 74 页。

②　钱仲联：《清诗纪事》（十八），江苏古籍出版社 1989 年版，第 12942 页。

③　周作人：《〈唐宋诗醇〉与鲁迅旧诗》，止庵编《关于鲁迅》，新疆人民出版社 1997 年版，第 638 页。

在极为短暂的亲密接触之后又完全分开，彼此之间渐行渐远。祖父早年肯定喜爱过鲁迅，晚年对他却只有斥责与讥嘲；少年鲁迅也一度对祖父敬佩有加，成年以后对他则只剩下怨愤与不屑。根据增田涉的回忆，"因为鲁迅的祖父是翰林，大概是有相当地位的官员吧，所以我在《鲁迅传》的原稿上，说他祖父是翰林出身的大官；他说，不是什么大官，接着把'大官'二字抹去了"。增田涉还讲到，鲁迅跟他谈过小时候因为读书不用功而遭祖父叱责的往事，后来在教育部任职时，"有机会看见部里保管的从前进士的试卷，他从其中发现祖父的文章而把它读了，而那文章并不高明"。对鲁迅当时讲述的口气，增田涉的反应是："听了这话，我感觉到那是小孩时受了严厉斥责对于祖父的报复口吻。"①应该说，增田涉的感受是极为准确的。1919 年底，鲁迅卖掉了绍兴的老屋，举家北上。临行之前，他把周福清生前每天都要坚持记录的日记全部烧掉了，一起烧掉的还有皇帝赐予的两幅"诰命"，以及周福清任江西地方官期间用过的万民伞。周建人回忆，祖父的这些日记"是用红条十行纸写的，线装得很好，放在地上，有桌子般高的两大叠，字迹娟秀"。但鲁迅认为里面写的都是买姨太太、姨太太之间吵架之类琐屑无聊的内容，"没有多大意思"，所以干脆一把火烧掉。"这两大叠日记本，就足足烧了两天。"②考虑到周福清一生的坎坷历程，其日记里肯定会有不少晚清官场上生动的第一手史料。鲁迅这样简单粗暴地处理祖父多年来一直坚持记到临终的日记，使后来的我们再也无缘看到，不能不说是一种遗憾。

最后我还想从精神分析学的角度来探讨一下鲁迅在回忆里有意回避祖父的深层心理动因。按照弗洛伊德的说法，"痛苦的回忆往往易于导致无意识的有意遗忘"③。祖父科场案以及随后发生的一系列家庭变故，在鲁迅个人的生命史上已经成为一种创伤性的记忆，一个牢不可破的情结。而"情结之中永远包含着某种类似冲突的东西——它们不是冲突的原因就是冲突的结果。无论如何，冲突的特征——如震动、骚乱、精神痛苦、内心挣扎等——正是情结的特征。……我们不愿意记起它们，更不愿意别人提醒我们"④。鲁迅想努力忘却这一切，"偏苦于不能全忘却"，"精神的丝缕还牵着已逝的寂寞的时光"（《〈呐喊〉自序》中语）。在鲁迅早年的世界里，祖父一直是整个家族的荣耀，是亲朋好友崇拜的偶像与街坊邻居谈论的中心人物，也是

---

① 增田涉：《鲁迅的印象》，《鲁迅回忆录》，北京出版社 1999 年版，第 1377 页。

② 周建人：《鲁迅故家的败落》，福建教育出版社 2017 年版，第 7—8 页。

③ ［奥地利］西格蒙德·弗洛伊德：《日常生活的心理分析》，林克明译，上海译文出版社 2015 年版，第 99 页。

④ ［瑞士］卡尔·古斯塔夫·荣格：《未发现的自我》，张敦福、赵蕾译，国际文化出版公司 2007 年版，第 151 页。

全家人从容度日、"并不很愁生计"的最终掌舵者。他保护着少年鲁迅所享有的一切现世的幸福安宁，并且也预示着一个更加稳定而充满希望的未来前景。那时候的祖父，在少年鲁迅的心目中，像神话传奇中的英雄主角一样无所不能，并且是他人生中第一个原始性、理想化的防御对象。慈爱与精明的祖父牢牢地掌控着全局，也护佑着整个家族免受一切外来的惊恐与侵扰。但一夜之间，一切全然改变。我们看到，正是祖父的科场案使鲁迅的童年生活崭然划为两截——在此之前，他是一个生活优裕、人人称羡的世家子弟；在此之后，他便成了一个人人都要加以白眼冷遇的"乞食者"了。于是，在少年鲁迅的眼里，祖父的角色也发生了戏剧性的变化，他不再是从前那个权威、仁爱的保护者，而成了一个鲁莽灭裂的施害者。昔日的英雄，已蜕变成了今时的小丑。"理想化防御将不可避免地导致原始性贬低的结果。因为人生不可能十全十美，所以理想化注定带来失望感。理想化后的客体越是伟岸，优点越丰满，幻想的破灭也越彻底。"①可以说，祖父形象的突然坍塌，正是鲁迅此前从容安宁的现实生活突然坍塌的一个必然伴生物。鲁迅曾经对祖父多么崇拜，现在就对祖父多么鄙视。

前面提到过，周建人认为鲁迅和祖父的性情极为相似。经常无情地进行自我解剖的鲁迅也一定深刻地意识到了这一点。他嫌恶、厌弃乃至要与之决绝的祖父——那个多疑、暴躁、不近情理的昏聩老人，正是他的另一个自我在现实中的对象化投射。它不仅潜藏在祖父生前日常生活的点点滴滴里，也渗透于祖父身后所遗留下来的所有物品中。鲁迅拒斥祖父，在某种意义上也是在拒斥内心深处的另一个自我，"他意识到的自己对别人的怒气，实际上是指向自己的"②。在这里，我不妨引用鲁迅小说《铸剑》里黑衣人对眉间尺所说的一句话作为佐证。黑衣人的原话是："我的魂灵上是有这么多的，人我所加的伤，我已经憎恶了我自己！"众所周知，黑衣人这个角色历来被看作鲁迅本人的精神化身，而黑衣人的这句话正是鲁迅的夫子自道。与此类似的例子是后来收录在《野草》里的一篇散文诗《影的告别》："然而你就是我所不乐意的。朋友，我不想跟随你了，我不愿住。"影子在这里的陈词，其实也代表了鲁迅与内心深处另一个自我的决裂。正因为如此，鲁迅后来在回想起个人的人生历程时，每每在关涉到祖父应该出场的局面时，内心深处便自觉地建立起一套自我防御机制。这套机制小心翼翼地保护着鲁迅尽量不去触碰那些沉埋于记忆深海里的危险暗礁，以免遭受二次伤害。也正是在这套防御机制的作用下，1919 年的鲁迅才会在举家北上的前夕放火烧掉了祖父的日记、诰命与万民伞等。在鲁迅看来，祖

---

① ［美］南希·麦克威廉斯：《精神分析诊断：理解人格结构》，鲁小华、郑诚等译，中国轻工业出版社 2015 年版，第 115 页。

② ［美］卡伦·霍尼：《我们内心的冲突》，温华译，上海译文出版社 2018 年版，第 107 页。

父遗留下来的这些物品已经不可避免地沾染了其主人生前的气味。它们的存在随时都会提醒鲁迅那一段不堪回首的苦难岁月：那些全家担惊受怕、东躲西藏的日子，那些自己以孱小身躯奔波于当铺和药店之间的日子，那些与二弟四处寻找各种稀奇古怪的药引子的日子……与祖父有关的物品只要存在一刻，屈辱的过往就会阴魂不散，并随时会因偶然的机缘而集中爆发。它们以挑衅的姿态显示着自己的存在感，既彰显了鲁迅个人生命史里曾经有过的裂缝，同时也包含着鲁迅不愿意以文字直面的精神隐痛。只有烧掉它们，鲁迅才能将弥漫于其中的那另一个自我完全捐弃，从而实现与过去的彻底告别。所以当熊熊烈火燃烧起来的时候，鲁迅肯定会有一种如释重负的解脱之感，并体验到一种隐秘的对过去进行复仇的快意。需要指出的是，鲁迅与弗洛伊德基本上属同时代人。他生前翻译过日本文艺批评家厨川白村根据弗洛伊德的性心理学观点写出的《苦闷的象征》一书，自己也动手写了小说《补天》来尝试解释创造的缘起，后来更是以此创作了小说《肥皂》以撕破男主人公四铭的假道学面目。对于弗洛伊德的学说，鲁迅是十分了解的。不过，他可能没有预料到，他与祖父之间的这种复杂而微妙的关系以及他对此的着意回避，也恰好为弗洛伊德的精神分析学说提供了一个精确的案例。

（原载《文艺理论研究》2021 年第 6 期）

救他与救己

——鲁迅启蒙主义小说思想的二重性

谷鹏飞①

摘要：在现代性视野内，鲁迅启蒙主义小说呈现出救他与救己的双重意蕴。这种意蕴根源于中国思想启蒙的独特困境。《狂人日记》的意义在于它第一次从历史和现实两个方面标示了这种困境。

关键词：鲁迅；启蒙主义小说；救他；救己

所谓"鲁迅启蒙主义小说思想的二重性"，是指在现代性视野内鲁迅小说呈现出以启蒙主义政治意识形态的乐观进取技术策略和审美主义意识形态的反思批判文化策略为内容的双声复调的文本及意义结构。这种二重性的深刻点在于它通过体认中国现代化伊始个人自主平等的基本向往和这种向往作为普遍主义的公共价值的不可恃，揭示出中国启蒙运动的救他与救己的双重困难。认识到这种困难，是理解鲁迅启蒙主义小说的关键。从前期的《呐喊》《彷徨》到后期的《故事新编》，都鲜明地反映了这一点。

一、《狂人日记》：启蒙主义小说的首次提案

《狂人日记》是 20 世纪中国的第一篇启蒙主义小说，也是鲁迅早期启蒙主义思想的典范性作品。从启蒙角度看，这篇小说的主要意义在于：它使现代自由公义的价值理性必须咬牙面对前现代的道德伦理情境，甚至不惜破釜沉舟。换言之，鲁迅以"吃人"为中心意象构设的吃者与被吃者的交互主体性，揭示了在中国进行思想启蒙的独特性和艰巨性，同时标示了启蒙主义小说主题的两难和叙述的尴尬。"吃人"既是小说构设的中心意象，也是解读宗法家族制度的礼教价值体系与生活方式的关

---

① 谷鹏飞（1975— ），陕西榆林人。西北大学文学院教授，从事文艺美学基础理论研究。

键符码。这一符码表露的常设消息有：第一，在"狂人"生活的前现代家庭里，血统纽带、历史传承、文化认同、价值取向原本的高度一致已经出现重大裂痕；第二，造成这一裂痕的主体须以生命为代价，因为既是"吃人"，就须有被吃者。其潜在的意蕴在于三点。第一，吃者与被吃者既是分明的，又是含混的：从小说的叙述结构看，被吃者是"我"，吃者是"我"以外的其他人；从小说的意义结构看，"我"既是被吃者，同时又是吃者，因为"我未必无意之中，不吃了我妹子的几片肉"①。这两个主体的交互性表明，"吃人"不是某一社会集团的专嗜，甚至没有年龄界限，"连小孩子，也都恶狠狠的看我"②，它是整个民族的集体行为。第二，"吃人"成为一种公开的密谋，并且理所当然地取得了合法性。小说中"我"的"疯言疯语"道破了这一点："我翻开历史一查，这历史没有年代，歪歪斜斜的每叶上都写着'仁义道德'几个字。我横竖睡不着，仔细看了半夜，才从字缝里看出字来，满本都写着两个字是'吃人'！"③鲁迅在这里十分深刻地揭示出历时弥久的封建宗法价值体系的核心——"仁义道德"的吃人本质。第三，"吃人"方式的伪善性。一是"笑面虎"式吃人，吃者虽然眼里含着恶狠狠的光，可脸上却总是笑吟吟的；二是"扣帽子"式吃人，例如给力抗流俗的觉醒者冠以"疯子"名号，给敢于造反者冠以"恶人"名号，给"乖张"的儿女冠以"忤逆"名号，等等；三是逼迫被吃者自戕，小说中"我"敏锐地感觉到了，吃人者虽想吃人，但"直捷杀了，是不肯的，而且也不敢，怕有祸祟。所以他们大家连络，布满了罗网，逼我自戕"。吃人者希望"我""最好是解下腰带，挂在梁上，自己紧紧勒死；他们没有杀人的罪名，又偿了心愿，自然都欢天喜地的发出一种呜呜咽咽的笑声"④，这笑声里透露出吃人者的伪善、阴险与狡诈。以上这三个意蕴层次的联手共谋标示了中国思想启蒙的如下困难：

第一，启谁之蒙？一方面，由于启蒙所面临的主要对象是封建宗法伦理，作为制度，它只是一虚体存在；加上其载体的含混，势必给启蒙者造成"老虎吃天，无从下手"的困难。另一方面，由于不论是封建宗法伦理还是麻木愚昧的大众，都不愿意赋予或承认除了自身以外的任何主体以认识、道德或目的论上的优先地位，就势必使启蒙者的几声呐喊最后流落成无人回应的万古荒寒式的寂寞孤独。

第二，启蒙者本身亦需要启蒙。由于中国早先的启蒙者多是受西方科学与民主思想影响的知识分子，因而其话语工具与实践理想就必然打上西方启蒙理性的烙印。然而，发轫于西方的启蒙运动无论是目标、对象，还是手段、任务，都与中国

---

① 鲁迅：《鲁迅全集》第 1 卷，人民文学出版社 1981 年版，第 432 页。
② 鲁迅：《鲁迅全集》第 1 卷，人民文学出版社 1981 年版，第 428—429 页。
③ 鲁迅：《鲁迅全集》第 1 卷，人民文学出版社 1981 年版，第 425 页。
④ 鲁迅：《鲁迅全集》第 1 卷，人民文学出版社 1981 年版，第 427 页。

截然不同①，结果自然是，虽然借来了他山之石，却达不到攻玉的目的。此外，启蒙者尽管在价值伦理尺度上高悬理想社会共同体为将至之鸿鹄，然而由于不了解且缺乏现代社会之自我正当化所需要条件，故即使在一个十分偶然的历史情境下，这种共同体也终归是海市蜃楼。

第三，启蒙者包袱沉重。历史的客观情境决定了启蒙者在从前现代抽身而向现代时总难免留有些须前现代的胎记，因而他们在诠释与践行现代性理想时总是顾虑重重。事实也是，中国较早的启蒙知识分子大都出生在像《狂人日记》中"我"所在的一样的封建大家庭里，这就使他们在言说真理的同时又不得不面对社会的压迫和家庭的羁绊。即使像《孤独者》中的魏连殳、《在酒楼上》中的吕纬甫等一样的生计困顿者，也由于亲情道义的应然承担，而在行动时不能轻装上阵。

二、肯定推崇到反思批判：启蒙主义小说思想的二重变奏

鲁迅启蒙主义小说的主题思想和话语模式经历了一个"向内转"的过程，即小说主人公由早期的"救他"型转向中后期的"自救兼救他"型。这一转变是与鲁迅启蒙思想的发展变化及小说启蒙策略的不同相一致的。鲁迅作为一个启蒙主义者，一如历史上的任何启蒙主义者一样，相信自己的言说就是真理，呐喊就是号角，启示就是未来，积极乐观是其本义。因为"既然是呐喊，则当然须听将令的了，所以我往往不恤用了曲笔，在《药》的瑜儿的坟上平空添上一个花环，在《明天》里也不叙单四嫂子竟没有做到看见儿子的梦，因为那时的主将是不主张消极的"②。而且，即使启蒙者势单力薄也无所谓，因为"对于敌人，个人主义者所发的子弹，和集团主义者所发的子弹是一样地能够制其死命"③。在《关于知识阶级》的讲演中，鲁迅积极推崇启蒙者的无所畏惧的特立独行，他认为，对于知识分子来说，尽管现在思想自由和生存还有冲突，但为了思想的自由和民智的启迪，是可以不很计利害的。与此相适应，鲁迅前期小说《呐喊》《彷徨》中的主人公如"狂人"、"疯子"、夏瑜等人，都有鲁迅早年所推崇的"立意在反抗，旨归在动作"④的摩罗精神。在思想行动上，他们对封建宗法伦理制进行了全面的斗争批判："狂人"把整个社会视为吃人的

---

① 康德对"启蒙"的规定标示了西方启蒙的基本理念。他说，"启蒙运动就是人类脱离自己所加之于自己的不成熟状态"，其目的是使一切人"在一切事情上都有公开运用自己理性的自由"。启蒙首先是自我启蒙，然后才是启他人之蒙。这为西方后世的思想启蒙规定了方向。参见［德］康德：《历史理性批判文集》，何兆武译，商务印书馆 1990 年版，第 22、24 页。

② 鲁迅：《鲁迅全集》第 1 卷，人民文学出版社 1981 年版，第 419 页。

③ 鲁迅：《鲁迅全集》第 1 卷，人民文学出版社 1981 年版，第 226 页。

④ 鲁迅：《鲁迅全集》第 2 卷，人民文学出版社 1981 年版，第 66 页。

温床，面对家庭、社会的巨大压力而毫无惧色；"疯子"则把"长明灯"视为封建宗法伦理黑暗与罪恶的象征，念念不忘要放火烧毁它；夏瑜竟敢说出"这大清的天下是我们大家的"这样有违封建伦理纲常的"大逆不道"的话来。

　　然而，第一次启蒙尝试失败后，鲁迅就开始对启蒙进行检验反思。如果说在《呐喊》中主要是以普通国民为启蒙对象，那么在《彷徨》中则成了知识分子；如果说在《呐喊》中还主要是以传统型知识分子为反思对象，那么在《彷徨》中则成了新型知识分子；如果说在《呐喊》中鲁迅对启蒙本身还一往情深，那么在《彷徨》中则开始对启蒙本身进行反躬自省。前揭，鲁迅小说中觉醒了的知识分子大都受过西方文化思潮的濡染熏陶，他们中不少人曾在五四新文化运动中扮演过叱咤风云的角色，新文化氛围、文化视野使他们对于社会、对于自我有着清醒的理性认识，他们渴望理想人性社会，追求人格自我完善，可以说，他们在一定程度上代表了中国社会的新人格、新形象。对此，鲁迅曾给予充分肯定。但是，由于整个异化社会现实的残酷压迫和摧残，由于这些知识分子心性深层埋藏的传统人格阴影仍在作祟，他们并没有把这种理想人性社会、自我人格形象贯彻到底。他们要么由个性主义的失败而滑向孱弱、琐碎的温情人道主义，要么由人道主义的失败而陷入个人报复的、厌世的个性主义。结果我们就看到：《头发的故事》中的 N 先生，由剪辫而变得愤世嫉俗、消极悲观；《在酒楼上》中的吕纬甫由敢于到城隍庙里拔掉神像胡子的英雄沦为"敷敷衍衍，模模糊糊"的苟活者；《祝福》中的"我"不敢正面回答祥林嫂有无鬼魂的疑问；如此等等。另外我们也看到："狂人"竟然病愈，而且要赴某地候补，候补就意味着放弃启蒙理想而与僵而不死的社会同流合污；娜拉在毅然出走之后也只能落得要么堕落、要么回来的结局，全然不是她想象的那样；子君是一个远较娜拉觉醒者，然而"我是我自己的，他们谁也没有干涉我的权利"①。伟大的人道主义口号最后竟成了必须以生命为交换的千古绝唱……这里凝结了鲁迅沉痛的深思。鲁迅看到，启蒙主义的成果，一如"铁屋子"里被唤醒的人那样，在意识到"就死的悲哀"中走向凋落和死亡。一方面，鲁迅对启蒙抱着乐观、推崇的态度，认为唯有通过启蒙才是救赎的唯一途径；另一方面，鲁迅又不断地拷问启蒙本身，对启蒙的方式、成效表示怀疑。基于此，鲁迅的启蒙主义小说往往呈现出一种双声复调的意义结构，在这种结构里，一种声音言说着启蒙话语，另一种声音质问着启蒙话语。正是这种复调式对话，构成了鲁迅启蒙主义小说巨大的意义张力。在其后期启蒙主义小说《故事新编》里，女娲作为一个新世界的缔造者，大禹作为一个躬行无悔的实干家，墨子作为一个谋略远大的爱国者，与嫦娥的畏难脱逃、老子的重言讳行、伯夷叔齐的守旧畏缩，构成了巨大的反讽。这种反讽标示了中国启蒙主义小说的最高限度。

────────────

　　① 鲁迅：《鲁迅全集》第 2 卷，人民文学出版社 1981 年版，第 112 页。

三、鲁迅启蒙主义小说二重性探源

鲁迅启蒙主义小说所表现出的二重性，集中反映了中华民族迟至 20 世纪才在西方列强的威力迫压和西方文化的强力影响下出现向现代文化转化的特殊历史需要与这种需要必然同当时占中国社会主导地位的宗法伦理意识形态发生冲撞的历史宿命。这一宿命在两个层面加重了启蒙者的负担：

第一，历史层面。一方面，知识分子因袭读书做官的老路在内忧外患的民族国家已难以为继；另一方面，历史却赋予知识分子承担应然的社会、民族的道义责任。然而知识分子政治、经济、思想地位的急剧下降，势必造成其不能承担社会文化重建和国民精神改造的重任。中华民族文化的重建和国民精神的改造的标准不是现实的、自我的、既定的，而是理想的、异己的、超前的。首先觉醒的知识分子为民族的振兴所建立的理想和愿望与其自我实际的现实利益并非完全一致，有时甚至相悖。因此，他们必须"肩着因袭的重担"而把自我与民族提高到全新的思想境界中去，必须为了幸福而经受产前的阵痛，为了生存而践行毁灭的危险。《在酒楼上》《孤独者》《伤逝》的描写都向我们表明，尽管社会环境以各种方式无情地扼杀着个体人的道德责任心和社会感，但这仍然不意味着他们的妥协和放弃社会责任是完全合理的。

问题的复杂性还在于：启蒙的实践理性又常常与传统的价值理性裹挟在一起，这使启蒙者陷入了两难。在《伤逝》中，涓生面对黯然的生活和枯萎的爱情，难以做出单一的选择：若对子君说"我不爱你了"，就将重担和险途推给了子君；若不对子君说或撒谎，则又违背了他们结合的个性解放和个性自由的基础，自己精神上就会背上"虚伪"的重担。在《在酒楼上》中，吕纬甫一方面为了母亲，尽快返回家乡，费尽心思为幼弟迁坟，为顺姑买花；另一方面，又对"我"哀痛地表示自己做的是一些"子曰诗云"的"无聊的事"。这里，他对母亲的孝道与对自己的谴责同样是虔诚的，然而其坚守的道德与启蒙理性的紧张也是不言而喻的。在《孤独者》中，魏连殳同样陷入了这样的怪圈①。总之，只要不肯放弃道德上的承担，就注定要与启蒙理性发生冲突，这是当时思想启蒙的宿命。

第二，现实层面。对启蒙者现实处境的定位既是在一定境况下对其职责的开脱，又是对其能否承担责任本身的检验。早期启蒙者的生存境况实堪忧虑。在鲁迅的启

---

① 这个"怪圈"表明，中国的启蒙运动不管与西方如何不同，但在精神气质上又必须与西方取得一致。西方的启蒙首先是自我启蒙，而中国的启蒙一开始就是启他人之蒙。然而在任何一个民族国家，这两者又总是错综复杂地交织在一起的。鲁迅启蒙主义小说的二重性作为后果，事实上证明了这一点。

蒙主义小说中，常常可以听到主人公对生活之难、寻路之难的喟叹。《一件小事》中，"我"是一个奔波的游子，"因为生计关系，不得不一早在路上走"；《在酒楼上》中，吕纬甫为了每月 20 元的收入，不得不教连自己也觉得无聊的"子曰诗云"；《伤逝》中的涓生与子君，分开时，家里就只剩下"盐和干辣椒，面粉，半株白菜"和"几十枚铜元"。他们全都为了生计忍受着屈辱，辗转在饥饿、死亡的沟壑中，又如何能对他们提出过高的要求呢？这里，启蒙者的基本理念——"人活着是为什么"这一首级题域，在一个病态的社会里被扭曲和降格为"人怎样才能活着"这一次级题域，由此所带来的不仅是启蒙者身体位格的贬损，更是其生存价值合法性的否弃。

通过对这两个层面的揭示，鲁迅实际上向我们指出了任何启蒙主义者都不得不面对的两个问题：第一，人的生命存在的肉身性之于价值追求的精神性，孰先孰后？第二，精英主义式的个体偶在之于通俗大众的群体常在，在价值天平上，何者分量更重？这两个问题的互为奥援成了任何一个民族国家走向现代化时必须面对的难题，由此预示了中国启蒙主义者的一个艰难使命便是：如何重新调校人的生存合法性与价值合理性，使其更有利于人的全面发展？对于这个问题，应该说文学界至今没有取得令人满意的成果。

（原载《宝鸡文理学院学报（社会科学版）》2004 年第 6 期）

"沉郁顿挫"："杜诗学"视域里的鲁迅小说风格

王鹏程①

　　傅庚生以杜诗研究和古典文学研究著称于世。对于"五四"以来的新文学，他亦有浓厚的兴趣，并曾有志于文学创作。1926 年他在东北大学国文系读预科时即开始了文学创作活动。他和同学"自编、自写、自印文艺刊物《夜航》，共出四期，后因筹不出印刷费而停刊"。此后，他"常在报刊上投稿，想做个业余作家了"。1927年至 1931 年，他"先后在《盛京日报》《泰东日报》《新亚日报》《益世报》《大公报》等报上发表了一些小说和杂文。其中曾在《泰东日报》上发表过长篇连载小说《燕侣莺俦》等"。1931 年到 1932 年，在北京大学读书时，他在《东北月刊》上发表了小说《桐儿》（又名《雪儿》），受到废名的称赞。但废名说，"要想在创作上搞出成就来，非搞好外文不可"。这对傅庚生影响很大，从此他"逐渐地开始从文学创作转向了对中国古典文学的研究，开始了社会科学研究生涯"。②但他对新文学依然关注，对鲁迅的创作评价最高，现代文学中他"精研与达诂"的作家也只有鲁迅一人。进行古典文学研究时，他也偶尔援引鲁迅的作品作为例证。这同另一位著名古典文学者顾随非常相似。顾随对新文学也有浓厚兴趣，曾参加沉钟社，并发表了大量小说，其中《失踪》（署名顾璥）被鲁迅选入《中国新文学大系·小说二集》。他对新文学非常了解，但也只推重鲁迅的小说，研究和批评的也只限于鲁迅。饶有意思的是，他也曾从"杜诗学"的视域评骘鲁迅的小说，认为其文思"开合"，文笔"顿挫"，同傅庚生所说的"沉郁顿挫"有异曲同工之妙（这里我们暂且不论，后文再述）。这说明，鲁迅在小说的思维、观念、表现形式上虽具有很强的现代性，但在如白描的方法、语言的自由与简练、短篇形式的选择等方面，傅庚生与顾随等古典文

---

　　①　王鹏程（1979— ），陕西永寿人。2011 年毕业于清华大学中文系，获文学博士学位。2012—2015 年在南京大学从事博士后研究工作。2015 年被聘为中国现代文学馆第四届客座研究员。现为西北大学文学院教授、博士生导师，中国现代文学馆特邀研究员。著有《马尔克斯的忧伤——小说精神与中国气象》（专著）、《或看翡翠兰苕上》（论文集）、《见著知微——觑尘斋文史论稿》（论文集），编有《陈忠实文学回忆录》。曾获陕西文艺评论奖一等奖、陕西高等学校人文社会科学研究优秀成果奖一等奖、中国当代文学研究优秀成果奖等。
　　②　傅庚生：《自传》，傅光主编《长安学丛书·傅庚生卷》，三秦出版社、陕西师范大学出版总社有限公司 2010 年版，第 1—2 页。

学研究者都看到了其与传统的渊源。从内在因素看，"鲁迅由于在训练和爱好上接受了中国古典的遗产，他又显示出某种文人传统。简单地说，鲁迅的小说最初还留有'文章'的古典风格，他在写小说以前就非常熟悉高雅的文字，早期习作就是古文古诗"①。古典文学传统无声无息地浸润到鲁迅的小说创作之中，在语言、细节、意象、抒情、技巧等方面或隐或现地表现出古典文学的色彩与魅力；但鲁迅又不是简单地继承，而是进行了融化和创造。从 20 世纪 40 年代中期开始，傅庚生即在《中学生》《国文月刊》等杂志上开辟了《傅庚生读〈呐喊〉》专栏，解读《呐喊》中的《狂人日记》《孔乙己》《药》《明天》《一件小事》《故乡》《阿 Q 正传》等，以及《彷徨》中的《孤独者》《伤逝》《肥皂》等，将古典文学传统对鲁迅小说的影响落实在认真的文本细读和风格比较上，开创了用古典诗学的批评方法研究鲁迅小说的先河。②他"用阅读古典诗词的方法来剖析鲁迅小说的语言，并将其与中国古典文学比较阐发，既注重'咬文嚼字'，即他所说的'要多读儿遍，要精读，要运用自己的情思去追索作者，希望能约略窥见作者原有的意象。文字只是媒介，故事的外形只是果子的皮壳；透过它们，才有值得我们求索的东西在'；又注重在此基础之上与作者情思相契，从而达到'精研与达诂'，因而缘情度理，与作者情感相契合"③。在此基础上，他试图从"杜诗学"的视域和"沉郁顿挫"的角度诠释鲁迅小说的风格，沟通鲁迅与中国古典文学传统的联系，带给我们深刻的启示。

一

我们知道，"沉郁顿挫"是杜甫对自己诗歌风格的概括。他在《进雕赋表》中尝云："臣之述作，虽不能鼓吹六经，先鸣数子；至于沉郁顿挫，随时敏捷，扬雄、枚皋之徒，庶可企及也。"后世的杜甫研究，从严羽的《沧浪诗话》到陈廷焯的《白雨斋词话》，自始至终以这四个字为中心展开。傅庚生认为，"沉郁顿挫"虽是"杜甫对自己的诗赋风格的自知处"，但"他当时所说的'沉郁'，近于所谓'诗教'的'温柔敦厚'"，后来诗的风格发生了质变，人民性不断增强，"固有的沉郁风格日趋于深

---

① 李欧梵：《铁屋中的呐喊》，岳麓书社 1999 年版，第 57 页。

② 王瑶在新中国成立后开始从事新文学的研究工作，20 世纪 50 年代中期之后撰有《论鲁迅作品与中国古典文学的历史联系》《论现代文学与中国古典文学的历史联系》等文。王瑶的研究比傅庚生起步稍晚，也比较宏观，侧重于鲁迅与魏晋文学、《儒林外史》等古典小说的联系，以及鲁迅与中国古典诗歌"抒情"传统的联系，更多地从文学史的角度来评价，比较概括，对具体作品的分析也比较少。

③ 王鹏程：《鲁迅小说的古典读法：傅庚生论〈呐喊〉与〈彷徨〉》，《鲁迅研究月刊》2013年第 6 期。

广"，属于"另一个范畴的'沉郁'了"。①由于时代的限制，这里傅庚生对杜甫早期诗歌"沉郁"风格的评价未免过于"政治化"，倒是他在新中国成立前的评论能够深中肯綮。杜甫"沉郁由于多情，尤其是怀着广泛而深曲的同情心，才能做到不浮不薄"。杜甫年轻时虽有政治关怀，如立志"致君尧舜上，再使风俗淳"，但无非是希望天下太平，老百姓的生活没有苦难。倘若硬要说其是贯彻"温柔敦厚"的诗教，就胶柱鼓瑟了。严羽《沧浪诗话》云"子美不能为太白之飘逸，太白不能为子美之沉郁"，以"沉郁"概括杜诗风格，抓住了核心。《白雨斋词话》中说："杜陵之诗，包括万有，空诸依傍，纵横博大，千变万化之中，却极沉郁顿挫，忠厚和平。此子美所以横绝古今，无与为敌也。……诗有变古者，必有复古者。然自杜陵变古后，而后世更不能复古，何其霸也！不知古者，必不能变古，此陈、隋之诗所以不竞也。杜陵与古为化者也，惟其与古为化，故一变而莫可复兴。……所谓沉郁者，意在笔先，神余言外。写怨夫思妇之怀，寓孽子孤臣之感。凡交情之冷淡，身世之飘零，皆可于一草一木发之。而发之又必若隐若现，欲露不露，反复缠绵，终不许一语道破。匪独体格之高，亦见性情之厚。"傅庚生认为，陈廷焯对"沉郁"的阐述深得其中三昧——"性情"，杜甫的"称霸古今"，"性情而已矣"。他说："文学创作，寓却真情，便无是处。性情愈厚便愈好。同情心愈伟大的，作品也就愈伟大。孔子说：'仁者安仁，知者利仁。'天赋的性情还须借后天的学养去珍惜、护持、节制、利导与发挥，盈科而后进，冲向广大的人海，使天下之大普受甘霖，这才是立言的根本。"如傅庚生评《江上值水如海势聊短述》中的"老去诗篇浑漫兴，春来花鸟莫深愁"所言："'浑漫兴'的才会惊人，'莫深愁'的才能感人，这是杜甫的成就。情真所以动人，深所以溺人，广所以覆盖天下古今；少陵诗之所以伟大，由于他同情心的深广。从心所欲，情感本然已真，思想粹然以善，已达情知欣合的境界，它自然不逾矩，形式凝然而美。"正因为"杜甫的情感是既深又广的，五伦之爱以及于元元人民，甚至于草木鸟兽虫鱼之属，他都在用一片真情去款接"②，沉郁而真挚，有广泛而深曲的同情心，博大悠远，故而能力排群伦，超迈千古。傅庚生之子傅光将其父对"沉郁顿挫"的认识概括总结为以下几个方面：

> 历来所论"沉郁"，终不免囿于"诗教"之中。今之以论杜诗风格，仍以"沉郁"命之，所谓袭其辞而不袭其意也。试以衍绎之曰：所谓"沉郁"者，达之于诗，则呈露于各个方面。即以情感言之，则诗情务其凄怆深沉而真挚；以思想而论，则诗思必其和善明正而淳；就想象而言之，则诗景

① 傅庚生：《沉郁的风格·闳美的诗篇——为纪念诗人杜甫诞生1250周年而作》，《诗刊》1962年第2期。

② 傅庚生：《评李杜诗》，《国文月刊》1949年第75、76期。

必欲纵横阔大而浓烈；就其形式而言之，则诗律精严、语言凝炼而平朴。

如是则内容与形式相统一，阂于其中而肆于其外，乃诣"沉郁"之境。①

在傅庚生看来，"沉郁顿挫"是中国古典文学绵延有力的一个传统——"中国古典文学民族风格的内涵，委实有很大的比重出入于沉郁顿挫之中"，鲁迅的小说，融化了中国古典文学"沉郁顿挫"的传统，"融合古今中外文艺的奇葩，一炉而冶之，其妙旨端在于能化。它继承并发扬光大了古典小说的创作方法，也继承并发扬光大了祖国文学特异的风格"②，"读者倘不寝馈于其间，则所能领会到的怕就难免于俭薄了"③。

众所周知，鲁迅同魏晋文学有很深的渊源。在唐代诗人中，鲁迅喜欢李贺、李商隐，很少论及杜甫。在《鲁迅全集》中，我们能直接看到的有两处。一是在《且介亭杂文·序言》中，他说："这一本集子和《花边文学》，是我在去年一年中，在官民的明明暗暗、软软硬硬的围剿'杂文'的笔和刀下的结集，凡是写下来的，全在这里面。当然不敢说是诗史，其中有着时代的眉目……"④"诗史"自然使我们想到杜甫。二是他在《花边文学·女人未必多说谎》中说："譬如罢，关于杨妃，禄山之乱以后的文人就都撒着大谎，玄宗逍遥事外，倒说是许多坏事情由着她，敢说'不闻夏殷衰，中自诛褒妲'的有几个。"⑤从这两处，我们可以看见鲁迅对杜甫的崇仰。

---

① 傅光：《万卷斋李杜诗话》，傅庚生、傅光《杜甫论集》，黑龙江人民出版社 1986 年版，第 111—112 页。此文虽为傅光所撰，但其要义均见于傅庚生文章之中，因而可视为傅光对其父学术思想之括要。

② 傅庚生：《从"沉郁顿挫"窥测鲁迅的小说》，傅庚生《文学赏鉴论丛》，陕西人民出版社 1981 年版，第 100 页。据傅庚生 1961 年 10 月 21 日日记载，鲁迅小说的沉郁风格已由电台播出。可见该文初为电台讲稿。参见傅庚生、傅光：《杜甫论集》，第 281—282 页。

③ 傅庚生：《从"沉郁顿挫"窥测鲁迅的小说》，傅庚生《文学赏鉴论丛》，第 109 页。

④ 鲁迅：《且介亭杂文·序言》，《且介亭杂文》，人民文学出版社 1973 年版，第 2 页。

⑤ 鲁迅：《女人未必多说谎》，《花边文学》，人民文学出版社 1973 年版，第 7 页。按：朱正认为，杜甫《北征》中的"不闻夏殷衰，中自诛褒妲"及"周汉获再兴，宣光果明哲"赞颂了龙武大将军陈玄礼"仗钺奋忠烈"，"以周宣王汉光武这些历史上有名的中兴之主来比喻肃宗，觉得唐朝也得到中兴的机运了。杜甫对这一事件的看法就是如此，整首诗也好，这两句也好，都没有帮杨妃说话"。"对于杨贵妃，鲁迅和杜甫的意见是针锋相对的"，朱正赞成鲁迅，而不赞成杜甫。（朱正：《杜甫·鲁迅·杨贵妃》，《鲁迅研究月刊》2001 年第 6 期）综合全诗，我们可以看到，杜甫在这里用了春秋笔法和反讽修辞，未必是赞颂陈玄礼，也并非不同情杨贵妃。傅庚生在驳魏泰《临汉隐居诗话》时指出："桓桓陈将军"，"这里的'桓桓'几句，是明显的讽刺，《哀江头》就比较深曲些。两处也可以互相参证，《北征》既盛称陈玄礼能诛杨妃，《哀江头》就可见不是同情李隆基的伤逝悼亡之作。《哀江头》既写着'少陵野老吞声哭'，《北征》的'忆昨狼狈初'，就应该含孕着许多悲愤：天下狼狈至此，到底是谁的罪过呢？《北征》的'不闻夏殷衰，中自诛褒妲'，比较含蓄些；《哀江头》的'明眸皓齿今何在，血污游魂归不得'，却是说得狠狠的！也可以互相发明，总之诗人的意思万不会歌颂什么天子的'畏天悔祸'，道理很简单，杜甫是主张'直笔在史臣'（《八哀诗》）的。"（傅庚生：《杜诗散绎》，陕西人民出版社 1979 年版，第 154 页）窃以为此为确论。鲁迅当然明白杜甫的"心曲"，朱正显然误解了杜甫的《北征》。

除此之外，他还在几处提到了杜甫或者杜诗。①但这并不能表明鲁迅不熟悉杜诗或者没有受到杜甫的影响。②据同代人回忆，鲁迅对杜诗"熟读得惊人"。鲁迅在浙江两级师范学堂的同事杨莘耜在《鲁迅杂忆》中说："豫才于学，无所不窥。……对古诗，他最喜欢的是杜甫诗，只要我们出一个题目，他就能朗朗背诵全诗，所以他的律诗颇似老杜，'无题'的格调就是从工部诗脱胎而来。"徐梵澄在《星花旧影——对鲁迅先生的一些回忆》里写道："先生于唐诗的研究是很深广的。某次撰文，随着笔便写出'我有一匹好东绢，已令拂拭光凌乱，请君放笔为直干'。正是杜甫的诗。"③鲁迅愈近晚年，其沉郁、悲凉和杜甫愈加近似。据刘大杰回忆，鲁迅晚年与友人讨论中国文学史，以为中古之陶潜、李白、杜甫皆第一流诗人，他说："我总觉得陶潜站得稍稍远一点，李白站得稍稍高一点，这也是时代使然。杜甫似乎不是古人，就好像今天还活在我们堆里似的。"④佐藤春夫曾将鲁迅比作杜甫，鲁迅虽有调侃之词，但内心是认同的。增田涉回忆说："……佐藤春夫曾把鲁迅比作杜甫。我在给他的信里曾经提到。他在回信里说，要是杜甫倒不坏。这虽然是以轻松的心情说的，但我以为随着他晚年的来临，他是逐渐成为杜甫的了。从李贺到杜甫——他变化着。……如果说是变了，那也只能说，活了二十七岁的李贺所表现的奇峭和文字的偏僻用法，

---

① 据赵敬立整理，鲁迅涉及杜甫的文字尚有以下几处。一、在《且介亭杂文二集·四论"文人相轻"》中："'必也正名乎'，好名目当然也好得很。只可惜美名未必一定包着美德。'翻手为云覆手雨，纷纷轻薄何须数，君不见管鲍贫时交，此道今人弃如土！'这是李太白先生罢，就早已'感慨系之矣'，更何况现在这洋场——古名'彝场'——的上海。"这里所引的乃杜甫《贫交行》的诗句，误为李白的。二、在《且介亭杂文二集·"题未定"草（六至九）》中："一落第，在客栈的墙壁上题起诗来，他就不免有些愤愤了，可见那一首《湘灵鼓瑟》，实是因为题目，又因为省试，所以只好如此圆转活脱。他和屈原，阮籍，李白，杜甫四位，有时都不免是怒目金刚，但就全体而论，他长不到丈六。"这里将屈、阮、李、杜相提并论，但却是接着朱光潜"屈原阮籍李白杜甫都不免有些像金刚怒目，愤愤不平的样子"的原话说的。三、《〈近代木刻选集〉（1）小引》中："记得宋人，大约是苏东坡罢，有请人画梅诗，有句云：'我有一匹好东绢，请君放笔为直干！'……"和《〈近代木刻选集〉（2）小引》中："附带说几句，前回所引的诗，是将作者记错了。季黻来信道：'我有一匹好东绢……'系出于杜甫《戏韦偃为双松图》，末了的数句，是'重之不减锦绣段，已令拂拭光凌乱，请君放笔为直干'。并非苏东坡诗。"这里是误杜甫诗为苏东坡句。见赵敬立：《风调异代有同声——鲁迅与杜甫浅论》，《杜甫研究学刊》2003年第4期。

② 查《鲁迅日记》及《鲁迅手迹和藏书目录》，无一部杜诗或杜诗研究著作。鲁迅的藏书中有本《唐宋诗醇》，为其祖父周介孚在京时所赠，钤有周介孚之印，并附一字条曰"示樟寿诸孙"："初学先诵白居易诗，取其明白易晓，味淡而永。再诵陆游诗，志高词壮，且多越事。再诵苏诗，笔力雄健，辞足达意。再诵李白诗，思致清逸。如杜之艰深，韩之奇崛，不能学亦不必学也。"（《鲁迅年谱》（一），人民文学出版社2000年版，第16页）

③ 邓啸林：《鲁迅与杜甫》，《内蒙古大学学报（哲学社会科学版）》1984年第4期。

④ 刘大杰：《鲁迅谈古典文学》，《文艺报》1956年第20号。

在鲁迅却随着年龄的增长逐渐削弱了。主要是由于年龄、经验的关系，已经是稍为易懂地、幅度广阔地，像杜甫那样吐露着悲怆、慷慨了。"鲁迅在致增田涉的回信中幽默地说："'是杜甫倒不错'，不过糟糕的是，没有诗，正如没有钱一样，今后大量地做诗罢。"①由此可见，在精神气质上，鲁迅是认同、褒扬杜甫的。"鲁迅晚年对杜甫的喜爱，或者更准确地说是'认同'，是因为他在杜甫身上感受到了这位伟大诗人的一种'大爱'和悲悯情怀，一种对于弱者、对于生命的爱；而这种'大爱'和悲悯，亦是鲁迅终生所有，而在晚年感受得更加自觉、深切的一种精神。"②

二

谈及对鲁迅小说的阅读和研习，傅庚生谦虚地说："我是'童而习之，自首纷如也'，未能窥及其指归于万一，仅仅是喜欢反反复复地读《呐喊》与《彷徨》，揣摩他的那个'咸酸之外'的味道；偶尔似乎有所得，却也自笑其陈腐庸陋。管窥蠡测，未必能即于作者之真；刍荛之议，或亦有一丝半缕可采。遂不恤嵌入这'绿锈斑斓'的四个字作本文的题目。"③他说的"'绿锈斑斓'的四个字"即"沉郁顿挫"，但其意义已经不完全是古典意义上的"杜诗学"范畴，他对其进行了新的衍绎和发挥。关于"沉郁"，他说：

> 切莫把"沉郁"误解为沉闷、阴沉、郁郁无聊或是郁结不舒；此一统摄文思的语汇别有概括的涵义。"沉"是沉着有力的光景，"郁"是感染力强，足以攫住人们的心灵不放的象征之辞。沉郁之中有深沉，有浓郁，却不低沉，不沾滞；沉郁之中有含蓄，却不是温柔敦厚，一味地咽住不说；沉郁的神韵，在木如苍松，在人如幽燕老将，在峨嵋如俯云海，在西子湖如山色空濛……④

他认为，鲁迅小说在写景、抒情、叙述等方面都能够体现出"沉郁"的风格。⑤

---

① 增田涉：《鲁迅的印象·三七》，《鲁迅回忆录》，北京出版社 1999 年版，第 1140 页。
② 谭德晶：《鲁迅与李贺、杜甫关系初探》，《中南大学学报（社会科学版）》2006 年第 3 期。
③ 傅庚生：《从"沉郁顿挫"窥测鲁迅的小说》，傅庚生《文学赏鉴论丛》，第 100 页。
④ 傅庚生：《从"沉郁顿挫"窥测鲁迅的小说》，傅庚生《文学赏鉴论丛》，第 101 页。
⑤ 王瑶认为："中国现代文学总的看来有一种博大深沉而又抑郁悲壮的'调子'。这当然首先是历史条件和人民情绪的反映，但它与中国古典文学的精神和特色又是息息相通的。"（王瑶：《论现代文学与中国古典文学的历史联系》，王瑶《中国现代文学史论集》，北京大学出版社 1998 年版，第 317 页）对鲁迅小说与古典诗歌的联系，他的分析是印象式的。他认为，鲁迅的小说"带有抒情诗的特点"，"像古典诗歌一样，这种'抒情'常常是通过自然景物、通过心情感受而形成一种统一

写景如《呐喊》自序中的"夏夜，蚊子多了，便摇着蒲扇坐在槐树下，从密叶缝里看那一点一点的青天，晚出的槐蚕又每每冰冷的落在头颈上"，能做到古人论词所言的"以景结情"。如《在酒楼上》里"我"眺望楼下的废园："这园大概是不属于酒家的，我先前也曾眺望过许多回，有时也在雪天里。但现在从惯于北方的眼睛看来，却很值得惊异了：几株老梅竟斗雪开着满树的繁花，仿佛毫不以深冬为意；倒塌的亭子边还有一株山茶树，从暗绿的密叶里显出十几朵红花来，赫赫的在雪中明得如火，愤怒而且傲慢，如蔑视游人的甘心于远行。我这时又忽地想到这里积雪的滋润，著物不去，晶莹有光，不比朔雪的粉一般干，大风一吹，便飞得满空如烟雾。"鲁迅通过吕纬甫眼中以及回忆中的废园景色，来表现游子归乡之后无名的悲哀和凄清，借着"沉郁之笔"，表达出吕纬甫对故乡的"一往情深"。傅庚生认为，这里的"沉郁之笔"，可谓"一切景语皆情语也"，是从多方面着手的："借着南方与北方的对比，写北客南归的心绪；借着废园里倒塌的亭子，写人世桑田沧海的变迁；借着梅雪交相辉映，写雪的滋润与依恋，衬起游子的乡思；借着山茶花的怒放，想象出'蔑视游人的甘心于远行'，而实际上却说的是游子之不得不为生事而奔波。今天回到了故乡，又是似这般的生疏与冷落；到底哪里才是故乡，如何才算是客子，也令人茫然地无从分辨，惘然地难问亲疏了。这样寄情于景，见景生情，随着目之所触，一古脑儿地把满腔的沉郁之思迸射出去，凝成特异的风格，紧紧地扣住读者的心弦，舒缓不得；却又分明有沉酣于醇美的境界中的享受。可见这两段描写之所以有令人诗意盎然的感觉，有很多的因素都是从沉郁的风格派生的。"这样的分析文字，颇似傅庚生"散绎"的杜诗，情与景纠缠往复的内心世界，被他如同剥笋一般层层打开，从而能够体味到景色背后氤氲的沉郁之思。不独如此，鲁迅还常在小说的结尾"用象征的写景奏含蓄之效"，做到沉郁中有含蓄，借蓄臻沉郁的效果。如《明天》的结尾："单四嫂子早睡着了，老拱们也走了，咸亨也关上门了。这时的鲁镇，便完全落在寂静里。只有那暗夜为想变成明天，却仍在这寂静里奔波；另有几条狗，也躲在暗地里呜呜的叫。"鲁迅"从正面煞住"，"用寂静填补单四嫂子心上的空虚，意境是深深的"。《祝福》则不同，"从反面逼来，却同样地是归于沉郁"。此外，《药》《故乡》《鸭的喜剧》《在酒楼上》《孤独者》等，"在结束处都是深沉凝重的，像给读者在心口压上一个铅块一般，摆脱不得"。①

的情调和氛围的。当然，在小说中，写景色、写气氛，实际也是在写人物的；但这样就能使作品形成一种独特的艺术风格，增强作品的感染力"。（王瑶：《论鲁迅作品与中国古典文学的历史联系》，王瑶《中国现代文学史论集》，第29页）

① 傅庚生：《从"沉郁顿挫"窥测鲁迅的小说》，傅庚生《文学赏鉴论丛》，第104—106页。

"抒情"自不待言，鲁迅小说的抒情，或直抒胸臆，或借景写情，沉郁而悲怆。如《呐喊》自序中的直抒胸臆："在我自己，本以为现在是已经并非一个切迫而不能已于言的人了，但或者也还未能忘怀于当日自己的寂寞的悲哀罢，所以有时候仍不免呐喊几声，聊以慰藉那在寂寞里奔驰的勇士，使他不惮于前驱。"如《伤逝》的开头："如果我能够，我要写下我的悔恨和悲哀，为子君，为自己。"起笔便是沉郁悲凉的调子。正如傅庚生所言："既属悔恨，当然也就百身莫赎；既是悲哀，自然就要抢地呼天。这样一个平地起风云的冒头，挟持着它不祥的预感，就能一把攫住读者的目光，而这经过熔铸的二十二个字，本身就是笼罩住沉郁的氛围的。"①子君离去之后的沉郁："我似乎被周围所排挤，奔到院子中间，有昏黑在我的周围；正屋的纸窗上映出明亮的灯光，他们正在逗着孩子玩笑。"《药》里描写："这一年的清明，分外寒冷；杨柳才吐出米粒大的新芽。"《故乡》里描画："瓦楞上许多枯草的断茎当风抖着，正在说明这老屋难免易主的原因。"这里"情语待景语而厚，景语因情语而活"，"倘不借助于柳芽和枯草，只单纯地叙述春寒和变卖祖产的感受，就不可能产生如酒醉人的艺术魅力"。②顾随的看法与傅庚生近似，他说："文章华丽易，苦辣难。……甜则易俗，甜俗，易为世人所喜。……《史记》是辣……《汉书》是苦……近代人文章，周作人是甜，鲁迅先生是辣，而《彷徨》中《伤逝》一篇则近于苦矣。"③总之，鲁迅以景拟情，以情寓景，情景交融，遂臻沉郁凄清之境，这成为鲁迅个性化的叙述风格，具有沉郁的诗意与悲凉之美。

鲁迅的小说，常"在平平的叙述中，留给读者的却是苍茫的沉郁之感"④。如《孔乙己》中"中秋过后，秋风是一天凉比一天，看看将近初冬；我整天的靠着火，也须穿上棉袄了"，作者用反衬之笔，伴随着"沉郁之思"，写下了对孔乙己"穿一件破夹袄"的担忧。《明天》里三岁的宝儿被葬之后，寡居的单四嫂子感到屋里"太静"了：

> ……她越想越奇，又感到一件异样的事：——这屋子忽然太静了。
>
> 她站起身，点上灯火，屋子越显得静。她昏昏的走去关上门，回来坐在床沿上，纺车静静的立在地上。她定一定神，四面一看，更觉得坐立不得，屋子不但太静，而且也太大了，东西也太空了。太大的屋子四面包围着她，太空的东西四面压着她，叫她喘气不得。
>
> 她现在知道她的宝儿确乎死了；不愿意见这屋子，吹熄了灯，躺着。

---

① 傅庚生：《从"沉郁顿挫"窥测鲁迅的小说》，傅庚生《文学赏鉴论丛》，第107—108页。
② 傅庚生：《"情语"与"景语"谈片》，傅庚生《文学赏鉴论丛》，第169页。
③ 顾随：《顾随全集》（著述卷），河北教育出版社2001年版，第330页。
④ 傅庚生：《从"沉郁顿挫"窥测鲁迅的小说》，傅庚生《文学赏鉴论丛》，第102页。

她一面哭，一面想：想那时候，自己纺着棉纱，宝儿坐在身边吃茴香豆，瞪着一双小黑眼睛想了一刻，便说，"妈！爹卖馄饨，我大了也卖馄饨，卖许多许多钱，——我都给你。"那时候，真是连纺出的棉纱，也仿佛寸寸都有意思，寸寸都活着。……

傅庚生认为，"太静""太大""太空"写出了单四嫂子丧子的切身之痛，后面重叠的"寸寸"达成了"文字的精炼与深沉"。鲁迅"为了要表述出深沉的思想感情，就必须设身处地地挖掘到小说中人物切肤的感受，选择最贴切的文字去体现它。朱熹曾说：'文字自有一个天生成腔子，古人文字自贴这天生成腔子。'文字的沉郁，源于思想感情的沉郁，闷于其中然后才肆于其外，愈贴切亦愈工"①。确如其言，鲁迅用最恰切的文字写出了单四嫂子的痛与爱；没有对人物内心的深刻体察和无限同情，是无法做到这一点的。这也说明，鲁迅的小说在用词和炼字上非常认真和讲究，有着不亚于吟诗作赋的严肃的古典主义写作精神。正如傅庚生对学生所说的："鲁迅先生的小说跟杂文，几乎都可以用朗诵古文的调子去读。"②"沉郁"是中国古典文学的强大传统，在鲁迅这里，被融入现代小说之中并化为自己的风格，使得现代白话文小说接续了中国古典文学传统，这不能不说是一个伟大的创造和贡献。正如傅庚生论述鲁迅小说的"沉郁"风格时所言："这沉郁又是伴着从古典文学的传奇性变化而来的浪漫主义的手法而出现的。从作者的角度说，这种沉郁的风格在任何一种机缘下都可以形诸笔墨，依仗着它才可能宣达出动人之实，增强艺术的感染力。从读者的角度说，必须从作品里捕捉到这种沉郁之感为寻绎的线索，才容易把原来的作意贯穿起来；又必须分领了这种沉郁的风格，才可能较深入地欣赏原作。"③正是因为将"沉郁"的传统化入自己的创作之中，鲁迅的小说才体现出汉语的魅力，才经得住反复分析、咀嚼和品咏。

三

傅庚生认为，"'沉郁'是说风格的沉着善感，'顿挫'是说文章的跌宕生姿，二者相反而又相成。文笔的跌宕系于文思的转折，鲁迅小说是最善于利用转折以引人入胜的"。鲁迅的小说，善于伏笔蓄势，从而使得转折水到渠成，自然而然。如《孔乙己》开头先写鲁镇酒店的格局，在看似闲笔中引出短衣帮和穿长衫的人，引出叙

---

① 傅庚生：《从"沉郁顿挫"窥测鲁迅的小说》，傅庚生《文学赏鉴论丛》，第102—103页。
② 傅庚生：《从"沉郁顿挫"窥测鲁迅的小说》，傅庚生《文学赏鉴论丛》，第112页。
③ 傅庚生：《从"沉郁顿挫"窥测鲁迅的小说》，傅庚生《文学赏鉴论丛》，第109页。

述的波澜："孔乙己是站着喝酒而穿长衫的唯一的人。"这样的转折，"就显示出文笔的变换，更重要的是又突现出小说中主人公的特有的生活、身世来了"①。作者借助咸亨酒店的小伙计的目光来透视孔乙己。小伙计"不会找机会在酒里羼水"，"便改为专管温酒的一种无聊职务了"。从"无聊""掌柜是一副凶脸孔，主顾也没有好声气，教人活泼不得"，再生涟漪："只有孔乙己到店，才可以笑几声"，"这样就把为一篇枢纽的'笑'振荡出来了"。"笑"的是孔乙己"君子固穷"之类迂腐的话，自然引出了他的故事。他"品行却比别人都好，就是从不拖欠"，偶尔拖欠，也会不出一月"定然还清"。这时候又陡然一转，蓄足了势："孔乙己长久没有来了。还欠十九个钱呢！"鲁迅"借着这样的左盘右旋，就像河水的漩涡一般，愈转愈趋于深沉了"，"通过它给文章沉郁的风格开辟了尽量发挥的余地，渐渐走向故事的顶峰，同时它也是沉郁的最深处。可见沉郁与顿挫是相反而又相成的"。顿挫实际上即是转折，也即"吞吐抑扬之法"。《祝福》中要写祥林嫂"淘米回来时，忽然失了色"，先描其"口角边渐渐有了笑影"。为了叙述她"只是直着眼睛，和大家讲她自己日夜不忘的故事"，先写"她不很爱说话，别人问了才回答，答的也不多"。"透过这些转折，才体现出作者对所描写的书中人物的丰沛的同情，从而触动读者的同情心，达成艺术效果。"②正如顾随所言："文学要与生活打成一片，有什么生活写什么文章。老杜诗沉着，可见其做人实在；鲁迅头紧脚紧，可见其认真、要好。现在有的文章松散没劲，可见其心散。文学最能表现作者。"③

鲁迅小说的"顿挫"不仅表现在抑扬跌宕上，同时也在声律和音节上融入了古典骈文以及诗词的妙谛。我们在阅读鲁迅的小说时，很少对其进行声律、音节以及平仄上的分析。而傅庚生作为古典文学批评和唐诗研究专家，不由自主地按照分析诗歌的方法去感受鲁迅的小说，并有一些我们不易感觉到的发现。他说："文学创作造诣之高者，必其能以有形之文字描刻无形之情愫，情景相融，浓淡兼宜，无损无益，无过无不及；所谓'辞达'，且入于化工也。文学之欣赏亦以入化为极诣，就有形之文字绅绎其无形之情愫，彼我互糅，悲喜与共，无差无失，相若而相通；所谓'以意逆志'，入而与之俱化也。则知创作与欣赏，固一以贯之耳。创作在能'刻画入微'，而欣赏在能'体贴入微'也。元遗山《与张仲杰郎中论文》诗云：'文章出苦心，谁以苦心为？正有苦心人，举世几人知？……文须字字作，亦要字字读。咀嚼有余味，百过良未足。……毫厘不相照，觌面楚与蜀。莫讶荆山前，时闻刖人哭。'其实知解或否，亦何预于作者之事？指璞以为石，不治之亦不获和氏之璧

---

① 傅庚生：《从"沉郁顿挫"窥测鲁迅的小说》，傅庚生《文学赏鉴论丛》，第109—110页。
② 傅庚生：《从"沉郁顿挫"窥测鲁迅的小说》，傅庚生《文学赏鉴论丛》，第110—111页。
③ 顾随：《顾随全集》（著述卷），第290页。

耳。"①在他看来，鲁迅小说是辞达且入于化工的典范。只有"体贴入微"，才能了解鲁迅的心曲，才能探骊得珠，"获和氏之璧耳"。如《在酒楼上》："觉得北方固不是我的旧乡，但南来又只能算一个客子，无论那边的干雪怎样纷飞，这里的柔雪又怎样的依恋，于我都没有什么关系了。"作者很注意声韵，"几个句子的最末一字（'乡、子、飞、恋'）平仄互换，在朗诵的时候，就会感到它的琅然上口"。《伤逝》的开头："如果我能够，我要写下我的悔恨和悲哀，为子君，为自己。"在傅庚生看来，"四个句子短语的煞尾处也构成'仄、平、平、仄'的格律。'悔恨'与'悲哀'不容颠倒，'子君'和'自己'不能互易。变换一下，就读不响。句中'悔恨'的激厉昂扬和'悲哀'的迂徐阐缓，充分地表达出抑扬顿挫的极致，真是'一弹再三叹，慷慨有余哀'，声音之妙，有如此者"②。按照他的提示，我们再去读鲁迅的小说，就会感到鲁迅的小说在语言的形式方面自觉或不自觉地继承了古典文学的音韵之美，具有朗朗上口的格调。正如傅庚生所说的："鲁迅先生邃于古典文学，典范地做到了古为今用。他把骈文、近体诗的平仄互换、虚实相对的人为声律之美，和散文的'气盛则言之短长与声之高下者皆宜'的自然音节之妙，都经过融化而运用到他的语体文之中了。声调的抑扬帮助了文思的顿挫，也体现出风格的沉郁；这种三位一体的表现方法是鲁迅小说的一个特点。"③在傅庚生看来，鲁迅的小说在情感上"凄怆深沉而真挚"，在思想上"和善明正而淳厚"，在想象上"纵横阔大而浓烈"，在语言上冷峻精严、"凝炼而平朴"，"如是则内容与形式相统一，闳于其中而肆于其外，乃诣'沉郁'之境"，从而将中国古典文学"沉郁顿挫"的传统如盐化水般融入自己的小说之中，实现了中国古典文学传统的现代性转化，在中国文学史上具有继往开来、推陈出新的重要意义。

在古典文学研究方面，傅庚生受章学诚《文史通义》的影响很大。他曾慨叹欣赏分析之难："古今的作家，多半又是'鸳鸯绣了从教看，莫把金针度与人'（元好问诗句）的，愈是好的作品，愈是天衣无缝；不寻绎它的针线之迹，又无从辨识针黹之功。它既如羚羊挂角，无迹可求；你一定又要说出一个所以然来，谈何容易？倘把这些臆解说的凌虚或模棱，难免治丝而棼；一落言筌，著了痕迹，又会显得痴肥，拖泥带水。"④这也可视为自谦之词。他认为，"理解和研究古人诗文，就应该象章实斋说的那样'尽其旋折'"⑤，主张"寻绎其情思之所寄，篇章之所蕴，美善之

① 傅庚生：《精研与达诂》，傅庚生《中国文学欣赏举隅》，北京出版社 2003 年版，第 1 页。
② 傅庚生：《从"沉郁顿挫"窥测鲁迅的小说》，傅庚生《文学赏鉴论丛》，第 112 页。
③ 傅庚生：《从"沉郁顿挫"窥测鲁迅的小说》，傅庚生《文学赏鉴论丛》，第 111 页。
④ 傅庚生：《文学赏鉴论丛·前言》，第 3 页。
⑤ 傅庚生：《学古一夕谈》，《唐代文学研究年鉴》（一九八三），陕西人民出版社 1984 年版，第 16 页。

所存，与感人之所自；务能深入而浅出，求契作者之初心；既以明文学欣赏之例，随亦析文学创作之法"①。他的文学批评常能"振叶以寻根，观澜而索源"（《文心雕龙·序志》），通古今之邮；承古典诗话批评之传统，举隅精到，分析透辟，抽丝剥茧而新意迭出。对鲁迅小说，他反复揣摩，精研达诂，"尽其旋折"，"能深入浅出，求契作者之初心"，能"寻绎其情思之所寄，篇章之所蕴，美善之所存"，"既以明文学欣赏之例，随亦析文学创作之法"，给创作者以深刻的启发。他从"杜诗学"的视野沟通鲁迅与中国古典诗学"沉郁顿挫"传统的联系，为鲁迅研究开辟了新的视域和路径；同时使我们明白，中国文学在现代化的过程中，固然要吸收外来思想文化中的优秀部分，实现中国文学与世界文学的合流，但我们是中国人，须像陶元庆的画那样——"固有的东方情调，又自然而然地从作品中渗出，融成特别的丰神了，然而又并不由于故意的"②，葆有民族艺术特色，才能具有世界意义。

（原载《澳门理工学报》2016 年第 3 期）

---

① 傅庚生：《书旨与序目》，傅庚生《中国文学欣赏举隅》，第 6 页。
② 鲁迅：《〈陶元庆氏西洋绘画展览会目录〉序》，《京报副刊》1925 年 2 月 18 日。

"复仇":作为更高生命意义的实现方式

——鲁迅《复仇》再解析

袁少冲①

摘要:鲁迅的散文诗《复仇》表面上是一个充满象征性故事、场景的抽象结构,实际却有着极为现实的问题指向;表面上是鲁迅的"愤激"之作,实际却蕴含着长期生命体验累积下来的理性、冷静与坚韧。通过文本细读深入挖掘作品,会发现《复仇》中给出了三种不同的生命意义的实现方式。而民众的"看客心理"会消解前两种以"生死爱恨"呈现的生命意义,从而严重阻碍国家的现代化转型。唯有通过对"看客心理"的"无戏可看"式的"复仇",才能将生命"生死爱恨"的价值顺利呈现,而这样的"复仇"本身就是别一种更高的生命意义的实现方式。

关键词:《复仇》;生命意义;实现方式;鲁迅

一

散文诗集《野草》在鲁迅的作品中一向受到研究者的重视,也许这和鲁迅本人对《野草》的钟爱不无关系。而鲁迅的钟爱也许是因为在这些短小、幽暗、抽象、奇崛乃至怪诞的文艺形式中,他找到了最能契合自己的思维特征,最适合集中地表达自身思想的方式。鲁迅的思想家身份以及他的那句"我的哲学都包括在《野草》里面"②的话,就长期使得研究者把《野草》当作发掘鲁迅思想的重要密码。

《复仇》在《野草》中的位置有些特别,是《野草》中唯一同题的两篇,又是创作于同天的两篇。两篇中都设置了一个相对完整的情境或故事,看似相互独立、无

---

① 袁少冲(1981—),河南洛阳人。文学博士,西北大学文学院教授,北京大学访问学者。主要从事鲁迅研究、中国现代文学与传统文化研究。
② 见章衣萍《古庙杂谈》一文,原载 1925 年 3 月 31 日《京报副刊》,转引自《永在的温情——文化名人忆鲁迅》,河北教育出版社 2000 年版,第 2 页。

甚关联,但为何鲁迅会用两篇作品去渲染同一个主题呢?什么样的主题值得鲁迅另眼相待呢?这个主题对鲁迅而言有何特殊的意义?进而言之,两文的主题"复仇",是研究者无法回避的鲁迅思想的一个重要特点。因为在一个有着悠久的中庸、宽容、温柔敦厚传统的国度,"复仇"作为一个与之两极对立的思想元素,显得相当"刺眼"。与此相关的主题,在鲁迅的作品中一再出现(另一篇典型的代表是《铸剑》),并且至死不渝①。这种奇特的思想理应成为鲁迅研究的焦点。然而,关于两篇《复仇》的研究却一直处于不温不火的状态,就研究数量和开掘深度而言,不如《死火》《过客》《腊叶》《秋夜》《雪》《影的告别》《失掉的好地狱》《颓败线的颤动》等篇章。即对两篇《复仇》,研究、重视的情形也不平衡。大体上说,两篇中研究者的重心多在《复仇(其二)》上,研究成果既多,评价也高。如许杰认为"这篇利用耶稣故事改写的《复仇》,……意境更翻深一步"②,片山智行也认为"这篇作品的'复仇'主题就具有比前作(《复仇》)更为深刻的意义"③。

两篇《复仇》的相同之处是都借助了故事场景的构筑来诠释"复仇"这一主题;不同之处在于一篇借助了基督教史上著名的耶稣赴难的故事外壳,另一篇则基本属于更"原创"的故事形态。学者的研究评价虽倾向于《复仇(其二)》,但有趣的是鲁迅本人之后两次提到《复仇》(见《复仇》注释一)均指第一篇而言,似乎他更看重这较为"原创"的一篇。这种情形颇值得我们深思。本文尝试着重新挖掘第一篇《复仇》中潜藏的鲁迅思想。

二

两篇《复仇》中,尤其是第一篇确实相对费解,通篇都处于一个抽象结构之中,用鲁迅自己的话说,便是"那时难于直说,所以有时措辞就很含糊了"④。解读时有两点需要注意。

其一,在形式上,作品与《庄子》中的许多篇章类似,由一些小故事、场景、情境构成,但作品的寓意显然在文字之外,因此在解读的时候不能过于直接和字面化地去理解。其二,这些看似充满象征、寓言的极富抽象性的作品,是要追求超越它

---

① 如鲁迅在临终前的《死》和《女吊》中还赞赏复仇,认为"犯而勿校""勿念旧恶"都是吸血吃肉的凶手或其帮闲们所赠予人的格言;告诫亲属"损着别人的牙眼,却反对报复,主张宽容的人,万勿和他接近";并声称对于"怨敌","我也一个都不宽恕"。

② 许杰:《〈野草〉诠释》,百花文艺出版社 1981 年版,第 133 页。

③ [日]片山智行:《鲁迅〈野草〉全释》,李冬木译,吉林大学出版社 1993 年版,第 37 页。

④ 鲁迅:《〈野草〉英文译本序》,《鲁迅全集》第 4 卷,人民文学出版社 2005 年版,第 365 页。

的时代而获得永恒的价值（如新月派、京派的某些艺术追求），还是如同鲁迅在《热风·题记》中所期望的要与"时弊同时灭亡"的文字。在《〈野草〉英文译本序》中，鲁迅说过《野草》中的篇章大抵是"随时的小感想"。一般而言，"随时"有两种解释，一是不论何时，二是顺应时势、切合时宜。结合后面的举例（如讽刺当时盛行的失恋诗，作《我的失恋》等）不难看出，应当取后一种用法（之前的研究对这一点的辨析较为忽视，容易将"随时"理解为"不论何时"）。也就是说，看似抽象的文字却有着极为现实的指示对象。再结合鲁迅一生的战斗主张，坚持与民众、现实相通的立场，也不难看出《复仇》的艺术形式看似与直击时弊的杂文有别，但实质同样是准确地"把脉"于社会现实的篇章，同样属于他期望的"速死速朽"的文字（只是采用了与杂文迥然不同的另一种形式）。①所以，《复仇》中体现着两极的张力：表面上是抽象、虚构的一极，实质上却是现实与真实的一极。

《复仇》的前两段即是这样。第一段先写皮肤下面有"鲜红的热血"在血管里"奔流"，"散出温热"。然后这温热又在"蛊惑，煽动，牵引"和"偎倚，接吻，拥抱"中，得到"生命的沉酣的大欢喜"。这段话有三个特点。一是繁复的修辞。体现在并列、密集的定语或状语中，如形容血管的稠密是"比密密层层地爬在墙壁上的槐蚕更其密的"；在热血之间则是"蛊惑，煽动，牵引"，"偎倚，接吻，拥抱"；生命得到的是"沉酣的大欢喜"。二是情感色彩的极端化。热血是"鲜红的"；槐蚕已经是"密密层层"（"密密"是横向的、平面的密集，"层层"则体现了竖向的、立体的密集）了，而皮肤下面的血管排布之密度则比此更甚；"大欢喜"是佛家之语，指宗教般的欢欣，已经是极言其欢喜之状了，而"沉酣"（比喻深沉地处于某种境界）则更进一步地加强了这种欢喜的程度；再如蛊惑、煽动、接吻、拥抱等动作也都色彩浓烈，是情感达到高潮时才迸发出的状态。三是充满了动感与活力。这通过一系列动词、动作来体现，如热血在"循着""奔流"，以温热互相"蛊惑，煽动，牵引"，"偎倚，接吻，拥抱"等。总之，"皮肤""热血""血管""温热"等意象，成功地织就了一幅生动的、如春花怒放般的生命热力的飞扬、蓬勃、绽放的画面。而"沉酣的大欢喜"既是对生命热力的讴歌，也昭示着这种生命热力不是虚空的释放，而是在痛快淋漓中找到了价值和意义——"放得其所"。

第一段的三个特点在第二段中得到延续，且程度上还有递进、加深。

首先，修辞更加繁复。如皮肤是"桃红色的，菲薄的"；热血的灌溉是"激箭似的以所有温热直接"进行的；人性茫然的体现是"冰冷的呼吸""淡白的嘴唇"；大欢喜则是既重复又递进的两组短语"生命的飞扬的极致的""永远沉浸于生命的飞扬

---

① 故而一定要对这些看似抽象的场景、画面，结合鲁迅的时代背景和他思考的相关问题来解读。

的极致的"。其次，情感更加极端。诸如"尖锐""穿透""鲜红""激箭""直接""灌溉""冰冷""淡白""飞扬""极致""永远""沉浸"等，无不是情感色彩浓烈的语词，而如此"拥挤"的组合更把情感的热度推向极端。而"一击""穿透""灌溉"等也保持了画面的动感和能量。然而这段话却造成了一个令人费解的矛盾：一方面在内容上描写利刃穿透人的皮肤，导致热血的喷涌，嘴唇因失血过多而淡白，呼吸也渐次冰冷，人性已经茫然，如果说第一段中展示了生命的极致的"生"，这里的情状恰恰是生命的极致的"死"（用利刃穿透）；①而另一方面，这样的"死"却也得到了生命的大欢喜，而且是"永远沉浸于生命的飞扬的极致的大欢喜"，似乎其欢喜比"生"的程度更高、更极致。令人费解的地方就在于此：生命的"绽放"是大欢喜，但为何生命的"消亡"反而是更大的欢喜呢？

要理解这一点，就必须把文中所展示的这种象征的、抽象的情境与具体的时代背景相结合来考察。鲁迅所处的历史阶段可以用他自己的话来高度概括，那就是"大时代"——"所谓大，并不一定指可以由此得生，而也可以由此得死。……不是死，就是生。这才是大时代"②。这句话是对那个社会剧烈转型的历史阶段的典型概括，新旧势力、新旧道路都被挤压在一个狭窄、逼仄的桥头，双方都没有多余的选择，不是前进就是倒退，而每一种选择也都是"生"与"死"的两极。正如霍布斯鲍姆关于20世纪的那本史书的书名《极端的年代》那样，人们的选择也是极端的。在这样的大时代，每一个有良知的中华儿女，尤其是背负着特殊使命的知识者、先驱者，是选择生，还是选择死？生该如何生，死该如何死？这就成为时代严苛而真实的拷问。

笔者认为，《复仇》的第一段可以看作对"生该如何生"的回答，即如烈焰燃烧般、山花怒放般尽情释放生命的热力与光焰。第二段则是对"死该如何死"的回答，即若流星陨落般、轰轰烈烈地死，这样的死同样不失为另一种生命的呈现方式。尤其对于后者来说，在民族备受欺凌、国家面临危亡的岁月，必定会有一些时刻或瞬间需要人们的献身与牺牲。就拿鲁迅作品中出现过的人物来说，属于先烈的就有谭嗣同、徐锡麟、秋瑾等，后辈则有刘和珍、杨德群、左联五烈士等，他们正是用自己的"死"来反抗沉滞、唤醒民众、推动变革的。并且，这样的"死"的方式，完全有可能是一种主观的、有意识的、严肃而清醒的抉择，如谭嗣同的"去留肝胆两昆仑"那样，也正是鲁迅在《〈尘影〉题辞》中所说的"许多为爱的献身者，已经由此得死"③。所以，这样的"死"，绝非生命意义的湮灭与虚妄，或许是一种更高的

① 在杀戮者与被杀戮者之间，热血的"灌溉"一词显然不是贬义词，常有滋润禾苗、滋养生命等含义。
② 鲁迅：《〈尘影〉题辞》，《鲁迅全集》第3卷，人民文学出版社2005年版，第571页。
③ 鲁迅：《〈尘影〉题辞》，《鲁迅全集》第3卷，人民文学出版社2005年版，第571页。

实现——如同将士之战死沙场！也就是说，有时候"死"也许比"生"更有价值，更有意义，更有尊严——前提条件是死得其所！职此，我们便不难明白为何第二段中生命的消亡反得来了更极致的大欢喜了。

总结一下，前两段文字表述的是两种生命意义的呈现方式，一种是"生"的极端——汹涌澎湃而非庸庸碌碌，另一种是"死"的极端——轰轰烈烈而非枯木朽株。无论是"生"抑或"死"，这样两种生命意义的呈现方式都充满了动感和能量，在彼时那个"无声的中国"、麻木不仁者特多的社会，迫切需要更多人以这两种生命的绽放形态去"生"，或者"死"。

在接下来的两小段里，出现了具象的人——"他们俩"，然而奇特的是他们却"裸着全身，捏着利刃，对立于广漠的旷野之上"。前两段的描写已经很有画面感了，而这一段的画面感更强。读者很容易联想到一个广漠的旷野，所谓旷野的空寂、辽远大约可借助一句唐诗"大漠孤烟直，长河落日圆"来想象。在这样的背景或舞台上，有两个"对立"的人，手中捏着闪闪发光的利刃。此外，这幅画面给人以怪诞之感，但若结合前两段则不难发现其中的条贯。如开头的连接词"这样，所以"，预示着这两段与前两段的逻辑关系，也预示着"他们俩"的将要拥抱或杀戮对应着或"生"或"死"的生命呈现方式："拥抱"意味着"生"和"爱"，而"杀戮"意味着"死"和"恨"。至此我们还可以回过头对前两段的理解作一些合理的延伸，即在"生"与"死"相对的同时，还有"爱"（蛊惑、煽动、接吻、拥抱意味着"爱"）与"恨"（利刃、穿透、灌溉、杀戮意味着"恨"）的对应。这又容易让人联想到鲁迅的另一句话："至于文人，则不但要以热烈的憎，向'异己'者进攻，还得以热烈的憎，向'死的说教者'抗战。在现在这'可怜'的时代，能杀才能生，能憎才能爱，能生与爱，才能文。"①也就是说，这两段实则是把前两段里较为抽象的生命绽放形态以"他们俩"的形式而具象化了，且具有庄严乃至神圣的意味。另外，"裸着全身"即没有衣物遮挡，合理的推想是这预示着两人的拥抱或杀戮都是生命中真实、真诚的流露，而非虚假的表演。这契合了鲁迅的那句话："我们民族最缺乏的东西是诚和爱——换句话说：便是深中了诈伪无耻和猜疑相贼的毛病。"②而"广漠的旷野"多少也有人迹罕至的意思。

然而，就在他们俩将要在"拥抱"或"杀戮"中淋漓尽致地释放生命的"生死爱恨"之时，来了另外一类人——"路人们"。第五段的每一句话都展示了"路人们"的一个特点。其一，这里又出现了一个用"密密层层"的槐蚕所作的比喻。第一段

---

① 鲁迅：《七论"文人相轻"——两伤》，《鲁迅全集》第 6 卷，人民文学出版社 2005 年版，第 419 页。

② 许寿裳：《回忆鲁迅》，东方出版社 2008 年版，第 103 页。

的使用表示的是生命热力的密度，这里的使用（再加上"马蚁要扛鳌头"）形容的是"路人们"的数量——极言其多，与旷野中颇为孤单的"他们俩"造成鲜明的对比。其二，手里是"空的"与"他们俩"手中"捏着利刃"也构成对比。手里的物什常常能暗示人的身份或行动，如一个人手里拿着镰刀也许说明这是一个农民要收割。"他们俩"捏着"利刃"就预示了"杀戮"的可能；"路人们"空着手，表明他们此行没有任何其他目的，与后面的"鉴赏"相呼应。而对于"手倒空的""衣服都漂亮"，有的研究者作出了这样的解读：

> "空着手"，表明他们是些游手好闲之徒；衣服"漂亮"，大概是为赏鉴这"拥抱或杀戮"而作的精心打扮，同时也说明他们不是在生死线上挣扎着的工农大众。……
>
> …………
>
> ……这是因为无论所谓"前期"或"后期"，鲁迅先生批判的"旁观者"都不是劳动群众；无论所谓"前期"或者"后期"，鲁迅先生对"旁观者"的批判，都是完全正确、切中时弊的。①

这样的理解过多纠结于衣服"漂亮"的字面意思，如此可以为劳苦大众开脱，也为鲁迅的群众观开脱，这应该说与当时意识形态中过度美化"工农兵"的倾向有关。笔者以为更合情合理的看法是把"衣服都漂亮"与"裸着全身"相对比，后者的真诚、真实暗示着前者的矫饰与虚假。鲁迅曾说过"中国人向来因为不敢正视人生，只好瞒和骗，由此也生出瞒和骗的文艺来，由这文艺，更令中国人更深地陷入瞒和骗的大泽中，甚而至于已经自己不觉得"②，这话指的就是国人习以为常的生存状态。再联想到《狂人日记》中的那种每个人都吃人，每个人又都被别人吃的存在结构，这里可以大约替换为每个人都看别人的作伪，每个人也都作伪给别人看。其三，"四面奔来"说明路人之多；"奔来"和"拚命地伸长脖子"又表现了"路人们"急切踊跃、争先恐后的样子；"拚命地伸长脖子"也容易让人联想到《示众》中同样争抢挤撞的"人们又须竭力伸长了脖子；有一个瘦子竟至于连嘴都张得很大，像一条死鲈鱼"③，《娜拉走后怎样》谈到看客的时候也提到"北京的羊肉铺前常有几个人张着嘴看剥羊，仿佛颇愉快"④，这些都凸显了"路人们"可鄙、猥琐的神态。

然而，这段话的核心还在于"赏鉴"两个字，它指出了"路人们"奔来的唯一

① 闵抗生：《地狱边沿的小花——鲁迅散文诗初探》，陕西人民出版社 1981 年版，第 59—60 页。

② 鲁迅：《论睁了眼看》，《鲁迅全集》第 1 卷，人民文学出版社 2005 年版，第 254—255 页。

③ 鲁迅：《示众》，《鲁迅全集》第 2 卷，人民文学出版社 2005 年版，第 72 页。

④ 鲁迅：《娜拉走后怎样》，《鲁迅全集》第 1 卷，人民文学出版社 2005 年版，第 170 页。

目的。并且，"赏鉴"预设了一个"看/被看"的对立结构，"他们俩"就这样被"路人们"置于了对象化的"被看"的境地。①最后一句话则渲染了"路人们"渴望"赏鉴"拥抱或杀戮的程度。"他们已经豫觉着事后的自己的舌上的汗或血的鲜味"，如同久饿的行人在面对丰盛的菜肴时会生理性地分泌唾液一样。从中反衬了在没有"赏鉴"的日常情态下，"路人们"的生活多么枯燥，生命何其乏味。"拥抱"和"杀戮"对他们而言，多么具有刺激性和新鲜感，仿佛只有在鉴赏中，他们身上才流露出一些活气。鲁迅在《青年必读书》中说道，"中国书虽有劝人入世的话，也多是僵尸的乐观；外国书即使是颓唐和厌世的，但却是活人的颓唐和厌世"②。其中的"僵尸"般的状态也许就是"路人们"的常态。

"路人们"出现以后，便与"他们俩"在各个层面形成了对立，从下面的表中可清楚地看到这一点：

"他们俩"	"路人们"
孤独	众数
飞扬的极致的生死爱恨	枯燥、乏味
真诚、真实	矫饰、虚假
尽情地释放生命	赏鉴
庄严、神圣	可鄙、猥琐
被看者	看者
实现生命的意义	（赏鉴中）获得新奇与刺激

下面两段则是"他们俩"在面对"路人们"的"赏鉴"时所作的反应，由程度递进的三个层次组成：其一，也不拥抱，也不杀戮，即没有动作；其二，不见有拥抱或杀戮之意，即连行动的意图、意愿都没有；其三，就这样"至于永久"，却也毫不见有拥抱或杀戮之意。"他们俩"何以会如此？这样做的目的何在？答案指向了散文诗的标题——复仇。

这种奇特的复仇方式有两个突出特点：一是在外在形式上，由极端飞扬的动到极端恒久的静；二是复仇的代价太惨烈了——"圆活的身体，已将干枯"。有句形容战争惨烈的话叫作"杀敌一千，自损八百"；但这里的"复仇"惨烈程度更甚，简直是"杀敌八百，自损一千"。

接着的一段便是"路人们"面对"他们俩"的复仇所产生的反应。第一句写"路人们"觉得"无聊"。为了形容这种"无聊"的程度，鲁迅用了极为奇特的描写。他

---

① 一旦被对象化为"被看"的对象，就会带来严重的危机，后有详论。

② 鲁迅：《青年必读书》，《鲁迅全集》第3卷，人民文学出版社2005年版，第12页。

把无形的"无聊"当作一个有形的实体，比如我们可以将其想象为水一样的液体。先是钻进"路人们"的毛孔；当无聊在人体内集聚得越来越多的时候，就像容器中的压力越来越大，于是又"由毛孔钻出，爬满旷野"；旷野如此辽阔，却竟也盛不下这无聊，于是又钻入"别人的毛孔中"。把看不见、摸不着的"无聊"具象化为有形的实体，相当形象而传神地表现出"路人们"无聊的程度之深。并且由于这无聊，"路人们"不仅"觉得喉舌干燥，脖子也乏了；终至于面面相觑，慢慢走散"，而且"居然觉得干枯到失了生趣"。由枯燥到"干枯"，由乏味到"失了生趣"，便是"他们俩"的复仇所引起的效果。①

最后一段中，旷野复归于空旷和寂静，依然是"他们俩""裸着全身，捏着利刃"，然而却没有了"将要拥抱，将要杀戮"的飞扬、跃动的生命热力，而是"干枯地立着"。但奇妙的一幕发生了，在看者与被看者、赏鉴者与被赏鉴者之间发生了吊诡的逆转，即"路人们"此时成了被赏鉴者，而"他们俩"却成了赏鉴者——开始"赏鉴这路人们的干枯"。至于"无血的大戮"，虽然没有"激箭似的"鲜血，但却是"大戮"，即更甚于（利刃般的）杀戮。于是，"他们俩"便"永远沉浸于生命的飞扬的极致的大欢喜中"。也就是说，"他们俩"复仇的结果，呼应了散文诗开头两段中那两种生命意义的实现方式，展示了另一种生命意义的实现方式。

三

在细读了文本之后，要继续挖掘其中的深层内涵，仍有几个问题需要集中探讨和澄清。

其一是向谁"复仇"。

关于这一点，似乎鲁迅在《〈野草〉英文译本序》中已经说得很清楚了，即"憎恶社会上旁观者之多"，而大多数研究者都认为这"旁观者"是不觉悟的庸众。这也许是因为鲁迅作品中有太多的地方写到庸众的旁观和"赏鉴"了：影响鲁迅人生道路的"幻灯片事件"中有愚弱麻木的灵魂；《阿Q正传》结尾处看客们还取笑阿Q一句戏都没唱，感慨杀头没有枪毙好看；《示众》则更是全由看客组成，一丁点新鲜、刺激的元素都会诱发他们"赏鉴"的本能热情。

然而，从总体上说鲁迅笔下的旁观者绝不仅仅是庸众，在这一点上，鲁迅也许受了梁启超的影响。梁氏在1900年的《呵旁观者文》中，把所谓的"旁观者"分为六种：一曰混沌派，二曰为我派，三曰呜呼派，四曰笑骂派，五曰暴弃派，六曰待时派，并认为"以上六派，吾中国人之性质尽于是矣。……六派之中，第一派为不

---

① 以此彰显了复仇的意义，毕竟通过"复仇"使"路人们"的身上产生了负面的变化。

知责任之人，以下五派为不行责任之人，知而不行，与不知等耳。……若知而不行，则是自绝于天地也。故吾责第一派之人犹浅，责以下五派之人最深"。①在梁氏的界定下，一般意义上的庸众只是"混沌派"，其他五种都是有智识但"知而不行"之人。鲁迅在《记念刘和珍君》中也提到，"有限的几个生命，在中国是不算什么的，至多，不过供无恶意的闲人以饭后的谈资，或者给有恶意的闲人作'流言'的种子"②。这里的"无恶意的闲人"大抵就是庸众，而"有恶意的闲人"则大概是智识阶级中的"帮闲"或旁观者。而鲁迅所说的"憎恶社会上旁观者之多"中的"旁观者"到底仅是庸众，还是包括"有闲阶级"，就成为一个问题。闵抗生就认为这里的"旁观者"不是庸众，而是所谓的"有闲阶级"。③

其实这个问题在 1934 年 5 月 16 日鲁迅给郑振铎的信（《复仇》的注释一）中，可以看出些端倪。信中有这样的话："二人从此毫无动作，以致无聊人仍然无聊，至于老死……但此亦不过愤激之谈，该二人或相爱，或相杀，还是照所欲而行的为是。"④注释中的引用到此为止，但原信前面有一句"不动笔诚然最好"，后面还有一句"因为天下究竟非文氓之天下也"。鲁迅讲这段话有个实际的背景，即郑振铎当时主编的刊物《文学》受到文氓攻击，常遭苛评，他本人既气愤又气馁，时常觉得编刊做事还不如不做的好。鲁迅在信中有劝慰、劝勉之意，并提及《复仇》，拿自己的作品来现身说法。

鉴于《复仇》通篇行文都相当隐晦抽象，找不到具体定位"旁观者"的线索，笔者思之再三，以为既可以将"旁观者"当作庸众（这也是多数研究者的做法，其中大多没有考虑"有闲"的旁观者），也可以把这些"有闲阶级"考虑在内。如果把鲁迅的这段话当作时隔多年的事出有因的二次阐释⑤，可以忽略"旁观者"中这些文氓似的闲人；如果更为"实证性"地理解这段话，则理应把这些"有恶意的闲人"包括在内。

其实，对"复仇"的对象还有另外一种理解，既能避开这样（具体对象上）的分歧，也能使得理解的层次、程度更深一层，即国民普遍的"看客心理"⑥。鲁迅说

---

① 梁启超：《呵旁观者文》，《梁启超全集》第 1 卷，北京出版社 1999 年版，第 444—446 页。

② 鲁迅：《记念刘和珍君》，《鲁迅全集》第 3 卷，人民文学出版社 2005 年版，第 293 页。

③ 参见闵抗生：《地狱边沿的小花——鲁迅散文诗初探》，陕西人民出版社 1981 年版，第 59—60 页。

④ 鲁迅：《340516 致郑振铎》，《鲁迅全集》第 13 卷，人民文学出版社 2005 年版，第 105 页。

⑤ 一面是要劝勉郑振铎；另一面，时隔多年，鲁迅本人的记忆也并不准确，如"无聊人仍然无聊，至于老死"的细节和《复仇》的原文"干枯到失了生趣"颇有出入。

⑥ 无论是梁启超所谓的六派旁观者，还是鲁迅所谓的有恶意、无恶意的闲人，都有这样的"看客心理"，只是其缘由、表现不同而已。

过自己"没有私敌，只有公仇"，尽管一时的"愤激"会源于具体的对象，但总的来说都与落后、卑劣的"国民性"相关。"看客心理"便是"国民性"弱点中的一个重要方面，对"看客心理"的复仇从属于鲁迅自身"国民性"改造的任务。

其二是为何"复仇"。

这个问题的提出和文中怪异的复仇方式有关。这也是《复仇》中最令人感到惊诧的地方之一，即这种"杀敌八百，自损一千"的惨烈的复仇方式，而且"他们俩"自残式的"至于永久"的顽强、决绝和韧劲着实令人心惊！到底有什么样的深仇大恨方值得这样复仇呢？其实，这个问题可以转换为对另一个问题的回答："看客心理"的危害有多大？在哪里？

首先，要明确"看客心理"的本质特征：看者与被看者之间没有真实的血肉联系，而是一种深深的隔膜（隔岸观火），并且建立在这种隔膜之上的是一种把被看者的行为转化为"虚假"的"演戏"，并以一种类似于消费的心态从"演戏"中获得新鲜刺激的病态满足。也就是说，《复仇》的前两段展示的那两种生命的呈现方式——飞扬极致、淋漓酣畅、轰轰烈烈的"生死爱恨"，原本无论对自身还是对国家、社会而言都极有意义，但这意义与"看客"是深深隔膜的。

其次，要把这个问题放在鲁迅所处的时代背景中来分析。简而言之，当时的民国处于内忧外患的时代。对外深受资本主义文明的强大冲击，帝国主义列强虎视眈眈，救亡保种、富国强兵、走向现代成为必然的历史任务；而国家内部也支离破碎、灾难深重。任务如此艰巨，但又不得不走现代化的道路，这便是当时面临的最严酷的困境。现代化包括诸多层面，但最核心的层面实际是"人的现代化"，即人的知识、观念、思想、意识的"现代"。只要有现代的人，社会的一切方面就都会打上"现代"的烙印。这也就牵涉到现代化进程中的一个核心命题之一——启蒙。西方的现代文明正是建立在西方18世纪广泛深刻的"启蒙运动"基础之上的。"启蒙"如果不是被较狭隘地等同于"启蒙运动"，而是作更普遍的、一般化的理解，指的是人从一个低级、不成熟的层面向一个高级、成熟的层面迈进的转变过程。如此，"启蒙"（或"启蒙运动"）就不是西方独有的现象，而是所有社会（现代化）转型中必不可少的现象，中国自然也不例外。

此外，"启蒙"之所以体现为一个进程，是因为"人的现代"不可能出现齐头并进的局面，而必须有一部分觉醒的先驱者、启蒙者，通过启蒙活动，通过传递现代意识、撒播现代知识，使越来越多的人越来越"现代"，最终促成社会的"现代"。此时启蒙者的活动、启蒙者发出的声音就具有重大的现实意义。而《复仇》中前两段展现的生命绽放形式，便是彼时全民族渴慕已久的先驱者、启蒙者的"真声音"、真生命。

但所谓"启蒙"还有一个特性："启蒙"逻辑链条的展开，启蒙者生命意义的实现，只有在被启蒙者身上才能体现。在整个国家、民族急切地呼唤"启蒙"的时代，先驱者、启蒙者生命的意义也要体现在被启蒙者身上。但这里的前提是，被启蒙者不能用那种"看客心理"去对待启蒙者与他们的呐喊。在"看客心理"弥漫的社会，启蒙者燃烧、奉献自己的生命，在很大程度上是为了被启蒙者（包括那些看客）；但启蒙者的生命价值恰恰又是被自己要奉献的对象给消解、抹煞或者说是埋葬、吞噬的。鲁迅也曾说过先驱者"散胙"的命运："凡有牺牲在祭坛前沥血之后，所留给大家的，实在只有'散胙'这一件事了。"①1925 年又提到之前的感慨"牺牲为群众祈福，祀了神道之后，群众就分了他的肉，散胙"②。

"看客心理"的存在，砍断了"启蒙"、进步得以发生的逻辑链条，可以不动声色地将启蒙先驱的庄严与悲壮消解为或"好看"或"好玩"或"刺激"的荒诞形式，使先驱者的生命变得毫无意义，这才是先驱者最大的悲哀，是其生命最彻底的消亡。它的危害从小的方面说，阻碍了启蒙者生命价值的实现，把启蒙者有意义的高尚活动转化为虚无；从大的方面说，成为整个民族、国家走向现代的严重障碍——看客们看似仅仅针对了个别的启蒙者，实际上却是对中国社会整体的阻碍。正因为如此，它才值得鲁迅如此惨烈、决绝、韧性的复仇。

其三是"复仇"的内涵。

要发掘"复仇"的内涵，有几点细节需要澄清一下。首先，怎样理解鲁迅所说的"愤激"。许多研究者都秉承鲁迅自己的这个说法——"愤激"。的确，若设身处地地站在鲁迅的角度，亲历如此众多、如此可怕的冷漠、麻木、旁观，难免会常常感到"愤激"。但必须思考这样一个问题，即作者的情绪状态是不是完全等同于作品所呈现的内涵？也就是说，鲁迅在创作《复仇》的时候是处于"愤激"的状态，但鲁迅的"愤激"并不能代表《复仇》的主人公"他们俩"的态度。新批评的"意图谬误"说虽然失之绝对，但这种现象倒是确实存在的。鲁迅可以因一时的"愤激"创作一篇《复仇》，甚至意犹未尽而再写一篇《复仇（其二）》，但"他们俩"却难以因一时的"愤激"就能够终生坚持、"至于永久"。在那样惨烈的"复仇"中，闪现的恰恰是长期思索（或者"愤激"）之后的理性、冷静、坚韧和深思熟虑。纯然地理解为"愤激"，就误把鲁迅简单化、浅化了。

其次，怎样理解文中的"他们俩"的"毫无动作""至于永久"。对"毫无动作"不应仅作字面上的理解，而应理解为"让看客们无戏可看"。整篇散文诗是一个象征结构，前者只是后者的象征性体现。事实上，现实中的"毫无动作"不仅绝无复仇的效果，也同样是麻木旁观、逃离隐逸了。另外，"毫无动作"其实并不困难，困难

---

① 鲁迅：《即小见大》，《鲁迅全集》第 1 卷，人民文学出版社 2005 年版，第 429 页。
② 鲁迅：《250518 致许广平》，《鲁迅全集》第 11 卷，人民文学出版社 2005 年版，第 491 页。

的是"至于永久",在这个漫长的过程中,需要的是毅力、恒心和坚韧。"毫无动作""至于永久"实际是一种别样的战斗方式。其实鲁迅说得很明白,"对于这样的群众没有法,只好使他们无戏可看倒是疗救,正无需乎震骇一时的牺牲,不如深沉的韧性的战斗"①。这里的"无戏可看"便是一种疗救的方式,"震骇一时的牺牲"固然令人敬畏、充满意义,但在看客眼里却容易成为可供"赏鉴"的新鲜、刺激的场面,其意义也往往容易被消解掉;而韧性的战斗则不会对看客构成吸引,甚至是拒斥其"赏鉴",因而更能恒久而坚韧地释放生命的意义。因而,"韧性的战斗"之于看客其实就是一种"无戏可看"的"疗救"——用极致的"无聊"和生命的"干枯"来刺痛或毁灭(在极度的干枯中速死速朽的)看客!抗战时期一位英国观察家曾发现这样一种现象:

> "中国青年,"他(林医师)说,"如果牺牲像做戏一样,他们会为国牺牲的;可是另一种无声无色的、非戏剧化的牺牲就叫他们为难了。如果要求一万人躺下去牺牲他们的生命担保能救中国,人数一定就会增加;可是如果有人要求同样的人数自动起来筑一条路运一队军队去战胜敌人,一定没有人会自动起来参加的。"
>
> 中国人的这种特性或许可以说明在战前十年间学生们反抗白色恐怖的勇敢,以及从前他们反对英帝国主义和战前反对日本侵略的示威运动中的冒着生命危险的牺牲精神,也可以部分地说明他们之中的许多人不能去作切实有助于战争的服务;他们宁可冒险到前线去对士兵演说,而不愿在医院或兵站默默地工作。②

这种可能多少带有点"英雄主义"情结的特性,也许能说明"无声无色的,非戏剧化的""切实的工作"与"韧性的战斗"比"震骇一时的牺牲"更需要持久而冷静的勇气,更为彼时的社会和时代所亟需。鲁迅正是敏锐地发现了这一点,并以身践履。

最后,一般而言,"复仇"不是一个积极、正面的词,而是带有负面的甚至是暴力的色彩,与传统文化中的众多美德(中庸、宽容、温柔敦厚、勿念旧恶等)相背离,鲁迅为何会用这样一种表达呢?这跟鲁迅对自己的人生定位有关。他说过自己不知道路在哪里,也否认了那些所谓的"乌烟瘴气的鸟导师"有指引青年的资格,因而他的工作不是要给人们指出一条明确的道路,而是要为这条道路的产生做足准备、清理工作。他"复仇"的目的就是要为各种具体的改革行为(这种致力于"变"的

---

① 鲁迅:《娜拉走后怎样》,《鲁迅全集》第1卷,人民文学出版社2005年版,第171页。
② [英]弗雷达·阿特丽:《扬子前线》,石梅林译,新华出版社1988年版,第142页。

努力）创造一个能使其意义、价值得以实现的前提，包括扫清障碍、打开场地等①
——他的几乎所有的具体工作，都从属于这个基本目的。

为此，鲁迅在长期的经历、挫折、深刻体验的基础之上建立了一套"矫枉过正"
式的表述策略、思想策略。如鲁迅早年在《破恶声论》等文章中还有对中国的赞美，
但后来这种表述很难再看到了——这就是他的一种策略：当正面的称颂难有效力的
时候，他便集中于负面的揭露与批判；当正面无法指明一条道路的时候，那就用负
面的方式击碎通往这条道路上的"拦路虎"。鲁迅并不在意"爱（国、民）"的虚名，
如果那种挂在嘴上的"爱"并没有促使现实发生变革，并没有切实地对国家、人民
产生益处，那么这种"爱"即便发自个体内心的真诚，也是轻飘飘的，没有意义。鲁
迅的"爱"是深蕴在心底，并且为了达到促使社会变革（如改造国民性、思想启蒙
等）的最终目的，不惜采用一种看起来是负面的、让人觉得不安的、容易引起误解
的，但又是充满力量感的方式②。

总之，鲁迅的策略是较为表层的表述策略与较为深层的思想策略相结合的产物。
之所以说是策略，是因为其思想的目的与内核是一种"大爱"③。但如何把这种深沉
的爱以最大程度地有益于民族、国家的方式播撒出去？鲁迅的回答不是那种正面的、
讨人喜欢的方式，他恰恰选择了负面的、极易遭受误解的激烈的方式——对腐朽黑
暗的"复仇"，或对那些正面之形貌极具迷惑性的事物（如根底里或者客观上成为陈
腐势力的"帮闲"或"死的说教者"）的"复仇"。他们用充满力量感的负面方式来
践行正面的、积极的意义，或许同时也是当时那个"无路可走"的时代里一种惨痛
的无奈。鲁迅的这种策略的确让他付出了沉重的代价。因为，每当时过境迁，无论
是外在的社会环境还是人们内在的思想心境都与鲁迅的时代拉开了一定的距离时，诸
多的误解、批评、调侃、谩骂便接踵而来——诸如偏执、过激、冷酷、阴暗等"帽
子"被扣在鲁迅头上。但试想一下，即便鲁迅能看到其身后的被误解（事实上，鲁
迅深通吾国的国民性，所以这些误解大概也在他的预料之中），难道就会选择一条不
同的路吗？

从这个角度看，鲁迅一生的努力，大约都可看成"复仇"，对那些阻滞社会变革、
文明进步等陈腐势力的"复仇"。正如《复仇》中的"至于永久"，不惜牺牲"圆活

---

① 包括社会与人心的两个方面：社会的是外在的礼教、陈腐的陋习；人心的是指看客的心
态，他们面对一切时油然而生的冷漠、麻木、旁观的心理。

② 有力量才会有益于推动社会的切实变革，且负面的"复仇"常常比正面的"爱"充满更
集中、更激烈、更强劲的力量感，这也许是那个历史阶段最需要的引起疗救的注意、推动社会变革
的元素。

③ 鲁迅便曾说过"创作总根于爱"。参见《小杂感》，《鲁迅全集》第3卷，人民文学出版社
2005年版，第556页。

的身体，已将干枯"；又如"背着因袭的重担，肩住了黑暗的闸门"①等等。为了实现其最终目的，也许这种"歇斯底里"的方式是那个时代鲁迅能够把握到的最有意义的选择。也许，鲁迅自步入五四新文化运动的行列之初，就已经在践行这个激烈但充满力量的"复仇"式表述策略——比如他在《狂人日记》中把两千年来的封建文化定性为"吃人"。于是，我们才能理解《复仇》的最后一段，"他们俩"在"路人们的干枯，无血的大戮"中为何会感到"永远沉浸于生命的飞扬的极致的大欢喜中"，因为这同样是一种生命意义的呈现方式。而且，这种"复仇"式的价值呈现是那种真诚、真实的"生死爱恨"方式实现其意义的前提，因而在那个时代应当是更高一级的价值实现，具有更高一层的意义和更大的现实性。

（原载《鲁迅研究月刊》2015 年第 2 期）

---

① 鲁迅：《我们现在怎样做父亲》，《鲁迅全集》第 1 卷，人民文学出版社 2005 年版，第 145 页。

动态自我与本己化书写：
鲁迅《过客》、《墓碣文》再阐释

仲济强①

小　引

《野草》研究有两条进路。1955 年，冯雪峰先生把《野草》的思想情绪归因于"对当时时代环境的反应"②，开启了政治之维的解读模式。1963 年，木山英雄先生避开外在现实与深层心理的方法，回到文章与语言本身的逻辑，追踪了鲁迅"主体构建的必然过程"③，开创了文学政治的阐释路径。20 世纪 80 年代以来，在去政治化的氛围中，冯雪峰模式销声匿迹，木山范式被过滤掉政治性，以主体建构的话语样态为国内学界所接受，左右了此后《野草》研究的方向。

本文尝试在冯雪峰模式与木山范式的基础上，将《过客》与《墓碣文》放回到生成语境之中，还原鲁迅文学的政治特征，依照主体建构的内在肌理，赋予《墓碣文》相对于《过客》的逻辑优先性，结合鲁迅私人生活与政治生活中的遇挫经验，揭示以动态自我意识疗救身份危机的努力，追踪"转俗成真"的自我建构轨迹，发掘文学书写形式的政治潜能。

一、本心剥丧

留日时期，受章太炎"依自不依他"④思想的影响，青年鲁迅格外强调自足自我，

---

① 仲济强（1981—），山东临沂人。北京大学文学博士，北京师范大学文学院博士后。现为西北大学文学院副教授，主要从事中国现当代文学与文化研究，在《文学评论》《中国现代文学研究丛刊》等杂志上发表学术论文多篇。

② 冯雪峰：《鲁迅的文学道路》，湖南人民出版社 1980 年版，第 206 页。

③ ［日］木山英雄：《文学复古与文学革命》，赵京华编译，北京大学出版社 2004 年版，第 3 页。

④ 太炎：《答铁铮》，《民报》1907 年第 14 号。

以之为预设、为基点，以保障主体构建的正当性。在他看来，人类原本就有纯白之心，虽久经戕害，但仍能从"气禀未失之农人"以及二三"知者"的心声之中"相观其内曜"，进而光复自我的自足性，从失而复得的本心之内生发出足以"破黮暗"的"内曜"，使得"声发自心，朕归于我，而人始自有己"的声音政治学成为可能。青年鲁迅曾将这种清白无辜的本心比喻为足以克制兽性的"旧乡"，进而提出了"自既大自我于无竟，又复时返顾其旧乡，披厥心而成声，殷若雷霆之起物"①的文学政治设想。

回国后，一次次共和危机以及人事纠葛不仅挫伤了鲁迅的创作热情，还让他意识到苟活者的自我与幽暗世代之间的连续性，发出了"我未必无意之中，不吃了我妹子的几片肉"②的狐疑，起了自忏意识，将怀疑的目光投向我思本身。自 1919 年起，在《新青年》伙伴异见暗涌的当口，鲁迅经由对《ツァラトゥストラ》《ニイチェ研究》《ツァラッストラ：解釈並びに批評》的系统阅读，确立了"无治的个人主义"倾向，写出了颇有尼采格言气味的《自言自语》。同时，鲁迅读到阿尔志跋绥夫《労働者セキリオフ》，接触了"人是从天性便可恶的"③、"我便是我的灵魂的唯一的法官与执行者"④等彼此冲突的思想，在《兔和猫》中作出了个人复仇的决断。

虽然意识到了人性本恶的可能，但鲁迅仍偏爱"心宅"与"旧乡"之类的意象。小川利康极为敏锐地指出，1919 年引用武者小路实笃《新村杂感》时，鲁迅仍将"うちに"意译为"家里"，而非直译成"心里"。⑤

兄弟失和后，鲁迅从旧家中离散出来，丧失了社会场域的位置感，陷入了自我认同危机，再次为自忏意识所捕获。当原本熟悉的兄弟突然以陌异化的面孔出现在彼此面前时，他人中的自我与自我中的他人便不再和谐，不啻于一己肉身的部分死亡。不论是《在酒楼上》中的分饰两角，还是《影的告别》里的形影诀别，都昭示着"我"不足以成为"我"自己的无力感："我自己总觉得我的灵魂里有毒气和鬼气，我极憎恶他，想除去他，而不能。"⑥

1924 年底，曹锟倒台，孙中山北上，激活了鲁迅沉寂已久的革命热情，缓解了他因兄弟失和而产生的挫败感与虚无感，为其身份危机的疗救提供了契机。在孙中山扶病入京的次日，鲁迅写出《希望》，追怀了"与民国以前的革命潮流连接在一起

---

① 迅行：《破恶声论》（未完），《河南》1908 年第 8 期。

② 王世家、止庵编：《鲁迅著译编年全集》第 3 卷，人民出版社 2009 年版，第 27 页。

③ 王世家、止庵编：《鲁迅著译编年全集》第 3 卷，人民出版社 2009 年版，第 481 页。

④ 王世家、止庵编：《鲁迅著译编年全集》第 3 卷，人民出版社 2009 年版，第 500 页。

⑤ ［日］小川利康：《周氏兄弟的"时差"——白桦派与厨川白村的影响》，《文学评论丛刊》2012 年第 2 期。

⑥ 王世家、止庵编：《鲁迅著译编年全集》第 5 卷，人民出版社 2009 年版，第 285 页。

的作者自己的青春"①，借助召唤民元记忆重建了自我的连续性，通过寻找"身外的青春"重塑了与青年的连带感，纾解了"身中的迟暮"，为"肉薄这空虚中的暗夜"②的介入性行动提供了新的基点。

这次短暂的疗救很快就遭遇了挫败。半月后，与周作人在女师大同乐会的邂逅再次唤醒了鲁迅内心的创伤性记忆。③此后，鲁迅"将自己嵌入并且依附在某一具体的物体上"④，连续写出了《雪》《风筝》《好的故事》，借助旧乡风物，在家庭伦理的层面上重新剖析了自己的内心。

经由对儿时记忆的提取，鲁迅在《风筝》中将自己矮化，自愿领取了"灵魂的虐杀"⑤的家庭伦理罪。在《雪》里，鲁迅追忆了江南故家的雪景与阖家堆雪罗汉的欢乐，以雪罗汉"消融"对家庭的破裂作了隐喻表达，最终在"朔方""无边的旷野上""凛冽的天宇下"那"如粉，如沙，他们决不粘连"的"孤独的雪"⑥之中觅得了自我认同。在《好的故事》里，鲁迅梦回山阴，将"思乡的蛊惑"⑦化作了"虹霓色的碎影"⑧，直面了无法复原的家庭伦理秩序，隐微地表达了对个人命运以及国家前途的焦虑。

与弟弟的不期而遇挫败了鲁迅在《希望》里所做的"由内向外"⑨的自我治愈方案，使得鲁迅再度断绝了与外部世界关联的可能，重新返回"身中的迟暮"。与此同时，段祺瑞对孙中山建国方案的拒斥与孙中山频见报端的病况也挫伤了鲁迅对民国再造的希冀。1925年3月2日，鲁迅写出《过客》，"于否定性契机中求生存"⑩。3月12日，孙中山病逝，15日鲁迅发表了译诗《我独自行走》，再度表达《过客》中早已言说的"我独自行走／沉默着，橐橐地行走"⑪的心境。

通过《过客》的书写，鲁迅不仅致敬了孙中山不断革命的精神，还重写了其师

---

① ［日］木山英雄：《文学复古与文学革命》，赵京华编译，北京大学出版社2004年版，第32页。

② 鲁迅：《希望：野草之七》，《语丝》1925年第10期。

③ 李哲：《"雨雪之辩"与精神重生——鲁迅〈雪〉笺释》，《文学评论》2017年第1期。

④ ［德］阿莱达·阿斯曼：《回忆空间：文化记忆的形式和变迁》，潘璐译，北京大学出版社2016年版，第132页。

⑤ 鲁迅：《风筝：野草之九》，《语丝》1925年第12期。

⑥ 鲁迅：《雪：野草之八》，《语丝》1925年第11期。

⑦ 王世家、止庵编：《鲁迅著译编年全集》第8卷，人民出版社2009年版，第102页。

⑧ 鲁迅：《好的故事：野草之十》，《语丝》1925年第13期。

⑨ ［日］木山英雄：《文学复古与文学革命》，赵京华编译，北京大学出版社2004年版，第50页。

⑩ ［日］木山英雄：《〈野草〉解读（节选六章）》，赵京华译，《鲁迅研究月刊》2004年第2期。

⑪ 王世家、止庵编：《鲁迅著译编年全集》第6卷，人民出版社2009年版，第124页。

章太炎对尼采式超人的理解，把"排除生死，旁若无人，布衣麻鞋，径行独往"①的形象作了戏剧化呈现。

《过客》堪称《野草》系列写作的转捩点，表征了爱我者出现之前鲁迅孤绝的自我超克之路：在意识到自身的有限性之时，切断身外的社会关联，放弃对安全感与确定性的追求，以对必死命运的热爱开启未来的向度，向死而生地追求一个未完成的、未知的、不确定的、无限的可能性。

二、本己自我如何彰显

鉴于书写时刻与启悟时刻之间的错位，《野草》中各篇的思想与心绪未必严格依循"认识的飞跃与深化"②，却往往有往复变奏的特点。在笔者看来，每次书写都可视为效果各异的疗伤体验，彼此之间只存在书写契机上的差异，而未必有效果上的递升。相比于《过客》，书写时刻靠后的《墓碣文》，在思考逻辑上却是在先的。

与《过客》相仿，《墓碣文》的写作契机也与政治事件有关。"五卅"事件之后，鲁迅以杂文的形式写出《杂忆》，记取民元记忆，重建自我的连续性，提出了"自己裁判，自己执行"③的判准，在新的时刻证成了《兔和猫》里个人复仇的正当性。为避免思想试验成为空中楼阁，鲁迅必然要为自我裁判权寻觅一个正当的基础。因此，鲁迅在"五卅"事件次日即写出《墓碣文》，用死后的长蛇化为游魂抉心自食的惊悚故事，将死亡作为言动的前提，再次切断与外部世界的关联，返回内部世界，呈现本心剥丧的"致命真理"，证伪本心的清白无辜，揭示出具有确定性的静态本心的不可能性，以对"待我成尘时"的渴慕，证成了本己自我（the authentic self）向死而生的正当性。

在尼采笔下，为了拯救被败坏的灵魂，苦修士们发明了扪心自问式的忏悔方式，假借彼岸拯救的魅惑，以敌视生命的方式寻求着清白无辜的本心——"在自己的地狱里发现了建立天国的强权"④。尼采辛辣地昭示了苦修士们自讼的逻辑："由于我们不允许对动物作试验，我们就在自己的身体上试验，兴奋而又新奇地从活生生的肉体上取下自己的灵魂，于是，我们怎么会注意'拯救'灵魂呢！"⑤

---

① 太炎：《答铁铮》，《民报》1907 年第 14 号。

② ［日］木山英雄：《文学复古与文学革命》，赵京华编译，北京大学出版社 2004 年版，第 44 页。

③ 王世家、止庵编：《鲁迅著译编年全集》第 6 卷，人民出版社 2009 年版，第 261 页。

④ ［德］尼采：《论道德的谱系》，谢地坤译，漓江出版社 2007 年版，第 90 页。

⑤ ［德］尼采：《论道德的谱系》，谢地坤译，漓江出版社 2007 年版，第 88 页。

宛如向尼采致敬，鲁迅将"扪心自问"的教化技术具象化为对一己肉身的自虐式吞噬，借助抉心自食的陌生化图景，冲击了读者的审美惯习，弄敏了神经，生产出不安之感，埋伏下觉醒的种子。

在尼采的著作中，不断蜕皮的蛇"表聪明，表永远轮回"①，表征着自我超越的超人。当写下"有一游魂，化为长蛇"的字句时，鲁迅便将尼采笔下的"苦修士"与"超人"合为一炉，作了道德化的冶炼。"游魂"不仅像超人那样具有自我超克的意志——"于浩歌狂热之际中寒；于天上看见深渊。于一切眼中看见无所有；于无所希望中得救"，还像尼采所鄙夷的苦修士那样以生命敌视生命——"口有毒牙。不以啮人，自啮其身，终以殒颠"。

游魂抉心自食以求索心的本味的言动隐微地表征了鲁迅与之周旋已久的自忏乃至自毁意识。鲁迅写道：

> ……抉心自食，欲知本味。创痛酷烈，本味何能知？……
> ……痛定之后，徐徐食之。然其心已陈旧，本味又何由知？……②

通过揭示抉心自食的徒劳，彼时的鲁迅已经意识到本心的不可知性。青年鲁迅赋予本心的那种清白无辜性再也无法得到验证，表征着纯白之心的旧乡随之永久失去，自我再也不能安放在一个静态的正当本心之上，任何自称自己有一颗白心的行为都可能是诈伪。

至此，鲁迅确认了自我的有限性：并不存在一个先在的、有着清白无辜的完美内核的静态自我。这标志着鲁迅告别了"自既大自我于无竟，又复时返顾其旧乡，披厥心而成声，殷若雷霆之起物"的自我界认方案。

"自既大自我于无竟"的进路，奠基在自我优先性之上：自我以"我思"的确定性作为阿基米德点，不断向外扩张，将自我以外的他人纳入自我之中，从而使得自我不断扩容，达成自我中的他人与他人中的自我的相互交融，实现亚当·斯密式的带有殖民色彩的自我理想。"又复时返顾其旧乡"的设计，以"反诸己"的形式，返回清白无辜的本心，克制住自我扩张式的"兽性"与殖民色彩，确保社会性自我的正当性。

当本心不可认知，旧乡无法返回之时，上述方案的伦理意涵便不再自明，自我裁判权也就丧失了原有的根基。反映在文学书写的层面上，"披厥心而成声"的正当性也遭遇挑战；当厥心不再纯白，书写伦理也亟须重新定义。

由于分享着同样的尼采资源，海德格尔的思想有助于照亮彼时鲁迅的思考。海

---

① 唐俟：《〈察拉图斯忒拉的序言〉译者附记》，《新潮》1920年第2卷第5期。
② 鲁迅：《墓碣文：野草之十五》，《语丝》1925年第32期。

德格尔认为我们日常的状态是非本己的常人状态，仅当意识到自我的有限性时，人们才会意识到本己自我的存在，洞彻向死而生的本真性。所谓向死而生，也就是将终极的有限性作为前提来筹划或曰决断自己的生存路径。由于语言系统生成于非本真的常人状态下，故而并不清白，本己自我只有在极端的非语言状态下即沉默的状态之中才会彻底显现。也就是说，海德格尔认为，真正呈现本己自我的书写并不存在，只有在他称为"诗"的陌异化语言之中，本己自我才会在某种程度上得以部分呈现；倘要彻底呈现本己自我，只有通过沉默，即"呼声作为朝向最本己的能自身存在……把此在呼唤上前来而到它最本己的可能性中。呼声……根本不付诸言词……只在而且总在沉默的样式中言谈"①。

这就是鲁迅所谓的"当我沉默着的时候，我觉得充实；我将开口，同时感到空虚"②。因为一旦开口，就要用到非本己的日常语言，本己的状态就被或多或少地遮蔽了。鲁迅笔下的"无词的言语"③便近乎能够承载本己自我的"呼声"。鲁迅写道，长蛇的死尸说出"待我成尘时，你将见我的微笑"时，"口唇不动，然而说"。这一诡异的细节将"蛇音"与"无词的言语"等同起来，把蛇的腹语术视作本己自我赋形的语言载体：蛇因不断蜕皮而具有了自我超克的能力，蛇所发出的腹语，因其发声部位与大地的亲近，而有了正当性。

本己化书写依靠对语言日常性的排除，重新激活书写语言的表意潜能，最大限度地呈现人们向死而生的能在状态——"在言辞中呈现自己的面容"④。这种存在论式的自由书写，即是鲁迅《野草》前期的本己化书写方式。与之相对的非本己化书写则沉沦于日常状态之中，为先于"我"而存在的外在规范与静态自我赋形。

当已然死去的长蛇，以游魂的形态，用"无词的言语"，"口唇不动"地发出"待我成尘时，你将见我的微笑"的蛇音之时，它便为鲁迅"自己裁判，自己执行"的自我裁判权奠定了基础。

利用共有的尼采资源，鲁迅用文学的形式达至了海德格尔式的哲思。在鲁迅看来，不同于预先给定的有待回归的静态的自然事实，自我天生具有有限性，只能以不定式的动态形式存在。自我认知的过程不是如教士一般，像剥洋葱似的自我清理、自我忏悔、自我去蔽，向后发现一个厥心纯白的标杆，进而作为出发点；而是在承

---

① ［德］马丁·海德格尔：《存在与时间》（修订译本），陈嘉映、王庆节合译，生活·读书·新知三联书店 2012 年版，第 314 页。

② 鲁迅：《〈野草〉题辞》，《语丝》1927 年第 138 期。

③ 鲁迅：《颓败线的颤动：野草之十六》，《语丝》1925 年第 35 期。

④ ［法］伊曼努尔·列维纳斯：《总体与无限——论外在性》，朱刚译，北京大学出版社 2016 年版，第 288 页。

认并坦然面对自我的有限性乃至死亡的命定性的前提下，朝向未来，不断地像超人那样自我克服、自我超越、自我更新，才能为自我赋予具有正当意涵的形式。

当然，动态自我的生成是一个漫长的过程，或许一生都无法抵达。尼采认为，即便再来一次，即便永恒轮回，不论人生原模原样地单调地重复多少次，作为不断自我克服、自我超越的超人，也是愿意的。鲁迅用一条"表聪明，表永远轮回"的蛇的故事给尼采的永恒轮回的哲思赋予了文学形式，弃绝了安全感与确定性的慰藉，把自我克服、自我超越、自我更新的过程推到了"待我成尘时"的无限的远处。

这一尼采与海德格尔意义上的致命真理完全打破了日常状态下的温情，恐怕只有鲁迅笔下的"以血赠答，但又各各拒绝别人的血"的"无泪的人"①能够领受。日常状态下的常人宁可待在自己熟悉的非本己状态下，将自我静态化，以获得安全感与确定性来安身立命。因此，鲁迅用"我疾走，不敢反顾，生怕看见他的追随"的反应来表征作为常人的"我"的骇异。

安全感的诉求和自我保存的倾向使得日常状态下的书写者对本己自我避之唯恐不及。尼采就辛辣地指出："作为个体保存的一种手段，智力专心致志于作假。作假是不那么强壮的弱小个体保护自己的手段，……人是这种作假艺术的集大成者。"②"著作家本质上就是演员"，著作家跟"戏谑者、说谎者、傻子、小丑、类似吉尔·布拉斯的经典仆役"共享着同一种"演员的本能"，这种本能根源于自我保存的冲动："处于不断变化的压力和强逼之下，要依附他人，要量入为出，为生计苦苦挣扎，不得不一再进行自我调整以适应新的环境，一再扮演不同的角色，久而久之，遂培养出见风使舵的能力，成了擅长'躲猫'游戏的艺术大师"，在趋利避害、自我保存的日常诉求下，书写者才"心安理得的虚伪；伪装成了一股迸发的强力，抛弃、淹没和窒息'个性'；真心要求进入一个角色，戴一个面具，即要求虚假"③。

尼采的嘲讽无疑是辛辣的。人们一旦承认自我是一个不定式的未完成状态，那就意味着丧失了笛卡尔意义上的确定无疑的阿基米德点，我思就会遭到自我的反身质疑。这种甘冒自我分裂危险的自我超克是需要勇气的，大多数常人宁可用自己欺骗自己的方式来获得安全感，"他们一生夜夜听任自己在梦中受骗"，也不愿意直面自我是"不定式的未完成状态"这种赤裸裸的事实性。

因此，鲁迅惯于利用日常性与非日常性的对比结构来呈现《野草》中具有本真性的致命真理。比如鲁迅高频度地使用"我梦见……"的句式铺陈出一个个日常性

---

① 王世家、止庵编：《鲁迅著译编年全集》第6卷，人民出版社2009年版，第210页。

② ［德］尼采：《哲学与真理——尼采1872—1876年笔记选》，田立年译，上海社会科学院出版社1993年版，第101页。

③ ［德］尼采：《快乐的科学》，黄明嘉译，漓江出版社2007年版，第239页。

的"好的故事"，再利用对日常性的悖反，在文末揭示出非日常性的真理发现，在熟悉与陌生之间激起读者对自己习以为常的非本真状态的反思，从而使其抵达本己自我。

鲁迅毕生所攻击的"不诚""卑怯""卑劣"，同样可以在这个意义上获得理解。任何的"不诚"或"卑怯"或"卑劣"都是出于日常层面的自我保存意义上的理性计算。这种理性计算普遍存在，不分国别与种族——《藤野先生》里的日本学生也会出于这种理性计算，出于对自己的生存空间受到挤压的不满，而制造出卑劣的流言。因此，鲁迅所谓的国民性不能从狭隘的种族意义上理解，并不是说移植了洋人的心就可以解决国民性的危机。源自西方的貌似普世的那种现代性或者梁实秋口中的"永久不变的人性"①，和静态的本心一样，都只是似有实无的"好的故事"而已。

三、动态自我如何生成

《过客》将《墓碣文》里"待我成尘时，你将见我的微笑"的信仰作了戏剧化的呈现。作为从社会关系中脱域而出的无名者，过客孑然一身："从我还能记得的时候起，我就只一个人，我不知道我本来叫什么。"他从不逗留在任何共同体之中，他所拥有的称呼都是一次性的，"相同的称呼也没有听到过第二回"。既切断了与过去的所有关联，不知道"从哪里来"；也没悬拟出类似于"黄金世界"的彼岸图景可供憧憬，不知道"到哪里去"，仅知道不断地自我克服、自我超越，只知道"向前"。

过客遇到的老翁②是一个过来人，是一个半途而废的过客，他依据过来人的经验告诫过客："感激……于你是没有好处的。"之所以半途而废，是因为他出于对确定性和安全感的追求而停下了脚步："……你的来路。那是我最熟悉的地方，也许倒是于你们最好的地方"，即便"那前面的声音叫我走"③，也"不理他"，满足于现世的确定性与安全感之中，用鲁迅同时期杂文中的话来说，即"在自己的瓦砾中修补

---

① 王世家、止庵编：《鲁迅著译编年全集》第8卷，人民出版社2009年版，第545页。
② 木山英雄最早指出，从故事母题上看，《过客》跟查拉图斯特拉下山遇到老人的故事颇为相像。尼采笔下的查拉图斯特拉有一个不断自我克服的变形的过程。他在布道的过程中，在言说的过程中，才意识到自己此前的学说的困窘，通过不断的自我克服才得以变形或者说蜕变。鲁迅笔下的过客也是如此，他在文中也有着各种犹疑与克服，比如对小女孩赠予的犹疑，便是对一种确定性和安全感的克服与超越，再如借助一些意象如"坟"和"野百合，野蔷薇"将过客内心的自我克服和超越以具象化的方式呈现出来，最终使其呈现为一个生成性的不断自我克服、自我超越、自我更新的充满可能性的主体。
③ 木山英雄认为"前面的声音"来自前方的墓地，"只能是死者的声音"。在此基础上，我们也可以说"前面的声音"来自《墓碣文》里"口唇不动"的那条死蛇，不仅昭示着死亡先于决断，也表征着本真性的真理。

老例"①。倘若转译成海德格尔式的语言，老翁的存在状态恰恰表征了对存在的遗忘。

在海德格尔看来，一开始我们就被抛掷到这个非本真的生活世界之中，别无选择。为了确定性和安全感，多数人日益习惯于非本真的日常存在方式，逐渐忘记了自我超克的能力："非本己性是不能选而只能接受，因为它就是指在日常生活中根据日常生活实用的需要，按照通行的方式行事。任何一个在世存在的此在，只要还想活在世上，就只能非本己地行事，即按照社会的规矩和规范办事。非本己不由我们决定。"②

半途而废的老翁接受了确定性和安全感的蛊惑，完全沉没到非本真的生活世界之中，忘记了自己真正的不定式状态下的本己自我。过客则选择了对日常状态的背离与反抗，用行动来抗拒对存在的遗忘，转而对内置了不确定性的本己自我作向死而生式的追求。

老翁与小女孩对前方风景的差异性看法，再次契合了尼采所谓"视角主义"的卓见：

> 翁——前面？前面，是坟。
>
> 客——（诧异地，）坟？
>
> 孩——不，不，不。那里有许多许多野百合，野蔷薇，我常常去玩，去看他们的。③

尼采指出，"视角主义的看"意在"让更多情绪诉诸言表，……让更多眼睛、有差异的眼睛向这件事情打开"，而非"把意志从根本上排除掉，把情绪一律悬置起来"。④"视角主义"的思想试验通过尊重生命体验，在真理的向度上拯救了差异性，赋予阐释权以日常层面的真理效力："生命必定会从自身的角度出发，对世界的意义进行解释和再解释或创造，将复杂的事物变得简单化，使得陌生的事物变得熟悉，并且排斥那些它完全不能理解、荒谬、无意义、混乱和无序的东西。"⑤

老翁通过自身的旅行经历看到了坟，并且借助自己的理解，将意义层面上的空无赋予了坟；而小女孩却从坟场中看到了自己所熟悉的、对自己而言有意义的"野百合，野蔷薇"。正是这种视角上的差异把自我与他者区分开来。

---

① 王世家、止庵编：《鲁迅著译编年全集》第6卷，人民出版社2009年版，第45页。

② 张汝伦：《〈存在与时间〉释义》（下），上海人民出版社2014年版，第716页。

③ 鲁迅：《过客：野草之十一》，《语丝》1925年第17期。

④ ［德］尼采：《论道德的谱系——一本论战著作》，赵千帆译，商务印书馆2016年版，第139页。

⑤ 吴增定：《从现象学到谱系学——尼采哲学的两重面向》，《哲学研究》2017年第9期。

面对老翁根据自身经验得出的"你前去也料不定可能走完"的劝诫，过客断然拒绝。在过客看来，老翁心目中"最好的地方"貌似充满确定性和安全感，但却"没一处没有名目，没一处没有地主，没一处没有驱逐和牢笼，没一处没有皮面的笑容，没一处没有眶外的眼泪。我憎恶他们，我不回转去"。为此，过客弃绝了日常经验，无怨无悔地径行孤往。

不同于过客"转俗成真"式的决绝，沉沦于俗世的老翁看到了过客那挥之不去的社会性关联："你也会遇见心底的眼泪，为你的悲哀。"1928 年"回真向俗"的鲁迅所谓"身在现世，怎么离去？这是和说自己用手提着耳朵，就可以离开地球者一样地欺人"①的社会性体悟，倘在 1925 年鲁迅笔下的老翁看来，则指涉无所逃遁的自我与他者的关联。

在过客的视角里，恰恰由于现世秩序的不正当与本心的不可知，我们才要克服它，超越它。过客的自我超越以爱必死命运的自我认知作为前提，不是灵魂飞升式的虚幻超越，也不是"雾中风景"②的彼岸拯救，而是执着于大地，跨越人与人之间的各种边界，朝向不确定的未来可能性进行自我超越。

基于此，过客切断了与所有人的关联："我不愿看见他们心底的眼泪，不要他们为我的悲哀"，"我的血不够了；我要喝些血。但血在那里呢？可是我也不愿意喝无论谁的血。我只得喝些水，来补充我的血"。对礼物的拒绝使得过客的旅途越发不确定，使得过客越发没有安全感："我的力气太稀薄了，血里面太多了水的缘故罢。"

当小女孩赠予他一片裹伤布的时候，他出于本能地表示感谢并"接取"，称赞道："这真是极少有的好意。这能使我可以走更多的路。"片刻之后，他又竭力拒绝了，因为"这太多的好意，我没法感激"。过客甚至为此宣讲了一套自己的赠予哲学："倘使我得到了谁的布施，我就要象兀鹰看见死尸一样，在四近徘徊，祝愿她的灭亡，给我亲自看见；或者咒诅她以外的一切全都灭亡，连我自己，因为我就应该得到咒诅。但是我还没有这样的力量；即使有这力量，我也不愿意她有这样的境遇，因为她们大概总不愿意有这样的境遇。"

1927 年，鲁迅曾揭示出末法时代的信仰张力："魏、晋时代，崇奉礼教的看来

---

① 王世家、止庵编：《鲁迅著译编年全集》第 9 卷，人民出版社 2009 年版，第 188—189 页。

② 西奥·安哲罗普洛斯的电影《雾中风景》跟这也有点相似。影片中，姐姐乌拉带着弟弟去德国寻找不在场的父亲，途中无意间识破了母亲的谎言，知道了父亲其实并不存在，然而姐弟俩仍继续北上，执意寻找那明知不存在的父亲。寻到最后，父亲实有与否已经不重要了，重要的是在这一旅途中姐弟俩的成长。姐姐乌拉的执念类似于鲁迅《过客》中明知前面是坟，是虚妄，却仍一意追寻的意志与心气。在影片中，父亲一直在远方，父亲甚至不再是一个肉身，而是一个象征、一棵树，他活在姐弟俩的心中。需要注意的是，《雾中风景》里的父亲更像一个基督教式的彼岸图景，而鲁迅的《过客》里甚至连这个"雾中风景"都没有。

似乎很不错，而实在是毁坏礼教，不信礼教的。表面上毁坏礼教者，实则倒是承认礼教，太相信礼教。"在他看来，魏、晋时代的狂狷之士从未蔑视礼法本身，有感于伪士们对礼法的利用与败坏，才会"激而变成不谈礼教，不信礼教，甚至于反对礼教"。①同理，因兄弟失和而丧家的鲁迅虽然意识到了旧家的虚空，但仍无法排除对家的渴慕。在《过客》中诅咒过爱我者死亡的鲁迅，转眼便与女学生许广平确立了通信关系，并迅速坠入爱河。

基于此，也可以说，过客或许最信奉"赠予—回礼"的和谐回环。恰恰因为"赠予—回礼"的关系被当时的人以功利心态败坏了——只要接受赠予，就等于背上了情感债，所以他才坚决拒绝他人的赠予，要赠予也是自己单向赠予，并且拒绝对方的回礼。

老翁所谓"你不要这么感激，这于你没有好处"的哲学固然得自半途而废的独行经验，恰也体现了用"好处""利益"败坏"赠予—回礼"关系的利害思想。在鲁迅看来，"赠予—回礼"关系的正当性源自无功利性，体现了"离绝了交换关系利害关系"的"天性的爱"②，而非投桃报李的"恩"。

正当性奠基于康德意义上无条件的定言命令式的自我立法的道德，而非先在的"作为达到另外目的的手段而成为善良的行为"③的假言命令式的伦常习俗。诚如康德所认为的那样，道德不是出于功利化而对于幸福的追求，而是一个义务的概念。正如鲁迅在《我们现在怎样做父亲》里指出的那样，与幽暗世代具有连带关系的先觉者有义务或作为垫脚石，或作为人梯，或肩起黑暗的闸门，以无功利的、拒绝回礼的单向赠予，将自己作为牺牲献祭出去，只为达成未来的"赠予—回礼"的理想回环。

在自身赠予与拒绝回礼的情况下，在切断与所有人的社会关联的非日常的境况下，过客才得以从日常状态中脱身而出，克服对存在的遗忘，获得自我溢出于日常状态的本真性，抵达本己自我。因此，过客会拒绝小女孩的赠予，再度向不确定的未来迈进——"向野地里跄踉地闯进去，夜色跟在他后面"。

明知前面是坟，也要毅然决然地走向前的言动，就好比尼采笔下在沙滩上造房子的行为，即便造好之后水会将房子冲垮，却也乐此不疲。在尼采看来，生命作为权力意志，以对必朽命运的接受而肯定生命本身，从而不断自我超克，像永动机一样无休止地更新自己。就像《过客》里的过客，明知道前面是坟也要前进，而绝非像青蝇那样"绕圈子"④。"绕圈子"毫无生产力，不创造任何价值。

---

① 王世家、止庵编：《鲁迅著译编年全集》第 8 卷，人民出版社 2009 年版，第 366 页。
② 王世家、止庵编：《鲁迅著译编年全集》第 4 卷，人民出版社 2009 年版，第 209 页。
③ ［德］康德：《道德形而上学原理》，苗力田译，上海人民出版社 2017 年版，第 25 页。
④ 王世家、止庵编：《鲁迅著译编年全集》第 4 卷，人民出版社 2009 年版，第 95 页。

为了弃绝基督教教士们对真的信仰性追求（belief in truth）以及哲学家们、科学家们对真的确定性追求，尼采也曾将权力意志表述为求真意志。在他看来，教士、科学家以及笛卡尔式的追求确定性的哲学家，只在意的伦理效果（moral truth），无意于追求真理本身。为此，尼采指出："能使人镇静、给人安慰的真理……是不存在的，……于是就产生了人因认识真理而洒尽鲜血的危险。"①尼采意谓的求真意志根植于生命的有限情境之中，弃绝了一切确定性与安全感，是一种"致命的真理"（mortal truth）②。倘若没有对必死命运的热爱，倘若不能弃绝日常性的沉沦，便不会达至真理本身。

在《过客》里，老翁无法面对前方除了象征死亡的"坟"以外一无所有的"致命的真理"，出于安全感止住了前行的脚步；而过客则坦然接受，在直面死亡的前提下决断自己的未来——继续朝向未来的无限可能性走下去。《秋夜》里"火是真的"也近乎"致命的真理"。然而，对于表征热血青年的扑火青虫而言，对"致命的真理"的爱远远超过对它的怕。在他们眼中，即便"火是真的"，相对于无限可能性的未来而言，火仅是一种徒具形式的虚妄而已，只有通过克服徒具外表的火，才有可能实现心中那真正的"致命的真理"，即对权力意志（求真意志）的无休止的爱，即便暂时未必能实现，也要扑上去。正如只有穿越老翁眼中表征着现实性的空无的坟，才能走向远方一样，毕竟权力意志所表征的可能性远远大于日常状态下的现实性。

接受尼采式的真理观后，有感于智识者行动力的缺失，鲁迅转而向感觉迟钝的傻子队伍中寻求同道。由于先天缺陷，傻子丧失了对利害关系的敏感，也不具有认知能力，无法判断火的真假，却保全了基于生命体验的行动力。

四、诗剧形式的政治潜能

《过客》采用诗剧形式，并非偶然。荆有麟曾回忆说："据先生自己讲，《野草》中的《过客》一篇，在他脑筋中酝酿了将近十年。但因想不出合适的表现形式，所以总是迁延着。结果虽然写出了，但先生对于那样的表现手法，还没有感觉到十分满意，这可以看出先生对于工作的忠实同认真。"③

---

① ［德］尼采：《人性的，太人性的：一本献给自由精神的书》（上卷），魏育青译，华东师范大学出版社 2008 年版，第 108 页。

② ［德］尼采：《人性的，太人性的：一本献给自由精神的书》（上卷），魏育青译，华东师范大学出版社 2008 年版，第 342 页。

③ 荆有麟：《鲁迅回忆断片》，《1913—1983 鲁迅研究学术论著资料汇编》第三卷，中国文联出版公司 1987 年版，第 1390 页。

通过类比戏剧形式，鲁迅曾如此阐发《阿Q正传》的表意机制："果戈理作《巡按使》，使演员直接对看客道：'你们笑自己！'……我的方法是在使读者摸不着在写自己以外的谁，一下子就推诿掉，变成旁观者，而疑心到像是写自己，又像是写一切人，由此开出反省的道路。"①

看客之所以丧失反省的能力，是因为他为非本己的日常状态所捕获，只顾将他者对象化，沉湎于对他者的意向性建构之中，忘记了自我作为观看者的位置与作为被观看者的可能性。一旦他意识到所看的对象也在看他，他才会意识到自己的存在，进而有可能产生反思，萌生自我意识。

《示众》浓缩地呈现了上述以言行事的反省之道。小说不仅写了一圈看客，也写了从被看者那里返回的目光。每当被看的犯人反看看客时，看客便"顺下眼光去"躲避，以免被这一目光所捕获："胖大汉再看白背心的脸的时候，却见白背心正在仰面看他的胸脯；他慌忙低头也看自己的胸脯时，只见两乳之间的洼下的坑里有一片汗，他于是用手掌拂去了这些汗。"倘若没有犯人（白背心）的反看，胖大汉可能不会意识到自己油汗的腌臜，更不会"拂去了这些汗"。在他者的注视之下，看客才会意识到自己的存在状态，并根据先在的伦常习俗对自己的言动作出调整，以保障自己存在状态的正当性。在礼俗社会里，被他者凝视的人，往往会诉诸先在的礼仪秩序以规范自己的公众形象。在现代社会中，人们更应该诉诸自我立法式的道德律来规范自己的形象。《示众》中秃头凝视"工人似的粗人"的细节便极有意味：

> 秃头不作声，单是睁起了眼睛看定他。他被看得顺下眼光去，过一会再看时，秃头还是睁起了眼睛看定他，而且别的人也似乎都睁了眼睛看定他。他于是仿佛自己就犯了罪似的局促起来，终至于慢慢退后，溜出去了。一个挟洋伞的长子就来补了缺；秃头也旋转脸去再看白背心。②

秃头像是尼采与海德格尔的门徒，以"纠缠如毒蛇，执着如怨鬼"的目光，沉默地凝视。即便被看者逃到礼仪秩序的慰藉中也无济于事，秃头仍"单是睁起了眼睛看定他"。随后，被看者不仅意识到日常状态下自我的不自足，还起了自忏意义的罪恶感，逃走了。

在鲁迅看来，书写形式必须担负起三个任务：首先，要从作品中生产出一种凝视读者的陌异化目光；其次，必须在读者心中激发出自我立法式的道德意识，而非先在的日常礼仪秩序；最后，赋予读者不断自我超克的动态自我意识。换句话说，如何能让读者像照哈哈镜一样从作品中看到不自足的自己，意识到日常状态下自己的

---

① 王世家、止庵编：《鲁迅著译编年全集》第17卷，人民出版社2009年版，第183页。

② 鲁迅：《示众》，《语丝》1925年第22期。

有限性，进而发觉那久已被遗忘的本己自我的存在呢？

在黑格尔看来，散文意识与日常意识之间存在共谋关系："日常的（散文的）意识完全不能深入事物的内在联系和本质以及它们的理由、原因、目的等等，……缺乏……对事物的内在理性和意义的洞察。"①散文只能呈现书写者日常状态下的个别性，缺乏对个别性的超越与拯救：所用的文字无一不是来自日常生活，所采取的换喻的文字呈现方式与日常状态得以运行的秩序也相仿。因此，黑格尔更欣赏诗和戏剧，认为"戏剧无论在内容上还是在形式上都要形成最完美的整体，所以应该看作诗乃至一般艺术的最高层"②。依照他的观点，戏剧中不同人物的对立关系可以"解决或消除这些在不同人物身上各自独立化的那些精神力量的片面性"③，从而使个别性得以扬弃，在新的高度上达成普遍性。

从日常性与非日常性、本真性（authenticity）与非本真性（inauthenticity）的关系出发，海德格尔也认为使用日常语言的散文会对本己自我造成遮蔽。当书写语言接近散文式的日常语言，具有"对一切人而言的千篇一律的可通达性"之时，"就落入公众状态的专政之下了"。④唯有非日常性的诗的语言才能承担呈现本己自我的重任——"诗乃是存在者之无蔽状态的道说（die Sage）"⑤。

作为比海德格尔更有介入意识的存在主义者，萨特更关注人们"在……处境中选择自身的自由"的问题。为此，他提出了"处境剧"的概念，以表现"一个正在形成的性格""选择和自由地作出决定的瞬间"，试图将剧中人置于"既普遍又有极端性的处境中，只给他们留下两条出路，让他们在选择出路的同时作自我选择"，以便激发观众"共振的力量"⑥。

对书写形式的上述思考，有助于照亮《过客》的文体选择。为了揭示日常状态习焉不察的非本真性，鲁迅采取了诗化语言和处境剧的形式来为《过客》的故事赋形：将本己与非本己的状态具象化为戏剧人物，为过客设置一个非此即彼的临界决断式的极限处境，借助诗化戏剧语言的直接呈现，在本己与非本己的参照之中，通过过客非日常性的决断产生反思性的效果。

身处日常状态的读者，极容易认同《过客》里的老翁。过客的陌异化面孔以及目光完全溢出读者的期待视野，不期而至地中止了读者身处的日常状态，使他们意

---

① ［德］黑格尔：《美学》第三卷（下），朱光潜译，商务印书馆1981年版，第23页。

② ［德］黑格尔：《美学》第三卷（下），朱光潜译，商务印书馆1981年版，第240页。

③ ［德］黑格尔：《美学》第三卷（下），朱光潜译，商务印书馆1981年版，第248页。

④ ［德］海德格尔：《路标》，孙周兴译，商务印书馆2014年版，第375页。

⑤ ［德］海德格尔：《林中路》，孙周兴译，上海译文出版社2014年版，第57页。

⑥ ［法］萨特：《萨特文集》（文论卷），施康强选译，人民文学出版社2000年版，第455页。

识到日常状态下的不自足。当本己人物的异在性面孔所唤起的反思性动作足以打破整个日常状态的时候，读者便意识到了本己自我的存在，有了破除确定性与安全感的勇气，并起而反抗这一令人不安的日常秩序，完成审美秩序、伦理秩序乃至政治秩序的变革。

（原载《现代中国文化与文学》2021 年第 1 期）

出版文化、民族主义与上海文化场域

——鲁迅与内山完造的交往史

赵　林①

摘要：内山完造及其内山书店，在鲁迅文学地图上有着重要的位置，对鲁迅和左翼文化界的沟通起到了媒介作用。鲁迅设定的职业底线造就了与"魔都"上海城市空间的遇合。租界在上海文化场域中有着天然的政治优势，而以出版文化为中心的生产力量促成了鲁迅的身份转型，也为他的民族主义意识的嬗变提供了契机。以内山书店为中心的社区空间，为鲁迅获取最新的左翼文化信息提供了重要的物质文化条件。鲁迅遵循着自我对民族主义的认知、体验，凭借着《语丝》、北新书局，尤其是内山书店等文化空间的力量，在与"革命文学家"的论战中成功突围，进而成为中国共产党的"同路人"。鲁迅与内山完造的交往史，向我们演示了"人"与"城"的互动图景，但也成为 1930 年代以来激进民族主义者批评鲁迅民族主义意识的话题来源。

关键词：鲁迅；内山完造；民族主义；文化场域；鲁迅日记

　　内山完造及其内山书店，在鲁迅文学地图上有着重要的位置。从鲁迅以"刹那主义"的态度与内山书店的结缘，到几次避难的遭遇引发的"流言"，再到版画展览、木刻讲习会等文学活动的互援，处于上海文化场域中的内山完造及其内山书店，对鲁迅和左翼文化界的沟通起到了媒介作用，意义不容小觑。毕竟"杂志、电影等现代媒介对知识分子产生了重要作用，书店、电影院等空间也起到媒介作用，知识分子通过它们建立共同体，并与外界进行交流"②，况且在"左联"成立前后，从景云

　　①　赵林（1982— ），河南正阳人。西北大学文学院副教授、硕士生导师，主要从事区域文化与文学、民国学人与文学文献、新世纪文学现象等研究。主持国家社科青年基金项目、教育部人文社科基金项目等多项。著有《清末民初浙江新旧文化与文学》等。
　　②　王晓渔：《鲁迅、内山书店和电影院——现代知识分子与新型媒介》，《同济大学学报（社会科学版）》2006 年第 3 期，第 98 页。

里到北四川路一带的社区，一度成为左翼文化界的重要势力空间。既往研究在探讨鲁迅与内山书店的关系时，多聚焦于内山完造的文化身份、鲁迅在"一·二八"事变期间的遭遇、鲁迅日记中的"失记"阐释以及鲁迅对中日冲突的看法等，其中尤以陈漱渝、王锡荣等学者的研究较有说服力。①然而，这些研究者也缺乏对内山完造写的上海系列漫谈价值的体认，或未完全采用内山完造的著作及其相关文献；同时，对鲁迅上海时期的某些经历片段采取刻意回避的态度，大多以鲁迅的自我言说为主，较少从中日宏观战争格局的视野来考量。而 21 世纪以来，"网络鲁迅"的热炒，尤其是"E鲁迅"概念的提出，娱乐化、浅表化阅读鲁迅的趋势愈演愈烈。②幸运的是，《内山完造纪念集》以及内山完造著作的出版③，为我们重新探讨鲁迅与内山书店的关系，尤其是他与内山完造的交往提供了重要的史料基础。细读漫谈，我们可以体味内山完造撰写上海系列漫谈的初衷：他以一种人道主义的目光观察着当时中国的民众，玩味着鲁迅谈及的教训、知识、典故以及对当时中日双方政治情势的看法。本文拟在此基础上，尝试呈现以内山书店为中心的日常生活，借此探讨上海文化场域中的文学生产力量，尤其是内山书店这一社区空间为鲁迅接触左翼文化资源提供了什么样的物质基础，又如何为其民族主义意识的嬗变提供了契机，进而在一定程度上帮助鲁迅在与"革命文学家"的论战中成功突围，配合其成为中国共产党的"同路人"。为了讨论的完整和统一，拟以鲁迅与内山完造的交往史为中心，尽力呈现"人"与"城"的互动图景，尝试为上海文化场域与鲁迅的民族主义意识的嬗变提供另一视角。

---

① 关于这一话题的论述，参见陈漱渝：《七十年代初香港围绕鲁迅的一场论争》，《鲁迅研究动态》1981 年第 3 期；王锡荣：《鲁迅生平疑案》，上海辞书出版社 2002 年版，第 202—223 页；李伶伶：《鲁迅地图》，中国青年出版社 2014 年版，第 362—381 页；陈漱渝：《一个天方夜谭式的话题——驳"鲁迅是汉奸"说》，《中华读书报》2015 年 2 月 4 日，第 17 版；王锡荣：《鲁迅与中日关系》，《新文学史料》2015 年第 2 期，第 37—57 页。

② 孙乃修：《思想的毁灭——鲁迅传》，明镜出版社 2014 年版。

③ 《内山完造纪念集》（王锡荣主编，上海文化出版社 2009 年版）、《我的朋友鲁迅》（内山完造著，何花、徐怡等译，北京联合出版公司 2012 年版）、《上海下海：上海生活 35 年》（内山完造著，杨晓钟等译，陕西人民出版社 2012 年版）、《内山完造：魔都上海》（康桥主编，上海辞书出版社 2014 年版）、《隔壁的中国人——内山完造眼中的中国生活风景》（内山完造著，赵贺译，世界图书出版公司 2014 年版）、《中国人的生活风景——内山完造漫语》（内山完造著，吕莉译，现代出版社 2015 年版）、《一个日本人的中国观》（内山完造著，尤炳圻译，新星出版社 2015 年版）。需指出的是，这些著作有些内容重复，甚至错误频出，尤以何花、徐怡等译的《我的朋友鲁迅》较为突出，据笔者不完全统计，错误至少有 25 处之多，多为配图与译文有误、文学史常识错误，大概是译者对鲁迅著作和人名不熟悉造成的舛误。笔者在引用时会小心指出。

一、鲁迅与"魔都"上海城市空间的遇合

1927 年 10 月 3 日，历经一个星期的海上颠簸，鲁迅同许广平抵达上海，暂时下榻公共租界的共和旅馆。五天后，从共和旅馆移入景云里寓，开始了他蛰居上海租界的生活。之后在里内的住所几经变更。1930 年 5 月 12 日迁至北川公寓，其间有几次离寓避难经历。1933 年 4 月 11 日，鲁迅全家迁居大陆新村新寓，直到病逝。众所周知，鲁迅在上海生活时期，其作为职业作家生活相对优渥。此前，他一直以"教育部官员""教师""作家"的身份游走于文坛，并一度成为新文学创作实绩的优秀作家。此后，他"逐渐脱离政、教两界，过渡为自由职业者"①，他的主要收入为版税和稿费。当然，这些均是我们的事后推定。初入上海的鲁迅，对于是否定居"魔都"上海有过一番犹豫，他不能预料"魔都"上海的城市空间能为其身份转型提供怎样的物质文化条件。从厦门、广州的仓皇、忧愤开始，鲁迅就考虑起自己的未来生活之地，逐渐明晰了自己的职业底线："我先到上海，无非想寻一点饭，但政、教两界，我想不涉足，因为实在外行，莫名其妙。也许翻译一点东西卖卖罢。"②他在 1927 年 1 月至 12 月写给朋友的信件中，反复讲到对北京、南京、杭州、上海四座城市的态度。③上海的政治格局、消费空间和文化氛围，最适宜职业作家生存，但鲁迅一直对上海犹豫。让人费解的是鲁迅"刹那主义"者的态度："我到杭玩玩与否，此刻说不定，因为我已经近于'刹那主义'，明天的事，今天就不想。……革命时代，变动不居，这里的报纸又开始在将我排入'名人'之列了，这名目是鼻所求之不得的，所以我倒也还要做几天玩玩。"④在革命时代，面对十里洋场上海，鲁迅犹豫的是此前没有在上海生活的体验。

从其事后的杂文来看，鲁迅对上海租界的种种恶俗气的文化现象进行了批判，也对置身"魔都"上海城市空间的体验并不美好：一度认为上海租界喧嚣的日常生活妨害了他的写作，"闸北一带弄堂内外叫卖零食的声音，假使当时记录了下来，从早到夜，恐怕总可以有二三十样"，"但对于靠笔墨为生的人们，却有一点害处，……就可以被闹得整天整夜写不出什么东西来"。⑤1934 年 4 月 9 日，致姚克的信中说：

---

① 王晓渔：《知识分子的"内战"——现代上海的文化场域（1927—1930）》，上海人民出版社 2007 年版，第 109 页。

② 鲁迅：《270919 致翟永坤》，《鲁迅全集》第 12 卷，人民文学出版社 2005 年版（以下同），第 67 页。

③ 王晓渔：《知识分子的"内战"——现代上海的文化场域（1927—1930）》，第 110—111 页。

④ 鲁迅：《270717 致章廷谦》，《鲁迅全集》第 12 卷，第 51—52 页。

⑤ 鲁迅：《弄堂生意古今谈》，《鲁迅全集》第 6 卷，第 172 页。

"上海真是是非蜂起之乡，混迹其间，如在洪炉上面，能躁而不能静，颇欲易地，静养若干时，然竟想不出一个适宜之处，不过无论如何，此事终当了之。"①鲁迅与上海处于若即若离的状态，"如身穿一件未曾晒干之小衫，说是苦痛，并不然，然不说是没有什么，又并不然也"②，其中纠结的滋味不难体认。然而，鲁迅最终还是选择了上海。鲁迅与"魔都"上海城市空间的遇合，根据许广平事后的追忆③，他们最初打算暂居上海，原因是景云里有余房，而且三弟周建人也住在这里。当时的文化人如茅盾、叶圣陶以及如柔石、冯雪峰、殷夫等左翼文学青年也在附近，"颇不寂寞"成了充分的理由。实际上，除了血缘关系，以及与商务、文学研究会这一层学缘关系外，还有一层业缘关系：此时孙伏园、孙福熙兄弟，北新书局李小峰夫妇几乎天天和鲁迅碰面。在北京编辑的《语丝》和北新书局，也南下上海。对鲁迅而言，"以媒体为活动背景、与公共生活关系密切的公共知识分子和以学院为生存空间、与日常生活无关的专业知识分子"④，多倾向于前者，重视日常知识，着眼于启蒙民众。依傍上海出版文化的现代性，诸如现代稿酬制度的完备、租界在中外政治空间的重叠效应等优势，"通过重建文学社团和文学刊物，鲁迅既可以整合这些资源，年轻一代也可以通过鲁迅迅速获得文坛承认"⑤。"在高度分化的社会里，社会世界是由大量具有相对自主性的社会小世界构成的，这些社会小世界就是具有自身逻辑和必然性的客观关系的空间。"⑥显然，这些社会小世界即一种关系网络。鲁迅通过对"官""商"的抵制与批判，以及对"魔都"上海的消费空间的体验，逐渐完成了自己的身份转型。有研究者认为："鲁迅已从精神上获得了现代市民的身份证。身处在一个市民的环境，经历着一个市民的悲欢，鲁迅渐渐地向他深得其神的中国文人传统告别，完成了他作为一个历史过渡时期代表人物的人格转变。"⑦在此过程中，这些关系网络便成为鲁迅与"魔都"上海城市空间遇合的纽带。

从城市空间的角度来看，鲁迅在上海的寓所处于上海租界的区域。夏衍曾谈到这一区域的独特性，"北四川路、史高脱路、窦乐安路一带是所谓'越界筑路'地段，也是日本人集中居住的地区，名义上是公共租界，实质上归日本人统治，这儿很少

---

① 鲁迅：《340409 致姚克》，《鲁迅全集》第 13 卷，第 68 页。

② 鲁迅：《331202 致郑振铎》，《鲁迅全集》第 12 卷，第 508 页。

③ 许广平：《景云深处是吾家》，马蹄疾辑录《许广平忆鲁迅》，广东人民出版社 1979 年版，第 570—574 页。

④ 王晓渔：《知识分子的"内战"——现代上海的文化场域（1927—1930）》，第 14—15 页。

⑤ 王晓渔：《知识分子的"内战"——现代上海的文化场域（1927—1930）》，第 137 页。

⑥ ［法］皮埃尔·布迪厄、［美］华康德：《实践与反思——反思社会学导引》，李猛、李康译，中央编译出版社 1998 年版，第 134 页。

⑦ 李书磊：《都市的迁徙——现代小说与城市文化》，时代文艺出版社 1993 年版，第 52 页。

有白人巡捕，也没有印度'三道头'，当然，国民党警察也不能在这个地区巡逻"①。北四川路从南向北延伸到内山书店前，后转向西边，与江湾路交叉，经过以上海市政府为中心新建的大上海的中心地带，最后到达吴淞。北四川路和史高脱路（施高塔路）均属于公共租界越界筑路的区域，也就是通常意义上的"半租界"。内山书店作为鲁迅在上海文化场域的一隅，迥异于费孝通所说的传统儒家士绅按照"差序格局"原则②形成的活动空间，具备现代都市知识分子公共交往的物质文化基础。同时，不同的留学背景决定了上海知识分子的都市活动轨迹的差异。"以旧上海为例，按照文化权力的等级排列，从西南部的法租界，到中心区的英美公共租界，再到西北方向的虹口日本人居住区，呈现出一个降调式的文化空间排列。"③作为一个严格等级化的空间秩序，显示出城市空间也绝非铁板一块，对应着不同知识类型知识分子的文化空间。北四川路底的内山书店不仅成为当时留日文化人光顾的书店，而且是绍介日本左翼文化的中转站，"那时虽是日本左翼运动的全盛时期，在上海也只有内山书店才能买到左翼书店出版的书报、杂志"④。对鲁迅来说，从北平到上海，四合院变成了普通弄堂，"作为'场所'，建筑物本身已经成为'场所精神'的视觉对象，它的空间构成转化为'人为主题'的空间环境和情感空间"⑤。从鲁迅后期的创作来看，其在国民性批判上出现细微的差异，对底层民众的启蒙立场逐步"下移"，呼唤"信身而从事"的实干精神。从某种程度上说，居住空间以及时代氛围的变化，为鲁迅民族主义意识的嬗变提供了一种契机。

二、鲁迅与内山完造的交往史

鲁迅与内山完造及其内山书店结缘时，内山书店在北四川路享有盛名。1920年到1923年前后，欧阳予倩、田汉、郁达夫、唐槐秋、谢六逸、傅彦良、王独清、郑伯奇、陶晶孙等均是书店的常客，自然和内山成了朋友。内山完造在《我的广告策略》⑥一文中记述了他和田汉、《申报》编辑朱应鹏见面的场景。在此前后，内山书店"漫谈会"便开始了："在电灯下放了一张小桌，又在桌子四周摆了几张长椅和椅

① 夏衍：《懒寻旧梦录》（增补本），生活·读书·新知三联书店2000年版，第91页。

② 费孝通：《乡土中国》，生活·读书·新知三联书店1985年版，第21—28页。

③ 王晓渔：《知识分子的"内战"——现代上海的文化场域（1927—1930）》，第19页。

④ 夏衍：《懒寻旧梦录》（增补本），生活·读书·新知三联书店2000年版，第91页。

⑤ 钱旭初：《多义性文化空间——鲁迅纪念馆（博物馆）谈》，《鲁迅研究月刊》2013年第9期，第65页。

⑥ ［日］内山完造：《上海下海：上海生活35年》，杨晓钟等译，陕西人民出版社2012年版，第29页。

子，这就是所谓的聊天场所。哪个客人没事或者累了都可以自由地坐下来，喝杯茶，优哉游哉地看看书，聊聊天。"①除了中国文艺界人士外，还有一些日本文艺爱好者，如塚本助太郎、升屋治三郎、竹内良男、秋元二郎、松尾兔洋、石井政吉、宫崎仪平、清水董三、岛津四十起、荻原贞雄、山本初枝夫人等②，初步具备了文艺沙龙的性质。大家看书读报，围绕着文学、政治、艺术等话题发表看法。"参与的各人都是最能代表其所在流派特色的人，所以漫谈会是极其欢乐有趣的，有时大家竟会一直聊到次日凌晨两三点"，"就是大家在书店里面吃着炒豆喝着粗茶，漫无边际地聊天，每月一次"。③曹聚仁在《内山书店》中回忆，内山书店不仅具备沙龙功能，也可作为熟人之间的联络站。④更重要的是，内山书店对普通文学青年可以赊账，且比较宽容。内山书店提供的这些便利逐渐为鲁迅赞赏。1930 年 8 月 6 日，鲁迅日记记载："晚内山邀往漫谈会，在功德林照相并晚餐，共十八人。"⑤许广平回忆说："因为居住的近便，鲁迅每每散步似地就走到魏盛里了。内山书店特辟一片地方设了茶座，为留客人偶叙之所，这设备为中国书店所没有，是很便于联络感情，交接朋友的。以后这个环境被鲁迅所乐于前往，几乎时常的去，从此每去必座谈，除非有别的事情未能外出。"⑥从城市空间发展来看，景云里与内山书店属于社区范畴，"社区是一个主观概念，取决于人们离家之后的去向——当然是步行，因为社区（邻里地区）意味着'走路就能到'"⑦。

从 1927 年 10 月 5 日至 1928 年 11 月 11 日，鲁迅与内山完造及其内山书店算是初识阶段。鲁迅去内山书店主要是购置图书，有时邀请许广平、许寿裳、章衣萍、李小峰、三弟周建人、柔石、王方仁等陪同。鲁迅在内山书店买书，基本上有两种方式：一是自己在书店挑选新书；二是通过内山书店直接从日本邮购，由店员将书送到自己家里。内山书店还成了鲁迅与日本友人相会的场处，有 50 多位日本左翼作家抵沪时，内山都在书店里邀请鲁迅与之会面。内山书店后来还发行当时被禁售的鲁迅著作《伪自由书》《南腔北调集》《准风月谈》等，并代售鲁迅自费

---

① ［日］内山完造：《我的朋友鲁迅》，何花、徐怡等译，北京联合出版公司 2012 年版，第 7 页。

② ［日］内山完造：《我的朋友鲁迅》，何花、徐怡等译，第 187 页。

③ ［日］内山完造：《我的朋友鲁迅》，何花、徐怡等译，第 187 页。

④ 柳哲：《曹聚仁笔下的内山书店》，《鲁迅研究月刊》1996 年第 8 期，第 70 页。

⑤ 鲁迅：《日记十九》，《鲁迅全集》第 16 卷，第 207 页。

⑥ 许广平：《鲁迅回忆录》，长江文艺出版社 2010 年版，第 118—119 页。

⑦ ［法］菲利浦·阿利埃斯、［法］乔治·杜比：《私人生活史 5：星期天历史学家说历史——从私人账簿、日记、回忆录到个人肖像全记录》，宋微微、刘琳译，北方文艺出版社 2013 年版，第 95 页。

出版的《铁流》等 6 种文学读物。鲁迅在与内山完造的交往中，采取主动联络的态度。① 1928 年 3 月 20 日，"往内山书店，赠以红茶一合"②。5 月 20 日，"下午往内山书店，赠以茗一合"③。6 月 15 日，"内山书店赠海苔三帖"④。到了 11 月 11 日，"晚内山完造招饮于川久料理店，同席长谷川如是闲、郁达夫"⑤。这算是鲁迅和内山书店关系密切的开始。在此期间，鲁迅与内山书店交往达 108 次，频率约为每月 7.7 次。应当说，至此鲁迅与内山完造变成了熟络的朋友。内山书店除了提供既有的便利外，还为鲁迅获取新近的左翼文化信息提供购书等便利渠道。鲁迅对苏俄文艺理论的翻译开始于 1928 年 6 月，此前的翻译以文学作品为主。大约受到"革命文学家"论战的影响，鲁迅在 1929 年 3 月至 10 月间，一口气翻译了普列汉诺夫《艺术论》、卢那察尔斯基《艺术论》《文艺与批评》、联共（布）关于文艺政策讨论会的记录与决议《文艺政策》。粗略统计，从 1928 年到 1935 年，鲁迅每年购书花销在 600 元到 2400 元之间。这些书中有相当一部分是日文书，其中绝大部分是从内山书店购买的；尤其是中国书店买不到或不能销售的书，往往在内山书店都能买到。可以说，内山书店为鲁迅思想"向左转"提供了坚实的物质文化基础。此后，鲁迅和内山完造夫妇互赠礼物次数增多，鲁迅也乐于让内山书店帮自己代寄书信、钱物给友人，内山书店上门送书的频次也开始增加。比如 1929 年 4 月 23 日，内山书店送去了鲁迅预订的《厨川白村全集》第五本一本。⑥

为了能较为清楚地反映鲁迅与内山完造及其内山书店交往的过程，笔者根据鲁迅日记编制了他们的交往频次图。

1929 年 1 月、5 月和 8 月，鲁迅去内山书店的次数分别为 4 次、4 次、6 次，原因分别为鲁迅去大马路看上海各书店，鲁迅 1929 年 5 月 13 日至 6 月 3 日到北平省亲，以及鲁迅和北新书局打版税官司。等到 6 月 13 日以后，通过内山完造的联系，鲁迅与日本友人的交往日渐增多，6 月 20 日"晚内山延饮于陶乐春，同席长谷川本吉、绢笠佐一郎、横山宪三、今关天彭、王植三，共七人。天彭君见赠《日本流寓之明末名士》一本"⑦。1930 年 4 月 6 日夜，鲁迅曾"寄宿邬山生寓，为斋藤、福家、安藤作字"⑧，其中，邬山生即内山完造。自此以后，一直到 1932 年 1 月 30 日

① 鲁迅：《日记十六》，《鲁迅全集》第 16 卷，第 46 页。

② 鲁迅：《日记十七》，《鲁迅全集》第 16 卷，第 74 页。

③ 鲁迅：《日记十七》，《鲁迅全集》第 16 卷，第 81 页。

④ 鲁迅：《日记十七》，《鲁迅全集》第 16 卷，第 85 页。

⑤ 鲁迅：《日记十七》，《鲁迅全集》第 16 卷，第 101 页。

⑥ 鲁迅：《日记十八》，《鲁迅全集》第 16 卷，第 131 页。

⑦ 鲁迅：《日记十八》，《鲁迅全集》第 16 卷，第 139 页。

⑧ 鲁迅：《日记十九》，《鲁迅全集》第 16 卷，第 191 页。

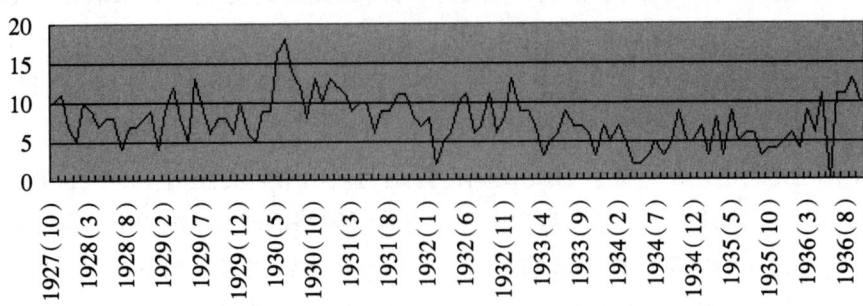

◉ 鲁迅与内山完造及其内山书店交往频次图

数据来源及说明：此图为笔者根据鲁迅日记（1927年10月—1936年10月）的记录编制而成，详见《鲁迅全集》第16卷，人民文学出版社2005年版，第39—635页。其中横轴为每年月份，如1935年6月写作"1935（6）"；纵轴为每月交往次数，其中包括鲁迅到内山书店购书、闲坐、取预订书籍，内山书店或者出版部派人去鲁迅家送书，鲁迅赠日本友人书籍，鲁迅请内山书店代寄信件或支票，会友联络，鲁迅委托内山书店代售自己或友人的被禁著译作品，双方互赠礼物，宴饮聚会，离寓避难等多种日常交往方式。

"下午全寓中人俱迁避内山书店，只携衣被数事"①，鲁迅与内山完造的交往日渐频繁。从1930年3月23日筹划搬家开始，一直到1932年1月30日，在近两年的时间里，鲁迅与内山书店以及内山完造夫妇交往约243次，每月交往达10.6次之多，1930年6月单月就有18次。也就是说，从1928年11月11日开始，一直到1932年1月30日，是鲁迅和内山完造交往的第二阶段，也是他们在日常生活中交往最频繁的时期。次数增多的原因在于内山夫人作为女眷加入。1930年5月31日鲁迅日记中第一次出现内山夫人的名字："下午往内山书店，以浙绸一端赠内山夫人。"②据统计，鲁迅在日记中单独记载内山夫人的地方有70处之多。1929年9月27日海婴的出生，也为女眷们的交往提供了契机。此后日记中经常出现内山夫人赠送海婴衣料、鞋子、食品、玩具等的记载，鲁迅也回赠水果、茶叶、字画、照片、书籍等，甚至还在自己家里"治肴八种，邀增田涉君、内山君及其夫人晚餐"③，"晚治馔，邀水野、增田、内山及其夫人夜饭"④。互赠礼物是1930年代上海知识分子日常交往的一种重要形式，鲁迅和内山完造互赠礼物显示了他们之间友好、信任的关系。这一阶段，鲁迅与内山完造的交往由公共空间延伸到了两家的私人空间，看戏或"夜

---

① 鲁迅：《日记二十一》，《鲁迅全集》第16卷，第298页。
② 鲁迅：《日记十九》，《鲁迅全集》第16卷，第198页。
③ 鲁迅：《日记二十》，《鲁迅全集》第16卷，第249页。
④ 鲁迅：《日记二十》，《鲁迅全集》第16卷，第277页。

饭"时多有"内山君及其夫人"以及"广平携海婴",两边全家老小同时参与或公或私的事务聚会。

为叙述方便,从1932年1月30日到1936年10月19日,姑且称为鲁迅与内山完造交往的第三阶段。其间两人的信任关系更牢固,内山完造曾用"不忘记个人的相互扶助"来概括。"一·二八"事变期间,内山完造回国避居,当时代理经理镰田寿也护送其子的骨灰返日,鲁迅亲自垫付内山书店中央支店店员的工资。2月20日"上午付内山书店员泉四十五,计三人"①,3月14日"上午三弟来,即同往内山支店交还钥匙,并往电力公司为付电灯费"②,4月1日鲁迅"午后收内山书店所还代付店员三人工钱四十五元"③。4月13日鲁迅写信给内山完造,抱怨自己的寂寞心情,"书店还是每天都去,不过已无什么漫谈了"④。到了1932年11月9日,鲁迅接到母亲病重的电报,决定北上省亲。次日下午"内山夫人来并赠母亲绒被一床",鲁迅"晚往内山书店辞行,托以一切"⑤。"托以一切"四字的信任分量何其重!于11月13日夜写信告知母亲的身体状况,并替母亲转达惠赠绒被的谢意。1934年9月2日,内山完造回国省母,鲁迅"赠以肉松、火腿、盐鱼、茶叶共四种"⑥,答谢了内山完造此前的好意。

从图中可以看出:1932年交往次数为93次,平均每月7.75次;1933年交往次数为78次,平均每月6.5次;1934年交往次数为56次,平均每月约4.67次;1935年交往次数为63次,平均每月5.25次;1936年交往次数为81次,平均每月6.75次。第三阶段交往次数总和为371次,平均每月约6.4次,远低于前两阶段的每月7.7次和每月10.6次。其中,1936年6月交往次数为0,原因在于鲁迅生病了,日记仅记了5天。至于交往频次减少的原因,大概有三点。其一,1930年代上海政治情势的变迁。其二,从1932年起,国民党当局将出版后审查制度改为出版前检查制度,在上海设立了新闻检查所。1934年6月1日,国民党中央宣传委员会发布《图书杂志审查办法》,根据文件的规定,"凡在中华民国境内之书局、社团或著作人所出版之图书杂志,应于付印前依据本办法,将稿本呈送中央宣传委员会图书杂志审查委员会申请审查"。国民党当局首先在上海设立了图书杂志审查委员会,然后推向全国。1935年1月4日,鲁迅在致山本初枝的信中如此抱怨上海的出版界:"对出版

---

① 鲁迅:《日记二十一》,《鲁迅全集》第16卷,第300页。

② 鲁迅:《日记二十一》,《鲁迅全集》第16卷,第302页。

③ 鲁迅:《日记二十一》,《鲁迅全集》第16卷,第304页。

④ 鲁迅:《320413 致内山完造》,《鲁迅全集》第12卷,第199页。

⑤ 鲁迅:《日记二十一》,《鲁迅全集》第16卷,第334页。

⑥ 鲁迅:《日记二十三》,《鲁迅全集》第16卷,第471页。

的压迫实在厉害，而且没有定规，一切悉听检查官的尊意，乱七八糟，简直无法忍受。"并调侃说："在中国靠笔来生活颇不容易。自今年起，打算不再写短证，想学点什么。当然就是要学点骂人的本事。"①其三，"漫谈会"次数减少（1934年交往次数仅为56次），鲁迅一再感到"寂寞"。1936年交往次数略有增多，在于鲁迅的生病增加了其与内山完造见面和沟通的次数。1936年10月18日半夜写给内山完造的便笺便是明证："拜托你给须藤先生挂个电话，请他速来看一下。"②这也是鲁迅的"绝笔"。

有研究者认为，日常生活史的真实在于日常角色在社群网络中的互动和流动，这种互动和流动的目的在于建构与维持社会关系网，其表现形态之一是通过相互馈赠礼物来完成。通过交换礼物的形式，某种信任关系或者说认同关系得以产生。③鲁迅在日常生活中也是如此做的。1933年5月25日，鲁迅日记云："以茶叶分赠内山、镰田及三弟。"1933年12月31日，"治肴分赠内山、镰田、长谷川三家"④。1934年2月5日，"得母亲信并白菜干一包共八绞，以其二赠内山君，其三分与三弟"⑤。1935年2月3日，"上午以角黍分赠内山、镰田、长谷川及仲方"⑥。1936年1月9日，"分母亲所寄食物与内山君及三弟"⑦。1936年2月25日，"夜赠内山、镰田、长谷川果脯各三合"⑧。其中，镰田即镰田寿，镰田诚一之兄，内山书店会计，镰田兄弟对鲁迅一家的日常生活帮助甚多；长谷川即长谷川三郎，内山书店杂志部负责人；仲方即沈雁冰。日常生活中分赠礼物的几则例子，足见内山完造在鲁迅心目中的分量。

三、"姑活"鲁迅的"避难"与内山完造"身份"辨析

考察鲁迅与内山完造的交往史，还要注意鲁迅上海时期的心态、情怀。1934年1月11日，他在致山本初枝的信中说："中国恐怕难以安定。上海的白色恐怖日益猖獗，青年常失踪。我仍在家里，不知是因为没有线索呢，还是嫌我老了，不要我，总

---

① 鲁迅：《350104致山本初枝》，《鲁迅全集》第14卷，第336页。
② 鲁迅：《361018致内山完造》，《鲁迅全集》第14卷，第403页。
③ 胡悦晗：《日常生活与阶层的形成——以民国时期上海知识分子为例（1927—1937）》，华东师范大学博士论文2012年，第128页。
④ 鲁迅：《日记二十二》，《鲁迅全集》第16卷，第415页。
⑤ 鲁迅：《日记二十三》，《鲁迅全集》第16卷，第433页。
⑥ 鲁迅：《日记二十四》，《鲁迅全集》第16卷，第515页。
⑦ 鲁迅：《日记二十五》，《鲁迅全集》第16卷，第586页。
⑧ 鲁迅：《日记二十五》，《鲁迅全集》第16卷，第592页。

之我是平安无事。只要是平安无事，就姑且活下去罢。"①王彬彬认为这种"姑且活下去罢"是鲁迅蛰居上海期间的一种恒常的心态，且这种心态跟鲁迅蛰居上海的两种经历有关：一是青年朋友被杀，一是离寓避难。②从"忍看朋辈成新鬼，怒向刀丛觅小诗"中，可读出鲁迅作为一个普通生命个体的黯然与无奈、愤激与抗争。1933年12月27日，他在致台静农的信中如此感喟："现状为我有生以来所未尝见，三十年来，年相若与年少于我一半者，相识之中，真已所存无几，因悲而愤，遂往往自视亦如轻尘，然亦偶自摄卫，以免为亲者所叹而仇者所快。"③避难的经历几乎都是在内山完造的帮助下得以完成的。从都市空间上看，鲁迅在上海的三个住处距内山书店不远，以至于避难时内山书店成为鲁迅的首选。有研究者根据鲁迅日记，统计了鲁迅有多次离寓避难的经历。④先暂且不论原因为何，仅避难的经历，难免会影响到鲁迅的心境。为鲁迅提供避难帮助的内山完造的"身份"问题、鲁迅避难时的表现，以及鲁迅在避难期间对中日冲突的看法，一度成为研究界讨论的焦点。

首先，是内山完造的"身份"问题。1933年7月30日，鲁迅写完《〈伪自由书〉后记》，借助"剪刀和笔"保存了不少"污蔑"和"攻击"他的材料。他表明了自己要采取的策略："战斗正未有穷期，老谱将不断的袭用，对于别人的攻击，想来也还要用这一类的方法，但自然要改变了所攻击的人名。"⑤遗憾的是，我们有些研究者罔顾这些文字产生的历史语境，肆意将"间谍"罪名强加到内山完造身上，更不提当时与《申报·自由谈》论争的《大晚报》《社会新闻》《文艺座谈》《微言》等刊物的立场了。内山完造在漫谈中说，有一次鲁迅问他："你猜孔圣人要是今天还在世的话，他是亲日派还是反日派？"⑥可以想见，1930年代中国高压的舆论环境使得民族主义作为一种强固的意识形态，"具有鲜明的绝对主义和唯我主义的排他性特征"，任何夸赞"别国文明"的行为和对"别国"的不平之气，均成为判断普通个体是否"爱国"的绝对主义逻辑。而这恰恰是鲁迅所无法接受的。"与面临亡国灭种而激起的中国社会普遍的民族主义意识相比"，鲁迅"拥有的是一种内省的、开放的民族主义"⑦，而前一种民族主义意识对鲁迅内心与其身份认同造成极大的压迫。为此，宁愿顶着众多的"流言"，有着世界性眼光的鲁迅坚韧地遵循自我认知体验，甚至不

---

① 鲁迅：《340111 致山本初枝》，《鲁迅全集》第 14 卷，第 280 页。

② 王彬彬：《鲁迅晚年的"姑活"心态》，《东方艺术》1997 年第 6 期，第 5 页。

③ 鲁迅：《331227 致台静农》，《鲁迅全集》第 14 卷，第 533 页。

④ 凌月麟：《鲁迅在上海避过难的地方》，薛绥之主编《鲁迅生平史料汇编》第五辑，天津人民出版社 1986 年版，第 32 页。

⑤ 鲁迅：《〈伪自由书〉后记》，《鲁迅全集》第 5 卷，第 191 页。

⑥ ［日］内山完造：《我的朋友鲁迅》，何花、徐怡等译，第 1—2 页。

⑦ 张宁：《论鲁迅的"政治学"》，《文史哲》2015 年第 2 期，第 128 页。

惜背负"汉奸"的罪名。因为"他自知这是一个战斗者的运命,他不会逃避可能的艰险。这是他的信仰,也是他的意志。他必须保持内心生活的自由"①。内山完造在《我的广告策略》一文中说:"那是中日关系日趋恶化时的事情了,说我是日本政府的间谍,外务省的走狗等。……这多亏了鲁迅先生教给我的'忽视战法'。"②这可看作内山完造的自我解嘲。"八一三"事变之后,内山完造暂居京都的时候,曾遭到京都府厅特高科的质询。③内山完造清楚"我们民间人士的行为终归是民间人士之间的事情,如果不是由于需要,自然产生的行为无法在中国获得信任"④。正是因为有这样的认识,内山完造在非常时期才获得了鲁迅足够的信任:"因为我确信他做生意,是要赚钱的,却不做侦探;他卖书,是要赚钱的,却不卖人血。"⑤从某种程度上说,内山完造和鲁迅对民族主义的认识有着或多或少的一致性。

除此之外,笔者认为有两点值得注意。一是内山完造夫妇有基督教信仰,以及他们作为民间人士,极力反对战争的立场:"战争本身有悖常理,所以我反对战争,特别反对凭借强大军事实力侵略弱国的行为。中日战争中,日本宣传战争和文化并重,至少摆出了这种姿态,我依然反对。战争会破坏文化,不可能建设出什么文化。"⑥二是如何看待许广平在《鲁迅回忆录》(手稿本)中记述的内山书店在"一·二八"事变中的情景:"这时我们看到内山书店中人忙乱不堪:日本店员加入了在乡军人团做警卫工作,店内不断烧饭制成饭团供应门外守卫的军人进食。"⑦《鲁迅回忆录》出版时,这段描写被删除过。有研究者据此判断:"这是民族主义的一种本能反应,还是内山完造在特殊环境下、紧急状况中顾不得身份暴露在履行职责?"⑧对此,笔者认为,厘清"一·二八"事变期间上海日侨的角色以及内山完造在事变期间的所作所为很关键。大约从1907年9月1日开始,代表日本国家的权力介入上海的民间军事组织是上海日本人居留民团,事务所设在虹口的日本人俱乐部。因内山完造是上海知名的日本人,他曾被一般的居留民(留住上海的日本人)推选为民会议员,但内山完造与这个组织保持着距离。⑨内山完造后来在《花甲录》中说,

① 林贤治:《鲁迅的最后10年》,中国社会科学出版社2003年版,第202页。
② [日]内山完造:《上海下海:上海生活35年》,杨晓钟等译,第30—31页。
③ [日]内山完造:《上海下海:上海生活35年》,杨晓钟等译,第75页。
④ [日]内山完造:《上海下海:上海生活35年》,杨晓钟等译,第92页。
⑤ 鲁迅:《〈伪自由书〉后记》,《鲁迅全集》第5卷,第179页。
⑥ [日]内山完造:《上海下海:上海生活35年》,杨晓钟等译,第99页。
⑦ 许广平:《鲁迅回忆录》,第126页。
⑧ 李伶伶:《鲁迅地图》,中国青年出版社2014年版,第375页。
⑨ [日]吉田旷二:《1930年代的上海内山书店——上海时代的鲁迅和内山完造为反战而共同努力》,瞿斌译,《上海鲁迅研究》2007年第3期,第31—36页。

"一·二八"事变爆发前，上海日侨的激进态度——欲借用日本军部武力镇压抗日运动的想法，是非常危险的。而日侨集会的发展，其背后必定有日本军部及其爪牙右翼分子的怂恿与支援。上海局势的恶化，正是这种强有力后盾的存在与上海日侨错误的中国观一拍即合的结果。①在此期间，"日本人居留民团已成为日军的尖兵，忙于对付便衣队，还抓了许多无罪的而且将要被处刑的中国居民。内山完造为了营救他们，拼命地同民团的负责人交涉，甚至说被拘留在此的多位中国人是内山书店的客人，自己可以做身份担保。民团的负责人听了这话之后，同意将拘留的中国人交给内山完造"②。应当说，为了营救中国普通市民，也包括周建人，内山完造不顾危险和猜疑，同日本军方打交道，"店内不断烧饭制成饭团供应门外守卫的军人进食"可视为一种权宜之计。为此，内山完造还被日本陆战队传讯过。

其次，如何看待鲁迅在避难期间的表现，尤以"一·二八"事变前后日记中"漏记"和"失记"为要。③可以说，从鲁迅时代的《社会新闻》《文艺座谈》等刊物"造谣"始，中经 1972—1973 年香港署名"胡菊人"与"黄钺"（张向天）等的论争，再到 1992 年日本学者渡边新一的"民族屈辱说"④，所述材料大都陷入爱国主义与民族主义二元对立的窠臼。"在救亡和革命的年代里，对于社会与人的阐释，往往化约为最简单的公式。于是，一个精神战士的启蒙价值，围绕他展开的社会的和阶级的关系网络，曾经发生与其中的许多由权力、知识、私欲引起的冲突，公开的和隐蔽的斗争故事，几乎从一开始，就遭到主流意识的覆盖。"⑤为了更好地理解鲁迅在避难期间的表现，不妨把日记内容稍微拉长来看。笔者认为，至少要截取从 1932 年 1 月 28 日到 7 月 3 日这一段来讨论，以仔细体味鲁迅此时的现实遭遇、心境变化、人际交往三方面。从现实遭遇看，这是鲁迅蛰居上海时期的第三次离寓避难。1 月 30 日"下午全寓中人俱迁避内山书店"以来，一直到 3 月 19 日"海婴疹已全退，遂于上午俱回旧寓"结束。在"只携衣被数事""十人一室，席地而卧"的条件下，应该不具备写日记的条件。从 2 月 16 日条目下记载了五种书、拓片的名称、数量、价格，

① 张智慧：《1930 年代初期上海的日侨社会研究——以一·二八事变为中心》，《军事历史研究》2015 年第 1 期，第 102 页。

② ［日］吉田旷二：《1930 年代的上海内山书店——上海时代的鲁迅和内山完造为反战而共同努力》，瞿斌译，第 36 页。

③ 参见陈漱渝：《七十年代初香港围绕鲁迅的一场论争》，《鲁迅研究动态》1981 年第 3 期；王锡荣：《鲁迅生平疑案》，第 202—223 页；李伶伶：《鲁迅地图》，第 362—381 页；陈漱渝：《一个天方夜谭式的话题——驳"鲁迅是汉奸"说》，《中华读书报》2015 年 2 月 4 日，第 17 版。

④ 具体参见［日］渡边新一：《论〈鲁迅日记〉中空白的一日》，王惠敏译，《鲁迅研究月刊》1992 年第 2 期，第 56—62 页。

⑤ 林贤治：《鲁迅的最后 10 年》，第 207—208 页。

包括"饮酒""饮茗""邀妓"诸项内容，可以推测鲁迅虽未记日记，大致必要的记录是不可少的；或者书、拓片的基本情况，事后依照原物如实补记也是可能的，故 3 月 19 日才有"夜补写一月三十日至今日日记"的记载。在笔者看来，1 月 31 日条目的"空白"属于"漏记"，别无深意。从心境变化看，鲁迅的"姑活"心态更为强烈。日记中多处补记有"饮酒""颇醉""邀妓""胃痛""急""头痛"等字眼，这也显示了鲁迅此时身心俱疲、心情低落、倍感屈辱。2 月 6 日旧历元旦下午，两家人由内山完造设法斡旋，在内山书店店员镰田兄弟的带领下，通过日本海军陆战队和上海日本人居留民团的警戒线，安全转移到英租界内山书店支店。在无比逼仄、压抑的环境下，和许广平一起避难的鲁迅应该是感同身受的，但鲁迅补写 2 月 1 日至 5 日日记条目时，仅写"失记"两字，似乎未流露任何感情。笔者以为，通过以连续 5 天的"失记"，共 10 个字——特殊的标记方式，鲁迅记录了自己这段屈辱煎熬的心路历程。从人际交往看，检阅从 1932 年 1 月 30 日至 9 月 11 日的国内书信，谈及"一·二八"事变的情景、遭遇、感慨的大致有 21 封①。从内容看，其一，鲁迅感触最深的是战事的突然和距离太近，"殊出意料之外，以致突陷火线中，血刃塞途，飞丸入室，真有命在旦夕之概"②，并且有"拟挈眷北上，不复居沪上"③或者"在英法租界另觅居屋"④的想法。其二，对战事造成寓所的毁坏和损失，街面房屋遭遇的惨状一再叙说，"惟市面萧条，四近房屋多残破，店不开市"⑤，并及时汇报海婴、自己和许广平的近况。其三，由战事造成的屈辱意识非常强烈，"时危人贱"四字可谓最好的注脚。"任何人在何地皆可死，我又往往适在险境……惟卧地逾月……"⑥其四，围绕战事有写些东西的打算，但因所见的还嫌太少，且所调查的大半是说谎最后放弃了："'抗'得轻浮，杀得切实，这事情似乎至今许多人也还是没有悟"，感慨逃难者与不逃难者的态度，"真好像一群无抵抗，无组织的羊"。⑦如此感慨，延续了鲁迅终其一生的"国民劣根性"批判。

再次，本来"一·二八"事变中国军队取胜的把握较大，然而当时的国民党政府寄希望于"国联"的调停，"攘外必先安内"的舆论不断造势，竭力压制国内普通

---

① 这些信包括写给许寿裳的 6 封，写给母亲的 2 封，写给李秉中的 2 封，写给许钦文的 1 封，写给李小峰的 2 封，写给曹靖华的 2 封，写给台静农的 3 封，写给李霁野的 1 封，写给王育和的 1 封，写给李霁野、台静农和韦丛芜三人的 1 封。

② 鲁迅：《320222 致许寿裳》，《鲁迅全集》第 12 卷，第 286 页。

③ 鲁迅：《320302 致许寿裳》，《鲁迅全集》第 12 卷，第 287 页。

④ 鲁迅：《320315 致许寿裳》，《鲁迅全集》第 12 卷，第 289 页。

⑤ 鲁迅：《320328 致许钦文》，《鲁迅全集》第 12 卷，第 295 页。

⑥ 鲁迅：《320320 致李秉中》，《鲁迅全集》第 12 卷，第 292 页。

⑦ 鲁迅：《320618 致台静农》，《鲁迅全集》第 12 卷，第 311 页。

民众的抗日热情。对此，鲁迅感受到更为痛彻的屈辱。1932 年 3 月 31 日，鲁迅为沈松泉书一幅云："文章如土欲何之，翘首东云惹梦思。所恨芳林寥落甚，春兰秋菊不同时。"①"文章如土""芳林寥落"显示了鲁迅对恶劣现实环境的愤慨，末句表达了自己处于中日历史文化与现实夹缝之间的无奈、遗憾。从当时的舆论看，1932 年 2 月 4 日，《文艺新闻》的战时特刊《烽火》第二期刊载了茅盾、叶圣陶、胡愈之等联名发表的《上海文化界告世界书》，抗议日本侵略上海的暴行。43 人签名，鲁迅列名第二。1933 年 2 月下旬，日本无产阶级作家同盟总书记小林多喜二被日本当局逮捕并毒打致死后，鲁迅亲自撰写唁电，同"左联"成员一道，向日本政府发出抗议信。后又和茅盾、陈望道、郁达夫等联名发起《为横死之小林遗族募捐启》。②此后，中国民权保障同盟的活动、宋庆龄筹备的反对日本侵略的远东反战大会等，鲁迅不仅积极参与，列名抗议书，还在经济上给予了支持。

鲁迅后期的杂文创作③，如《答文艺新闻社问》（1931 年 9 月 28 日）、《"民族主义文学"的任务和运命》（1931 年 10 月 23 日）、《沉滓的泛起》（1931 年 12 月 11 日）、《"友邦惊诧"论》（1931 年 12 月 25 日）、《答中学生杂志社问》（1932 年 1 月 1 日）、《今春的两种感想》（1932 年 11 月 20 日）、《为了忘却的记念》（1933 年 2 月 8 日）等 7 篇文章应是流传较广的篇目。在这些文章中，鲁迅直斥日本占领东三省，同时呼吁青年要"努力争取言论的自由"，提醒民众对在"国难声中"或"和平声中"攫取利益的行为有所警惕，一定要勿忘国耻。林贤治认为："鲁迅对民族主义与国家行为的结合的危险性，表现出高度的警觉。他一直反对以'种族'、'民族'的大概念掩盖国家内部的阶级对立和冲突，一再强调说国家的统治者是不能代表民族的，要看民族的筋骨和脊梁，只能看'地底下'。"④鲁迅关于中日文化关系的典型论述是《从孩子的照相说起》（1934 年 8 月 20 日），主张"即使并非中国所固有的罢，只要是优点，我们也应该学习。即使那老师是我们的仇敌罢，我们也应该向他学习"。当然，这里的"仇敌"即是日本。为了言论的自由，鲁迅宁可背着"汉奸"的称号。⑤而号召向仇敌日本学习，则是其对国民劣根性批判立场的坚守。他在致尤炳圻的信中比较了中日国民性的差异后说："我们还要揭发自己的缺点，这是意在复兴，在改

---

① 鲁迅：《日记二十一》，《鲁迅全集》第 16 卷，第 304 页。
② 鲁迅博物馆、鲁迅研究室编：《鲁迅年谱》第三卷，人民文学出版社 1984 年版，第 393 页。
③ 关于鲁迅论中日关系的杂文篇目及内容提要，参见王锡荣：《鲁迅与中日关系》，《新文学史料》2015 年第 2 期，第 51—57 页。从鲁迅杂文集中辑录了 102 篇涉及日本侵略问题的文章，约占此时期杂文总量的四分之一。
④ 林贤治：《鲁迅的最后 10 年》，第 182 页。
⑤ 鲁迅：《运命》，《鲁迅全集》第 6 卷，第 134 页。

善……内山氏的书，是别一种目的，他所举种种，在未曾揭出之前，我们自己是不觉得的，所以有趣，但倘以此自足，却有害。"①其中所说的内山氏的书，即内山完造的《活中国的姿态》。

这里便可以看出鲁迅的日本观。一方面以日本国民性为镜子，映照出我国的种种不足，始终以中华民族的复兴为鹄的。比如鲁迅多次谈及日本国民性的核心在于"认真"，与中国人的"马马虎虎"性格进行比较，②乃至晚年将"认真"作为他判断人品好坏的标准。另一方面也不讳言其缺失和不足，如日本知识分子的一些特点，如"刻板""保守""不轻易发表意见""武士道精神"等。1935 年 10 月 21 日，日本诗人野口米次郎与鲁迅会面。席间他向鲁迅提出"在适当的时候把国防和政治像印度委托给英国那样，行不行"的挑衅性问题，鲁迅义正词严："倘是财产同样要化为乌有，那么与其让强盗抢光，倒不如给败家子花掉；倘是同样被杀，以我看还是死在本国人的手里好。"③鲁迅的回答，充满了高昂的民族主义精神，并宣言自己将不惜生命为此战斗。鲁迅尖锐批评这些回避事实的日本的学者或文学家，"来中国之前大抵抱有成见，来到中国之后，害怕遇到和他的成见相抵触的事实，就回避。这样来等于不来，于是一辈子以乱写告终"④。可以看出，鲁迅的日本观从中日比较的角度，侧重的是两国国民性的差异，依然聚焦于改造国民性这一毕生追求。

四、余论

鲁迅与内山完造及其内山书店的交往史，首先向我们演示了"人"与"城"的互动图景。鲁迅未到上海之前，因有着在厦门、广州的生活体验，遂抱定"刹那主义"的态度，对自己未来究竟居于何地一直摇摆不定。及至暂居上海后，因多次避难的屈辱经历，不时有"挈眷北上"或者另谋他处的打算。一方面，作为一个城市体验主义者，鲁迅对上海的情感态度始终处于一种若即若离的状态。然而，鲁迅清晰的职业选择，"逐渐脱离政、教两界"的盘算，成就了上海，书写了一段与"魔都"上海关联的历史。另一方面，上海文化场域的生产体制的力量为鲁迅的身份转型提

---

① 鲁迅：《附录一 致尤炳圻》，《鲁迅全集》第 14 卷，第 410 页。

② ［日］内山完造：《我的朋友鲁迅》，何花、徐怡等译，第 20—21 页。

③ 1936 年 2 月 3 日，鲁迅在致增田涉的信中说："野口先生的文章，没有将我所讲的全部写进去，所写部分，恐怕也为了发表的缘故，而没有按原意写。""我觉得日本作者与中国作者之间的意见，暂时尚难沟通，首先是处境和生活都不相同。"参见鲁迅：《360203 致增田涉》，《鲁迅全集》第 16 卷，第 382 页。

④ 鲁迅：《320116 致增田涉》，《鲁迅全集》第 14 卷，第 196 页。

供了物质文化基础。都市文化空间的变化以及尴尬的弄堂生活体验，迫使鲁迅"注重的是生活于此时此地特殊环境之中的人群所特有的生活方式和态度"，"聚焦于下层百姓的日常生活及其意义世界"①的书写，先前的启蒙立场的不断"下移"，"自信力的有无，状元宰相的文章是不足为据的，要自己去看地底下"②。其次，以内山书店为中心的社区空间，依靠"漫谈会"等多种文学活动形式，逐步赢得了鲁迅的信任，同时为鲁迅提供了接触左翼文化资源的物质基础，助其在与"革命文学家"的论战中成功突围。正如新文化史一再关注的焦点，"当时当地参与其中的人群对自己的生活和周围世界的体验和理解，她/他们的生存策略以及表达自己诉求的特殊方式"③，塑造了鲁迅的左翼想象，后来他又因加盟"左联"而逐步成为中国共产党的"同路人"。可以肯定的是，内山书店为鲁迅思想"左转"提供了坚实的物质文化基础，也是我们体味鲁迅上海时期日常生活的一个绝佳窗口。鲁迅与内山完造通过交往，从初识到熟络到成为生死至交。他们秉持的"不忘记个人的相互扶助"信条，强化了双方之间的认同感以及私人网络的巩固。尤其是女眷交往的频繁，使得上海内山书店的公共空间与两个家庭的私人空间之间的界限不断模糊。最后，鲁迅从早年留学日本开始，与"五四"一代其他启蒙先驱获得了世界性的眼光一样，一生经历了从民族主义到世界主义再回归民族主义意识的嬗变。④在 1930 年代上海文化场域的高压情势下，鲁迅与内山书店的关系，往往成为激进民族主义者批评鲁迅民族主义意识的话题来源。作为一个开放的、自省的民族主义者，鲁迅坚韧地遵循自我认知体验。与以内山完造为代表的日本朋友的交往，鲁迅一方面顶着诸多的舆论压力，甚至不惜背负着"汉奸"的罪名，保持着现代知识分子独立、自由的立场；另一方面在民族与个人的关系上，鲁迅秉持着一贯的国民性改造、言论自由的立场，使之成为他蛰居上海文化场域的行动准则。

（原载《西北大学学报（哲学社会科学版）》2017 年第 3 期）

---

① 姜进：《总序》，［美］林·亨特编《新文化史》，姜进译，华东师范大学出版社 2011 年版，第 3 页。

② 鲁迅：《中国人失掉自信力了吗》，《鲁迅全集》第 6 卷，第 122 页。

③ 姜进：《总序》，［美］林·亨特编《新文化史》，姜进译，第 6 页。

④ 杨春时：《鲁迅的民族主义情结及其思想历程——兼答朱献贞先生的批评》，《粤海风》2005年第 4 期，第 53 页。

周树人、许寿裳与斋藤信策的思想联系

——许寿裳《兴国精神之史曜》材源考论

张宇飞①

摘要：文章首次发现斋藤信策的《我国现代思想界的惰性如何》一文的上半部分是许寿裳撰写的《兴国精神之史曜》中"篇一　德乙兴国之精神　自由之战"所参考的材源。由于周树人是《兴国精神之史曜》的重要参与者，因此该材源的发现不仅首次确认了许、周二人从事文艺运动时享有共同的材源，还为研究留日时期周树人的德国哲学阅读史提供了新材料。另外，文章通过考察两篇文章的写作动机，还得出了以下结论：《兴国精神之史曜》一文旨在强调兴盛国家不在于政府与法令，而在于国民个人之自觉的观点与《我国现代思想界的惰性如何》一文的主旨完全契合。由此可见，《兴国精神之史曜》与周树人的《摩罗诗力说》等文章一样，也属于构建早期周树人立人思想的一篇重要文献。

关键词：许寿裳；《兴国精神之史曜》；周树人；斋藤信策；《我国现代思想界的惰性如何》

一、关于许寿裳的《兴国精神之史曜》

许寿裳（1883—1948），字季茀，号上遂，浙江绍兴人。许寿裳早年入绍兴中西学堂、杭州求是书院，1902 年至 1909 年赴日留学，与鲁迅结识，此后成为挚友。他先后担任北京师范大学、北京女子师范大学、西北联合大学、华西大学等校教授。

---

①　张宇飞（1993— ），陕西西安人，日本佛教大学文学博士，西北大学文学院副教授，主要研究方向为中日近现代比较文学、鲁迅研究，在《中国现代文学研究丛刊》《鲁迅研究月刊》《中国俄语教学》等学术刊物上发表论文 10 余篇，主持国家社会科学基金青年项目 1 项。本文为国家社会科学基金重大项目"域外鲁迅传播和研究文献的搜集、整理与研究（1909—2019）"（20&ZD339）的阶段性成果。

《兴国精神之史曜》是许寿裳于 1908 年发表在《河南》杂志第 4 期和第 7 期上的一篇论文，该文署名为"旒其"。周作人（1885—1967）曾回忆称：

> 鲁迅计划刊行文艺杂志，没有能够成功，但在后来这几年里，得到《河南》发表理论，印行《域外小说集》，登载翻译作品，也就无形中得了替代，即是前者可以算作《新生》的甲编，专载评论，后者乃是刊载译文的乙编吧。①

许寿裳本人也回忆了《新生》杂志创刊失败的情形：

> 鲁迅想办杂志而未成，记得《呐喊》自序上已有说明：出版期快到了，但最先就隐去了若干担任文稿的人，接着又逃走了资本，结果只余下不名一钱的三个人。这三个人乃是鲁迅及周作人和我。这杂志的名称，最初拟用"赫戏"或"上征"，都采取《离骚》的词句，但觉得不容易使人懂，才决定用"新生"这二字，取新的生命的意思。②

根据以上两人的回忆可知，《河南》杂志上发表的评论文章均可算作周氏兄弟及许寿裳等三人从事文艺运动时计划刊行的《新生》杂志的甲编。《河南》杂志刊载过周树人（1881—1936）的《人间之历史》（第 1 期）、《摩罗诗力说》（第 2、3 期）、《科学史教篇》（第 5 期）、《文化偏至论》（第 7 期）、《裴彖飞诗论》（第 7 期）、《破恶声论》（第 8 期）等 6 篇评论文章，刊载过周作人的 2 篇评论文章《论文章之意义暨其使命因及中国近时论文之失》（第 4 期）、《哀弦篇》（第 9 期）和许寿裳的 1 篇评论文章《兴国精神之史曜》（第 4、7 期）。以上 9 篇评论文章均可视为《新生》杂志专载评论内容的甲编，均是周树人等人在东京从事文艺运动的重要成果。《兴国精神之史曜》这篇文章虽然出自许寿裳之手，但在写作过程中应该也受到了周树人的重视。据周作人回忆：许寿裳只为《河南》杂志写了半篇文章，题名《兴国精神之史曜》，"踌躇着不知道用什么笔名好，后来因了鲁迅的提议，遂署名为'旒其'（俄语意曰'人'），这也是共同学习俄文的唯一纪念了"。③周作人还在另外一篇文章中生动地回忆了许寿裳当时的创作情形：

> 许寿裳也写有文章，是关于历史的吧，也未写完。他写文章很用心，

---

① 周作人：《知堂回想录（八一）〈河南〉——〈新生〉甲编》，钟叔河编订《周作人散文全集》第 13 卷，广西师范大学出版社 2009 年版，第 381 页。

② 倪墨炎、陈九英编：《许寿裳文集》（上卷），百家出版社 2003 年版，第 92—93 页。

③ 周作人：《知堂回想录（八一）〈河南〉——〈新生〉甲编》，钟叔河编订《周作人散文全集》第 13 卷，广西师范大学出版社 2009 年版，第 383 页。

先要泡好茶，买西洋点心来吃，好容易寄一次稿，得来的稿费就所余无几了。他写好文章，想不出用什么笔名，经鲁迅提示，用了"疏其"二字，那时正在读俄文，这乃是人民的意义云。①

此外，1966 年 9 月 14 日，钱秉雄将其父钱玄同（1887—1939）的部分遗物捐献给了北京鲁迅博物馆。这批文物中有一件是经周树人之手收集、编排、装订成册的文集，共有 2 页目录，其中收诗文 60 篇，涉及作者 12 人。经学者整理可知，"目次一"的第三篇即是疏其的《兴国精神之史曜》。②根据以上史实可知，周树人不仅为《兴国精神之史曜》这篇论文的作者提议笔名，还专门收集了这篇文章，足见周树人对这篇文章的重视程度。孟庆澍曾提出 1907 年的周氏兄弟由于掌握的外语工具不同，因此彼此合作，互为信息源，从而构成了一个分工明确而互相协作的"阅读/写作"共同体，即这一时期的译作和诗文，相当程度上都应视为兄弟合作的产物。③笔者认为，这种共同体也应反映在与周氏兄弟一同筹办《新生》杂志的许寿裳身上。例如，新近的研究就已经指出，许寿裳《兴国精神之史曜》一文中多次使用的"赫戏""上征""神思"等词都是早期周树人最重要的思想概念，都构成了留日时期《新生》杂志同人的精神认同。④本文所要解决的问题是，除这些思想概念之外，是否还有更加可靠的证据能够确认许、周二人从事文艺运动时的精神联系。

首先来看《兴国精神之史曜》的内容。《兴国精神之史曜》同周树人的残稿《破恶声论》一样，只是部分文稿。这篇文章由"引言""篇一　德乙兴国之精神　自由之战""篇二　伊大里兴国之精神　光复之业"三部分组成。该文旨在论述"兴国不在政府而在国民，不在法令而在自觉"。在"引言"部分，作者认为欧洲文化之所以

①　周作人：《鲁迅在东京（二二）·〈河南〉杂志》，钟叔河编订《周作人散文全集》第 11 卷，广西师范大学出版社 2009 年版，第 549 页。

②　杨燕丽：《鲁迅编排的文集》，鲁迅研究室编《鲁迅藏书研究》，中国文联出版公司 1991 年版，第 329—330 页。另，杨燕丽在该文中引用罗慧生的《鲁迅与许寿裳》一书中的观点，称《兴国精神之史曜》一文"写作意图首先由鲁迅提出，经他们讨论，由许寿裳执笔写成初稿，再经过重大修改和补充，才最后定稿。所以此文表现了两人的共同思想"。笔者查证了罗慧生的《鲁迅与许寿裳》（浙江人民出版社 1982 年版）一书，发现罗慧生称这一说法来自许寿裳，但并未提供材料来源。笔者在许寿裳的文集中也未发现这段论述。为慎重起见，笔者在正文中舍弃了罗慧生的这一观点。但如果发现许寿裳确实有过这段论述，则从侧面也能够证明本文结论的正确，即周树人参与了《兴国精神之史曜》一文的创作。

③　孟庆澍：《彼此在场的读与写：1907 年的周氏兄弟》，《中国现代文学研究丛刊》2017 年第 3 期。

④　陈云昊：《鲁迅的神思与〈新生〉的神思——以留日时期鲁迅、许寿裳、周作人为中心》，《中国现代文学研究丛刊》2022 年第 4 期。

能够"经纬寰宇，鼓天下之动，日新而久大"，其根本在于佛朗西革命（笔者按：法国大革命）之精神。而佛朗西革命之精神，一言以蔽之，"重视我之一字，张我之权能于无限尔"，即"个人之自觉"。其后作者介绍了可被视为法国革命精神之代表、兴国精神之先导的康德（1724—1804）的理性学说。在随后的两篇分论中，作者又介绍了德国和意大利两国"兴国精神"的历史脉络，分别论述了两国 19 世纪前叶的思想史和文艺史。根据这两篇分论的内容可以推测，作者当时的设想应当是继续介绍欧洲其他诸国兴盛过程的精神史，但由于未能完成全文，因此迄今只留下了关于德国和意大利的两部分文稿。

《兴国精神之史曜》这篇文献历来并未受到研究者们的足够重视。研究者们只是关注到了这篇文献介绍法国大革命与德国诗人柯尔纳（1791—1813）的部分内容与周树人的《摩罗诗力说》《文化偏至论》有相似之处①，还有部分研究是从《兴国精神之史曜》中介绍的一些西方思想家的角度关注到这篇文献的，例如牛秋实提及了《兴国精神之史曜》对法国思想家卢梭（1712—1778）的介绍②，刘学浩提及了《兴国精神之史曜》对意大利思想家马基雅维利（1469—1527）的介绍③，但这些研究都未涉及《兴国精神之史曜》所引用的材源。既往的研究均已证明，周树人在《河南》杂志上发表的《人间之历史》《摩罗诗力说》《科学史教篇》以及《文化偏至论》和《破恶声论》中的部分内容都有参考的材源④，另外，周作人为《河南》杂志撰写的《论文章之意义暨其使命因及中国近时论文之失》与《哀弦篇》也有作为参考材料的底本⑤。

---

① 可参见罗慧生：《鲁迅与许寿裳》，浙江人民出版社 1982 年版，第 35—46 页；袁学良：《"二传手"之"国民"梦：许寿裳民族启蒙历程研究》，华中师范大学硕士论文，2009 年 5 月。

② 牛秋实：《近代中国知识分子的卢梭情结——西方思想传播的传统制约》，《安阳师范学院学报》2012 年第 6 期。

③ 刘学浩：《马基雅维利著作与思想在中国的早期传播》，天津师范大学硕士论文，2014 年 3 月。

④ 可参见［日］中岛長文：「藍本『摩羅詩力説』第七章」、『颱風』第 6 号、1974 年；中岛長文：「藍本「人間の歷史」（上）」、『滋賀大国文』第 16 号、1978 年；中岛長文：「藍本「人間の歷史」（下）」、『滋賀大国文』第 17 号、1979 年；中岛長文：『ふくろうの声：魯迅の近代』、平凡社、2001 年；张鑫、汪卫东：《新发现鲁迅〈文化偏至论〉中有关施蒂纳的材源》，《中国现代文学研究丛刊》2008 年第 5 期；［日］北冈正子：『魯迅文学の淵源を探る——「摩羅詩力説」材源考』、汲古書院、2015 年；宋声泉：《〈科学史教篇〉蓝本考略》，《中国现代文学研究丛刊》2019 年第 1 期；李冬木：《鲁迅精神史探源：进化与国民》《鲁迅精神史探源：个人·狂人·国民性》，秀威资讯科技股份有限公司 2019 年版。

⑤ 可参见［日］根岸宗一郎：「周作人留日期文学論の材源について」、『中国研究月報』第 583 号、1996 年 9 月；［日］森雅子：「深き淵より——周作人「哀弦篇」論」、『颱風』第 41 号、2006 年 11 月。

那么同样是大量介绍法国大革命、德国自由思想和意大利文艺思想的《兴国精神之史曜》是否也有参照的材源呢？笔者在自己的阅读范围内还没有发现有研究关注并解决这一问题。本文将在新发现的《兴国精神之史曜》中有关德国精神部分的材源的基础上重新审视《兴国精神之史曜》这篇文献，探讨周树人和许寿裳为何选择介绍这篇材源的内容，同时也从文本的角度进一步推进许寿裳、周树人与斋藤信策（1878—1909）的思想联系。

二、《兴国精神之史曜》中有关德国精神部分的材源

使笔者注意到《兴国精神之史曜》一文中涉及德国精神部分的材源的一个重要原因是《兴国精神之史曜》与周树人的《摩罗诗力说》中都有介绍德国诗人柯尔纳的文本。《摩罗诗力说》旨在阐述什么是"诗"，旨在向中国介绍"摩罗诗人"，而《摩罗诗力说》在写作上最为显著的特征就是运用各种材源来凸显"摩罗诗人"的形象。虽然《摩罗诗力说》从第四章起才开始正式介绍以拜伦为首的八位"摩罗诗人"，但在《摩罗诗力说》第二章中，周树人就介绍了爱国诗人柯尔纳（《摩罗诗力说》中的表述为"台陀开纳"，《兴国精神之史曜》中的表述为"台陀勾奈"）在普鲁士国王的号召下参加反抗拿破仑侵略的义勇军，并宣言为祖国、为自由、为人道而战的事迹。许寿裳的《兴国精神之史曜》一文中也有对柯尔纳"为祖国战、为人道自由战"事迹的类似表述。两篇文章都强调了诗人对于改造国民精神与兴邦建国的作用。罗慧生也曾指出这两个文本对柯尔纳的介绍具有相似性，但并未进一步考察两个文本参考的材源。①为便于说明，兹录两个文本如下：

> 递千八百十二年，拿坡仑挫于墨斯科之酷寒大火，逃归巴黎，欧土遂为云扰，竞举其反抗之兵。翌年，普鲁士帝威廉三世乃下令召国民成军，宣言为三事战，曰自由正义祖国；英年之学生诗人美术家争赴之。爱伦德亦归，著《国民军者何》暨《莱因为德国大川特非其界》二篇，以鼓青年之意气。而义勇军中，时亦有人曰台陀开纳（Theodor Körner），慨然投笔，辞维也纳国立剧场诗人之职，别其父母爱者，遂执兵行；作书贻父母曰：普鲁士之鸷，已以鸷击诚心，觉德意志民族之大望矣。吾之吟咏，无不为宗邦神往。吾将舍所有福祉欢欣，为宗国战死。嗟夫，吾以明神之力，已得大悟。为邦人之自由与人道之善故，牺牲孰大于是？热力无量，涌吾灵台，吾起矣！后此之《竖琴长剑》（Leier und Schwert）一集，亦

---

① 罗慧生：《鲁迅与许寿裳》，浙江人民出版社 1982 年版，第 44—45 页。

无不以是精神，凝为高响，展卷方诵，血脉已张。然时之怀热诚灵悟如斯状者，盖非止开纳一人也，举德国青年，无不如是。开纳之声，即全德人之声，开纳之血，亦即全德人之血耳。故推而论之，败拿坡仑者，不为国家，不为皇帝，不为兵刃，国民而已。国民皆诗，亦皆诗人之具，而德卒以不亡。①

——令飞《摩罗诗力说》

千八百十二年冬十二月，拿破仑败还自墨斯科，忽焉黑云万从，密集于其侧，翌年二月三日，普王爱下诏，令全国壮者执干戈，三月十七日布告国民文，陈启战之由，举国青年，争赴恐后，诗人投其笔，艺士韬其作，大学生不恤弃其所学，咸策马以应。复部勒同盟军，共矢丹心，为祖国战，为自由人道战。……（省略号为笔者所加，下同）台陀勾奈者乃爱国诗人之型范，受感引于希籁，其所张主，美国语以其诗，护自由以其剑，为祖国之陆危，非特期乎一死，且以令誉之国殇，信为人生之至幸，故当拿破仑既挫于俄，普军振起，氏亦慨然投笔，弃荣职，别所爱，策马以赴义勇军，阵中所感，诗思涛兴，悲壮淋漓，凝为洪响……②

——旒其《兴国精神之史曜》

根据上述两个文本的比较可以看出：周树人与许寿裳同时介绍柯尔纳的这段经历并非偶然，他们应当共同阅读了有关柯尔纳这段经历的文本后深受鼓舞，并分别将其引用到文章中构建自己的言说。许寿裳的《兴国精神之史曜》虽然长期未受到学界重视，但周树人的《摩罗诗力说》已经被视为研究鲁迅早期文艺观的一篇重要文献，受到了研究界的格外重视。经北冈正子等学者的考证可知，《摩罗诗力说》中所涉及的外国诗人和作品大都来源于明治时期日本出版的文艺杂志、书籍上刊载的文章。《摩罗诗力说》第二章中介绍柯尔纳的部分也不例外。伊藤虎丸和松永正义最早关注到这段文本，他们认为周树人在《摩罗诗力说》中有关柯尔纳形象的论述来源于斋藤信策的柯尔纳论，具体材源是斋藤信策发表在《帝国文学》第10卷第3号上的《诗人柯尔纳》，该文后收入斋藤信策的评论文集《艺术与人生》中。伊藤虎丸不仅分析了斋藤信策在《诗人柯尔纳》一文中如何借助柯尔纳的形象展开对日俄战争的批判，也从斋藤信策批判物质主义和平等主义，主张天才、诗人、个人主义等

---

① 鲁迅：《坟·摩罗诗力说》，《鲁迅全集》第1卷，人民文学出版社2005年版，第72—73页。

② 旒其：《兴国精神之史曜》，倪墨炎、陈九英编《许寿裳文集》（下卷），百家出版社2003年版，第472—477页。以下如不作特殊说明，《兴国精神之史曜》的引用均出自该版本。

方面出发，比较了斋藤信策与留日时期周树人思想的相似性。①有关《摩罗诗力说》中涉及柯尔纳文本的材源，中岛长文也提供了新的材料，他认为斋藤信策在《我国现代思想界的惰性如何》（《时代思潮》第 12 号，1905 年 1 月，第 71—79 页）一文中介绍柯尔纳的部分与周树人的文本更接近。同时，他还系统论述了斋藤信策与周树人有关确立个人主义与精神文明的言说的关联，并得出了"在主张确立作为个人之言说当中，和鲁迅的文章最显现亲近性的，也还是斋藤野之人的（文章）"。②笔者通过对比《诗人柯尔纳》和《我国现代思想界的惰性如何》这两篇文章，更倾向于中岛长文的观点，即周树人对柯尔纳的介绍文本与《我国现代思想界的惰性如何》一文的论述更接近，《摩罗诗力说》中介绍柯尔纳的文本几乎完全翻译自《我国现代思想界的惰性如何》一文的第 5 段。而且笔者还进一步发现，许寿裳的《兴国精神之史曜》中有关德国精神的内容几乎也出自这篇文章。这一点并未被先行研究所提及。

《我国现代思想界的惰性如何》（原文为「我國現代思想界の墮容を如何」）的副标题为《读 1810 年前后的德国思潮史》（原文为「千八百十年前後の獨逸思潮史を読む」），署名为"犖牛生"。顾名思义，该文是斋藤信策阅读 1810 年前后德国思潮史的一篇读后感。该文分为上、下两部分，上文着重介绍 1810 年前后德国思潮史的脉络，下文主要是作者通过对比日俄战争前后日本思想界的状况与 1810 年前后德国思想界的状况，对当时日本思想界出现的启蒙主义和国家主义两种思潮提出了尖锐的批判。上文已经介绍，许寿裳的《兴国精神之史曜》已发表的内容可分为三部分，其中第二部分"篇一　德乙兴国之精神　自由之战"共有 11 段内容，而第 2 段至第 11 段的大部分内容都取材于斋藤信策的《我国现代思想界的惰性如何》。

许寿裳在第 1 段中主要介绍了拿破仑入侵普鲁士的历史背景和战争过程。这部分内容虽然在材源中也有所涉及，但无法与许寿裳的文本完全对应。相对于斋藤信策的文本，许寿裳对历史背景和战争过程的导入更为详细。

许寿裳在第 2—3 段介绍了 1812 年拿破仑从莫斯科溃败后，普鲁士青年响应威廉三世的号召对拿破仑进行的反攻，同时指出了德意志国民能够战胜强敌并非是依靠军队、政府和敕令，而是依靠讲坛、教会、学校和诗歌，进一步而言是依靠教育、宗教、哲学和艺术。第 2—3 段的材源来自《我国现代思想界的惰性如何》第 72 页，其中第 2 段的部分内容掺杂了许寿裳的介绍和评论部分，与材源稍有出入，而第 3 段

---

① ［日］伊藤虎丸、松永正義：「明治三〇年代文学と魯迅：ナショナリズムをめぐって」、『日本文学』第 29 号、1980 年。此外，伊藤虎丸还将这篇论文的主要内容收录在专著《鲁迅与日本人——亚洲的近代与"个"的思想》（李冬木译，河北教育出版社 2000 年版）中。

② ［日］中島長文：「孤星と独絃」、原載『颱風』第 33 号、1997 年 12 月、後收入『ふくろうの声：魯迅の近代』、平凡社 2001 年版。

内容基本是对材源文本的翻译。以下列举第 3 段的文本与材源：

> 自千八百六年至十三年间，德乙国民之态度，诚慷慨，诚庄严，然要知其所以鼓国民性灵之动者，果何物耶？曰非军队非政府非敕令，讲坛而已，教会而已，学校而已，诗歌而已。更言之，曰教育曰宗教曰哲学曰艺术而已。
>
> ——疏其《兴国精神之史曜》

> 誠や、千八百六年より同十三年に到る間の独逸民衆の態度は尤も悲壮にして尊厳を極めたり。然らば此の如き心霊の活動を鼓吹して国民を動かし感激せしめたるものは果して何ぞや、そは軍隊にあらず、政府にあらず勅令にあらずして、一に曰く講堂、二に曰く教会、三に曰く学校、四に曰く詩歌。換言すれば全独逸の精神を動かせるものは教育と宗教と哲学及び芸術なりき。①
>
> ——犂牛生「我國現代思想界の堕容を如何」

> 译文：诚然，自千八百六年至千十三年间，德意志民众之态度极悲壮、极庄严，然而如此鼓吹心灵之活动、感动国民者究竟为何物？其并非军队，并非政府，并非敕令，一曰讲堂，二曰教会，三曰学校，四曰诗歌。换而言之，推动全德意志之精神者乃教育、宗教、哲学、艺术。
>
> ——犂牛生《我国现代思想界的惰性如何》

（按：此为笔者翻译，以下引文如不作特殊说明，均为笔者翻译。）

第 4 段对康德主义及其影响的介绍基本是对《我国现代思想界的惰性如何》第 72—73 页部分的逐句翻译，有极少部分对原文有所省略。第 5—6 段分别对在讲坛和在教会上标榜康德学说的斐锡德（费希特，1762—1814）和索雷迈赫尔（施莱尔马赫，1768—1834）的介绍基本也是对《我国现代思想界的惰性如何》第 73—74 页部分的逐句翻译。第 7 段并未发现有对应的材源，应当是许寿裳在引用结束后添加的一段评论。以下列举第 4 段介绍康德主义及其影响的文本与材源：

> 柳十八棋末叶，启明思潮，称霸欧陆，宗教哲学文艺政治无一不染其色彩，盖旨在理性万能，以理解为可以律人生一切，然其弊也，乃育孽子。其个人主义之泽，乃流而为幸福主义，又流而为知识主义，更下则流而为

---

① ［日］犂牛生：「我國現代思想界の堕容を如何——千八百十年前後の獨逸思潮史を読む」、『時代思潮』第 12 号、1905 年 1 月。以下如不作特殊说明，《我国现代思想界的惰性如何》的引用均出自该版本。

斥美主义，贪生守雌，清谈以寂灭。当时德乙之人，亦有沉湎于其中而不自拔者，以为屈辱败失，亦一现象尔。呜呼殆已。幸康德出而反抗之，拯济之，赉之以新生之福音，而德乙赖以不死。夫康德亦理性主义之人也，曷谓其救主，曰彼之说无上命令，以理性之声为神之声，要求至善，扩己而至于恒久之至道者，即其跃脱启明主义之明验也。由是启明主义一转而为宗教为道德为上征，其孽子若贪生若清谈，皆夭折无遗，而义务上遂之念，忽发展而为光荣心，为道义心，灵火炎炎，铁血灿灿，统德乙国民之思界，以进步奋斗为其徽帜矣。呜乎伟矣。不观夫德乙当时，启木铎而晓生民者，若希籁，若斐锡德，若倬司达鲁兀，若维廉莭卜脱，若亨力克来斯脱，若匀奈，若亚鲁德，何一非康德主义者乎。呜呼，睿哲挺生之日，诚国民自觉之朕也！

——旒其《兴国精神之史曜》

　　抑も十八世紀後年に於て独逸のみならず大陸の思想界を支配せるものは、所謂啓蒙主義（Aufklärung）なり、宗教哲学文芸政治等凡て其上に建てられぬ、ブリードリッヒ大王の国家も尚その面影を止めたり。カント亦尤も大なる啓蒙主義の哲学者なりし也。夫れ啓蒙主義とは理性万能の主義にして道理と思辨は以て一切の人生を律すべしとなすなり。是に於て乎、事実を去りて理論に走り、根本を離れて理義に泥む、談理主義即ち生れ、清談主義即ち生れ、頓悟主義即ち生れ、婆娑即浄土主義、楽天主義、貪生主義即ち生る。啓蒙主義は即ち人生と事実とを否定し去りて冥想は枯談によりて一切を強ゆるもの、其極や寂滅主義に終らずむば己まずるなり。十九世紀初めの独逸の国家は明かに此の如き弊害に沈湎したるものなりき。彼にありては屈辱も敗滅も凡て現象界に係るものは何ものにもあらざりき。然れども此の如き啓蒙主義に反抗して新たなる生命の福音独逸思想界に齎らせるものは即ちカント其人なり。彼は誠に理性主義の人なりき、然れども彼が『実行的理性論』を草しき『無上命令』を説きたるに於て、彼は直に啓蒙主義を擺脱したり。『無上命令』とは何ぞや、カント曰く『夫れ人は霊身両界の合一物なり、而かも人の実験は心霊にして即ち理性なり、理性ならざる肉身欲情は即ち人のものにあらず。故に人の人たる所以は肉身欲情を支配して理性を発揮するにあり、即ち理性を以て物界を支配し征服するにあり、此の如くにして人の自由即ち現はる』と。これ誠の理性主義の声なり、彼は更に進んで曰く『而して此理性は唯に自由と支配を欲するのみならず、必ずや之を命令す、これを命令するものは即ち良心にして理性そのものの声なり、無上命令とは即ち是也。而してこの理性たるや其れ自ら至善を要求して永遠の道義的宇宙の秩序に拡充せずむば已まず、此の如き秩序は即ち神なり。無上命令とは実にこの神の声にして理性そのものの必然的要求に外ならざるなり』と。是に於て乎、啓蒙主義は一転して宗教となり道徳となり、向上となり、更に其主義の子なる楽天主義将た情感主義は悉く終りを告げて義務と遂行の崇高なる観念は忽ち発展して名誉心となり道義心となり、独逸全思想界は霊火と活きたる鉄血を得て、進歩と奮闘とは唯一の旗幟となりぬ。見よ詩人シルレルは云ふも更なり、千八百六年以後、独逸当代の思想界の木鐸となりて指導の光明を点火したりし、フイヒテ、ペシタロッチ、ヰルヘルム・フオン・フンボルド、ハインリンヒ・フオン・クライシト、ケヨルネル、アルントの如き、皆これカント派の人なるにあらずや。嗚呼啓蒙主義理性主義の終りを告げし時は、誠にこれ国民が意識的存在を表現したる時なりし也。

　　　　——聾牛生「我國現代思想界の堕容を如何」

　　译文：原本在十八世纪后期，启蒙主义（Aufklärung）不仅支配了德意志，也支配了整个欧洲大陆，宗教、哲学、文艺、政治等都建立于其上，弗里德里希大王的国家也留有其迹象，康德亦为启蒙主义的大哲学家。启蒙主义即理性万能主义，同时主张应当以道理与思辨衡量一切人生，其远离事实而耽于理论，脱离根本而拘泥于情理，即生谈理主义，生清谈主义，生顿悟主义，即生婆娑即净土主义，生乐天主义，生贪生主义。启蒙主义即否定并脱离人生与事实，通过淡泊的冥想而增强一切，最后不得不终结于寂灭主义。十九世纪初的德意志明显沉溺于此中弊病，在他们看来，屈辱与衰败与一切现象界都没有任何关联。反抗这种启蒙主义并为德意志思想界带来新的生命福音的正是康德。康德诚乃理性主义之人，但其在撰写的《实践的理性论》一书中讲解"无上命令"时却直接脱离了启蒙主义。何为"无上命令"？康德曰"人为灵身两界合二为一的产物，且人的实体即是心灵，即是理性，若无理性则无肉身情欲，也无人。因此人之所以为人就在于可以支配肉身情欲，可以发挥理性，即在于以理性支配并征服物质世界，如此即能实现人的自由"，此诚乃理性主义之声也。他进一步说"但这种理性不仅仅是渴望自由与支配，还必须施以命令，这种命令即是良心与理性之声，即是无上命令。但这种理性要求自身至善，必须永恒地扩充道义宇宙的秩序，如此秩序即为神。无上命令实为此种神之声，正是理性其本身的要求"。由此启蒙主义一转而成为宗教、道德、上征，进一步由启蒙主义所派生出的乐天主义、情感主义尽皆宣告终结，义务与进行的崇高观念忽然发展成名誉心与道义心，全德意志思想界重生灵火，再得铁血，进步与奋斗遂成唯一旗帜。请看，诗人席勒于千八百零六年以后，成为德意志当代思想界之木铎，点燃指导方向的光明，如费希特、裴斯泰洛齐、威廉·冯·洪堡、海因里希·冯·克莱斯特、柯尔纳、阿恩特等人，不都是康德派的人物吗？呜呼，启蒙主义与理性主义终结之际，实为表现国民意识存在之时也。

——聱牛生《我国现代思想界的惰性如何》

第8—9段主要取材于第74—75页，这部分并不是对材源进行逐句翻译，而是在材源的基础上不时添加作者的评论和延伸部分。第10段是对当时德国文艺界三位代表诗人的介绍，他们分别是希籁（席勒，1759—1805）、台陀勾奈（柯尔纳）和克来斯脱（克莱斯特，1777—1811）。这部分内容来自《我国现代思想界的惰性如何》第75页，但材源部分只介绍了席勒和克莱斯特，并未发现介绍柯尔纳的部分。第11段是对全篇内容的总结，其材源部分也来自第75页，是《我国现代思想界的惰性如何》（上）的最后一段内容。以下举第10段中介绍克莱斯特的文本为例：

克来斯脱者，亦康德宗之诗人，悲愤慷慨，涕泪偏多，剧诗之才几凌瞿德，其剧曲《海耳曼之战》（*Die Hermannsschlacht*），释康德无上命令之义，直截痛快而出之，所以酬暴厉之主者，要求三事，复仇而已，痛恶而已，反逆而已。日有污我日耳曼民族者，惟薙之憎剑，惟增为我力，惟复仇为我唯一之道德，动吭一呼，懦者皆起。海耳曼何人斯，彼非过去人物，即千八百九年德乙国民之好个典型也。哲人伟力，有若此者，此又人道威权之大觉也。

——旒其《兴国精神之史曜》

カント派の詩人にして而かも當時の獨逸の不幸なる境遇を見て悲憤慷慨措く所を知らざりしハリンリッヒ・フオン・クライントの如きは更に一步を進めたり、彼の戲曲『ヘルマンの戰』の如きはカントの無上の命令の意義を直截に熱誠に表現したるものにして、暴虐と壓制の君主に向ては直に復讎と怨嫉と反叛を要求したり、見よ、獨逸の人ヘルマンは獨逸を亂したる羅甸民族に對して叫んで曰く『ゲルマンの民を污がす者をば、憎みの劍を以て殺し盡せよ、憎みこそは我力、復讎こそは我が唯一の道德なれ』と。而してヘルマンとは誰ぞや、彼は過去のものにあらずして千八百九年の獨逸國民の好箇の典型なり、羅馬民族とは即らこれ佛國大帝ナポレオンの外ならざりし也。

——聱牛生「我國現代思想界の墮容を如何」

译文：如海因里希·冯·克莱斯特，作为康德派诗人的他虽然看到当时德意志的不幸遭遇有些不知所措，但其还是奋力向前推进一步，如他在戏剧《赫尔曼之战》中就直接而真诚地表现了康德的无上命令的意义，直接要求向暴虐且压制的君主复仇、憎恶、反叛。请看，德国人赫尔曼对扰乱德国的拉丁民族呼喊"有损害我日耳曼民众者，将使用憎恶之剑斩尽杀绝，憎恶就是我之力量，复仇乃是我唯一之道德"。赫尔曼究竟是谁？他并非过去的人物，他是千八百零九年德意志国民的一个良好的典型，罗马民族则正是当时法国的拿破仑大帝。

——犛牛生《我国现代思想界的惰性如何》

以上通过简单的梳理，基本上可以判定许寿裳的《兴国精神之史曜》中的第二部分"篇一　德乙兴国之精神　自由之战"的材源是《我国现代思想界的惰性如何》（上）第71—75页的文本。除部分内容是由许寿裳在材源的基础上添加的评论或延伸以外，其余大部分内容都与材源基本对应。另外，两篇文章的行文结构和顺序也基本一致。

本文通过发现许寿裳《兴国精神之史曜》中的部分材源，首次确认了许寿裳、周树人二人在从事文艺运动时享有共同的材源。斋藤信策对柯尔纳投笔从戎、重建宗邦的介绍文字引起了正在从事文艺运动的周树人与许寿裳的共鸣，他们从斋藤信策的文字中看到了教育、宗教、哲学、文艺对德意志国民精神的振奋。周树人在《摩罗诗力说》中将柯尔纳视为"摩罗诗人"的一员，强调诗歌对于塑造国民精神与振兴邦国的作用。许寿裳则在《兴国精神之史曜》中将柯尔纳视为"爱国诗人之型范"，强调文艺对于德意志民族勃兴的作用。本材源的发现，也正是以三篇介绍德国爱国诗人柯尔纳投笔从戎的事迹为纽带，构建起了斋藤信策与周树人、许寿裳三人的精神联系。另外，也可以看出，作为文艺运动重要的参与成员，许寿裳不仅和周树人阅读相同的评论文章，运用类似的创作方法，还积极配合周树人的写作意图。许寿裳在《兴国精神之史曜》一文中强调如要兴国，必先要通过宗教、道德、教育、文艺等实现个人之自觉，即通过"自觉"以获得作为"人"的"新生"，这也是从侧面为文艺运动的宗旨作了补充。

三、周树人与斋藤信策

《我国现代思想界的惰性如何》的作者斋藤信策，别名斋藤野之人、犛牛生。斋藤信策生于山形县西田川郡鹤冈町高畑，排行老四，父亲名为斋藤亲信，胞兄为明治时期著名的评论家高山樗牛（1871—1902）。斋藤信策毕业于仙台第二高等学校，在高中时代就立志研究西洋文明史，高中毕业后考入东京帝国大学德文科，后担任《帝国文学》杂志的编委。斋藤信策大学毕业后参与姊崎嘲风（1873—1949）主编的《时代思潮》杂志，并同时为《帝国文学》与《时代思潮》撰写评论文章，先后发表《国家与诗人》《天才与现代的文明（明确天才崇拜的意义）》等鼓吹天才主义、个人主义的文章，赢得当时知识界的一致好评。后因在文章中大胆批评明治宪法，受到当局的压力，不得不辞去《帝国文学》的编委一职和明治大学的教职。1909年因结核病逝世。其代表作有评论集《艺术与人生》，遗稿有评论集《哲人何处有》。①据小山东助的回忆可知，斋藤信策的笔名犁牛生与其兄高山樗牛的名字均出自中国的古籍《庄子》中的《逍遥游》。②

　　伊藤虎丸和松永正义最早关注到留日时期的周树人与斋藤信策的关联。如本文第二部分所介绍，他们认为周树人在《摩罗诗力说》中有关柯尔纳形象的论述来源于斋藤信策的柯尔纳论，具体文本是斋藤信策发表在《帝国文学》第10卷第3号上的《诗人柯尔纳》③。继伊藤虎丸和松永正义之后，清水贤一郎又发现了周树人在《摩罗诗力说》与《文化偏至论》两篇论文中介绍易卜生的内容均与斋藤信策的《易卜生何许人也》一文相近，进一步推测留日时期的周树人非常关注斋藤信策。④同样如本文第二部分所介绍，有关《摩罗诗力说》中涉及柯尔纳文本的材源，中岛长文也提供了斋藤信策的《我国现代思想界的惰性如何》这篇新材料。此外，中岛长文还通过调查斋藤信策在《时代思潮》杂志上撰写的评论文章，发现了周树人拟定并准备作为《新生》杂志第一期插画的诗人瓦茨（1817—1904）的插图也极有可能来自斋藤信策为《时代思潮》第10号设计的插图《希望》。周树人很喜欢的韦列夏金（1842—1904）也是斋藤信策重点介绍的一位俄国反战画家。⑤木村知实在中岛长文研究的基础上，进一步调查了留日时期的周树人与瓦茨和韦列夏金的关联。从木村知实的研究也可以看出，斋藤信策是将这两位画家介绍到日本的重要参与者。⑥李冬木也在伊藤虎丸、中岛长文等学者研究的基础上，进一步提出了"个人、个性、精

　　①　参考日本近代文学館編：『日本近代文学大事典』第二巻、講談社、1977年、第74頁。

　　②　［日］小山東助：「野の人信策小伝」、太田資順編『樗牛兄弟』、有朋館、1915年、第8頁。

　　③　［日］伊藤虎丸、松永正義：「明治三〇年代文学と魯迅：ナショナリズムをめぐって」、『日本文学』第29号、1980年。

　　④　［日］清水賢一郎：「国家と詩人——魯迅と明治のイプセン」、『東洋文化』第74号、1994年。

　　⑤　［日］中島長文：「孤星と独絃」、原載『颱風』第33号、1997年、后收入『ふくろうの声：魯迅の近代』、平凡社2001年版。

　　⑥　［日］木村知実：「魯迅の選んだヴェレシチャーギン——明治期日本における受容との関連から」、『野草』第65号、2000年2月；木村知実：「魯迅の選んだワッツ——明治期日本における受容との関連から」、『関西大学中国文学会紀要』第22号、2001年3月。

神、心灵、超人、天才、诗人、哲人、意力之人、精神界之战士、真的人……他们不仅在相同的精神层面上拥有着这些表达'个人'的概念，更在此基础上共有着以个人之确立为前提的近代文学观"。①此次通过发现许寿裳的《兴国精神之史曜》中的"篇一 德乙兴国之精神 自由之战"的材源也来自斋藤信策的《我国现代思想界的惰性如何》一文，从文本层面上又为周树人与斋藤信策的文本提供了一个新的关联，再次证明了周树人对斋藤信策的关注，同时也首次确认了许寿裳的文本与斋藤信策的关联。

四、选取该材源所表达的意图

经过上文论述可知，虽然《兴国精神之史曜》一文由许寿裳执笔，但周树人也可视为写作这篇文章的重要参与者。他们为何要将斋藤信策的《我国现代思想界的惰性如何》一文重新编译为"德乙兴国之精神 自由之战"？这篇文章在周树人的文艺运动中又占据什么位置？对此问题笔者尝试进行如下分析：

首先，笔者认为《我国现代思想界的惰性如何》一文是留学生周树人、许寿裳学习德国近代哲学史的一篇材料。如前文所述，该文的副标题为《读1810年前后的德国思潮史》，可以视为斋藤信策的一篇读书笔记。斋藤信策毕业于东京帝国大学德文科，不仅通晓德文，还为《帝国文学》《时代思潮》等杂志撰写评论文章。周树人当时在独逸语专修学校专攻德文②，许寿裳与周树人"同往读德文"，并且二人一度有去德国留学的计划③。他们之所以学习德文并计划赴德留学，极有可能缘于对德国哲学的钟爱。周作人曾称周树人"于拉丁民族的艺术似无兴会，德国则只取尼采一人"④，但笔者认为周树人除"只取"尼采（1844—1900）一人以外，对叔本华

---

① 李冬木：《从"周树人"到"鲁迅"——以留学时代为中心》，中国社会科学院文学研究所编《多维视野下的中日文学研究》，社会科学文献出版社 2018 年版，第 240 页。

② 关于周树人在独逸语专修学校学习的情况，可参考以下两篇论文：[日] 吉田隆英：「魯迅と獨逸語專修学校——獨逸学協会と周辺」、『姫路獨協大学外国語学部紀要』第 2 号、1989 年；[日] 北岡正子：「独逸語專修学校に学んだ魯迅」、『魯迅研究の現在』、汲古書院、1992 年。

③ 许寿裳：《亡友鲁迅印象记·西片町住屋》，倪墨炎、陈九英编《许寿裳文集》（上卷），百家出版社 2003 年版，第 99 页。

④ 周作人：《关于鲁迅之二》，钟叔河编订《周作人散文全集》第 7 卷，广西师范大学出版社 2009 年版，第 452 页。另外，关于留日时期的周树人与尼采的关系，可参考李冬木：《留学生周树人周边的"尼采"及其周边》，张钊贻主编《尼采与华文文学论文集》，新加坡八方文化创作室 2013 年版。

（1788—1860）、施蒂纳（1806—1856）等德国哲学家的观点也有关注①。可以推测，周树人对 19 世纪的德国思想史很感兴趣。而《我国现代思想界的惰性如何》一文中对 1810 年前后德国思潮史的介绍正与周树人的阅读兴趣相符。如同周树人的《摩罗诗力说》是旨在介绍以拜伦为首的摩罗派诗人一样，斋藤信策的《我国现代思想界的惰性如何》的上篇可以说是旨在介绍以康德哲学为中心的 1810 年前后的德国思潮史，该文介绍了德国思想家康德、费希特、施莱尔马赫、文学家和艺术家席勒、柯尔纳和克莱斯特等人，当然，这也是迄今为止可以确认的周树人最早关注这些德国思想家和文学家的一篇文献。

其次，有必要对"德乙兴国之精神　自由之战"与材源《我国现代思想界的惰性如何》的写作动机分别进行考察。《我国现代思想界的惰性如何》在上篇部分集中对 1810 年前后的德意志思潮史进行介绍，而在下篇部分集中展开了作者的分析与评述。这篇文章发表于明治三十八年（1905 年）1 月，正值日俄战争进行之时，因此这篇文章借古喻今的意味非常明显。斋藤信策对此并不讳言，他在下篇的开头部分就有如下所述：

> 以今日的日本帝国与自由战争之前的德意志相比，我原本就认为有些不伦不类。今日的俄国并非拿破仑大帝时期的法国，他们也丝毫未曾凭借压制、命令和屈从来统治我国。但既然已经向世界表明增强国民之观念的人道、和平与正义是战争的唯一目的，国内的民众也就应当凭借于此翘望新文化的活动与发展，我帝国国民的态度也必须与昔日普鲁士国民的态度一致，即新文明的发展不能依靠命令，不能依靠唆使，而是必须期待国民心灵的活动、思想与事业。②

接着，斋藤信策对日俄战争中的日本思想界进行了尖锐的批评，他直言："现在的日本只有国家、政府与军备，无国民，有法制，有命令，无教育，无宗教，无道德。有军人，有勇士，但无宗教家，无哲学家。有论理，有形式，然而究竟最终哪里会有人道主义的心灵活动呢？"他认为造成日本国民精神界如此现状的两大原因是启蒙主义和国家主义。对于如何摆脱当下悲惨的沉默境遇，斋藤信策开出了个人主义的药方，他指出：

---

① 可参见梁展：《颠覆与生存——德国思想与鲁迅前期的自我观念（1906—1927）》，上海锦绣文章出版社 2007 年版；李冬木：《留学生周树人"个人"语境中的"斯契纳尔"——兼谈"蚊学士"、烟山专太郎》，《东岳论丛》2015 年第 6 期。

② ［日］鳌牛生：「我國現代思想界の堕容を如何——千八百十年前後の獨逸思潮史を読む」、『時代思潮』第 12 号、1905 年 1 月。

　　因此需要摆脱当下悲惨的沉默境遇，期待建设具有光荣的国家，首先务必打破启蒙主义，进一步使国家与民众形成一体。国家不过是民众自己需要的一种形式，民众即国家的主体，因此国家的意义即必须直接反映为民众自身，而民众的希望、意志与理想又必须直接反映在国家上。因此为国家即同时是为民众，而为民众实际上又是提高民众各自心灵的存在价值。国家的有机活动犹如有机体形成细胞时必须有有机运动一样，必须有每一个民众的有机运动。何为个人的有机运动？即能够提高个人心灵的所有智力、威力、道义之心的无穷向上发展的意志。大概今日我国国民缺乏心灵的活动正是由于缺乏这种个人活动，因此国家必须首先要求个人活动的发展，即只有建立在个人主义之上的国家，才能拥有国家的发展与显现。基于此，可以明确要打破今日启蒙主义的第一要义在于理想的个人主义。①

斋藤信策接下来进一步阐述了理想的个人主义绝非执拗的利己主义：

　　理想的个人主义绝非那种所谓的执拗的利己主义，应当是如同席勒的威廉·泰尔，如同费希特所倡导的，如同洪堡所要求的，抑或如同裴斯泰洛齐所理想的，即通过自己的力量与智慧来探求新的心灵平安之地，因此不需要理论而直接需要道义，不需要教义而直接需要信仰的场所。如此有上征，有努力，有事业，有奋斗。一言以蔽之，所谓理想的个人主义，便是创造具有更加优秀与强大威力的个人，只有这种个人的国家才能获得人道的正义，才能获得最为光荣的责任。呜呼，打破今日之启蒙主义与国家主义，救国民于暗黑与毁灭之中，首要在于倡导理想之个人主义。②

这不免让人联想到周树人在《文化偏至论》里对"个人主义"与"利己主义"的辨析：

　　个人一语，入中国未三四年，号称识时之士，多引以为大诟，苟被其谥，与民贼同。意者未遑深知明察，而迷误为害人利己之义也欤？夷考其实，至不然矣。③

---

　　① ［日］犉牛生：「我國現代思想界の堕容を如何——千八百十年前後の獨逸思潮史を読む」、『時代思潮』第 12 号、1905 年 1 月。

　　② ［日］犉牛生：「我國現代思想界の堕容を如何——千八百十年前後の獨逸思潮史を読む」、『時代思潮』第 12 号、1905 年 1 月。

　　③ 鲁迅：《坟·文化偏至论》，《鲁迅全集》第 1 卷，人民文学出版社 2005 年版，第 51 页。

　　由以上分析可知，斋藤信策撰文介绍 1810 年前后德意志思潮史的目的在于批评日本当时思想界的惰性。在日俄战争时期举国膨胀的背景下，斋藤信策并未强调国家、政府、军备、法制、命令、军人、武士的作用，而是将国民、宗教、道德、哲学家、宗教家、诗人与之对立，倡导心灵的活动，呼吁只有理想的个人主义才能创造具有强大生命力的个人，只有具有强大生命力的个人才能开创具有人道和正义的邦国。《我国现代思想界的惰性如何》一文中对日俄战争时期日本思想界的批判显然引起了周树人与许寿裳的共鸣，《兴国精神之史曜》一文旨在强调兴盛国家不在于政府、法令、国家万能，而在于国民个人之自觉，这与《我国现代思想界的惰性如何》一文的主旨完全契合，只不过《兴国精神之史曜》只是将《我国现代思想界的惰性如何》中对 1810 年前后德意志思潮史的介绍内容编译为"篇一　德乙兴国之精神　自由之战"。

　　经过以上考察可以确认，斋藤信策的《我国现代思想界的惰性如何》一文，对于憧憬德国哲学的周树人与许寿裳而言，不仅是一篇合适的德国近代哲学史学习材料，也能够从中学到日本评论家是如何借助德国哲学的精神资源批判日俄战争前后的国家主义、讴歌个人主义的方法。《兴国精神之史曜》借助《我国现代思想界的惰性如何》中的大量史实论述了一个重要问题，即要兴国，必先重视个人之自觉。由此可见，《兴国精神之史曜》与《摩罗诗力说》《科学史教篇》《文化偏至论》等文章一样，也属于构建留日时期周树人立人思想的一篇重要文献。而在周树人从事文艺运动时期所构建的立人思想的众多来源中，有一条就可以追溯到日本明治时期青年学者斋藤信策的评论文章之中。

（原载《中国现代文学研究丛刊》2023 年第 5 期）

附　录　西北大学鲁迅研究论著索引

一、论著

［1］许寿裳. 我所认识的鲁迅［J］. 新苗，1936（11）.

［2］许寿裳. 鲁迅先生年谱［J］. 新苗，1937（18）.

［3］许寿裳. 怀亡友鲁迅［J］. 月报，1937（1）.

［4］许寿裳. 鲁迅与民族性研究［J］. 民主星期刊，1945（6）.

［5］许寿裳. 鲁迅的思想与生活［M］. 台北：台湾文化协进会，1947.

［6］许寿裳. 亡友鲁迅印象记［M］. 重庆：峨眉出版社，1947.

［7］郑伯奇. 后死者的责任［N］. 大晚报·每周文坛，1936-10-23.

［8］郑伯奇. 不灭的印象［J］. 作家，1936（2）.

［9］郑伯奇. 鲁迅先生的演讲［J］. 中流，1936（5）.

［10］郑伯奇. 鲁迅灵前答客问［J］. 好文章，1936（3）.

［11］郑伯奇. 回忆和学习［N］. 群众日报，1950-10-19.

［12］郑伯奇. 鲁迅先生与西安［N］. 群众日报，1951-10-19.

［13］曹靖华. 我们应该怎样来纪念鲁迅［J］. 读书生活，1936（1）.

［14］曹靖华. 生命中的第一声巨雷［J］. 作家，1936（2）.

［15］曹靖华. 纪念鲁迅先生［J］. 实报半月刊，1936（2）.

［16］曹靖华. 鲁迅先生的翻译［J］. 公论丛书，1938（1）.

［17］曹靖华. 从高尔基纪念馆想到鲁迅先生周年忌［J］. 文艺新地，1938（创刊号）.

［18］曹靖华. 鲁迅先生在苏联［J］. 中苏文化，1939（3）.

［19］曹靖华. 点滴怀鲁迅［M］//西北大学鲁迅研究室. 鲁迅研究年刊1979. 西安：陕西人民出版社.

［20］杨晦. 一生到老志不屈：纪念鲁迅先生［J］. 新军，1940（11）.

［21］陈登原. 鲁迅先生与中国史学［J］. 西北大学校刊，1956（10）.

［22］侯外庐. 阿Q的年代问题［N］. 新华日报，1941.

［23］侯外庐. 鲁迅与中国传统思想［N］. 文汇报（香港），1948-09-22.

［24］侯外庐. "锲而不舍"解：鲁迅"韧"性战小论［N］. 文汇报（香港），1948-10-20.

［25］侯外庐. 鲁迅其名索隐：鲁迅之名是否标志他的道路？［N］. 文汇报（香港），1948-10-27.

［26］侯外庐. 从鲁迅笔名与"阿Q"人名说到怎样认识鲁迅并怎样向鲁迅学习［N］. 光明日报，1951-01-26.

［27］侯外庐. 祝贺与希望：写给《鲁迅研究年刊》［M］∥西北大学鲁迅研究室. 鲁迅研究年刊 1979. 西安：陕西人民出版社.

［28］郝御风. 文学与实践：鲁迅先生曾给新文学史上的遗产之一［J］. 迅声，1951.

［29］郝御风. 鲁迅先生在"反概念化的斗争"上给我们的遗产［N］. 西北大学学习报，1952-10-21.

［30］单演义. 鲁迅和茅盾的战斗友谊断片［J］. 人文杂志，1957（4）.

［31］单演义. 鲁迅讲学在西安［M］. 武汉：长江文艺出版社，1957.

［32］单演义. 学习《毛泽东选集》第五卷论鲁迅作品的体会［J］. 破与立，1977（5）.

［33］单演义. 鲁迅的政治远见［J］. 徐州师范学院学报，1978（2）.

［34］单演义.《湘灵歌》与《归雁》［J］. 徐州师范学院学报，1979（1）.

［35］单演义. 郑伯奇与鲁迅的友谊及其他［J］. 西北大学学报（哲学社会科学版），1979（2）.

［36］单演义. 鲁迅与郭沫若［J］. 徐州师范学院学报，1979（增刊）.

［37］单演义，鲁歌. 与鲁迅论战的"杜荃"是不是郭沫若？［J］. 西北大学学报，1979（增刊）.

［38］单演义，鲁歌.《我们今日所需要的是什么？》不是鲁迅佚文吗？：与王得后同志商榷［J］. 宁夏大学学报（哲学社会科学版），1980（2）.

［39］单演义，鲁歌. 再谈"杜荃"是郭老的笔名［J］. 文教资料，1980（5）.

［40］单演义. 鲁迅与茅盾［M］∥西北大学鲁迅研究室. 鲁迅研究年刊 1981. 西安：陕西人民出版社.

［41］单演义. 从两次讲演看鲁迅思想的演变［J］. 延安大学学报（社会科学版），1981（4）.

［42］单演义. 鲁迅腹稿《杨贵妃》探微［J］. 陕西戏剧，1981（9）.

［43］单演义. 鲁迅在西安［M］. 西安：陕西人民出版社，1981.

［44］单演义. 鲁迅与党及党人［J］. 西北大学学报（哲学社会科学版），1983（4）.

［45］单演义. 鲁迅与瞿秋白［M］. 天津：天津人民出版社，1986.

［46］单演义. 茅盾论鲁迅旧诗的述评［J］. 鲁迅研究动态，1987（9）.

［47］单演义. 茅盾论《女人未必多说谎》述评［J］. 西北大学学报（哲学社会科学版），1988（2）.

［48］单演义. 茅盾论"阿Q相"的典型塑造［J］. 语文学刊，1988（3）.

［49］单演义. 新发现的鲁迅启蒙读物：绍兴刻本《新镌四字鉴略》［J］. 鲁迅研究动态，1989（3）.

［50］单演义. 茅盾论"阿Q相"四题［J］. 语文学刊，1992（4）.

［51］单演义. 茅盾心目中的鲁迅［M］. 西安：陕西人民出版社，1992.

［52］傅庚生. 读《呐喊》［J］. 中学生，1946.

［53］傅庚生. 鲁迅在文史研究上的几点启示：《魏晋风度及文章与药及酒之关系》读后［J］. 西北大学校刊，1956.

［54］傅庚生. 从"沉郁顿挫"窥测鲁迅的小说［M］//傅庚生. 文学赏鉴论丛. 西安：陕西人民出版社，1981.

［55］傅庚生. 读《故事新编》札记［M］//傅庚生. 文学赏鉴论丛. 西安：陕西人民出版社，1981.

［56］傅庚生. "足足"和"小小"［M］//傅庚生. 文学赏鉴论丛. 西安：陕西人民出版社，1981.

［57］张宣.《狂人日记》与鲁迅［M］//西北大学鲁迅研究室. 鲁迅研究年刊1980. 西安：陕西人民出版社.

［58］郭琦，蒙万夫. 在鲁迅方向的启示下［M］//西北大学鲁迅研究室. 鲁迅研究年刊1981. 西安：陕西人民出版社.

［59］阎愈新. 纪念鲁迅的珍贵革命文献：介绍中共中央和中华苏维埃中央政府为追悼鲁迅发出的三件函电的标准文本［J］. 鲁迅研究动态，1984（5）.

［60］阎愈新. 鲁迅致红军贺信的新发现：杨尚昆在一九三六年七月的一篇文章中引有贺信文字［J］. 鲁迅研究动态，1986（4）.

［61］阎愈新. 海峡两岸共同研究鲁迅［J］. 西北大学学报（哲学社会科学版），1996（3）.

［62］阎愈新. 六十年前鲁迅、茅盾致红军贺信之发现［J］. 新文学史料，1996（3）.

［63］阎愈新. 鲁迅、茅盾致中国红军贺信之发现［J］. 新文化史料，1996（6）.

［64］阎愈新. 鲁迅茅盾致红军贺信重见天日［J］. 鲁迅研究月刊，1996（7）.

［65］阎愈新. 鲁迅、茅盾致红军贺信的发现与辨析［J］. 炎黄春秋，1997（2）.

［66］阎愈新. 再谈鲁迅茅盾致红军贺信：兼答丁尔纲教授的商榷［J］. 新文学史料，2000（3）.

［67］阎愈新. 记鲁迅先生在西北大学讲学［J］. 西北大学学报（哲学社会科学版），2009（1）.

［68］阎愈新. 关于《鲁迅、茅盾致红军贺信》：兼评倪墨炎的"贺信伪造说"［J］. 汕头大学学报（人文社会科学版），2010（5）.

［69］阎愈新.《鲁迅茅盾致红军贺信》的考定：兼评倪墨炎"贺信伪造说"［J］. 中国文化研究，2012（4）.

［70］蒋树铭. 论鲁迅的人道主义思想［J］. 西北大学学报（哲学社会科学版），1985（3）.

［71］蒋树铭，任广田. 论鲁迅的人道主义思想［J］. 西北大学学报（哲学社会科学版），1985（3）.

［72］蒋树铭. 一曲复仇精神的颂歌：评《铸剑》［M］//王瑶. 小说鉴赏文库：中国

现代卷：第一卷：下. 西安：陕西人民出版社，1986.

[73] 周健. 浅谈郭沫若三步鲁迅诗韵 [J]. 人文杂志，1980 (4).

[74] 张华. 鲁迅与尼采 [J]. 破与立，1978 (1).

[75] 张华. 鲁迅与萧伯纳 [J]. 西北大学学报（哲学社会科学版），1978 (3).

[76] 张华. 鲁迅和易卜生：纪念易卜生诞生一百五十周年 [J]. 破与立，1978 (5).

[77] 张华. 鲁迅与有岛武郎 [M] // 西北大学鲁迅研究室. 鲁迅研究年刊 1979. 西安：陕西人民出版社.

[78] 张华. 西方思潮对前期鲁迅的影响 [M] // 西北大学鲁迅研究室. 鲁迅研究年刊 1980. 西安：陕西人民出版社.

[79] 张华. 西方思潮对前期鲁迅的影响 [J]. 西北大学学报（哲学社会科学版），1980 (2).

[80] 张华. 论鲁迅后期思想的独创性 [J]. 西北大学学报（哲学社会科学版），1981 (4).

[81] 张华. 鲁迅和外国作家 [M]. 西安：陕西人民出版社，1981.

[82] 张华. 鲁迅对西方民主思想的态度 [J]. 鲁迅研究丛刊，1988 (12).

[83] 郑欣淼，张华. 第一本关于鲁迅国民性思想研究的专著 [J]. 中国社会科学，1989 (6).

[84] 张华. 林贤治《人间鲁迅》漫评 [J]. 学术研究，1991 (3).

[85] 张华.《鲁迅家世》漫评 [J]. 鲁迅研究月刊，1992 (7).

[86] 张华. 爱情自由的历程：鲁迅 胡适 郁达夫 徐志摩的爱情婚姻与家庭 [M]. 西安：陕西人民出版社，1993.

[87] 张华. 纪念鲁迅西北大学讲学 70 周年 [J]. 西北大学学报（哲学社会科学版），1994 (3).

[88] 张华. 现代杂文研究的回顾与展望 [J]. 中国现代文学研究丛刊，1995 (1).

[89] 武德运. 鲁迅与地质 [J]. 西北大学学报（自然科学版），1976 (Z1).

[90] 武德运. 象鲁迅那样重视科学普及工作 [J]. 陕西师大学报（哲学社会科学版），1978 (1).

[91] 武德运. 鲁迅与医学 [J]. 吉林医科大学学报，1978 (2).

[92] 武德运. 鲁迅与藤野先生 [J]. 昭乌达蒙族师专学报，1981 (0).

[93] 武德运. 笔名漫论 [J]. 人文杂志，1985 (1).

[94] 武德运. 鲁迅谈话辑录刍议 [J]. 鲁迅研究动态，1986 (12).

[95] 武德运. 鲁海遗珠：关于整理鲁迅谈话的一些体会 [J]. 西北大学学报（哲学社会科学版），1987 (4).

[96] 武德运. 陕西省鲁迅研究学会在我校召开"鲁迅、郭沫若与'五四'新文化"学术讨论会 [J]. 西北大学学报（哲学社会科学版），1993 (2).

[97] 武德运. 鲁迅笔名特点初探 [J]. 宝鸡社会科学，1995 (Z1).

［98］武德运. 关于《鲁迅全集》的版本：纪念鲁迅逝世六十周年［J］. 江苏图书馆学报，1996（6）.

［99］武德运. 鲁迅著作的版本［J］. 图书馆，1997（2）.

［100］武德运. 关于许广平《札记》一文要说的话［J］. 新文学史料，1998（3）.

［101］武德运. 鲁迅的笔［J］. 高中生之友，2009（2）.

［102］王惠，武德运，孙欣伟. 鲁迅小说成语典故［M］. 西安：陕西人民出版社，1984.

［103］武德运. 鲁迅著作篇名索引［M］. 西安：西北大学图书馆，1988.

［104］武德运. 鲁迅生平及其著作［M］. 长春：吉林大学出版社，1991.

［105］武德运. 鲁迅谈话辑录［M］. 北京：北京图书馆出版社，1998.

［106］武德运. 外国友人忆鲁迅［M］. 北京：北京图书馆出版社，1998.

［107］房日晰. 鲁迅与吴敬梓［M］//西北大学鲁迅研究室. 鲁迅研究年刊 1982—1983. 西安：陕西人民出版社，1986.

［108］鲁歌. 鲁迅对"潜入"党内的"蛀虫"的批判和斗争［J］. 思想战线，1976（6）.

［109］鲁歌. 鲁迅热爱毛主席和周恩来同志［J］. 安徽师大学报（哲学社会科学版），1977（2）.

［110］鲁歌. 拚命往自己脸上贴金的"文痞"：读鲁迅诗《赠蓬子》有感［J］. 破与立，1977（2）.

［111］鲁歌. 杨开慧同志的就义和鲁迅的几首诗［J］. 天津师院学报，1977（4）.

［112］鲁歌. 毛主席诗词是古为今用、推陈出新批判地继承文化遗产的光辉典范［J］. 内蒙古大学学报（哲学社会科学版），1977（5）.

［113］鲁歌.《记念刘和珍君》中的一个难点试解［J］. 天津师院学报，1977（6）.

［114］鲁歌. 鲁迅对武则天是肯定和赞扬的吗？［J］. 新疆大学学报（哲学社会科学版），1977（Z1）.

［115］鲁歌. "寄意寒星荃不察"新解［J］. 西北大学学报（哲学社会科学版），1979（1）.

［116］鲁歌. 也谈鲁迅诗《秋夜有感》：与张恩和、严迪昌二同志商榷［J］. 宝鸡师院学报，1979（1）.

［117］鲁歌.《"夜来香"》应是鲁迅佚文［J］. 复旦学报（社会科学版），1979（6）.

［118］鲁歌. "灵台无计逃神矢"再解［J］. 宝鸡师院学报（哲学社会科学版），1979（Z1）.

［119］鲁歌.《自题小像》新说［M］//西北大学鲁迅研究室. 鲁迅研究年刊 1980. 西安：陕西人民出版社.

［120］鲁歌.《"则皆然"》应是鲁迅佚文［J］. 人文杂志，1980（1）.

［121］鲁歌. 关于《湘灵歌》问题与茅盾先生商榷［J］. 鲁迅研究动态，1980（1）.

［122］鲁歌，江晖. 关于鲁迅致中共中央和红军贺信的几个问题［J］. 延安大学学报（社会科学版），1980（1）.

［123］鲁歌. 再谈《湘灵歌》：与周振甫同志商榷［J］. 天津师院学报，1980（2）.

［124］鲁歌，卫华. 关于鲁迅诗《自题小像》的几个问题［J］. 求是学刊，1980（4）.

［125］鲁歌. 再谈鲁迅的《无题（"洞庭"）》诗：与宋谋场同志商榷［J］. 山西大学学报（哲学社会科学版），1980（4）.

［126］鲁歌. 在鲁迅研究中应取科学态度：谨答袁良骏同志［J］. 鲁迅研究动态，1980（6）.

［127］鲁歌，江晖. 鲁迅致许广平书信中未发表的文字选注［J］. 延安大学学报（社会科学版），1981（1）.

［128］鲁歌，江晖. 鲁迅致许广平书信中未发表的文字选注（续）［J］. 延安大学学报（社会科学版），1981（Z1）.

［129］鲁歌，江晖. 鲁迅致许广平书信中未发表的文字选注〔续完〕［J］. 延安大学学报（社会科学版），1981（4）.

［130］鲁歌，卫华. 试谈鲁迅的《自嘲》诗［J］. 青海师范学院学报（哲学社会科学版），1981（3）.

［131］鲁歌，卫华. 读鲁迅致许广平书信手稿与《两地书》［J］. 人文杂志，1981（5）.

［132］鲁歌. 鲁迅与"存诚去伪"及其它［J］. 兰州大学学报（社会科学版），1982（2）.

［133］鲁歌，蒋潇. 学习胡志明、金日成同志论鲁迅札记［J］. 延安大学学报（社会科学版），1982（4）.

［134］鲁歌，蒋潇.《汉文学史纲要》书名有误［J］. 鲁迅研究动态，1982（8）.

［135］鲁歌，卫华. 鲁迅佚文三则［J］. 人文杂志，1983（5）.

［136］鲁歌，蒋潇. 试谈黄文欢同志的《读〈鲁迅文集〉诗》［J］. 鲁迅研究动态，1983（10）.

［137］鲁歌. 对1981年版《鲁迅全集》的若干校勘之一［J］. 绍兴师专学报（社会科学版），1984（1）.

［138］鲁歌. 关于罗曼·罗兰评《阿Q正传》的一封信的问题［J］. 鲁迅研究动态，1984（2）.

［139］鲁歌. 谈鲁迅的新诗《他》：兼与周振甫等同志商榷［J］. 西北大学学报（哲学社会科学版），1984（2）.

［140］鲁歌.《惜花四律》应是鲁迅、周作人合作［J］. 青海师范大学学报（哲学社会科学版），1984（3）.

［141］鲁歌，蒋潇. 试论鲁迅对秦始皇的全面评价［J］. 锦州师院学报（哲学社会科学版），1984（4）.

［142］鲁歌，江晖. 鲁迅、郭沫若确曾在《对英宣言》上列名［J］. 延安大学学报（社会科学版），1984（4）.

［143］鲁歌. 关于"郭沫若的化名之作"［J］. 社会科学战线，1984（4）.

［144］鲁歌. 简说鲁迅1918年的新诗［J］. 西北大学学报（哲学社会科学版），1985

（1）.

[145] 鲁歌.《"夜来香"》不是鲁迅佚文吗？[J]. 新疆大学学报（哲学社会科学版），1985（1）.

[146] 鲁歌. 为《古代汉文学史纲要》正名 [J]. 中山大学学报（哲学社会科学版），1985（3）.

[147] 鲁歌，张何. "鲁迅"笔名是"狼子"之意吗？[J]. 鲁迅研究动态，1985（5）.

[148] 鲁歌. 对 1981 年版《鲁迅全集》的若干校勘之二 [J]. 绍兴师专学报（社会科学版），1986（1）.

[149] 鲁歌. 鲁迅论《金瓶梅》及《鲁迅全集》中的注释正误 [J]. 绍兴师专学报（社会科学版），1989（3）.

[150] 鲁歌. 纪念恩师单演义教授 [J]. 西北大学学报（哲学社会科学版），2010（1）.

[151] 王富仁.《祝福》开头与结尾的景物描写 [J]. 语文教学，1978（6）.

[152] 鼗人（王富仁）. 关于《狂人日记》的创作方法 [J]. 宝鸡师院学报（哲学社会科学版），1979（1）.

[153] 王富仁.《记念刘和珍君》资料一则 [J]. 教学与研究，1979（1）.

[154] 王富仁.《悼柔石》诗中的"慈母"指谁？[J]. 语文教学，1979（3）.

[155] 王富仁. 谈《记念刘和珍君》中所引陶潜诗句 [J]. 语文教学研究，1979（3）.

[156] 鼗人（王富仁）. 鲁迅散文诗《雪》作意辨正 [J]. 宝鸡师院学报（哲学社会科学版），1979（21）.

[157] 王富仁. 叙述、抒情、议论的完美融合：试论《记念刘和珍君》的艺术特色 [J]. 语文教学研究，1980（3-4）.

[158] 东晓（王富仁）. 西安地区纪念鲁迅诞辰一百周年学术讨论会概述 [J]. 西北大学学报（哲学社会科学版），1981（3）.

[159] 王富仁，高尔纯. 试论鲁迅对中国短篇小说艺术的革新 [J]. 文学评论，1981（5）.

[160] 王富仁. 鲁迅前期小说与安特莱夫 [J]. 鲁迅研究，1981（7）.

[161] 王富仁. 真实地描写人物的社会生活环境：鲁迅小说学习随笔 [J]. 延河，1981（9）.

[162] 王富仁. 果戈理对鲁迅前期小说创作的影响 [M] // 西北大学鲁迅研究室. 鲁迅研究年刊 1979. 西安：陕西人民出版社.

[163] 王富仁. 论《怀旧》[M] // 西北大学鲁迅研究室. 鲁迅研究年刊 1980. 西安：陕西人民出版社.

[164] 王富仁. 鲁迅前期小说与俄罗斯文学 [M]. 西安：陕西人民出版社，1983.

[165] 陈学超. 试论五四前后鲁迅的和平进化观念：与叶德浴同志商榷 [J]. 西北大学学报（哲学社会科学版），1981（1）.

[166] 陈学超. 鲁迅《野草》的意境 [J]. 西北大学学报（哲学社会科学版），1981（4）.

［167］陈学超. 阿 Q 与中国现代典型理论探索述评［J］. 中国现代文学研究丛刊，1986（4）.

［168］陈学超. 论鲁迅的文化选择［J］. 中国现代文学研究丛刊，1987（4）.

［169］任广田. 论鲁迅思想与艺术感知—心理系统［J］. 西北大学学报（哲学社会科学版），1992（3）.

［170］任广田. 论鲁迅杂文、散文文体对小说的渗透［J］. 西北大学学报（哲学社会科学版），1993（3）.

［171］任广田. 论《野草》的思想［J］. 鲁迅研究月刊，1993（5）.

［172］任广田. 鲁迅与远古中国文化精神［J］. 鲁迅研究月刊，1998（9）.

［173］任广田. 鲁迅与道家学说［J］. 鲁迅研究月刊，2000（11）.

［174］任广田. 鲁迅与魏晋文化［J］. 鲁迅研究月刊，2004（2）.

［175］任广田. 鲁迅与中国神话及传说［J］. 鲁迅研究月刊，2006（10）.

［176］任广田. 关于《野草》研究中两种倾向的辨析［J］. 西北大学学报（哲学社会科学版），2009（1）.

［177］刘应争. 论周作人与鲁迅思想发展殊途的两个原因［J］. 宝鸡师院学报（哲学社会科学版），1988（1）.

［178］刘应争. 周作人五四时期文学观念简论［J］. 咸阳师范专科学校学报，1999（2）.

［179］刘应争. 想象与反思：多副面孔的鲁迅［M］∥李继凯，赵京华，黄乔生. 言说不尽的鲁迅与五四：鲁迅与五四新文化运动学术研讨会论文集. 北京：中国社会科学出版社，2011.

［180］苏冰. 章太炎对鲁迅早年政治思想的影响［M］∥西北大学鲁迅研究室. 鲁迅研究年刊1984. 西安：陕西人民出版社，1985.

［181］苏冰. 试论鲁迅早年学术思想与章太炎影响［J］. 河北师范大学学报（社会科学版），1986（3）.

［182］苏冰. 爱情的沉思和启示：《伤逝》主题与创作动因新探［J］. 汕头大学学报，1986（4）.

［183］苏冰. "资产阶级政治软骨病思想幼稚病患者"："假洋鬼子"形象辨析［J］. 中国现代文学研究丛刊，1986（4）.

［184］苏冰. 鲁迅《破恶声论》评析［J］. 西北大学学报（哲学社会科学版），1987（2）.

［185］苏冰.《破恶声论》是鲁迅早年思想的最后发展［M］∥宋庆龄基金会，西北大学. 鲁迅研究年刊1991—1992年. 北京：中国和平出版社，1992.

［186］霍士富. 鲁迅与大江健三郎文学中的审美思想比较：以"狗""羊"与"狼"为隐喻［J］. 西北大学学报（哲学社会科学版），2013，43（2）.

［187］杨芳，霍士富. 民族灵魂的自省与呐喊：大江健三郎《十七岁》与鲁迅《阿

Q 正传》比较［J］. 西北大学学报（哲学社会科学版），2014，44（4）.

［188］霍士富，王晶. "反抗绝望"的生命哲学：大江健三郎《形见之歌》与鲁迅《希望》比较研究［J］. 西北大学学报（哲学社会科学版），2016，46（3）.

［189］霍士富，王晶. 鲁迅文学的"历史时间"变奏：《狂人日记》与《希望》论［J］. 甘肃社会科学，2018（5）.

［190］霍士富，胡莉蓉. 空间的时间性审美：鲁迅《故乡》论［J］. 陕西师范大学学报（哲学社会科学版），2023，52（2）.

［191］霍士富，李汶珈. 声音隐喻中的两个不同世界：鲁迅与大江健三郎之比较研究［J］. 江西社会科学，2023，43（7）.

［192］周燕芬. 走近"学习时代"的鲁迅：《鲁迅与藤野先生》读记［J］. 鲁迅研究月刊，2010（4）.

［193］姜彩燕. 鲁迅与陈寅恪 1902 年同舟赴日：百年往事拾遗［J］. 西北大学学报（哲学社会科学版），2004（1）.

［194］姜彩燕. 是先锋还是常态？：从鲁迅的《狂人日记》谈起［J］. 现代中国文化与文学，2007（1）.

［195］姜彩燕. 疾病的隐喻与中国现代文学［J］. 西北大学学报（哲学社会科学版），2007（4）.

［196］姜彩燕. 鲁迅的自然教育思想：兼与卢梭比较［J］. 西北大学学报（哲学社会科学版），2009（1）.

［197］姜彩燕. 从"立人"到"救救孩子"：鲁迅对《儿童之好奇心》等论文的翻译及其意义［J］. 鲁迅研究月刊，2009（8）.

［198］姜彩燕. 试比较鲁迅与丰子恺的儿童教育思想［J］. 西北大学学报（哲学社会科学版），2010（5）.

［199］姜彩燕. 鲁迅与杜威实用主义儿童教育思想［J］. 汕头大学学报（人文社会科学版），2011（4）.

［200］姜彩燕. 对儿童的失望与对教育的怀疑：试析 1923 至 1927 年鲁迅教育思想的转变［J］. 现代中国文化与文学，2011（2）.

［201］姜彩燕. 从"弃文从教"到"弃教从文"：试析鲁迅对教育与文学的思考和抉择［J］. 西北大学学报（哲学社会科学版），2012（1）.

［202］姜彩燕. "立人"之路的两种风景：试比较鲁迅与周作人的儿童教育思想［J］. 西北大学学报（哲学社会科学版），2014（4）.

［203］姜彩燕. 自卑与"超越"：鲁迅《高老夫子》的心理学解读［J］. 西北大学学报（哲学社会科学版），2015（5）.

［204］姜彩燕，王小丽. 单演义"鲁迅在西安"的研究及其意义［J］. 鲁迅研究月刊，2016（4）.

［205］姜彩燕. 从天使到"幽灵"：鲁迅与玩具考述［J］. 现代中国文化与文学，2017

（1）.

　　[206] 姜彩燕，丁永杰. 思想史视野中的鲁迅形象：侯外庐的鲁迅研究及其意义 [J].
鲁迅研究月刊，2019（4）.

　　[207] 姜彩燕. 鲁迅对朱光潜的批评缘起重考 [J]. 中国现代文学研究丛刊，2019
（9）.

　　[208] 姜彩燕. 旷野上的呐喊：教育主体缺失的危机与鲁迅"救救孩子"理想的失
落 [J]. 西北大学学报（哲学社会科学版），2020（3）.

　　[209] 姜彩燕. 鲁迅致宋崇义信及相关史料辨析 [J]. 鲁迅研究月刊，2020（5）.

　　[210] 姜彩燕. 中日学术交流的见证：对单演义与竹内实书信往来的考察 [J]. 西北
大学学报（哲学社会科学版），2022（6）.

　　[211] 关峰. 早期鲁迅与周作人的中国传统文化选择论考 [J]. 后学衡，2021（2）.

　　[212] 关峰. 周作人晚清日记中的周氏兄弟形象 [J]. 海峡人文学刊，2022，2（1）.

　　[213] 高俊林. 现代文人与"魏晋风度"：以章太炎与周氏兄弟为个案之研究 [D].
北京：北京师范大学，2004.

　　[214] 高俊林. 慷慨磊落与华丽壮大：鲁迅文学创作中的魏晋资源 [J]. 平顶山学院
学报，2006（3）.

　　[215] 高俊林. 鲁迅的旧体诗创作与中晚唐诗风之因缘浅探 [J]. 语文知识，2007
（4）.

　　[216] 高俊林. "救出自己"主题中的角色置换：《伤逝》与《寒夜》的对比解读
[C] ∥ 上海鲁迅纪念馆纪念鲁迅定居上海 80 周年学术研讨会论文集. 上海：鲁迅纪念馆，
2007.

　　[217] 高俊林，曹卫兵. 苦行救世与反抗绝望：谈鲁迅与先秦墨家学说的精神联系
[J]. 语文知识，2007（1）.

　　[218] 高俊林. 鲁迅文学思想中的魏晋资源 [J]. 宁夏大学学报（人文社会科学版），
2008（1）.

　　[219] 高俊林. 在"施之藻绘，扩其波澜"之外的"油滑"：论鲁迅的《故事新编》
对于唐代传奇文学的批判继承 [J]. 语文知识，2008（2）.

　　[220] 高俊林. 浅论鲁迅新文学批评的几个特点 [J]. 语文知识，2010（1）.

　　[221] 高俊林. 鲁迅与《荡寇志》[J]. 鲁迅研究月刊，2015（8）.

　　[222] 高俊林. 一则近人笔记里的鲁迅祖父科场案 [J]. 新文学史料，2021（3）.

　　[223] 高俊林. "不着一字"的背后：鲁迅与祖父的关系考辨 [J]. 文艺理论研究，
2021（6）.

　　[224] 高俊林. 中国传统文论视野下的鲁迅创作技法探源 [J]. 鲁迅研究月刊，2024
（5）.

　　[225] 谷鹏飞. 救他与救己：鲁迅启蒙主义小说思想的二重性 [J]. 宝鸡文理学院学
报（社会科学版），2004（6）.

［226］王鹏程. 鲁迅小说的古典读法：傅庚生论《呐喊》与《彷徨》［J］. 鲁迅研究月刊，2013（6）.

［227］王鹏程. "沉郁顿挫"："杜诗学"视域里的鲁迅小说风格［J］. 澳门理工学报，2016（3）.

［228］王鹏程. 1924：鲁迅长安行［M］. 西安：陕西人民出版社，2024.

［229］袁少冲. 另类的封建家庭与别样的假道学（上）：《肥皂》新解兼及对研究史的几点反思［J］. 鲁迅研究月刊，2013（11）.

［230］袁少冲. 另类的封建家庭与别样的假道学（下）：《肥皂》新解兼及对研究史的几点反思［J］. 鲁迅研究月刊，2013（12）.

［231］袁少冲. 论周作人文学批评理论的开拓性贡献［J］. 山西师大学报（社会科学版），2014（2）.

［232］袁少冲. "复仇"：作为更高生命意义的实现方式：鲁迅《复仇》再解析［J］. 鲁迅研究月刊，2015（2）.

［233］袁少冲. 论鲁迅厦门广州时期对"学院"的体验与诀别［J］. 鲁迅研究月刊，2019（6）.

［234］袁少冲. "《鲁迅研究月刊》创刊40周年"学术研讨会综述［J］. 鲁迅研究月刊，2020（12）.

［235］袁少冲. 真假"中庸"及鲁迅的"中庸"之道［J］. 鲁迅研究月刊，2023（9）.

［236］袁少冲. 来自"现代中国"的"误读"：鲁迅之孟子观［J］. 探索与争鸣，2023（12）.

［237］仲济强. 从"论说"到"杂感"再到"杂文"：鲁迅文体意识脉络的钩沉［J］. 中国现代文学研究丛刊，2013（1）.

［238］仲济强. 热烈情绪与冷酷文章：鲁迅杂感文的名家论式与纵横声色［J］. 中国现代文学研究丛刊，2018（1）.

［239］仲济强. "朝花"何以"夕拾"：恋爱契机与鲁迅的主体重构［J］. 文学评论，2019（3）.

［240］仲济强. 民元记忆及伦理再造：《范爱农》与鲁迅的政治时刻［J］. 西南民族大学学报（人文社会科学版），2019（11）.

［241］仲济强. 文学如何介入政治：鲁迅《风波》中的话语权暗战［J］. 南京师范大学文学院学报，2020（4）.

［242］仲济强. 共和危机的文学应对：孙中山北上与鲁迅杂感文书写实践［J］. 西南民族大学学报（人文社会科学版），2020（6）.

［243］仲济强. 动态自我与本己化书写：鲁迅《过客》、《墓碣文》再阐释［J］. 现代中国文化与文学，2021（1）.

［244］仲济强. 与怨鬼对坐：《起死》与鲁迅的晚期风格［J］. 文学评论，2023（6）.

［245］赵林. 启蒙立场与中国现代杂文文体的确立：《新青年》《语丝》与《申报·自由谈》新论［J］. 社会科学论坛，2010（18）.

［246］赵林. 辛亥前后杭州新知识界与学生运动：以"木瓜之役"和"浙一师风潮"为例［J］. 中山大学学报（社会科学版），2011（4）.

［247］赵林. 出版文化、民族主义与上海文化场域：鲁迅与内山完造的交往史［J］. 西北大学学报（哲学社会科学版），2017（3）.

［248］张宇飞. 一个新材源的发现：关于鲁迅《摩罗诗力说》中的"凯罗连珂"［J］. 鲁迅研究月刊，2020（1）.

［249］张宇飞. 周树人的文艺运动与日本明治时期俄罗斯文学译介之关系考［J］. 鲁迅研究月刊，2022（3）.

［250］张宇飞. 作为文学素材的《小说译丛》对留学生周树人的影响［J］. 绍兴文理学院学报（人文社会科学），2023（1）.

［251］张宇飞. 契诃夫的《变故》与鲁迅的《兔和猫》之比较［J］. 中国俄语教学，2023（1）.

［252］张宇飞. 鲁迅《说鈤》的一则材源［J］. 上海鲁迅研究，2023（1）.

［253］张宇飞. 斋藤信策的文艺批评对青年鲁迅的影响［J］. 鲁迅研究月刊，2023（2）.

［254］张宇飞. 鲁迅《幸福的家庭》与契诃夫《嘘！……》之比较研究［J］. 华夏文化论坛，2023（4）.

［255］张宇飞. 周树人、许寿裳与斋藤信策的思想联系：许寿裳《兴国精神之史曜》材源考论［J］. 中国现代文学研究丛刊，2023（5）.

［256］张宇飞. 鲁迅与日本明治三十年代文学的"同时代性"：以《时代思潮》杂志对鲁迅的影响为中心［J］. 鲁迅研究月刊，2024（3）.

二、学位论文

［1］王富仁. 鲁迅前期小说与俄罗斯文学［D］. 西安：西北大学，1981.

［2］阎庆生. 鲁迅杂文的艺术特质［D］. 西安：西北大学，1981.

［3］李鲁歌. 鲁迅早期思想初论［D］. 西安：西北大学，1981.

［4］余宗其. 鲁迅对文艺创作规律的理论认识［D］. 西安：西北大学，1981.

［5］苏冰. 论鲁迅早年思想与章太炎的影响［D］. 西安：西北大学，1984.

［6］刘应争. 鲁迅与周作人人道主义思想的比较研究［D］. 西安：西北大学，1987.

［7］陈瑞琳. 论鲁迅小说中人物的恐惧意识［D］. 西安：西北大学，1987.

［8］张萍. 论冯雪峰对鲁迅研究的贡献［D］. 西安：西北大学，1987.

［9］李延川. 鲁迅早期思想与中国近代启蒙思潮［D］. 西安：西北大学，1989.

［10］公炎冰.《彷徨》比较论［D］. 西安：西北大学，1993.

［11］卢洪涛. 影响与超越：《野草》比较论［D］. 西安：西北大学，1993.

［12］邹贤尧. 影响与超越：《呐喊》比较论［D］. 西安：西北大学，1993.

［13］白重暄. 鲁迅、胡适西方文化观比较论［D］. 西安：西北大学，1994.

［14］李向阳. 鲁迅前期对西方非理性思想的接受与转化［D］. 西安：西北大学，1996.

［15］武汉辉. 鲁迅与茅盾现实主义小说比较［D］. 西安：西北大学，2002.

［16］王延雄. 鲁迅和周作人个性心理及文化比较［D］. 西安：西北大学，2004.

［17］马海娟. 共同背景下的异质话语：乡土小说中的鲁迅与沈从文［D］. 西安：西北大学，2004.

［18］刘丽华. 论鲁迅杂文的成就［D］. 西安：西北大学，2004.

［19］马翼飞. 论《故事新编》中的现代主义影响及其艺术成就［D］. 西安：西北大学，2008.

［20］金恩珠. 鲁迅的《野草》研究在韩国［D］. 西安：西北大学，2008.

［21］王志林. 鲁迅的人生体验对《野草》创作的影响［D］. 西安：西北大学，2010.

［22］王建超.《故事新编》的话语研究［D］. 西安：西北大学，2010.

［23］李学志. 死亡·人生·文学：论鲁迅、史铁生死亡意识启示下的生存选择及其意义［D］. 西安：西北大学，2010.

［24］杜九霞. 从精神分析的视角看鲁迅及其作品［D］. 西安：西北大学，2010.

［25］赵玉竞.从纽马克翻译理论看鲁迅作品中修辞的翻译[D].西安：西北大学，2012.

［26］郭玉. 二十世纪初中日知识分子的爱情悲剧与忏悔：以《伤逝》和《心》为中心［D］. 西安：西北大学，2014.

［27］李惠. 蓝诗玲的翻译观：以《鲁迅小说全集》英译为例［D］. 西安：西北大学，2014.

［28］王小丽. 单演义的鲁迅研究［D］. 西安：西北大学，2015.

［29］王列妮.《鲁迅小说选》的两种英译本之对比研究［D］. 西安：西北大学，2015.

［30］马博.左翼作家联盟的进步思想：以鲁迅为主的研究[D].西安：西北大学，2015.

［31］宋悦. "鲁迅、茅盾致红军贺信"论争研究［D］. 西安：西北大学，2015.

［32］郭卿钰.《鲁迅研究年刊》研究［D］. 西安：西北大学，2015.

［33］吴艳. 鲁迅与张承志比较研究三题［D］. 西安：西北大学，2017.

［34］宋亚奇. 陕人教版"鲁迅研究书系"研究［D］. 西安：西北大学，2017.

［35］寇雅丽. 陕版"鲁迅研究丛书"研究［D］. 西安：西北大学，2017.

［36］李宁.鲁迅文学创作对青少年成长发展的影响研究［D］.西安：西北大学，2019.

［37］刘转弟. 目的论视域下鲁迅《故乡》日译本的对比研究［D］. 西安：西北大学，2022.

［38］成航. 鲁迅小说中的日语借词研究［D］. 西安：西北大学，2022.

编后记

1924 年，国立西北大学与陕西教育厅合办暑期学校，鲁迅先生应邀来陕讲学，为三秦学子传播学术，输送新知，这是西北大学校史上光辉的一页，也由此奠定了西北大学鲁迅研究的历史基础。

早在"西北联大"（包括国立西安临时大学、国立西北联合大学、国立西北大学）时期，许寿裳、曹靖华、杨晦等人就通过在课堂上讲授鲁迅作品、撰写与鲁迅有关的纪念和研究文章，引导西大师生了解鲁迅、热爱鲁迅。

1950 年代，侯外庐任西大校长期间，曾多次发表关于鲁迅的讲话，鼓励文科师生学习鲁迅、研究鲁迅。他本人从 1941 年起就撰写关于鲁迅研究的文章，将鲁迅视为中国近现代最杰出的启蒙思想家、哲学家，还以鲁迅倡导的"韧"的精神作为自己的座右铭，晚年更将其自传命名为《韧的追求》，可见其受鲁迅的影响之深。在侯外庐校长的引领和带动下，西北大学的鲁迅研究蔚然成风。1951 年，在鲁迅逝世十五周年之际，西大师生成立了鲁迅文艺研究社，创办了《迅声》杂志。1956 年 10 月，为纪念鲁迅逝世二十周年，学校举行了盛大的纪念活动，演出了由许幸之编剧的六幕话剧《阿 Q 正传》。校刊还编辑了"纪念鲁迅逝世二十周年专号"，刊登了由景生泽、岐国英、傅庚生、陈登原、单演义等人撰写的鲁迅研究文章。在这些研究中，单演义的"鲁迅在西安"研究最具开创性，影响也最为深远。此外，他还主持建设了鲁迅纪念室、鲁迅研究资料室，为西北大学的鲁迅研究打下了坚实的基础。

1974 年，在"文革"浩劫尚未结束，历史的阴霾还在笼罩之时，为纪念鲁迅西大讲学五十周年，西北大学成立了鲁迅研究室，创办了具有广泛影响的《鲁迅研究年刊》杂志。周建人与茅盾先后为该刊题写了刊名。许多著名的鲁迅研究专家如王瑶、李何林、唐弢、陈漱渝、王富仁、张梦阳等人，都在上面刊发过文章。该刊不仅广泛汇集了当时学界最新的鲁迅研究成果，而且及时介绍了日本、苏联、法国、德国、捷克、美国、加拿大、意大利、朝鲜、韩国、越南、缅甸、印度尼西亚等国的鲁迅研究成果，得到了海内外学界的广泛赞誉。从 70 年代中期开始，学校集鲁迅字为校名，进一步强化了西北大学和鲁迅之间的精神联系。

1978 年，西北大学招收了全国第一届鲁迅研究方向的硕士研究生：王富仁、阎庆生、李鲁歌、余宗其。他们后来都在鲁迅研究方面作出了重要贡献。1981 年 6 月，西北大学举办了"西安地区纪念鲁迅诞辰一百周年学术讨论会"，来自全国各地的众多鲁迅研究名家，如曹靖华、李何林、李霁野、许杰、戈宝权、孙席珍、蒋锡金等应邀出席。这是西北大学鲁迅研究史上一次空前的盛会，对于促进鲁迅研究事业的发展具有重要意义。当时还是在校研究生的王富仁先生，就是在此次会议上提交了论文《鲁迅前期小说与俄罗斯文学》，引起了鲁迅研究界的关注，为他日后走向全国学术舞台提供了重要契机。

1994 年 5 月，西北大学承办了中国现代文学研究会第六届年会，并将现代文学年会与纪念鲁迅西大讲学七十周年纪念会合并举办，来自日本、韩国以及全国各地的一百二十余位现代文学研究专家、学者出席了此次会议。同时，为了隆重纪念鲁迅西大讲学七十周年，学校还邀请著名女雕塑家何鄂塑了一尊花岗岩鲁迅半身像，安放在太白校区图书馆前，这已成为西北大学校园的标志性景观。2008 年 9 月，西北大学举办"中日鲁迅研究学术研讨会"，来自日本东北大学、山形大学、顺天堂大学以及国内多所大学的三十余位鲁迅研究专家出席了会议。2015 年，为纪念鲁迅西安讲学九十周年，西北大学举办了"'鲁迅在西安'暨鲁迅学术研讨会"（会议原定于2014 年举办，因故推迟至 2015 年 9 月），国内外多所研究机构和大学的鲁迅研究学者应邀出席。

郑伯奇先生曾在《鲁迅先生与西安》中指出："鲁迅先生曾到过西安，在当时'西北大学'住了二十天，讲演了他的小说史，就西安来说，乃至西北来说，这都是文化教育历史上的一件大事。"因此，他建议陕西省及西安市的文教当局和广大人民，"就在鲁迅先生曾经讲学和寓居的地方，修建一种纪念馆或其他纪念物，以此来倡导学习鲁迅、研究鲁迅的思想艺术，并表示我们对于这伟大的文艺导师热烈纪念的心情"。几十年来，郑伯奇先生的倡议并未得到陕西省及西安市文教当局的重视，致使百年前鲁迅来西安讲学时的礼堂和住室未能得到很好的保存。但西北大学的师生却一直对此念念不忘。虽然由于历史原因，关于鲁迅的纪念活动时断时续，但西大的几代学人对于鲁迅的感情始终不渝，对于鲁迅研究的热情也始终不减。可以说，鲁迅的名字已经深深地镌刻在西北大学的校史当中，鲁迅研究也成为西大学术传统中相当重要的组成部分。

今年适逢鲁迅先生在西北大学讲学一百周年，为了隆重纪念这位文化巨人与西北大学结下的缘分，西北大学文学院从两三年前就开始筹划。我们在长安校区东学楼重建了鲁迅纪念室，影印出版了《国立西北大学、陕西教育厅合办暑期学校讲演集》，并拟于今年 9 月举办"中国鲁迅研究会 2024 年年会暨纪念鲁迅西安讲学 100 周年国际学术研讨会"。这本《西北大学鲁迅研究论集》也是此次百年纪念活动的一部分，旨在展示西大鲁迅研究的历史积淀与学术传承。书中共收录了在西北大学执教（过）的 41 位学者的鲁迅研究成果，其中有许寿裳、曹靖华、郑伯奇等鲁迅生前的挚友故交，有侯外庐、陈登原等历史学家，有傅庚生、景生泽、岐国英、房日晰等古典文学研究专家，还有从事文艺理论研究的郝御风、从事德文翻译的李述礼、从事哲学研究的张宣等人，当然，更多的是以单演义、阎愈新、张华等人为代表的从事鲁迅研究或中国现代文学研究的学者。书中所选篇目既有深入的思想研究，也有扎实的史料考证，既有宏观的理论探讨，也有细致的文本分析，充分体现了西北大学鲁迅研究的丰富性和多元性。我们将这些不同时代、不同风格的文章汇集在一起，试图勾勒西北大学鲁迅研究的历史脉络，也尽可能地展现西大学人的个性风采。限于篇幅，每人仅选了一篇文章，依照作者的齿序排列。其他成果则编入"西北大学鲁迅研究论著索引"，作为附录放在最后，以备读者查阅。

在论文集编选过程中，得到了诸多师友的热情鼓励与鼎力相助。首先，感谢陈漱渝先生为本书赐序。陈先生从 20 世纪 70 年代末以来就和单演义先生、阎愈新先生有书信往来，曾多次在《鲁迅研究年刊》发表文章，还担任《年刊》的编委，是西北大学鲁迅研究的历史见证人，由他为本书作序，是再合适不过了。其次，感谢文学院的前辈学者张华、董丁诚、任广田、刘应争等先生以及现当代文学教研室同仁为本书的编选所提出的意见和建议，感谢文学院、社科处、学科处领导对本书的出版所给予的大力支持。最后，感谢西北大学艺术学院邓益民教授所创作的"鲁迅在西安"系列画作为本书增色添彩，感谢西北大学出版社郭学工老师为本书的设计倾注的心血以及张立女士的精心编辑，感谢我的博士生李琪玲、徐冰月，硕士生周文熙在文字录入和校对方面所提供的帮助，也感谢论文集中的所有作者及其家属对本书的大力支持。

一百年前鲁迅来西北大学讲学，播撒下新文化、新学术的种子。他与这所大学所结下的缘分，深刻地影响了一代又一代西大学人，也在一定程度上形塑了这所大学的学术传统和人文精神。百年来，西北大学的几代学人筚路蓝缕，覃思精研，在鲁迅研究方面成绩斐然，备受瞩目。这本论文集，是追溯，也是总结，为纪念，也为传承。希望下一个百年，乃至更久远的未来，西北大学的鲁迅研究事业仍能薪火相传，代代不息。

编　者

2024 年 8 月 17 日

于西北大学长安校区